KARL MAY

Der Ölprinz

KARL MAY

Der Ölprinz

Verlag
Neues Leben
Berlin

Diese Ausgabe erscheint unter Zugrundelegung der 1897
in der Union Deutsche Verlagsgesellschaft, Stuttgart,
herausgegebenen Originalfassung Karl Mays

ISBN 3-355-01309-9

2. Auflage, 1991
Einband: Peter Nagengast (Reihengestaltung),
Jörn Hennig (Bildmotiv)
Gesamtherstellung:
Graphischer Großbetrieb Pößneck GmbH
Ein Mohndruck-Betrieb

ERSTES KAPITEL

The Finders

Wer auf dem gewöhnlichen Wege von El Paso del Norte über den Rio Colorado nach Kalifornien hinüber wollte, der kam, bevor er Tucson, die Hauptstadt von Arizona, erreichte, vorher nach der alten Mission San Xavier del Bac, die ungefähr neun Meilen von Tucson entfernt liegt. Diese Mission wurde im Jahre 1668 gegründet und ist ein so prächtiges Bauwerk, daß es den Wanderer mit Staunen erfüllt, ein so glänzendes Monument der Zivilisation mitten in den Wildnissen von Arizona anzutreffen.

An jeder Ecke des Gebäudes erhebt sich ein hoher Glockenturm; die Front ist mit phantastischen Ornamenten reich verziert; die Hauptkapelle trägt eine große Kuppel, und über den Mauern sind massive Simskränze und geschmackvolle Verzierungen angebracht. Dieses Bauwerk würde jeder großen Stadt, jeder Residenz zur Zierde gereichen.

Diese Mission ist zum Teil von einem Dorf umgeben, in dem zur Zeit, in der unsere Erzählung spielt, etwa dreihundert Papago-Indianer wohnten. Diese Papagos waren und sind noch heute ein friedfertiger, arbeitsamer und den Weißen wohlgesinnter Stamm, dessen Angehörige ihr Gebiet durch ein künstliches Bewässerungssystem sehr ergiebig gemacht haben und mit Weizen, Korn, Granatäpfeln, Kürbissen und anderen Früchten und Lebensmitteln fleißig bebauen.

Leider hatten diese braven, arbeitsamen Menschen sehr viel von und unter dem weißen Gesindel zu leiden, das sich Arizona zum Tummelplatz auserkoren hatte. Dieses ringsum von Gebirgen und Wüsten eingeschlossene Territorium besaß so gut wie keine Verwaltung; der Arm der Gerechtigkeit reichte nur schwer oder gar nicht bis hierher, und so zogen sich Hunderte und aber Hunderte, die mit dem Gesetz zerfallen waren, aus Mexiko und den Staaten herein, um ein Leben zu führen, dessen Grundlage in der rohesten Gewalttätigkeit bestand.

Zwar lag in der Hauptstadt Militär, das die Aufgabe hatte, für die öffentliche Sicherheit zu sorgen; aber es waren nur zwei Kompanien, also viel zuwenig für einen Bereich von 300000 Quadratkilometern, und dazu standen die Verhältnisse so, daß diese Helden froh waren, wenn sie selbst von dem Gesindel in Ruhe gelassen wurden. Hilfe konnte von ihnen kaum erwartet werden. Das wußten die außerhalb des Gesetzes Stehenden nur zu gut und zeigten darum eine Frechheit, die geradezu ihresgleichen suchte. Sie wagten sich bis in die unmittelbare Nähe von Tucson heran, und niemand getraute sich nur eine Viertelstunde weit zu entfernen, ohne ein Arsenal von Waffen mit sich zu führen. Ein amerikanischer Reisender schilderte die damaligen Zustände in folgender Weise: „Die verzweifeltsten Schurken von Mexiko, Texas, Kalifornien und den anderen Staaten fanden in Arizona sichere Zuflucht vor dem Strafrichter. Mörder und Diebe, Gurgelabschneider und Spieler bildeten die Masse der Bevölkerung. Alle Welt mußte bewaffnet sein, und blutige Szenen bildeten das tägliche Vorkommnis. Von einer Regierung war nicht die Rede, noch weniger von Gesetzes- oder Militärschutz. Die Beschäftigung der Besatzung von Tucson bestand darin, daß sie sich betrank und alles gewähren ließ. So war Arizona vielleicht der einzige unter der schützenden Ägide einer zivilisierten Regierung stehende Punkt des Landes, wo jedermann die Justiz in seinem Interesse handhabte."

Da traten drüben in San Francisco rechtlich denkende, mutige Männer zusammen, um einen „Sicherheitsausschuß" zu bilden, der zwar zunächst seine Tätigkeit über Kalifornien erstrecken sollte, bald aber sein kräftiges Walten auch im benachbarten Arizona bemerken ließ. Kühne Gestalten tauchten bald hier und bald dort, bald einzeln und bald in Trupps vereinigt, im Land auf, um es von den Verbrechern zu säubern, und nie verschwanden sie wieder, ohne die deutlichsten Spuren davon zurückzulassen, daß sie Gericht gehalten hatten.

Bei den Papagos von San Xavier del Bac hatte sich ein Ire niedergelassen, der wohl auch aus keinem ehrbaren Grund nach Arizona gekommen war. Er hatte da einen Laden eröffnet und behauptete, alle möglichen Gegenstände zu verkaufen; in Wirklichkeit konnte man bei ihm weiter nichts bekommen als einen Schnaps, für dessen Fabrikation und Verkauf er die Bezeichnung eines Giftmischers verdiente. Sein Ruf war so, daß ehrliche Leute nicht bei oder mit ihm verkehrten.

Es war ein schöner Apriltag, als er an einem der rohen Tische saß, die vor seiner Hütte standen. Er schien bei schlechter

Laune zu sein, denn er klopfte mit dem leeren Schnapsglas auf die Platte des Tisches, und als nicht sofort jemand erschien, es ihm zu füllen, rief er, sich nach der offenen Tür wendend, in zornigem Ton: „Holla, alte Hexe! Hast du keine Ohren? Brandy will ich haben, Brandy! Mach schnell, sonst helfe ich nach!“

Da trat eine alte Negerin mit der Flasche aus der Hütte und füllte ihm das Glas. Er leerte es in einem Zug, ließ sich wieder eingießen, und während sie das tat, sagte er: „Den ganzen Tag kein einziger Gast zu sehen! Die roten Halunken wollen das Trinken nicht lernen. Wenn dann auch kein Fremder kommt, kann ich mich hersetzen und mir Löcher in den eigenen Magen brennen!“

„Nicht allein sitzen“, begütigte die Alte. „Gäste kommen.“

„Woher weißt du das?“ fragte er.

„Hab sehen.“

„Wo?“

„Auf Weg von Tubac her.“

„O wirklich? Wer ist's?“

„Nicht wissen. Alte Augen nicht erkennen. Es Reiter sein, viele Reiter.“

Auf diese Worte hin stand er auf und eilte um die Ecke der Hütte. Von dort aus konnte er den Weg nach Tubac überblikken. Dann kam er schnell zurück und rief der Alten zu: „Es sind die Finders, verstanden, die Finders, und zwar alle zwölf! Die verstehen es, zu trinken; da blüht der Weizen. Schnell hinein; wir müssen Flaschen füllen!“

Beide verschwanden in der Hütte. Nach einigen Minuten kamen zwölf Reiter in das Dorf, hielten vor der Hütte an und sprangen von den Pferden, die sie dann frei laufen ließen. Es waren wilde Gestalten von verwegenem Aussehen und so gut bewaffnet, wie es in dieser Gegend und bei den jetzigen Verhältnissen für jedermann nötig war. Einige trugen mexikanische Kleidung; die andern stammten aus den Staaten; das sah man ihnen deutlich an. Eins aber hatten sie alle gemein: Es gab keinen einzigen unter ihnen, der ein vertrauenerweckendes Aussehen besaß.

Sie lärmten und schrien durcheinander, warfen sich Scheltworte zu, einer von ihnen trat an die geöffnete Tür, zog seinen Revolver, gab einen Schuß in das Innere der Hütte ab und rief dann hinein: „Hallo, Paddy! Bist du daheim oder nicht, alter Giftmischer? Komm heraus mit deiner Schwefelsäure; wir haben Durst!“

Paddy ist bekanntlich die scherzhafte Bezeichnung des Iren. Der Wirt erschien mit einer vollen Flasche unter jedem Arm und zwölf Gläsern in den Händen. Die Gläser auf zwei Tische setzend und sie dann füllend, antwortete er: „Bin schon da, Mesch'schurs. Wart schon angemeldet; meine Schwarze hat euch kommen sehen. Hier, trinkt, und seid gebenedeit in meinem Haus!"

„Behalt die Benediktion für dich, alter Spitzbube! Wer dein Zeug trinkt, begeht Selbstmord."

„Bringt Euch nur immer um, Mr. Buttler; werde Euch mit einer weiteren Flasche wieder auferwecken. Haben einander seit Wochen nicht gesehen. Wie ist's inzwischen ergangen? Gute Geschäfte gemacht?"

„Gute?" antwortete Buttler mit einer wegwerfenden Handbewegung und indem er den Inhalt seines Glases hinunterstürzte, worin ihm seine Kameraden folgten. „Miserabel ist's gegangen, armselig wie noch nie. Haben nicht ein einziges Geschäft gemacht, das der Rede wert gewesen wäre."

„Aber warum? Ihr werdet doch die Finders genannt und nennt euch selbst auch so. Habt ihr die Augen nicht offengehalten? Ich glaubte, heut ein gutes Geschäft mit euch machen zu können."

„Das heißt, du wolltest uns den erwarteten Raub abkaufen und uns dabei wieder betrügen, was du ja immer tust. Diesmal aber gibt es nichts, wirklich nichts. Den Roten ist nichts mehr abzunehmen, und wenn man einem Weißen begegnet, ist er selbst einer, der in andrer Leute Taschen greifen muß. Dazu kommt der Sicherheitsausschuß, den der und jener holen möge! Was haben sich diese Halunken in unser Geschäft zu mischen? Was kümmert es sie, wenn wir da ernten, wo wir nicht, aber auch sie nicht gesät haben. Wahrlich, man muß jetzt darauf vorbereitet sein, aus jedem Strauch, an dem man vorüberkommt, die Läufe einiger Doppelgewehre hervorblikken zu sehen! Aber Auge um Auge, Zahn um Zahn! Wir haben uns vorgenommen, jeden ohne Gnade und Barmherzigkeit aufzuhängen, der den Verdacht in uns weckt, zu diesem Vigilanzausschuß zu gehören. Hast du vielleicht dergleichen Burschen bei dir bemerkt, Paddy?"

„Hm!" brummte der Wirt. „Traut ihr mir zu, allwissend zu sein? Kann man es einem Menschen an der Nase absehen, ob er vigiliert oder, wie ihr, massakriert?"

„Blamier dich nicht, Paddy! Ein Vorstehhund ist von einem

Bluthund leicht zu unterscheiden, auch wenn beide Menschen sind. Ich gebe dir mein Wort, daß ich jedem Menschen, der zu diesem Ausschuß gehört, das auf fünfzig Schritt Entfernung ansehe. Doch jetzt einstweilen von etwas anderem. Wir haben Hunger. Hast du Fleisch?"

„Nicht so viel, wie man auf die Zungenspitze bringen kann."

„Eier?"

„Kein einziges. Lauft stundenweit herum, und ihr werdet kein Schlachttier noch eine Henne finden. Daran sind euresgleichen schuld, die überall aufgeräumt haben."

„Aber Brot?"

„Nur Maisfladen, und auch die müssen erst gebacken werden."

„So mag deine Negerin backen; für frisches Fleisch werden wir selbst sorgen."

„Ihr? Ich habe euch doch schon gesagt, daß nichts zu finden ist."

„*Pshaw!* Wir haben doch gefunden."

„Was?"

„Einen Ochsen."

„Wohl gar! Unmöglich! Wo denn?"

„Unterwegs, dahinten im Tal von Santa Cruz. Notabene, dieser Ochse gehört zu einem Wagenzug, dem wir begegnet, oder vielmehr, an dem wir vorübergeritten sind."

„Ein Wagenzug? Vielleicht Einwanderer?"

„Wahrscheinlich; vier Wagen, jeder mit vier Ochsen bespannt."

„Wieviel Menschen?"

„Weiß ich nicht genau. Es waren nebst den Ochsenlenkern noch einige Reiter bei den Wagen. Wieviel Personen drin saßen, konnte ich nicht sehen."

„Aber gesprochen habt ihr doch mit ihnen?"

„Ja. Sie wollen über den Colorado hinüber und werden heut nacht hier Rast halten."

„Hier? Hm! Hoffentlich geschieht nichts, was unseren guten Ort in Verruf bringen könnte, Sir!"

Der Wirt machte bei diesen Worten eine nicht mißzuverstehende Gebärde.

„Keine Sorge!" antwortete Buttler. „Wir wissen unsere Freunde zu schonen. Freilich, den Wagenzug holen wir uns, aber erst wenn er hinter Tucson ist. Hier werden wir uns bloß einen Ochsen nehmen, weil wir Fleisch brauchen."

„Mit der Absicht etwa, ihn zu bezahlen! Es wird diesen Leuten nicht einfallen, ein Zugtier zu verkaufen.“

„Unsinn! Was denkst du, Paddy? Wir nehmen wohl, aber wir bezahlen nie; das weißt du ja. Wenn wir bei dir einkehren, ist es freilich anders. Du bist unser Hehler, und dich bezahlen wir nicht bloß, sondern lassen uns sogar von dir betrügen. Übrigens werden uns diese Leute nicht viel Widerstand leisten. Es gab da vier Ochsentreiber, die wir kaum rechnen, zwei Knaben zu Pferde und den Scout, den sich die Einwanderer gemietet haben. Dieser allein ist zu fürchten, doch werden wir zwölf schnell mit ihm fertig werden. Er bekommt die erste Kugel. Wer in den Wagen saß, weiß ich nicht, wie bereits gesagt; aber wer so weichlich ist, sich unter die Plane zu stecken, von dem haben wir keine ernste Gegenwehr zu erwarten. Dann ritt noch so eine Figur hinterdrein, von der ich wahrlich nicht zu sagen vermag, ob es Mann oder Frau gewesen ist, obgleich sie ein Gewehr umhängen hatte und unter dem Mantel sogar einen Säbel zu tragen schien. Ich redete auch diese Gestalt an, bekam aber eine höchst kurze Antwort, die ich nicht verstand. Wenn ich mich nicht irre, ist es Deutsch gewesen.“

„Welch ein Blödsinn! Wer hier einen Säbel trägt, der ist verrückt und jedenfalls nicht zu fürchten. Ihr werdet also diesen Zug überfallen?“

„Gewiß.“

„Dann hoffe ich, daß ihr mich bei dem Geschäft beteiligen werdet!“

„Natürlich. Die Bedingungen sollst du sofort hören.“

Da jetzt die alte Negerin aus der Hütte trat, um die Gäste zu bedienen, steckten die beiden die Köpfe zusammen, um ihr Gespräch leise fortzusetzen. Die anderen elf hatten wenig darauf geachtet und sich miteinander überlaut unterhalten, wobei sie dem Brandy so fleißig zusprachen, daß die leer gewordenen Flaschen bald mit vollen vertauscht werden mußten. Die Indianer des Ortes, die indessen ihren Beschäftigungen nachzugehen hatten, machten große Umwege, um nicht an der Schnapsbude vorüberzukommen. Sie fürchteten sich vor den lärmenden Weißen, weil ihnen die Erfahrung sagte, daß sie besser fern blieben.

Und dazu hatten sie allen Grund. Der Ire hatte die zwölf Reiter mit dem Namen „the Finders“ bezeichnet. So wurde eine überall gefürchtete Gesellschaft von Freibeutern genannt, die sich seit längerer Zeit im südlichen Arizona einen berüchtigten Namen gemacht hatte. Sie tauchte bald hier, bald dort, oft geteilt und an verschiedenen Orten gleichzeitig auf und war, da ihre Mitglieder sehr gut beritten waren, so schnell, daß es noch niemand, selbst den Vigilanzmännern nicht, gelungen war, einem von ihnen beizukommen. Finder ist gleichbedeutend mit dem gleichlautenden deutschen Wort Finder, war hier aber wohl mit „die Findigen" zu übersetzen, weil ihnen nicht leicht eine Beute entging.

Plötzlich verstummte der Lärm vor der Schenkhütte, und aller Augen richteten sich verwundert auf drei neue Ankömmlinge. Das Aussehen dieser drei Männer berechtigte allerdings jeden, der sie zum erstenmal sah, verwundert zu sein. Sie waren von ihren Tieren gesprungen und gingen nach einem leerstehenden Tisch, ohne, wie es den Anschein hatte, die anwesende Gesellschaft zu beachten.

Der Vorderste von ihnen war ein kleines, dickes Kerlchen. Unter der wehmütig herabhängenden Krempe eines Filzhutes, dessen Farbe, Alter und Gestalt selbst dem schärfsten Denker nicht geringes Kopfzerbrechen verursacht haben würden, blickte zwischen einem Wald von verworrenen, schwarzgrauen Barthaaren eine Nase hervor, die von erschreckenden Dimensionen war und jeder beliebigen Sonnenuhr als Schattenwerfer hätte dienen können. Infolge des gewaltigen Bartwuchses waren außer diesem so verschwenderisch ausgestatteten Riechorgan von den anderen Gesichtsteilen nur zwei kleine kluge Augen zu bemerken, die mit außerordentlicher Beweglichkeit begabt zu sein schienen und mit dem Ausdruck schalkhafter List die „Gifthütte" des Iren überflogen, während ihr versteckter Blick eigentlich den zwölf Finders galt.

Die beschriebene Oberpartie ruhte auf einem Körper, der bis auf die Knie hinab völlig unsichtbar blieb und in einem alten, bockledernen Jagdrock steckte, der augenscheinlich für eine bedeutend längere Person angefertigt worden war, aus Fleck auf Fleck und Flick auf Flick bestand und dem kleinen Männchen das Aussehen eines Kindes gab, das sich zum Vergnügen einmal in den Schlafrock des Großvaters gesteckt hat. Aus dieser mehr als zulänglichen Umhüllung guckten zwei dürre, sichelkrumme Beinchen hervor, die in ausgefransten Leggings steckten, die so hochbetagt waren, daß sie das Männchen schon vor Jahrzehnten ausgewachsen haben mußte, und die dabei einen umfassenden Blick auf ein Paar Indianerstiefel gestatteten, in denen zur Not der Besitzer in voller Person

Platz gefunden hätte. Die Füße hatten jene außerordentliche Dimension, von der man in Deutschland zu sagen pflegte: „Mit fünf Schritten über die Rheinbrücke hinüber." In der Hand trug dieser Mann eine Flinte, die das Aussehen eines Prügels hatte, der im Wald abgeschnitten worden war. Die Waffen, die wahrscheinlich in seinem Gürtel steckten, konnte man nicht sehen, weil der Jagdrock sie verdeckte.

Und sein Pferd? Es war kein Pferd, sondern ein Maultier, aber augenscheinlich ein so altes, daß dessen Eltern kurz nach der Sintflut gelebt haben mußten. Die langen Ohren, mit denen es wie mit Windmühlenflügeln spielte, waren kahl; eine Mähne gab es wohl schon längst nicht mehr; der Schwanz bestand aus einem nackten Stummel, an dem sich zehn oder zwölf Härchen langweilten, und dazu war das Tier wirklich zum Erschrecken dürr. Aber seine Augen waren hell wie bei einem jungen Füllen und von einer Lebhaftigkeit, einem Ausdruck, die wenigstens dem Kenner Respekt einzuflößen vermochten.

Derjenige, der ihm nach dem Tisch folgte, war nicht weniger ein Original. Unendlich lang und entsetzlich fleischlos und ausgetrocknet, hing seine knochige Gestalt weit vornüber, so daß es schien, als gäbe es für seine Augen keine andere Perspektive als die auf seine beiden Füße, mit denen seine Beine endeten, deren Länge einem angst und bange machen konnte. Über seine festen, kernigen Jagdschuhe hatte er ein Paar lederne Gamaschen geschnallt, die noch ein gutes Stück des Oberschenkels bedeckten; der Leib steckte in einem enganliegenden Wams, das mit einem breiten Gürtel, in und an dem neben Messer und Revolver die verschiedensten kleinen Notwendigkeiten steckten und hingen, zusammengehalten wurde; um die breiten, eckigen Schultern trug er eine wollene Decke, deren Fäden kaum noch aneinanderhafteten, und auf dem kurzgeschorenen Kopf saß ein Ding, nicht Tuch, nicht Mütze und auch nicht Hut, dessen Definition geradezu unmöglich war. Auf seiner Schulter hing eine alte, lange Rifle, die von weitem aus einem an einem Stock befestigten Wasserschlauch zu bestehen schien.

Der dritte und letzte Mann war ebenso lang und dürr wie dieser zweite, hatte ein großes, dunkles Tuch turbanartig um den Kopf gewunden und trug eine rote Husarenjacke, die sich auf unerklärliche Weise nach dem fernen Westen verirrt hatte, eine lange Leinenhose und darüber Wasserstiefel, an die zwei riesige Sporen geschnallt waren. In einem Gürtel steckten zwei

Revolver und ein Messer von bestem Kingfieldstahl; sein Gewehr war eine jener doppelläufigen Kentuckybüchsen, die in der Hand ihres Besitzers nie versagen und nie das Ziel verfehlen. Wollte man in der Physiognomie dieses Mannes nach irgendeiner Eigentümlichkeit suchen, so fiel der sehr breite Mund auf, den er hatte. Die beiden Mundwinkel schienen eine bedeutende Zuneigung für die Ohrläppchen zu besitzen und näherten sich ihnen auf die zutraulichste Weise. Dabei besaß das Gesicht den Ausdruck der ehrlichsten Treuherzigkeit; und der ganze Kerl war jedenfalls ein Mann, an dem kein Falsch gefunden werden konnte.

Die beiden letzteren waren mit Pferden beritten, die wohl schon viele Strapazen hinter sich hatten, aber noch weit mehr aushalten konnten.

Als sich die drei niedergesetzt hatten und der Wirt zu ihnen trat und nach ihren Wünschen fragte, erkundigte sich der Kleine: „Was gibt's bei Euch zu trinken?"

„Brandy, Sir", antwortete der Ire.

„Gebt drei Gläser, wenn Ihr sonst weiter nichts habt!"

„Was soll es sonst hier geben? Oder wollt ihr vielleicht Champagner trinken? Ihr seht nicht so aus, als ob ihr ihn bezahlen könntet."

„Leider, leider, ja", sagte das Männchen und lächelte bescheiden, „Ihr im Gegenteil seht mir ganz danach aus, als ob Ihr so einige hunderttausend Flaschen hier liegen hättet."

Der Wirt entfernte sich, brachte das Verlangte und setzte sich dann wieder zu den Finders. Der Kleine hob das Glas an die Lippen, kostete den Brandy, spuckte ihn aus und schüttete den Inhalt seines Glases auf die Erde. Seine beiden Gefährten taten dasselbe, und der mit der Husarenjacke zog seinen Mund noch breiter, als er so schon war, und meinte: „Pfui, Kuckuck! Ich glaube gar, dieser irische Spitzbube will uns mit seinem Brandy ermorden! Meinst du nicht auch, Sam Hawkens?"

„Yes", antwortete der Kleine. „Wird ihm aber nicht gelingen. Wir drei vertragen schon noch so ein Gift, zumal wir es nicht trinken. Aber wie kommst du dazu, ihn einen irischen Spitzbuben zu nennen?"

„Wie ich dazu komme? *Well!* Wer den nicht sofort beim ersten Blick für einen Iren hält, der ist ein Dummkopf, wie er im Buche steht."

„Sehr richtig! Aber daß du es ihm sofort angesehen hast, das wundert mich außerordentlich, hihihihi!"

Dieses „Hihihihi!“ war ein eigenartiges, man möchte sagen, nach innen gerichtetes Lachen, bei dem die Äuglein des Mannes lustig funkelten. Man hörte, daß es ein Gewohnheitslachen war.

„Willst du damit etwa sagen“, fragte der andere, „daß ich sonst ein Dummkopf bin?“

„Sonst? Warum bloß ‚sonst‘? Nein, immer, immer bist du einer, Will Parker! Ich habe dir schon fünfzehn Jahre lang gesagt, daß du ein Greenhorn bist, ein Greenhorn, wie mir noch keins vorgekommen ist. Wirst du es mir nun endlich glauben?“

„Nein“, erklärte der andre, ohne sich durch dieses beleidigende Wort im geringsten aus der Fassung bringen zu lassen. „Nach fünfzehn Jahren ist man kein Greenhorn mehr.“

„Durchschnittlich, ja; aber wer selbst in diesen fünfzehn Jahren nichts gelernt hat, der ist noch immer eins und wird's auch bleiben, wenn ich mich nicht irre. Und eben daß du das nicht einsiehst, das ist der sicherste Beweis, daß du noch jetzt ein Greenhorn bist. Was hältst du von den zwölf Gentlemen dort, die uns so neugierig beliebäugeln?“

„Viel Gutes nicht. Siehst du, wie sie lachen? Das gilt dir, alter Sam.“

„Mir? Wieso?“

„Weil es keinen Menschen gibt, der dich ansehen kann, ohne über dich zu lachen.“

„Freut mich, Will Parker, freut mich ungemein. Das gehört nämlich zu den vielen Vorzügen, die ich vor dir besitze. Wer ein Auge auf dich wirft, möchte weinen, bitterlich weinen; bist eben ein trauriger Kerl, ein ganz trauriger, hihihihi!“

Sam Hawkens und Will Parker schienen in dem Verhältnis einer ständigen lustigen Fehde zueinander zu stehen. Keiner nahm dem andern etwas übel. Der dritte hatte bis jetzt geschwiegen; nun zog er behaglich seine herabgerutschten Gamaschen in die Höhe, streckte die langen Beine weit von sich und sagte, indem sich ein ironisches Lächeln über sein hageres Gesicht ausbreitete: „Wissen nicht, was sie aus uns machen sollen, diese Gentlemen. Stecken die Köpfe zusammen und werden doch nicht klug über uns. Feine Gesellschaft, das – nicht, Sam Hawkens?“

„Ja.“ Der Gefragte nickte. „Laß sie sich die Köpfe zerbrechen, Dick Stone! Desto besser wissen wir, was wir von ihnen zu halten haben. Spitzbuben, was, alter Dick?“

„*Yes.* Ahnt mir sehr, daß wir ein Wörtchen mit ihnen werden sprechen müssen."

„Mir auch. Und nicht nur ahnen! Halte es sogar für sicher, daß wir ihnen unsre Fäuste auf die Nasen setzen werden. Es sind genau die zwölf, auf deren Spur wir trafen."

„Und die dem Wagenzug folgten, um ihn heimlich zu beobachten."

„Dann ritt der eine hin und fragte die Leute aus. Kommt mir verdächtig vor, sehr verdächtig! Sag mal, Will, hast du vielleicht einmal von den Finders gehört?"

„Gehört?" antwortete Parker. „Dir ist wohl dein Gedächtnis abhanden gekommen, altes Coon? Hast ja selbst wiederholt von ihnen gesprochen!"

„*Well,* weiß das ganz genau. Fragte nur, um zu erfahren, ob du als Greenhorn endlich gelernt hast aufzupassen, wenn erfahrene Leute mit dir reden. Du weißt also noch, wieviel Finders es geben soll?"

„Zwölf."

„Und wieviel Personen siehst du hier sitzen, geliebter Will?"

„Dreizehn." Parker lachte vergnügt.

„Zieh den Wirt ab, Dummkopf!"

„Also zwölf, und die Finders sollen auch zwölf sein", antwortete Parker mit unerschütterlicher Ruhe.

„Folglich ...? Fahr weiter!"

„Folglich ist anzunehmen, daß sie vielleicht die Finders sind."

„So ist es, geehrter Will. Hab sie sehr im Verdacht, sie seien es. Der Anführer soll Buttler heißen. Werden erfahren, ob ein Esquire dieses Namens bei ihnen ist."

„Werden es dir gleich sagen!"

„Keine Sorge! Sind neugierig auf uns, diese Gentlemen. Sehe ihnen an den Nasenspitzen an, daß bald einer von ihnen kommen wird, um uns zu interviewen. Gebt ihnen nur keine Auskunft. Bin neugierig, wie sie es anstellen werden."

„Höflich jedenfalls nicht", sagte Dick Stone. „Werden sie nicht allzufein ablaufen lassen."

„Warum?" fragte Sam Hawkens. „Meinst wohl, daß wir grob werden sollen?"

„Sogar sehr!"

„Fällt mir nicht ein! Wir drei werden zusammen ‚the leaf of trefoil', das Kleeblatt, genannt; ist ein Ehrenname; dürfen ihm keine Schande machen; sind bekannt als drei zusammengehörige Gentlemen, die berühmt sind, weil sie durch List und Höflichkeit mehr zu erreichen pflegen als durch Grobheit und Gewalt. So soll es auch hier sein, so und nicht anders."

„*Well;* aber dann werden diese Burschen glauben, daß wir uns vor ihnen fürchten!"

„Mögen sie, mögen sie immerhin, alter Dick. Wenn sie es täten, würden sie sehr bald einsehen, daß sie sich geirrt haben, und zwar sehr, hihihihi! Das Kleeblatt – und sich fürchten! Kann darauf schwören, daß wir mit ihnen zusammengeraten. Wollen den Wagenzug überfallen, was wir nicht dulden werden. Mögen also erst immer denken, daß wir Angst haben; werden dann schon bald erkennen, daß sie sich geirrt haben."

„Willst du mit ihnen kämpfen?"

„Nein."

„Aber doch sie schachmatt setzen, wenn sie die Finders sind?"

„Ja."

„Wird kaum ohne Kampf abgehen!"

„Meinst du?*Pshaw!* Dieses alte Coon" – dabei deutet er mit Behagen auf sich selbst – „hat zuweilen Gedanken, die besser sind als Messerstiche und Flintenschüsse. Mache gern einen Spaß, und ist dabei ein Vorteil über die Gegner zu erringen, ist es um so besser. Mag nicht gern Blut vergießen; man kann seiner Feinde Herr werden, auch ohne sie umzubringen. Habe da meine Vorbilder."

„Weiß genau, wer diese Vorbilder sind."

„Du weißt es wirklich? Nun, wer?"

„Old Shatterhand, Old Firehand und Winnetou, der berühmte Häuptling der Apachen. Diese drei vergießen nie einen Tropfen Blut, außer wenn es unumgänglich ist."

„*Well,* ist richtig, und doch sind sie bekannt und berühmt als die drei größten Helden des Westens. Will es auch so machen, will ihrem Beispiel folgen."

„Und wohl auch ein Held werden, alter Sam?" fragte Will Parker in scherzhaft ironischem Ton.

„Schweig, Greenhorn! Sam Hawkens weiß genau, was er ist und was er leisten kann. Hast du nicht gesehen, daß ich es mit zwei Dutzend Roten aufgenommen habe?"

„*Yes.*"

„Daß ich durch List Ziele erreichte, an denen fünfzig und noch mehr verwegene Westmänner gescheitert wären und ihr Leben gelassen hätten?"

„*Yes.* Was wahr ist, darf man nicht leugnen. Bist ein ganzer Kerl, Sam, ein verteufelt feiner Pfiffikus, und viele haben es teuer bezahlen müssen, daß sie den Fehler begingen, dich für dumm zu halten."

„*Well,* werde also wohl auch mit diesen zwölf zu Ende kommen, ohne ihnen geradezu die Köpfe entzweischlagen oder Löcher durch die Leiber schießen zu müssen."

„Also List?"

„*Yes.*"

„Welche?"

„Weiß noch nicht; wird sich aber ergeben. Müssen uns zunächst verstellen, uns auslachen lassen, müssen recht unerfahren tun."

„Wie Greenhorns?"

„Ja, wie Greenhorns, was freilich bei dir, Will Parker, keiner Verstellung bedarf, da du wirklich eins bist. Seht, wie sie über meine Mary, über mein Maultier, lachen!"

„Ist aber auch keine Schönheit, Sam!"

„Schönheit? Unsinn! Ein häßliches Vieh ist sie, ein großartig häßliches Vieh; aber ich vertausche sie dennoch nicht gegen tausend edle Rosse. Ist klug, erfahren und verständig wie – wie – wie, na, wie Sam Hawkens, ihr Herr, und hat mir hundertmal das Leben gerettet. Hab sie aber auch nie im Stich gelassen und würde mein Leben wagen, wenn sie sich in Gefahr befände. Meine Mary ist eben meine Mary, einzig, unübertrefflich und mit keinem andern Viehzeug zu vergleichen, sonst aber eine störrische, heillose, niederträchtige Bestie, die man am liebsten gleich totschießen sollte."

„Grad wie deine Liddy", warf Dick Stone ein.

„Ja, die Liddy erst." Sam Hawkens nickte, wobei seine kleinen Äuglein funkelten und er mit der Hand liebkosend über sein altes, sonderbares Gewehr strich. „Die Liddy ist mir ebenso lieb wie die Mary; sie hat nicht ein einziges Mal versagt, mich nie im Stich gelassen. Wie oft haben Freiheit und Leben von ihr abgehangen, und stets hat sie ihre Schuldigkeit getan. Freilich hat sie auch ihre Mucken, ihre großen Mucken, und wer sie nicht kennt, dessen Kürbis schwimmt gegen das Wasser. Ich aber kenne sie, ich habe sie studiert wie der Arzt die Karfunkelbeule; ich weiß genau, welche Vorzüge und welche Schwächen sie besitzt und an welcher Stelle ich sie streicheln und liebkosen muß, um sie bei guter Laune zu halten. Ich gebe sie nicht aus der Hand, bis ich sterbe, und wenn ich einmal tot bin, und ihr seid dabei, so tut mir den Gefallen und gebt mir meine Liddy mit unter den Rasen, mit dem ihr mich bedeckt. Kein andrer, der sie nicht kennt und liebhat, soll sie jemals in die Hände bekommen. Die Mary, die Liddy, Dick Stone und Will Parker, das sind die vier, die mir ans Herz gewachsen sind und außer denen ich nichts mag und nichts besitze auf der ganzen weiten Welt."

Ein feuchter Schimmer verdrängte das vorher so helle Funkeln seiner Augen, doch strich er mit beiden Händen schnell über die Augen und sagte in wieder munterem Ton: „Seht, da steht einer von den zwölfen auf, der, welcher mit dem Wirt so heimlich gemunkelt hat. Höchstwahrscheinlich kommt er her, um uns zu äffen. *Well,* die Komödie kann losgehen; aber verderbt sie mir nicht!"

Man darf sich nicht darüber wundern oder es gar belächeln, daß Sam Hawkens seinem Maultier und seinem Gewehr solche Kosenamen gegeben hatte und in so zärtlicher Weise von ihnen sprach. Die Westmänner vom alten Schrot und Korn – leider ist diese Sorte bis auf wenige, die man zählen kann, ausgestorben – waren ganz andre Menschen als das Gesindel, das nach ihnen kam. Unter dem Ausdruck „Gesindel" sind hier nicht etwa nur moralisch verkommene Menschen gemeint; dieses Wort hat hier eine andre als die gewöhnliche Bedeutung. Wenn ein Millionär, ein Bankier, ein Offizier, ein Advokat, meinetwegen auch der Präsident der Vereinigten Staaten selbst nach dem Westen geht, ausgerüstet mit den heutigen massenmörderischen Waffen, ängstlich behütet und bewacht von einer zahlreichen Begleitung, damit ihm ja keine Mücke in die Hühneraugen beißt, und von einem sicheren Standort aus das Wild zu hundert Exemplaren niederknallt, ohne dessen Fleisch zu brauchen, so wird dieser hohe und vornehme Herr von dem wirklichen Westmann eben zum „Rabble", zum Gesindel, gerechnet. Der Indianer, der Westmann vom Fach, „machte" nur dann Fleisch, wenn er es brauchte. Er fing das ihm nötige Pferd aus einer Herde wilder Mustangs heraus; er kannte die Zeiten, wann die Büffel von Süden nach Norden zogen und wann sie zurückkehrten, und die Gegenden, durch die sie auf ihren Wanderungen kamen, und machte nur Jagd auf sie, um sein Leben zu fristen. Da traf man auf Mustangherden zu fünftausend Stück; da kamen die Bisons wie ein Meer, zwanzig-, dreißigtausend und noch mehr. Wo sind diese ungeheuren Massen hin? Verschwunden! So weit die Savannen reichen, ist kein einziger Mustang mehr zu sehen. Ausgerottet, vernichtet! Im Nationalpark droben „hegt" oder „schont" man jetzt einige Büffel; hier und da kann man in einem zoologischen Garten noch einen einzelnen sehen; aber in der Prärie, die sie früher zu Millionen bevölkerten, sind sie ausgestorben; der Indianer verhungert körperlich und moralisch, und einen wirklichen, echten Westmann sieht man nur noch in Bilderbüchern. Daran ist das schuld, was der Trapper, der Squatter „Gesindel" nennen. Man sage ja nicht, daß der Grund in dem Vorrücken der Zivilisation liege. Die Zivilisation hat nicht die Aufgabe der Ausrottung, der Vernichtung. Wie oft taten sich, als die Pazifikbahnen entstanden, Gesellschaften von hundert und mehr „Gentlemen" zusammen, um, mit Gewehren „neuester" Konstruktion bewaffnet, einen Jagdausflug zu unternehmen. Sie dampften nach dem Westen, ließen in der Prärie halten und schossen aus den sicheren Wagen heraus auf die vorüberziehenden Büffelherden; dann fuhren sie weiter, ließen die Tierleichen verfaulen und rühmten sich, Präriejäger gewesen zu sein und ein exzellentes Vergnügen gehabt zu haben. Dabei waren auf ein wirklich getötetes Tier zehn und noch mehr angeschossene, verwundete zu rechnen, die sich mühsam und schmerzvoll weiterschleppten und dann elend verendeten. Der Indianer sah von fern mit ohnmächtigem Grimm zu, wie man ihm seine Nahrung raubte, ihn zum Hunger trieb, und konnte nichts dagegen tun. Beschwerte er sich, wurde er ausgelacht; wehrte er sich, wurde er niedergemacht wie die Büffel, die er für sein Eigentum hielt und deshalb geschont hatte.

Ganz anders der wirkliche Westmann, der frühere Jäger. Dieser schoß nicht mehr, als er brauchte. Er holte sich das Fleisch mit Gefahr für sein Leben. Er wagte sich auf seinem Pferd mitten in die Büffelherde hinein. Er kämpfte mit dem Mustang, den er sich fangen und zähmen wollte; er trat selbst dem grauen Bären kühn entgegen; sein Leben war ein unaufhörlicher, aber ritterlicher Kampf mit feindlichen Verhältnissen, feindlichen Tieren und feindlichen – Menschen. Dabei mußte er sich auf sich selbst, auf sein Pferd und auf sein Gewehr verlassen können, wenn er nicht „ausgelöscht" werden wollte. Das Pferd war daher sein Freund, die Büchse seine Freundin. So mancher Jäger hat oft sein Leben für sein Pferd gewagt! Und mit welcher Liebe hing er an seinem Gewehr, jenem toten, seelenlosen Gegenstand, dem seine dankbare Phantasie dennoch eine Seele beilegte. Er hungerte und dürstete, um vor allen Dingen sein Pferd fressen und saufen zu lassen, und sah erst auf sein Gewehr, ehe er an sich selber dachte. Er gab beiden Namen wie einem Lebewesen und sprach mit ihnen wie mit Menschen, wenn er einsam, nur mit ihnen allein, im Gras der Prärie oder im Moos des Urwalds lagerte. Zu dieser Art von Westmännern gehörte Sam Hawkens. Die Rauheit seines wilden Lebens hatte sein Herz nicht verdorben, er war ein gemütvolles, aber dabei außerordentlich schlaues Kind geblieben.

Was er erwartet hatte, das geschah: Buttler war aufgestanden, kam herbei, pflanzte sich gebieterisch vor dem Tisch, an dem die drei saßen, auf und sagte, ohne sie zu grüßen, in höhnischem Ton: „Wie prächtig ihr euch ausnehmt, Leute! Ihr scheint höchst sonderbare, höchst lächerliche Drillinge zu sein!"

„*Yes.*" Sam nickte sehr ernsthaft und sehr bescheiden.

Dieses Eingeständnis klang so komisch, daß Buttler laut auflachte und, während seine Gefährten in das Gelächter einstimmten, fortfuhr: „Wer seid ihr denn eigentlich?"

„Ich bin der erste", antwortete Sam.

„Ich der zweite", fügte Dick Stone hinzu.

„Und ich der dritte", stimmte Will Parker ein.

„Der erste, der zweite, der dritte? Was denn?" fragte Buttler, nicht gleich wissend, was sie meinten.

„Na, Drilling natürlich!" antwortete Sam mit außerordentlicher Treuherzigkeit.

Ein zweites allgemeines Gelächter folgte diesen Worten. Buttler war geschlagen; deshalb fuhr er den Kleinen unwillig an: „Macht keine dummen Witze! Ich bin gewohnt, ernsthaft mit mir verkehren zu lassen. Daß ihr nicht Drillinge seid, sieht man ja. Ich wollte eure Namen wissen. Heraus damit also!"

„Ich heiße Grinell", antwortete Sam kleinlaut.

„Und ich Berry", gestand Dick furchtsam.

„Und ich White", stieß Will sehr ängstlich hervor.

„Grinell, Berry und White", sagte Buttler, „eure Namen kenne ich jetzt. Nun sagt mir auch, was ihr seid!"

„Fallensteller", erklärte Sam Hawkens.

„Fallensteller?" Der Examinator lachte. „Ihr seht mir ganz und gar nicht aus, als ob ihr jemals einen Biber oder ein Racoon gefangen hättet!"

„Haben auch noch nicht", gab der kleine Sam bescheiden zu.

„Ah, habt noch nicht! Wollt also wohl erst?"
„*Yes.*"
„Gut, sehr gut! Wo kommt ihr denn her?"
„Von Castroville herauf."
„Was habt ihr dort betrieben."
„Einen Kleiderladen, Compagniegeschäft zu dreien."
„Soso! Ist wohl schlecht gegangen?"
„*Yes.* Haben ein wenig Bankrott gemacht; hatten zuviel ausgeborgt, Kredit gegeben, aber keinen bekommen."
„Richtig, richtig! Haben es euch gleich angesehen, daß ihr pleite gehen müßt. Also Kleiderhändler, vielleicht gar Schneider. Drei Schneider, die aus Ungeschick in die Pleite gefallen sind und nun den außerordentlich klugen Gedanken gefaßt haben, sich als Trapper wieder aufzuhelfen! Hört ihr es?"
Diese Frage war an seine Kumpane gerichtet, die dem Gespräch mit ironischem Behagen zuhörten. Sie ließen ein drittes schallendes Gelächter hören. Sam Hawkens aber rief scheinbar zornig: „Ungeschick? Da irrt Ihr Euch gewaltig, Sir. Wir wußten wohl, woran wir waren. Aus der Pleite mußte natürlich für uns etwas abfallen, sonst hätten wir sie nicht gemacht."
Er zog seinen bockledernen Jagdrock vorn auf, klopfte auf den breiten Gürtel, daß es metallisch klang, und fügte stolz hinzu: „Hier sitzen die Moneten, Sir!"
Das Gesicht Buttlers nahm den Ausdruck eines Raubvogels an, der nach Beute ausspäht, und in möglichst unbefangenem Ton fragte er: „Ihr habt Moneten? Dann seid ihr freilich klüger gewesen, als ihr ausseht. Wieviel hat euch denn der Bankrott eingebracht?"
„Über zweitausend Dollar."
„Die tragt ihr bei euch?"
„*Yes.*"
„Die ganze Summe?"
„*Yes.*"
„Auf der Reise, in dieser unsichern Gegend?"
„*Pshaw!* Wir haben Waffen."
„Die würden euch verteufelt wenig nützen. Wenn zum Beispiel die Finders kämen, die würden euch drei Schneider ausbeuteln, ehe ihr nur Zeit fändet, die Augen aufzumachen. Warum habt ihr das viele Geld nicht lieber einer Bank anvertraut?"
„Werden es noch tun."
„Wo?"

„Droben in Prescott."
„Dahinauf wollt ihr?"
„Yes."
„Als Fallensteller?"
„Yes."
„Habt ihr denn Fallen?"
„Nein."
„Woher wollt ihr sie nehmen?"
„In Prescott kaufen."
„Himmel! Seid ihr Menschen. Was gedenkt ihr denn da oben zu fangen?"
„Biber und – und – und ..." Er stockte verlegen.
„Und – und – was weiter?" drang Buttler in den Kleinen.
„Grizzlybären."
Da ertönte von den andern Tischen ein wahrhaft homerisches Gelächter herüber. Buttler lachte auch, daß ihm die Tränen in die Augen traten und der Atem versagte, und rief, als er sich einigermaßen beruhigt hatte: „Grizzlybären wollt ihr in Fallen fangen, Grizzlybären, von denen einer neun Fuß hoch ist und auch neun Zentner wiegen wird! In Fallen fangen?"
„Warum nicht?" knurrte Sam verdrießlich. „Wenn nur die Fallen groß und stark genug sind!"
„Es gibt aber keine Grizzlyfallen und wird auch keine geben!"
„So lassen wir uns in Prescott von einem Schmied welche machen."
„Wie denn?"
„Das werden wir ihm schon sagen."
„Ihr drei Schneider? Halt auf, Kleiner, Dicker, halt auf, sonst ersticke ich!" Er lachte wieder aus vollem Hals und konnte erst nach einer Weile fortfahren: „Und selbst wenn das mit den Grizzlybären möglich wäre, so müßte man sich doch schon darüber halb totlachen, daß ihr, um Biber zu fangen, hinauf nach Prescott wollt."
„Nach Prescott eigentlich nicht; dort wollen wir die Fallen kaufen; dann reiten wir nach dem Gila und dem San-Francisco-Fluß."
„In dem es zwei Zoll hoch Wasser gibt; wo sollen da die Biber herkommen?"
„Das laßt nur unsre Sorge sein, Sir! Hab ein Buch gelesen, in dem alles steht, auch das von den Bibern."

„Schön, schön, vortrefflich! Wenn ihr so klug seid, euch nach einem Buch zu richten, so läßt sich nichts weiter sagen. Ich wünsche euch so viel Biber und Bären, wie ihr wollt. Aber ihr werdet auch noch andres finden."

„Was?"

„Wilde Indianer, die euch Tag und Nacht umschleichen, um euch zu überfallen."

„Da wehren wir uns."

„Mit euern Waffen etwa?"

„Yes."

„Zum Beispiel hier mit Eurer Flinte?"

„Yes."

„Alle Wetter, werdet Ihr da ungeheure Heldentaten verrichten. Zeigt doch einmal das Schießholz her! Das müssen wir uns unbedingt besehen."

Er nahm Sam Hawkens das Gewehr aus der Hand und ging damit zu seinen Kumpanen hinüber, die es unter den kräftigsten Bemerkungen betrachteten. Auch Dick Stone mußte seine lange Rifle zeigen, die denselben ironischen Beifall fand; dann sagte Buttler, indem er die Gewehre zurückgab: „Ich habe euch großes Unrecht getan, Mesch'schurs, und muß euch deshalb um Verzeihung bitten."

„Welches Unrecht?" fragte Sam.

„Ich hätte euch fast mit andern Leuten verwechselt."

„Mit wem?"

„Mit dem Kleeblatt."

„Kleeblatt? Wer ist das?"

„Das sind drei berühmte Jäger, die stets beisammen sind und deshalb das Kleeblatt genannt werden, Sam Hawkens, Dick Stone und Will Parker."

„Kennt Ihr die?"

„Nein, eben nicht, sonst wäre ich doch nicht in die Gefahr geraten, euch beinahe mit ihnen zu verwechseln."

„Aber Ihr müßt doch wenigstens wissen, wie sie aussehen!"

„Das weiß ich auch. Sam Hawkens ist so klein und dick wie Ihr, und die beiden andern sollen so lang und dürr wie Eure Gefährten sein; das stimmt. Dazu kommt, daß Sam einen ledernen Jagdrock zu tragen pflegt, an dem Fleck an Fleck so aufgenäht ist, daß kein Indianerpfeil mehr hindurchzudringen vermag. Ihr habt auch solch einen Rock. Das ist nur Zufall, führte mich aber doch einige Minuten irre. Jetzt freilich weiß ich, woran ich bin. Das Kleeblatt hat nicht mit alten Kleidern

Pleite gemacht, ist jedenfalls ganz anders und weit besser beritten als ihr und würde nie solche Schießprügel auch nur berühren, wie die euern sind. Da man aber nie vorsichtig genug sein kann und besonders Sam Hawkens ein großer Pfiffikus sein soll, will ich doch noch sicherer gehen, als ich bis jetzt gegangen bin. Ich habe gehört, daß Will Parker einmal skalpiert worden sein soll und infolgedessen eine Perücke trägt. Mr. Berry und Mr. White mögen mir also einmal ihre Köpfe zeigen!"

Buttler fühlte sich noch nicht ganz beruhigt. Glücklicherweise war er falsch unterrichtet; nicht Will Parker, sondern Sam Hawkens hatte das entsetzliche Unglück gehabt, skalpiert worden zu sein. Stone und Parker entblößten bereitwillig ihre Häupter; Buttler griff in ihre Haare, überzeugte sich, daß sie nicht falsch waren, und sagte: *„All right,* ihr seid drei Schneider, und ich will nun um euretwillen hoffen, daß ihr mit euern Gewehren jetzt ebenso umzugehen versteht wie früher mit euern Nähnadeln."

„Keine Sorge!" sagte Sam sehr zuversichtlich. „Was wir treffen wollen, das treffen wir."

„Wirklich?"

„Wirklich!"

„Wettschießen, wettschießen!" flüsterten die, welche Buttler am nächsten saßen, diesem zu.

Im Westen, wo fast jeder Mann ein guter Schütze ist, läßt nie jemand die Gelegenheit zu einem Wettschießen vorübergehen. Die Schützen messen sich gern miteinander; der Ruhm des Sieges spricht sich weit herum, und es werden dabei oft bedeutende Summen auf das Spiel gesetzt. Hier nun gab es nicht nur Gelegenheit zu einem Wett-, sondern sogar zu einem spaßhaften Schießen; die drei Schneider hatten wohl nicht gelernt, mit Gewehren umzugehen, und da diese nichts taugten, gab es etwas zu lachen, wenn man die drei Männer dazu brachte, ihre vermeintliche Kunst zu zeigen. Deshalb sagte Buttler, um Sam anzustacheln, in zweifelndem Ton: „Ja, mit der Nähnadel den Ärmel eines Rockes treffen, das kann sogar ein Blinder; aber Schießen, Schießen, das ist doch etwas ganz andres. Habt Ihr denn schon einmal geschossen, Mr. Grinell?"

„Yes", antwortete der Kleine.

„Wonach?"

„Nach Sperlingen."

„Mit diesem Gewehr?"

„Nein, mit dem Blasrohr."

„Mit dem Blasrohr?“ Buttler lachte laut auf. „Und da denkt Ihr, daß Ihr auch mit dem Gewehr ein guter Schütze seid?“

„Warum nicht? Zielen ist doch Zielen!“

„So? Wie weit könnt Ihr denn treffen?“

„Doch jedenfalls so weit, wie die Kugel fliegt.“

„Sagen wir zweihundert Schritt?“

„Well.“

„Ungefähr so weit entfernt steht die zweite Hütte da drüben. Glaubt Ihr, sie zu treffen?“

„Die Hütte?“ fragte Sam in beleidigtem Ton. „Die trifft ein Blinder, grad wie mit der Nadel den Rockärmel.“

„So wollt Ihr wohl sagen, daß das Ziel kleiner sein soll?“

„Yes.“

„Wie groß ungefähr?“

„Wie meine Hand.“

„Und das glaubt Ihr zu treffen, mit diesem Euerm Schießzeug hier?“

„Yes.“

„Unsinn! Dieser Lauf muß ja gleich beim ersten Schuß zerplatzen, und wenn er das nicht tut, ist er so krumm gezogen, daß Eure Kugeln um jede Hausecke biegen, nie aber gerade fliegen werden.“

„Versucht es doch einmal!“

„Wetten wir? Ihr habt ja Geld dazu.“

„Nicht nur Geld, sondern auch Lust.“

„Wieviel setzt Ihr?“

„Soviel wie Ihr.“

„Also einen Dollar.“

„Einverstanden.“

„So gilt die Wette. Aber wir wollen nicht nach jener Hütte schießen, weil der Besitzer es wohl nicht dulden würde, sondern ich …“

„Schießt nach der meinen!“ unterbrach ihn der Wirt. „Ich klebe an die hintere Front ein Papier, so groß wie meine Hand; das ist das Ziel.“

Dieser Vorschlag wurde angenommen. Man begab sich nach der hinteren Seite; das Papier wurde angeklebt, und dann zählte Buttler zweihundert Schritte ab. Er setzte einen Dollar, und Sam tat es ihm gleich. Darauf loste man, wer zuerst schießen sollte. Das Los fiel auf Buttler. Er stellte sich in der abgemessenen Entfernung auf, zielte nur kurz, drückte ab und traf das Papier.

Nun war die Reihe an Sam. Er tat die krummen Beinchen möglichst weit auseinander, legte seine Liddy an, bog sich weit nach vorn und zielte sehr lange. In dieser Stellung sah er aus wie ein Fotograf, der sich unter die Hülle seines Apparats beugt, um nach seinem Objekt zu visieren. Alle lachten. Da endlich krachte der Schuß, und Sam flog zur Seite, ließ das Gewehr fallen und faßte nach seiner rechten Wange. Das Gelächter wurde zum förmlichen Gejohle.

„Hat Euch die Flinte gestoßen, wohl gar einen Hieb gegeben?“ fragte Buttler.

„*Yes,* sogar eine Ohrfeige ist's gewesen!“ antwortete der Kleine wehmütig.

„Das Ding haut also; es scheint Euch selbst gefährlicher zu sein als andern Leuten. Wollen sehen, ob Ihr getroffen habt.“

Auf dem Papier war keine Spur von der Kugel zu bemerken. Man suchte lange, bis endlich einer, der zur Seite gegangen war, unter dröhnendem Lachen den andern zurief: „Kommt her zu mir! Da steckt sie, da, wer sie sehen will. Kommt her! Der Schnaps läuft aus dem Loch!“

Dort stand, vielleicht zehn Schritt von dem Haus entfernt, ein volles Branntweinfaß. In dieses war die Kugel geflogen, und man sah den Inhalt in einem fingerdicken Strahl aus dem frischen Schußloch strömen. Das jetzt entstehende Gelächter wollte kein Ende nehmen. Der Wirt aber fluchte und verlangte Entschädigung. Als Sam ihm diese zusagte, beruhigte er sich und trieb mit dem Hammer einen hölzernen Pflock in das Loch, um es zu schließen.

„Also nicht einmal das Haus habt Ihr getroffen!“ rief Buttler dem verdutzt dreinschauenden Kleinen zu. „Ich habe Euch ja gesagt, daß Eure Kugeln um alle Ecken biegen werden. Der Dollar ist mein. Wollt Ihr noch einen wagen, Mr. Grinell?“

„*Yes*“, antwortete Sam.

Mit dem zweiten Schuß traf er wenigstens das Haus, aber ganz unten an der Ecke, während sich das Ziel oben in der Mitte der Mauer befand. So gab er noch vier oder fünf Schüsse ab, ohne dem Papier näher zu kommen, und verlor noch ebenso viele Dollar. Darüber wurde er zornig und rief aus: „Es ist nur, weil es bloß um einen Dollar geht. Ich glaube, wenn es mehr gälte, könnte ich besser zielen.“

„Mir recht.“ Buttler lachte. „Wieviel wollt Ihr setzen?“

„Soviel wie Ihr.“

„Sagen wir zwanzig?“

„Yes."

Sam verlor auch diese zwanzig, verlor sie aber, weil er wieder genau in dieselbe Ecke traf. Buttler strich das Geld ein und fragte: „Noch einmal gefällig, Mr. Grinell?"

Dabei zwinkerte er seinen Leuten heimlich und vergnügt zu.

„Yes", antwortete Sam. „Es muß doch einmal werden."

„Denke es auch. Wie hoch?"

„Wie ihr wollt."

„Fünfzig Dollar."

„Yes."

„Oder sagen wir lieber hundert?"

„Das ist zuviel. Ich bin zwar überzeugt, daß ich jetzt endlich treffen werde, aber es tut mir leid, Euch soviel abzunehmen, Mr. ... Wie heißt Ihr denn eigentlich, Sir?"

„Buttler", antwortete der Gefragte zu schnell und also unvorsichtig. Wahrscheinlich hätte er einen andern Namen genannt, wenn er nicht durch Sams Frage so überrumpelt worden wäre.

„Schön, Mr. Buttler", fuhr Hawkens fort. „Also nicht hundert; es ist zuviel."

„Nonsens! Was ich gesagt habe, das halte ich; es fragt sich nur, ob Ihr Mut habt."

„Mut? Den hat ein Schneider immer."

„Also hundert?"

„Yes."

Buttler war so sicher, das Ziel zu treffen, während Sam natürlich wieder danebenschießen würde, daß er diesmal noch kürzer zielte als vorher. Oder regte ihn die Höhe der Summe auf, kurz und gut, seine Kugel kam neben, zwar hart, aber doch neben dem Papier in die Mauer zu sitzen. Das raubte ihm freilich nicht die gute Laune, denn sein Gegner traf jedenfalls nicht besser. Im schlimmsten Fall konnte es zum Stechen kommen, und da war ihm der Sieg sicher.

Jetzt zielte Sam, aber wohin! Nach der Mauerecke, wohin er bisher stets getroffen hatte und wo von ihm, außer dem ersten Schuß, Kugel auf Kugel saß.

„Was fällt Euch ein, Mr. Grinell", rief Buttler erstaunt, „Ihr zielt ja nach der Ecke!"

„Versteht sich von selbst", antwortete der Kleine getrost.

„Warum denn?"

„Habe erst jetzt mein Gewehr begriffen."

„Wieso?"

„Scheint seinen eigenen Willen, seine Launen zu haben. Ziele ich nach dem Papier da oben in der Mitte, so geht die Kugel dahinunter in die Ecke. Ziele ich aber nach der Ecke, so wird sie wohl hinauf nach dem Papier fliegen."

„Das ist Verrücktheit!"

„Nicht von mir, sondern von der Flinte. Paßt mal auf!"

Er drückte ab, und die Kugel saß – genau in der Mitte des Zieles.

„Seht Ihr nun, daß ich recht hatte!" Der Kleine lachte. „Gewonnen! Gebt die hundert Dollar heraus, Mr. Buttler!"

Die Summen waren noch nicht gesetzt worden. Buttler zögerte, der Aufforderung Folge zu leisten; es kam ihm der Gedanke, die Zahlung zu verweigern; dann hatte er einen Einfall, den er für besser hielt; er zog also die Goldstücke aus seiner Tasche, gab sie Sam und sagte: „Halten wir auf?"

„Wie Ihr wollt."

„Oder setzen wir noch einmal?"

„Meinetwegen!"

„Aber nicht hundert, sondern zweihundert!"

„Sir, das ist zuviel!"

„Für mich nicht. Oder habt Ihr Angst bekommen?"

„Angst? Fällt mir nicht ein!"

„Also zweihundert, aber gleich gesetzt!"

„Gut! Mein Kamerad Mr. Berry mag den Unparteiischen machen und das Geld verwahren, und wir nehmen ein neues Papier mit einem Punkt genau in der Mitte. Wessen Kugel diesem am nächsten sitzt, der hat gewonnen."

„Einverstanden", erklärte Buttler, „aber wir schießen nicht auf zwei-, sondern auf dreihundert Schritt!"

„Da treffe ich nichts!"

„Ist auch nicht nötig. Vorwärts, Mr. Grinell, zweihundert Dollar heraus!"

Sam gab Dick Stone das Geld, Buttler schien nicht mehr soviel zu besitzen, denn er ging zu mehreren seiner Gefährten, um sich von ihnen aushelfen zu lassen. Als er die Summe beisammen hatte, übergab er sie auch Dick, der sehr wohl wußte, weshalb ihn Sam als Unparteiischen vorgeschlagen hatte. Nachdem ein neues Papier angeklebt worden war, zählte man dreihundert Schritte ab, und Buttler machte sich zum Schuß bereit.

„Ziele besser als vorhin!" rief ihm einer seiner Männer vom Nebentisch zu.

„Schweig!" antwortete er zornig. „Ein Schneider sticht mich nicht aus!"

„Vorhin aber doch!"

„War nur Zufall, weiter nichts."

Er zielte diesmal länger und sorgfältiger als vorher. Sein Schuß traf das Papier, wenn auch nicht im Mittelpunkt.

„Prachtschuß, Hauptschuß, famoser Schuß!" lobten ihn seine Gefährten.

Er nickte siegesgewiß dazu und hielt es für unter seiner Würde, auf Sam zu achten. Dieser stand bereit zum Schuß und rief seinem Gegner zu: „Mr. Buttler, macht einmal die Augen auf!"

„Warum?"

„Ich werde diesmal grad den Punkt in der Mitte treffen."

„Bildet Euch das nicht ein! Ihr könnt ihn in dieser Entfernung gar nicht sehen und kaum das Papier erkennen."

„Ist auch nicht nötig, denn ich habe ihn doch nicht zu sehen, sondern zu treffen. Paßt auf, eins – zwei – drei!"

Bei eins stellte er sich in Positur, bei zwei legte er an, und bei drei krachte sein Schuß. Ein zwölf- oder dreizehnstimmiger Ruf des Schreckens oder des Ärgers folgte; er hatte wirklich den Mittelpunkt getroffen. Dick Stone eilte zu ihm, hielt ihm das Geld hin und sagte: „Nimm rasch, alter Sam, sonst bekommst du es nie!"

„*Well,* würden mir es später aber doch noch geben müssen."

Er steckte es ein und schritt der Hütte zu.

„Ein unbegreifliches, ein verdammtes Glück ist das!" rief ihm Buttler zornig entgegen. „So ein Zufall ist noch nicht dagewesen!"

„Bei mir allerdings nicht", gestand Sam ein, und zwar ganz der Wahrheit gemäß, denn er war ein so vortrefflicher Schütze, daß er keines Zufalls bedurfte.

Buttler aber nahm diese Worte in anderem Sinn und sagte: „So gebt das Geld wieder heraus!"

„Herausgeben? Warum? Aus welchem Grund?"

„Weil Ihr soeben zugegeben habt, daß das Ziel nicht von Euch, sondern durch den Zufall getroffen worden ist."

„Schön! Aber der Zufall hat sich meiner Hand und meiner Flinte bedient; er hat das Ziel getroffen, also die Wette gewonnen; ihm gehört das Geld, und ich werde es ihm geben, sobald ich ihm begegne."

„Das soll wohl ein Witz sein, Sir?" fragte Buttler drohend,

und zugleich bildeten seine Leute einen engen Kreis um ihn und Sam.

Dieser zeigte nicht die mindeste Besorgnis, sondern antwortete ruhig: „Sir, Schneider pflegen keine Witze zu machen, wenn es sich um Geld handelt. Es ist mein Ernst. Wollen wir weiter schießen?“

„Nein; ich habe mit Euch, aber nicht mit Euerm Zufall wetten wollen. Ist Euch der immer so günstig?“

Er gab seinen Gefährten einen verstohlenen Wink, auf Feindseligkeiten zu verzichten; Sam bemerkte das aber und anwortete: „Stets, nämlich wenn es sich der Mühe lohnt, eines lumpigen Dollars wegen freilich nicht; da geht meine Kugel lieber in die Ecke.“

Eben wollten sie sich um diese Ecke wenden, um nach der vorderen Seite des Hauses zurückzukehren, als ihnen jemand entgegen kam. Dieser Jemand war – Sam Hawkens' Maultier, das neugierig nach seinem Herrn auszublicken schien. Buttler, der vorangegangen war, stieß mit dem Tier fast zusammen.

„Häßliches Vieh!“ rief er aus und gab der Mary einen Fausthieb gegen den Kopf. „Ist ein wahres, richtiges Schneiderpferd! Einem andern könnte es im ganzen Leben nicht einfallen, sich auf solch eine Bestie zu setzen!“

„Sehr richtig!“ stimmte Sam bei. „Nur fragt es sich, warum?“

„Warum? Aus Abscheu natürlich! Was denn sonst?“

„Es läßt sich gut sagen, aus Abscheu, wenn der Grund ganz woanders liegt.“

„Wo soll er denn liegen?“

„Im Unvermögen.“

„Wieso? Wie meint Ihr das? Wollt Ihr etwa sagen, daß man Euern Ziegenbock nicht reiten könne?“

„Das behaupte ich nicht, Sir; ich wollte nur so viel sagen, daß ihn nur ein sehr guter Reiter besteigen kann.“

Er sagte diese Worte in einem so eigenartigen Ton, daß Buttler rasch fragte: „Meint Ihr etwa, daß ich kein guter Reiter bin, daß ich mit Eurer Bestie nicht fortkäme?“

„Das ist nicht meine Meinung gewesen, Sir, obgleich sehr zu erwarten steht, daß es Euch binnen einer Minute abwerfen würde.“

„Mich? Den besten Reiter zwischen Frisco und New Orleans? Ihr seid verrückt!“

Sam maß ihn mit einem neugierigen Blick von Kopf bis zu den Füßen und fragte dann in ungläubigem Ton: „Ihr – der beste Reiter? Das glaube ich nicht. Ihr seid nicht zum Reiten gebaut; dazu sind Eure Beine zu lang."

„Nicht zum Reiten gebaut!" Buttler lachte auf. „Was will ein Schneider vom Reiten verstehen! Als Ihr vorhin hier ankamt, hingt Ihr auf Euerm Viehzeug wie ein Affe auf dem Kamel, und da wollt Ihr vom Reiten sprechen? Laßt Euch nicht auslachen! Euer Maultier nehme ich so zwischen die Schenkel, daß es binnen fünf Minuten zusammenbricht!"

„Oder Euch binnen einer Minute herunterwirft!"

„Sagt Ihr das wirklich im Ernst?"

„Yes."

„Wollen wir wetten?"

„Ich setze zehn Dollar!"

„Ich auch!"

„Daß es mich nicht hinunterwirft!"

„Und ich behaupte das Gegenteil!"

„Gut, fertig, zehn Dollar heraus!"

Sam zog das Geld hervor und gab es Dick Stone. Buttler borgte es sich von seinen Gefährten und gab es dann auch Dick. Lieber hätte er es einem seiner Leute anvertraut, wollte aber keinen Verdacht erwecken.

„Eine miserable Wette!" sagte der Wirt zu ihm. „Für zehn Dollar auf solch ein Scheusal steigen! Diesmal werdet Ihr sicher gewinnen."

Buttler nahm die alte Mary beim Zügel und führte sie von der Ecke fort nach dem vor dem Haus liegenden freien Platz.

„Also binnen einer Minute herunter!" rief er Hawkens zu. „Sitze ich dann noch darauf, habe ich gewonnen."

„Darf ich mit dem Tier reden?" fragte Sam.

„Warum nicht? Redet mit ihm, pfeift mit ihm oder singt mit ihm, ganz wie Ihr wollt!"

Es hatten sich zwei Gruppen gebildet. Auf der einen Seite stand Sam mit Dick und Will, auf der andern der Wirt mit den Leuten Buttlers. Dieser stieg auf. Das Maultier ließ es sich ruhig gefallen und stand still und unbeweglich, als ob es aus Holz geschnitzt wäre. Da sagte Sam: „Bocke ihn ab, meine gute Bucking-Mary!"

Augenblicklich machte das Maultier einen runden, hohen Katzenbuckel, ging mit allen vieren in die Luft, streckte sich und kam mit dem Reiter gleichzeitig wieder auf dem Erdboden an; Buttler aber saß nicht mehr im Sattel, sondern neben der Mary auf dem Boden. Seine Leute schrien überrascht auf;

er sprang empor und rief ergrimmt: „Dieses Vieh ist des Teufels! Erst steht es fromm wie ein Lamm, und dann geht es plötzlich wie ein Ballon in die Luft!"

„Da wäre es besser, Ihr wärt Luftschiffer anstatt Reiter; das Geld ist mein", antwortete Sam, indem er es einstrich.

„Zum Henker! Ich weiß nicht, ob ich richtig verstanden habe. Sagtet Ihr dem Tier nicht, daß es mich abbocken solle?"

„*Yes.*"

„Sir, das verbitte ich mir!"

„*Pshaw!* Ihr habt gesagt, daß ich mit ihm reden kann, ganz wie ich will."

„Aber zu meinem Schaden!"

„Nein, sondern zu Eurem Nutzen. Ihr braucht ja nur zu hören, was ich sage, so wißt Ihr, was das Tier tun wird und wie Ihr Euch dagegen zu verhalten habt, wenn Ihr ein so guter Reiter seid, wie Ihr vorhin sagtet."

„*Well,* so werde ich das nächstemal sicher gewinnen; ich lasse mich nicht wieder herabbocken. Setzt Ihr noch einmal zehn Dollar?"

„Gern."

Buttler borgte sich das Geld zum zweitenmal, gab es Dick und sagte zu Sam, indem er wieder aufstieg: „Nun, sagt dem Racker, was er tun soll!"

Sam lachte kurz und lustig auf und rief dem Maultier zu: „Streif ihn ab, meine liebe Striping-Mary!"

Die Mary setzte sich in Galopp, gegen den keine Bemühung Buttlers etwas half, schlug einen Bogen nach der unteren Hausecke zu und rannte, dort angekommen, nach der oberen Ecke hin, und zwar so eng an der Mauer, daß das rechte Bein Buttlers an der Ecke hängenblieb und er, wenn er es sich nicht arg zerschinden oder gar brechen lassen wollte, aus dem Sattel mußte; er wurde abgestreift und kam wieder auf die liebe Erde zu sitzen.

„Alle neunundneunzigtausend Teufel!" schrie er wütend, indem er sich erhob und sein Knie befühlte. „Diese Bestie ist ein wahres Höllenvieh. Ich war natürlich auf das Abbocken gefaßt. Wie könnt Ihr ihm da befehlen, daß es mich abstreifen soll?"

Diese Frage galt Sam, der antwortete: „Es ist ausgemacht worden, daß ich mit dem Maultier sprechen, pfeifen oder auch singen kann, ganz wie es mir beliebt. Daran halte ich fest. Das Geld ist mein."

Er strich es ein. Buttler hinkte zum Wirt hin und sagte halblaut zu ihm: „Gib mir zwanzig Dollar! Meine Leute haben nichts mehr."

„Wollt Ihr wieder wetten?" fragte der Ire.

„Natürlich!"

„Ihr werdet abermals verlieren!"

„Jetzt ganz gewiß nicht wieder!"

„Und wenn aber doch? Von wem bekomme ich dann mein Geld?"

„Von mir, Halunke, von mir!"

„Aber wann?"

„Bis morgen früh."

„Morgen früh? Wenn er Euch alles abgenommen hat?"

„Dummkopf! Das ist nur geborgt. Meine Leute würden wohl nicht so ruhig zusehen, wenn sie nicht wüßten, daß ich morgen früh nicht nur mein Geld zurück, sondern noch viel mehr habe."

„Ah, die zweitausend Dollar dieses Schneiders?"

„*Yes.*"

„Nehmt Euch in acht, Sir! Dieser Kerl ist nicht ganz so dumm, wie wir gedacht haben."

„*Pshaw!* Alles Zufall!"

„Mit dem Schießen, ja; aber das mit dem Maultier wohl nicht."

„Auch das! Das Tier ist ein altes, ausrangiertes Zirkusvieh, das er für einige Dollars erhalten hat. Es kann diese beiden Kunststücke; das ist alles Zufall, nur Zufall. Also her mit dem Geld! Ich muß einstweilen wenigstens diese letzten zweimal zehn Dollar wiederhaben."

Als ihm der Wirt das Geld aus dem Haus geholt hatte, rief er Sam Hawkens zu: „Wettet Ihr noch mal mit?"

„Ja, doch nun zum letztenmal."

„Einverstanden, aber um zwanzig Dollar!"

„*Yes.*"

„Da ist das Geld. Dazu gebe ich die heiligste Versicherung, daß mich Euer Scheusal jetzt nicht herunterbringt, es kann machen, was immer es will."

Er stieg auf, nahm die Mary kurz in die Zügel und fest zwischen die Schenkel und horchte zu Sam hin, was dieser befehlen würde, ob abbocken oder abstreifen. Der Kleine aber gebot keins von beiden, sondern rief: „Wälz ihn ab, meine liebe Rolling-Mary!"

Das Maultier warf sich augenblicklich nieder und rollte sich wie eine Walze auf dem Boden. Wenn sich Buttler nicht alle Glieder zerquetschen oder gar zerbrechen lassen wollte, mußte er die Zügel freigeben und die Füße aus den Steigbügeln nehmen. Kaum fühlte die Mary, daß sie ihn los war, sprang sie auf, trabte zu ihrem Herrn hin, stieß ein triumphierendes Geschrei aus und rieb ihr Maul an seiner Schulter.

Buttler erhob sich langsam vom Boden, befühlte und betastete sich oben und unten, hinten und vorn und machte ein unbeschreibliches Gesicht. Er war wütend über die mehrfache Blamage, die er erlitten hatte, und wollte sich das doch nicht anmerken lassen. Dazu schmerzten ihn alle seine Knochen und Muskeln, denn er hatte unter der Mary wie unter einer Drehrolle gelegen.

„Beliebt es Euch vielleicht, noch einmal zu wetten?" rief ihm Sam Hawkens zu.

„Geht zum Satan, sowohl mit Euerm Zufall wie mit Eurer schändlichen Bestie!" antwortete der Gefragte, indem er sich niedersetzte.

„Habe mit dem Satan keine Geschäfte, Mr. Buttler, werde also dahin gehen, wohin es mir gefällt."

„Nach Prescott?"

„Yes."

„Schon heut?"

„Nein. Werden heut hier in San Xavier del Bac bleiben."

„Habt ihr euch schon nach einem Obdach umgesehen?"

„Nein. Ist nicht nötig; werden im Freien schlafen."

„Habt ihr zu essen?"

„Noch nicht. Dachten, hier was zu bekommen."

„Damit steht es schlimm. Es ist nichts mehr zu haben. Ihr könnt euch also nur dann satt essen, wenn ihr unsre Gäste sein wollt. Seid also klug und nehmt meine Einladung an!"

„Tue es hiermit, Sir. Wann werdet ihr speisen?"

„Wenn das Fleisch angekommen ist. Ich werde euch benachrichtigen."

Damit waren die Wetten beendet und war auch das Gespräch vorüber. Die beiden Gruppen hielten sich nun jede wieder für sich.

„Hast ein famoses Geschäft gemacht!" sagte Dick Stone zu Sam. „Wollte, ich wäre an deiner Stelle!"

„Ist gar nicht nötig, denn wir teilen natürlich, wenn ich mich nicht irre. Halten uns wahrhaftig für Schneider, hihihihi! Und Buttler heißt der Kerl!"

„Sind also die zwölf Finders. Schlechte Gesellschaft das zum Abendessen!"

„Hätte nicht nötig gehabt, ihre Einladung anzunehmen; habe ja in unsern Satteltaschen noch Proviant für einen ganzen Tag, was ganz gut bis Tucson reicht; hege aber meine gute Absicht dabei. Will sie nämlich festnehmen."

„Ohne Kampf."

„Ohne."

„Aber wie?"

„Das wird sich finden."

„Hätten wohl lieber fortreiten sollen von hier; ist ein sehr gefährliches Pflaster für uns."

„Wieso?"

„Werden dir den Gewinn natürlich wieder abnehmen wollen, und wenn nicht mit List, dann mit Gewalt. Wohl nur deshalb sind wir zum Essen geladen worden."

„Versteht sich am Rande des Teiches. Soll ihnen aber schwer werden. Fürchte mich nicht vor ihnen, besonders da ich gesehen habe, wie leicht sie sich nasführen lassen. Uns für Schneider zu halten, uns, das Kleeblatt!"

„Haben sogar von diesem Kleeblatt gehört und uns einen Augenblick lang wirklich dafür gehalten!"

„So daß Buttler euch die Köpfe untersuchte. Hätte der Kerl auf dem meinen eine Entdeckungsreise unternommen, wäre es ihm nicht länger in den Sinn gekommen, ein Kleeblatt für drei Schneider zu halten, hihihihi! Besaß einst auch mein eigenes Haar mitsamt der Haut, wo es gewachsen war, habe es von Kindesbeinen an ehrlich und mit vollem Recht getragen, und kein Advokat hat gewagt, es mir streitig zu machen, bis so ein oder zwei Dutzend Pawnees um mich waren und mir das Fell bei lebendigem Leib vom Kopfe schnitten und rissen. Bin dann nach Tekania gegangen und habe mir eine neue Haut gekauft; nannten es Perücke und kostete mich drei dicke Bündel Biberfelle, wenn ich mich nicht irre. Schadet aber nichts, denn das neue Fell ist zuweilen praktischer als das alte, besonders im Sommer; kann es abnehmen, wenn mich schwitzt, und es waschen und kämmen, ohne mich auf dem Kopf zu kratzen. Und wenn abermals ein Roter meinen Skalp verlangen sollte, kann ich ihm den verehren, ohne daß es ihm vorher Mühe und mir Schmerzen macht."

„Und wie albern", fiel Will Parker ein, „daß sie wirklich glaubten, wir wollten droben am Gila Biber, sogar graue Bären fangen!"

„War gar nicht so albern, wie du denkst", erklärte Sam. „Haben ja sehr deutlich gesehen, daß du ein Greenhorn bist, und dem ist eben alles zuzutrauen, auch daß er auf einem Heuboden Seehunde und Wale fangen will. Sprachen davon, daß sie Fleisch erwarten. Wo sie es herbekommen? Ob etwa von Tucson? Ist kaum zu glauben. Wahrscheinlich auch ein Gaunerstreich. Werden es sich stehlen wollen – *behold*, da kommen sie gezogen; werden sie nun kennenlernen."

Er deutete nach vorn, wo auf dem freien Platz ein großer, langer, mit vier Ochsen bespannter Wagen erschien, dem noch drei andre folgten. Ein sehr gut bewaffneter Reiter ritt voran, das war der Scout. Neben den Wagen ritten zwei Knaben oder Jünglinge, die Messer, Revolver und Doppelbüchsen trugen. Die Ochsentreiber waren nicht beritten. In zwei der Wagen gab es Insassen; man sah sie neugierig unter der Plane hervorblicken.

Der Scout hatte wohl die Absicht gehabt, hier halten zu lassen, aber als er die Gesellschaft vor der Schnapsschenke erblickte, verfinsterte sich sein Gesicht, und er ritt weiter; die Wagen folgten ihm natürlich.

„Verdammt!" sagte einer der Finders mit unterdrückter Stimme zum Wirt. „Da scheint aus dem Braten heute abend nichts zu werden."

„Warum nicht?"

„Weil sie weiterfahren. Wer weiß, wie weit von hier sie dann halten."

„Werden nicht weit kommen. Man sah, daß die Ochsen müde waren. Hast du das Gesicht des Scouts bemerkt?"

„Nein."

„Es verfinsterte sich, als er euch erblickte. Er hat Verdacht gegen euch geschöpft, weil ihr ihn zu sehr ausgefragt habt. Er hätte wohl hier gelagert und ist nur euretwegen wieder fort, weit aber keineswegs, wohl nur bis ans Ende des Ortes, wo es Gras für die Rinder gibt."

„Ich werde einmal nachsehen."

„Tu das nicht. Wenn er dich sieht, wächst sein Mißtrauen."

„Das ist richtig", bestätigte Buttler. „Wir müssen warten, bis es dunkel geworden ist; dann gehe ich selbst mit einigen von euch ihnen nach. Sie werden ihre Ochsen frei grasen lassen; wir führen einen von ihnen fort und schlachten ihn."

„Und werdet entdeckt!" warf der Wirt ein.

„Was nennst du ‚entdeckt'? Wenn jemand kommt, sitzen wir

bei dir und essen gebratenes Rind; das ist alles. Der fehlende Ochse aber liegt weit draußen vor dem Dorf, zwar erstochen und angeschlachtet, aber wer will beweisen, daß wir die Täter sind?"

„Wir essen grad das Stück Fleisch, das an dem toten Ochsen fehlt!"

„Das ist kein Beweis, denn wir haben es soeben von einem unbekannten Roten gekauft. Und will man uns trotzdem noch weiter belästigen, haben wir Gewehre und Messer, uns jeden Lästigen vom Halse zu schaffen."

„Die drei Schneider da drüben essen mit?"

„Ja. Weißt du, Paddy, was für einen Gedanken ich habe?"

„Nun?"

„Wir machen sie betrunken."

„Um sie dann ...?"

„Ja, um sie dann ... Ganz so, wie du meinst."

„Bei mir im Haus?"

„Ja, drin in der Stube. Hier im Freien wäre es unmöglich. Man könnte versteckte Zeugen haben."

„Aber es ist für mich höchst gefährlich, solch eine Tat in meinem Haus, in meiner Stube geschehen zu ..."

„Schweig! Du bekommst von dem, was wir bei den Kerls finden, dreihundert Dollar; das ist genug für die kleine Belästigung – bist du einverstanden?"

„Ja, denn ich sehe, es geht nicht anders. Aber ich befüchte, daß sich die Kerls schwer betrunken machen lassen."

„Leicht, sehr leicht im Gegenteil. Hast du nicht gesehen, daß sie deinen Schnaps wegschütten?"

„So etwas sieht jeder Wirt."

„Daraus folgt, daß sie keine Schnapstrinker sind und also nichts vertragen. Nach einigen Gläsern werden sie toll und voll sein."

„Ich bin der Ansicht: Daraus folgt, daß sie keine Schnapstrinker sind und also keinen trinken werden. Wie wollt ihr sie da betrunken machen?"

„Hm, auch das wäre möglich. Hast du denn gar nichts andres als nur Schnaps?"

Der Wirt machte ein Gesicht, das pfiffig sein sollte, und antwortete: „Für gute Freunde, und wenn es ehrlich bezahlt wird, habe ich irgendwo ein Fäßchen sehr hitzigen Calientewein aus Kalifornien liegen ..."

„Calientewein? Alle Wetter, den mußt du herbeischaffen!"

fiel Buttler ein. „Ein einziger Liter davon wirft die drei Schneider um, und für uns wird dieser Caliente eine wahre Wonne sein. Wieviel soll er kosten?“

„Vierzig Liter sechzig Dollar.“

„Etwas teuer, aber einverstanden. Du bekommst also dreihundertsechzig Dollar von dem, was uns die nächste Nacht einbringt.“

„Warum wollt Ihr solche Umwege machen mit diesen Schneidern, Sir? Sie einladen, mit ihnen essen, sie unterhalten, dann berauben und so weiter? Gibt es denn keinen kürzern und bessern Weg?“

„Das sehr wohl; aber, Paddy, ich will dir sagen: Es liegt in dem Habitus dieser drei Männer ein Etwas, was mich nicht so ganz an die Schneider glauben läßt. Ich habe es mir überlegt. Die Schüsse, die der Kleine getan hat, sind Meisterschüsse gewesen, sogar die ersten Fehlschüsse. Wir sehen ihn nach dem Papier zielen, und doch hat er mit einer blitzschnellen Bewegung des Gewehrs, die wir nicht bemerkt haben, genau Kugel auf Kugel in die Ecke geschickt. Schau hin, wie die drei da sitzen! Sie sehen nicht ein einziges Mal her, o bewahre; aber ich sage dir, daß sie trotzdem alles so genau wissen, als ob sie ihre Augen immerfort hierher richteten. Ich kenne diese maskierten Späherblicke. Und ihre Haltung! Als ob sie jeden Augenblick bereit wären, ihre Revolver abzudrücken. Hätte einer von ihnen eine Perücke aufgehabt, würde ich jetzt darauf schwören, daß sie das gefürchtete Kleeblatt sind. Und auch wenn sie es nicht sind, müssen wir uns vorsehen. Überfallen, überrumpeln lassen die sich nicht so leicht, wenigstens nicht ohne daß sie blitzschnell mit ihren Messern und Kugeln zur Hand sind.“

„Aber zwölf oder gar dreizehn gegen drei; da ist der Ausgang sicher!“

„Allerdings; aber von den zwölf, also von uns, werden dabei einige getötet oder zumindest verwundet. Eine Betäubung durch einen tüchtigen Rausch ist da das sicherste und ungefährlichste ...“

Buttler hielt mitten in der Rede inne, deutete nach dem freien Platz hinüber und fuhr fort: „Da kommt die sonderbare Gestalt, die hinter dem Wagen herritt; sie ist zurückgeblieben, sieht den Zug nicht mehr und weiß nun augenscheinlich nicht, wohin sie sich wenden soll.“

Der Ausdruck „sonderbare Gestalt“ war sehr zutreffend und sagte eher zuwenig als zuviel. Indem sie langsam näher geritten kam, machte sie in kurzen, wie genau abgemessenen Zeiträumen die regelmäßigsten Pendelbewegungen auf dem Pferd, jetzt mit den Beinen weit nach hinten und den Kopf vornüber gesunken, dann rasch mit dem Kopf nach hinten und mit den Beinen nach vorn. Der Körper war in einen langen Regenmantel und der Kopf in ein großes Wiener Saloppentuch gehüllt, dessen Zipfel bis auf den Rücken des Pferdes herunterfiel. An den Füßen trug die Figur Zugstiefeletten; über eine Schulter hing eine Flinte, und unter dem grauen Mantel schien ein Säbel zu stecken. Das Gesicht, das aus dem Tuch hervorblickte, war bartlos, voll und rot, so daß man, besonders bei dieser Art sich zu kleiden, jetzt wirklich nicht zu sagen vermochte, ob ein Maskulinum oder Femininum da auf dem langsamen, hagern Klepper saß. Und das Alter des rätselhaften Wesens? War diese Frau ein männlicher Mensch, mochte er fünfunddreißig Jahre zählen; war dieser Mann aber eine Dame, stand sie sicher am Anfang der Vierzig. Jetzt war sie bei den Tischen angekommen, hielt das Pferd an und grüßte in hohem Kopf- oder Fistelton: „Guten Tag, meine Herren! Haben Sie vielleicht vier Ochsenwagen gesehen?"

Alles bisher Gehörte war natürlich englisch gesprochen worden; dieser Damenherr oder diese Herrendame aber bediente sich der deutschen Sprache, deren die Gefragten nicht mächtig waren, weshalb auch keine Antwort erfolgte. Als die Frage wiederholt wurde, stand Sam Hawkens auf, trat zu dem Pferd hin und antwortete deutsch: „Sprechen Sie nicht englisch?"

„Nein, nur deutsch."

„Darf ich erfahren, wer Sie sind?"

Da bekam er etwas höher zu hören: „Ich bin der Herr Kantor emeritus Matthäus Aurelius Hampel aus Klotzsche bei Dresden."

„Klotzsche bei Dresden? Was der Teufel, da sind Sie wohl ein Sachse?"

„Ja, ein geborener, jetzt aber emeritiert."

„Und ich auch, obgleich ich mich schon so lange in Amerika befinde, daß ich beinahe vergessen habe, woher ich bin. Sie gehören wohl zu den vier Wagen, Herr Kantor?"

„Ja. Ich bitte aber sehr, recht vollständig zu sein; sagen Sie also lieber: Herr Kantor emeritus! Dann weiß gleich jedermann, daß ich den Orgel- und Kirchendienst quittiert habe, um meine sämtlichen Befähigungen nun ganz allein der harmonischen Göttin der Musik zu widmen."

Die Äuglein Sams leuchteten lustig auf, doch meinte er in ernstem Ton: „Gut, Herr Kantor emeritus, Ihre Wagen sind längst vorüber und werden, wie ich vermute, draußen vor dem Dorf angehalten haben."

„Wieviel Takte habe ich da noch weiterzureiten?"

„Takte?"

„Hm, hm – Schritte wollte ich wohl sagen."

„Das weiß ich ebensowenig, weil ich mich gleichfalls zum erstenmal hier befinde. Erlauben Sie, daß ich Sie führe?"

„Sehr gern, mein werter Herr. Ich bin die Melodie, und Sie machen die Begleitung. Wenn wir unterwegs keine langen Viertelpausen machen, werden wir wohl mit dem Fine bei den Wagen angekommen sein."

Sam warf seine Liddy über die Schulter, pfiff seiner Mary, die ihm wie ein folgsamer Hund folgte, nahm das Pferd des seltsamen Emeritus beim Zügel und schritt der Richtung nach, welche die Wagen eingehalten hatten. Da erklang die hohe Fistelstimme vom Klepper herab: „Sie wissen nun, wie ich heiße und wer und was ich bin; darf ich auch Ihren Namen erfahren?"

„Später."

„Warum nicht jetzt?"

„Weil sich Leute hier befinden, die ihn nicht wissen dürfen; ich werde Ihnen das später erklären."

„Warum erst später? So eine Ungewißheit ist mir so ziemlich wie eine unaufgelöste Septime oder None."

„Das wäre eine Unvorsichtigkeit, die nicht nur mir, sondern auch Ihnen Schaden bringen kann. Sie befinden sich in Gefahr, Herr Kantor!"

„Bitte, bitte, Kantor emeritus! In Gefahr? Das geht mich nichts an. Für Musensöhne gibt es nur die eine Gefahr, daß ihre Schöpfungen nicht anerkannt werden; ich kann aber hier nicht applaudiert werden, weil niemand meine Kompositionen kennt, die übrigens nur erst in meinem Kopf, aber noch nicht in Partitur vorhanden sind."

„Also Sie komponieren?"

„Ja, bei Tag und Nacht."

„Was?"

„Eine große Oper für drei Theaterabende in zwölf Akten, für jeden Abend vier Akte; wissen Sie, so eine Trilogie wie der ‚Ring des Nibelungen' von Richard Wagner, diesmal aber nicht von ihm, sondern von mir, dem Herrn Kantor emeritus Matthäus Aurelius Hampel aus Klotzsche bei Dresden."

„Können Sie das denn nicht daheim komponieren? Was treibt Sie da nach Amerika, noch dazu nach Arizona, dem gefährlichsten Teil des Wilden Westens?"

„Wer mich treibt? Der Geist, die Muse, wer denn anders? Der begnadete Musensohn muß den Eingebungen der Göttin folgen."

„Das verstehe ich nicht. Ich folge keiner Göttin, sondern meinem Verstand."

„Weil Sie kein Begnadeter sind. Mit Verstand komponiert man keine Oper, zumal keine neue, mit originalen Helden, die noch nicht zwischen den Kulissen und Soffiten gestanden haben. Da lebt nun in der Nähe von Dresden zuweilen mein Freund und Gönner Hobble-Frank, und der …"

„Hobble-Frank lebt dort? Den kennen Sie?" fiel Sam schnell und überrascht ein.

„Ja. Sie auch?"

„Sehr gut sogar, sehr gut! Weiter, weiter!"

„Und der hat mich auf solche Helden, wie ich sie brauche, aufmerksam gemacht."

„Wohl auf sich selbst?"

„Auch mit."

„Auf wen noch, Herr Kantor?"

„Ich ersuche Sie nun schon zum vierten- oder gar zum fünftenmal: Herr Kantor emeritus! Es ist gewiß und wahrhaftig nur der Vollständigkeit wegen. Man könnte sonst meinen, ich maße mir ein Amt an, in dem ich mich nun schon seit zwei Jahren nicht mehr befinde. Also Hobble-Frank, über den wir übrigens noch weiter sprechen werden, hat mich auf solche für mich passende Helden aufmerksam gemacht, zunächst natürlich auf sich selbst und sodann in zweiter Linie auf drei andre Männer, mit denen er früher hier im Wilden Westen ganz außerordentliche Taten verrichtet hat und wahrscheinlich jetzt wieder zusammengetroffen ist."

„Wer sind diese Leute?"

„Ein Apachenhäuptling, der Winnetou heißt, und zwei berühmte weiße Präriejäger namens Old Shatterhand und Old Firehand."

„*Good luck!* Das sind allerdings die allerberühmtesten Gentlemen, die ich kenne!"

„Wie? Auch Sie kennen sie?"

„Und ob! Wer sollte die nicht kennen! Und wer noch nicht das Glück gehabt hat, sie zu sehen, dem ist, mag er sein, wer er will, doch so viel von ihnen erzählt worden, daß er sie beinahe so gut kennt, als ob er mit ihnen beisammen gewesen wäre."

„So könnten auch Sie mir von ihnen erzählen?"

„Will es meinen! Ich, und nichts von ihnen wissen, hihihihi! Ich sage Ihnen, daß Sie von mir so viel über diese Gents hören können, daß Sie zwanzig Opern davon zu komponieren imstande sind. Die Musik dazu müssen Sie sich freilich selber machen."

„Natürlich, natürlich! Hobble-Frank hat mir alle Abenteuer erzählt, die er mit den Herren erlebte; kann ich von Ihnen noch Ferneres vernehmen, so ist mir das lieb, weil dadurch mein zu bearbeitender Stoff reicher wird."

„Sie sollen mehr erfahren, als Sie brauchen. Aber sagten Sie nicht soeben, daß Hobble-Frank wieder mit ihnen zusammengetroffen sei?"

„Ja, so sagte ich; ich vermute es, wenn ich es auch nicht ganz bestimmt behaupten kann. Ich war nämlich einige Tage lang nicht daheim gewesen; als ich nach Hause kam, fand ich einige Zeilen von ihm vor, in denen er mich aufforderte, schleunigst zu ihm zu kommen, falls es noch meine Absicht sei, mit ihm nach Amerika zu gehen, um die Helden für meine Oper persönlich kennenzulernen. Ich suchte ihn natürlich sofort auf, kam jedoch zu spät, denn die ‚Villa Bärenfett', die er bewohnt, war verschlossen – alles zu, kein Mensch da, und vom Nachbar konnte ich nur erfahren, daß Hobble-Frank für längere Zeit verreist sein müsse. Ich habe als selbstverständlich angenommen, daß er nach Amerika ist, und bin ihm nachgereist."

„Warum aber grad in dieses wilde Arizona hinein? Haben Sie denn Grund, zu glauben, daß er sich in dieser Gegend befindet?"

„Ja. Er sprach nämlich einmal mit mir über die ungeheuren Gold- und Silberreichtümer von Arizona und Nevada und erwähnte dabei, daß er sofort dahin aufbrechen werde, sobald er erfahre, daß einer seiner früheren Gefährten sich dorthin wenden wolle. Er steht nämlich mit ihnen im Briefwechsel. Da er nun so plötzlich und ohne auf mich zu warten abgereist ist, vermute ich, daß er von einem Freund, wahrscheinlich von Old Shatterhand, eine entsprechende Nachricht empfangen hat."

„Und daraufhin, also nur daraufhin, haben Sie diese weite Reise gemacht?"

„Ja, ich bin sicher, ihn hier zu treffen."

„*Heigh-ho!* Für diese Sicherheit gebe ich Ihnen nicht einen

Pfennig. Meinen Sie denn, man trifft sich hier hüben so leicht, wie man sich drüben in der Heimat so zwischen Klotzsche und Zitzschewig findet?"

„Warum nicht? Land ist Land, gleichviel, ob es Sachsen oder Arizona heißt. Warum soll man sich in dem einen schwerer begegnen als in dem andern?"

„Welche Frage! Erstens handelt es sich darum, daß Arizona und Nevada zwanzigmal größer sind als Sachsen, und dann kommen auch die Verhältnisse in Betracht. Haben Sie eine Ahnung, wie viele und welche Indianerstämme hier wohnen?"

„Die gehen mich doch nichts an!"

„Kennen Sie die Unwegsamkeit des Landes, die wilden Schluchten und die Cañons, die Öde der Bergregion, die Trostlosigkeit der Wüsten, besonders derer, die zwischen Kalifornien, Nevada und Arizona liegen?"

„Geht mich auch nichts an!"

„Verstehen Sie die Sprachen der Indianer, der hiesigen Weißen?"

„Brauche ich nicht! Meine Sprache ist die Musik."

„Aber der wilde Indianer wird ganz und gar nicht musikalisch mit Ihnen sprechen und verfahren! Wie es scheint, wissen Sie gar nicht, welchen Gefahren Sie sich aussetzen, wenn Sie Hobble-Frank aufsuchen wollen."

„Gefahren? Ich habe Ihnen bereits gesagt, wie ich darüber denke. Ein Jünger der Kunst, ein Sohn der Musen hat keine Gefahren zu fürchten. Er steht so hoch über dem gewöhnlichen Leben wie die Violine über dem Rumpelbaß; er lebt und atmet den Äther himmlischer Akkorde und hat mit irdischen Dissonanzen nichts zu schaffen."

„*Well!* So lassen Sie sich einmal von einem Indsman den Skalp über die Ohren ziehen, und sagen Sie mir dann, welche himmlischen Akkorde Sie dabei vernommen haben! Hierzulande gibt es nur eine Musik, und das ist diese."

Er schlug bei diesen Worten mit der Hand an sein Gewehr und fuhr dann fort: „Dieses musikalische Instrument gibt die Töne an, nach denen in Arizona und Nevada getanzt wird, und ..."

„Getanzt ... Pfui!" unterbrach ihn der Kantor. „Wer hat vom Tanzen gesprochen, oder wer wird überhaupt davon sprechen! Ein Künstler niemals! Das Tanzen ist eine hastige und immerwährende Veränderung des festen Standpunkts, durch die man in unästhetischen Schweiß gerät."

„Dann will ich wünschen, daß Sie hier nicht in die Lage kommen, ganz gegen Ihren künstlerischen Willen den Schwerpunkt und mit ihm noch einiges andre, vielleicht gar das Leben, zu verlieren. Leider steht schon jetzt zu befürchten, daß Sie sehr bald gezwungen sein werden, einen Hopser zu tanzen, bei dem es wohl kaum ohne Schweiß abgehen wird."

„Ich? Fällt mir nicht ein!"

„Oho! Sie müssen!"

„Wer wollte oder könnte mich zwingen?"

„Die Herren, die da hinter uns vor der Schnapsschenke sitzen."

„Wieso?"

„Das werde ich Ihnen später erklären."

„Warum nicht jetzt?"

„Weil ich es andern auch noch sagen muß und ein Ding nicht gern zweimal tue, wenn es nicht nötig ist, und weil wir jetzt da angekommen sind, wohin wir wollten, wenn ich mich nicht irre."

Sie hatten das Dorf verlassen und befanden sich nun an der Straße, die nach der Hauptstadt führte. Während dieses ganzen Weges und Gespräches hatte der Kantor seine eigentümlichen Pendelbewegungen auf dem Pferd fortgesetzt. Bald den Oberkörper nach vorn, bald nach hinten biegend, hatte er die Beine und die Füße mit den Bügeln in die entgegengesetzte Richtung geschoben, was dem kleinen Sam Hawkens, wie sein lustiges Augenblinzeln zeigte, nicht wenig Spaß zu machen schien. Jetzt sahen sie die vier großen, schweren Einwandererwagen vor sich stehen. Die Insassen waren ausgestiegen und hatten die Ochsen ausgespannt, die das nicht allzu reich sprossende Gras abweideten.

Die Wagen waren in der Weise aufgefahren, daß sie eng nebeneinander standen, mit den Deichseln alle nach einer Seite, nach Süden gerichtet, ein großer Fehler in jener Gegend, wo es der Indianer und des herumvagierenden weißen Gesindels wegen stets geraten ist, eine Wagenburg zu bilden. Die Insassen waren ausgestiegen und bewegten sich geschäftig auf dem Platz umher. Zwei Frauen suchten nach dornigem Akaziengestrüpp, dem einzigen Holz, das es hier zu einem Feuer gab; zwei andre hantierten mit Töpfen, in denen das Essen gekocht werden sollte; einige Kinder halfen dabei. Zwei Männer schafften in Eimern Wasser herbei; ein dritter untersuchte die Wagenräder; diese drei waren noch ziemlich jung. Ein vierter, der gewiß die Fünfzig überschritten hatte, aber noch bei vollen Manneskräften und sehr robust und stark gebaut war, stand inmitten dieses Treibens, um es zu bewachen und von Zeit zu Zeit mit heller Stimme und in kurzen Worten einen Befehl auszusprechen. Er schien also der Anführer dieser Einwanderer zu sein. Als er die beiden Ankömmlinge bemerkte, rief er dem einen entgegen: „Wo bleiben Sie denn nun wieder einmal, Herr Kantor. Man ist in steter Sorge um Sie und ..."

„Bitte, bitte, Herr Schmidt", unterbrach ihn der Angeredete, „Herr Kantor emeritus, wie ich Ihnen schon hundertmal gesagt habe."

Dabei hielt er sein Pferd an und stieg herunter, aber wie! Er nahm erst das rechte Bein empor, um links herunterzukommen; das schien ihm aber zu gefährlich zu sein; deshalb zog er nun den linken Fuß aus dem Bügel, um zu versuchen, rechts auf die Erde zu kommen, was für ihn aber wahrscheinlich ebenso bedenklich war. Nun stemmte er beide Hände auf den Sattelknopf, lüpfte sich empor und schob sich nach hinten, so daß er auf die Kruppe des Pferdes zu sitzen kam. Von da aus rutschte er langsam immer weiter rückwärts und endlich am Schwanz herunter. Das Tier war lammfromm und ermüdet und ließ diese sehr seltsame und lächerliche Prozedur ruhig über sich ergehen. Die Einwanderer hatten diesem „Abrutsch" schon sehr oft beigewohnt, weshalb er auf sie keinen Eindruck machte; dem guten Sam Hawkens aber war so etwas noch nicht vorgekommen, und so mußte er sich große Mühe geben, nicht laut aufzulachen.

„Ach was, Emeritus!" antwortete Schmidt in kräftiger Weise, die ihm eigen zu sein schien. „Für uns sind Sie noch immer der Herr Kantor. Haben Sie sich emeritieren lassen, so ist das Ihre Sache, aber kein Grund für uns, dieses ewige Fremdwort immer wiederzukauen. Warum bleiben Sie ständig zurück? Man hat nur stets auf Sie aufzupassen!"

„Piano, piano, lieber Schmidt! Ich höre Sie sehr gut, auch wenn Sie nicht so schreien. Es kam mir ein musikalischer Gedanke. Ich glaube nämlich, daß man bei einer Ouvertüre, wenn das Cello im Orchester fehlt, dessen Stimme auch der dritten Trompete übergeben kann. Nicht?"

„Übergeben Sie sie meinetwegen der großen Paukentrommel! Ich weiß wohl, daß ein Wagen geschmiert werden muß, wenn er gut laufen soll, aber nicht, was in einer Ouvertüre trompetet werden muß. Was haben Sie uns denn da für einen Hanswurst mitgebracht?"

Bei diesen Worten deutete er auf Sam Hawkens. Der Kantor antwortete, ohne ihm das kräftige und wohl auch beleidigende Wort zu verweisen: „Der Herr ist – ist – heißt – hm, das weiß ich selbst noch nicht. Ich traf ihn im Dorf und fragte ihn nach Ihnen; da ist er so freundlich gewesen, mich heraus zu Ihnen zu modulieren. Die Hauptsache ist, daß er auch ein Sachse ist."

„Ein – Sachse?" fragte Schmidt im Ton des Erstaunens, indem er Sam vom Kopf bis zu den Füßen betrachtete. „Das ist nicht möglich! Wenn bei uns in Sachsen jemand in solcher Kleidung herumliefe, würde er auf der Stelle arretiert!"

„Aber wir sind glücklicherweise jetzt nicht in Sachsen", antwortete Hawkens freundlich, „deshalb werde ich meine Freiheit wahrscheinlich behalten, wenn ich mich nicht irre. Ihr werdet hier noch ganz andre Anzüge zu sehen bekommen, als der meine ist. Es gibt im Wilden Westen nicht auf zwanzig Schritt zehn Kleidermagazine. Darf ich vielleicht erfahren, wohin Ihr wollt, meine Herren?"

„Ihr?" sagte Schmidt in abweisendem Ton. „Wir sind gewohnt, Sie genannt zu werden, und möchten, ehe wir Ihnen Auskunft geben, zunächst wissen, wer Sie sind, was Sie treiben und auf welchem Weg Sie sich befinden."

„*Well,* das können Sie wissen. Ich heiße Falke, bin aus Sachsen herübergekommen, lebe als Westmann und gebe jedem die Ehre, die ihm gebührt. Da habt Ihr meine volle Legitimation. Ob Ihr mir meine Frage nun auch beantworten wollt, das steht in Euerm Belieben."

„Ihr und Euer? Herr Falke, ich habe Ihnen schon gesagt, daß wir gewohnt sind ..."

„Schon gut, schon gut!" unterbrach ihn der Kleine. „Und ich habe auch bereits gesagt, daß ich einem jeden die Ehre gebe, die ihm gebührt. Wer mich als einen Hanswurst betrachtet, der wird von mir Ihr oder gar Er genannt, und sagt der Esel dieses Wort noch einmal, gehe ich und laß ihn so dumm bleiben, wie er ist."

„Alle Donner! Meinen Sie damit etwa mich?" brauste der Alte auf, indem er drohend einen Schritt zurücktrat.

„Ja", antwortete der Kleine, indem er ihm furchtlos und höchst freundlich in die Augen sah.

„Da machen Sie gleich, daß Sie wieder fortkommen, falls Sie wünschen, daß Ihre Knochen beieinanderbleiben sollen!"

„Ich habe schon gesagt, daß ich gehen und Sie bleiben lassen werde, was und wie Sie sind. Aber als Ihr Landsmann denke ich die Pflicht zu haben, Sie vorher zu warnen.

„Vor wem?"

„Vor den zwölf Reitern, die heute an Ihnen vorübergekommen sind."

„Ist nicht nötig. Wir sind selbst so klug, zu wissen, woran wir sind. Die Kerls haben uns gleich nicht gefallen und, als sie uns ausfragen wollten, keine Auskunft erhalten. Sie sehen also, daß Ihre guten Lehren bei uns überflüssig sind."

Er drehte sich um, zum Zeichen, daß er mit Sam Hawkens nichts mehr zu tun haben wollte. Dieser machte eine Bewegung, sich zu entfernen, hielt aber doch, angetrieben von seinem guten Herzen, wieder an und sagte: „Master Schmidt, noch ein Wort!"

„Was?" fragte der Alte barsch.

„Wenn Ihr wirklich keine guten Lehren braucht, will ich sie gern für mich behalten. Gestattet mir nur noch das eine zu fragen: Stehen Eure Wagen nur einstweilen so beieinander wie jetzt?"

„Warum diese Frage?"

„Weil das die allerbequemste Weise ist, bestohlen oder gar überfallen zu werden; hätte ich hier etwas zu gebieten, würde mit den vier Wagen ein Viereck gebildet, innerhalb dessen alle Menschen und Ochsen – hihihihi, Menschen und Ochsen! – während der ganzen Nacht zu bleiben hätten. Dabei müßte von der Dunkelheit an bis zum frühen Morgen ein Posten sorgsam Wache halten."

„Warum?"

„Weil Ihr Euch im Wilden Westen befindet und nicht daheim in der Dresdner oder Leipziger Kreisdirektion."

„Wo wir sind, das wissen wir genau. Um das zu erfahren, brauchen wir keinen Hanswurst zu fragen. Macht Euch also fort von hier, sonst schaffe ich Euch Spannfedern in die Beine!"

„*Well,* gehe schon, wenn ich mich nicht irre, habe es gut gemeint mit Euch; aber wenn dem Esel zu wohl ist, habe ich nichts dagegen, wenn er auf das Eis geht, um eine Polka zu probieren."

Hawkens drehte sich scharf um und entfernte sich. Schmidt fuhr den Kantor unmutig an: „Da hatten Sie uns einen saubern Kerl gebracht. Sah aus wie ein Harlekin und war dabei grob wie Bohnenstroh. Für solche Landsmänner muß ich danken."

„Aber mit mir ist er vorher sehr zuvorkommend und freundlich gewesen“, wagte der Emeritus einzuwerfen. „Das war wohl die Folge davon, daß ich ihn hübsch dolce angesprochen habe, wie wir Musikkünstler uns auszudrücken pflegen, während Sie ihm sehr sforzando über den Mund gefahren sind.“

„Weil er wie ein Landstreicher dahergelaufen kam und ...“

Schmidt war von einem lauten Ausruf unterbrochen worden. Die beiden jungen Männer, welche die Wagen zu Pferd begleitet und von den die Finders gesprochen hatten, waren am Fluß gewesen, um ihre verstaubten Pferde zu waschen; jetzt kamen sie zurückgeritten. Der eine von ihnen hatte ein sehr intelligentes Gesicht vom Schnitt und von der hellen Farbe des Europäers, obgleich die Farbe durch die Sonnenglut beträchtlich gedunkelt war. Er mochte achtzehn Jahre zählen und war mehr breit als hoch. Noch interessanter war der Kopf des andern. Seine kühn modellierten Züge waren echt indianisch, doch nicht von der bei den Indsmen gewöhnlichen Schärfe, auch standen seine Backenknochen nicht so weit hervor. Die Farbe seines Gesichts war ein mattes Bronze, zu dem das helle Grau der scharfen Augen ebenso wie das Mittelblond seines Haares lebhaft kontrastierten. Seine Gestalt war schlanker, doch nicht weniger kräftig als die seines Begleiters, mit dem er gleichen Alters war. Beide waren nach europäischer Art gekleidet und, wie es schien, vortrefflich bewaffnet. Ebenso saßen beide sehr gut zu Pferd, vor allem der Grauäugige, der mit seinem Tier wie aus einem Guß schien. Dieser letztere hatte, als er sich dem Lager näherte, Sam Hawkens schnell von dannen gehen sehen und den Ruf ausgestoßen, durch den Schmidt unterbrochen worden war.

„Was gibt's? Was wollen Sie?“ fragte dieser.

Der junge Mann trieb sein Pferd schnell näher und antwortete, vor Schmidt anhaltend, in deutscher Sprache, doch mit fremdem Akzent: „Wer war der kleine Mann, der soeben fortgegangen ist?“

„Warum?“

„Weil er mir bekannt vorkam. Seine Kleidung ist eine andre, und ich habe sein Gesicht nicht gesehen; aber sein Gang fällt mir auf. Hatte er einen Bart?“

„Ja.“

„Das stimmt! Die Augen?“

„Sehr klein.“

„Die Nase?“

„Fürchterlich."
„Stimmt auch! Hatte er vielleicht falsches Haar?"
„Wie kann ich das wissen? Man fragt doch keinen Menschen bei der ersten Begegnung, ob sein Haar echt ist!"
„Das tut man nicht; aber eine Perücke ist von echtem Haar auf den ersten Blick zu unterscheiden. Wissen Sie vielleicht, was er ist?"
„Einen Westmann nannte er sich."
„Auch das stimmt. Hat er vielleicht seinen Namen genannt?"
„Ja."
„Sam Hawkens etwa?"
„Nein. Er heißt Falke und ist ein Deutscher."
„Sonderbar, aber doch erklärlich! Falke heißt englisch ‚hawk'. Viele Deutsche nehmen, wenn sie herüberkommen, englische Namen an; warum sollte jemand, der Falke heißt, sich nicht Hawkens nennen? Aber daß Sam Hawkens ein Deutscher ist, das glaube ich nicht; er hat nie davon gesprochen und sich auch stets so als Yankee gegeben, daß er jedenfalls westlich vom Atlantik geboren ist. Doch diese Gestalt und dieser eigentümliche, schleichende Gang! Jeder gute Westmann hat das Anschleichen gelernt; so freilich pflegt nur Sam Hawkens zu schleichen. Doch halt, noch eine Frage: Hat dieser Mann während des Gesprächs vielleicht einmal gelacht?"
„Ja."
„Wie?"
„Ausgesucht höhnisch, als er von Menschen und von Ochsen sprach."
„Ich meine, mit welchem Vokal, mit welchem Laut er lachte. Man lacht mit a und mit i, sogar mit e oder mit o."
„Es war mit i, und mehr ein Kichern als ein Lachen."
„Wirklich, wirklich?" fragte der Jüngling interessiert. „Dann ist er es vielleicht doch gewesen. Sam Hawkens hat ein ganz eigentümliches Hihihihi, wie man es von keinem andern hört; man vernimmt es sehr oft von ihm; es klingt so listig und dabei stillvergnügt; er schluckt es halb in sich hinein. Und noch ein Erkennungszeichen für ihn gibt es: Hat er vielleicht eine Redensart wiederholt?"
„Nicht daß ich wüßte."
„Hat er nicht einigemal gesagt: ‚wenn ich mich nicht irre'?"
„Möglich, daß er etwas dem Ähnliches gesagt hat; ich habe nicht darauf geachtet."
„So war er es doch nicht. Sam Hawkens sagt so oft:‚wenn ich

mich nicht irre', daß es jedem auffallen muß; das wäre auch hier der Fall gewesen; ich habe mich also geirrt."

Er schwang sich, wie sein Gefährte schon getan hatte, vom Pferd und ließ es laufen. Seine Ahnung hatte ihn nicht betrogen, doch hatte sich Sam seiner Redensart zufälligerweise nicht so oft bedient, daß sie besonders in die Ohren gefallen wäre.

ZWEITES KAPITEL

Durchkreuzte Pläne

Der Kleine war nach der Schenke zurückgekehrt und hatte sich wieder zu Dick und Will gesetzt. Um doch etwas zu verzehren, ließen sie sich noch einen Whisky geben, den sie mit Wasser verdünnt tranken. Die Finders lachten über diese Nüchternheit, ließen die drei aber sonst in Ruhe.

Als es dunkel geworden war, brannte der Ire eine Laterne an, die aufgehängt wurde und den Platz vor dem Haus zur Not erleuchtete; hinein sollte erst später, zum Essen, gegangen werden. Nach einiger Zeit stand Buttler vom Tisch auf, gab dreien seiner Gefährten einen Wink und entfernte sich mit ihnen.

„Das hat irgendeinen Zweck", sagte Will Parker leise. „Wohin mögen sie wollen?"

„Kannst du dir das nicht denken?" fragte ihn Sam.

„Nein. Ich bin nicht allwissend."

„Ich auch nicht; aber wer kein solches Greenhorn wie Will Parker ist, der muß wissen, was sie wollen."

„Nun, was, altes gescheites Coon."

„Fleisch."

„Woher?"

„Von den Einwanderern."

„Ah, ja! Die haben gewiß Rauchfleisch mit, und das soll ihnen gestohlen werden."

„Fällt keinem Menschen ein! Die Finders haben Appetit nach frischem Fleisch, und da draußen bei den Wagen gibt es sechzehn Ochsen. Weiß du nun, woran du bist, mein süßer Will?"

„Ah, die Ochsen, richtig, richtig!" Der Gefragte nickte. „Es ist diesen Gentlemen wirklich zuzutrauen, daß sie einen Ochsen stehlen, was viel leichter ist, als in einen bewachten Wagen zu steigen, um einen harten Schinken herauszuholen. Man legt sich auf die Erde, schleicht sich an das Tier und treibt es langsam und vorsichtig vom Lager fort, bis man es sicher hat."

„So ist es; ja, so wird's gemacht, hihihihi! Scheinst in früherer Zeit ein feiner Ochsendieb gewesen zu sein, wenn ich mich nicht irre."

„Schweig, altes Coon! Mir sollten diese Leute leid tun, wenn sie ein Zugtier einbüßen. Ist dir deine Vermutung erst jetzt gekommen?"

„Nein, sondern gleich, als Buttler vom Fleisch sprach."

„Und bist bei den Einwanderern gewesen und hast sie nicht gewarnt?"

„Wer sagt dir denn, daß ich das nicht getan habe? Aber man nannte mich einen Hanswurst, dessen guten Rat niemand braucht. Sam Hawkens ein Hanswurst, hihihihi! Hat mir ungeheuern Spaß gemacht. Bin zwar nicht ganz salonmäßig gekleidet; aber dieser Kantor emeritus sieht doch noch weit eher wie ein Bajazzo aus als ich, wenn ich mich nicht irre."

„Du lachst. Denkst du denn auch daran, daß wir zum Essen eingeladen sind?"

„Natürlich denke ich daran! Fühle ja einen Hunger wie ein Präriewolf, dem die Sonne zwei Wochen lang in den leeren Magen geschienen hat."

„Willst also der Einladung folgen und gestohlenes Fleisch mitessen?"

„*Yes,* sogar sehr!"

„Sam, das wird mir schwer zu glauben, da du eine so grundehrliche alte Haut bist. Doch tu, was du willst; ich aber mache nicht mit. Gestohlene Ware ißt Will Parker nicht!"

„Sam Hawkens auch nicht, außer er weiß, daß sie hinterher bezahlt wird."

„Ach, du meinst …?"

„Ja." Der Kleine nickte. „Bin ein Hanswurst genannt worden und mußte mich mit meinem Rat abweisen lassen, werde also nichts verhindern. Strafe muß sein, besonders wenn sie zur Lehre und zur Besserung dient, wie mir scheint. Werde auch mit dem größten Appetit mitessen, dann freilich dafür sorgen, daß die Bestohlenen voll entschädigt werden."

„Wenn das so ist, esse ich auch mit. Müssen uns aber dabei sehr in acht nehmen. Sollte mich wundern, wenn uns die Finders ungerupft von dannen lassen wollten."

„Werden ihre eigenen Federn verlieren; paß nur auf!"

Buttler mochte mit seinen Gefährten vielleicht drei Viertelstunden fort gewesen sein, als sie zurückkehrten. Sie brachten eine Rindslende mit, die in das Haus geschafft wurde, um dort gebraten zu werden. Bis sie gar war, wurden noch mehrere Flaschen Whisky geleert. Als die Negerin endlich meldete, daß der Braten fertig sei, kam Buttler zu dem „Kleeblatt" herüber, um es aufzufordern, sich mit in das Innere des Hauses zu begeben.

„Können wir das, was ihr uns spenden wollt, nicht lieber herausbekommen?“ fragte Sam.

„Nein“, lautete die Antwort. „Wer unser Gast sein will, muß bei uns sitzen. Übrigens wißt ihr vielleicht, daß der Wein nur in Gesellschaft mundet.“

„Wein? Woher soll der hier kommen?“ Sam tat erstaunt.

„Ja, woher! Nicht wahr, das wundert euch? Ich sage euch, ihr seid bei echten Gentlemen zu Gast geladen. Wir haben gesehen, daß ihr keinen Whisky mögt, und deshalb euch zuliebe und euch zu Ehren den Wirt überredet, uns das einzige Fäßchen abzulassen, das er noch im Hause hat. Es ist ein Wein, wie ihr wohl noch keinen gekostet habt. Also kommt, Mesch'schurs!“

Er wandte sich nach der Tür, durch die seine Leute schon verschwunden waren. Dadurch gewann Sam Gelegenheit, seinen Gefährten zuzuraunen: „Wollen uns betrunken machen und dann ausrauben. Denken, wir haben Kindermagen, weil wir den Giftschnaps des Iren verschmähen. Hihihihi, sollen sich täuschen, wenn ich mich nicht irre! Sam Hawkens trinkt wie ein Kellerloch, und hat man je ein Kellerloch berauscht gesehen? Hört also, Boys: Richtet euch genau nach mir. Wir tun, als könnten wir nichts vertragen, trinken sie aber dennoch alle unter den Tisch.“

„Wenn sie uns nicht vorher schon massakrieren!“ bemerkte Will.

„Fällt ihnen nicht ein! Müßten doch auf Widerstand gefaßt sein. Würden zwar denken, uns überwältigen zu können, zwölf gegen drei, doch nicht ohne daß auch wir ihnen einige Kugeln oder Stiche in das Fleisch geben. Werden es also jedenfalls vorziehen, uns schwer betrunken zu machen, daß wir uns dann nicht zu wehren vermögen. Also keine Sorge, altes Greenhorn! Hast immer Angst. Sam Hawkens aber ist kein solcher Neuling wie Will Parker und weiß ganz genau, wieviel er wagen darf.“

Während dieses kurzen Gesprächs taten sie, als ob sie nach ihren Tieren sähen, die sich in der Nähe befanden, und traten dann in das Haus.

Rechts lag die Küche mit einem höchst primitiven Herd, auf dem ein Feuer brannte; darüber hatte die Negerin das Fleisch gebraten. Links standen zwei lange Tafeln aus ungehobelten Pfählen und Brettern, daran je zwei Bänke aus demselben Material. Es war also für alle Anwesenden Platz vorhanden. Das Weinfaß lag in der Ecke auf einem Klotz; der Ire füllte daraus zwei Krüge, aus denen getrunken wurde. Gläser gab es nicht.

Die Finders hatten sich vorgenommen, wenig zu trinken, bis ihre drei Gäste völlig berauscht seien. Sie ließen also die Krüge fast ununterbrochen kreisen und taten so, als ob sie tüchtig tränken, nahmen aber nur kleine Schlucke. Der Wein war wirklich gut; er schmeckte ihnen, und so kam es, daß ihre Schlucke immer größer wurden.

Auch der Braten war vorzüglich; man sprach ihm tüchtig zu und hatte ihn schon fast aufgegessen, als eine Unterbrechung des Mahls eintrat. Er erschien nämlich der schon erwähnte Führer der Einwanderer unter der Tür, hinter ihm der alte Schmidt und dann auch die drei andern Männer. Sie hatten ihre Gewehre bei sich, während die der Schmausenden weggelegt worden waren. Als sie die Szene kurz überblickt hatten, trat der Führer einige Schritte näher und sagte: „*Good evening,* Mylords! Erlaubt ihr uns vielleicht, euch gesegnete Mahlzeit zu wünschen?"

„Warum nicht?" antwortete Buttler. „Würden euch gern einladen mitzutun; haben aber schon beinahe aufgegessen, Knochen, die wir euch geben könnten, gibt es nicht."

„Tut uns leid. Also nicht mal Knochen? Da ist's wohl gar Lende, was ihr euch geleistet habt?"

„*Yes,* eine feine Büffellende."

„Laufen hier noch Büffel herum? Es wird wohl ein zahmes Rind gewesen sein?"

„Wohl möglich. Haben es aber als Büffellende gekauft."

„Wo denn, wenn ich fragen darf?"

„In Rhodes Rancho im Tal von Santa Cruz, an dem wir vorübergekommen sind."

„Das muß doch einen tüchtigen Pack gegeben haben, und wir haben keinen bei euch bemerkt, als ihr an uns vorüberrittet."

„Weil jeder sein Stück bei sich trug, wenn Ihr nichts dagegen habt, Sir", sagte Buttler hohnlächelnd.

„*Well,* Master. Wie kommt es denn, daß uns ein Ochse fehlt?"

„Fehlt euch ein Ochse? Ah, wie viele seid ihr denn gewesen?"

Die Finders belohnten diesen groben Witz mit einem schallenden Gelächter. Der Führer ließ sich dadurch nicht irremachen und fuhr fort: „Ja, ein Zugochse ist uns abhanden gekommen. Habt ihr vielleicht eine Ahnung, Gentlemen, wohin er ist?"

„Habt ihr ihn uns zur Bewachung anvertraut? Sucht ihn doch!"

„Das taten wir natürlich und haben ihn gefunden."

„So seid froh, Sir, und laßt uns mit diesem Ochsen in Ruhe! Wir haben mit dem Biest nichts zu schaffen."

„Wahrscheinlich doch! Die Sache ist nämlich die, daß er fortgelockt und erstochen worden ist, mit einem schönen, regelrechten Stich, der den sofortigen und lautlosen Tod des Tiers zur Folge hatte. Das ist ganz die Art und Weise der Rinderdiebe, ihre Beute gleich in der Nähe abzuschlachten."

„*Well.* So denkt ihr also, der Ochse sei euch gestohlen worden?"

„Das denken wir nicht nur, sondern wir sind überzeugt davon."

„So jagt den Dieben nach! Vielleicht erwischt ihr sie. Das ist der einzige und beste Rat, den ich euch geben kann."

„Wir haben ihn bereits befolgt. Sonderbarerweise nämlich fehlt an dem erstochenen Ochsen gerade nur die Lende."

„Das finde ich nicht sonderbar, sondern ganz erklärlich. Die Diebe haben wohl gewußt, daß die Lende das beste und schmackhafteste Stück eines Rindes ist."

„*Well,* sie sind also gleicher Ansicht mit euch gewesen, da ich ja sehe, daß euer Braten auch Lende war, wahrscheinlich die Lende eines Zugochsen, nicht aber die eines Büffels."

Da stand Buttler auf und fragte in drohendem Ton: „Was soll das heißen, Sir? Bringt Ihr etwa unsern Braten mit der Lende des gestohlenen Rindes zusammen?"

„Ja, das tue ich, und ich hoffe, daß ihr nichts dagegen habt."

Im Nu hatte Buttler sein Gewehr in der Hand, und auch seine Gefährten sprangen auf, die ihren zu ergreifen.

„Mann", rief er dem Führer zu, „wißt Ihr, was Ihr tut, was Ihr wagt? Wollt Ihr etwa behaupten, wir seien die Diebe, die Ihr sucht? Seht diese zwölf Gewehre auf Euch gerichtet und wiederholt die Anschuldigung, die Ihr ausgesprochen habt!"

„Fällt mir nicht ein! Ich habe meine Pflicht getan und bin nun fertig. Ich bin der Führer der Männer, die da hinter mir stehen; sie sind Deutsche und können nicht englisch sprechen. Was ich sagte, habe ich in ihrem Namen gesagt und kann nun gehen. Ich bin ihr Scout, aber nicht ihr Ochsenhirt; was nun zu tun ist, mögen sie selber tun."

Er drehte sich um und ging fort. Dieser Mann hatte von seinem Standpunkt aus recht; er war ein Mietling und tat nur das, wofür er bezahlt wurde. Er hatte eigentlich schon zuviel getan, indem er sich eines abhanden gekommenen Rindes wegen vor die drohenden Läufe dieser gefährlichen Leute wagte. Die Deutschen hatten wahrscheinlich gemeint, er werde diese Angelegenheit zu Ende führen, denn sie standen, als er sich entfernt hatte, zunächst wie ratlos da, bis dem alten Schmidt ein Auskunftsmittel in den Sinn kam. Er wandte sich nämlich an Sam Hawkens, der mit seinen beiden Freunden ruhig weitergegessen und scheinbar auf sonst nichts geachtet hatte: „Herr Falke, haben Sie gehört, was unser Führer gesagt hat?"

„So ziemlich", antwortete der Kleine, indem er ein Stück Fleisch in den Mund schob.

„Wir haben es nicht verstanden. Hielt er diese Leute für die Diebe?"

„Ja."

„Und das sagte er ihnen?"

„Ja."

„Was war die Folge?"

„Die Folge? Hm, die Folge war, daß er dann fortging."

„Alle Teufel! Soll ich mir etwa meinen Ochsen stehlen lassen?"

„Sollen? Sie haben sich ihn stehlen lassen, wenn ich mich nicht irre."

Bei diesen Worten horchte Schmidt auf. Dann fuhr er fort: „Das muß aber doch bestraft werden!"

„Von wem?"

„Vom Gericht. Und ich muß Schadenersatz bekommen!"

„Von wem?"

„Von den Spitzbuben."

„So redet mit dem Gericht und auch mit den Spitzbuben."

„Ich verstehe ja nicht Englisch!"

„Ihr könntet auch nichts machen, wenn Ihr es verständet."

„So helfen Sie mir doch! Sie sind ein Deutscher, also ein Landsmann von uns, und müssen sich unsrer annehmen."

„Ich muß? Was könnt Ihr von der Hilfe eines Hanswurstes erwarten? Hättet Ihr meinen Rat befolgt, eine Wagenburg gebildet und Euer Vieh bewacht, wäre Euch der Ochse nicht gestohlen worden. Ich kann nichts für Euch tun, gar nichts."

„Aber hier sitzen, mit den Spitzbuben gemeinschaftliche Sache machen und von dem gestohlenen Braten essen, das können Sie wohl, nicht?"

„Ja, das kann ich, denn ich bin von ihnen zum Mitessen eingeladen worden, wenn ich mich nicht irre."

Wieder horchte Schmidt auf, als er diese Worte hörte. Das war ja genau die Redensart, deren sich Sam Hawkens zu bedienen pflegte! Dann stieß der Deutsche den Kolben seines Gewehrs wütend auf den Fußboden und rief: „Dann danke ich für die Landsmannschaft und werde mir selber helfen!"

„Wie wollt Ihr das anfangen?"

„Ich zwinge diese Schufte, mich zu bezahlen!"

„In welcher Weise?"

„Durch Gewalt. Wir sind vier Personen und haben unsre Gewehre!"

„Und hier stehen Euch zwölf verwegene Männer gegenüber, die ebenso gute Gewehre besitzen. Begeht keine Dummheit! Der Ochse ist dadurch, daß Ihr Euch in Lebensgefahr begebt, nicht wieder lebendig zu machen."

„Das weiß ich auch; aber wo bleibt das Geld, das er mich kostet?"

„Diese Leute haben kein Geld, und selbst wenn sie welches besäßen, würdet Ihr es ihnen durch Gewalt nicht abzuzwingen vermögen."

„Soll ich etwa List anwenden?"

„Dazu seid Ihr nicht der Mann. Ein Bär ist kein Fuchs und ein Tolpatsch kein Pfiffikus, wenn ich mich nicht irre."

Schon wollte Schmidt wegen des Tolpatsches eine grobe Antwort geben, als ihn die letzten Worte von diesem Vorhaben abbrachten. Er fragte rasch: „Wenn ich mich nicht irre! So haben Sie jetzt schon dreimal gesagt. Heißen Sie wirklich Falke?"

„Ja, wenn ich mich nicht irre."

„Und bringen doch immer diese Worte, welche die Redensart eines andern Westmanns sein sollen."

„Welchen Mannes?"

„Schi-So hat mir seinen Namen gesagt; ich habe ihn aber wieder vergessen."

„Schi-So?" fragte Sam, sichtlich überrascht. „Wer ist das?"

„Ein junger Begleiter von uns, der Sohn eines Navajohäuptlings, der Nitsas-Ini heißt."

Da machte Sam eine Bewegung der Freude und rief aus: „Nitsas-Ini? Sein Sohn ist bei euch? Kommt er aus Deutschland zurück?"

„Ja, er ist mit uns herübergefahren."
„Ausgezeichnet, ausgezeichnet! Da es so steht, sollen Sie mich nicht umsonst um meinen Beistand gebeten haben. Kehren Sie nun ruhig in Ihr Lager zurück; Sie werden Ihren Ochsen ersetzt bekommen."
Hatte er vorher Ihr zu ihm gesagt, so begann er nun, ihn Sie zu nennen. Die Nachricht, die er soeben empfangen hatte, mußte ihn also umgestimmt haben.
„Das sagen Sie wohl nur, um mich loszuwerden?" fragte Schmidt mißtrauisch.
„Nein. Ich gebe Ihnen mein Wort, daß Sie volle Entschädigung erhalten werden, und vielleicht noch mehr als das. Wieviel hat der Ochse gekostet?"
„Hundertdreißig Dollar."
„Die erhalten Sie. Ich sage es Ihnen, und also ist es wahr, wenn ich mich nicht irre."
„Schon wieder: ‚wenn ich mich nicht irre'! So sind Sie wohl der Westmann, den Schi-So meint?"
„Jedenfalls bin ich es, denn ich weiß, daß mir diese Worte sehr oft über die Zunge schlüpfen, ohne daß ich es beabsichtige. Es ist eine Angewohnheit von mir, die abzulegen ich mir vergeblich Mühe gegeben habe. Ich habe Schi-So früher sehr oft gesehen, wenn ich mich als Gast bei dem Stamm seines Vaters befand. Sagen Sie ihm, daß ich mit dem Frühesten hinaus in das Lager kommen werde, um ihn zu begrüßen. Wo befand er sich denn, als ich gegen Abend draußen war?"
„Er war nach dem Fluß geritten."
„Und Ihr Scout, den ich auch nicht sah?"
„Der war fort, um vielleicht einen wilden Truthahn zu schießen. Ich werde ihm eine Predigt darüber halten, daß er uns hier so schmachvoll verlassen hat."
„Das wird Ihnen keinen Nutzen bringen. Wenn Sie ihn nicht dafür bezahlen, daß er Sie und alle Ihre Habe vor jeder Gefahr zu schützen hat, können Sie nicht verlangen, daß er sich selbst in Gefahr begibt. Also gehen Sie jetzt! Ihr längeres Bleiben hat keinen Zweck, sondern nur den Erfolg, diese Leute hier noch mehr gegen Sie aufzuregen."
„Sie werden Wort halten?"
„Gewiß, Sie können sich darauf verlassen."
„So will ich gehen, und niemals wieder soll es mir vorkommen, daß ich mir etwas stehlen lasse."
„Wenn Sie nicht verständiger handeln, als Sie heut gehandelt

haben, werden Sie noch oft Schaden erleiden, bis Sie endlich klüger geworden sind."

„Haben Sie keine Sorge. Ich werde von jetzt an sehr darauf achten, wenn mir jemand einen guten Rat erteilt."

„So will ich das benutzen und Ihnen gleich jetzt den Rat geben, niemals wieder, wenigstens im Wilden Westen nicht, einen Menschen nach dem Anzug zu taxieren, den er auf dem Leib trägt. Kleider machen hier nicht Leute; das merken Sie sich!"

Als Schmidt mit seinen drei Männern das Haus verlassen hatte, fragte Buttler den Kleinen: „Wir haben kein Wort verstanden. Was meinte denn der Kerl?"

„Er verlangte Schadenersatz."

„Und was habt Ihr geantwortet?"

„Ihn fortgeschickt."

Sam sagte damit keine Lüge, aber auch nicht, daß er Ersatz versprochen hatte. Der Finder fühlte sich befriedigt und meinte: „Es war sein Glück, daß er Euch gehorcht hat. Wir sind nicht gewohnt, mit Dutchmen viel Federlesens zu machen. Jetzt aber setzt Euch wieder. Wir wollen zeigen, daß diese Dummköpfe uns den Appetit nicht verdorben haben."

Das Essen und Trinken begann von neuem; das erstere währte nicht mehr lange, da nur der Rest noch zu verzehren war; desto mehr wurde getrunken. Als das Faß halb geleert war, gab sich Sam den Anschein, als ob der Wein eine berauschende Wirkung auf ihn zu äußern beginne, und Dick und Will folgten seinem Beispiel. Das freute die Finders außerordentlich; sie sahen ihre Absicht gelingen, glaubten, daß es nur noch kurze Zeit dauere, ihre Opfer einzuschläfern, und sprachen nun den Krügen noch mehr als vorher zu. So verging Viertelstunde auf Viertelstunde. Sam tat, als ob er nur noch mit Mühe die Augen offenzuhalten vermöge; den Finders begannen die ihren auch zuzufallen, doch nicht zum Schein, sondern weil sie wirklich betrunken waren; sie hatten vorher zuviel Schnaps zu sich genommen.

Der erste, den das Trinken völlig übermannte, war der Ire. Er setzte sich am Herd nieder, schlief ein, nickte tiefer und immer tiefer und fiel dann endlich, ohne aufzuwachen, auf den Boden, so lang er war.

Sam hatte dem Anführer sehr fleißig zugetrunken, und dieser bekam solch einen Rausch, daß er den Kopf in die Hände und die Ellbogen auf die Tafel stemmen mußte, um ihn zu halten. Er merkte sehr wohl, daß der Wein ihn übermannen wollte, und gedachte, sich keine Blöße vor seinen Leuten zu geben. Deshalb blinzelte er ihnen verstohlen, wie er meinte, zu; sie sollten denken, daß er sich bloß verstelle. Die ganz natürliche Folge davon war, daß sie glaubten, sich denselben Anschein geben zu sollen, das war ihnen außerordentlich lieb, und so trat in der erst so lauten und beweglichen Gesellschaft bald die größte Ruhe ein.

Da stand Hawkens auf, um die Krüge zu füllen. Solange noch ein Tropfen in dem Faß war, weckte er bald den einen, bald den andern, um ihn zum Trinken zu nötigen.

Endlich war das Faß leer, und die Finders schliefen alle einen tiefen Schlaf, aber nicht den der Gerechten. Sam machte die Probe, indem er einige von ihnen weckte. Sie lallten, ohne richtig zur Besinnung zu gelangen, unverständliches Zeug und fielen wieder zusammen. Einer von ihnen starrte mit leblosen Augen vor sich hin und fragte: „Sind sie nun endlich betrunken, Buttler?"

„Ja, ganz und gar", antwortete Sam.

„Dann hinaus mit ihnen und das Messer zwischen die Rippen; dann teilen wir das Geld und scharren sie ein."

Und als Sam nichts dazu sagte, fuhr der andere mit lallender Zunge fort: „Warum redest du nicht? Willst du sie etwa laufenlassen? Das geht nicht; ihr Tod ist beschlossen. Soll ich – mit – meinem – Messer – anfangen?"

„Ja", sagte Hawkens.

„Dann – nehme ich – den kleinen – Di – Di – Dicken und ..."

Er griff mit der Hand nach dem Gürtel, um sein Messer zu ziehen, stand auf, konnte sich aber nicht halten und glitt auf den Boden nieder, wo er ohne Besinnung liegenblieb.

„Da haben wir es gehört", flüsterte Dick Stone. „Ermordet sollen wir werden, und nachdem man uns ausgeraubt hat, will man uns verscharren. Du hattest mit deiner Vermutung also das Richtige getroffen, alter Sam. Was tun wir nun?"

„Das Einfachste: Wir fesseln sie. Riemen und Schnüre wird es wohl im Haus geben."

Ja, es gab deren genug, und bald hatten die drei nicht nur die Finders, sondern auch den Wirt und die alte Negerin, die auch schwer betrunken war, an Händen und Füßen gefesselt. Nun ließ Sam seine beiden Freunde als Wächter zurück und ging nach dem Lagerplatz der deutschen Einwanderer. Als er sich ihm näherte, hörte er eine jugendliche Stimme rufen: *„Who is there? I shoot!* – Wer ist da? Ich schieße!"

„Sam Hawkens ist's", antwortete er.

„Schon? Das ist prächtig! Tretet näher, Sir! Daß Ihr so bald kommt, ist ein gutes Zeichen, wie ich vermute?"

„Kann auch ein schlimmes sein. Wie nun, wenn ich hätte fliehen müssen?"

„Dann wären Eure beiden Gefährten bei Euch. Ohne die flieht Ihr gewiß nicht, also meine ich, weil sie im Dorf geblieben sind, daß es dort gut steht. Kommt herein, Sir; steigt über diese Wagendeichsel!"

„Bin zu klein dazu; will lieber drunter weg kriechen."

Sam bemerkte, daß man mit den Wagen ein Viereck gebildet und die Tiere hineingetrieben hatte. Sein Rat war also befolgt worden, doch leider erst, als man durch Schaden klug geworden war. Der, welcher die Wache gehabt und ihn angerufen hatte, streckte ihm die Hand zum Gruß entgegen. Es war Schi-So, der Indianerhäuptlingssohn. Er hatte im reinsten Englisch gesprochen. Jetzt fragte ihn Sam: „Hoffentlich sprechen Sie deutsch, junger Freund, da Sie sechs Jahre in Deutschland gewesen sind?"

„Ziemlich gut."

„So lassen Sie uns die Schläfer wecken und deutsch sprechen, da sie Deutsche sind. Doch horch! Wer kommt da?"

Sie lauschten in die Nacht hinaus. Man hörte Pferdegetrappel vom Dorf her.

„Ein Reiter ist's, ein einzelner", flüsterte Schi-So. „Wer mag das sein?"

„Es ist kein Reiter; diesen Hufschlag kenne ich sehr genau. Es ist meine gute alte Mary, die mir nachgelaufen kommt. Sie kennen sie von früher her?"

„Ja, ich kenne sie. Aber bitte, sagen Sie nicht Sie, sondern du zu mir! Ich bin Indsman und will es bleiben und den Gewohnheiten meines Stammes nicht untreu werden."

„Recht so, mein Junge! Bist also da drüben nicht stolz geworden? Da wird der alte Sam dich liebbehalten. Hast mir viel zu erzählen, doch ist jetzt nicht die Zeit dazu; müssen es für später aufheben."

Das Maultier kam bis an die Wagendeichsel heran, an der Sam noch immer stand, und rieb den Kopf an seiner Schulter. Durch das laute Sprechen waren die Schläfer wach geworden; sie kamen herbei, um zu fragen, wer gekommen sei, sie konnten Sam nicht sehen, weil das Feuer erloschen war. Er wurde von Schmidt ganz anders empfangen als beim erstenmal und erteilte die Weisung, daß es wieder angebrannt werden solle. Als das Feuer den Platz beleuchtete, verlangte er zunächst, die Namen der Anwesenden kennenzulernen. Schi-So stellte ihm die Personen vor. Die drei jüngeren, aber auch verheirateten Einwanderer hießen Strauch, Ebersbach und Uhlmann; Schi-Sos junger Freund wurde Adolf Wolf genannt. Mehr wollte Sam nicht wissen; er meinte, das Nähere könne er später erfahren, und jetzt müsse man sich zunächst mit der Gegenwart beschäftigen. Die Frauen und die Kinder kamen auch herbei; der Scout konnte selbstverständlich nicht fernbleiben, und so waren alle beisammen, als Sam in seiner eigenartigen Weise von seinem heutigen Zusammentreffen mit den Finders zu erzählen begann. Außer dem jungen blonden Indianer hatte ihn bisher keiner der Anwesenden gekannt. Als sie hörten, auf welche Weise er die Wetten gewonnen und dann die Finders in den Schlaf getrunken und sich ihrer Personen versichert hatte, erkannten sie trotz der Einfachheit und Bescheidenheit seiner Darstellungsweise, daß dieses kleine, sonderbare Männchen keineswegs ein gewöhnlicher Westläufer oder gar Herumstreicher war. Das fühlte auch der alte Schmidt; deshalb streckte er ihm, als die Erzählung zu Ende war, die Hand entgegen und sagte in entschuldigendem Ton: „Ich sehe ein, daß ich Sie um Verzeihung bitten muß; ich habe Sie verkannt. Hoffentlich tragen Sie es mir nicht nach?"

„Werde mich hüten!" Der Kleine lachte. „Habe an mir selbst genug zu tragen und werde mich also nicht auch noch mit andrer Leute Fehler schleppen. Der Hanswurst ist vergeben und soll auch vergessen sein, wenn ich mich nicht irre."

„Sie behaupten also, daß diese zwölf Personen die Finders sind?"

„Ja."

„Daß Sie mit Stone und Parker ermordet werden sollten?"

„Ja."

„Und daß diese Spitzbuben auch uns überfallen und ausrauben wollen?"

„Auch das."

„So liegen Gründe genug vor, sie alle um den Hals oder wenigstens in das Zuchthaus zu bringen. Wir werden sie also während dieser Nacht bewachen und morgen der Behörde übergeben."

„Nein, das werden wir nicht."
„Was denn?"
„Sie laufenlassen."
„Laufenlassen? Solche Verbrecher, denen Sie soeben mit heiler Haut entgangen sind? Haben Sie kein Gehirn im Kopf?"
„Vielleicht steckt's drin; in den Stiefeln wenigstens habe ich es nicht, Master Schmidt. Man merkt es wohl, daß Sie eben erst von drüben herübergekommen und noch fremd im Lande sind. Wenn Euch drüben jemand einen Schafskopf nennt, schleppt Ihr ihn schnell vor den Richter; hier aber macht man das anders. Selbst ist der Mann! Welche Behörde meinen Sie? Wo gibt es eine? Und wenn, hat sie auch die nötige Gewalt? Kann ich beweisen, was ich behaupte?"
„Ich denke doch!"
„Nein. Ich halte diese Männer für die Finders, weil sie ihrer zwölf sind und einer von ihnen Buttler heißt. Ist das vor dem Richter ein Beweis? Ich behaupte, daß man uns ermorden wollte, denn ein total Betrunkener hat es geschwatzt. Ich sage Ihnen, daß Sie überfallen werden sollen, denn ich vermute es. Was wird der Richter dazu meinen? Und wenn er die Anzeige annimmt und die Finders einsperrt, so haben wir Aufenthalt und eine Menge Scherereien, daß wir himmelblau vor Ärger werden."
„Nun wohl! Sie sagten: Selbst ist der Mann. Bilden wir also selbst ein Gericht. Wir verurteilen die Spitzbuben zum Tod und geben jedem von ihnen eine Kugel."
„Soll mich Gott behüten! Ich bin kein Mörder. Nur in direkter Verteidigung meines Lebens bin ich imstande, Menschenblut zu vergießen."
„Also wollen Sie sie wirklich laufenlassen?"
„Ja."
„Und sie sollen keine Strafe bekommen?"
„Doch! Grade deshalb, weil sie bestraft werden sollen, will ich sie laufenlassen."
„Herr, das ist nicht möglich; das ist widersinnig! Wollen Sie mich etwa foppen?"
„Habe keine Lust dazu. Würde keine Ehre einbringen, einen Neuling zu foppen. Widersinnig, sagen Sie? Master Schmidt, die Sache hat den besten Sinn, den es geben kann, wenn ich mich nicht irre. Es gehört dazu nichts weiter als ein wenig Grütze im Kopf. Haben Sie welche drin, hihihihi?"
„Herr, Sie werden beleidigend!" brauste Schmidt auf, der

trotz seines vorhin gegebenen Versprechens sein Temperament nicht bezähmen konnte.

„Beleidigend? Nein. Spreche nur stets so, wie mit mir geredet wird. Haben mich vorhin auch gefragt, ob ich ein Gehirn im Kopf habe. Werde Ihnen erklären, daß kein Widersinn vorhanden ist. Wir haben jetzt keine Beweise, sondern nur Vermutungen, müssen also nach Beweisen fischen. Lassen wir die Kerls jetzt laufen, überfallen sie Ihren Wagenzug, und wir nehmen sie beim Schopf; dann besitzen wir den Beweis, und es wird ihnen an den Kragen gehen, wenn ich mich nicht irre."

„Wie? Überfallen sollen wir uns lassen?"

„Ja freilich."

„Da begeben wir uns aber doch in eine Gefahr, in der wir umkommen können."

„Denke nicht daran! Kommt ganz darauf an, wo man das Pferd aufzäumt, ob beim Kopf oder beim Schwanz. Verlassen Sie sich nur auf mich! Sam Hawkens, dieses alte Coon, wird schon eine List ausfindig machen, in der diese Finders steckenbleiben. Werden noch weiter darüber sprechen. Muß mich auch mit Dick Stone und Will Parker bereden. Die Hauptsache ist jetzt zunächst die Erfüllung meines Versprechens: Schadenersatz für den gestohlenen und getöteten Ochsen. Wollen Sie ihn sich holen?"

„Wenn ich ihn bekommen kann, sofort. Nur fragt es sich, ob die Finders die ganze Summe bezahlen werden."

„Warum sollten sie nicht?"

„Weil sie nur die Lende genommen und wir uns das andre zurückgeholt haben, um es selbst zu verzehren."

„Bleibt sich gleich; der Ochse ist tot und muß bezahlt werden. Also kommen Sie jetzt, sich den Ersatz zu holen! Aber hüten Sie sich dabei, mich bei meinem hiesigen Namen Sam Hawkens zu nennen! Ich habe meine guten Gründe, ihn diese Menschen noch nicht wissen zu lassen."

„Wer von uns soll alles mit nach dem Dorf gehen?"

„Nur Sie allein, Master Schmidt; mehr brauchen wir nicht. Die andern mögen hierbleiben, sich zum Aufbruch rüsten und die Ochsen an die Wagen spannen, damit Ihr Zug nach unsrer Rückkehr sofort nach Tucson aufbrechen kann."

„Jetzt schon, noch während der Nacht? Wir müssen doch ausruhen und wollten erst am Morgen fort."

„Das wird nun nicht möglich sein. Wie die Verhältnisse liegen, müssen Sie unbedingt auf die fernere Nachtruhe verzichten."

Da ertönte von dort, wo sich die Frauen befanden, eine tiefe, kräftige Baßstimme im ausgesprochensten sächsischen Dialekt: „Hör'n Sie, daraus wird nischt! Der Mensch will seine ordentliche Ruhe haben und das Vieh ooch. Es wird also hiergeblieben!"

Sam blickte die Sprecherin verwundert an. Einen Einspruch von weiblicher Seite, und noch dazu in diesem Ton, hatte er nicht erwartet. Sie war eine starkknochige Gestalt von sehr männlichem, resolutem Aussehen. Hätte das Feuer heller gebrannt oder wäre es Tag gewesen, so würde der Kleine bemerkt haben, daß sich unter ihrer scharf gebauten Nase eine dunkle Linie hinzog, die man beim besten Willen nicht anders als einen Schnurrbart nennen konnte.

„Ja, gucken Sie nur immer her!" fuhr sie fort, als sie den befremdeten Blick des Westmanns auf sich gerichtet sah. „Es wird nich andersch. Bei Tage wird gefahren und bei Nacht geschlafen. Da könnte jeder kommen und unsre Ordnung über den Haufen werfen!"

„Aber mein Vorschlag zielt nur auf Ihre Sicherheit, auf Ihren Vorteil hin, liebe Frau", antwortete Sam.

„Das machen Sie mir nich weiß!" entgegnete sie wegwerfend. „Een ordentlicher Mensch treibt sich nich so mitten in der Nacht und bei solcher Finsterheet in Amerika herum. Ja, wenn's derheeme wär, da ließ ich mersch gefallen; aber in fremden Erdteelen wartet man hübsch ruhig, bis es Tag geworden is. Verstehen Sie mich?"

„Freilich verstehe ich Sie, liebe Frau; aber ich denke ..."

„Liebe Frau?" unterbrach sie ihn. „Ich bin nich Ihre liebe Frau! Wissen Sie, wer ich eegentlich bin und wie ich heeße?"

„Natürlich sind Sie die Gattin eines dieser vier Gentlemen."

„Gentlemen! Reden Sie doch deutsch, wenn Sie eene deutsche Frau vor sich haben! Ich bin die Frau Eberschbach, geborene Morgenstern und verwitwete Leiermüllern. Der da" – dabei deutete sie auf einen der drei jüngeren Einwanderer – „is mein gegenwärtiger Gemahl und Ehemann, Herr Schmiedemeester Ebersbach; so wird's nämlich geschrieben, gesprochen aber Eberschbach. Und daß Sie's gleich von vorn'rein wissen, er tanzt nich etwa so, wie Sie pfeifen, sondern er hat sich nach mir zu richten, weil ich elf Jahre älter bin und also mehr Verstand und Erfahrung haben muß als er. Ich bleibe hier und er folglich ooch. Bei nachtschlafender Zeit wird nich in der Welt herumgefahren."

Da keiner der Einwanderer eine Entgegnung aussprach, ließ Sam Hawkens seine lebhaften Blicke lustig im Kreis herumgehen und meinte dann: „Wenn die Herren gewohnt sind, dieser sehr energischen Lady zu gehorchen, kann ich allerdings nur bitten, wenigstens für dieses Mal eine Ausnahme zu machen."

Er wollte weitersprechen; sie aber fiel ihm schnell in die Rede: „I, was Sie nich sagen! Eene Ausnahme! Als ob ich mer das gefallen ließe! Da kennen Sie mich schlecht! Was gucken Sie mich denn so an? Sie brauchen keen solches Gesicht zu machen. Wissen Sie, ich bin's, nach der man sich hier zu richten hat, ich; verstehn Sie mich? Wer hat denn die ganzen Kosten bezahlt? Für die Überfahrt und nachher ooch für den Landweg bis hierher? Und wer wird noch weiter herborgen müssen? Ich! Ich bin's Kapital! Jetzt wissen Sie alles, und nun woll'n mer wieder schlafen gehn!"

Wieder sagte keiner der Männer ein Wort dagegen, selbst Schmidt nicht, der doch der Anführer zu sein schien und vor Abend gegen Sam so kräftig aufgetreten war. Deshalb stand dieser auf und sprach in gleichgültigem Ton: „Ganz wie Sie wollen. Sagen wir also gute Nacht, wenn ich mich nicht irre. Es ist das letztemal, daß Sie es tun, denn ich bin überzeugt, daß der heutige Schlaf Ihr letzter ist, hihihihi!"

Er wandte sich zum Gehen; da stand die Frau auch schnell auf, hielt ihn am Arm fest und fragte: „Unser letzter Schlaf? Wie meenen Sie das, Sie kleenes Männchen, Sie?"

Sie war allerdings, als sie so neben ihm stand, um einen Kopf länger als er. Er tat, als hätte er diese Bezeichnung nicht gehört, und antwortete: „Ich meine, daß Sie morgen früh nicht wieder aufwachen werden."

„Warum denn nich?"

„Weil Sie tot sein werden."

„Tot? Das fällt mir gar nich ein! Frau Rosalie Eberschbach stirbt noch lange nich!"

„Glauben Sie, daß die zwölf Vagabunden, mit denen Sie es zu tun haben, gesonnen sein werden, sich nach Frau Rosalie Ebersbach zu richten?"

„Die können uns nischt tun; die sind gefangen und gebunden, wie Sie uns erzählt haben."

„Sie werden sich aber frei machen und über Sie herfallen, sobald ich mich mit meinen beiden Kameraden aus der Schenke entfernt habe."

„Sie wollen sich entfernen, wollen fort?"

„Natürlich!"

„Wohin?"

„Nach Tucson."

„Warum aber denn? Es is doch eegentlich Ihre Pflicht, diese Gefangenen zu bewachen, bis wir uns in Sicherheet befinden! Was soll ich denn von Ihnen denken, wenn Sie uns im Stiche lassen und von hier verschwinden wie Butter an der Sonne!"

„Denken Sie, was Sie wollen!"

„Schöne Rede das, sehr schöne Rede! Haben Sie denn noch nich gehört, daß Männer gegen Damen uffmerksam zu sein und sie zu beschützen haben? Und Frau Rosalie Eberschbach is eene Dame, verstanden!"

„Ganz richtig; aber wer sich unter meinen Schutz begibt, der hat sich nach mir zu richten. Auch verstanden? Sie sollen überfallen werden. Geschieht das hier, nachdem Sie sich wieder schlafen gelegt haben, so sind Sie verloren. Geschieht es nicht, können wir nichts beweisen. Um den Beweis zu führen, müssen wir nach Tucson, wo ich den Kommandanten ersuchen will, uns ein Detachement Soldaten zu Hilfe zu geben. Dann sind wir den Finders auch an Zahl so überlegen, daß wir sie ergreifen können, ohne daß es zum Schuß kommt und einer von uns verwundet wird. Deshalb müssen wir sofort aufbrechen, um schon am Morgen in Tucson zu sein und die Falle, die wir den Finders stellen wollen, fertig zu haben, ehe sie sie bemerken. Können Sie das begreifen, Frau Ebersbach, geborene Leiermüller?"

„Warum haben Sie das nich gleich gesagt?" fragte sie in ganz anderem Ton. „Übrigens bin ich als Leiermüllern verwitwet, nich aber geboren. Wenn Sie so vernünftig mit mir reden wie eben jetzt, bin ich ooch vernünftig. Ich bin nämlich ooch nich uff den Kopp gefallen; das können Sie sich merken. Also wollen wir die Ochsen anspannen und uns zum Weiterfahren fertigmachen. Aber daß nur Schmidt mit Ihnen gehen soll, daraus wird nischt. Ich will mer diese Kerls ooch ansehen. Warten Sie een bißchen; ich will mer eene Flinte holen."

Sie ging zu ihrem Wagen, in dem sich das Gewehr befand. Als sie damit zurückkehrte, wurde sie von ihrem Mann gebeten: „Bleib da, Rosalie! Das ist nichts für Frauen. Ich werde an deiner Stelle mitgehen."

„Du?“ antwortete sie. „Du wärscht der Kerl dazu! Spiel dich nur nich etwa als Mann und Helden uff; du weeßt, daß ich das een für allemal nich leiden kann. Du bleibst also und wartest, bis ich wiederkomme!“

Sie wandte sich zu Sam, der, leise vor sich hin kichernd, mit ihr und Schmidt nach dem Dorf ging. Als sie die Schenke erreichten und eintraten, waren die Finders infolge der drückenden Fesseln aus ihrem betäubenden Rausch erwacht, und Buttler sprach eben zornig auf Stone und Parker ein.

„Was will der Mann?“ fragte Sam Hawkens die beiden.

„Was soll er wollen“, antwortete Stone. „Wundert sich natürlich darüber, daß wir sie haben und nicht sie uns. Fragt, ob das der Dank dafür sei, daß wir mit ihnen essen und trinken durften.“

„Ja“, rief Buttler in grimmigem Ton, indem er an seinen Fesseln zerrte und sich bemühte, wenigstens den Oberkörper aufzurichten, „was fällt euch ein, uns im Schlaf in dieser Weise zu behandeln? Wir haben euch gastlich aufgenommen, euch nicht beleidigt, nicht das mindeste getan, und dafür seid ...“

„Nicht das mindeste getan?“ unterbrach ihn Sam. „Glaube wohl, daß euch das ungeheuer ärgert – übrigens wozu die vielen Worte: Wir wissen und kennen eure Absichten, denen wir zum Opfer fallen sollten, und zum Dank dafür gedenken wir euch dem Richter auszuliefern.“

Da lachte Buttler höhnisch auf und fragte: „Und der wird euch ohne Beweise glauben?“

„Ihr habt euch in euerm Rausch verschnappt.“

„Und selbst wenn es so wäre, wird kein Richter auf das Wort eines Schwertrunkenen hören. Eure Beweise stehen auf schwachen Füßen, Sir. Mag der Richter erscheinen; wir werden ihm ruhig entgegensehen. Was haben wir euch getan? Euch nicht ein einziges Haar gekrümmt!“

„Weil wir so klug waren, euch zuvorzukommen. Sehen aber freilich ein, daß eine Anzeige nichts taugt. Könnten zwar beschwören, was wir von euch gehört haben, würden aber so viel Zeit mit euch und dem Richter verlieren, daß wir lieber davon absehen.“

„Das ist der beste Gedanke, den ihr zu euerm Vorteil haben könnt. Nun hoffe ich aber auch, daß ihr die Fesseln von uns nehmt!“

„Nicht so stürmisch, Sir! Haben vorher noch ein Wort mit euch zu reden.“

„So macht schnell! Was wollt ihr noch?“

„Bezahlung für den Ochsen, den ihr erstochen habt.“

„Was geht euch der Ochse an!“

„Sehr viel. Haben uns nämlich diesen deutschen Einwanderern angeschlossen. Wollen auch hinauf in die Berge, um Bären und Biber in Fallen zu fangen, grade so wie wir. Sind also ihre Gefährten geworden und haben die Pflicht, dafür zu sorgen, daß sie ihren Verlust ersetzt erhalten.“

„Das geht euch nichts an!“ schrie Buttler. „Wir geben nichts!“

„Schadet nichts; denn was ihr nicht gebt, das nehmen wir uns.“

„So wollt ihr uns bestehlen?“

„Nein, sondern nur dafür sorgen, daß wir euch für ehrliche Bezahler halten dürfen. Wie hoch wird wohl der Wert des Ochsen sein, Master Buttler?“

„Das ist uns gleich. Wir haben kein Geld mehr. Ihr wißt ja, daß Ihr uns bei den Wetten alles abgenommen habt.“

„Habt euch aber wenig darüber geärgert, weil ihr es uns wieder rauben wolltet. Rechnen wir hundertfünfzig Dollar. Nicht?“

„Meinetwegen hunderttausend. Wir können nicht bezahlen.“

„Mit Geld freilich nicht; ist auch nicht nötig; werdet ja nicht ganz und gar leere Taschen haben.“

„*Zounds!* Wollt ihr uns etwa die Taschen ausräumen?“

„Warum nicht?“

„Sir, das wäre Raub!“

„Schadet nichts. Freut uns, euch einmal in das Handwerk pfuschen zu können.“

„Wir sind keine Räuber, und wenn ihr euch an den Dingen vergreift, die wir bei uns haben, werden wir euch anzeigen!“

„Würde uns sehr lieb sein. Möchten gern wissen, was der Richter sagt, wenn er euch zu sehen bekommt. Also vorwärts, Dick und Will! Wollen einmal ihre Taschen untersuchen.“

Die beiden machten sich mit dem größten Vergnügen an das Werk; die Finders sträubten sich dagegen, soviel sie konnten, doch ohne Erfolg; ihre Taschen wurden alle geleert. Es fanden sich viele Gegenstände, besonders einige wertvolle Uhren, vor, von denen man getrost behaupten konnte, daß sie gestohlen oder geraubt worden waren. Sam nahm die Uhren, zeigte sie Schmidt und fragte diesen: „Die Burschen besitzen kein bares Geld. Würden Sie diese Uhren in Zahlung nehmen?“

„Wenn sie keine Münze haben, ja“, antwortete der Gefragte,

„nur fragt es sich, ob ich nicht dadurch einbüße. Ich müßte die Uhren verkaufen, und kein Händler zahlt dafür den wirklichen Wert."

„Haben Sie keine Sorge. Sie büßen keinen Pfennig ein. Diese Uhren haben gewiß den vierfachen Wert Ihres Ochsen; darauf können Sie sich verlassen."

„Aber mein Gewissen, Herr?"

„Wieso?"

„Wird es mir erlauben, diese Gegenstände anzunehmen?"

„Warum nicht?"

„Wenn sie nun gestohlen sind!"

„Das sind sie wahrscheinlich."

„So gehören sie dem Bestohlenen, aber nicht mir."

„Das ist richtig; aber diese Leute würden die Uhren niemals wiederbekommen. Wahrscheinlich sind sie ermordet worden, und selbst wenn das nicht wäre, dürfen Sie ohne Skrupel zugreifen. Er herrschen hier ganz andere Verhältnisse als drüben in der deutschen Heimat."

„Aber man hat doch, wenn die rechtmäßigen Eigentümer nicht mehr leben oder nicht ausfindig gemacht werden können, die Pflicht, solche Gegenstände der Behörde zu übergeben!"

„Wen meinen Sie hier mit Behörde? Kein hiesiger Beamter würde sich die Mühe geben, nach dem Eigentümer zu forschen, sondern die Uhren einfach für sich behalten und Sie heimlich auslachen. Stecken Sie sie also getrost ein, und falls Sie damit ein Unrecht zu begehen glauben, werde ich die Verantwortung auf mein Gewissen nehmen."

„Wenn das so ist, würde es geradezu dumm von mir sein, wenn ich mich fernerhin weigern wollte."

Er schob die Uhren in die Tasche. Als Buttler das sah, rief er: „Was soll das heißen? Ich glaube, dieser Mensch will sich an unserm Eigentum vergreifen. Das soll ..."

„Schweig, Schurke!" sagte Sam und schnitt ihm das Wort ab. „Er hat sie als Bezahlung für den getöteten Ochsen betrachtet, und ihr könnt froh sein, wenn das die ganze Strafe ist, die ihr für das, was ihr getan habt und noch tun wolltet, erleidet. Heute seid ihr einmal an die richtigen Leute gekommen, an drei Schneider, die es verstehen, Halunken, wie ihr seid, die Röcke anzumessen. Wenn euch wieder einmal solche Kleiderhändler begegnen sollten, so seht euch ja vor, ehe ihr daran denkt, mit ihnen wetten zu wollen! Übrigens sind wir ganz und gar nicht gewillt, uns wegen dieser Uhren der Rechenschaft zu entziehen. Wir fahren von hier nach Tucson und werden morgen abend an dem dahinter liegenden Knotenpunkt unser Lager aufschlagen. Ihr könnt uns folgen und uns mit Polizei aufsuchen, der wir sehr gern Rede stehen wollen."

„Ja, ja, das werden wir tun, ganz gewiß werden wir das tun! Wir kommen in euer Lager und holen uns wieder, was ihr uns gestohlen habt. Und nun nehmt uns die Fesseln ab! Das können wir verlangen, da ihr jetzt wohl endlich mit uns fertig seid."

„Daß wir Narren wären. Geben wir euch frei, würdet ihr uns schon heut im Lager aufsuchen anstatt morgen. Ihr bleibt so liegen, wie ihr seid. Wenn es Tag geworden ist, wird wohl jemand kommen, der euch befreit."

„So erhaltet den Lohn dafür später in der Hölle!"

„Danke, Sir! Und damit ihr nicht etwa einen von uns unberechneten Schaden anrichten könnt, werden wir euch jetzt eure Munition nehmen. Ihr könnt sie euch morgen mit den Uhren wiederholen. Es wird euch bis dahin alles ehrlich aufgehoben werden."

Hawkens, Stone und Parker entluden die Gewehre und nahmen alle vorhandenen Patronen oder Kugeln und das Pulver an sich, worüber die Finders in außerordentlichen Zorn gerieten.

Frau Ebersbach war während der ganzen Szene stille Zuschauerin gewesen. Sie verstand nicht, was gesprochen wurde, konnte sich aber dennoch alles leicht erklären. Und noch einen andern stummen Zuschauer gab es – Mary, das Maultier Sams, das seinem Herrn auch jetzt wieder gefolgt war, zur Tür hereinschaute und alle Bewegungen seines Herrn mit großer Aufmerksamkeit verfolgte.

Als man mit den Finders zu Ende war, wurde die Schenke verlassen und die Tür von außen geschlossen und mit einem schweren Stein angedrückt; dann marschierten die fünf Personen nach dem Lager. Mary trabte gemütlich hinterdrein. Sie war gewohnt, ihrem Herrn wie ein treuer Hund auf Schritt und Tritt zu folgen, wenn er ihr nicht durch ein bestimmtes Zeichen zu verstehen gegeben hatte, daß sie an Ort und Stelle zu bleiben habe.

DRITTES KAPITEL

Aufbruch nach Tucson

Während der Abwesenheit waren alle Vorbereitungen getroffen worden, so daß jetzt sofort aufgebrochen werden konnte. Der Führer ritt voran, mit ihm die beiden Jünglinge, denen es gefiel, in der Nacht an der Spitze dieses einsamen Zuges zu reiten. Dann folgten die Wagen, von Dick Stone und Will Parker geleitet, während Sam Hawkens mit dem Kantor hinten folgte. Er hatte sich mit Absicht diesen Begleiter auserwählt, da er glaubte, von diesem am besten über die Verhältnisse der Personen, die diese kleine Karawane bildeten, unterrichtet werden zu können. Eigenartig, sehr eigenartig mußten diese Verhältnisse sein; das sagte er sich nach dem, was er bis jetzt davon gesehen und erfahren hatte. Der originelle musikalische Kantor; diese Frau Rosalie Ebersbach, vor der alle so bedeutenden Respekt zu haben schienen und die ihm, dem erfahrenen Westmann, so energisch entgegengetreten war; der Sohn des Indianerhäuptlings, der aus Deutschland kam; der junge Deutsche, der dessen Freund zu sein und nicht zu den andern zu gehören schien – das waren Persönlichkeiten und Verhältnisse, welche die Neugier erwecken mußten. Der Kantor kam der Wißbegier des Kleinen entgegen, denn kurze Zeit, nachdem sich die Wagen in Bewegung gesetzt hatten, begann er das beabsichtigte Gespräch mit der Frage: „Unsre Frau Rosalie war mit bei diesen Finders. Denen wird sie aber ihre Meinung gesagt haben, denn sie weiß ihre Zunge zu gebrauchen, wenn sie will. Sie hat doch jedenfalls mit ihnen gesprochen?"

„Kein Wort."

„Das sollte mich wundern. Ich habe im Gegenteil geglaubt, daß sie ganz fortissimo mit ihnen verfahren würde."

„Spricht sie denn englisch?"

„Nur einige Worte, die sie sich unterwegs gemerkt hat."

„Wie können Sie da denken, daß sie mit diesen Leuten reden könne, die nur Englisch oder Spanisch verstehen!"

„Sie konnte sich doch ebendieser Worte, die sie gelernt hat, bedienen."

„Zehn oder zwölf zufällig aufgeschnappte Ausdrücke reichen zu einer langen Strafpredigt nicht aus. Übrigens hatte es den Anschein, als ob ihr, als sie die Finders sah, der Mut zu solch einer Rede entschwunden sei."

„Der Mut? Wieso? Diese Burschen haben doch gefesselt am Boden gelegen; da brauchte sie sich nicht vor ihnen zu fürchten."

„Zu fürchten gerade nicht; aber trotzdem haben diese wilden Gestalten einen Eindruck auf sie gemacht, durch den sie zum Schweigen veranlaßt worden wäre, selbst wenn sie englisch hätte sprechen können."

„Das glauben Sie ja nicht! Frau Rosalie fürchtet sich vor keinem Menschen, mag er noch so vornehm oder noch so verwegen aussehen. Sie hat Haare auf den Zähnen und ist gewohnt, daß man ihr den Willen tut."

„Das habe ich freilich bemerkt. Sie alle hielten ja den Mund, als sie mir widersprach."

„Ja, das muß man tun, wenn man nicht ein tüchtiges Graupelwetter auf sich laden will. Dabei aber ist sie seelensgut und, wenn man sie nur reden läßt, gleich wieder um den kleinen Finger zu wickeln. Widerspruch verträgt sie freilich nicht."

„Das ist ein großer Fehler, wenn ich mich nicht irre. Wenn man eine Sache nicht versteht, muß man Lehre annehmen."

„Oh, diese Frau Rosalie versteht vieles und alles!"

„Unsinn! Von den hiesigen Verhältnissen und wie man sich dabei zu verhalten hat, kann sie gar nichts wissen. Und wenn sich solche Szenen wiederholen, wie die heutige war, muß sie sehr gewärtig sein, nicht nur tüchtig zurechtgewiesen zu werden, sondern auch, wenn sie bei ihrem Willen beharrt, die ganze Gesellschaft in Schaden oder gar Gefahr zu bringen."

„Auch das dürfen Sie nicht glauben. Selbst wenn sie etwas nicht kennt und versteht, findet sie sich außerordentlich schnell hinein. Sie haben ja auch gesehen, daß sie dann einer Ansicht mit Ihnen war. Es ist immer besser, sie laufen zu lassen, wie sie laufen will, sie kommt doch stets am richtigen Fine an."

„Wenn Sie so sprechen, scheinen auch Sie großen Respekt vor ihr zu haben, Herr Kantor."

„Herr Kantor emeritus, wenn ich bitten darf! Es ist ja nur der Vollständigkeit wegen, weil ich meinen Abschied genommen habe und also nicht mehr im Amt bin. Ja, ich habe Respekt vor ihr, und sie verdient ihn auch. Sie ist eine tüchtige und musikalisch gebildete Frau."

„Aha, musikalisch gebildet, hihihihi! Komponiert sie etwa auch?"
„Nein, aber sie spielt."
„Was?"
„Ziehharmonika."
„Alle Wetter, das ist freilich etwas andres! Ziehharmonika! Ein vorzügliches Instrument, wenn ich mich nicht irre! Ja, wenn sie diese spielt, muß man Respekt vor ihr haben. Ich habe noch nie von einer Dame gehört, die Ziehharmonika spielt."
„Ich auch nicht; Frau Rosalie ist die erste. Sie hat sich manchen schönen Taler damit verdient."
„Ah, etwa bei einer herumziehenden Damenkapelle gewesen?"
„Nein, zum Tanz aufgespielt."
„Öffentlich?"
„Ja."
„Bravo! Ich denke, Sie halten den Tanz für etwas Ordinäres?"
„Das tue ich auch; hier aber lagen die Verhältnisse anders. Frau Rosalie ist nämlich eine geborene Morgenstern ...", sagte der Kantor.
„Das weiß ich; sie hat es mir gesagt."
„Und heiratete in die Leiermühle bei Heimberg ..."
„Verwitwete Leiermüllerin." Sam Hawkens nickte lächelnd.
„Zur Mühle gehörte eine Schankgerechtigkeit mit kleinem Tanzsaal. Das Geschäft war vorher schlecht gegangen, bis sie sich seiner annahm."
„Wie aber und aus welchem Grund kommt sie jetzt nach Amerika?"
„Diesen vortrefflichen Gedanken habe ich ihr eingegeben."
„Sie? Hm! Die Frau konnte in der Heimat bleiben; sie hatte ja doch keine Not daheim."
„Ja, wenn die Wolfsche Angelegenheit nicht gewesen wäre."
„Welche Angelegenheit?"
„Das wissen Sie noch nicht?"
„Nein."
„Wolf, der Heimberger Förster, hat einen kinderlosen Bruder in Amerika, der viel Wald, große Herden und, ich glaube, auch Silbergruben besitzt. Dieser Bruder hat ihn gebeten, ihm seinen Sohn hinüberzuschicken, den er zu seinem Nachfolger und Universalerben machen will, wenn er ihm gefällt. Der Förster fragte seinen Sohn, der sich auf der Tharandter Forstaka-

demie befand, und dieser hatte sogleich Lust, dem Ruf zu folgen, nachdem er sein Examen bestanden haben würde.“

„War das nicht Leichtsinn oder Lieblosigkeit gegen seine Eltern?“

„Gottbewahre! Nicht im geringsten, sondern gerade das Gegenteil. Der Förster hat eine zahlreiche Familie und ein geringes Gehalt. Da ist Schmalhans Küchenmeister, und die Opfer, die das Studium des Ältesten gekostet hat, sind ihm außerordentlich schwer geworden; es war unmöglich, die andern Söhne auch eine bessere Karriere einschlagen zu lassen, obwohl sie sehr begabt dazu waren. Da hat denn Adolf den Ruf des Oheims mit Freuden vernommen. Er mußte zwar die Heimat und die Eltern verlassen, sagte sich aber, daß er als Nachfolger des reichen Pflanzers seinen Geschwistern schnell emporhelfen könne.“

„Diese Gesinnung ist freilich ehrenwert. Und ist er dem Ruf gefolgt?“

„Ja.“

„Wann?“

„Eben jetzt. Sie haben ihn ja gesehen.“

„Ich? Wo denn?“

„Hier bei uns. Da vorn reitet er ja!“

„Der ist's, der? Dieser junge Mann? Der kann doch unmöglich die Forstakademie schon absolviert haben?“

„Doch, und mit sehr guten Zeugnissen. Sie mögen daraus ersehen, was für ein tüchtiger junger Mann er ist. Er wird, da sein Onkel große Waldungen besitzt, diesem mit seinen Kenntnissen Nutzen bringen. Allerdings gab es für ihn auch noch einen andern Grund, sich so schnell für Amerika zu entscheiden, und dieser Grund kann mit dem indianischen Wort Schi-So bezeichnet werden.“

„Das ist doch der Name des Häuptlingssohnes?“

„Allerdings. Sie sind, wie ich gehört habe, ein Bekannter dieses Häuptlings. Wissen Sie vielleicht, weshalb dieser seinen Sohn nach Deutschland geschickt hat?“

„Ja.“

„Das ist mir lieb. Können Sie es mir einmal vorzeigen, oder ist vielleicht ein Geheimnis dabei?“

„Es gibt keinen Grund, die Sache geheimzuhalten; es ehrt vielmehr den Häuptling und kennzeichnet ihn als einen Mann, der den Bildungsgrad von seinesgleichen weit überragt. Nämlich als er noch jung war, überfiel ein feindlicher Stamm einen

Einwandererzug; es wurde alles niedergemetzelt und nur ein Mädchen verschont und mitgenommen, das eine Deutsche war. Der Häuptling rettete sie und brachte sie zu seinem Stamm. Sie sollte sich dort zunächst von ihrem Unglück und Leid erholen, und dann wollte er sie nach der nächsten Ansiedlung bringen. Sie wurde gut gepflegt und noch besser behandelt; ihre Verwandten waren ermordet worden; sie hatte nirgends Bekannte; die Ansiedlung, wohin sie gebracht werden sollte, war ihr fremd; es gefiel ihr bei den Navajos, und sie gewann den Häuptling Nitsas-Ini – Großer Donner – lieb, der sie gerettet hatte; sie blieb und wurde seine Frau. Sie hat es nie zu bereuen gehabt und lebte außerordentlich glücklich mit ihm."

„Ist das die Möglichkeit!" rief der Kantor aus. „Ein roter Mensch mit einer weißen Frau!"

„Ein roter Mensch, sagen Sie? Das klingt verächtlich! Ich sage Ihnen, die Farbe der Haut macht da keinen Unterschied. Ich habe Indianer kennengelernt, vor denen sich tausend und hunderttausend Weiße schämen müßten. Nitsas-Ini war einer von ihnen. Seine weiße Frau war kein hochgebildetes Fräulein, aber es trat ein andrer Ton ein; es bildeten sich andre Formen; ihr Mann, der Häuptling, war ihr erster und eifrigster Schüler und hatte später nichts dagegen, daß sie mit den Kindern, die sie ihm schenkte, deutsch sprach, sie unterrichtete und ihnen Bücher kaufte. Da lernten sie Winnetou, den großen Apachen, kennen; mit ihm kam Old Shatterhand, der berühmte Freund und Beschützer aller gutgesinnten roten Männer. Sie sahen mit Freuden, was die weiße Squaw geleistet, welchen Segen sie gestiftet hatte; sie blieben längere Zeit bei dem Stamm und kehrten oft zu ihm zurück. Nie hat dieser Stamm wieder Krieg geführt, sondern nur, wenn er sich verteidigen mußte, zu den Waffen gegriffen. Seine Angehörigen sind Freunde der Weißen, wurden infolgedessen von diesen nie vertrieben, sondern durften ihr Gebiet behalten, wenn sie sich auch nun nach den vorgeschriebenen Gesetzen richten mußten. Diese Navajos besitzen fruchtbare Weideländereien und ungeheure Wälder; ihr Reichtum ist von Jahr zu Jahr gewachsen, und so sehnsüchtig die weißen Squatter und Landfresser danach blicken, es ist für keinen dieser Männer etwas zu holen. Denn infolge von Old Shatterhands Bemühungen betrachtet die Regierung der Vereinigten Staaten das Gebiet nicht als Indianerreservation, sondern als in berechtigten Händen befindliches Privateigentum, dessen Besitzer das Gesetz gegen jeden Eingriff zu schützen hat. Man könnte sich bewogen fühlen, dieses Gebiet zivilisiert zu nennen. Großer Donner war einsichtig genug, zu erkennen, daß er für die Zukunft nicht die nötigen Kenntnisse besitzt und daß sein Nachfolger mehr, viel mehr lernen muß, als er selbst gelernt hatte. Er faßte, beeinflußt durch seine weiße Frau, den Entschluß, seinen Erstgeborenen in eine Schule der Weißen zu schicken. Old Shatterhand kam und stimmte lebhaft bei. Er war ein Deutscher und die Squaw eine Landsmännin von ihm, und beide brachten den Häuptling dahin, den Sohn nach Deutschland zu senden, um ihn dort einer berühmten Erziehungsanstalt anzuvertrauen. Old Shatterhand schlug eine vor, und sein Vorschlag wurde angenommen."

„Ich weiß, ich weiß" fiel da der Kantor ein. „Ich kenne diese Anstalt."

„Wirklich? Nun, welche?"

„Es ist die höhere Lehr- und Erziehungsanstalt, kurz und gut, das berühmte Institut Direktor Arno Kriegers in Kötzschenbroda bei Dresden."

„Woher wissen Sie das?"

„Schi-So sagte es mir, und auch Adolf Wolf ist dort für die Tharandter Akademie vorgebildet worden."

„So brauche ich nicht viel mehr hinzuzufügen, denn das Weitere scheinen Sie besser zu wissen, als ich es weiß. Old Shatterhand", fuhr Sam fort zu erzählen, „ebnete den Weg zur Aufnahme in das Institut, und die Häuptlingssquaw brachte ihren Sohn hinüber, wobei sie die große Freude hatte, ihre Heimat wiederzusehen. Später lernte ich den Großen Donner kennen und erfuhr zu meinem Erstaunen von ihm, daß er einen Sohn in Kötzschenbroda bei Direktor Krieger hat. Der Knabe rechtfertigte die Empfehlungen Old Shatterhands; seine Zensuren waren ausnahmslos Einsen, und als er von dort nach Tharandt ging, gestanden sich seine Lehrer, daß dieser rote Schüler von keinem der bisherigen weißen übertroffen worden sei. Übrigens darf man ihn nicht in dem Sinn rot nennen, in dem dieses Wort gewöhnlich gebraucht zu werden pflegt. Sie kennen ihn und haben also gesehen, daß seine Abstammung mütterlicherseits von Einfluß auf die Farbe seines Haares und seiner Augen gewesen ist. So, das ist das, was Sie über ihn zu wissen wünschten. Und nun ahne ich auch, wie der Förstersohn zu ihm gekommen ist. Sie sagten ja, daß dieser auch bei Direktor Krieger vorgebildet sei?"

„Ja, sie waren dort Klassenbrüder und sind auch gleichzeitig nach Tharandt gegangen. Eigentümlich war es, daß der Ruf von Wolfs Oheim gerade zu der Zeit eintraf, zu welcher der Abgang Schi-Sos beschlossen wurde. Warum hat der denn eigentlich gerade Tharandt besuchen müssen?“

„Der großen Wälder wegen, die sein Stamm besitzt. Er soll als späterer Häuptling die nötigen Kenntnisse haben, die Reichtümer, die in diesen Forsten stecken, nicht nur zu erhalten, sondern womöglich zu vermehren. Man weiß, daß sich die Vereinigten Staaten durch die schlechteste Forstwirtschaft auszeichnen; vor den daraus folgenden großen Schäden soll Schi-So einst seinen Stamm bewahren. Aber weiter! Sie wollten mir doch wohl sagen, welchen Einfluß diese beiden Zöglinge von Kriegers Institut auf die frühere Leiermüllerin ausgeübt haben, Herr Kantor?“

„Ja, aber zunächst haben Sie endlich die Güte, darauf zu achten, daß ich nicht mehr im Amt bin und daß Sie also der Vollständigkeit wegen Herr Kantor emeritus zu sagen haben. Oder lassen Sie diese lateinische Bezeichnung vielleicht deshalb weg, weil ich Sie nicht bei Ihrem Namen und vollständigen Titel nenne? Sie müssen bedenken, daß mir eigentlich noch keins von beiden bekannt ist!“

„Nicht deshalb, sondern nur aus reiner Vergeßlichkeit. Was meinen Namen betrifft, so hieß ich drüben Samuel Falke, werde aber hier Sam Hawkens genannt. Es genügt völlig, wenn Sie einfach Sam zu mir sagen.“

„Das ist nicht höflich genug. Ich will Ihnen also einen Vorschlag machen. Da Sie früher Samuel Falke waren, es jetzt aber nicht mehr sind, gerade so, wie ich nicht mehr Kantor bin, so wäre es gewiß ganz richtig und den Umständen gemäß, wenn ich entweder Samuel emeritus oder auch Falke emeritus zu Ihnen sagte. Welches von beiden ist Ihnen lieber?“

„Keins. Ein Name ist kein Amt. Nennen Sie mich also Sam oder Hawkens.“

„Schön, ganz wie Sie wollen! Aber warum durften die Finders nicht erfahren, daß Sie Sam Hawkens sind?“

„Weil ich unter diesem Namen weit bekannt bin. Man hat mir, Dick Stone und Will Parker den Namen ‚das Kleeblatt‘ gegeben, weil wir drei stets beisammen sind. Man rechnet uns nicht zu den gewöhnlichen Westläufern, sondern zu den erfahrenen Männern, die wissen, was sie wollen, und sich weder besiegen noch betrügen lassen. Ich will die Finders überlisten;

das würde mir aber nicht gelingen, wenn sie wüßten, wen sie vor sich haben; sie würden entweder ganz von uns lassen oder doch wenigstens sich so in acht nehmen, daß ich meine Absicht nicht erreichte. Und es liegt mir viel daran, diese Menschen für ehrliche Leute unschädlich zu machen."

„Sehr wohl, jetzt weiß ich, woran ich bin, und kann nun wieder nach Tharandt übergehen. Schi-So und Wolf kamen nämlich von Tharandt oft nach Heimberg herauf, das ein vielbesuchter Luftkurort ist, und kehrten in der Leiermühle, später auch in der Schmiede ein, als die Müllerin den Schmied geheiratet hatte. Sie waren also mit beiden gut bekannt. Gerade als mich Hobble-Frank bestimmt hatte, nach Amerika zu gehen und seine Helden aufzusuchen, kam der Brief des Onkels und auch die Nachricht, daß Schi-So zu seinem Stamm zurückkehren werde. Dieser Onkel war ungeheuer reich und wohnte, wie man bald heraushatte, in der Nähe der Navajos; das ging rasch im Dorf herum, das meist blutarme Einwohner hat; da fiel es mir denn nicht schwer, einige von ihnen zum Auswandern zu bewegen und mit mir hinüberzuziehen."

„Also haben Sie sozusagen diese armen Leute verführt!" meinte Sam in vorwurfsvollem Ton.

„Verführt? Was für ein Ausdruck! Ein Kantor emeritus, der tausendmal beim Gottesdienst die Orgel gespielt hat, gehört halbwegs zur Geistlichkeit, also zu demjenigen Stand, in dem man nicht nach Verführern suchen darf. Führer bin ich ja, aber doch nicht Verführer, denn ich will diese Leute zum Glück führen. Ich bin überzeugt, daß der Onkel Wolfs sie sehr gut aufnehmen wird. Und Geld, sich Land zu kaufen oder ein Geschäft anzufangen, ist auch vorhanden."

„Ich denke, diese drei sind arm!"

„Ja, Schmidts, Strauchs und Uhlmanns hatten nichts, aber Ebersbachs sind, wie Sie gehört haben, wohlhabend, und Frau Rosalie hat ihnen das nötige Geld vorgeschossen. Sie ersehen daraus, was für eine brave Frau sie ist. Sie konnte recht wohl im Vaterland bleiben und hat sich nur aus Teilnahme für diese drei, aus Freundschaft für mich und wegen ihres Dranges nach der Fremde entschlossen mitzugehen. Besonders entzückt war sie darüber, daß in Amerika die Damen so außerordentlich geachtet werden."

„Ach so." Sam lächelte vergnügt. „Und Frau Rosalie Ebersbach, geborene Morgenstern, verwitwete Leiermüllerin, ist eben auch eine Dame! Das erklärt mir freilich das vorher Unerklärliche. Sie haben also alle die Absicht, sich bei dem Oheim Wolfs anzusiedeln?"

„Sie wollen ihn fragen. Lehnt er es ab, ziehen sie weiter."

„Und Sie? Was beginnen denn Sie?"

„Ich? Ich suche natürlich Old Shatterhand, Old Firehand und Winnetou. Natürlich werde ich auch Hobble-Frank finden."

„Sie scheinen, wie bereits gesagt, sich das außerordentlich leicht vorzustellen, und doch können Sie jahrelang im Westen herumreiten, ohne auch nur auf einen von diesen Männern zu treffen."

„So muß man fragen, sich erkundigen!"

In langsamem Ochsenschritt ging die Fahrt die ganze Nacht hindurch weiter, und so kam es, daß die Reisenden erst zwei Stunden nach Tagesanbruch die Stadt vor sich liegen sahen, obgleich San Xavier del Bac und Tucson nicht weit voneinander entfernt sind.

Der Anblick dieser Hauptstadt war wenig erfreulich. Obgleich es noch so früh am Tag war, strahlte die Sonne doch schon mit einer fast unerträglichen Glut auf die kahlen Schlammhütten und Mauertrümmer herab. Äußerst häßliche Hunde bellten und heulten dem Zug entgegen, und ausgedörrte, in bunte Fetzen gehüllte Menschen lungerten vor den Türen und an den Ecken herum.

Auf Sams Anweisung wurde auf einem freien Platz angehalten, wo sich bald eine Menge von kläffenden Hunden, schreienden Kindern und neugierigen Tagedieben einfand, welche die Wagen umlungerten und ihre Aufmerksamkeit besonders auf Sam Hawkens und den Kantor richteten, wohl wegen der sonderbaren Persönlichkeit des ersteren und der ungewöhnlichen Weise, in der beide gekleidet waren,

Da die deutschen Einwanderer während ihrer Reise nur wenig Englisch gelernt und Spanisch noch weniger konnten, übernahm es Sam Hawkens, sich zu erkundigen, ob man hier Futter für das Vieh und Wasser bekommen könne. Ja, Heu und Wasser waren zu haben, aber beides in sehr schlechtem Zustand und zu hohen Preisen, und zehn, zwanzig und noch mehr Faulenzer zeigten sich bereit, es herbeizuholen, um sich durch diese Arbeit, die eigentlich keine Arbeit war, einige Centavos zu verdienen.

Als das besorgt war, begab sich der Kleine zum Kommandanten, um ihm sein Anliegen vorzutragen. Er vernahm, daß dieser Offizier mit zahlreicher Begleitung nach Prescott gereist und fast die ganze Besatzung zum Guadeloupepaß aufgebrochen sei, um die dort hausenden aufrührerischen Mimbrenjos zu züchtigen. Er wurde zu einem Kapitän geführt, der die Stellvertretung des Kommandanten übernommen hatte. Der Mann saß bei seiner Morgenschokolade und las in einer alten Zeitung, die hier in Tucson aber neu genannt werden mußte. Als er den Eintretenden erblickte, zeigte sein Gesicht zunächst den Ausdruck der Überraschung; dann erheiterte es sich mehr und mehr; endlich lachte er laut auf, erhob sich von seinem Stuhl und sagte in einem Ton, dessen Impertinenz nicht zu verkennen war: „Mensch, wer seid Ihr? Was wollt Ihr? So ein Jack-pudding, so ein Hanswurst, ist mir noch nie vorgekommen!“

„Mir auch nicht“, antwortete Sam in einer Weise und mit einer Handbewegung, die ahnen ließ, daß er den Offizier meinte.

„Euch auch nicht? Was wollt Ihr damit sagen?“ fuhr ihn dieser in ganz anderm Ton an. „Wollt Ihr mich etwa beleidigen?“

„Ist es eine Beleidigung, wenn ich Euch beistimme?“ fragte Sam sehr ernst und sehr ruhig.

„Ach so! Dann lobe ich Eure edle Selbsterkenntnis. Ich wiederhole Euch, daß ich noch keinem solchen Harlekin begegnet bin, wie Ihr zu sein scheint. Ihr kommt wohl, um die Erlaubnis zu bitten, hier eine lustige Vorstellung geben zu dürfen?“

„Ja, das ist's.“ Sam lachte. „Ihr habt's erraten, Sir, und sollt mir dabei helfen, wenn ich mich nicht irre.“

„Helfen? Ich? Haltet Ihr den Stellvertreter des Kommandanten, einen Vereinigtestaatenoffizier, für einen Spaßmacher, wie Ihr seid?“

„In diesem Fall, ja“, antwortete Sam, indem er sich kaltblütig einen Stuhl herbeizog und sich setzte.

„Mensch, noch solch ein Wort, und ich lasse Euch einsperren und durchpeitschen!“ drohte der Offizier, indem er einige Schritte auf den Kleinen zutrat. „Wie könnt Ihr Euch ohne meine Erlaubnis setzen? Ihr befindet Euch bei dem Höchstgebietenden der Stadt und habt vor ihm zu stehen. Also auf mit Euch, und zwar augenblicklich!“

Er griff bei diesen Worten mit der Hand nach einem Nagel, an dem eine Reitpeitsche hing. Auf Sam aber machte diese Bewegung nicht den geringsten Eindruck. Er sagte in einem sehr gelassenen Ton: „Ich befinde mich bei dem Höchstgebietenden? Meinetwegen, ja; habe nichts dagegen; bin ja ein Kamerad von ihm."

„Ein Kamerad? Von mir?" fragte der andre. „Ihr wärt ein Offizier?"

Bei dieser Frage ließ er einen Blick unendlicher Geringschätzung über die Gestalt des Kleinen gleiten.

„*Well,* Offizier!" Sam nickte freundlich. „Habt Ihr vielleicht einmal etwas von dem bekannten ‚leaf of trefoil' gehört?"

„Kleeblatt? Welches Kleeblatt meint Ihr da?"

„Die drei Präriejäger, wenn ich mich nicht irre."

„Ja, dieses Kleeblatt kenne ich. Es besteht aus Dick Stone, Will Parker und Sam Hawkens, von dem man sich erzählt hat, daß ..."

„Schön, Sir, schön!" unterbrach ihn der Westmann. „Habt also von diesen dreien gehört. Freut mich, freut mich sehr! Werden da bald mit unsrer lustigen Vorstellung im reinen sein und dabei erfahren, wer den Bajazzo macht. Wißt Ihr vielleicht auch, daß Sam Hawkens im letzten Krieg Scout gewesen ist?"

„Ja, unter General Grant. Er hat es infolge seiner dabei geleisteten großen Dienste, durch seine List und Kühnheit bis zum Kapitän gebracht. Aber was hat das mit Euch zu tun?"

„Viel, sehr viel, Sir. Jedenfalls mehr als mit Euch, denn ich schätze, daß Ihr damals noch gar nicht in der Uniform gesteckt habt. Das Kleeblatt befindet sich nämlich gegenwärtig hier."

„Hier? In Tucson?"

„*Yes,* Sir. Und Sam Hawkens, der verdiente Vereinigtestaatenkapitän, befindet sich Euch sogar noch näher; er sitzt in diesem Augenblick hier in Eurer Stube."

„Hier? In meinem Zimmer?" rief der Stellvertreter betroffen. „Es ist ja außer mir kein andrer Mensch da als Ihr?"

„*Well,* stimmt genau, Sir!"

„Dann – dann – wärt Ihr dieser Hawkens?"

„*Yes,* bin ich auch, wenn ich mich nicht irre."

„*Thunderstorm!* Ihr wärt Sam Hawkens? Ihr?"

„Denke es. Warum sollte ich es nicht sein?"

„Weil – weil – weil", stotterte der Kapitän verlegen, „weil Ihr keineswegs danach ausseht. Ein Offizier kann sich doch unmöglich in solche Kleider stecken!"

„Wüßte nicht, warum er es nicht tun sollte! Warum sollte sich gerade ein Offizier nicht nach seinem Geschmack kleiden, Sir? Und das ist nun einmal mein Geschmack, der Geschmack von Sam Hawkens, und wer den für geschmacklos halten sollte, der mag das tun; ich habe nichts dagegen, solange er schweigt. Wenn er es aber wagt, es mir zu sagen, so befindet sich die richtige Antwort auf eine solche Beleidigung hier in meiner Hand!" Sam Hawkens zeigte bei diesen Worten auf sein Gewehr und fügte hinzu: „Übrigens, daß ich damals Offizier wurde, darauf gebe ich keinen leeren Kürbiskern. Zu einem tüchtigen Westmann gehört weit mehr als zu einem Subalternoffizier, und ein Westmann bin ich, Sir; ja, der bin ich ganz gewiß, und wenn Ihr es nicht glaubt, so bin ich bereit, es Euch zu beweisen. Wollen wir uns einander gegenüberstellen, um zu erfahren, wessen Kugel genau das Herz des andern trifft? Bin sofort bereit dazu, Sir, sofort, wenn Ihr es wünscht!"

Das wurde in einem Ton gesprochen, der trotz der lächerlichen Gestalt Sams dem Offizier sichtlich imponierte. Der letztere machte eine abwehrende Handbewegung und antwortete, diesmal nun in höflichem Ton: „Ist nicht nötig, Sir, ist nicht nötig! Warum sollen sich Gentlemen, die Kameraden sind, ohne alle Veranlassung niederschießen?"

„Hm! Veranlassung wäre wohl vorhanden dazu. Aber da Ihr erkannt habt, daß der vermeintliche Hanswurst ein Gentleman und Euer Kamerad ist, so habt hier meine Hand. Wollen nun in Frieden über die lustige Aufführung sprechen, an der Ihr Euch beteiligen sollt."

Sie schüttelten sich die Hände, und dann erzählte Sam von seinem gestrigen Zusammentreffen mit den zwölf Reitern, die er für die Finders hielt. Der Kapitän hörte sehr aufmerksam zu; sein Gesicht nahm immer mehr den Ausdruck großer Spannung an, und als der Kleine geendet hatte, sprang der Mann erregt auf und rief: „Wenn Ihr Euch nicht irrtet, Sam! Wenn es wirklich die Finders wären! Welch ein Fang!"

Sam blinzelte ihn mit seinen kleinen Äuglein an und fragte: „Meint Ihr, daß Sam Hawkens so dumm ist, nicht zu wissen, was er behauptet? Sie sind es, sage ich Euch, sie sind es!"

„Aber warum seid Ihr da von San Xavier del Bac fortgeritten, ohne sie mitzunehmen? Sie waren doch gefesselt und befanden sich in Eurer Gewalt!"

„Kann ich beweisen, daß sie Diebe, Räuber, Mörder, daß sie wirklich die Finders sind? Dieser Beweis muß erst erbracht werden, indem ich ihnen die Gelegenheit gebe, uns zu überfallen. Wenn wir sie dabei ergreifen, sind sie ohne weiteres überführt."

„Ergreifen! Ihr wollt euch also überfallen lassen?"

„Natürlich! Oder meint Ihr, daß ich nur davon träumen soll?"
„Das ist Scherz; mir aber ist es Ernst. Ich könnte mich meinen Vorgesetzten nicht besser empfehlen, als wenn wir gerade jetzt, da ich der Kommandierende bin, diese berüchtigte Bande in die Hand bekämen. Aber wenn ihr warten wollt, bis sie über euch herfallen, begebt ihr euch in die größte Gefahr!"
„Wenn wir uns hinstellen, ja; aber der kleine Sam Hawkens wird mit seinen Leuten verschwunden sein."
„Dann ist aber von einem Überfall keine Rede!"
„Warum nicht? Die Wagen werden überfallen, und wenn wir nicht bei ihnen sind, bleibt die Tat doch ein Verbrechen, und wir können getrost behaupten, daß sie uns ermordet hätten, wenn sie uns angetroffen hätten. Wir werden zwar nicht beweisen können, daß sie Mörder sind; doch sie überfallen nächtlicher Weile einen Wagenzug, das ist Raub, und darauf steht hierzulande die Todesstrafe."
„*Well!* Und wie wollt Ihr sie dabei ergreifen, ohne daß es zum Kampf kommt und Ihr Euch also in die Gefahr begebt, Euer Leben zu verlieren?"
„Das wird sich finden, wird sich ganz gewiß finden, Sir, wenn Ihr uns dabei unterstützen wollt."
„Das soll mehr als gern geschehen; nur möchtet Ihr mir sagen, wie Ihr Euch diese Unterstützung denkt."
„Setzt Euch aufs Pferd und begleitet uns mit einem Trupp Eurer Kavallerie!"
„Ich wäre glücklich, wenn ich das tun dürfte; aber es ist mir nicht gestattet, meinen Posten zu verlassen. Und da ich so wenig Leute hier habe, könnte ich höchstens zwanzig Mann detachieren."
„Das genügt völlig, Sir."
„Wenn Ihr das meint, so soll's geschehen, doch muß ich unbedingt vorher wissen, wie Ihr Euch die Sache denkt. Hat Eure Ansicht meinen Beifall, sollt Ihr zwanzig Mann bekommen. Seid Ihr denn wirklich so sicher, daß die Finders Euch folgen werden?"
„Daß sie kommen werden, ist so sicher wie mein alter Filzhut hier, hihihihi! Sie werden freilich nicht wagen, sich in Tucson sehen zu lassen, sondern die Stadt umreiten; dennoch aber ist es möglich, daß sie einen einzelnen von ihnen als Kundschafter in die Stadt senden. Deshalb darf jetzt niemand als nur wir beide, höchstens noch der Leutnant, erfahren, was wir vorhaben. Also sie werden einen Bogen um die Stadt schlagen, bis

sie wieder auf unsre Wagenspur treffen, und ihr folgen, bis sie bemerken, daß und wo wir für die nächste Nacht lagern. Sie bleiben natürlich zurück und ruhen aus, bis es dunkel geworden ist; dann kann und wird der Überfall stattfinden, wenn ich mich nicht irre."

„Nun, und Ihr? Ihr wolltet doch nicht bei den Wagen bleiben, wie Ihr vorhin sagtet."

„Ja, wir werden uns freilich hüten, uns erschießen zu lassen. Wir gehen fort."

„Wohin?"

„Das kommt darauf an, wo wir lagern werden. Kennt Ihr die Stelle, an der die Guadeloupestraße mit dem Weg von Babasaqui zusammenstößt? Und wird diese Stelle auch dem Leutnant, den Ihr uns mitgeben wollt, bekannt sein?"

„Wir sind beide mehrere Male dort gewesen."

„*Well,* ist mir lieb. Dort werden wir lagern, dort gibt es Wasser, was für unsre Zugtiere die Hauptsache ist. Ihr schickt den Leutnant mit seinen Leuten voraus dorthin; aber er muß sich seitwärts unsres Weges halten, damit die Finders nicht etwa auf seine Spur stoßen und mißtrauisch werden. Wir folgen später und treffen mit ihm dort zusammen. Sobald es zu dunkeln beginnt, zünden wir ein großes Feuer an, damit die Finders uns leicht bemerken können. Dann lassen wir die Wagen stehen und machen uns zur Seite, um die Kerls, sobald sie sich heimlich nähern, gleich mit den Fäusten zu packen, niederzureißen und gefangenzunehmen."

Der Kapitän ging eine Weile schweigend, doch mit raschen Schritten im Zimmer hin und her; dann blieb er vor Sam stehen und sagte: „Wie Ihr das sagt, klingt es so glatt, so leicht, als ob es nur so und gar nicht anders kommen könnte. Die Finders werden den Überfall jedenfalls nicht unternehmen, ohne vorher einen Kundschafter nach euerm Lager gesandt zu haben."

„Das sollen sie auch, und das werden sie allerdings."

„Aber dann sieht der Späher doch, daß ihr euch nicht im Lager befindet!"

„Nein, das sieht er nicht, denn wir werden es nicht eher verlassen, als bis er dagewesen ist."

„Dann müßtet ihr über sein Kommen und Gehen unterrichtet sein!"

„Das werden wir, Sir."

„Wieso? Auf welche Weise?"

„Hm, Ihr scheint Sam Hawkens für dümmer zu halten, als er ist, hihihihi! Den Finders traut Ihr zu, daß sie einen Kundschafter voraussenden. Können denn dasselbe nicht auch wir tun? Ich sage Euch, Sir, daß ich diese Kerls viel eher belauschen werde als sie uns."

Der Offizier schüttelte zweifelnd den Kopf und entgegnete: „Das dürfte wohl unmöglich sein. Ihr müßtet sie schon am Tage beschleichen. Ich habe viel, sehr viel von Euch und Euern beiden Kameraden erzählen hören; ich weiß also, wie listig und wie verwegen Ihr seid, aber diese Leute am hellen, lichten Tag belauschen, hier, wo es keine Wälder gibt, wo man sich nicht verstecken kann, das dürfte Euch wohl kaum gelingen. Dazu müßt Ihr folgendes bedenken: Ihr brennt ein großes Feuer an; sie hingegen werden sich hüten, das zu tun; sie können also euern Lagerplatz schon von weitem sehen, während Ihr nicht wißt, wo sie zu finden sind."

„Meint Ihr? Meint Ihr wirklich? Sam Hawkens soll nicht wissen, wohin sich diese Gentlemen stecken werden, hihihihi! Das ist gerade so, als wenn mein Kopf nicht wissen sollte, daß er unter seinem Hut steckt! Ich sage Euch, die Finders werden weder nach rechts noch nach links von unsrer Fährte abweichen und auch auf ihr anhalten, wenn sie unser Feuer sehen. Sam Hawkens weiß ganz genau, auf welche Entfernung hin ein Feuer, wie er es anbrennen wird, zu bemerken ist. Habt keine Sorge um mich, und sagt mir rundheraus, ob Ihr Euch mit dieser Sache befassen wollt oder nicht! Wir werden auch allein ganz gut mit ihnen fertig; nur müßten wir sie in diesem Fall unsre Kugeln schmecken lassen. Da ich lieber kein Blut vergießen will, habe ich mich an Euch gewandt. Wenn Ihr mir zwanzig Mann, also vierzig Hände, zur Verfügung stellt, können wir mit den Fäusten fertigbringen, was sonst nur mit Hilfe von Pulver und Blei zu erreichen wäre."

„Gut, ich bin einverstanden, möchte jedoch vorher die Meinung des Leutnants hören."

„So laßt den Mann kommen, Sir! Denke, daß er dem Stock, den ich schwimmen lassen will, keine andre Richtung geben wird."

Der Kapitän holte den Leutnant herbei, und es erfolgte eine Unterredung, an deren Schluß sich diese Ansicht Sams bewahrheitete: Es blieb bei dem, was er beschlossen hatte. Die beiden Offiziere waren neugierig, auch Dick Stone und Will Parker zu sehen, doch Hawkens redete ihnen das aus, da ihr Besuch bei den Wagen oder der Besuch der beiden Genannten bei ihnen gewiß Aufsehen erregt hätte. Ein etwaiger Späher der Finders hätte das erfahren mögen, und Buttler konnte dann gar wohl erraten, daß die Garnison zu Hilfe gerufen worden war. Als noch einige nebensächliche Dinge besprochen und bestimmt worden waren, entfernte sich Sam, sehr zufrieden über das Ergebnis der Verhandlung mit seinem Herrn „Kameraden".

VIERTES KAPITEL

Der Überfall

Als er bei den Wagen ankam, stand die ganze nichtstuende Bevölkerung von Tucson dort herum, gerade so, wie hier in Deutschland die Müßiggänger nach einem Zigeunerlager laufen, um sich das Treiben anzusehen. Die Gesellschaft saß, ohne diese große Zuschauerschaft zu beachten, beim Frühstück, und Sam setzte sich mit nieder, um an dem frugalen Essen teilzunehmen und zu berichten, welches Ergebnis seine Unterredung mit dem Kapitän gehabt hatte.

Später kamen einige der Neugierigen näher, um sich mit den Reisenden zu unterhalten, was aber nur bei dem Kantor Erfolg hatte, wenn auch einen sehr geringen, da dieser sich eine größere Anzahl englischer Brocken angeeignet hatte als die andern. Unter diesen Leuten befand sich ein junger Mann, der sich an den Führer machte und diesen in ein Gespräch verwickelte. Sam beobachtete ihn; er bemerkte, daß der eine militärische Haltung zeigte und während des Gesprächs besonders forschend auf die drei „Kleeblätter" blickte. Deshalb stand der Kleine auf und näherte sich ihnen. Als er hinkam, hörte er noch deutlich, daß der Führer auf eine an ihn gerichtete Frage antwortete: „Ja, es ist das Kleeblatt; ich kann es versichern, obgleich ich es erst auch nicht glauben wollte."

Da nahm Sam den Fremden beim Arm und sagte in einem sehr bestimmten Ton: „Master, Ihr seid Soldat, nicht? Ihr gehört zur hiesigen Garnison?"

Man sah dem Mann an, daß ihn diese Frage in Verlegenheit brachte. Er stotterte etwas, was als Antwort dienen sollte, aber nicht verstanden werden konnte; deshalb fuhr der Kleine fort: „Geniert Euch nicht; ich zürne Euch nicht. Ich habe dem Kapitän gesagt, daß ich Sam Hawkens bin; er kennt mich nicht persönlich und muß doch wegen der Zusage, die er mir gegeben hat, wissen, daß ich die Wahrheit gesagt habe. Deshalb habt Ihr die Uniform ausgezogen und seid gekommen, um Erkundigungen einzuziehen. Gesteht, daß es so ist!"

„Ja, Sir, Ihr täuscht Euch nicht", lautete die Antwort. „Da ich nun weiß, daß Ihr zu dem Kleeblatt gehört, darf ich es gestehen."

„So meldet dem Kapitän, was Ihr gehört habt; sprecht aber mit keinem andern davon!"

„Kein Wort sage ich, Sir. Ich weiß, um was es sich handelt; ich bin Unteroffizier und gehöre zu den zwanzig, die mit dem Leutnant reiten werden."

„Wann brecht ihr auf?"

„In einer halben Stunde."

„So sagt dem Leutnant, er soll euch einzeln und nach verschiedenen Richtungen aus der Stadt reiten lassen! Dadurch wird vermieden, daß jemand auf den richtigen Gedanken kommt."

Der Unteroffizier entfernte sich, und nun wandte sich Sam an den Führer: „Sagt mir doch einmal, wieso Ihr diesem Mann Auskunft über uns erteilt habt!"

„Er fragte mich!" antwortete der Führer kurz.

„So! Also wenn Euch jemand fragt, so antwortet Ihr, es mag sein, wer es will."

„Ihr wollt mir doch nicht etwa den Mund verbieten?"

„Ja, das will ich allerdings! Ihr wißt, daß niemand erfahren soll, daß wir das Kleeblatt sind, und doch habt Ihr es diesem Frager sofort auf die Nase gehängt. Ihr wollt ein Scout, ein Westmann, sein und habt noch nicht einmal das Abc der Vorsicht inne. Ich möchte mich Eurer Führung nicht anvertrauen."

„Das habt Ihr auch nicht nötig. Ehe Ihr zu uns kamt, ging alles nach meiner Weisung und nach meinem Willen; nun tut Ihr, als ob Ihr unser Gebieter wärt. Ich bin von diesen Leuten engagiert worden und führe sie ..."

„Ins Verderben!" fiel Sam ihm in die Rede. „Ihr habt sie zu beschützen. Tut Ihr das? Ohne unser Kommen würden sie heut abend beraubt und ermordet werden!"

„*Pshaw!* Ich habe meine Augen auch offen. Laßt Euch sagen, Master Hawkens, daß ich die mir Anvertrauten bis Fort Yuma zu führen habe. Bis dorthin bin ich Herr des Zuges. Wollt Ihr mit, so habt Ihr Euch mir zu fügen. Später könnt Ihr befehlen, soviel Ihr wollt! Basta!"

Da klopfte ihm Sam auf die Schulter und sagte mit seinem freundlichsten Lächeln, hinter dem sich aber das Gegenteil verbarg: „Nicht basta, noch lange nicht! Ich weiß, wohin diese Leute wollen; es ist nicht nötig, daß sie über Fort Yuma ziehen; es gibt einen kürzeren Weg, den Ihr freilich nicht zu kennen scheint. Ihr bleibt bis morgen früh noch bei uns; dann könnt Ihr gehen, wohin es Euch beliebt."

„Mir recht, wenn ich meinen Lohn bis Fort Yuma bekomme!"

„Den werdet Ihr erhalten, und dann führe ich diese Leute, ohne Lohn von ihnen zu verlangen; sie werden dann nicht wieder durch die Schwatzhaftigkeit ihres Scouts in Gefahr geraten."

Der Führer setzte sich mürrisch auf eine Wagendeichsel; Sam wandte sich von ihm ab und seinen Gefährten zu.

„Hast einen Fehler gemacht, Sam", sagte Will Parker. „Kann dich nicht begreifen."

„Fehler gemacht? Welchen?" fragte der Kleine.

„Warum soll er noch bis morgen bei uns bleiben? Hättest ihn gleich fortschicken sollen."

„Das soll ein Fehler sein! Will Parker, das Greenhorn, untersteht sich, Sam Hawkens gute Lehren zu erteilen! Siehst du denn nicht ein, altes Coon, daß ich ihn heut noch nicht fortschicken darf?"

„Nein, das sehe ich nicht ein."

„Oh, süßer Will, wie traurig steht's mit dir! Wirst niemals, nie, ein Westmann werden. Wie blamiert es mich, solch einen Lehrjungen zu haben, der nichts begreift! Du aber kannst dich glücklich schätzen, daß ich dein Meister bin, denn ohne mich und Dick Stone wärst du schon längst tot. Weißt du, was dieser sogenannte Scout machen würde, wenn ich ihn schon heute davonjagte?"

„Nun, was?"

„Er würde zu den Finders gehen und ihnen unser Vorhaben verraten. Doch dein kleines Gehirn reicht nicht zu, diesen großen Gedanken in sich aufzunehmen."

„Yes", stimmte Parker sehr ernsthaft zu. „Du hast wirklich recht, alter Sam. Es ist eine wahre Sünde und Schande mit mir, daß keine deiner guten Lehren und Ermahnungen wie ein Tintenklecks an mir haftenbleibt. Ich begreife gar nicht, wie du es nur so mit mir aushältst."

„Das ist kein Wunder, da du überhaupt gar nichts begreifen kannst. Der Grund liegt darin, daß ich für dich fühle und empfinde wie eine nachsichtige Mutter, die das Kind, das ihr die meisten Sorgen macht, am meisten liebt."

Jetzt sah man einen Kavalleristen vorüberreiten; der Aufbruch des Militärs hatte also begonnen. Der Wagenzug aber blieb noch lange hier und setzte sich erst um die Mittagszeit wieder in Bewegung.

Man hatte bis zu dem Punkt, an dem für die Nacht gerastet werden sollte, ungefähr neun englische Meilen zurückzulegen und mußte also selbst bei dem langsamen Ochsenschritt noch vor Abend dort ankommen. Die Gegend, durch die sich der Zug bewegte, war eine mit Kies bedeckte Einöde, auf der nur hier und da ein hagerer Kaktus oder ein elender Mezquitestrauch zu sehen war. Was dürr war, wurde mitgenommen, um heut abend ein großes Feuer unterhalten zu können. Überhaupt besteht die ganze zwischen Tucson und dem Gila liegende Strecke aus solchem kiesigen Wüstenland, wo es Wasser für das Vieh nur in einigen Tümpeln gibt und für die Menschen an zwei oder drei Punkten, wo die frühere Überlandpostgesellschaft Brunnen graben ließ, die noch heute bestehen. Man nennt diese Gegend die Neunzigmeilenwüste. Jedenfalls gibt es außer an den angeführten Stellen auch noch an andern Orten Wasser, doch halten die Indianer derartige Punkte verborgen, indem sie die Löcher mit Häuten bedecken, auf die sie Kies und Sand streuen, gerade so, wie die Nomaden der Sahara es mit ihren verborgenen Brunnen tun.

Sam Hawkens leitete den Wagenzug; der bisherige Führer ritt nicht mehr voran, sondern hinterdrein. Die Blicke, die er von Zeit zu Zeit auf den Kleinen warf, waren nicht gut. Wenn sie bemerkt worden wären, hätte man aus ihnen ersehen können, daß er auf Rache sann.

Als am Nachmittag nur noch zwei englische Meilen zurückzulegen waren, achtete Sam weit mehr als vorher auf den Weg und dessen Umgebung. Von einem gebahnten Weg war allerdings keine Rede; doch wer diese Gegend passierte, der hielt, ob zu Pferd oder zu Wagen, dieselbe Richtung ein, und so kommt es, daß man sogar von Straßen spricht, welche die einzelnen Orte dort verbinden.

Diese letzten zwei Meilen führten über wellenförmiges Land, das so aussah, als ob eine Schar von Giganten riesenhafte Körbe voll Sand, Kies und Steintrümmer hier nebeneinander ausgeschüttet hätte. Deshalb kamen die Wagen nur sehr langsam vorwärts. Einer dieser Giganten hatte seinen Korb mit großen, mannshohen und noch höheren Felsstücken gefüllt gehabt und sie so hingeworfen, daß sie wie eine Brustwehr neben- und übereinander lagen. Wer sich dahinter versteckte, konnte sehr weit sehen, ohne selbst gesehen zu werden.

Sam deutete auf diese Felsen und rief seinen beiden andern „Blättern" zu: „Das ist der Ort, an dem die Finders halten werden. Oder willst du vielleicht wetten, Will Parker, daß ich unrecht habe?“

„Fällt mir nicht ein, altes Coon“, antwortete der Genannte. „So klein mein Gehirn nach deiner Meinung ist, es hat doch diese Felsen sofort als mutmaßliche Haltestelle in sich aufgenommen. Schau, da drüben, links, gibt es noch ähnliche Steine. Vielleicht reiten die Kerls dorthinüber.“

„Nein, denn hier siehst du einige hundert Grashalme, die sie ihren Pferden gönnen werden. Dort drüben wird sich freilich auch jemand befinden.“

„Wer?“

„Kannst du dir das nicht denken?“

„Doch, alter Sam.“

„Nun, wer?“

„Du selbst. Du wirst dich dort verstecken, um ihre Ankunft zu beobachten und sie dann zu belauschen.“

Da schlug Sam seine fetten Hände über dem Kopf zusammen und rief in gutgespielter Verwunderung: „Ist so etwas denn möglich! Dieses Greenhorn hat auf einmal einen Gedanken, einen wirklichen Gedanken, und zwar einen ganz richtigen und guten! Entweder geht die Welt bald unter, oder bei diesem alten Will Parker ist der Knoten endlich gerissen. Ja, edler Will, ich werde, wenn ich unsern Lagerplatz gesehen habe, dorthin zurückkehren und auf die Finders warten.“

„Nimmst du mich mit?“

„Kann es nicht riskieren, Will. Gehören geschickte und erfahrene Leute zu so etwas. Mußt erst noch länger in die Schule gehen.“

„Hm, ist's nicht etwa so, daß du dich täuschst, alter Sam? Habe einen Jungen gekannt, der absolut nichts lernte, obwohl er einen sehr anstelligen Kopf besaß. Die Leute sagten, nicht der Junge, sondern der Lehrer, der nichts verstand, sei schuld daran. Ist wahrscheinlich hier bei uns auch der Fall.“

Nachdem man noch einige niedrige Bodenerhebungen überwunden hatte, wurde das Land wieder eben, und eine gute Viertelstunde später verwandelte sich der sterile Kies in eine Erde, die eine Gruppe von Mezquite- und Ocotillabüschen trug. Da gab es sogar Wasser. Es war hier einer jener Brunnen, die von der Überlandpostgesellschaft gegraben worden waren. Der Lagerplatz war erreicht, und man hielt an.

Zunächst erquickten sich die Menschen an dem Wasser; dann wurden die Pferde und Ochsen getränkt, die alsdann versuchten, sich aus dem stachligen Gebüsch die wenigen grünen Blätter zu holen. Die Wagen waren, wie Sam gestern geraten hatte, so aufgefahren worden, daß sie die Seiten eines Vierecks bildeten.

Natürlich blickte man nach den Soldaten aus. Sie waren nicht zu sehen. Sam nickte befriedigt vor sich hin und sagte: „Ist kein übler Kopf, dieser Leutnant. Hat nicht eher hier erscheinen wollen, als bis wir angekommen sind. Wird sich nun bald sehen lassen."

Als ob seine Worte von dem Betreffenden gehört worden waren, tauchte jetzt im Norden ein einzelner Reiter auf, der rasch näher kam. Es war der Leutnant. Als er das Lager erreichte, gab er Sam Hawkens die Hand und sagte: „Wir befinden uns schon seit Stunden in der Nähe, mieden allerdings diese Stelle, weil, da man hier Wasser findet, leicht jemand kommen und uns dann den Finders verraten könnte. Nun müssen unsre Pferde saufen. Dürfen wir her?"

„Ja, Sir", antwortete der Kleine. „Doch wenn es dunkel werden will, müßt ihr wieder fort. Es werden Späher kommen, die euch nicht sehen dürfen. Ihr zieht euch dann so weit zurück, daß ihr, wenn wir euch brauchen, schnell geholt werden könnt."

„Einverstanden. Wo meint Ihr denn, werden sich die Finders verstecken, um auf die rechte Zeit zu warten?"

Sam deutete nach Südosten zurück, wo man die vorhin erwähnten Felsen gerade noch sehen konnte.

„Dort, hinter jenen Steinen, Sir. Da die Finders wahrscheinlich schon am Tag dort ankommen werden, dürfen sie nicht weiter, weil wir sie sonst bemerken würden."

„Aber werden sie nicht mich und meine Reiter sehen?"

„Nein. Ich habe gestern bei ihnen gesessen und weiß, daß keiner von ihnen ein Fernrohr besitzt; ein Auge jedoch, und wenn es noch so scharf ist, vermag nur die großen Wagen und später, wenn es dunkel geworden ist, das Feuer zu erkennen. Ihr könnt also Eure Leute getrost holen, Sir."

Der Offizier ritt fort und kehrte bald darauf mit seinen zwanzig Kavalleristen zurück, die sich nur so weit entfernt vom Lager befunden hatten, daß sie von ihm aus nicht mehr gesehen werden konnten. Es wurde der Ort bestimmt, bis zu dem sich die Soldaten bei der Dämmerung zurückzuziehen hatten; dann schickte sich Sam an, seinen Spähergang anzutreten. Er mußte gehen, da er sich als Reiter nicht so gut verbergen konnte. Er trat also zu seinem Maultier, gab ihm einen leichten Klaps und sagte: „Leg dich nieder, alte Mary, und warte, bis ich wiederkomme!"

Das Tier verstand ihn ganz genau, legte sich nieder, und nun konnte man die höchste Summe darauf wetten, daß es sich nicht eher von der Stelle rührte, als bis es von seinem zurückgekehrten Herrn dazu aufgefordert würde. Dann wandte sich Sam an Parker: „Wie steht es, süßer Will? Wünschst du nicht, mitgenommen zu werden?"

„Lauf nur allein", war die Antwort. „Kannst ein Greenhorn, wie ich bin, doch nicht brauchen."

„Muß dich mitnehmen, wenn du etwas lernen sollst."

„*Well*, ich gehe mit, doch nicht des Lernens wegen, sondern damit du nicht ohne Hilfe bist, wenn die Finders dich erwischen und skalpieren wollen."

„Mögen es immer tun. Können meine Haut bekommen. Werde mir eine andre und schönere kaufen."

Sam und Parker verließen das Lager. Sie nahmen ihre Waffen mit, da es möglich war, daß sie sie brauchten. Südöstlich lagen die Steine, hinter denen, wie Sam annahm, sich die Finders verbergen würden. Mehr nach Süden sah man die Felsen, hinter denen sich Sam verstecken wollte. Dorthin nahmen sie ihren Weg, doch nicht in gerader Richtung, sondern in einem westwärts geschlagenen Bogen, um, falls die Finders schon angekommen sein sollten, nicht von ihnen gesehen zu werden. Natürlich hatte Sam, ehe er sich aus dem Lager entfernte, für alle möglichen Fälle die nötigen Anweisungen zurückgelassen.

Als die beiden ihr Ziel erreichten, stand die Sonne schon dicht über dem Horizont; in einer halben Stunde mußte die in jenen Gegenden sehr kurze Dämmerung eintreten. Drüben, bei den andern Felsen, befand sich noch kein Mensch; sie richteten ihre Blicke also dahin, von wo die Erwarteten erscheinen mußten. Niemand war zu sehen.

„Ob sie überhaupt kommen werden?" fragte Parker. „Wir sind nur von einer Vermutung, nicht aber von einer Gewißheit ausgegangen."

„Was du Vermutung nennst, ist für mich Gewißheit", antwortete Sam. „Soll mich wundern, wenn ich mich irrte."

„Die Lust kann ihnen vergangen sein; haben ihnen nicht gut mitgespielt."

„Desto kräftiger wird ihr Durst nach Rache sein. Schau! Bewegt sich nicht etwas dort zwischen den beiden vorletzten Bodenwellen?"

Parker strengte seine Augen an und antwortete dann hastig: „Reiter! Sie sind's!"

„Ja, sie sind's; sie kommen aus der Senke hervor. Man kann sie noch nicht zählen, aber mehr als zwölf sind es nicht."

„Und wohl auch nicht weniger. Sie sind's gewiß. Alter Sam, du hast recht gehabt!"

„Habe immer recht, süßer Will, immer, und das ist gar nicht schwer. Weißt du, wie man es machen muß, um niemals unrecht zu haben?"

„*Yes,* ist sehr leicht."

„Nun, wie?"

„Man muß gar nichts behaupten."

„Auch richtig; aber das meine ich nicht. Man darf nicht eher etwas sagen, als bis man gewiß weiß, daß es richtig ist."

„Ist keine Kunst!"

„Nicht? Nun, dann muß man immer das Gegenteil von dem behaupten, was ein Greenhorn sagt."

„Schön, lieber Sam! Werde also von jetzt an dir niemals beistimmen, dann habe ich immer recht. Schau, die halten an! Sie besprechen sich. Sie werden doch nicht herüber zu uns wollen!"

„Fällt ihnen nicht ein! Jetzt setzen sie sich wieder in Bewegung. Sie weichen rechts von unsrer Fährte ab. Sie kennen diese Gegend und wissen, daß sie dorthinauf zu den Felsen müssen, wenn sie unser Lager sehen wollen."

„Du meinst, sie nehmen als sicher an, daß wir dort am Wasser lagern?"

„Natürlich! Kein Mensch wird, wenn er Wasser haben kann, in die Wüste gehen. Welch eine Frage wieder! Will Parker, Will Parker, was werde ich noch an dir erleben müssen! Ich kann mit dir keine Ehre einlegen und darf mich also in deiner Gesellschaft vor niemand sehen lassen. Du betrübst und grämst mich noch in den blassen Tod hinein, wenn ich mich nicht irre. Schau, sie reiten hinauf, und ich hatte wieder recht: Sie kommen nicht hierher."

Man sah, daß sie sich nach den jenseitigen Felsen bewegten. Je näher sie ihnen kamen, desto vorsichtiger bewegten sie sich, indem sie jeden Stein zur Deckung nahmen, um vom Wasser aus nicht gesehen zu werden. Sie stiegen schließlich von den Pferden und führten sie hinter sich her, weil sie im Sattel mehr in die Augen fallen mußten. Endlich hatten sie die Felsen erreicht und beobachteten. Man sah ihren Bewegungen an, daß sie sich freuten, den Wagenzug zu erblicken.

„Sie sind's", sagte Sam. „Zwölf, man kann sie jetzt zählen."

„Gehen wir hinüber?" fragte Will.

„Ja, sobald es dunkel geworden ist."

Da brauchten sie nicht lange zu warten. Die Sonne hatte schon den Horizont berührt; sie verschwand; der immer tiefer werdende Schatten der Dämmerung flog von Osten herbei, und draußen am Wasser leuchtete nun ein hohes helles Feuer auf. Man konnte die Finders schon nicht mehr erkennen.

„Komm", forderte Sam seinen Kameraden auf. „Wir wollen keine Zeit verlieren."

Sie verließen ihr Versteck und schritten auf ihre Gegner zu. Je näher sie ihnen kamen, desto leiser, zuletzt völlig unhörbar, wurden ihre Schritte. Daß Sam Hawkens mit seinen Riesenstiefeln so geräuschlos auftrat wie ein Sperling im Gras, das war unbegreiflich. Und Will Parker benahm sich mit einem Geschick, das bewies, daß er kein Greenhorn war, wenn er von Sam auch oft so genannt wurde.

Als sie an den Fuß der kleinen Anhöhe gelangten, gab Sam seinem Begleiter das Gewehr und flüsterte ihm zu: „Bleib hier zurück und halt meine Liddy! Ich will allein hinauf."

„*Well,* wenn du in Gefahr gerätst, komme ich nach."

„*Pshaw,* wüßte nicht, welche Gefahr das sein könnte! Spitz die Ohren, Will, damit du nicht etwa ertappt wirst!"

„Von wem?"

„Von dem Kundschafter, den sie gewiß nun bald fortschicken werden. Es ist zwar nicht wahrscheinlich, aber möglich, daß er hier vorüberkommt."

Sam legte sich auf den Boden und kroch fort. Es war jetzt die beste Zeit zum Anschleichen, weil so kurz nach der Dämmerung die wenigen Sterne, die zu sehen waren, noch sehr matt schimmerten.

Wie bereits bemerkt, bestand die Bodenwelle, auf der die Felsstücke lagen, aus lauter Geröll, das dem, der im Anschleichen keine sehr große Gewandtheit besaß, unter den Füßen und den Händen fortrollen mußte. Sam freilich schob sich Zoll um Zoll vorwärts, ohne daß ein Steinchen aus seiner Lage geriet. So erreichte er die Höhe und hielt an. Seine scharfen, an die Dunkelheit gewöhnten Augen sahen die Gegner vor sich; er hätte sie ebensogut bemerkt, wenn er sie nicht gesehen hätte, denn sie sprachen miteinander. Er wagte es, sich ihnen noch mehr zu nähern, und hielt endlich bei einem großen Steinbrocken an, hinter dem er sich niederkauerte. Zwei oder drei der Finders standen aufgerichtet an den Felsen, um über sie hinweg das ferne Lagerfeuer zu beobachten; die übrigen hatten es sich bequem gemacht; sie saßen auf der Erde. Zwei waren es, die miteinander sprachen, Buttler und ein andrer. Eben als Sam es sich hinter seinem Stein bequem gemacht hatte, hörte er den letzteren sagen: „Hätten wir nur mehr Munition bekommen! Wir müssen außerordentlich sparsam sein.“

„Nur einstweilen“, antwortete Buttler. „Wir werden uns alles wieder nehmen und noch weit mehr dazu. Poston, jetzt ist's Zeit, dunkel genug. Mach dich fort! Aber laß dich ja nicht erwischen oder auch nur hören oder sehen, sonst hast du es mit mir zu tun!“

„Werde mich hüten, mich sehen zu lassen“, antwortete der Angeredete. „Es ist nicht zum erstenmal, daß ich lauschen gehe.“

„Deshalb eben schicke ich dich und keinen andern. Du brauchst dich nicht in Gefahr zu begeben, brauchst nichts zu wagen und dich ihnen nicht allzuweit zu nähern, das wäre unnötig.“

„Aber ich möchte gern wissen, was sie reden!“

„Das ist von keinem Nutzen für uns. Ich will nur wissen, ob sie allein am Wasser sind.“

„Wenn ich sie reden hören könnte, würde ich erfahren, ob sie vielleicht Verdacht geschöpft haben!“

„Verdacht? Woher?“

„Sie können sich denken, daß wir ihnen folgen!“

„Dazu sind sie zu dumm. Die Deutschen sind gar nicht zu rechnen, und der Scout schien nicht der Mann zu sein, der sein Leben wagt, um andre zu retten. Also blieben nur die drei Schufte, die gestern trotz ihrer Dummheit ein solches Glück gehabt haben. Ihr Verstand reicht sicher nicht so weit, zu denken, daß wir ihnen nachgeritten sind. Am Gila in Fallen Bären und Biber zu fangen! Hat man jemals solche Verrücktheit gehört? Also geh, Poston, und spute dich! In einer halben Stunde kannst du wieder hier sein.“

Der Späher entfernte sich, und ein anderer fragte: „Wann denkst du, daß wir uns auf sie werfen, Buttler? Heut abend oder morgen früh?“

„Morgen erst? So lange mag ich nicht warten. Ich brenne vor Begierde, ihnen, vor allen Dingen dem kleinen dicken Kerl, die Rechnung heimzuzahlen. Nein, heut abend noch."

„Wenn sie schlafen und das Feuer ausgegangen ist?"

„Nein. Wir werden sie mit einer einzigen Salve niederschießen; dazu gehört Licht."

„Aber das Feuer ist groß und leuchtet so weit, daß sie uns sehen müssen, wenn wir kommen."

„Dadurch, daß sie solch einen Höllenbrand angefacht haben, beweisen sie, daß sie nicht den geringsten Verdacht hegen. Es ist freilich unangenehm, daß die Riesenflamme so weit leuchtet; wir müssen also warten, bis sie niedrig brennt. Dann wird keinen Augenblick länger gezögert. Ich sage euch, auf den kleinen Dicken darf mir niemand schießen, der soll von meiner Kugel sterben."

Er erging sich weiter in zornigen Ausdrücken und in überkräftigen Redensarten über das gestrige Erlebnis. Sam erwartete, noch weiteres Wichtige zu hören; deshalb blieb er wohl eine gute Viertelstunde liegen, sah sich aber getäuscht und verließ die Finders ebenso leise und vorsichtig, wie er gekommen war. Als er unten bei Will Parker anlangte, gab dieser ihm sein Gewehr zurück und sagte: „Hier hast du die Liddy. Hast du etwas gehört?"

„Wenig."

„Aber wichtig?"

„Nur daß der Überfall dann geschehen soll, wenn unser Feuer nicht mehr so hell brennt wie vorher. Wir müssen uns darauf einrichten. Hast du den Kundschafter gesehen?"

„Ja. Er ging ziemlich nahe an mir vorüber, hat mich allerdings nicht bemerkt."

„So komm! Wir müssen zurück."

Sie entfernten sich, erst mit gedämpften Schritten, dann mit weniger Vorsicht, denn sie schritten nicht direkt auf das Lager zu, sondern machten einen Umweg, um nicht auf den zurückkehrenden Späher zu treffen. Sie hatten noch nicht ganz die Hälfte des Weges zurückgelegt, da hörten sie einen lauten englischen Ausruf, dem ein zweiter, deutscher folgte.

„Tempest!" rief die erste Stimme.

„Herrjemine!" schrie die zweite. „Wer fällt denn da über mich weg?"

„Das ist der Kantor", raunte Sam seinen Kameraden zu. „Der Mann macht mir wohl eine Dummheit. Komm schnell näher, aber leise, damit man uns nicht eher bemerkt, als bis wir uns bemerken lassen wollen!"

Sie huschten der Gegend zu, aus der die Stimmen jetzt weiter erklangen. Als sie nahe genug gekommen waren, hielten sie an und lauschten.

„Wer Ihr seid, habe ich gefragt!" sagte der englisch Sprechende.

„Ich ersticke!" wurde ihm deutsch geantwortet.

Ja, es war die Stimme des Emeritus. Sie klang so, als ob ihn jemand an der Kehle hätte.

„Den Namen will ich wissen!" erklang es wieder englisch.

„Dort am Lager."

„Ich verstehe Euch nicht. Redet doch englisch!"

„Ich komponiere!"

„Gehört Ihr zu den Leuten, die dort am Feuer sitzen?"

„Eine Heldenoper, die drei ganze Abende füllen soll!"

„Mensch, wenn Ihr nicht verständlich redet, kommt Ihr nicht los! Also Antwort! Wer seid Ihr?"

„Zwölf Akte, auf jeden Abend vier."

„Den Namen, den Namen!"

„Ich suche Hobble-Frank."

„Ah, endlich! Frank heißt Ihr! Was treibt Ihr denn hier?"

„Aus Klotzsche bei Dresden bin ich. Laßt mich doch los – oh, oh, endlich! Gott sei Dank!"

Die Stimme klang freier; der Kantor hatte sich losgerissen und eilte fort. Man hörte seine Schritte.

„Nun ist er doch fort!" stieß der andre zornig hervor. „Soll ich – nein; ich muß weiter."

Er verfolgte den Fliehenden nicht, sondern nahm seinen Weg mit schnellen Schritten zu den Finders.

„Es ist der Kundschafter", flüsterte Sam. „Das ist eine fatale Geschichte. Kann uns alles verderben. Ich muß wieder nach den Felsen zurück, um zu hören, was der Mann dort meldet. Bleib hier! Ich muß noch eher dort sein als er."

Er rannte fort. Will Parker wartete. Es verging wohl eine halbe Stunde, ehe Sam zurückkehrte. Als er kam, sagte er: „Es ist besser abgelaufen, als ich dachte. Diese Begegnung konnte den Kantor das Leben kosten oder, wenn wir ihm beigesprungen wären, wenigstens unsern Plan zuschanden machen."

„Für wen halten die Finders diesen Unglücksemeritus?" erkundigte sich Parker.

„Es ist gar nicht von ihm gesprochen worden."

„Nicht? Das ist unmöglich."
„Es ist wirklich so. Der Kundschafter hat nämlich die Begegnung nicht erwähnt."
„Wirklich nicht? Unbegreiflich! Sie ist doch so wichtig, daß er sie unbedingt melden muß!"
„Das begreift dieser Mann vielleicht nicht. Er hat sie höchstwahrscheinlich aus Angst verschwiegen."
„Aus Angst? Wieso?"
„Aus Angst vor den Vorwürfen. Ehe er ging, drohte ihm Buttler, sich ja nicht sehen zu lassen. Nun ist er gar über jemand hergefallen. Wenn er das sagt, hat er nichts Gutes zu erwarten; deshalb zog er vor, lieber zu schweigen. Das kann uns nur lieb sein. Komm jetzt zum Lager!"
Sie gingen weiter, hatten aber noch nicht viele Schritte getan, als sie schon wieder stehenblieben, da sie ein Geräusch vor sich hörten. Als es näher kam, erkannten sie, daß es Hufschläge waren.
„Ein galoppierendes Pferd, das auf uns zukommt", sagte Parker.
„Ja, so ist es", stimmte Sam bei. „Was ist das nun wieder, wenn ich mich nicht irre? Los, zur Seite!"
Das Pferd war schnell näher gekommen; sie wichen gerade noch zu rechter Zeit aus; als es vorüberschoß, sahen sie trotz der Dunkelheit, daß zwei Gestalten darauf saßen. Die eine von ihnen stöhnte laut.
„War das einer von uns, Sam?" fragte Parker.
„Weiß nicht. Waren zwei, altes Greenhorn."
„Aber Feinde. Der eine saß richtig im Sattel; der andre kniete hinter ihm und hatte ihn beim Hals."
„So genau habe ich es nicht unterscheiden können. Hast du dich nicht etwa geirrt?"
„Nein. Ich stand näher als du und konnte es deutlicher sehen. Einer von ihnen gehörte wohl zu uns; wer mag der zweite sein?"
Dieser zweite gehörte ebenso wie der erste zur Gesellschaft. Daß sie miteinander an Sam und Will vorüberritten, und zwar auf einem Pferd, geschah deshalb:
Schi-So, der Häuptlingssohn, hatte sich stets nur zu Adolf Wolf, seinem gleichaltrigen einstigen Studiengenossen und jetzigen Gefährten, gehalten, war nach Indianerweise gegen Sam, Will und Dick nicht aufdringlich gewesen, hatte aber alle Vorkommnisse, Reden und Gespräche mit großer Aufmerksamkeit

verfolgt. Er hatte in Tucson gehört, wie Sam den Führer zurechtwies und ihm sagte, daß er morgen entlassen werde. Später war ihm das stille, brütende Wesen dieses Mannes aufgefallen; er hatte Verdacht gefaßt und ihn von nun an sehr aufmerksam beobachtet. Jetzt, am Lager, hatte der Scout mit den deutschen Einwanderern nach Sams und Will Parkers Entfernung einen Streit vom Zaun gebrochen, an dem Frau Rosalie mit ihrem lebhaften Temperament teilgenommen hatte. Was der eigentliche Grund war, wußte Schi-So nicht; er hörte nur, daß die Frau schließlich zornig ausrief: „Denken Sie nich etwa, daß wir Ihre Untertanen und Schklaven sind! Ich, Frau Rosalie Eberschbach, geborene Morgenstern und verwitwete Leiermüllerin, habe hier gerade soviel zu befehlen wie Sie. Verstehn Sie mich! Sie zeigen uns den Weg und kriegen Ihr Geld dervor. So is die Sache. Und morgen gehn Sie ab. Der Herr Sam Hawkens wird uns weiterführen; der versteht seine Sache besser als Sie und macht's noch derzu ganz umsonst."

„Besser als ich?" fragte der Scout zornig. „Darüber können Sie als Fremde und als Frau gar nicht urteilen. Weiber haben überhaupt zu schweigen!"

„Zu schweigen? I, was Sie nich sagen! Schweigen sollen wir Damen? Wozu haben wir denn den Mund bekommen? Etwa bloß zum Nüsseknacken und um Oppedeldoc zu trinken? Hörn Sie, da sind Sie uff dem Holzweg! Schweigen lieber Sie, denn alles, was Sie sagen, is schlechte Leinewand und imitiertes Meublemang! Wir werden froh sein, wenn Sie morgen fort sein werden. Uff Ihre lockere Amtsführung als Wegweiser und Schkuut dürfen Sie sich wahrhaftig nich viel einbilden."

„Ich kann dieses Amt ja schon heut niederlegen."

„So? Das ist uns lieb; das ist uns recht; das wird oogenblicklich angenommen. Also treten Sie ab! Sie sind hiermit aus Amt und Stand und Brot entlassen."

„Nicht eher, als bis ich meine Bezahlung bekommen habe."

„Die sollen Sie haben, oogenblicklich haben. Wegen den paar Pfennigen lassen wir uns nich beim Land- und Kreisgericht verklagen. Julius, haste Geld bei der Hand?"

Julius hieß ihr Mann, der neben ihr stand. Er bejahte ihre Frage.

„So bezahl den Mann; mir kommt er nich wieder ins Haus! Dem will ich's zeigen, ob wir Damen schweigen müssen oder nich. Ich bin nur deshalb mit nach Amerika, weil da die Damen feiner als drüben behandelt werden, und gleich dieser erste Yängki, der mir in den Weg gekommen is, will mir die Sprachwerkzeuge verbieten. Das muß eenen ja aus allen seinen sieben Himmeln reißen. Also zahl ihn aus, und dann hau du ju du!"

Der Scout erhielt wirklich seinen Lohn so ausgezahlt, als ob er mit bis nach Fort Yuma geritten wäre. Er schob das Geld mit pfiffigem Lächeln in die Tasche. Jedenfalls hatte er den Streit nur deshalb vom Zaun gebrochen, um entlassen zu werden und sich noch während der Abwesenheit Sams entfernen zu können. Er sattelte sein Pferd, nahm sein Gewehr und stieg auf. Da trat Dick Stone zu ihm und fragte: „Wollt Ihr mir wohl sagen, Sir, was es zu bedeuten hat, daß Ihr da Euern Gaul so plötzlich zwischen die Beine nehmt? Wie es scheint, wollt Ihr fort?"

„*Yes.* Habt Ihr etwas dagegen?" antwortete der Führer impertinent.

„Sehr viel sogar."

„Danach werde ich nicht fragen."

„Oho! Dick Stone ist ganz genau der Mann, nach dessen Wort man fragt. Wir sollen überfallen werden; es heißt: entweder hier Freund oder hier Feind; wer uns in diesem Augenblick verläßt, ist unser Feind."

„Ich bin entlassen worden."

„Als Führer, ja, aber nicht fortgejagt. Niemand hindert Euch, bis morgen zu bleiben. Wenn Ihr trotzdem fortwollt, so kennen wir den Grund."

„Kennt Ihr ihn? Ah, wirklich?" sagte der Scout höhnisch. „Wollt Ihr vielleicht die Güte haben, ihn mir zu sagen?"

„Ja. Ihr wollt zu den Finders, um sie zu warnen."

„Ich glaube, Ihr seid verrückt geworden, Master!"

„Schwerlich. Dieser Gedanke liegt so nahe, daß ihn jedes Kind haben muß."

„Da will ich Euch doch sagen, wohin ich will. Ich bin von diesen Deutschen entlassen worden und kann also nicht hier bei ihnen bleiben; meine Ehre verbietet mir das. Deshalb will ich hinaus zu den Soldaten, um bei ihnen bis zum Tagesanbruch zu bleiben. So, das ist meine Absicht, und nun laßt mich fort!"

Dick Stone ließ sich, durch diese Lüge für einen Augenblick getäuscht, die Zügel, die er ergriffen hatte, aus der Hand zerren; der Scout gab seinem Pferd einen Hieb und ritt in der Richtung davon, in der der Leutnant mit seinen zwanzig Mann sein mußte. Aber schon eine Sekunde später war Dick Stone wieder klar. Er sprang zu seinem Gewehr und rief: „Der Schuft hat mich belogen; er will uns verraten; ich schicke ihm eine Kugel nach.“

Da sprang Schi-So zu ihm hin und sagte „Schießt nicht, Sir! Es ist dunkel; die Kugel würde fehlgehen. Ich bringe Euch den Mann zurück.“

Nach diesen Worten jagte der Jüngling fort, in die dunkle Nacht hinaus.

„Ihn zurückbringen? Dieser Knabe?“ fragte Dick. „Sollte ihm schwerfallen. Ich muß ihm selbst nachreiten.“

Er wollte zu seinem Pferd, da nahm ihn Adolf Wolf am Arm und bat: „Bleibt hier! Er holt ihn wirklich.“

„Ist unmöglich!“

„Er holt ihn! Ihr könnt es glauben. Schi-So bringt, obgleich er noch so jung ist, noch ganz andre Dinge fertig.“

Der bestimmte Ton und die überzeugende Miene Wolfs blieben nicht ohne Wirkung.

„Hm“, brummte Dick, „würde wohl zu nichts führen, wenn ich ihm nachritte. Kann doch nicht sehen, wohin er ist. Will er wirklich zu den Finders, wird er wahrscheinlich auf Sam und Will stoßen, die ihn nicht weiterlassen werden. Bleib also hier. Aber eine verteufelte Geschichte ist es, wenn er entkommt. Was wird Sam dazu sagen!“

Dieser sagte gar nichts, sondern er stand gerade in diesem Augenblick neben Parker und horchte mit diesem in die Richtung, in der das Pferd verschwunden war. Man hörte es noch deutlich schnauben, aber keine Huftritte mehr. Nach einiger Zeit freilich waren sie wieder zu vernehmen; sie kamen wieder zurück, näher und näher und viel langsamer als vorher.

„Sonderbar!“ brummte Sam. „Die beiden Reiter sind umgekehrt, reiten jedoch jetzt im Schritt. Wir legen uns nieder, weil wir dann besser sehen können, wer es ist.“

Sie duckten sich auf den Boden. Jetzt kam das Pferd; es saß nur ein Reiter darauf, aber er zog einen dunklen Gegenstand hinter sich her. Die beiden erkannten den Reiter.

„Schi-So!“ rief Sam. „Ihr seid es? Wie kommt Ihr hierher?“

Der Gefragte hielt das Pferd an und antwortete in bittendem Ton: „Sagt du zu mir, Sir! Ich habe Euch schon einmal darum ersucht. Der Scout ließ sich sein Geld geben und ritt gegen unsern Willen fort. Er wollte uns den Finders verraten; da sprang ich ihm nach, ereilte ihn und schwang mich hinter ihm aufs Pferd. Als ich ihn mit dem Revolverkolben betäubt hatte, hielt ich das Tier an und warf ihn hinunter; nun zieht es ihn an meinem Lasso hinter sich her."

„Tausend Donner! Nacheilen, aufs Pferd springen, betäuben, hinunterwerfen! Du bist ja der reine, richtige Old Shatterhand geworden! Braver Bursche! Werde es deinem Vater erzählen. Du hast den Verräter vielleicht gar erschlagen?"

„Nein, er ist nur betäubt."

„Wahrhaftig, der wirkliche Old Shatterhand! Und das alles so ruhig, ohne einen Schuß oder sonstigen Lärm, wenn ich mich nicht irre!"

Der Jüngling antwortete einfach und bescheiden: „Lärm durfte doch nicht sein, weil sich die Feinde in der Nähe befinden."

„*All right,* hast deine Sache so brav gemacht, daß jedes Lob überflüssig ist. Komm jetzt mit nach dem Lager! Wir wollen uns beeilen, mit den Finders fertig zu werden. Es ist besser, sie nicht lange warten zu lassen."

Es ging wieder dem Feuer entgegen. Dem Scout kehrte infolge der Schmerzen die Besinnung zurück. Er begann zu wimmern, doch wurde nicht darauf geachtet, bis das Lager erreicht worden war. Dort raffte er sich langsam auf. Das Lasso war ihm um die Hände gebunden, unter den Armen hindurchgeschlungen und dann am Sattel befestigt worden. Es läßt sich leicht denken, wie er empfangen wurde. Er starrte finster vor sich nieder und beantwortete kein an ihn gerichtetes Wort. Ebenso schweigsam verhielt sich Schi-So zu dem Lob, das ihm von allen Seiten gebracht wurde.

Das Feuer war bis jetzt noch immer hoch geschürt worden. Nun sollte das Lager verlassen werden. Sam bestimmte, daß sich nur er, Stone, Parker und die Soldaten bei der Überrumpelung der Finders zu beteiligen hätten; die andern sollten der dabei drohenden Gefahr nicht ausgesetzt werden. Schmidt, Strauch, Ebersbach und Uhlmann waren damit einverstanden. Frau Rosalie aber erklärte beherzt: „Was, ich soll die Hände in den Schoß legen, wenn andre für mich ihr Leben wagen? Das kann ich nich zugeben, ganz gewiß nich. Wenn keene Flinte für mich übrig is, da nehme ich eene Hacke oder Schaufel, und wehe dem Urian, der mir zu nahe kommt! In dem Herrn Emeritus seiner Heldenoper müssen doch ooch Damen ufftreten, und ich will die erschte sein, die erscheint. Also sagt mir nur den Ort, wo ich mich hinzustellen hab. Ich werde meine Sache machen; ausreißen tu ich sicher nich!"

Es kostete nicht wenig Mühe, bis sie begriff, daß ihre Beteiligung nicht nur nichts nützen, sondern sogar schaden könnte, und sie ergab sich nur ungern darein, sich den Untätigen zuzugesellen. Die vier deutschen Einwanderer zogen mit ihren Frauen, Kindern und Zugtieren nach der Stelle, an der die Soldaten warteten. Der Kantor war natürlich auch bei ihnen, und Sam schärfte ihnen ein, ja streng acht auf ihn zu geben, damit es ihm nicht möglich sei, sich zu entfernen und Unheil zu stiften. Die Pferde wurden auch dorthin in Sicherheit gebracht. Eigentlich sollten Schi-So und Adolf Wolf, da sie noch so jung waren, ebenfalls von der Beteiligung ausgeschlossen sein; aber der erstere erklärte bestimmt, daß das eine große Beleidigung für ihn sei. So erfüllte Sam ihm seinen Wunsch und konnte infolgedessen auch Adolf nicht mehr zurückweisen. Der gefangene Scout wurde selbstverständlich in Sicherheit gebracht. Nun konnten sich alle Soldaten beteiligen; es brauchte keiner von ihnen als Pferdewache zurückzubleiben, da ihre Tiere von den Deutschen beaufsichtigt wurden; sie kamen jetzt herbei, und eben wollte Sam Hawkens ihren Offizier über die Art und Weise ihres Vorgehens gegen die Finders unterrichten, als der junge Häuptlingssohn in bescheidenem Ton zu ihm sagte: „Werden Sie es mir verzeihen, wenn ich es wage, Sie auf etwas sehr Notwendiges aufmerksam zu machen?“

Er hatte deutsch gesprochen, um von dem Leutnant nicht verstanden zu werden. Sam erkannte diese Rücksichtnahme an und antwortete: „Wie könnte ich dem Sohn meines Freundes, des Großen Donners, zürnen. Sprich, wie du es auf der Zunge hast!“

Der Jüngling folgte dieser Aufforderung, indem er fortfuhr: „Wer den Feind in der Nähe weiß, der sucht ihn zu beschleichen; das weiß der berühmte Sam Hawkens viel besser, als ich es ihm zu sagen vermag. Wir haben die Finders beschlichen und belauscht. Werden sie das nicht auch mit uns tun?“

Über Sams Bartwald ging eine Bewegung, wie wenn der Wind über die Wipfel der Bäume streicht. Seine kleinen listigen Äuglein schlossen sich für einen Augenblick; dann, als sie sich wieder geöffnet hatten, zwinkerte er wie in halber Verlegenheit und antwortete: *„Behold,* das ist wirklich kein übler Gedanke! Du hast recht, völlig recht, und ich bin ein Esel sondergleichen gewesen, daß ich nicht daran gedacht habe. Wenn es den Kerls eingefallen ist, uns zu belauschen, so wissen sie, daß wir auf ihren Überfall vorbereitet sind und sogar Soldaten bei uns haben, wenn ich mich nicht irre. Ich werde also sofort einmal um das Lager schleichen, um zu erfahren, ob die Luft rein ist."

„Und soll ich nicht vielleicht in die Richtung gehen, aus der die Finders kommen werden? Ich könnte Euch schnell von ihrer Annäherung benachrichtigen."

„Ja, tu das, mein Sohn! Ich habe eine Unterlassungssünde begangen, die uns hoffentlich keinen Schaden bringen wird. Sie wissen, wo wir uns befinden, denn sie können unser Feuer sehen, und so denke ich, daß sie es nicht für nötig gehalten haben, noch extra einen Späher auszusenden."

Schi-So huschte in die finstere Nacht hinaus, und der kleine Jäger fuhr fort: „Ein tüchtiger junger Mann! Wird es zu was bringen! Hat mir eine Lehre gegeben, eine Lehre, daß ich altes Coon mich schämen möchte wie ein Sonntagsschütze, der von Hasen erschossen worden ist, wenn ich mich nicht irre. Ist mir auch noch nicht passiert, zu vergessen, daß man unter solchen Umständen einen Kundschafter aussendet, sogar einen zweiten und dritten, wenn der erste nichts erfahren hat oder mit der Rückkehr zögert. Bleibt hier stehen, Mesch'schurs, ich werde euch nicht lange auf mich warten lassen."

Er ging. Sein Unternehmen war nicht ganz ungefährlich. Befand sich einer der Finders in der Nähe und er wurde von ihm bemerkt, ehe er selbst ihn sah, so konnte er leicht ein Messer in den Leib bekommen. Deshalb durfte er nicht unvorsichtig sein. Er ging nicht etwa schnell und aufrecht um das Lager, sondern kroch auf Händen und Füßen und strengte dabei Augen und Ohren auf das äußerste an, um einen etwa anwesenden Feind rechtzeitig zu gewahren. Daher kam es, daß über eine halbe Stunde verstrich, bis er zu dem Punkt zurückkehrte, von dem er ausgegangen war.

Unterdessen hatte Schi-So genau die gerade Linie eingehalten, die nach dem Aufenthaltsort der Finders führte. Als er ungefähr zehn Minuten unterwegs war, hielt er an und setzte sich nieder. Um ihn her herrschte die tiefste Stille; er kannte die Schärfe seines Gehörs und wußte, daß er die Annäherung der Feinde gewiß bemerken würde. Hinter ihm brannte das Lagerfeuer tiefer und immer tiefer, bis es nur noch glimmte und dann ganz erlosch. Das war der Zeitpunkt, zu dem die Finders aufbrechen wollten. Er durfte nun jeden Augenblick ihres Nahens gewärtig sein. Und wirklich, jetzt hörte er etwas wie ein leises Wehen. Ein andrer hätte gemeint, daß ein Lufthauch über die Gräser gehe; Schi-So aber wußte, daß es das kaum wahrnehmbare Geräusch schleichender Schritte war. Er richtete sich halb auf und lauschte noch angestrengter als bisher; er erkannte, daß er sich nicht getäuscht hatte. Seine guten Ohren sagten ihm, daß die Nahenden in einer Entfernung von zwanzig bis dreißig Schritt von ihm vorüberkommen würden; deshalb huschte er schnell fünfzehn Schritt vor und legte sich dann platt auf die Erde.

Und da kamen sie, leise und langsam, einen dichten Trupp bildend und nicht einer hinter dem andern, wie Indianer oder erfahrene Westmänner gegangen wären. Sie gingen vorüber, und Schi-So erhob sich, um ihnen auf dem Fuße zu folgen. Er wußte, daß sie an irgendeiner Stelle stehenbleiben würden. Dann sprach der Anführer jedenfalls einige Worte, und vielleicht gelang es ihm, sie zu vernehmen.

So ging es weiter und weiter, sie voran und er wie ein unhörbarer Schatten hinter ihnen her. Ja, sie hielten an, aber nicht eher, als bis sie fast in der unmittelbaren Nähe des Lagers angekommen waren. Wenn der Häuptlingssohn jetzt etwas hören wollte, mußte er verwegen sein. Er legte sich also wieder auf die Erde und kroch so nahe zu ihnen hin, daß er die Füße des Nächsten hätte mit der Hand erreichen können. Dieses kühne Experiment wurde belohnt, denn er hörte Buttler sprechen, zwar leise, doch so, daß er die Worte leidlich verstehen konnte: „Da sind wir angekommen. Seht ihr nun das Lager?"

„Ja", antwortete einer, und die andern stimmten ihm bei.

Die hohen, massig gebauten Wagen waren nämlich trotz der Dunkelheit gegen den helleren Himmel zu sehen. Der Anführer fuhr fort: „Das Feuer ist ausgegangen, und ich denke, daß sie schlafen werden. Trotzdem werden wir noch einige Zeit warten, bevor wir über sie herfallen. Sicher ist sicher. Aber umzingeln müssen wir sie schon jetzt. Wenn sich jeder von uns dreißig Schritt von dem andern entfernt, reicht unsre Zahl aus, einen Kreis um die Wagen zu bilden. Ist das geschehen, wartet ihr, bis ich euch das Zeichen gebe."

„Welches Zeichen?" wurde gefragt.

„Ich ahme mit einem Grashalm das Zirpen einer Grille nach. Auf dieses Zeichen kriecht jeder von euch auf die Wagen zu, hinter denen sie schlafen werden. Wenn ich vor den Wagen angekommen bin, zirpe ich zum zweitenmal und warte ein wenig, um euch Zeit zu geben, auch dort anzulangen. Wenn ich dann zum drittenmal zirpe, ist das für euch der Befehl, unter den Wagen und Deichseln und zwischen den Rädern hindurchzukriechen und den Kerls eure Messer zu geben. Zu schießen vermeiden wir, wenn möglich."

„Was geschieht mit den Weibern und den Kindern?"

„Sie werden auch getötet. Es darf keine Seele leben bleiben, die uns später verraten könnte. Die Beute teilen wir, und die Wagen werden dann verbrannt, die Leichen auch. Also vorwärts jetzt! Die eine Hälfte von euch geht nach rechts und die andre nach links; ich bleibe hier. Nehmt euch in acht und vermeidet jedes Geräusch, damit wir nicht verraten werden!"

Da fragte einer noch: „Wenn wir nun auf einen Wächter treffen? Vielleicht haben sie einen ausgestellt."

„Das glaube ich nicht. Diese unerfahrenen Menschen sind viel zu dumm, als daß sie auf diesen Gedanken kämen."

„Wenn es dennoch wäre?"

„So wird er erstochen. Geschossen darf nicht werden. Der Messerstoß muß gut sitzen und ihn auf der Stelle töten. Also ans Werk jetzt – und paßt auf mein Zirpen auf!"

Die Finders entfernten sich nach zwei Seiten, um die Wagen zu umzingeln. Buttler blieb stehen. Schi-So überlegte einen Augenblick. Sollte er jetzt schnell fort, um Sam Hawkens Meldung zu machen? Nein. Er hatte den Anführer so schön vor sich; wenn er ihn ausschaltete, waren die übrigen dann viel leichter zu bewältigen. Er wartete also eine Minute, richtete sich dann hinter Buttler auf und versetzte ihm einen so kräftigen Kolbenhieb, daß der Getroffene lautlos zusammenbrach. Er hätte ihn erstechen können, wollte aber kein Menschenleben vernichten.

Er hängte das Gewehr um und schlich davon, den Betäubten am Kragen hinter sich herschleifend. Er wußte genau die Stelle, an der sich Sam Hawkens mit den Soldaten befand. Es war ein Glück, daß dieser sich mit ihnen ein Stück von dem Lager entfernt hatte; so konnten die Feinde dieses einschließen, ohne auf die Verteidiger zu treffen.

Sam hatte Stone, Parker und dem Offizier einen Plan vorgelegt, bei dem alles Blutvergießen vermieden wurde und jede eigene Gefahr ausgeschlossen war. Nun wartete man nur noch auf die Rückkehr des Häuptlingssohns. Da endlich kam er. Er zog einen dunklen Gegenstand hinter sich her und ließ ihn auf die Erde fallen. Als Sam das sah, bückte er sich, um den Gegenstand zu betrachten, und meinte erstaunt: „Ein Mensch! Wie kommst du dazu? Ist er tot?"

„Nein, sondern nur betäubt", antwortete Schi-So.

„Wer ist es?"

„Buttler."

„Alle Teufel! Wie ist das geschehen?"

„Durch einen Kolbenhieb von mir."

„Von dir? Da hast du einen großen Fehler begangen und meinen ganzen schönen Plan zuschanden gemacht! Wo befinden sich seine Leute?"

„Sie liegen rund um die Wagen."

„*Zounds!* Hast du sie kommen sehen?"

„Ja."

„Und es mir nicht gemeldet?"

„Es gab keine Zeit dazu. Ich konnte nicht hierher, sondern mußte ihnen folgen, um zu hören, was sie vorhatten."

„Und hast du es gehört?"

„Ich habe es erfahren und dann Buttler niedergeschlagen."

„Das hättest du nicht tun sollen! Mein Plan war so gut, ganz vortrefflich, und kann nun wahrscheinlich nicht ausgeführt werden. Erzähl schnell, wie das gekommen ist!"

Schi-So kam dieser Aufforderung in kurzen Worten nach. Als er geendet hatte, sagte Sam, und zwar in einem ganz andern Ton als bisher: „Alle Wetter, hast du das gut gemacht! Ja, wenn es so steht, dann kann ich dich unmöglich tadeln; ich muß dich vielmehr loben. Nun werde ich, nämlich ich und nicht ihr Buttler, diesen Finders etwas vorzirpen, was sie in unsre Hände bringen wird. Bindet den Kerl an Armen und Beinen und gebt ihm einen Knebel in den Mund, damit er nicht etwa laut wird, wenn er erwacht!"

Die Soldaten waren sofort bereit, dem Befehl Folge zu leisten.

„Und was tun wir?" fragte der Leutnant.

„Ihr macht euch hinter die Finders, je zwei von uns hinter einen von ihnen. Unsre Leute reichen dazu aus. Das muß äußerst vorsichtig geschehen, damit sie nichts davon merken. Wenn ich zirpe, greifen sie an, und ihr schleicht hinter ihnen her. Wenn ich dann das dritte Zeichen gebe, werden sie unter den Wagen hindurchkriechen wollen, aber dann von euch gepackt. Zwei gegen einen, das ist eigentlich nicht ehrenvoll; dennoch rate ich, sich nicht der Hände, sondern lieber der Gewehrkolben zu bedienen. Sie rasch niederschlagen, das ist das einfachste und sicherste; dabei wird keinem von uns ein Haar gekrümmt."

„Es gibt etwas noch viel Einfacheres."
„Was?"
„Nicht jeder Kolbenhieb ist tödlich. Deshalb denke ich, daß wir lieber das Messer nehmen. Ein Stich, gut getroffen, ist allem andern vorzuziehen."
„Fällt mir nicht ein, ist zu gefährlich! Wer hat Euch denn gesagt, daß es den Kerls ans Leben gehen soll? Ebendeshalb und um sie nur zu betäuben will ich nichts vom Schießen und vom Stechen wissen. Ich habe mich hundertmal meiner Haut zu wehren gehabt, wobei es mir sehr ernstlich ans Leben gegangen ist, wenn ich mich nicht irre, dabei doch nie vergessen, daß Menschenblut der kostbarste Saft ist, den es auf Erden gibt. Ich töte einen Menschen nur dann, wenn es keinen andern Ausweg gibt, also wenn es unbedingt nötig ist."
„Diese Halunken haben ihr Leben längst verwirkt!"
„Mag sein."
„Sie müssen zertreten werden wie giftige Reptilien, gegen die man sich nicht anders wehren kann."
„Das ist Eure Ansicht; ich aber bin weder ihr Richter noch ihr Henker."
„Sir, wie könnt Ihr als Westmann so zartfühlend sein! Ihr habt doch gesagt, daß Ihr die Finders uns übergeben wollt?"
„Allerdings."
„Wir werden sie also nach der Hauptstadt transportieren?"
„Natürlich."
„Und was meint Ihr wohl, was dort mit ihnen geschehen wird?"
„Man wird ihnen Stricke um die Hälse binden und sie daran in die Höhe ziehen."
„Das ist richtig; man wird sie hängen. Sie werden also sterben. Da ist es doch höchst gleichgültig, ob wir sie hier erstechen oder ob sie dort hingerichtet werden."
„Mag sein. Doch Ihr rechnet das eine nicht, daß dort das Gesetz waltet, während sie hier noch nicht verurteilt sind. Nein, nein, wir fangen sie lebendig. Was dann in der Hauptstadt mit ihnen geschieht, das ist Eure Sache."
„Hm, so will ich mich Euch fügen; also ganz wie Ihr wollt, auch wenn diese Schurken solche Rücksicht nicht verdienen."
Es wurde nun zur Tat geschritten. Die Soldaten teilten sich zu zweien; Stone, Parker und der Leutnant übernahmen ihre Führung. Sie entfernten sich, um paarweise die Finders einzu-

schließen. Adolf Wolf blieb bei Buttler zurück, um ihn zu bewachen; Schi-So mußte Sam Hawkens nach der Stelle führen, an der er Buttler überwältigt hatte. Diese beiden bildeten also ein Glied im Ring der Finders, während die Soldaten um ihn einen Kreis geschlossen hatten.

Als sich Sam sagte, daß diese Umschließung vollendet war, klemmte er einen Grashalm zwischen die Daumen und ließ das verabredete Zirpen hören. Hierauf näherte er sich mit dem Häuptlingssohn der Mitte des Kreises und gab, bei den Wagen angekommen, das zweite Zeichen, worauf er eine Weile wartete. Da kam es zu beiden Seiten leise herangekrochen. Der Kreis hatte sich so verengt, daß sich die Männer leidlich erkennen konnten.

„Buttler, ich bin da", flüsterte es von rechts herüber.

„Es geht alles gut", raunte der andre links. „Verlier nicht die Zeit, sondern gib das Zeichen, denn wir sind alle da."

Sam wandte sich rückwärts. Seine scharfen Augen sahen Dick Stone mit einem Soldaten hinter dem ersten Sprecher liegen; hinter dem zweiten warteten auch bereits zwei Soldaten. Da zirpte er zum drittenmal und warf sich dann nach links auf den Finder, während der Häuptlingssohn nach rechts sprang; aber Schi-So brauchte gar nicht zu helfen, denn Dick Stone hatte den Finder schon fest beim Kragen.

Man hörte Kolbenschläge und einige unterdrückte Schreie; dann war es rundum still.

„Hallo", rief Sam mit lauter Stimme, „ist alles gut gegangen?"

„Alles", antwortete Will Parker auf der andern Seite. „Wir haben sie."

„So bringt sie hierher und brennt das Feuer wieder an, damit wir, wie es die Höflichkeit erfordert, ihnen unsre Gesichter zeigen!"

Einige Minuten später lagen die gefangenen und gefesselten Finders innerhalb der Wagenburg; um sie herum saßen Sam, Dick, Will, der Leutnant, Schi-So und Adolf Wolf, während die Soldaten fortgegangen waren, um ihre Pferde und die Einwanderer zu holen. Das Feuer loderte hell und hoch auf, so daß das Lager fast taghell erleuchtet war.

Die Finders lagen nebeneinander, es war keiner von ihnen erschlagen worden; sie hatten ihre Besinnung wieder; sie sahen und hörten also alles, was um sie her vorging, aber keiner von ihnen schien Lust zu haben, ein Wort zu sprechen, doch konnte man ihre Gefühle leicht aus den wütenden Blicken erraten, die sie um sich warfen. Es hatte bisher noch niemand eine Frage an sie gerichtet. Sam Hawkens wollte damit bis zur Rückkehr der Einwanderer warten, da diese es ja waren, gegen die der beabsichtigte Überfall hatte unternommen werden sollen. Da hörte man von weitem eine jubilierende weibliche Stimme rufen: „*We have them, we have them!*“

Die Ruferin kam näher, erreichte das Lager, kroch unter einer Deichsel hindurch, schoß auf Sam los und schrie ihn an: „*We have them, we have them?* Heeßt das nich: Wir haben sie, wir haben sie?“

Es war die liebe Frau Rosalie Ebersbach, geborene Morgenstern, verwitwete Leiermüller. Sie war allen andern vorausgeeilt.

„Ja“, antwortete Sam. „So heißen diese englischen Worte, wenn man sie ins Deutsche übersetzt.“

„Also: *We have them, we have them!* – Wir haben sie! Gott sei Dank. Was für eine Angst habe ich ausgestanden und was für eine Sorge habe ich gehabt! Ich wäre beinahe ausgerissen und wieder hergekommen, um kämpfen, fechten und streiten zu helfen. Da erschienen die Soldaten und sagten: ‚*We have them!*‘ Was das in unsrer Muttersprache zu bedeuten hat, das weeß ich ungefähr und bin offs schleunigste fortgerannt, um sie ooch mitzuhaben. Das sind sie wohl, die dahier liegen?“

Sie deutete auf die Gefesselten.

„Ja, das sind sie“, antwortete der Gefragte.

„Was is denn das? Die leben ja noch! Ich dachte, es würden nur ihre toten Leichen zu erblicken sein. Das will mir nich in den Kopp. Is das vielleicht mit Fleiß geschehen?“

„Allerdings.“

„Na, da ist Ostern heuer off eenen Donnerschtag gefallen anstatt off eenen Sonntag, wie sich's von Rechts wegen ganz von selbst versteht! Wissen Sie denn nich, Herr Hawkens, daß uns diese Raubmörder und Wildschützen haben um unser Leben bringen wollen?“

„Das weiß ich allerdings.“

„Und Sie haben sie dennoch nich erschossen? Das is eene Edelmütigkeit, der ich unmöglich meine Billigung zu erteilen vermag. Wer umbringt, der muß ooch umgebracht werden; Ooge um Ooge, Backzahn um Backzahn; so steht es in der Bibel und in allen Gesetzbüchern geschrieben.“

„Sind Sie denn wirklich ermordet worden, Frau Ebersbach?“

„Nee. Wie können Sie nur so fragen! Wenn ich umgebracht

wäre, so stände ich jetzt doch als Geist oder als Geschpenst vor Ihnen, und ich hoffe, daß Sie mich nicht für so etwas halten."

„O nein, wie ein Geist kommen Sie mir gar nicht vor. Also Auge um Auge, Zahn um Zahn. Sie sind nicht umgebracht worden; deshalb haben wir die Finders auch nicht umgebracht."

„Sie wollten uns doch ermorden! Das is ganz dasselbe, als ob sie uns wirklich ermordet hätten!"

„Und ich wollte sie dafür erschießen lassen; das ist also ganz genau so, als ob sie wirklich erschossen worden wären."

Sie sah ihn in komisch wirkender Betroffenheit an, schlug sich gegen die Stirn und bekannte offenherzig: „Was für eene dumme Rosalie ich da gewesen bin! Laß mich da mit meinen eegenen Worten schlagen! Das is mir jetzt zum erschtenmal in meinem Leben vorgekommen, denn Sie können es mir off mein Ehrenwort glooben, daß ich gar nich so leicht zu schlagen bin, wie Sie zu denken scheinen. Wer es in den Redensarten und Spitzfindigkeeten mit mir offnehmen will, der muß sehr spät zu Bette gehen und morgens früh halb dreie wieder munter sein. Aber sagen Sie mir doch wenigstens, was nun mit dieser Rasselbande geschehen soll. Da Sie so schonungsvoll mit den Halunken verfahren sind, möchte ich mir mit gutem Grunde die Frage erlooben, ob sie vielleicht gar eene Belohnung, eene Prämie oder so eene goldene Medallche bekommen sollen."

„Was wir zu tun beabsichtigen, das werden Sie sehr bald erfahren."

„Das hoffe ich. Bedenken Sie, daß ich zu den Persönlichkeeten gehöre, off die es abgesehen war! Wenn der Überfall gelungen wäre, läge ich jetzt als ermordete oder abgeschiedene Leiche off dem Schlachtfeld, und das Morgenrot täte mir zum frühen Tode leuchten. Das erfordert Strafe; verstehen Sie mich?"

„Die Strafe wird nicht ausbleiben, Frau Ebersbach; darauf können Sie sich verlassen. Damit soll freilich nicht gesagt sein, daß wir die Schuldigen umbringen müssen. Sie sind eine Dame, eine Frau. Sie gehören zum zarten, schönen Geschlecht, das auf Haß und Zorn verzichtet und in Liebe und Güte die Welt beherrscht. Ich bin überzeugt, daß auch in Ihrem Herzen die Milde wohnt, ohne die selbst die schönste Frau ein häßliches Wesen ist."

Der spaßhafte kleine Jäger hatte sich, indem er in dieser Weise sprach, nicht verrechnet. Frau Rosalie warf sich in die

Brust und antwortete: „Die Milde wohnt? Natürlich wohnt sie da! Ich habe noch een Herz, und was für eens. Es schmilzt wie Butter an der Sonne. Ich gehöre ooch zu dem schönen, zarten Geschlechte, von dem Sie reden, und will mit meiner Güte die Welt beherrschen. Es kommt zwar vor, daß der Mensch verkannt wird, und es hat schon oft Oogenblicke gegeben, wo meine Milde und Güte nich tief genug erforscht worden sind, aber hier bei dieser Gelegenheit will ich öffentlich beweisen, daß mein schwaches Geschlecht stark in der Verzeihung is. Sie sollen sich nich in mir geirrt haben, Herr Hawkens, ich mag nischt von eener Bestrafung dieser Mörderbande wissen; lassen Sie sie loofen!"

Sie hätte vielleicht noch länger gesprochen, da kamen die Soldaten mit ihren Pferden, um sich draußen vor den Wagen zu lagern, und mit ihnen die Einwanderer, die den gefangenen Scout mitbrachten.

Nun ging es zunächst an ein sehr reges Fragen und Antworten, das nicht eher aufhörte, als bis die Deutschen alles, was während ihrer Abwesenheit geschehen war, auf das genaueste erfahren hatten. Auch der Kantor hörte sehr aufmerksam zu, doch nicht, indem er still am Feuer saß wie die andern, sondern er befand sich dabei in fortwährender Bewegung. Er machte sich mit den Gefesselten zu schaffen, deren Lage ihm nicht zu passen schien. Er schob und zerrte bald an dem einen, bald an dem andern herum, zerrte und schob wieder und immer wieder, so daß Sam ihn endlich fragte: „Was tun Sie denn da? Liegen diese Leute nicht richtig, Herr Kantor?"

Der Gefragte drehte sich zu ihm und antwortete in wichtigem Ton: „Kantor emeritus, wenn ich bitten darf, Herr Hawkens! Es ist das nur der Vollständigkeit halber und damit keine Verwechslung vorkommt. Ja, Sie haben es erraten; die Gefangenen müssen ganz anders liegen."

„Warum?"

„Ihre Gruppierung macht nicht den richtigen Effekt."

„Effekt? Was haben wir hier mit Effekt zu schaffen?"

„Mehr, als Sie denken. Es scheint Ihnen entweder noch nicht bekannt oder schon wieder entfallen zu sein, womit ich umgehe?"

Ohne augenblicklich an die sonderbare Manie des Kantors zu denken, fragte Sam unvorsichtig: „Was könnte das sein?"

„Nichts andres als meine Oper. Ich gehe damit um, eine große Heldenoper von zwölf Akten zu komponieren, und reise nur deshalb in dieser Gegend, um mir den Stoff zu suchen. Eine Szene dazu, eine ganz vortreffliche Szene, habe ich hier gefunden, den ‚Chor der Mörder'. Sie liegen am Boden und singen ein doppeltes Sextett. Dazu ist aber eine ganz andre Gruppierung nötig als die, welche Sie ihnen gegeben haben. Ich studiere sie jetzt und werde sie mir notieren, sobald ich sie gefunden habe. Sie dürfen versichert sein, daß ich mich in acht nehme, den Leuten dabei nicht weh zu tun!"

„Was das betrifft, so stoßen Sie nur immer herzhaft zu. Kerls, wie diese sind, braucht man nicht mit seidenen Handschuhen anzugreifen."

Daraufhin fuhr der Heldenkomponist in seiner Beschäftigung fort, und zwar so energisch und nachhaltig, daß Buttler endlich das bisher beobachtete Schweigen brach und zornig zu Sam hinüberrief: „Sir, was hat nur dieser Mann immer und fortwährend mit uns zu schaffen? Sorgt endlich dafür, daß er uns in Ruhe läßt! Wir sind keine Spielpuppen, an denen man nach Belieben zerren und ziehen kann."

Sam hielt es nicht der Mühe wert zu antworten, deshalb fuhr Buttler nach einer Weile fort: „Ich muß überhaupt fragen, mit welchem Recht ihr uns überfallen und niedergeschlagen habt!"

„Fragen?" Der Kleine lachte. „Ich denke, ihr braucht da keine Auskunft und könnt euch die Antwort selbst erteilen."

„Wieso? Wir haben keine Ahnung, warum wir so behandelt werden. Wir sind als friedliche Reisende gekommen und haben euer Feuer gesehen. Da wir nicht wußten, wer daran lagerte, schlichen wir uns, wie sich das von selbst versteht, heimlich heran, um uns zu unterrichten. Dabei sind wir heimtükkisch niedergeschlagen worden. Wir verlangen, sofort freigelassen zu werden."

„Verlangt das immerhin; ich habe nichts dagegen. Wünsche haben kann jeder Mensch; aber ob sie in Erfüllung gehen, das ist eine andre Sache. Frei werdet ihr sein oder vielmehr hängen, nämlich morgen in Tucson, an einem schönen starken Pfahl."

„Wenn ihr Witze machen wollt, so macht bessere, als dieser ist! Es ist kein Spaß, sich an ehrlichen Leuten zu vergreifen, und da ihr von Tucson redet, könnte es sehr leicht geschehen, daß ihr selber es seid, die dort aufgehängt werden. Oder ist es euch vielleicht unbekannt, wie hierzulande Menschen behandelt werden, die nachts über andre, ehrliche Leute herfallen?"

„Ehrlich? Hihihihi! Eure Ehrlichkeit haben wir in San Xavier del Bac kennengelernt!"

„Was dort geschah, gehört nicht hierher. Ich meine, die Sache liegt heute klar; wir wollten sehen, wer hier lagert, und sind dabei überfallen worden."

„Hm! Ihr wußtet also nicht, wen ihr hier treffen würdet?"

„Nein."

„Und seid uns doch seit San Xavier auf Schritt und Tritt gefolgt!"

„Das ist Lüge!"

„Und habt bis vorhin dahinten in den Felsen gesteckt, um nur zu warten, bis unser Feuer erlöschen würde!"

„Wozu?"

„Um uns zu überfallen."

„Wieder Lüge, ganz gemeine, erbärmliche Lüge!"

Da erhob sich Sam vom Feuer, trat zu ihm hin, fuhr ihn an: „Sprecht ja nicht von ‚erbärmlich' und ‚gemein', sonst laß ich Euch den Rücken bleuen, daß es Euch schwarz vor den Augen wird! Ich heiße Sam Hawkens; versteht Ihr mich? Da sitzen Dick Stone und Will Parker. Man pflegt uns das Kleeblatt zu nennen. Abermals verstanden? Meint ihr, daß ihr die Kerls dazu seid, solchen Westmännern etwas weiszumachen? Und wer uns gar mit ‚gemein' und ‚erbärmlich' kommt, den werfen wir in die Luft, daß er droben in den Wolken hängenbleibt!"

Buttler schien auf einmal die Sprache verloren zu haben.

Sam Hawkens fügte hinzu: „Ich selbst war heute bei euch, habe euch dort bei den Steinen belauscht und jedes Wort gehört. Ihr seid die Finders; doch brauchte ich das nicht erst heute zu erfahren, denn ich habe es schon in San Xavier gewußt."

Da stieß Buttler erschrocken hervor! *„Heavens!* Die Finders! Welch ein Gedanke, uns mit diesen zu verwechseln! Wer hat Euch das weisgemacht, Sir?"

„Ihr selbst. Ich habe gute Ohren."

„Oh, selbst die schärfsten Ohren können sich irren und falsch verstehen."

„Meint Ihr? War es vielleicht auch falsch verstanden, als Ihr vorhin gefragt wurdet, was aus den Frauen und Kindern werden sollte, die sich bei uns befinden?"

„Ich weiß nichts davon."

„Daß sie auch getötet werden sollten, um euch nicht etwa später verraten zu können?"

„Habe keine Ahnung davon."
„Auch nicht davon, daß ihr die Beute teilen und die Wagen dann verbrennen wolltet?"
„Nein."
„So besitzt Ihr ein außerordentlich schwaches Gedächtnis, dem man aber in Tucson nachhelfen wird."
Da ergriff auch der Offizier, und zwar zum erstenmal, das Wort, indem er Sam aufforderte: „Verschwendet Eure Worte nicht an diesen Menschen, Sir! Er mag leugnen, wie er will, es wird ihm nichts nützen. Es ist erwiesen, daß sie die Finders sind, und so werden sie morgen baumeln."
„Wird dazu nicht unser Zeugnis nötig sein?" erkundigte sich Dick Stone.
„Nein. Ihr gedenkt mit den Wagen weiterzufahren, und ich will Euch nicht aufhalten oder gar wieder nach Tucson zurückschleppen. Ihr habt mir gesagt, was zu sagen war; das ist gradesogut, als ob es vor Gericht geschehen wäre. Beweise haben wir mehr als genug, und so ist gar kein Zweifel, daß diese Gegend endlich einmal von der Bande, der wir so lange vergeblich nachgestellt haben, gesäubert wird. Ich gebe Euch mein Wort, daß sie alle hängen werden."
Auf weiteres Reden wurde verzichtet. Man stellte die für nötig gehaltenen Wachen aus und legte sich dann schlafen. Einer der Soldaten hatte bei den Gefangenen zu sitzen und sie nicht aus den Augen zu lassen.
Der gefesselte Scout war zu den Finders gesellt worden und zufällig neben Buttler zu liegen gekommen. Diese beiden hatten bisher kein Wort miteinander gewechselt, obgleich es nicht schwer war, heimlich zu sprechen, da diese Leute sehr eng zusammenlagen. Später, als alles schlief und der Scout bemerkte, daß der Wächter wahrscheinlich nur darauf zu achten hatte, daß sich keiner der Gefangenen befreite, stieß er Buttler mit dem Ellbogen an und flüsterte ihm zu: „Schlaft Ihr, Sir?"
„Nein", lautete die Antwort. „Wer soll unter solchen Umständen schlafen?"
„So dreht Euch zu mir herum! Ich habe mit Euch zu sprechen."
Buttler folgte dieser Aufforderung und erkundigte sich: „Ihr wart der Führer dieser Halunken. Wie kommt es, daß man Euch Euern Lohn in dieser Weise gegeben hat?"
„Weil man mich in dem Verdacht hatte, gemeinschaftliche Sache mit euch machen zu wollen."

„Das war doch nicht wahr?"
„Erst allerdings nicht; die Absicht kam mir dann später. Ich heiße Poller, Sir, und möchte, daß Ihr Vertrauen zu mir habt. Es steht hundert gegen eins zu wetten, daß Ihr verloren seid; ich aber möchte Euch gern retten."
„Ist das Euer Ernst?"
„Ja, ich schwöre es Euch. Diese Kerls haben mich schwer beleidigt, und ich bin nicht der Mann, das ungerächt hingehen zu lassen. Allein kann ich nichts machen. Wenn Ihr mir helfen wollt, so sollen sie sicher und gewiß ihren Lohn haben."
„Helfen? Hier kann niemand helfen, weder Ihr mir noch ich Euch."
„Denkt das nicht! Ich bin überzeugt, daß sie mich morgen freigeben. Man wird euch auf die Pferde binden und nach Tucson transportieren. Ich werde euch folgen; darauf gebe ich Euch mein Wort!"
„Bin Euch dankbar, Sir! Kann mir aber nichts nützen. Es wird mir unmöglich sein, fortzukommen."
„*Pshaw!* Habe da einen guten Gedanken. Steht Ihr etwa so fest zu Euern Leuten, daß Ihr nicht frei sein wollt, ohne daß auch sie loskommen?"
„Unsinn! Jeder ist sich selbst der Nächste. Wenn ich nur mich rette, so mögen sie immerhin baumeln."
„*Well,* dann sind wir eins. Sagt ihnen, daß sie sich während des Rittes so stellen sollen, als ob der Kolbenhieb, den jeder bekommen hat, schlimme Nachwehen habe. Taumelt auf dem Pferd hin und her; stellt Euch so schwach wie möglich. Es sollte mich wundern, wenn dieser Leutnant nicht einmal halten ließe, damit Ihr Euch erholen könnt. Da muß man Euch die Fesseln von den Füßen nehmen. Dann könnt Ihr Euch, selbst wenn die Hände zusammengebunden bleiben, rasch des schnellsten Pferdes bemächtigen und davonreiten, natürlich zurück, wo ich Euch erwarte. Man wird überrascht sein und Euch nicht gleich folgen; dadurch erlangt Ihr Vorsprung. Kommt uns später einer zu nahe, so habe ich meine gute Büchse und schieß ihn vom Pferd herunter."
Buttler antwortete nicht gleich; er überlegte und sagte erst nach einer längeren Weile: „Euer Vorschlag ist der einzige, der helfen kann; ich werde ihn befolgen. Werde ich wirklich frei, dann dreimal wehe diesem Kleeblatt und allen diesen Deutschen! Wir wollen zusammenhalten, Master Poller."
Hiermit war das heimlich geführte Gespräch, von dem der

Wächter nichts bemerkt hatte, beendet. Buttler fühlte sich einigermaßen beruhigt und schlief sogar ein.

Zu erwähnen wäre noch, daß Sam einige Soldaten unter der Führung des Häuptlingssohns nach dem Lagerplatz der Finders gesandt hatte, um sich der dort zurückgebliebenen Pferde und ihres Wächters zu bemächtigen, was auch gelungen war.

Kaum graute der Morgen, so stand man vom Lager auf. Erst wurde von den Vorräten, welche die Kavalleristen mitgebracht hatten, ein kurzes Frühstück gehalten, und dann erklärte der Leutnant, mit seinen Gefangenen aufbrechen zu wollen. Er ließ sie auf ihre Pferde binden; die gefesselten Hände blieben ihnen vorn, damit sie die Zügel zu führen vermochten. Während das geschah, rief der Scout Sam Hawkens an: „Und was soll mit mir geschehen? Soll ich etwa als Gefangener hier gefesselt liegenbleiben?"

„Nein", antwortete Sam. „Ich wollte Euch bloß für diese Nacht sicherstellen; nun es Tag geworden ist, könnt Ihr reiten, wohin Ihr wollt."

„*Well*, so gebt mich frei!"

„Nur keine Überstürzung, mein sehr verehrtester Master Poller! Ich kalkuliere, daß Ihr Euch an uns rächen wollt und uns vielleicht zu diesem Zweck folgen werdet; damit Ihr keinen Schaden anrichtet, werde ich Eure Waffen zurückbehalten."

„Ich protestiere! Das wäre Diebstahl, Raub!"

„*Pshaw!* Nennt es, wie Ihr wollt; es wird durchaus nicht anders."

Poller wurde von seinen Fesseln befreit, setzte sich wetternd und schimpfend auf sein Pferd und ritt westwärts davon, später wollte er unbemerkt in die Richtung nach Tucson einbiegen. Nachdem der Leutnant Abschied genommen hatte, machte er sich mit seinen Soldaten und Gefangenen ostwärts auf den Weg. Nun, da die vielen Menschen fort waren und man wieder an den einzelnen denken konnte, bemerkte Sam Hawkens, daß der Kantor fehlte. Schon sollten Boten nach ihm ausgesandt werden, da sah man ihn kommen, langsam und wie zornig gestikulierend, von Westen her. Als er das Lager erreichte, fuhr Sam ihn heftig an: „Wo laufen Sie schon wieder herum? Was haben Sie da draußen zu suchen?"

„Einen Triumphmarsch", antwortete der Musikenthusiast, der ziemlich echauffiert aussah.

„Triumphmarsch? Sind Sie toll?"

„Toll? Wie kommen Sie zu einer so beleidigenden Frage, werter Herr? Wir haben ja gesiegt; wir haben die Feinde gefangengenommen, und deshalb bin ich fortgegangen, um in der Einsamkeit das Motiv zu einem Sieges- und Einzugsmarsch zu finden."

„Dummheit! Sie sollen sich nicht so da draußen herumtreiben; es ist das ein Fehler, den ich nicht dulden darf!"

„Fehler? Erlauben Sie gütigst! Ein Jünger der Kunst begeht keinen Fehler; den hat vielmehr der Scout begangen."

„Der Scout? Wieso?"

„Ich war eben im schönsten Komponieren, da kam er auf mich zugeritten und nahm mir alle meine Waffen ab; nur den Säbel hier hat er mir gelassen; er könne ihn nicht brauchen."

„Donnerwetter!" fuhr da Sam Hawkens auf. „Dachte es mir doch! Ich schicke den Burschen ohne Waffen fort, und Sie laufen extra hinaus ins Weite und überlassen ihm dafür die Ihren!"

„Überlassen! Ist mir nicht eingefallen. Genommen hat er sie mir und mir als Bezahlung zwei, zwei ... – ich darf es gar nicht sagen – gegeben."

„Sagen Sie es nur! Ich muß es wissen."

„Deutsch bring ich es nicht heraus. Lateinisch wird es Colaphus genannt."

„Colaphus ist eine Ohrfeige. Also zwei Ohrfeigen haben Sie von ihm bekommen?"

„Ja, und was für welche! Fortissimo!"

„Das war die beste Tat, die dieser Mensch in seinem Leben begangen hat."

„Bitte, bitte, wertester Herr Hawkens! Ein Komponist und Musenjünger, dem man zwei so gewaltige Maulschellen gibt, der ..."

„Der hat sie verdient, und noch einige dazu!" fiel ihm Sam in die Rede. „Ich werde Sie viel schärfer im Auge behalten als bisher. Machen Sie sich jetzt zum Aufbruch fertig; wir fahren weiter!"

Eine Stunde später setzte sich der Wagenzug in Bewegung. Voran ritt Sam Hawkens, der an die Stelle des bisherigen Führers getreten war.

Buttler war fest entschlossen, den Rat des Scouts zu befolgen: Er kannte sonst keinen andern Weg, der zur Rettung führen konnte.

Also Unwohlsein heucheln! Er hatte das heute gleich nach

seinem Erwachen seinen Leuten mitgeteilt, sie aber gewarnt, damit nicht etwa zu früh zu beginnen, da das Verdacht erregt hätte. Deshalb stellte er sich erst dann, als ungefähr die Hälfte des Weges zurückgelegt worden war, angegriffen, fuhr sich mit den gefesselten Händen nach dem Kopf und stöhnte dabei. Dem Leutnant mußte das auffallen; er erkundigte sich nach der Ursache und erhielt zur Antwort, daß der gestrige Kolbenhieb das Gehirn erschüttert haben müsse. Buttler wurde schwächer und schwächer; er begann im Sattel zu wanken, so daß er rechts und links je einen Kavalleristen bekam, die ihn stützen mußten. Als sich diese Schwäche dann auch bei einigen andern Gefangenen zeigte, wurde der Offizier besorgt und gab den Befehl, zu halten und abzusitzen. Natürlich stiegen die Soldaten zuerst ab und nahmen den Finders die Riemen, mit denen sie an die Pferde gefesselt waren, von den Beinen. Buttler war der erste, mit dem das geschah; er wurde vom Pferd gehoben und sank sofort auf die Erde nieder. Infolge dieser sehr großen Schwäche glaubte man, für ihn keine besondere Aufmerksamkeit nötig zu haben, und wandte diese vielmehr seinen Leuten zu. Das beabsichtigte er. Er hatte gesehen, daß das Pferd des Leutnants das beste von allen war; es stand abseits ledig, denn der Offizier war natürlich auch abgestiegen. Während die Kavalleristen also für Buttler keinen Blick der Beobachtung hatten, sprang er plötzlich auf, rannte zu dem Pferd, warf sich trotz seiner zusammengebundenen Hände in den Sattel, ergriff die Zügel und jagte davon – westwärts, weil er dort von dem Scout erwartet wurde.

Das war so schnell geschehen, und der Schreck lähmte die Glieder der Kavalleristen in der Weise, daß der Flüchtling einen bedeutenden Vorsprung erreicht hatte, ehe hinter ihm der erste Schrei des Zorns und der Überraschung erscholl.

„Schießen, schießen! Schießt ihn aus dem Sattel; aber trefft das Pferd nicht etwa!“ rief der Offizier.

Alle eilten nach den Pferden, an deren Sätteln die Gewehre hingen. Darüber verging viel Zeit, und da das Pferd nicht getroffen werden sollte, war das Zielen schwer. Endlich krachten einige Schüsse, weil zu hoch gezielt, gingen die Kugeln über den Flüchtling weg; dann befand er sich außerhalb des Schußbereichs.

Indessen hatten die andern Gefangenen diese Verwirrung benutzt, teils davonzulaufen, teils auf ihren Pferden, von denen sie noch nicht gestiegen waren, davonzureiten. Das gab ein wütendes Geschrei und heilloses Durcheinander. Die Kavalleristen mußten sich zerstreuen, um jedem einzelnen Entrinnenden nachzujagen, und so gab es nur vier oder fünf, die sich hinter Buttler hermachten – vergeblich. Sein Vorsprung war zu groß und sein Pferd das schnellere; sie verloren ihn aus den Augen und kehrten schimpfend wieder um. Er jagte unaufhaltsam weiter, bis er vor sich einen Reiter erblickte; es war der Scout, sein neuer Verbündeter, der ihn froh bewillkommnete. Beide suchten zunächst ein sicheres Versteck und folgten dann am nächsten Morgen, um sich zu rächen, den Spuren des Wagenzugs, der nur eine Tagesreise voraus war.

FÜNFTES KAPITEL

Forners Rancho

Am kleinen Rio San Carlos, einem Nebenfluß des Rio Gila, stand ein Rancho, der nach seinem damaligen Besitzer Forners Rancho genannt wurde. Diesem Amerikaner gehörte eine große Strecke Weideland; zur Feldwirtschaft war nur der am Fluß gelegene Teil geeignet. Das Haus war nicht groß, aber aus Steinen gebaut und von einer starken, doppelt mannshohen Mauer umgeben, die in regelmäßigen Zwischenräumen von schmalen Schießscharten unterbrochen wurde, hier in dieser abgelegenen und gefährlichen Gegend eine sehr nötige Einrichtung. Der Hof, den diese Mauer umschloß, war so groß, daß Forner im Fall einer Feindseligkeit von seiten der Indianer seinen ganzen Viehbestand hierhin zu retten vermochte.

Es war jetzt die beste Jahreszeit; die Steppe trug dichtes grünes Gras, in dem sich zahlreiche Rinder und Schafe gütlich taten; auch einige Dutzend Pferde weideten im Freien, von mehreren Knechten bewacht, die ihres friedlichen Amtes walteten und miteinander Karten spielten. Das breite, gegen den Fluß gerichtete Tor stand weit offen. Eben jetzt erschien der Ranchero, eine echte, sehnige und kräftige Hinterwäldlergestalt. Er überflog mit scharfem, zufriedenem Blick die weidenden Herden und beschattete seine Augen mit der Hand, um hinaus in die Ferne zu sehen. Da nahm sein Gesicht den Ausdruck der Spannung an; dann wandte er sich um und rief über den Hof hinüber: „Hallo, Boy, stell die Brandyflasche bereit! Es kommt einer, der ihr auf den Boden sehen wird."

„Wer?" fragte der, dem dieser Ruf gegolten hatte, nämlich sein Sohn, der an einem Fenster des Hauses erschien.

„Der Ölprinz."

„Kommt er allein?"

„Nein. Es sind zwei Reiter mit einem Packpferd bei ihm."

„*Well,* wenn sie ebenso trinken wie er, kann ich lieber gleich mehrere Flaschen herausstellen."

Vor dem Haus lagen zehn oder zwölf Steinquader, die so geordnet waren, daß der größte, mittelste, den Tisch vorstellte, während die andern, kleineren, als Sessel dienten. Der Sohn kam bald aus dem Haus und stellte drei volle Schnapsflaschen nebst einigen Gläsern auf diesen Tisch; dann schritt er über den Hof, um den Ankömmlingen an der Seite des Vaters entgegenzusehen.

Diese hatten das jenseitige Ufer des Flüßchens erreicht und trieben ihre Pferde in das nicht tiefe Wasser.

„Ist's möglich!" meinte da Forner erstaunt. „Aber wahrscheinlich irre ich mich. Wüßte wirklich nicht, was diesen Mann aus dem sicheren Arkansas in diese haltlose Gegend führen könnte."

„Wen?" fragte der Sohn.

„Master Rollins aus Brownsville."

„Etwa der Bankier, mit dem du damals zu tun hattest?"

„Ja. Und wahrhaftig, er ist's; ich irre mich nicht. Bin neugierig, zu erfahren, was er im wilden Arizona zu suchen hat."

Die Reiter hatten das dieseitige Ufer erreicht und hielten nun im Trab auf den Rancho zu. Der vorderste von ihnen rief schon von weitem: „*Good morning,* Master Forner! Habt Ihr einen kräftigen Schluck übrig für drei Gentlemen, die vor Durst fast von den Pferden fallen?"

Der Sprecher war ein langer, hagerer und sehr gut bewaffneter Mann, dessen außerordentlich scharf geschnittenes Gesicht von der Sonne verbrannt und von Wind und Wetter gegerbt worden war. Er trug einen für diese Gegend geradezu eleganten Anzug, der nicht zu ihm zu passen schien.

Der zweite Reiter war ein ältlicher Herr von behäbigem Aussehen. Der schnelle Morgenritt schien ihn angestrengt zu haben; er schwitzte. An seinem Sattel hing ein schönes Jagdgewehr. Ob er noch andre Waffen – wohl in den Taschen – bei sich hatte, sah man nicht, da er keinen Gürtel trug. Desto deutlicher sah man seinem ganzen Habitus an, daß ihm der Wilde Westen fremd war. Er schien sich ungefähr in derselben Lage wie eine Landratte auf hoher See zu befinden.

Der dritte Ankömmling war ein junger, blonder und kräftiger Mann, der zwar nicht wie ein erfahrener Westmann auf dem Pferd saß, aber wenigstens ein guter Promenadenreiter war. Er hatte ein offenes, sympathisches Gesicht, das leicht gebräunt war. Seine Waffen bestanden aus einem Gewehr, einem Bowiemesser und zwei Revolvern.

„Mehr als einen Schluck!" antwortete Forner. „*Welcome,* Mesch'schurs! Steigt ab und laßt es euch bei mir gefallen!"

Der behäbig aussehende Herr hielt sein Pferd an, musterte den Ranchero einige Sekunden lang und sagte dann: „Mir ist's, als ob wir uns schon gesehen hätten, Sir. Forners Rancho! Also heißt Ihr Forner. Seid Ihr vielleicht bei mir in Brownsville gewesen? Ich heiße Rollins, und dieser junge Sir hier an meiner Seite ist Mr. Baumgarten, mein Buchhalter."

Forner verbeugte sich gegen die beiden und antwortete: „Natürlich haben wir uns gesehen, Sir. Ich hatte meine Ersparnisse bei Euch stehen und holte sie mir, ehe ich nach Arizona ging. Nur war es keine so hohe Summe, daß Euch meine Person hätte auffallen und im Gedächtnis bleiben müssen. Also kommt herein! Mein Brandy ist so gut wie sonst einer, und einen Imbiß könnt Ihr auch haben, wenn Ihr keine großen Ansprüche macht. Wie lange gedenkt Ihr hierzubleiben, Master Grinley?"

„Bis die heißeste Mittagszeit vorüber ist", antwortete der, welcher Ölprinz genannt worden war.

Die Pferde wurden abgesattelt und durften auf die Weide gehen. Die Reiter nahmen auf und an den erwähnten Steinen Platz. Grinley goß sich sofort ein Glas voll Brandy und leerte es in einem Zug; schon nach kurzer Zeit hatte er der Flasche auf den Boden gesehen. Der Bankier mischte den Branntwein mit Wasser, während Baumgarten nur Wasser trank. Die Forners, Vater und Sohn, hatten sich in das Haus zurückgezogen, um von ihren einfachen Vorräten den Gästen ein Essen zu bereiten.

Von ihnen allen konnte keiner sehen, daß jetzt abermals zwei Reiter über den Fluß kamen und sich dem Rancho näherten. Sie hatten jedenfalls einen weiten Ritt hinter sich, und ihre Pferde waren sehr ermüdet. Diese beiden Männer waren Buttler, der Anführer der zwölf Finders, und Poller, der entlassene Scout der deutschen Einwanderer. Indem sie sich dem offenen Tor näherten, fragte Poller: „Bist du wirklich überzeugt, daß der Ranchero dich nicht kennt? Du hast ihn mir als einen ehrlichen Kerl beschrieben, und ich nehme an, daß der Name Buttler bei ihm Anstoß erregt."

Buttler antwortete: „Er hat mich nie gesehen. Nur mein Bruder ist oft bei ihm gewesen."

„Der aber natürlich auch Buttler heißt."

„Allerdings, aber er hat sich hier stets Grinley genannt."

„Das war klug. Brüder pflegen sich ähnlich zu sehen. Wahrscheinlich ist das bei euch auch der Fall?"

„Nein. Wir sind Stiefbrüder und stammen von verschiedenen Müttern.“

„Weißt du, wo er sich jetzt befindet?“

„Nein. Als wir uns trennten, ging ich südwärts, um die Gesellschaft der Finders zu gründen; er war unentschlossen, wohin er sich wenden würde. Wer weiß, wo wir uns einmal wiedertreffen, wenn wir überhaupt in diesem Leben ... Alle Wetter, dort sitzt er ja!“

Die beiden waren in diesem Augenblick unter dem Tor angekommen und sahen die drei Fremden im Hof sitzen. Buttler erkannte sofort Grinley, seinen Bruder, und hielt erstaunt sein Pferd an. Grinleys Blick fiel in derselben Sekunde nach dem Tor. Er erkannte Buttler und hatte trotz seiner Überraschung die Geistesgegenwart, die Hand schnell auf den Mund zu legen, was eine Aufforderung zum Schweigen war.

„Ja, er ist es“, fuhr Buttler fort, indem er sein Pferd wieder in Bewegung setzte und in den Hof ritt. „Sahst du das Zeichen, das er mir gab? Wir dürfen ihn nicht kennen.“

Sie stiegen von ihren Pferden, ließen sie laufen und näherten sich den Steinen, gerade als die beiden Forners aus dem Haus kamen, um ihren Gästen Fleisch und Brot zu bringen. Sie grüßten und fragten, ob es erlaubt sei, sich mit niederzusetzen. Es wurde ihnen natürlich nicht versagt, und sie aßen und tranken mit, ohne daß man sie nach ihren Namen, Verhältnissen oder Absichten fragte.

Die beiden Brüder, die sich nicht kennen durften, beabsichtigten selbstverständlich, sich miteinander zu verständigen, freilich mußte das heimlich geschehen. Deshalb stand Grinley nach dem Essen auf und sagte, er wolle hinter das Haus gehen und sich dort im Schatten niederlegen, um ein wenig auszuruhen. Buttler folgte ihm nach einiger Zeit so unauffällig und unbefangen wie möglich. Die andern blieben sitzen.

Und wieder kamen zwei Reiter, aber nicht jenseits des Flusses, sondern am diesseitigen Ufer entlang. Sie waren sehr gut beritten. Wären ihre Figuren andre gewesen, hätte man sie von weitem für Old Shatterhand, den berühmten Präriejäger, und für Winnetou, den ebenso berühmten Häuptling der Apachen, halten können. Aber sie waren beide zu klein, der eine dick und der andre schmächtig.

Der Schmächtige trug lederne gefranste Leggings und ein ebenso gefranstes ledernes Jagdhemd, dazu lange Stiefel, deren Schäfte er über die Knie emporgezogen hatte. Auf seinem

Kopf saß ein sehr breitkrempiger Filzhut. In dem breiten, aus einzelnen Riemen geflochtenen Gürtel steckten zwei Revolver und ein Bowiemesser. Von der linken Schulter nach der rechten Hüfte hing ein Lasso und am Hals an einer seidenen Schnur eine indianische Friedenspfeife. Quer über dem Rükken hatte er zwei Gewehre, ein langes und ein kurzes. Genauso pflegte sich Old Shatterhand zu kleiden. Auch er besaß zwei Gewehre, den gefürchteten Henrystutzen und den weitbekannten langen, schweren Bärentöter.

Während dieser kleine hagere Mann bemüht zu sein schien, ein Eben- oder Abbild von Old Shatterhand zu liefern, war der andre bemüht gewesen, Winnetou nachzuahmen. Er trug ein weißgegerbtes und mit roter indianischer Stickerei verziertes Jagdhemd. Die Leggings waren aus demselben Stoff gefertigt und an den Nähten mit Haaren besetzt; ob das aber Skalphaare waren, das ließ sich sehr bezweifeln. Die Füße steckten in mit Perlen bestickten Mokassins, die mit Stachelschweinsborsten geschmückt waren. Am Hals trug er auch eine Friedenspfeife und dazu ein Ledersäckchen, das einen indianischen Medizinbeutel vorstellen sollte. Um die dicke Taille schlang sich ein breiter Gürtel, der aus einer Santillodecke bestand. Daraus schauten die Griffe eines Messers und zweier Revolver hervor. Sein Kopf war unbedeckt; er hatte sich die Haare lang wachsen lassen und sie in einen hohen Schopf geordnet. Quer über dem Rücken hing ein doppelläufiges Gewehr, dessen Holzteile mit silbernen Nägeln beschlagen waren – eine Imitation der berühmten Silberbüchse des Apachenhäuptlings Winnetou.

Wer Old Shatterhand und Winnetou kannte und hier diese beiden Männlein sah, der hätte sich eines Lächelns nicht erwehren können – das glattrasierte, gutmütige und etwas naseweise Gesicht des Hageren im Vergleich zu den durchgeistigten, gebieterischen Zügen Old Shatterhands – und die blühend roten, runden Backen, die treuherzigen Augen und freundlich lächelnden Lippen des Dicken als Konterfei des ernsten, bronzenen Gesichts des Apachen!

Und doch waren diese beiden ganz und gar nicht Personen, über die zu lachen man Ursache gehabt hätte. Ja, sie besaßen gewisse auffällige Eigentümlichkeiten, aber sie waren Ehrenmänner, Gentlemen durch und durch, und hatten mancher großen Gefahr tapfer und unerschrocken ins Auge geschaut. Mit einem Wort: Der Dicke war der als Tante Droll bekannte

Westmann und der Hagere sein Freund und Vetter Hobble-Frank.

Ihre Verehrung für Old Shatterhand und Winnetou war so groß, daß sie sich wie diese beiden gekleidet hatten, was ihnen freilich ein ungewöhnliches Aussehen gab. Ihre Anzüge waren neu und hatten jedenfalls nicht wenig Geld gekostet; und bei ihren Pferden waren sie nicht sparsamer gewesen.

Auch sie hatten den Rancho zum Ziel und ritten durch dessen Tor ein. Als sie auf dem Hof erschienen, erregten sie einiges Aufsehen, das seinen Grund in dem Kontrast hatte, der zwischen ihrer kriegerischen Ausrüstung und ihrem gutmütigen Aussehen bestand. Sie machten nicht viel Federlesens, stiegen von ihren Pferden, grüßten kurz und setzten sich auf zwei noch leere Steine, ohne zu fragen, ob das den andern angenehm sei oder nicht.

Forner musterte die beiden Ankömmlinge mit neugierigen Augen. Er war ein erfahrener Mann und wußte dennoch nicht, was er aus ihnen machen sollte. Er konnte nur durch Fragen zum Ziel kommen; deshalb erkundigte er sich: „Wollen die Gentlemen vielleicht etwas genießen?“

„Jetzt nicht“, antwortete Droll.

„Also später. Wie lange gedenkt ihr hierzubleiben?“

„Das kommt auf die Verhältnisse an, wenn es nötig ist.“

„Ihr meint jedenfalls hiesige Verhältnisse?“

„Ja.“

„Da kann ich euch sagen, daß ihr bei mir sicher seid.“

„Woanders auch!“

„Meint ihr? So wißt ihr wohl noch nicht, daß die Navajos ihre Kriegsbeile ausgegraben haben?“

„Wir wissen's.“

„Und daß sich die Moquis und Nijoras im hellen Aufstand befinden?“

„Auch das.“

„Und dennoch fühlt ihr euch sicher?“

„Warum sollen wir uns unsicher fühlen, wenn es nötig ist?“

Es ist eigentümlich und eine alte Erfahrung, daß es selten einen richtigen Westmann gibt, der sich nicht irgendeine bestimmte, stehende Redensart angewöhnt hat. Droll benutzte den Ausdruck „wenn es nötig ist“. Oft werden diese Redensarten bei Gelegenheiten angewandt, wo sie höchst lächerlich erscheinen und wohl gar das Gegenteil von dem sagen, was ausgedrückt werden soll. So auch jetzt und hier. Deshalb sah Forner den kleinen Dicken erstaunt an, fuhr aber doch ernsthaft fort: „Kennt Ihr denn diese Völkerschaften, Sir?“

„Ein wenig.“

„Das reicht nicht aus. Man muß Freund mit ihnen sein, und selbst dann ist es möglich, daß man den Skalp verliert, wenn sie den Kampf gegen die Weißen beschlossen haben. Wenn euch euer Weg etwa nach Norden führt, so rate ich euch ab; es ist dort keineswegs geheuer. Ihr scheint zwar gut ausgerüstet zu sein, aber wie ich an euern neuen Anzügen sehe, kommt ihr direkt aus dem Osten, und eure Gesichter sind auch nicht so, daß man den unerschrockenen Westmann herauszulesen vermag.“

„So! Das ist sehr aufrichtig. Ihr beurteilt die Leute also nach ihren Gesichtern, wenn es nötig ist?“

„Ja.“

„Das gewöhnt Euch so bald wie möglich ab. Man schießt und sticht mit der Büchse und dem Messer, nicht mit dem Gesicht, verstanden! Es kann einer sehr martialische und grimmige Gesichtszüge besitzen und dabei ein Hasenfuß sein.“

„Das will ich nicht bestreiten; aber ihr – hm. Darf ich nicht vielleicht erfahren, was ihr seid, Mesch'schurs.“

„Warum denn nicht?“

„Nun, bitte!“

„Wir sind – na ja –, wir sind eigentlich das, was man Rentiers nennt.“

„O weh! Da seid ihr wohl zu euerm Vergnügen nach dem Westen gekommen?“

„Zu unserm Herzeleid natürlich nicht!“

„Wenn das ist, Sir, da kehrt sofort wieder um, sonst werdet Ihr hier ausgelöscht, wie man ein Licht ausbläst. Aus der Art und Weise, wie Ihr redet, höre ich, daß Ihr keine Ahnung von den Gefahren habt, die in dieser Gegend auf Euch warten, Master – Master ... Wie ist Euer Name?“

Droll griff gemächlich in die Tasche, brachte eine Karte hervor und überreichte sie ihm. Der Ranchero machte ein Gesicht, als ob er sich die größte Mühe geben müßte, das Lachen zu verbeißen, und las laut: „Sebastian Melchior Pampel.“

Hobble-Frank hatte auch in die Tasche gelangt und ihm eine Karte gegeben. Forner las: „Heliogabalus Morpheus Edeward Franke.“

Er hielt einen Augenblick inne und brach dann lachend los: „Aber, Gents, was sind das für sonderbare Namen, und was seid ihr für sonderbare Menschen? Meint ihr etwa, daß die aufrührerischen Indianer vor diesen euern Namen ausreißen werden? Ich sage euch, daß ..."

Er mußte innehalten, denn Rollins, der Bankier, fiel ihm in die Rede. „Bitte, Master Forner, redet nichts, was diese Gentlemen beleidigen könnte. Ich habe zwar nicht die Ehre, sie persönlich zu kennen, aber ich weiß, daß sie Leute sind, vor denen Ihr Respekt haben müßt."

Und sich dann direkt an Hobble-Frank wendend, fuhr er fort: „Sir, Euer Name ist so ungewöhnlich, daß ich ihn mir gemerkt habe. Ich bin der Bankier Rollins aus Brownsville in Arkansas. Wurden nicht vor einigen Jahren Gelder für Euch bei mir deponiert?"

„Ja, Sir, das ist richtig." Frank nickte. „Ich vertraute das Geld einem guten Freund an, der es für mich bei Euch niederlegen mußte, weil Ihr mir von Old Shatterhand als sicher geschildert worden wart. Später konnte ich es nicht selbst abheben, sondern ließ es mir nach New York schicken."

„Das stimmt, das stimmt!" fiel Rollins eifrig ein. „Old Shatterhand, ja, ja! Ihr hattet damals droben in der Nähe von Fillmore City, am Silbersee, glaube ich, eine große Masse Gold gefunden. Ist's nicht so, Sir?"

„Ja." Frank lachte vergnügt. „Es waren so einige Fingerhüte voll."

Da sprang Forner von seinem Sitz auf und rief: „Donnerwetter! Ist das wahr, ist das möglich? Ihr seid mit da oben am Silbersee gewesen?"

„Gewiß. Und hier mein Vetter war auch dabei."

„Wirklich, wirklich? Damals waren ja alle Zeitungen voll von der außerordentlichen Geschichte. Old Firehand, Old Shatterhand, Winnetou sind dabeigewesen, diese berühmten Kerls. Dann der Dicke Jemmy, der Lange Davy, Hobble-Frank, die Tante Droll! So kennt Ihr also diese Leute, Sir?"

„Natürlich kenne ich sie. Hier sitzt die Tante Droll, da neben mir, wenn Ihr es gütigst erlaubt."

Er deutete bei diesen Worten auf seinen Gefährten, dieser zeigte auf ihn und erklärte: „Und hier habt Ihr unsern Hobble-Frank, wenn es nötig ist. Meint Ihr nun immer noch, daß wir Leute sind, die den Westen nicht kennen?"

„Unglaublich, geradezu unglaublich! Es kann nicht sein! Die Tante Droll ist nie anders zu sehen als in einem sonderbaren Anzug, in dem man sie für eine Lady hält. Und Hobble-Frank trägt einen blauen Frack mit blanken Knöpfen und auf dem Kopf einen großen Federhut."

„Muß das immer sein? Darf man sich nicht anders kleiden? Meint Ihr, daß ein Anzug so unverwüstlich ist, daß er im Wilden Westen jahrhundertelang getragen werden kann? Als Freunde und Gefährten von Old Shatterhand und Winnetou beliebt es uns jetzt, uns genau wie diese beiden Männer zu kleiden. Wenn Ihr uns nicht glaubt, ist das Eure Sache; wir haben nichts dagegen."

„Ich glaube es, Sir, ich glaube es! Ich habe ja gehört, daß man es der Tante Droll und Hobble-Frank nicht ansehen soll, was für prächtige Kerls sie sind, und das stimmt völlig. Wie freu ich mich, euch zu sehen, Mesch'schurs. Jetzt müßt ihr erzählen; ich bin begierig, aus euerm eignen Mund zu erfahren, was sich damals alles ereignet hat und wie jenes außerordentliche Placer entdeckt worden ist."

Da wehrte der Bankier ab: „Langsam, langsam, Sir! Das könnt Ihr jederzeit hören. Es gibt vorher noch viel Wichtigeres, wenigstens für mich."

Er hatte das zu Forner gesagt; dann fügte er hinzu, sich an Droll und Frank wendend: „Ich stehe nämlich vor einem ähnlichen Ereignis; ich befinde mich auf dem Weg, viele Millionen zu verdienen."

„Wißt Ihr auch ein Placer, Sir?" fragte Droll.

„Ja, aber nicht Gold, sondern Petroleum soll dort zu finden sein."

„Auch nicht übel, Sir. Petroleum ist flüssiges Gold. Wo soll denn dieser Placer zu suchen sein?"

„Das ist noch Geheimnis. Master Grinley hat es entdeckt. Er besitzt aber nicht die Mittel, es auszubeuten; dazu gehört viel, sehr viel Geld, und das habe ich. Er hat mir das Placer angeboten, und ich bin bereit, es ihm abzukaufen. Zu solchen Geschäften muß man die eignen Augen nehmen. Deshalb habe ich mich mit meinem Buchhalter, Mr. Baumgarten hier, aufgemacht, um mich von Grinley nach der Stelle führen zu lassen. Wenn sich seine Beschreibung als richtig erweist, kaufe ich ihm den Platz ab."

„Also wo er Euch hinführen wird, das wißt Ihr nicht?"

„Genau nicht. Es ist ja begreiflich, daß er den Ort bis zum letzten Augenblick geheimhalten will. Wenn es sich um Millionen handelt, kann man nicht bedächtig genug sein."

„Ganz richtig. Hoffentlich ist er es nicht allein, der vorsichtig handelt, denn Ihr habt noch viel mehr Grund, wenigstens ebenso vorsichtig zu sein. Aber so ungefähr müßt Ihr doch wissen, in welcher Gegend das Öl zu finden ist?"

„Das weiß ich allerdings."

„Nun, wo? Wenn Ihr es mir sagen wollt."

„Euch sage ich es gern, denn ich möchte wissen, was Ihr davon haltet. Es ist am Chellyarm des Rio San Juan."

Das volle rote Gesicht Drolls zog sich in die Länge. Er sah nachdenklich vor sich nieder und sagte: „Am Chellyarm des Rio San Juan? Da – soll – Pe-tro-le-um zu finden – sein? Im ganzen Leben nicht!"

„Was? Wie? Warum?" rief der Bankier. „Ihr glaubt es nicht?"

„Nein."

„Kennt Ihr denn die Gegend?"

„Nein."

„So könnt Ihr doch auch nicht in dieser Weise urteilen!"

„Warum nicht? Man braucht nicht dort gewesen zu sein und weiß dennoch, daß es dort kein Öl geben kann."

„Da widerspreche ich. Mr. Grinley war dort und hat Öl gefunden. Ihr aber seid nicht dort gewesen, Sir."

„Hm! Ich war auch noch nicht in Ägypten und am Nordpol; doch wenn mir jemand sagte, er habe im Nil Buttermilch fließen und am Pol Palmen wachsen sehen, so glaube ich es nicht."

„Ihr zieht die Sache ins Lächerliche; um ein so schnelles und bestimmtes Urteil fällen zu können, müßtet Ihr Geologe sein. Seid Ihr das?"

„Nein, ich besitze allerdings meinen gesunden Menschenverstand und habe ihn geübt."

Da nahm sich Forner der Sache an, indem er der Tante Droll erklärte: „Ihr tut Mr. Grinley unrecht, Sir, jedermann hier weiß, daß er Petroleum gefunden hat. Es ist ihm gar mancher heimlich nachgefahren, um ihm sein Geheimnis abzulauschen und den Ort zu entdecken, freilich stets vergeblich."

„Natürlich vergeblich, weil es diesen Ort nicht gibt!"

„Es gibt ihn, sage ich Euch! Mr. Grinley wird hier von jedermann der Ölprinz genannt."

„Das beweist gar nichts."

„Er hat mir verschiedene Male Proben des Öls gezeigt!"

„Auch das ist kein Beweis. Petroleum kann jeder zeigen. Es ist wirklich unglaublich, daß es da oben Erdöl gibt. Nehmt Euch in acht, Mr. Rollins! Denkt daran, daß es vor nicht gar langer Zeit Schwindler gab, die Geldleute in sogenannte Gold- und sogar auch Diamantendistrikte lockten; dann stellte es sich heraus, daß es dort weder Metalle noch Edelsteine gab."

„Sir, wollt Ihr Mr. Grinley verdächtigen?"

„Fällt mir nicht ein. Die Sache geht mich nichts an; Ihr habt mich nach meiner Meinung gefragt, und ich habe sie Euch mitgeteilt."

„Gut! Darf ich vielleicht auch erfahren, was Mr. Frank davon denkt?"

„Dasselbe, was Droll denkt", antwortete Hobble-Frank. „Wenn Ihr uns nicht beistimmen wollt, so wartet hier einige Tage; dann werden zwei Personen kommen, auf deren Urteil Ihr Euch verlassen könnt."

„Wer wird das sein?"

„Old Shatterhand und Winnetou."

„Was?" fragte Forner, freudig überrascht. „Diese beiden Männer kommen in einigen Tagen hierher?"

„Ja."

„Woher wißt Ihr das?"

„Von Old Shatterhand."

„Hat er Euch hierherbestellt?"

„Nein, er hat die Güte, mich zuweilen mit einem Brief zu erfreuen, und vor acht Wochen schrieb er mir, daß er sich mit Winnetou verabredet habe, mit ihm auf Forners Rancho am Rio San Carlos zusammenzutreffen."

„Und Ihr meint, daß das geschehen wird?"

„Ganz bestimmt."

„Es könnte etwas dazwischenkommen!"

„Ja, dann wartet hier einer auf den andern."

„Und wenn sie nicht kommen?"

„Sie kommen so gewiß, wie der Tag auf die Nacht erscheint. Es ist dagewesen, daß sie sich verabredet haben, an einem gewissen Tag an einem bestimmten Baume mitten im Urwald zusammenzutreffen, und niemals haben sie sich verfehlt. Sobald ich den Brief gelesen hatte, war ich überzeugt, daß sie jedes Hindernis überwinden und zur angegebenen Zeit hier sein würden. Ich entschloß mich sofort, mit dabeizusein und sie zu überraschen. Mein Vetter Droll war gleich dabei, und daß wir aus Deutschland, aus Sachsen, herübergekommen sind, das muß Euch beweisen, daß sie unbedingt hier eintreffen werden."

„Aus Deutschland? Aus Sachsen?" fiel da Baumgarten, der Buchhalter, rasch ein. „So seid Ihr ein Deutscher, Sir?"

„Ja. Wißt Ihr das nicht?"
„Nein. Und hätte ich es gewußt, so habe ich es wieder vergessen. Um so mehr bin ich erfreut, in Euch einen Landsmann begrüßen zu können. Hier meine Hand, Sir; erlaubt mir gefälligst, die Eure zu drücken."
Da reichte ihm Hobble-Frank die seine hin und rief erfreut in seinem heimatlichen Dialekt: „Da nehmen Sie sie hin; hier is sie gegenwärtig mit allen Fingern, die daran gehören! Sie ooch een Deutscher? Wenn mersch nich erleben tät, so tät mersch gar nich glooben! In welcher heimatlichen Gegend sind denn eegentlich Sie aus der jenseitigen Ewigkeet in die diesseitige Zeitlichkeet hineingeschprungen?"
„In Hamburg."
„In Hamburg? I der Tausend! Also eenige Stunden oberhalb der Stelle, an der meine liebe Elbe ihre Verlobung mit der Nordsee feiert. Das is mir unendlich intrigant. Wir sind also beede mit Elbwasser getooft, und wenn ich wieder off meinem Bärenfette sitze, kann ich Ihnen mit den Wellen meine Grüße franko zuschpedieren."
„Bärenfett?" fragte Baumgarten verwundert.
„Jawohl, jawohl! Sind Sie denn nich Abonnent vom ‚Guten Kameraden', der in Stuttgart herausgegeben und an allen Orten der Erde begeisdert gelesen wird?"
„Sie meinen die Knabenzeitung, die diesen Titel führt?"
„Natürlich meene ich nur die!"
„Gesehen habe ich sie, aber abonniert bin ich nicht darauf."
„Nich? Hören Sie, das is eene Unterlassungssünde, für welche es keen Pater pizzicato gibt. Die müssen Sie halten; die müssen Sie lesen! Ohne die kann keen gebildeter Mensch mehr existieren, denn ich bin eener ihrer oberschten Mitarbeiter. Hätten Sie sie gelesen, so wüßten Sie ganz genau, was ich mit meinem Bärenfett meene, nämlich meine ‚Villa Bärenfett', die ich im dritten Jahrgang paganini 397 so physikalisch-dramatisch geschildert habe. Wenn Sie mal nach Sachsen kommen, müssen Sie mich da besuchen, denn dort finden Sie alle Andenken, Erinnerungen und Souverains von meinen ein- und auswärtigen Erlebnissen."
Baumgarten hatte von Hobble-Frank gehört. Er besann sich jetzt, daß der als ein recht sonderbares Menschenkind geschildert worden war. Jetzt hatte er ihn in Lebensgröße vor sich und gab sich der nun in einem ununterbrochenen Strom fließenden Unterhaltung mit großem Vergnügen hin. Diese ge-

wann dadurch an Interesse und Lebhaftigkeit, daß sich Droll in seinem Altenburger Dialekt auch daran beteiligte.

Unterdessen stand Poller, der entlassene Führer, von seinem Platz auf und tat, als ob er nach seinem Pferd sehen wollte. Er machte sich eine kleine Weile damit zu schaffen und verschwand dann hinter dem Haus, wo die beiden Brüder Buttler nebeneinander im Gras lagen und sich höchst wichtige Dinge mitzuteilen hatten. Da der eine von ihnen sich hier auf dem Rancho unter dem Namen Grinley eingeführt hatte, mag ihm der auch erhalten bleiben. Die Gebrüder Buttler hatten früher im Verein mit andern gleichgesinnten Menschen an den Grenzen zwischen Kalifornien, Nevada und Arizona eine lange Reihe von Taten begangen, die so unerhört waren, daß sich schließlich notgedrungenerweise eine Gesellschaft von Regulatoren gebildet hatte, um diesem Unwesen, gegen das sich das Gesetz als machtlos erwies, auf eigene Faust ein Ende zu bereiten. Das war gelungen. Man hatte die meisten Mitglieder der Bande gelyncht; nur wenige waren entkommen, unter ihnen die beiden schlimmsten, die Buttlers. Sie hatten sich, wie bereits erwähnt, getrennt. Der eine war nach dem Süden gegangen, um die Gesellschaft der Finders zu gründen, und der andere hatte sich lange Zeit planlos in Utah, Colorado und Neumexiko herumgetrieben, bis er auf einen raffinierten Gedanken verfallen war, den auszuführen er jetzt im Begriff stand. Als er seinem Bruder das Hauptsächlichste darüber mitgeteilt hatte, warf dieser einen bewundernden Blick auf ihn und sagte: „Du warst stets der Pfiffigere von uns beiden, und ich gestehe dir aufrichtig, daß mir auch dein jetziger Plan ungeheuer imponiert. Meinst du, daß dieser Bankier Rollins wirklich darauf hereinfallen wird?"

„Unbedingt. Er ist geradezu begeistert für das Unternehmen, das mir mit einem Schlag wenigstens hunderttausend Dollar einbringen wird."

„Soviel – soviel setzt er daran?!" rief der andre aus.

„Still! Nicht so laut! Hier haben zuweilen die Grashalme Ohren. Bedenke, daß er überzeugt ist, mit leichter Mühe und in kürzester Zeit Millionen verdienen zu können! Was sind da lumpige hunderttausend Dollar, für die ich mich ein für allemal abfinden lasse?"

„Wann zahlt er sie? Er muß ja in kürzester Zeit hinter den Betrug kommen."

„Sofort hat er zu zahlen, sofort. Ich weiß, daß er die Anweisungen schon jetzt in der Tasche trägt. Sie sind nur noch zu unterschreiben, und das wird er sicher tun, sobald das Öl ihn in den voraussichtlichen Taumel versetzt."

„So wundert mich nur eins, nämlich, daß er keinen Sachverständigen mitgenommen hat; der Buchhalter, der ihn begleitet, ist in dieser Beziehung, wohl nur eine Null."

„Ja, das habe ich geschickt anfangen müssen. Je mehr Begleitung, desto mehr Bieter. Ich soll auf ihn allein angewiesen sein und keine andre Gelegenheit zum Verkauf finden. Nähme er einen Ingenieur mit, könnte dieser leicht auf eigene Faust und heimlich mit mir verhandeln. Diesen Gedanken glaubt er selbst gefaßt zu haben, und doch bin ich es, der ihm den eingegeben hat. Den Buchhalter hat er mitgenommen, weil er seiner bedarf, um sofort und nach allen Seiten hin disponieren zu können. Ich habe mir ihn gefallen lassen, weil er ein dummer Deutscher ist, den ich nicht zu fürchten brauche. Er wäre der letzte, auf den Gedanken zu kommen, daß die Petroleumquelle Schwindel ist."

„Bist du überzeugt, daß dein Ölvorrat hinreichend ist?" fragte Buttler seinen Bruder.

„Er reicht. Du kannst dir denken, welche Mühe es mich gekostet hat, die Fässer von so weit her- und einzeln hinaufzuschaffen. Kein Mensch durfte etwas ahnen, und jede Begegnung hatte ich unterwegs zu vermeiden. Ich habe mich damit ein ganzes Jahr geschunden und alles allein, ganz allein machen müssen, denn einen Vertrauten außer dir konnte ich nicht brauchen, und du warst nicht da."

„Hättest du denn auch das, was nun noch zu tun ist, ohne fremde Hilfe fertiggebracht?"

„Es hätte gehen müssen, wäre aber nur sehr schwer gegangen. Du mußt bedenken, daß ich der Führer des Bankiers bin und mich also nicht von ihm entfernen darf, ganz besonders deshalb nicht, weil er sonst Verdacht schöpfen könnte. Und doch hätte ich das tun müssen, um das Öl in das Wasser zu bringen. Es sind vierzig Fässer, eine wahre Heidenarbeit für einen einzelnen Menschen, der überdies keine Zeit dazu hat! Um so mehr freue ich mich, dich getroffen zu haben, denn ich denke, daß du mir helfen wirst."

„Mit dem größten Vergnügen. Natürlich setze ich voraus, daß es nicht umsonst geschieht."

„Selbstverständlich. Von den hunderttausend Dollar möchte ich zwar nichts abgeben, denn ich habe sie redlich verdient, und du hast nun weiter nichts zu tun, als die Fässer zu öffnen. Ich werde also mehr verlangen, und was das beträgt, das ist dein, verstehst du?"

„Und wenn er nicht mehr gibt?"

„Er gibt mehr; ich versichere es dir. Und sollte ich mich darin täuschen, so kennst du mich und weißt, daß wir leicht einig werden. Du wirst heut noch aufbrechen müssen, denn wenn du länger bleibst, kann leicht etwas geschehen, was Rollins und seinen Deutschen auf den Gedanken bringt, daß wir uns kennen."

„Ich müßte ohnedies fort, da am Nachmittag die Einwanderer mit ihrem Kleeblatt ankommen, und die dürfen mich natürlich nicht sehen."

„Ahnen sie, daß du sie verfolgst?"

„Nein, wenigstens glaube ich es nicht, denn sie können nicht erfahren haben, daß ich entkommen bin. Es hat uns große Anstrengung gekostet, sie ein- und dann heut gar zu überholen. Dieser schlaue Sam Hawkens hat sie beredet, von ihrer ursprünglich geplanten Richtung abzuweichen. Er ist über den Gila gegangen, anstatt diesem zu folgen, und hat dann, um rascher reisen zu können, auf Bells Farm die langsamen Ochsen mit den schnelleren Maultieren vertauscht und ebenda die Wagen und alles überflüssige Gerät verkauft. Nun reiten sie alle."

„Du weißt bestimmt, daß sie heute hier eintreffen?"

„Ja, ich habe sie gestern abend in ihrem Lager belauscht. Poller hat es auch gehört."

„Ah, dieser Poller! Ist er dir nicht im Weg?"

„Jetzt noch nicht."

„Aber desto mehr mir. Kannst du ihn nicht loswerden?"

„Schwerlich."

„Durch irgendeine List?"

„Geht nicht. Er würde mich aus Rache an das Kleeblatt verraten und gewiß auch Aufklärung über dich erteilen."

„Er kennt mich nicht!"

„O doch, denn als ich dich sitzen sah, habe ich ihm gesagt, daß du mein Bruder bist. Während wir uns jetzt hier befinden, wird sicher von eurer Petroleumquelle gesprochen; er denkt sich natürlich das Richtige und würde, wenn ich ihn verließe, an dir zum Verräter werden."

„Das ist dumm. Du hättest ihm nichts sagen sollen."

„Es ist nun einmal geschehen und kann nicht geändert werden. Überdies kann er mir behilflich sein und mir da droben am Gloomy Water meine Arbeit sehr erleichtern."

„Willst du ihn einweihen?"
„Nur zum Teil, völlig nicht."
„Dennoch wird er mit uns teilen wollen!"
„Mag sein; er bekommt jedoch nichts. Sobald ich ihn nicht mehr brauche, schaffe ich ihn aus dem Weg."
„*Well,* das laß ich gelten. Er mag uns jetzt helfen, und dann bekommt er, ist's nötig, eine Kugel oder mag im Petroleum ersaufen. Wann brecht ihr auf?"
„Das kann sofort geschehen."
„Schön! So könnt ihr heut abend schon weit von hier sein."
„Da täuschst du dich. Es fällt mir gar nicht ein, die deutschen Einwanderer aus den Augen zu lassen."
„Auf sie wirst du nun, da du mir zu helfen hast, verzichten müssen."
„Keineswegs. Es ist einer dabei. Ebersbach heißt er, der viel bares Geld bei sich hat, und außerdem besitzen sie allerlei, was unsereiner gut gebrauchen und verwerten kann. Dazu kommt die Rache, die ich an ihnen nehmen will und die ich unmöglich aufgeben kann."
„Ist mir außerordentlich unlieb und paßt ganz und gar nicht in meinen Plan."
„Warum nicht? Ihr Weg führt sie in der Nähe des Gloomy Water vorüber; du brauchst dich ihnen also nur anzuschließen; das übrige ist meine Sache."
So weit waren sie in ihrem Gespräch gelangt, als sie Poller kommen sahen. Er trat zu ihnen heran und sagte in wichtigem Ton: „Ich muß euch stören, denn da vorn gehen große Dinge vor."
„Sind sie wirklich so bedeutend, daß du uns deshalb unterbrichst?" fragte Buttler unwillig.
„Ja. Old Shatterhand und Winnetou kommen hierher."
„Alle Wetter!" fuhr Grinley auf. „Was haben die hier zu suchen?"
„Was geht es dich an?" sagte Buttler, jetzt wieder ruhig. „Dir kann es ja gleich sein, wo sie stecken."
„Ganz und gar nicht, denn da, wo sich diese beiden Menschen befinden, bleibt in der ganzen Gegend kein herabgefallenes Blatt unumgewendet; sie müssen alles wissen und erfahren alles."
„Hm, das ist wahr. Woher weißt du denn, Poller, daß sie kommen?"
„Eben als du dich entfernt hattest, erschienen zwei Fremde,

von denen wir es erfahren haben. Sie wollen hier auf Winnetou und Old Shatterhand warten und sind genauso gekleidet wie diese beiden. Jetzt sitzen sie da und kauderwelschen mit dem Buchhalter des Bankiers in deutscher Sprache."

„Woher wißt Ihr denn", fragte Grinley, „daß es ein Buchhalter mit seinem Bankier ist?"

„Rollins hat es selbst gesagt."

„Daß doch ... Hat er vielleicht gar noch mehr von uns erzählt?"

„Ihr meint vom Petroleum? Ja, das hat er gesagt."

„Das ist fatal, außerordentlich fatal!" rief er aus, indem er eifrig aufsprang. „Ich muß vor zu ihnen, um Weiteres zu verhüten. Ihr sagt, daß sie deutsch sprechen. Sind sie denn Deutsche?"

„Ja. Der eine wird Tante Droll und der andre Hobble-Frank genannt."

„Was Ihr sagt! Da gehören sie ja zu der Gesellschaft, die da oben am Silbersee in kurzer Zeit so reich geworden ist!"

„Ja, sie sprachen davon. Diese beiden Kerls scheinen sehr viel Geld bei sich zu haben."

„Und was sagten sie zu meiner Petroleumquelle?"

„Sie glaubten es nicht und haben den Bankier gewarnt. Sie halten es für Schwindel."

„Donner und Doria! Habe ich es nicht sofort gesagt, als ich hörte, daß Old Shatterhand und Winnetou kommen wollen! Sie sind noch nicht einmal da, und schon beginnt der Teufel sein Spiel! Da können wir uns nur fest in den Sattel setzen. Was sagte der Bankier zu der Warnung?"

„Er schien das Vertrauen nicht zu verlieren; aber sie rieten ihm, hier auf Winnetou und Old Shatterhand zu warten und sich bei ihnen zu erkundigen."

„Das fehlte noch! Ging er vielleicht darauf ein?"

„Das sagte er nicht. Jetzt sitzt er still dort und scheint zu überlegen."

„Da will ich zu ihm, um ihm die Grillen auszureden. Vorher aber sollte ich mit Euch schnell klarwerden, denn Ihr müßt fort. Also hört, was ich Euch sage!"

Sie sprachen noch eine kleine Weile leise und hastig miteinander. Es schienen Versprechungen und Beteuerungen zu sein, denn sie gaben einander mehreremal die Hände; dann gingen Buttler und Poller miteinander nach vorn, wo sie dem Ranchero erklärten, jetzt aufzubrechen. Sie wollten das, was sie verzehrt hatten, bezahlen, doch er nahm nichts, da sein Rancho kein Wirtshaus sei; dann ritten sie fort, ohne daß jemand – natürlich Grinley ausgenommen – etwas über ihre Namen und Absichten erfahren hatte. Sie waren nicht einmal danach gefragt worden.

Kurze Zeit darauf schlenderte Grinley herbei. Er tat, als ob er sich nun ausgeruht hätte, und setzte sich wieder an seinen Platz, indem er Frank und Droll höflich grüßte und ihnen ein möglichst offenes und ehrliches Gesicht zeigte, um ihr Vertrauen zu erwecken. Der Bankier konnte sich jedoch nicht halten; er sagte: „Master Grinley, hier sitzen zwei gute Bekannte von Winnetou und Old Shatterhand, nämlich Mr. Droll und Mr. Hobble-Frank, die nicht an Eure Petroleumquelle glauben. Was sagt Ihr dazu?“

„Was ich dazu sage?“ antwortete der Gefragte gleichmütig. „Ich sage, daß ich ihnen das nicht übelnehme. Wenn es sich um so große Summen handelt, muß man vorsichtig sein. Ich habe ja selbst nicht eher daran geglaubt, als bis meine Ölproben von mehreren Sachverständigen untersucht worden waren. Wenn es den Herren Spaß macht, mögen sie mit uns reiten, um sich zu überzeugen, was für eine Menge Öl der Platz enthält.“

„Sie wollen hier auf Winnetou und Old Shatterhand warten.“

„Dagegen habe ich nichts; aber da ich mein Placer weder an Old Shatterhand noch an Winnetou verkaufen will, bin nicht ich es, der auf diese beiden zu warten hat.“

„Wenn nun ich warten möchte?“

„Es fällt mir nicht ein, Euch zu hindern. Ich zwinge keinen Menschen, mit mir zu gehen. Wenn ich hinüber nach Frisco reite, finde ich Geldleute genug, die sofort dabei sind und mich nicht unterwegs im Stich lassen. Wer mir nicht glaubt, der mag daheim bleiben.“

Er goß ein volles Glas Brandy hinunter und ging dann hinaus zu seinem Pferd.

„Da habt ihr es“, sagte der Bankier. „Sein Verhalten muß euch völlig überzeugen, daß er seiner Sache sicher ist.“

„Das ist er allerdings“, antwortete Hobble-Frank. „Ob diese Sache freilich gut oder schlecht ist, wird sich erst später herausstellen.“

„Ich habe ihn beleidigt, und er wird nicht hier warten. Es versteht sich von selbst, daß ich ihn nicht allein fortlassen kann, sondern mit ihm gehen muß, denn ich mag auf das außerordentliche Geschäft, das ich mit ihm eingegangen bin, nicht verzichten. Ihr werdet zugeben, daß euer Mißtrauen nichts beweist."

„Für Euch wahrscheinlich nicht; aber wir hielten es für unsre Pflicht, Euch zur Vorsicht zu mahnen. Wir haben gesagt, daß da oben, wohin Ihr wollt, kein Petroleum gefunden werden kann; damit soll freilich nicht direkt behauptet werden, daß Euer Grinley partout ein Betrüger ist, denn er kann sich ja selbst geirrt haben. Doch will ich Euch freimütig gestehen, daß mir sein Gesicht nicht gefällt. Was mich betrifft, so würde ich es mir zehmal überlegen, ehe ich ihm mein Vertrauen schenkte."

„Ich danke Euch für Eure Aufrichtigkeit, bin allerdings nicht der Meinung, daß man einen Menschen für sein Gesicht verantwortlich machen kann, denn er hat es sich nicht selbst gegeben."

„Da irrt Ihr Euch, Sir. Allerdings, das Gesicht wird dem Kind von der Natur gegeben, dann durch die Erziehung und andre Eindrücke verändert. Ich werde keinem Menschen trauen, der mich nicht aufrichtig und grade ansehen kann, und das ist mit diesem Master Grinley der Fall. Ich fordere keineswegs von Euch, ihn für einen Spitzbuben zu halten, sondern will Euch nur zur Vorsicht mahnen."

„Was das betrifft, Sir, so würde ich auch ohne diese Eure Ermahnung nicht leichtsinnig handeln. Ich bin Geschäftsmann und pflege scharf zu kalkulieren. Da versteht es sich von selbst, daß ich hier, wo es sich um so hohe Summen dreht, mich hundertmal bedenke, ehe ich nur zehn Worte sage."

„*Well,* ich begreife das; doch Ihr seid unerfahren im Wilden Westen. Ich will gern glauben, daß Ihr in Euerm Kontor der Mann und Meister seid, dem nichts entgeht; die hiesigen Verhältnisse aber sind Euch fremd. Auch von dem Petroleum abgesehen, wollt Ihr, der Ihr ein reicher Mann seid, mit einem Menschen, den Ihr nicht kennt, nach einer Gegend, in der Euch im Fall der Gefahr keine Hilfe wird ..."

„Oh, wir sind ja zwei gegen einen!" fiel der Bankier ein, indem er auf seinen Begleiter deutete.

„Jetzt, ob allerdings auch später, das könnt Ihr nicht behaupten. Grinley kann da oben Helfershelfer haben, die auf Euch warten; auch müßt Ihr bedenken, daß die Roten, durch deren Gebiet Ihr kommt, im Aufstand begriffen zu sein scheinen. Und selbst wenn das nicht wäre, gewährt Euch der Umstand, daß Ihr zwei gegen einen seid, nicht die mindeste Sicherheit. Er schießt Euch plötzlich nieder, oder er überwältigt Euch im Schlaf, um Euch Geld oder sonst etwas abzupressen. Deshalb habe ich Euch vorgeschlagen, hier zu warten, bis Old Shatterhand und Winnetou kommen. Das sind berühmte und erfahrene Männer, auf deren Urteil Ihr Euch verlassen könnt."

Rollins blickte eine Weile nachdenklich und still vor sich nieder. Franks Vorstellungen hatten sichtlich Eindruck auf ihn gemacht. Dann fragte er: „Meint Ihr denn, daß sich beide Gentlemen für mein Vorhaben interessieren würden?"

„Ich bin überzeugt davon. Petroleum da oben am Chellyfluß! Ich versichere Euch, daß sie sich den Mann, der das behauptet, sehr genau ansehen würden. Höchstwahrscheinlich würden sie es Euch aus freien Stücken anbieten, mit hinaufzureiten. Und in solcher Begleitung wärt Ihr sicherer, als wenn hundert Soldaten über Euch wachten."

„Das glaube ich gern; wie Ihr gesehen habt, kann ich leider nicht warten, bis sie kommen. Wenn ich darauf bestehe, hierzubleiben, reitet der Ölprinz ohne mich fort."

„Davon bin ich überzeugt, und ich kenne auch den Grund: Er hat die Begleitung solcher Leute höchstwahrscheinlich sehr zu fürchten."

„Mögt Ihr da recht haben oder nicht, es bleibt mir nur die eine Wahl: Entweder begleiten wir Grinley weiter und setzen uns den Gefahren aus, auf die Ihr hingedeutet habt, oder ich verzichte auf ein Geschäft, das mir Millionen einbringt, wenn es glückt."

„Das ist richtig. Ich habe meine Schuldigkeit getan, und Ihr müßt nun selbst wissen, wofür Ihr Euch zu entscheiden habt."

„Das ist schwer, sehr schwer, zumal diese Entscheidung so rasch zu treffen ist. Ich habe bis zu dieser Stunde das vollste Vertrauen zu Grinley gehabt; jetzt ist es beinahe erschüttert worden. Was soll ich tun? Verzichten? Die größte Dummheit, die es gäbe, wenn die Sache ehrlich wäre! Mr. Baumgarten, Ihr steht mir hier am nächsten, was ratet Ihr mir?"

Der junge Deutsche war dem Gespräch mit Aufmerksamkeit gefolgt, ohne sich daran zu beteiligen. Jetzt, da er direkt aufgefordert worden war zu sprechen, antwortete er: „Die Sache ist so wichtig, daß ich darauf verzichte, Euch einen Rat zu geben, es würde dadurch eine Verantwortlichkeit auf mich fallen, die ich nicht auf mich nehmen kann. Also mit Eurer Erlaubnis, Sir, einen direkten Rat nicht; aber was ich an Eurer Stelle tun würde, das kann ich Euch sagen."

„Nun? Verzichten oder die Gefahr auf mich nehmen?"

„Keins von beiden."

„Es gibt ja nichts Drittes!"

„O doch!"

„Was wäre das?"

„Wir reiten mit dem Ölprinzen weiter, ohne uns dadurch in Gefahr zu bringen."

„Wie wollt Ihr das anfangen?"

„Wir bitten diese beiden Gentlemen hier, Mr. Frank und Mr. Droll, uns zu begleiten."

„Hm!" brummte der Bankier. „Meint Ihr, daß uns das nützen könnte?"

Er schien die beiden kleinen Männer nicht für voll anzusehen.

„Unbedingt!" antwortete der Buchhalter im Ton der Überzeugung. „Wer mit Winnetou und Old Shatterhand so lange zusammen gewesen ist, wie diese meine beiden lieben Landsleute, auf den kann man sich verlassen, ganz abgesehen davon, daß Mr. Frank und Mr. Droll ohnedies Männer sind, die Haare auf den Zähnen haben."

„Zugegeben! Aber ob sie einverstanden sein werden, mit uns zu gehen?"

„Ich hoffe, daß sie es tun, wenn wir darum bitten."

„Nein, das werden wir nicht", antwortete Hobble-Frank.

„Nicht?" fragte Baumgarten. „Warum?"

„Erstens, weil wir hierbleiben müssen, um mit Shatterhand und dem Apachen zusammenzutreffen, und zweitens, weil wir uns nur solchen Leuten anzuschließen pflegen, die Vertrauen zu uns haben."

„Das haben wir ja!"

„Nein."

„Wieso?"

„Hat Mr. Rollins es nicht sehr deutlich in Frage gestellt, ob wir Euch nützen würden?"

„Das war nicht so gemeint, wie Ihr es aufzunehmen beliebt. Ihr habt ihn besorgt gemacht und tragt also selbst die Schuld, wenn er sich nun bedenklich zeigt. Was mich betrifft, so halte ich grade euch beide für die Leute, die wir brauchen, und denke, daß ihr einen Landsmann nicht im Stich lassen werdet."

„Hm, das mit dem Landsmann hat seine Richtigkeit; ein

Deutscher kann stets und überall auf uns rechnen. Ich würde also wohl mitgehen; aber Ihr wißt es ja, warum wir hierbleiben müssen."

„Müssen? Das wohl nicht. Winnetou und Old Shatterhand können uns ja nachkommen oder, wenn sie das nicht wollen, hier warten, bis Ihr zurückkehrt. Bedenkt, daß wir bis zum Chellyfluß nur drei Tage zu reiten haben; das wären sechs Tage für hin und zurück, gewiß keine lange Zeit für Leute, die nicht nach Stunden zu rechnen brauchen, sondern vielmehr freie Herren ihrer Tage und Wochen sind. Euch und ihnen kann es sogar auf Monate und Jahre nicht ankommen."

„Das geben wir zu; in dieser Beziehung sind wir nicht nur Freiherren, sondern Grafen und Fürsten. Übrigens sind wir überzeugt, daß unsere berühmten Freunde sehr gern auf uns warten oder gar uns nachfolgen werden, wenn wir sie durch den Ranchero darum bitten lassen. Sie haben keine Ahnung, daß wir hier sind, und schon die Freude, uns so unerwartet wiederzusehen, wird sie veranlassen, unsern Wunsch zu erfüllen. Was meinst du dazu, Vetter Droll?"

„Wir reiten mit", antwortete der Gefragte kurz entschlossen. „Old Shatterhand kommt sicher nach und der Apache auch. Ich brenne darauf, diesem Ölprinzen ein wenig auf die Finger zu sehen, und da er nicht warten will, bleibt uns nichts übrig, als mitzugehen. Es gibt hier zwei Gründe, die wichtig sind: Es handelt sich um ein Millionengeschäft, und Mr. Baumgarten ist ein Deutscher, der ein Recht hat, Teilnahme und Hilfe von uns zu erwarten."

„Ich danke euch!" sagte Baumgarten, indem er ihnen die Hände drückte. „Ich will nun auch offen sein und gestehen, daß ich dem Ölprinzen kein volles Vertrauen entgegengebracht habe; grade deshalb bat ich Mr. Rollins, mich mitzunehmen. Ich habe Grinley unterwegs stets beobachtet und sehr scharf im Auge behalten, freilich nichts entdeckt, was mein Mißtrauen hätte vergrößern können. Jedoch nun, da ich solche Leute, wie ihr seid, bei uns weiß, ist mir für die Folge nicht mehr bange. Schlagt ein, wollen gute Kameraden sein!"

Er reichte den beiden abermals die Hände, und der Bankier folgte diesem Beispiel. Er schien jetzt erfreut darüber zu sein, solche Begleiter gefunden zu haben. Der Ranchero war herbeigekommen, hatte den letzten Teil des Gesprächs mit angehört und sagte nun: „So ist's recht, Mesch'schurs; haltet gut zusammen! Ich denke nicht, daß ihr das wegen des Ölprinzen nötig haben werdet, denn ich kann nichts Böses über ihn sagen; aber der Indianer wegen gebe ich euch diesen Rat. Die Nijoras und die Navajos haben ihre Kriegsbeile ausgegraben, und selbst den Moquis, die sonst außerordentlich friedlich sind, soll heute nicht mehr zu trauen sein. Ihr werdet also nicht hierbleiben. Was soll ich Winnetou und Old Shatterhand sagen, wenn sie kommen?"

„Daß sie auf uns warten oder, noch weit besser, uns sofort nach dem Chellyfluß folgen sollen", antwortete Droll. „Ich muß Euch aber sehr bitten, dem Ölprinzen hiervon nichts mitzuteilen!"

„Das verspreche ich Euch gern; er soll kein Wort erfahren. Wo er nur stecken mag? Will einmal nach ihm sehen."

Er ging hinaus vor das Tor, wohin Grinley vorhin vorausgegangen war, und sah sich nach ihm um. Da erblickte er eine Gruppe Reiter, die sich von Süden her dem Rancho näherte. Diese Leute waren noch so fern, daß man jetzt nur bemerken konnte, daß sie auch Lasttiere bei sich hatten. Bald darauf erkannte Forner, daß die Gesellschaft nicht nur aus Männern bestand; es waren auch Frauen und Kinder dabei. Einige Reiter hatten Pferde; die übrigen saßen auf Maultieren.

Voran ritt ein kleiner Kerl, der in einem großen und viel zu weiten bockledernen Jagdrock steckte. Dieses Männchen war Sam Hawkens, der mit seinen beiden Gefährten Dick Stone und Will Parker die Leitung der Einwandererkarawane übernommen hatte und mit ihr von dem zuerst eingeschlagenen Weg abgewichen war, weil das ein Umweg gewesen wäre. Er ließ sein altes Maultier, die Mary, aus dem langsamen Marschtritt in Galopp fallen, hielt sie vor Forner an und grüßte: „*Good day,* Sir! Nicht wahr, diese Niederlassung wird Forners Rancho genannt?"

„*Aye,* Master, das ist so", antwortete der Farmer, indem er erst den Kleinen und dann die nachfolgenden Reiter musterte. „Ihr scheint Einwanderer zu sein, Master?"

„*Yes,* wenn Ihr nämlich nichts dagegen habt."

„Ist mir recht, wenn ihr nur ehrliche Kerls seid. Wo kommt ihr her?"

„Ein wenig von Tucson herauf."

„Da habt ihr einen bösen Weg gehabt, zumal Kinder bei euch sind. Und wo wollt ihr hin!"

„Gegen den Colorado zu. Ist der Ranchero daheim?"

„*Yes,* wie ihr seht. Ich bin es selbst."

„So sagt, ob wir bis morgen früh bei Euch rasten dürfen?"

„Soll mir recht sein; denn ich hoffe, daß ich es nicht zu bereuen brauche, wenn ich euch diese Erlaubnis gebe."

„Werden Euch nicht fressen; darauf könnt Ihr Euch verlassen. Und was wir vielleicht von Euch entnehmen, das werden wir gern bezahlen."

Er stieg ab. Der Ölprinz hatte erst fern gestanden, war näher gekommen und hatte alles gehört. Er wußte nun, daß er die Einwanderer vor sich hatte, von denen er von seinem Bruder und dem ungetreuen Führer gehört hatte. Die im Hof befindlichen Personen kamen auch an das Tor, und grad in dem Augenblick, in dem die Gesellschaft dort anlangte, um abzusteigen. Das ging nicht so glatt, wie man erwartet hatte. Der Maulesel, auf dem Frau Rosalie saß, schien seinen Kopf für sich zu haben; er wollte sie nicht herablassen, sondern weiterlaufen. Hobble-Frank trat als stets galantes Kerlchen herbei, um ihr behilflich zu sein, und das empörte den Maulesel in der Weise, daß er mit allen vier Beinen zugleich in die Luft ging und sie abwarf. Die Frau hätte sicher einen schweren Fall getan, wenn Frank nicht so gewandt gewesen wäre, sie aufzufangen. Doch anstatt ihm dafür dankbar zu sein, riß sie sich von ihm los, gab ihm einen sehr kräftigen Rippenstoß und fuhr ihn zornig an: *„Sheep's-head!"* – was soviel wie Schafskopf bedeutet.

„Sheep's-nose! – Schafsnase!" antwortete er in seiner wohlbekannten Zungenfertigkeit.

„Clown! – Grobian!" fuhr sie wütend fort, indem sie ihm die geballte Rechte entgegenstreckte.

„Stupid girl! – Dumme Liese!" Er lachte und wandte sich von ihr ab.

Sie hielt ihn für einen Amerikaner und hatte sich also der englischen Schimpfwörter bedient, die ihr bekannt waren, das „Stupid girl!" aber regte sie so auf, daß sie seinen Arm faßte und ihn deutsch andonnerte, weil ihr englischer Sprachschatz nun nicht weiterreichte: „Sie Esel, großartiger, Sie! Wie können Sie eine Dame beschimpfen! Wissen Sie, wer ich bin? Ich bin Frau Rosalie Eberschbach, geborene Morgenstern und verwitwete Leiermüllern. Ich werde Sie beim Gerichtsamt anzeigen! Erscht machen Sie mir meinen Esel irre, nachher quetschen Sie Ihre Arme um meine Tallje, und endlich werfen Sie mir Schimpfwörter ins Gesicht, die een anständiger Mensch gar nich kennen darf. Das muß gerochen werden! Ich werde Sie ganz exemplarisch bestrafen lassen. Verstehen Sie mich?"

Sie blickte ihn höchst herausfordernd an und stemmte kampfeslustig beide Hände in die Hüften. Hobble-Frank trat vor Überraschung einen Schritt zurück und fragte: „Wie war das? Ihr Name is Rosalie Eberschbach?“

„Ja“, antwortete sie, indem sie ihm diesen Schritt folgte.

„Geborene Morgenstern?“ fuhr er fort, indem er zwei Schritte machte.

„Natürlich! Oder hab'n Sie vielleicht etwas dagegen?“ erwiderte sie, indem sie ihm um zwei Schritte folgte.

„Verwitwete Leiermüllern?“

„Na freilich!“ Sie nickte.

„Aber da sind Sie doch wohl eene Deutsche?“

„Und was für eene! Sagen Sie nur noch een falsches Wort, so werden Sie mich kennenlernen! Ich bin gewohnt, daß man per Galanterie mit mir verkehrt. Verstehn Sie mich?“

„Und ich bin doch galant gegen Sie gewesen!“

„Galant? I, was Sie nich sagen! Is es etwa galant von Ihnen, sich an meinem Esel zu vergreifen?“

„Ich wollte ihn nur halten, weil er Ihnen nicht gehorchte.“

„Nich gehorchte? Da hört gradezu alles und Verschiedenes off! Mir gehorcht jeder Esel; das können Sie sich merken! Und nachher haben Sie mich in Ihren Armen halb zerdrückt. Der Atem ging mir aus, und das Feuer is mir förmlich aus den Oogen herausgefahren. Das muß ich mir streng verbitten. Mit eener Dame muß man hübsch sachte und behutsam verfahren. Wir sind das schönere und ooch das sanftere Geschlecht und wollen zart behandelt sein. Wer aber wie een Packträger zugreift und ...“

Sie hielt inne, denn sie wurde unterbrochen; hinter ihr erscholl ein Ausruf, der sie verstummen ließ, ein Ausruf der Verwunderung und des Entzückens: „Herrjemine, das ist ja doch wohl der berühmte Hobble-Frank!“

Frank wandte sich schnell um und rief, als er den Sprecher sah, mit ebenso großem Erstaunen: „Unser Kantor Hampel! Is das denn die Möglichkeet! Steigen Sie ab, und schweben Sie in meine Arme!“

Der langsame Opernbeflissene war, wie gewöhnlich, zurückgeblieben und erst jetzt beim Tor angekommen. Er hielt warnend den Finger empor und antwortete: „Kantor emeritus, wenn ich bitten darf, Herr Frank! Sie wissen ja, es ist nur der Vollständigkeit halber und um etwaige Verwechslungen zu vermeiden. Es könnte leicht einen zweiten Kantor Matthäus

Aurelius Hampel geben, der noch nicht emeritiert worden ist. Und sodann möchte ich Sie, ehe ich absteige, auf einen noch andern Punkt aufmerksam machen."

„Off welchen denn?"

„Das werde ich Ihnen gleich sagen."

„Sie sehen, wie begierig ich darauf bin, mein sehr verehrter und lieber Kantor."

Der Kantor kletterte vorsichtig vom Pferd und umarmte Frank mit majestätischen Bewegungen. Dieser sagte lachend: „Wir befinden uns hier mehrschtenteels im Wilden Westen, wo so eene Vollständigkeet eegentlich gar nich nötig is; aber wenn es Ihnen Spaß und Vergnügen macht, da werde ich Herr Kantor sagen."

„Herr Kantor emeritus, bitte ich!"

„Gut, schön! Aber sagen Sie mir jetzt zu allererscht, wo und wie Sie da so hergeschneit kommen. Sie können sich mit aller Offiziellität daroff verlassen, daß ich een Reservoir mit Ihnen hier nich für möglich gehalten hätte."

„Revoir, auf deutsch Wiedersehen, wollen Sie wohl sagen! Das wundert mich sehr. Sie mußten auf ein Zusammentreffen mit mir gefaßt sein. Sie kennen doch meine Absicht, eine Oper zu komponieren?"

„Ja, Sie haben davon gesprochen, eene Oper von drei oder vier Aktricen."

„Zwölf! Und nicht Aktricen, sondern Akte! Es soll eine Heldenoper werden, und da Sie mir von den ‚Helden des Westens' erzählt haben, so wollte ich mit Ihnen nach dem Westen reisen, um mir Stoff für diese Oper zu sammeln. Sie sind leider fortgegangen, ohne mich zu benachrichtigen, und da ich ungefähr wußte, wohin Sie sind, so bin ich nachgekommen."

„Welche Unvorsichtigkeet! Meenen Sie etwa, daß man sich hier so leicht und schnell treffen kann wie derheeme off dem Haus- oder Oberboden. Sie haben da mit eener gradezu lebensgefährlichen Unvorsichtigkeet gehandelt, und ich muß Ihnen eene kräftige Reprisande erteelen, denn es gibt ..."

„Reprimande wollen Sie wohl sagen", fiel ihm der Kantor in die Rede, „was einen Verweis, einen Tadel zu bedeuten hat."

Da zog Frank die Stirn in Falten und sagte in sehr ernstem Ton: „Hören Sie, Herr Kantor, Sie haben mir nun schon bereits zum drittenmal widersprochen; das kann und darf ich unmöglich dulden. Die erschten beeden Male habe ich's unbestraft hingehen lassen; jetzt darf ich meine Nachsicht nicht länger kompendieren. Sie wissen nich bloß, wer und was ich bin; Sie wissen ooch, was ich leiste. Jetzt gestatte ich mir, Ihnen hier meinen Freund und Vetter vorzustellen, wofür ich hoffe, daß Sie mich mit Ihren Begleitern bekannt machen werden."

Der Kantor nannte ihm die Namen aller derer, die mit ihm gekommen waren. Da gab es ein freudiges Hallo, als die Männer, die soviel voneinander gehört hatten, sich nun persönlich kennenlernten, besonders als Sam, Dick und Will erfuhren, daß sie mit Old Shatterhand und Winnetou zusammentreffen würden. Da gab es zu erzählen und tausend Fragen zu beantworten. Aber zunächst war es nötig, das Lager zu errichten und für die Tiere zu sorgen; alles andre mußte aufgeschoben werden.

Als man damit beschäftigt war, sah der Ölprinz eine Weile zu. Er hatte versprechen müssen, sich der Einwandererkarawane zu bemächtigen und sie seinem Bruder und dessen Begleiter nachzubringen; deshalb nahm er einen Augenblick wahr, in dem sich Sam Hawkens abgesondert von den andern befand, grüßte ihn höflich und sagte: „Ich habe gehört, Sir, daß Ihr Sam Hawkens, der berühmte Westmann, seid. Hat man Euch vielleicht meinen Namen genannt?"

„Nein", antwortete der Kleine, auch in höflichem Ton. Der Ölprinz war ein Stiefbruder Buttlers und ähnelte diesem nicht. Deshalb konnte Sam nicht ahnen, daß er einen so nahen Verwandten des Räubers vor sich hatte.

„Ich heiße Grinley; man nennt mich in dieser Gegend den Ölprinzen, weil ich eine Stelle weiß, an der eine außerordentlich ergiebige Ölquelle zutage tritt."

„Eine Ölquelle?" fragte Sam sofort interessiert. „Dann seid Ihr sehr glücklich gewesen und könnt ein steinreicher Mann werden. Wollt Ihr die Ausbeutung der Quelle in die eigene Hand nehmen?"

„Nein, dazu bin ich zu arm."

„Also verkaufen?"

„Ja."

„Habt Ihr schon einen Käufer?"

„Ich habe einen gefunden. Er sitzt drin im Hof, Mr. Rollins, ein Bankier aus Brownsville in Arkansas."

„So laßt Euch nicht über die Ohren barbieren und verlangt soviel wie möglich! Ihr wollt mit ihm nach der Quelle reiten?"

„Ja."

„Ist es weit von hier?"

„Nicht sehr."

„*Well,* der Ort ist natürlich Euer Geheimnis, und ich will Euch nicht danach fragen. Ihr habt mich angeredet, und ich schließe daraus, daß Ihr irgendeinen Grund habt, Euch mir zu nähern?"

„Das ist richtig, Sir. Man sagte vorhin, daß Ihr nach dem Colorado wollt?"

„Allerdings."

„Meine Petroleumquelle liegt am Chellyfluß, und ich habe von hier aus also dieselbe Richtung, die Ihr reitet."

„Freilich wohl; warum sagt Ihr das grad mir."

„Weil ich Euch bitten wollte, mir zu erlauben, mich Euch anzuschließen."

„Mit Euerm Bankier?"

„Ja, und mit dessen Buchhalter, der bei ihm ist."

Sam betrachtete den Ölprinzen vom Kopf bis zu den Füßen und antwortete dann: „Hm, man kann hier in der Wahl seiner Begleiter nicht vorsichtig genug sein, wie Ihr wissen werdet."

„Ich weiß das gar wohl; aber sagt mir, Sir: Sehe ich wie ein Mensch aus, dem man kein Vertrauen schenken darf?"

„Das will ich nicht behaupten. Warum wollt Ihr mit uns reiten. Einen Fundort von Petroleum hält man geheim, und deshalb fällt es auf, daß Ihr Euch uns anschließen wollt, wenn ich mich nicht irre."

„Was das betrifft, so bin ich überzeugt, daß ein Sam Hawkens mich nicht betrügen wird."

„*Well,* damit habt Ihr den Nagel auf den Kopf getroffen. Durch mich und meine Kameraden werdet Ihr sicher keinen einzigen Tropfen Öl verlieren."

„Ich habe noch einen andern Grund, sogar zwei. Die Roten sind unruhig geworden, und da fühle ich mich bei Euch sicherer, als wenn ich mit meinen beiden unerfahrenen Leuten allein reiten müßte. Das werdet Ihr wohl begreifen?"

„Sehr gut."

„Und sodann hat Mr. Frank mich in große Verlegenheit gebracht. Wir haben ihm aufrichtig mitgeteilt, was wir droben am Chelly wollen, und er hat mir diese Offenheit damit vergolten, daß er den Bankier mißtrauisch gemacht hat. Er glaubt nicht, daß am Chelly Petroleum zu finden ist."

„Hm, das kann ich ihm nicht verdenken. Ich muß Euch sagen, Sir, daß ich auch nicht daran glaube."

„Das sagt Ihr im Ernst?"

„In vollem Ernst."
„So haltet auch Ihr mich für einen Schwindler?"
„Nein."
„O doch. Es ist ja gar nicht anders möglich, wenn Ihr nicht an meine Behauptung glaubt."
„Ich denke, daß Ihr getäuscht worden seid."
„Es hat mich niemand täuschen können, denn ich selbst bin es gewesen, der das Placer entdeckt hat."
„Kein andrer war dabei?"
„Keiner."
„So habt Ihr sehr einfach Euch selbst getäuscht und irgendeine Flüssigkeit für Petroleum gehalten."
„Das ist nicht möglich, Sir. Welche Flüssigkeit könnte das sein?"
„Weiß es nicht; aber ich möchte darauf schwören, daß es da oben am Chelly kein Petroleum gibt."
„Kennt Ihr die Gegend?"
„Ja, ich bin einmal dort gewesen."
„Längere Zeit?"
„Nein, sondern nur einige Tage; doch das ist nicht nötig; man braucht nicht in der Gegend gewesen zu sein und weiß trotzdem, daß kein Erdöl dort vorhanden ist. Ja, wenn Ihr sagtet, Gold und Silber oder irgendein andres Metall entdeckt zu haben, das wollte ich wohl glauben, Petroleum nie!"
„Ich habe es prüfen lassen!"
„So! Und wie ist das Gutachten ausgefallen?"
„Zu meiner vollsten Zufriedenheit."
„Das begreife ich nicht. Dann ist ein Wunder geschehen, und ich gestehe Euch, daß es mich verlangt, dieses sonderbare Petroleum zu sehen."
„Das könnt Ihr, Sir. Wenn Ihr uns die Erlaubnis gebt, uns Euch anzuschließen, werdet Ihr es zu sehen bekommen."
„Ihr würdet mich zu dem Placer führen?"
„Ja."
„*Well,* das ist wirklich hochinteressant. Also Mr. Frank hat nicht an das Öl geglaubt und Mr. Droll wohl auch nicht?"
„Beide nicht."
„Und Ihr ärgert Euch natürlich darüber?"
„Darüber eigentlich nicht, sondern vielmehr darüber, daß sie den Bankier mißtrauisch gemacht haben. Sie können meinetwegen zehnmal oder hundertmal zweifeln; ihm ihren Unglauben aufzureden, das hätten sie nicht tun sollen. Sie können mir

dadurch leicht das Geschäft, das ich vorhabe, zuschanden machen."

„Ist dieser Mr. Rollins denn wirklich unsicher geworden?"

„Ja. Und eben aus diesem Grund habe ich Euch gebeten, mich mitzunehmen. Sie wissen sich dann unter Euerm Schutz und werden nicht länger denken, daß ich irgend etwas gegen sie unternehmen will. Tut Ihr mir den Gefallen, Sir?"

„Gern, möchte aber vorher meine Gefährten darum fragen."

„Ist das nötig, Sir? Sehe ich so wenig vertrauenerweckend aus, daß Ihr, der Ihr der Anführer zu sein scheint, Euch erst die Genehmigung andrer holen müßt?"

„So schlimm ist es nicht. Wenn Ihr nichts dagegen habt, daß ich aufrichtig gegen Euch bin, will ich Euch ehrlich sagen, daß ich Euch nicht für einen Schwindler, aber auch nicht für das Gegenteil halte; ich halte Euch für einen Menschen, den man erst kennenlernen und prüfen muß, um ihn richtig beurteilen zu können. Deshalb wollte ich mich erst bei Dick Stone und Will Parker erkundigen."

„Alle Teufel, Sir! Diese Eure Aufrichtigkeit ist kein Kompliment für mich!"

„Sie ist doch besser, als wenn ich Euch in das Gesicht freundlich, hinterrücks aber mit Mißtrauen behandelte. Und damit Ihr seht, daß es nicht gar so schlimm gemeint ist, will ich meine Gefährten nicht erst fragen, ob sie Euch mitnehmen sollen, sondern Euch meine Zustimmung gleich jetzt erteilen."

„Den Bankier und seinen Buchhalter eingeschlossen?"

„Versteht sich von selbst, Sir."

„Wann reitet Ihr von hier fort?"

„Morgen früh, wenn ich mich nicht irre. Wann wolltet denn Ihr weiter?"

„Heute schon; ich werde Mr. Rollins und Mr. Baumgarten zu bestimmen suchen, bis morgen zu warten."

„Tut das, Sir; denn unsre Tiere sind ermüdet und die Frauen und die Kinder ebenso, weil diese das Reiten nicht gewohnt sind. Ich will hoffen, daß ich es nicht zu bereuen habe, Euch meine Zustimmung gegeben zu haben."

„Keine Sorge, Sir! Ich bin ein ehrlicher Kerl und glaube das dadurch bewiesen zu haben, daß ich trotz der Gefahr, die ich dabei laufen könnte, bereit bin, Euch das Placer zu zeigen. Ein andrer würde das schwerlich tun."

„Ja, ich wenigstens würde mich sehr hüten, mein Geheimnis

außer dem Käufer andern Leuten zu verraten. Also wir sind einig, Sir, morgen früh wird aufgebrochen."

Er wandte sich von ihm ab. Der Ölprinz ging nach dem Hof, indem er einen Fluch ausstieß und dann zornig vor sich hin murmelte: „*Damned fellow!* Das sollst du mir büßen! Mir so etwas in das Gesicht zu sagen! Ich muß erst beobachtet und geprüft werden, ehe man mich für einen ehrlichen Menschen halten kann! Der Blitz soll dir dafür in die Glieder fahren! Jetzt freut es mich, daß mein Bruder diese Halunken haben will. Hatte erst wenig Lust, mich mit ihnen abzugeben; nach dieser Beleidigung wird es mir eine Wonne sein, sie ihm zuzuführen. Ja, sie sollen Petroleum zu sehen bekommen, und zwar was für welches!"

Die Pferde, Maultiere und Maulesel waren jetzt entsattelt und weideten im frischen Gras oder taten sich im Wasser des Flusses gütlich. Mit Hilfe von Stangen, die Forner herlieh, und Decken wurden Zelte improvisiert, da so viele Personen nicht im Innern des Ranchos Platz finden konnten; die Zelte wurden im Hof errichtet. Dann entwickelten die Frauen eine rege Tätigkeit, die bald zur Folge hatte, daß der Hof vom Duft gebratenen Fleisches und neu gebackener Maisfladen erfüllt war. Zu dem Schmaus, der nun begann, wurden Hobble-Frank und auch die Tante Droll eingeladen. Die andern mochten für sich selber sorgen.

Frank lachte still in sich hinein, als er bemerkte, wie besorgt Frau Rosalie Ebersbach, geborene Morgenstern und verwitwete Leiermüller, für ihn war. Sie legte ihm die besten Bissen vor; er mußte fast mehr essen, als er vermochte, und als er schließlich nicht mehr konnte und sehr energisch dankte, weil sie ihm noch einen dampfenden Maiskuchen aufzwingen wollte, bat sie ihn: „Nehmen Sie nur den noch, Herr Hobble-Frank! Ich gebe es Ihnen ungeheuer gern. Verstehen Sie mich?"

„O ja." Er lachte. „Ich habe ja schon vorhin gesehen, daß Sie mir gern was geben. Beinahe hätte ich sogar Ohrfeigen bekommen."

„Weil ich nich wußte, wer Sie eegentlich sind. Wenn ich Sie für den berühmten Hobble-Frank gehalten hätte, wäre das Mißverständnis gar nich vorgefallen."

„Eenem andern gegenüber wären Sie demnach grob gewesen?"

„Versteht sich ganz von selbst. So een Betragen is eene Beleidigung, und beleidigen lasse ich mich eenmal nich, denn ich bin nich nur eene gebildete, sondern ooch eene tapfere Frau und weeß genau, wie man sich zu verhalten hat, wenn man als Dame nich mit der erforderlichen Weechherzigkeit behandelt wird."

„Ich wiederhole Ihnen, daß von eener Unzartheet oder Beleidigung gar keene Rede war. Ich wollte Ihnen eene ritterliche Offmerksamkeet erweisen, weil Ihr Maulesel störrisch war. Mir haben Sie fälschlicherweise die Vorwürfe gemacht, während der Esel es gewesen is, der sich nich als Gentleman gegen Sie betragen hat."

„Was brauchten Sie ihn anzugreifen? Sie hatten doch nich die allerkleenste Ursache dazu. Ich wäre schon alleene mit ihm fertig geworden. Ich verstehe es, mit Eseln umzugehen, von welcher Sorte sie nur immer sein mögen. Sie werden mich schon noch kennenlernen. Wenn Sie mal eene recht resolute Person brauchen, so wenden Sie sich nur an mich. Ich fürchte mich vor keenem Esel und vor keenem Maultier, vor keenem roten Indianer und ooch vor keenem weißen Bleichgesicht. Der Herr Kantor emeritus hat uns so viel Liebes und Schönes von Ihnen erzählt, daß ich Sie liebgewonnen habe und bereit bin, Ihnen in aller Not und Gefahr hilfreich beizuspringen. Sie können sich droff verlassen: Ich gehe für Sie durchs Feuer, wenn es sein muß. Da, nehmen Sie noch dieses Stückchen Rindfleesch; es is das beste, das ich für Sie habe."

„Danke, danke!" wehrte er ab. „Ich kann nich mehr, wirklich nich mehr. Ich bin gestoppt voll und könnte mir, wenn ich noch mehr äße, leicht eene gefährliche Indigestikulation zuziehen." Als das Fleisch schließlich verzehrt worden war, wurde Kaffee gekocht, von dem jeder einige Becher voll bekam.

Das Ziel für morgen war ein einsames Pueblo, das am südlichen Abhang der Mogollonberge lag. Um es noch vor Abend zu erreichen, mußte man zeitig aufbrechen und durfte unterwegs nicht öfter und allzulange rasten. Dennoch ging man heute nicht allzufrüh schlafen. Es gab zwischen denen, die sich noch nie gesehen hatten und sich kennenlernen wollten, gar viel zu erzählen. Im Laufe des Abends wurde zwischen Hawkens, Stone und Parker einerseits und Frank und Droll andrerseits Brüderschaft gemacht, wie das so zwischen Westmännern üblich ist. Nur ganz hervorragende Jäger pflegen sich in dieser Beziehung zurückzuhalten, und dann wird auch kein andrer es wagen, einen Antrag auf das Du auszusprechen.

Was den Ölprinzen betrifft, so beteiligte er sich recht lebhaft an der Unterhaltung. Das wurde dadurch möglich, weil der Bankier das Deutsche ebenfalls nicht verstand und man sich diesem zuliebe viel des Englischen bediente; so konnte Grinley also auch teilnehmen. Er gab sich sichtlich alle Mühe, Sympathie zu erwecken, was ihm bei den deutschen Einwanderern leidlich zu gelingen schien, obgleich diese nicht viel von der englischen Unterhaltung verstanden. Der Bankier schien in seinem Mißtrauen wankend zu werden. Schi-So und sein junger Gefährte Adolf Wolf nahmen an der Unterhaltung, wie es ihrem jugendlichen Alter zukam, nur in der Weise teil, daß sie antworteten, wenn sie gefragt wurden.

Bei dem eigenartigen Charakter des kleinen listigen Sam Hawkens, der Lustigkeit Drolls und der Originalität Hobble-Franks verstand es sich von selbst, daß das Gespräch höchst angeregt war. Die Zeit verging außerordentlich schnell, so daß alle verwundert waren, als Will Parker endlich daran erinnerte, daß Mitternacht bereits vorüber sei.

Es gab jetzt nur vier, höchstens fünf Stunden Schlaf; deshalb legte man sich zur Ruhe. Wenige Minuten später schliefen alle. Wachen brauchte man nicht auszustellen, weil die Knechte des Rancheros draußen wachten.

SECHSTES KAPITEL

Im Pueblo

Als am andern Morgen der Tag graute, hatte Forner schon für Kaffee und frisches, in Fladenform gebackenes Maisbrot gesorgt, so daß die Gesellschaft sich wegen des Frühstücks nicht zu bemühen oder Zeit zu verlieren brauchte. Die Tiere wurden tüchtig getränkt, weil bis zum Abend kein Wasser zu finden war; der Ranchero bekam bezahlt, was er geliefert hatte; den Knechten wurde ein Trinkgeld gegeben; dann brach man auf.

Sam Hawkens hatte dafür gesorgt, daß die Frauen auf ihren Tieren gute Sitze hatten: Das Reiten strengte sie auch nicht mehr als die Männer an. Die Kinder hatten Platz in den Körben gefunden, deren zwei je ein Maultier trug, einen auf der rechten und einen auf der linken Seite. Diese mit Stroh ausgepolsterten Plätze verursachten gar keine Beschwerden, und so kam es, daß die Reiter ihre Tiere ausgreifen lassen konnten.

Je weiter man sich von dem Fluß entfernte, desto unfruchtbarer wurde das Land. Wo es in jenen Gegenden Feuchtigkeit gibt oder fließendes Wasser, da bringt die Erde einen außerordentlichen Reichtum von Produkten hervor; wo der belebende Tropfen fehlt, ist nichts als Öde, als die trostloseste Wüste zu sehen.

Am Vormittag war die Temperatur noch nicht allzu beschwerlich; je höher die Sonne stieg, desto größer wurde die Hitze, die von dem sterilen, felsigen Boden und den nackten, kahlen Steinwänden der Berge zurückgestrahlt wurde, so daß sie für die deutschen Einwanderer, die solche Glut nicht gewohnt waren, kaum auszuhalten war.

Bis einige Stunden nach Mittag ging es durch flache Talmulden oder über weite Ebenen, die nicht die Spur von Vegetation zeigten. Dann gab es Höhen, die dem Auge keine Erquikkung boten, da die hier so geizige Natur ihnen keinen einzigen Baum, nicht einmal einen Strauch geschenkt hatte. Nur an wenigen verborgenen Stellen, auf welche die Sonne nicht vom Morgen bis zum Abend zu brennen vermochte, wo es also wenigstens für einige Zeit Schatten gab, ließ sich ein einsamer, phantastisch gestalteter Kaktus sehen, dessen farb- und charakterloses Grau dem Beschauer jedoch auch keine Freude brachte.

Zur Zeit der größten Tageshitze wurde an einer steilen Bergwand gerastet. Es gab da einigen Schatten; aber die gegenüberliegende Wand warf die Wärme so intensiv auf die Ruhenden, daß diese lieber wieder aufstiegen.

Endlich – die Sonne neigte sich schon sehr dem Horizont zu – schien die Hitze abzunehmen, und zwar schneller, weit schneller, als es eigentlich hätte sein sollen. Sam Hawkens prüfte den Himmel und machte ein leicht bedenkliches Gesicht.

„Warum schaust du so nach oben?" fragte ihn Hobble-Frank. „Es scheint mir, als ob der Horizont dir nich gefällt?"

„Kannst recht haben", antwortete der Gefragte.

„Warum?"

„Weil sich die Luft so schnell und plötzlich abkühlt."

„Ach, wohl gar Gewitter?"

„Möchte es fast befürchten, wie mir scheint."

„Das wäre gut! Een Gewitter nach dieser Trockenheet und Hitze müßte uns willkommen sein!"

„Danke! Die Gewitter pflegen in dieser Gegend ganz anders aufzutreten, als du zu denken scheinst. Es gibt Jahre, in denen hier nicht ein Tropfen Regen fällt; ja, es hat Zeiten gegeben, wo es zwei und gar drei Jahre lang nicht geregnet hat. Wenn es dann einmal ein Wetter gibt, dann ist es fürchterlich. Wollen machen, daß wir das Pueblo erreichen."

„Wie weit ist's noch bis dahin?"

„In einer halben Stunde sind wir dort."

„Da hat's ja keene Gefahr. Es steht noch nich een Wölkchen am Firmamente des Himmels; es können also noch Stunden vergehen, ehe es da oben schwarz und finster wird."

„Irre dich nicht. Es bedarf hier nur einiger Minuten, und der Himmel ist dunkel. Ich möchte fast behaupten, daß ich die Elektrizität, die sich in der Luft angesammelt hat, rieche. Schau nur meine Mary an, wie eilig sie es hat, wie sie die Nüstern aufbläst und mit den Ohren und mit dem Schwanz wedelt! Die weiß ganz genau, daß etwas im Anzug ist, das gescheite Vieh."

Es war wirklich so. Das alte Maultier hastete förmlich vorwärts und zeigte eine Unruhe, die auffallen mußte. Und doch war für den Unerfahrenen ganz und gar nichts Bedrohliches zu bemerken. Als Frank seinem Vetter Droll die Befürchtung Sams mitteilte, antwortete dieser: „Habe mir ooch schon so was gedacht. Sieh nur, wie gelb es draußen rund off dem Gesichtskreis liegt! Das wird höher und höher steigen, und wenn es den Scheitelpunkt erreicht hat, bricht das Wetter los. Gut, daß wir bald unter Dach und Fach kommen!"

„Im Pueblo?"

„Ja."

„Da gibt's doch wohl nur Zelte, durch die der Regen dringen wird."

„Was du denkst. Hast du denn noch keen Pueblo gesehn?"

„Nee."

„Da wirst du dich wundern, wenn wir hinkommen. So een Pueblo is ganz sonderbar anzuschauen."

Er hatte recht, wenn er sagte, daß ein Pueblo einen eigenartigen Anblick biete. Das Wort selbst kommt aus dem Spanischen und bedeutet „bewohnter Ort", also sowohl ein einzelnes Haus als auch ein Dorf. Die Indianer, die Pueblos bewohnen, werden Puebloindianer oder kurzweg Pueblos genannt. Zu ihnen gehören die Tanos, Taos, Tehua, Jemes, Queres, Acoma, Zuñi und Moqui, im weiteren Sinne auch noch die Pimas, Maricopas und Papagos am Gilafluß und südlich davon.

Ein Pueblo ist entweder aus Stein oder aus Adobes – luftgetrockneten Lehmziegeln – oder aus beiden gebaut. Gewöhnlich liegt das Gebäude an einem Felsen, der als Rückwand dient, und etwaige Felstrümmer sind mit in den Mauerbau einbezogen. Das Gebäude steigt stets stufenartig an, so daß jedes vorhergehende, tiefere Stockwerk vor dem nachfolgenden, höheren vortritt, und alle sind mit einem flachen Dach versehen. Dadurch bleibt vor dem ersten Stock ein freier Raum, der vordere Teil des Parterredachs, in dem sich ein Loch befindet, das den Eingang zum Parterre bildet. Der zweite Stock liegt auf dem ersten, aber auch zurück und hat vor sich das vordere platte Dach des ersten Geschosses. In der Parterremauer gibt es keine Tür; es hat überhaupt kein Geschoß eine eigentliche Tür, sondern ein Loch im Dach, durch das man hinabsteigt. Treppen gibt es nicht, sondern nur Leitern, die von Stock zu Stock außen anliegen und weggenommen werden können. Wer also in das Parterre will, muß zum ersten Stock hinauf- und dann durch das dort im Parterredach befindliche Loch hinuntersteigen.

Zu dieser Bauart waren die alten seßhaften und arbeitsamen Ureinwohner durch die Nähe der räuberisch herumstreifenden wilden Horden gezwungen. So ein Pueblo bildet, so einfach sein Bau ist, eine Festung, die durch die Angriffsmittel, die es damals gab, ummöglich eingenommen werden konnte. Man brauchte nur die Leiter wegzunehmen, so konnte der Feind nicht herauf. Und brachte er welche mit, so mußte er jedes Stockwerk erobern, ehe er seinen Angriff auf das nachfolgende, höhere richten konnte.

Diese Puebloindianer sind meist sehr friedlich gesinnt und stehen unter der Aufsicht von Agenturen. Es gibt aber Pueblobauten in fern- und abgelegenen Gegenden; deren Bewohner betrachten sich als frei und sind genauso zu beurteilen und zu behandeln wie die ungezügelt herumziehenden Stämme. Zu dieser Art gehörte das Pueblo, das sich unsre Reiter zum heutigen Ziel genommen hatten. Seine Bewohner waren wilde Nijoraindianer, deren Häuptling Ka Maku hieß. Ka heißt drei, und Maku ist der Plural von Finger; Ka Maku bedeutet also „Drei Finger". Er trug diesen Kriegs- und Ehrennamen, weil er an der linken Hand im Kampf zwei Finger verloren hatte. Er war als ein tapferer, aber habsüchtiger Krieger bekannt, auf dessen Wort und Freundschaft man sich in gewöhnlichen Zeiten vielleicht verlassen konnte; jetzt jedoch, da verschiedene Stämme ihre Kriegsbeile ausgegraben hatten, war es gewagt, ihm rückhaltloses Vertrauen zu schenken.

Sein Pueblo lag einsam im Glanz der nun fast untergehenden Sonne. Es hatte außer dem Erdgeschoß fünf Etagen, die sich mit ihrem Rücken an die senkrechte Wand des Berges lehnten. Zusammengesetzt waren die untern Stockwerke aus gewaltigen Felsstücken, die durch Adobesteine verbunden waren; die oberen Etagen bestanden ausschließlich aus Luftziegeln. Der Bau war gewiß mehr als ein halbes Jahrtausend alt, und noch zeigte sich nicht der kleinste Riß in ihm.

Man sah Frauen und Kinder auf den Terrassen sitzen, alle beschäftigt und mit ernsten Gesichtern, wie es so Art der Roten ist. Ein aufmerksamer Beobachter hätte wohl bemerken können, daß diese Frauen, ja auch die Kinder, oft und geflissentlich nach Süden blickten, als ob sie von dorther etwas erwarteten. Ein Mann oder gar ein Krieger war nicht zu sehen.

Da stiegen aus dem Loch der dritten Terrasse drei Personen, ein Roter und zwei Weiße, hervor, die auf dieser Plattform stehenblieben und ihre Aufmerksamkeit nach Süden richteten.

Der Rote war Ka Maku, der Häuptling, eine lange, sehnige Gestalt mit der Rabenfeder im Schopf. Sein Gesicht war nicht bemalt, ein Zeichen, daß sein Pueblo im Frieden lag; deshalb steckte auch nur das Skalpmesser in seinem Gürtel. Die beiden Weißen neben ihm waren Buttler, der Anführer der zwölf Finders, und Poller. Als sich in der Richtung, in die sie blickten, nichts sehen ließ, sagte Buttler: „Noch nicht, aber sie kommen jedenfalls noch vor Anbruch des Abends."

„Ja, sie werden sich beeilen", stimmte der Häuptling bei. „Es sind kluge Männer bei ihnen, denen nicht entgehen wird, daß ein Unwetter naht; deshalb werden sie ihren Ritt beschleunigen, um hier zu sein, ehe es hereinbricht."

„Du wirst also Wort halten? Ich darf mich auf dich verlassen?"

„Ich lüge nicht. Du bist seit langer Zeit mein Bruder, und ich werde ehrlich gegen dich sein. Doch hoffe ich, daß ich mich auch auf dich verlassen kann und den Lohn erhalte, den du mir versprochen hast."

„Ich habe dir meine Hand darauf gegeben; das ist so gut wie ein Schwur. Sorge nur dafür, daß ich baldigst und ungesehen mit dem Ölprinzen sprechen kann!"

„Ich werde ihn zu dir führen. Es wäre mir wohl nicht leicht geworden, dir mein Wort zu halten; nun, da das Unwetter naht, werden diese Bleichgesichter nicht im Freien bleiben wollen, sondern in das Pueblo steigen, um nicht naß zu werden; da kann ich sie gefangennehmen, ohne daß es Kampf gibt."

„Die, die ich dir bezeichnet habe, mußt du von ihnen trennen, damit sie später glauben, daß der Ölprinz sie gerettet hat."

„Es wird geschehen, wie du gesagt hast. *Uff!* Da draußen kommen Reiter; sie werden es sein. Versteckt euch schnell!"

Die beiden stiegen eiligst nach dem obersten Stock empor, in dem sie verschwanden. Der Häuptling blieb stehen und beobachtete die Nahenden mit scharfem Auge.

Es war ein langer Zug von Reitern und Packpferden, lang, weil er sich auf indianische Weise im Gänsemarsch bewegte. Nur die drei Vordersten ritten nebeneinander, nämlich Sam Hawkens, Droll und Hobble-Frank. Als dieser die sich übereinander aufbauenden Terrassen des Pueblos beim Näherkommen deutlich vor sich liegen sah, sagte er: „So een Bauwerk is mir noch nich vorgekommen. Was für een Baustil mag das wohl sein? Ob byzantinisch-chloroformisch oder hebräisch-imperalisch? Vielleicht is es gotisch-objektivisch, vielleicht ooch griechisch-mirturalisch. Jedenfalls is es für so eenen Sachverständigen, wie ich bin, über alle Maßen interessant, zu sehen, mit welch eener regelmäßigen Treppenstufenförmlichkeit sich diese Puebloindianer übereenander auf- und ansässig gemacht haben. Hast du, geliebter Sam, een architektonisches Verständnis für so eene amphidialektische Gebäudeförmlichkeet?"

Die beiden lächelten sich heimlich und vergnügt zu. Dann wurde schweigend weitergeritten, bis man am Fuß des Bauwerks angekommen war.

Die Leiter, die zum Besteigen des Erdgeschosses diente, war aufgezogen. Auf den verschiedenen Terrassen ließen sich außer den Frauen und Kindern nur einige Männer sehen. Das machte den Eindruck, daß die Krieger abwesend seien. Der Häuptling erwartete in stolzer, unbeweglicher Haltung die Ansprache der Reisenden. Sam Hawkens rief in dem dort gebräuchlichen, aus Englisch, Spanisch und Indianisch zusammengemischten Idiom zu ihm hinauf: „Bist du Ka Maku, der Häuptling dieses Pueblos?"

„Ja", antwortete er kurz.

„Wir wollen hier rasten. Können wir Wasser für uns und unsre Pferde bekommen?"

„Nein."

Diese Abweisung war bloß gespielt. Es lag in Ka Makus Plan, die Leute festzuhalten; er mußte ihnen also Wasser gewähren; aber sie sollten nicht ahnen, daß er sich nur gar zu gern mit ihnen befassen wollte.

„Warum nicht?" fragte Sam.

„Das wenige Wasser, das wir haben, reicht kaum für uns und unsre Tiere."

„Ich sehe weder eure Krieger noch eure Pferde. Wo befinden sie sich?"

„Auf der Jagd; sie werden bald zurückkehren."

„Dann müßt ihr Wasser übrig haben. Warum verweigerst du es uns?"

„Ich kenne euch nicht."

„Siehst du nicht, daß Frauen und Kinder bei uns sind? Wir sind also friedlich gesinnte Leute. Wir müssen trinken. Wenn du uns kein Wasser gibst, werden wir es uns suchen."

„Ihr werdet es nicht finden."

„Meinst du, daß weiße Männer keine Augen haben?"

„Sucht! Dann werde ich erfahren, ob ihr sehen könnt."

Er wandte sich ab und tat so, als ob er nichts mehr von ihnen wissen wollte. Das war dem braven Hobble-Frank zuviel; er sagte in zornigem Ton zu seinem Vetter Droll: „Was denkt denn der Kerl eegentlich, wer und was wir sind? Wenn mir's einfällt, so gebe ich ihm eene Kugel durch den Kopp, nachher wird er schon höflicher werden. Wir sind auserlesene, peremierende Leute, die Haare zwischen den Zähnen haben, und lassen uns nich wie Vagabunden von der hohen Pforte weisen. Ich schlage vor, in ernster Kompression mit diesem konsistenten Mann zu sprechen. Oder nich?"

„Ja", antwortete der geborene Altenburger in seinem heimatlichen Dialekt, „es is nich sehr angenehm, Dorscht zu haben und keen Wasser zu bekommen; aber finden wer'n mersch jedenfalls; mer dürfen uns nur umgucken."

Die Reiter stiegen ab, um nach einer vorhandenen Quelle zu suchen. Feuchtigkeit war genug da, denn es wuchs Gras in der Nähe des Pueblos, und gar nicht fern von ihm gab es mehrere kleine Gärten mit Mais, Melonen und andern Gewächsen, deren Gedeihen fleißiges Begießen voraussetzte. Aber das Gesuchte wollte sich trotz allen Forschens nicht entdecken lassen, so daß Frank schließlich unmutig ausrief: „Dummköpfe sind wir, weiter nischt! Wenn Old Shatterhand oder Winnetou mit ihrer anwesenden Gegenwart hier vorhanden wären, hätten sie das Wasser längst gefunden; ja, ich gloobe sogar, daß sie es riechen täten."

„Dieser berühmten Krieger bedarf es nicht", meinte da Schi-So, der Häuptlingssohn, der sich an den bisherigen Bemühungen nicht beteiligt, sondern ihnen leise lächelnd zugesehen hatte. „Man muß nachdenken, anstatt zu suchen."

„So? Na, da denk doch mal nach!"

Man sieht, daß unter den sich näherstehenden Personen der Reisegesellschaft das Sie oder Ihr dem Du gewichen war. Es widerstrebte Hobble-Frank, von dem Jüngling, der fast noch ein Knabe war, an Scharfsinn übertroffen zu werden.

„Das habe ich schon getan", antwortete dieser.

„Wirklich? So hab doch die Gewogenheit, uns das offizielle Resultat deiner geistigen Anstrengung mitzuteilen!"

„Dieses Pueblo ist eine Festung, die ohne Wasser nicht bestehen kann. Am nötigsten ist es im Fall einer Belagerung, während deren die Verteidiger den Bau nicht verlassen können. Zieht man diesen Umstand in Erwägung, läßt sich leicht denken, wo der Brunnen zu finden ist."

„Ah, du meenst vielleicht im Innern des Gebäudes?"
„Ja."
„Wo denn da?"
„Jedenfalls nicht in einem der oberen Stockwerke." Der junge Indianer lächelte.
„Nee, ooch ich hab noch keen Wasserwerk off eener Kirchturmspitze gesehen. Der Brunnen wird parterre zu suchen sein."
„Wo er schon vor Jahrhunderten, als das Pueblo erbaut wurde, angelegt worden ist."
„Richtig! Das is so klar und deutlich wie Stiefelwichse. Hör, mein lieber, jugendlicher Freund, du scheinst gar nich so dumm zu sein, wie du aussiehst. Wenn du dich so weiter fortentwickelst, is es partial möglich, daß aus dir vielleicht was wird. Also da im Erdgeschoß hätten wir zu suchen. Wie kommen wir hinein? Een subjektives Eingangstor is nich vorhanden, ebensowenig sind gerade oder gewendelte Treppen zu sehen, und die gewohnheetsmäßige Leiter haben sie außergewöhnlich emporgezogen. Wenn wir eene ägyptisch-sarmatische Pyramide bilden, indem immer eener off die Schultern des andern steigt, so können mehrere von uns hinauf offs Dach und von da inwendig hinunter ins Parterre gelangen, wo das Aqua destillanterium zu finden is."
Da bemerkte Sam Hawkens: „Das hieße den Zugang erzwingen, was wir möglichst vermeiden wollen, wenn ich mich nicht irre. Wie es scheint, können wir das umgehen; der Häuptling kommt herab. Ich denke, daß er mit uns reden will."
Wirklich kam Ka Maku jetzt bis auf die erste Plattform herabgestiegen. Er trat an deren Rand vor und fragte: „Haben die Bleichgesichter das Wasser gefunden?"
„Erlaube uns, hinauf zu dir zu kommen, dann werden wir es finden", antwortete Sam, der Kleine.
„Denkst du, daß es hier oben fließt?"
„Nein, sondern unter dir, im Erdgeschoß."
„Du hast es erraten. Ich würde euch welches geben, aber es ist hier so selten, daß …"
„Wir werden es dir bezahlen", unterbrach ihn Sam.
„Das ist gut! Doch weiß mein Bruder vielleicht, daß mehrere Stämme der Roten ihre Kriegsbeile gegen die Weißen ausgegraben haben? Darf man da den Bleichgesichtern trauen?"
„Von uns hast du nichts zu fürchten. Vielleicht hast du schon einmal von uns gehört. Ich und diese beiden Krieger, die hier

neben mir stehen, werden das ‚Kleeblatt' genannt; da hinter mir steht ..."

„Das Kleeblatt?" fiel ihm der Häuptling schnell in die Rede. „Da kenne ich eure Namen. Ihr heißt Hawkens, Stone und Parker?"

„Ja."

„Warum habt Ihr mir das nicht gleich gesagt? Das Kleeblatt ist stets freundlich zu uns roten Männern gewesen; ihr seid unsre Brüder, und wir heißen euch willkommen. Ihr sollt Wasser haben, umsonst und so viel, wie ihr braucht. Unsre Frauen sollen es euch hinausreichen."

Auf einen Ruf von ihm kamen die Squaws auf die unterste Plattform herabgestiegen und holten aus dem innen im Erdgeschoß befindlichen Brunnen in großen tönernen Krügen Wasser, das die Reisenden leicht herunterlangen konnten, weil einige Leitern angelegt worden waren. Das Ganze machte einen so friedlichen Eindruck, daß weder Sam Hawkens, der doch sonst so klug war, noch einer seiner Gefährten auf den Gedanken kamen, daß die Freundlichkeit des Häuptlings nur Verstellung sei.

Während die Menschen sich erquickten und dann die durstigen Pferde getränkt wurden, hatte sich die Farbe des Himmels in sehr bedrohlicher Weise verändert. Er war erst hellrot, dann dunkelrot und schließlich violett geworden, und diese Farbe ging nun in ein düsteres Schwarz über, ohne daß man hätte sagen können, daß Wolken vorhanden waren.

„Das sieht bös aus", sagte Will Parker zu Hawkens. „Was sagst du dazu, Sam? Das scheint ein Hurrikan oder Tornado zu werden."

„Glaube es nicht" antwortete der Gefragte, indem er mit einem langen Blick den Himmel prüfte. „Ja, Sturm wird es geben, einen tüchtigen Sturm, und viel, sehr viel Wasser dazu. Es wäre am besten, wenn wir unter Dach und Fach kommen könnten und unsre Pferde auch, sonst gehen sie uns durch."

Dann wandte er sich an den Häuptling, der noch immer auf der Plattform stand, und fragte ihn: „Was sagt mein roter Bruder zu diesen bedenklichen Wetteranzeichen? Was wird daraus werden?"

„Ein großer Sturm mit so viel Regen, daß in kurzer Zeit hier alles schwimmen wird."

„Denke das auch, habe aber keine Lust, zu schwimmen und

unsre Sachen durch den Regen verderben zu lassen. Können wir nicht im Pueblo aufgenommen werden?"

„Meine weißen Brüder mögen mit ihren Frauen und Kindern zu uns heraufsteigen. Es soll sie kein Tropfen Regen treffen."

„Und unsre Tiere? Gibt es keinen Platz für sie, wo sie uns nicht entfliehen können?"

„Da links um die Ecke des Pueblos ist ein Korral, in den ihr sie einsperren könnt."

„Gut, das werden wir tun. Indessen mögen die Frauen zu euch emporsteigen."

Es wurden noch einige Leitern herabgelassen, an denen die Frauen und die Kinder nach der zweiten Etage und durch das dort befindliche Loch in das Innere der ersten Etage niederstiegen. Gleichzeitig kamen mehrere indianische Squaws und halberwachsene Knaben herunter, die das Gepäck, das man den Pferden und den Maultieren abgenommen hatte, nach der ersten Plattform trugen und von da durch ein ebensolches Dekkenloch in das Erdgeschoß schafften.

An der Seite des Pueblos, die der Häuptling bezeichnet hatte, war durch ziemlich hohe Mauern ein offener, viereckiger Platz eingeschlossen, den Ka Maku als Korral bezeichnet hatte. Hierher wurden die Pferde geschafft. Als sie sich in Sicherheit befanden, verschloß man den Eingang durch Stangen, die in dazu bestimmte Mauerlöcher gelegt wurden. Eben als man damit fertig war, gab es mit einemmal einen Blitz, als ob der ganze Himmel in Flammen stände, und es krachte ein Donnerschlag, unter dem die Erde zu zittern schien. Und dann begann es zu regnen, daß man kaum einige Schritt weit zu sehen vermochte, und es brach urplötzlich ein Sturm los, der von solcher Gewalt war, daß man sich an der Mauer festhalten mußte, um nicht niedergeworfen zu werden. Die Männer eilten zu den Leitern.

Der Bankier und sein Buchhalter waren nicht so erfahren, gewandt und schnell wie die andern und deshalb die letzten, welche die Leitern erreichten. Alles drängte in höchster Eile hinauf nach der zweiten Plattform und nach dem dort befindlichen Loch, durch das man mit einer Leiter in das erste Stockwerk niederstieg. Da immer nur eine Person hineinkonnte, ging das nicht so schnell, wie man sich's bei dem gleich einem See niederstürzenden Regen wünschte. Jeder dachte nur an sich selbst und drängte vorwärts; auf andres hatte man nicht acht. So kam es, daß keinem die fünf oder sechs Indianer auffielen, die ganz plötzlich bei dem Häuptling standen, der das Niedersteigen leitete.

Der Deckel, durch den das Eingangsloch verschlossen werden konnte, lag daneben. In der Nähe waren mehrere große, zentnerschwere Steine zu sehen, was auch niemand auffiel. Der Bankier und Baumgarten, sein Buchhalter, waren, wie schon erwähnt, die beiden letzten. Eben als der erstere seinen Fuß auf die erste, oberste Leitersprosse setzen wollte, rief ihm der Häuptling zu: „Halt, zurück! Ihr dürft da nicht hinein!"

„Warum nicht?" fragte Rollins.

„Das werdet ihr erfahren."

Ka Maku warf sich mit den erwähnten Indianern auf die beiden, die, ehe sie sich nur besinnen und an Widerstand denken konnten, niedergerissen und gefesselt wurden. Ihre Hilferufe, die sie ausstießen, wurden von dem Toben des Sturms und dem Krachen des Donners verschlungen. Ebenso schnell, wie das geschehen war, zog der Häuptling die Leiter aus dem Loch empor und warf den Deckel auf das Loch, worauf seine Leute die schweren Steine darauf wälzten. Die Hinabgestiegenen konnten nicht hinaus; sie waren gefangen.

Nun wurden der Bankier und Baumgarten eine Etage tiefer geschafft und mit Lassos in das Erdgeschoß hinabgelassen. Dann wurde auch hier der Eingang mit einem Deckel verschlossen. Danach schickte der Häuptling einen seiner Leute fort. Der Mann verließ zunächst mit der untersten Leiter das Pueblo und rannte dann trotz Blitz und Donner, Sturm und Regen los, bog um eine Ecke und kam nach vielleicht zehn Minuten an einen Platz, wo, wie es schien, die Trümmer einer herab- oder zusammengestürzten Steinwand einen Wirrwarr bildeten, der sich sehr gut zum Versteck eignete. Hierher hatten sich die Krieger des Pueblos mit ihren Pferden zurückgezogen, um die Weißen glauben zu machen, daß sie auf der Jagd seien. Diesen Leuten meldete der Bote, daß der Streich geglückt sei und sie also zurückkehren könnten.

Ja, er war geglückt, und zwar viel leichter, besser und schneller, als sich der Häuptling vorher gedacht hatte. Zu diesem unerwarteten Gelingen hatte freilich das so plötzlich hereinbrechende Unwetter am meisten mitgewirkt, kaum weniger aber auch die Unvorsichtigkeit, mit der die Ankömmlinge in die Falle gegangen waren.

Die Frauen und die Kinder waren also von der dritten Terrasse in das zweite Stockwerk hinabgestiegen. Als sie da angelangt waren, sahen sie sich in einem ungefähr fünf Ellen hohen, fensterlosen Raum. Es war außer dem Loch oben in der Decke, durch das sie herabgestiegen waren, nicht die kleinste Maueröffnung vorhanden. Dieses Stockwerk wurde von vier Querwänden in fünf Räume geteilt, deren mittelster der größte war; in diesem befanden sie sich. In einer Nische brannte ein kleines Tonlämpchen, dessen matter Schein nur wenige Schritt weit leuchtete.

Frau Rosalie sah sich kopfschüttelnd um. Als sie in dem Raum außer der Leiter und der Lampe nicht den geringsten Gegenstand entdeckte, sagte sie entrüstet: „Na, so was habe ich ooch noch nich gesehen und erlebt! Steckt man denn seine Gäste in so een Loch, wo es keen Kanapee und keenen eenzigen Stuhl nich gibt! Das is ja grad wie in eenem Keller! Wo setzt man sich hin? Wo hängt man seine Sachen off? Wo macht man das Feuer? Wo kocht man den Kaffee? Keen Fenster is zu sehen, und keen Ofen is da! Das muß ich mir wirklich sehr verbitten! Wir sind Damen, und Damen steckt man nich in ... Dunner Sachsen!“ unterbrach sie sich erschrocken, als sie den ersten Donnerschlag hörte. „Ich gloobe gar, das hat eingeschlagen! Nich?“

„Ja, das war een Schlag, und was für eener!“ antwortete Frau Strauch. „Ich guckte grad in das Loch hinauf und habe es deutlich blitzen sehen.“

„Na, dann stellt euch nur gleich alle mit'nander dort in die hinterschte Ecke! Die Männer sprachen unterwegs davon, daß die Gewitter hier ganz andersch offtreten als bei uns derheeme. Wenn so een rabiater amerikanischer Blitz durch das Loch herunterkommt, sind wir bei lebendigem Leibe off der Stelle mausetot. Da is es freilich gut, daß es hier keen Heu, keen Stroh und überhaupt keene brennbaren Sachen gibt. Versteht ihr mich? Hört ihr's, wie der Regen da oben auftrapst? Du meine Güte, unsre guten Männer werden durchweecht bis off die Haut! Nachher gibt's Erkältung, Schnupfen, Leib- und Magenschmerzen, und wer hat die Sorgen und die Angst? Natürlich wir Weiber, wir Frauen, wir Damen, wie sich ganz von selbst versteht! Wenn sie nur bald kämen!“

Ihr Wunsch wurde augenblicklich erfüllt, denn soeben kam der erste herabgestiegen, Hobble-Frank, dem nach und nach die andern folgten. Unten angelangt, schüttelte er die Nässe von sich ab, sah sich um und sagte enttäuscht: „Was ist denn das für een konfernalisches Loch hier unten? Das soll doch nich etwa eene aggregate Wohnung für provisorische Menschen sein? Ich danke für Pflaumenkuchen zu Weihnachten! Nich mal das liebe Tageslicht will hier herunter! Wenn diese roten Gentlemen keenen bessern Aufenthaltsort für uns haben, werde ich ihnen nächstens eenen königlich sächsischen Baumeester herüberschicken. Der mag ihnen zeigen, was für een Unterschied is zwischen meiner brillanten ‚Villa Bärenfett' an der Elbe und dieser unterirdischen Hekatombe unter der Erde. Wo setzt man sich denn da eegentlich hin, wenn man müde is und een Mittagsschlummerchen riskieren will?"

„Überallhin, Herr Franke", antwortete Frau Rosalie. „Platz is genug."

„Wie? Was sagen Sie?" fragte Hobble-Frank gereizt. „Überallhin? Warum setzen denn Sie sich nich? Wohl weil es Ihnen nich paßt? Und was Ihnen nich gefällt, das is wohl für mich gut genug? Da kommen Sie freilich an den Unrichtigen. Bei meinen vestibulen Anlagen und Talenten habe ich es nich nötig, mit dem fürliebzunehmen, was andern Leuten nich in die Suppe und in den Kaffee paßt."

„Still, Frank!" forderte ihn Sam auf. „Es ist hier nicht der Ort und die Zeit zu solchen Häkeleien. Wir haben mehr und Besseres zu tun."

„So? Was denn?"

„Vor allen Dingen müssen wir die Friedenspfeife rauchen, wenn ich mich nicht irre."

„Mit diesen Indianern?"

„Ja, mit dem Häuptling wenigstens. Du weißt doch, daß man eines Roten erst dann sicher ist, wenn man das Kalumet mit ihm geraucht hat."

„Das weeß ich wohl. Aber da hätten wir doch draußen roochen sollen!"

„Warum?"

„Um unsrer Sicherheit willen."

„Es gab ja keine Zeit dazu."

„Die hätten wir uns trotz des schlechten Wetters nehmen sollen. Jetzt stecken wir in diesem Keller, und wenn die Roten es nich offrichtig mit uns meenen, so is es gradso gut, als ob ... Alle tausend Deichsel! Siehste, daß die Geschichte schon losgeht? Da ziehen sie die Leiter in die Höhe. Haltet sie fest; haltet sie fest!"

Er eilte hin und sprang mit ausgestreckten Armen in die

Höhe, um die Leiter noch zu ergreifen, kam aber zu spät; sie verschwand oben durch die Öffnung.

„Da habt ihr die Bescherung!“ rief er zornig. „Jetzt stecken wir in der Patsche, grad wie Pythagoras im Faß!“

„Das war wohl Diogenes“, verbesserte Sam und lachte. „Aber die Sache mit der Leiter kommt mir nun auch einigermaßen bedenklich vor. Warum hat man sie hinaufgezogen? Hat man sie vielleicht schnell für ein anderes Stockwerk gebraucht? Das wäre bei diesem Wetter leicht möglich. Laßt einmal sehen, ob wir alle beisammen sind!“

Es stellte sich heraus, daß der Bankier und sein Buchhalter fehlten. Deshalb meinte Sam Hawkens befriedigt: „Da bin ich beruhigt. Die gehören zu uns und müssen also noch zu uns herab. Die Leiter ist schnell anderwärts gebraucht worden, wenn ich mich nicht irre.“

„Warum hat mer da oben zugemacht und den Deckel offs Loch gelegt?“ warf Droll ein.

„Das fragst du noch?“ antwortete Frank. „Ich schäme mich wahrhaftig, daß du mein Vetter und Verwandter bist! Jeder vernünftige Mensch macht, wenn es regnet, die Klappe zu. Hier regnet es nich bloß, sondern es gießt wie aus Badewannen. Darum is der Deckel zugemacht worden, damit es nich prima Visite uns off die Köppe regnen soll. Kannst du das begreifen?“

„Ja, lieber Freund und Vetter Heliogabalus Morpheus Edeward Franke, weil du's so deutlich zu machen verstehst, habe ich's verstanden.“

„Ja, das wird der Grund sein“, stimmte Sam bei. „Wir haben Zeit. Bis der Häuptling herunterkommt, wollen wir uns einmal unsre heutige Wohnung ansehen. Wir können das, weil es eine Lampe gibt.“

Sie waren von dieser „Wohnung“ keineswegs erbaut. Die Räume waren völlig leer. Es gab keinen Sitz, keine Decke, keine Spur von Stroh, Heu oder Laub, woraus man auch nur für einen einzigen Menschen ein Lager hätte bereiten können. Das zog die Stimmung der durchnäßten Leute tief herab. Doch Sam verlor seinen Gleichmut noch immer nicht, sondern sagte, als sie wieder in den mittleren Raum zurückgekehrt waren: „Das wird bald anders werden; laßt nur erst den Häuptling kommen. Dann werden wir alles erhalten, was wir brauchen.“

Schi-So, der junge Indianer, hatte sich an der Besichtigung

der Räumlichkeiten nicht beteiligt. Er saß, mit dem Rücken an die Mauer gelehnt, am Boden und blickte ernst vor sich hin. Jetzt, als er Sams tröstliche Worte hörte, brach er sein bisheriges Schweigen und sagte: „Sam Hawkens irrt sich. Es wird nicht bald anders werden."

„Wieso?" fragte der Genannte.

„Wir sind gefangen."

„Gefangen? Alle Wetter! Woraus schließt du das?"

„Ich bin Indianer und weiß, woran ich bin, ihr seid erfahrene Westmänner und könnt das ebenso wissen. Als wir oben einstiegen, sah ich zwei Leitern, die an dem nächsten Stockwerk lehnten. Wenn man schnell eine brauchte, warum hat man da nicht eine von diesen genommen, die bequemer zu haben waren, sondern grad die unsre emporgezogen?"

„Ah! Ich habe diese beiden Leitern auch gesehen. Da ist es allerdings sonderbar, daß man die hier genommen hat."

„Und noch eins", fuhr der Jüngling fort. „Wo ist Grinley, der sich Ölprinz nennt?"

„Alle Wetter, ja, das ist richtig!" rief Sam in betroffenem Ton aus.

„Warum fehlen grad die beiden, die er höchstwahrscheinlich betrügen will? Er weiß, daß wir es nicht zu dem Betrug kommen lassen werden; er will sie von uns trennen und hat sich zu diesem Zweck an den Häuptling gewandt."

„Wie und wann?"

„Denkt an die beiden Weißen, die vor uns auf Forners Rancho gewesen sind! Er hat mit ihnen gesprochen; ich habe erfahren, daß er sogar mit dem einen längere Zeit hinter dem Haus gesteckt hat."

„Wenn das wäre, gäbe es freilich einen Zusammenhang, der mich bedenklich macht. Wie kann man es wagen, so viele Leute, wie wir sind, hier als Gefangene einzuschließen. Wir sind ausgezeichnet bewaffnet und können ausbrechen."

„Wo?"

„Indem wir den Deckel öffnen."

„Versucht das doch! Er geht gewiß nicht auf."

„Dann durch die Außenmauer."

„Die besteht aus Steinen und einem Mörtel, der noch härter als Stein ist."

„Durch die Decke."

„Versucht es einmal, mit euern Messern hindurchzukommen!"

„Aber ich habe außer dem Häuptling nur Weiber und Kinder gesehen!"

„Die Krieger hatten sich versteckt. Sie sollen sich auf der Jagd befinden. Welch ein Wild gäbe es zu dieser Jahreszeit und in dieser öden Gegend zu jagen? Ihr wißt, daß mehrere Indianerstämme das Kriegsbeil ausgegraben haben. Wenn diese sich auf dem Kriegspfad befinden und zu jeder Zeit an jedem Ort erscheinen können, werden da andre so unvorsichtig sein, ihr festes Lager zu verlassen, indem sie auf die Jagd gehen und dabei ihr Leben riskieren? Gehen überhaupt die Puebloindianer in solchen Massen auf die Jagd? Leben sie nicht vielmehr von den Erträgen, die sie in ihren Gärten ziehen?"

„Du hast recht. Deine Gründe sind nicht zu widerlegen."

„Ja, wir sind gefangen."

„So wollen wir uns überzeugen und vor allen Dingen versuchen, ob der Deckel da oben zu öffnen ist."

Dick Stone und Will Parker mußten zusammentreten. Sam stieg auf ihre Schultern, so daß er den Deckel erreichen konnte, und stemmte sich mit aller Kraft dagegen – vergebens; er war nicht um einen halben Zoll zu bewegen.

„Es ist richtig; man hat uns eingeschlossen", sagte er, indem er wieder niederstieg. „Wir werden diesen Schuften zeigen, daß sie sich verrechnet haben."

„Wie?" fragte Stone.

„Wir graben uns durch, entweder durch die Mauer oder durch die Decke. Wollen uns zunächst die Mauer vornehmen."

Bei dem Schein des Lämpchens wurden erst in den verschiedenen Abteilungen der Etage mehrere Mauerstellen untersucht. Es zeigte sich, daß die Außenmauer, wie Schi-So gesagt hatte, in ihrer ganzen Länge aus dicken Steinen bestand, die durch einen Mörtel verbunden waren, den kein Messer zu entfernen vermochte. Und andre, kräftigere Werkzeuge gab es nicht. Schi-So blieb auf seinem Platz sitzen, ohne sich an der Untersuchung zu beteiligen.

Nun befaßte man sich mit der Decke, durch die vielleicht ein Ausgang erzwungen werden konnte. An der Untersuchung beteiligten sich alle Männer, indem je zwei sich zusammenstellten und ein dritter auf sie stieg, um mit dem Messer ein Loch zu kratzen. Es stellte sich heraus, daß die eigentliche Unterlage aus einem eisenfesten Holz bestand, Knüppel an Knüppel nebeneinandergelegt, das selbst seit Jahrhunderten nicht von der Feuchtigkeit angegriffen worden war und den Messern einen unüberwindlichen Widerstand entgegensetzte, so daß man nicht einmal in Erfahrung bringen konnte, woraus die darauf liegenden Schichten bestanden.

Die Frauen hatten diesen Bemühungen mit banger Erwartung zugesehen; als sich diese als nutzlos erwiesen und die Versuche eingestellt wurden, rief Frau Rosalie zornig aus: „Sollte man denn denken, daß es so schlechte Menschen in der Welt gibt! Wir haben dieser indianischen Rasselbande nich das mindeste getan und trotzdem sperren sie uns hier ein wie Spitzbuben, die zu zehn Jahren Zuchthaus verurteilt worden sind. Wenn ich die Halunken hier hätte, Herr meines Lebens, wie wollte ich ihnen die Wahrheet sagen! Da sieht man wieder mal, was dabei rauskommt, wenn man sich off die Männer verläßt! Die sollen unsre natürlichen Beschützer sein; aber anstatt offzupassen und uns zu beschützen, führen sie uns gradezu ins blaue Unglück nein!"

„Sei doch stille!" bat ihr Mann. „Du beleidigst ja die Herren mit deiner ewigen Zankerei."

„Was? Wie? Ewig?" fragte sie erbost. „Seit wann habe ich denn geredet und gesprochen? Seit höchstens drei oder vier Sekunden. Und das nennst du ewig. Es is mir ganz egal, ob ich jemand beleidige, denn ich bin in meinem guten Recht. Und wer recht hat, der braucht seine Zunge nicht stille stehnzulassen. Wir sind so dumm gewesen, uns einsperren zu lassen; ich bin nich schuld daran; aber fragen will ich doch, was wir nun zu erwarten haben und was mit uns geschehen wird?"

„Das fragen Sie noch?" antwortete Hobble-Frank, indem es pfiffig um seine Mundwinkel zuckte. „Es is doch ganz selbstverständlich, was mit uns geschehen wird."

„Na, was denn zum Beispiel?"

„Zuerst werden wir gefesselt ..."

„Etwa ooch wir Damen?"

„Natürlich! Man bindet uns dann an den Marterpfahl ..."

„Uns Damen ooch?"

„Selbstverständlich! Und nachher werden wir ermordet ..."

„Die Damen ooch?"

„Allemal! Und wenn wir dann tot sind, werden wir schkalpiert."

„Dunner Sachsen! Doch nich etwa wir Damen ooch?"

„Freilich ooch! Die Roten pflegen die Weiber sogar lebendig zu schkalpieren; sie warten gar nich, bis sie tot sind, wissen

Sie, weil die Damen schöneres und längeres Haar haben, was dem Schkalp eenen viel größeren Wert verleiht ..."

„Danke ergebenst für diese Schmeichelei!" fiel sie ihm in die Rede.

„Bitte sehr!" antwortete er. „Und sodann weil die Schkalphaut sich bei eener toten Leiche nich so gut losziehen läßt wie bei eener lebendigen."

„Is das wahr, oder wollen Sie mir bloß angst machen, Herr Franke?"

„Es is die volle, reene Wahrheet, off die Sie sich ganz ergebenst verlassen können."

„So sind diese Roten ja die echten und richtigen Mordbarbaren! Aber ich lasse mich weder tot noch lebendig schkalpieren! Meine Haut bekommen sie nich, um keenen Preis. Ich wehre mich; ich verteidige meine Haare vom ersten bis zum letzten Oogenblick. Mir sollen sie nich kommen, denn ich bin Frau Rosalie Eberschbach, geborene Morgenstern und verwitwete Leiermüllern, und mich sollen sie kennenlernen!"

Bei der andern Gruppe von Gefangenen, nämlich bei dem Bankier und seinem Buchhalter, ging es weniger lebhaft her. Sie lagen miteinander im Erdgeschoß. Dort brannte keine Lampe; es war finster. Die Feuchtigkeit der Luft und ein zeitweiliges Gurgeln ließen vermuten, daß sie sich in der Nähe der Wasserquelle befanden. Die Mauern waren hier unten so stark, daß das Toben des Unwetters fast gar nicht vernommen wurde. Als man sie an Lassos niedergelassen und der Deckel sich über ihnen geschlossen hatte, horchten die beiden erst eine kleine Weile. Es blieb rund um sie her still, und nichts verriet die Anwesenheit eines andern Menschen. Deshalb ergriff der Bankier das Wort, natürlich in englischer Sprache: „Seid Ihr ohnmächtig, Mr. Baumgarten, oder hört Ihr mich?"

„Ich höre Euch, Sir. Es ist allerdings zum Ohnmächtigwerden. Was haben wir den Indianern getan, daß sie uns in dieser Weise behandeln?"

„Hm, das frage ich mich auch. Warum nehmen sie grad uns zwei gefangen und nicht auch die andern?"

„Was das betrifft, so vermute ich, daß diese es nicht besser haben werden als wir."

„Ihr meint, daß sie auch gefangen sind?"

„Ja."

„Habt Ihr einen Grund dafür?"

„Mehrere. Einer von ihnen ist mir vor allen Dingen maßgebend: Die Roten können uns nicht gefangennehmen, ohne unsre Gefährten auch festzuhalten, da diese uns sonst jedenfalls befreien würden."

„Das ist richtig, aber zugleich auch traurig für uns, denn wir müssen die Hoffnung, befreit zu werden, aufgeben."

„Fällt mir nicht ein! Ich hoffe bis zum letzten Augenblick."

„Auf wen?"

„Zunächst auf Gottes Hilfe. Und dann ist es keineswegs ausgeschlossen, daß wir trotz allem auf unsre Gefährten rechnen können. Sie sind wahrscheinlich ebenso eingeschlossen wie wir, vielleicht nicht gefesselt. Sie haben ihre Waffen bei sich. Nehmen Sie dazu, was für Kerls das sind! Dieser Hobble-Frank ist zwar eine wunderliche, originelle Persönlichkeit, aber gewiß ein unerschrockener, mutiger Mensch und tüchtiger Westmann. Von Hawkens, Parker, Stone und Droll läßt sich dasselbe sagen, und was die übrigen betrifft, so gibt es außer diesem unzuverlässigen Kantor gewiß keinen, der die Hände furchtsam in den Schoß legen wird."

„*Well*, denke das auch. Warum hat man sich unser bemächtigt? Das ist es, was ich wissen möchte. Vielleicht eines Lösegelds wegen?"

„Schwerlich. So etwas wäre die Art weißer Banditen, nicht die der Indiander."

„Also einfach uns ausrauben?"

„Auch nicht, wenigstens nicht allein. Wäre es das, hätte man uns sogleich die Taschen geleert, anstatt uns nur die Waffen abzunehmen. Ich bin kein Westmann und kann also nichts Sicheres sagen, doch ich vermute, das Verhalten der Roten ist eine Folge der zwischen ihnen und den Weißen ausgebrochenen Streitigkeiten."

„*All devils!* Dann hätten wir nichts zu hoffen, denn dann wären wir sozusagen Kriegsgefangene, und es wird uns wohl an den Kragen gehen."

„Wenigstens wird das die Absicht der Roten sein."

„Schöne Aussicht! Am Marterpfahl braten und skalpiert zu werden!"

„Soweit sind wir noch nicht! Ich hoffe, wie gesagt, bis zum letzten Augenblick. Wollen zunächst einmal versuchen, ob wir aus den Fesseln kommen können."

Sie gaben sich alle Mühe; sie strengten ihre Kräfte bis auf das äußerste an, doch ohne jeden Erfolg; die Riemen waren zu fest. Freilich, wenn sich Old Shatterhand und Winnetou an ihrer Stelle befunden hätten, die wären wohl schon nach einigen Minuten frei gewesen; diese beiden dagegen waren unerfahren, und es fehlte ihnen der Scharfsinn, der selbst aus der übelsten Lage einen Ausweg findet. Sie gaben ihre Bemühungen, die Riemen zu sprengen, auf; diese einander aufzuknoten, daran dachten sie nicht, und doch hätten sie, selbst mit gefesselten Händen, wenigstens einen Versuch machen können.

Sie lagen nun still nebeneinander und warteten – lange Zeit, wie sie dünkte. Da hörten sie über sich ein Geräusch. Der Deckel wurde entfernt. Sie erblickten den Sternenhimmel. Das Unwetter hatte sich verzogen, und es war Abend geworden. Sie sahen, daß die Leiter herabgelassen wurde und der Häuptling herniederstieg. Er bückte sich nach ihnen und betastete sie mit den Händen. Als er sich überzeugt hatte, daß sie noch gefesselt waren und still gelegen hatten, sagte er: „Die weißen Hunde sind dümmer als die heulenden Kojoten. Sie kommen in die Wohnung der roten Krieger, ohne zu bedenken, daß jetzt das Messer zwischen uns und ihnen ausgegraben ist. Sie haben uns unser Land, unsre heiligen Orte genommen und uns vertrieben; sie verfolgen und betrügen uns fort und fort. Sie kamen zu wenigen und werden schließlich Millionen; wir aber waren Millionen und müssen verschwinden wie die Mustangs und die Bisons auf der Savanne. Doch wir sterben nicht, ohne uns zu rächen. Das Kriegsbeil ist ausgegraben, und alle Bleichgesichter, die in unsre Hände fallen, sind verloren. So auch ihr. Morgen früh, sobald der Tag graut, werden die Marterpfähle errichtet werden, und euer Schmerzgeheul wird so laut in die Lüfte schallen, daß die Geier in Scharen kommen werden, um euch das Fleisch vom lebendigen Leib zu reißen. So wird es geschehen, denn Ka Maku, der Häuptling, hat es gesagt!“

Nach diesen Worten stieg er wieder empor, zog die Leiter hinterher und legte den Deckel auf die Öffnung.

Seine Drohung war den beiden durch Mark und Bein gegangen; sie nahmen sie ernst, denn sie wußten nicht, daß er im Auftrag handelte und ihnen ihr Schicksal nur deshalb in so düsterer Farbe malte, damit sie ihrem vermeintlichen Retter später um so dankbarer sein möchten.

Dieser Besuch des Häuptlings drückte den Bankier völlig nieder, und auch Baumgarten war bei weitem nicht mehr so zuversichtlich wie vorher. Schon morgen früh am Marterpfahl! Das war ja entsetzlich schnell und die Zeit viel zu kurz für eine Rettung!

Sie teilten sich ihre Befürchtungen mit; sie zermarterten sich das Gehirn, um einen Ausweg zu finden; sie begannen wieder, an ihren Fesseln zu zerren, so daß diese ihnen ins Fleisch schnitten, doch ohne den geringsten Erfolg. Da – es waren wohl einige Stunden vergangen, hörten sie wieder ein Geräusch. Sie blickten nach oben. Der Deckel wurde weggeschoben, und ein Kopf erschien über der Öffnung.

„Pst, pst, Mr. Rollins, seid Ihr da unten?" hörten sie leise fragen.

„Ja, ja!" antwortete der Genannte vor Freude laut, weil er Hoffnung schöpfte.

„Still! Wenn man etwas von uns hört, bin ich verloren. Ist vielleicht Mr. Baumgarten bei Euch?"

„Ja, ich bin auch hier", antwortete der Deutsche.

„Endlich finde ich euch! Ich habe euch unter tausend Todesgefahren gesucht, um euch zu retten. Habt ihr euch gewehrt? Seid ihr verwundet?"

Es klang eine fast liebevolle Besorgnis aus diesen Worten.

„Nein, wir sind gesund und unverletzt", antwortete Rollins.

„So wartet eine kleine Weile; ich will sehen, ob es mir gelingt, eine Leiter herbeizuschaffen. Es stehen zwar überall Wächter da oben, aber ich will, um euch zu retten, gern mein Leben wagen."

Der Kopf verschwand aus der Öffnung.

„Gott sei Dank! Wir werden entkommen!" sagte der Bankier und seufzte erleichtert. „Das war Grinley, unser Ölprinz. Nicht?"

„Ja", antwortete der Buchhalter. „Zwar konnte ich sein Gesicht nicht sehen, aber ich habe ihn an der Stimme erkannt, obgleich er nur flüstern durfte."

„Er holt uns heraus; er riskiert sein Leben, um uns zu befreien. Ist das nicht brav, außerordentlich brav von ihm?"

„Sehr!"

„Da sieht man wieder einmal, wie sich Leute, die sonst scharfsinnig sind, in einem Menschen irren können. Man wollte ihn zum Betrüger stempeln. Jetzt können wir überzeugt sein, daß er unser vollstes Vertrauen verdient. Ihr seht, wie ehrlich und treu er ist. Ich werde gewiß nicht wieder an ihm zweifeln."

Nun erschien der Ölprinz wieder an der Öffnung. Er ließ eine Leiter herab und forderte die beiden mit leiser Stimme auf: „Es ist mir gelungen. Da habt ihr die Leiter. Kommt herauf!"

„Wir können nicht, wir sind gefesselt“, antwortete Rollins.

„Das ist schlimm, denn da vergeht kostbare Zeit, weil ich zu euch hinunter muß.“

Er kam zu ihnen herab, betastete die Fesseln und schnitt sie durch. Die beiden Männer standen auf und dehnten ihre Glieder, um das stockende Blut wieder in Umlauf zu bringen. Dabei erkundigte sich Rollins: „Das werde ich Euch nie vergessen, Sir! Sagt mir doch einmal, wie es Euch gelungen ist, hier ...“

„Pst, still!“ fiel ihm der Ölprinz in die Rede. „Davon später. Jetzt haben wir keine Zeit. Es gilt, schnell fortzukommen, da jeden Augenblick jemand nach euch sehen kann; dann wären wir verloren. Schnell herauf! Richtet euch nicht etwa auf, denn da würdet ihr sofort gesehen werden. Wir müssen uns kriechend entfernen.“

Er stieg empor, und sie folgten ihm. Oben legten sie sich platt auf das Dach nieder.

„Schaut hinauf!“ flüsterte er ihnen zu. „Seht ihr die Wächter?“

Sie sahen im hellen Sternenschein Indianer auf den oberen Terrassen stehen. In ihrer Unerfahrenheit fiel es ihnen gar nicht auf, daß hier unten bei ihnen, wo ein Posten am nötigsten gewesen wäre, keiner stand. Und sie kamen auch nicht auf den Gedanken, daß sie von den Wächtern da oben recht gut gesehen wurden und das Gebaren des Ölprinzen nichts war als die reine Spiegelfechterei. Er ließ das Loch offen und die Leiter darin und raunte ihnen zu: „Folgt mir leise bis zum Rand, wo ich eine Leiter angelegt habe. Wenn wir nicht gesehen werden und erst unten sind, haben wir nichts mehr zu fürchten.“

Sie krochen nach der Kante der ersten Terrasse und sahen dort die Leiter lehnen. Auch das fiel ihnen nicht auf. Sie stiegen einer nach dem andern hinunter und befanden sich nun außerhalb des Pueblos.

„Endlich, endlich!“ sagte da der Ölprinz. „Es ist gelungen. Nun schnell fort von hier!“

„Noch nicht, Mr. Grinley“, sagte der gewissenhafte Buchhalter. „Unsre Gefährten sind doch auch gefangen?“

„Allerdings.“

„Wollen wir sie steckenlassen? Wir haben wohl die Pflicht, ihnen ...“

„Unsinn!“ fiel ihm der andre in die Rede. „Was fällt euch ein! Der Häuptling hat gelogen. Seine Krieger sind nicht auf der

Jagd, sondern hier. Was können wir drei gegen sechzig bis siebzig wohlbewaffnete Indianer tun? Wir würden ins sichere Verderben rennen. Seid froh, daß ich euch herausgeholt habe! Jedes längere Verweilen muß uns Verderben bringen."

„Das mag richtig sein; aber es tut mir leid um die, welche wir nicht retten können."

„Oh, die werden schon selbst für sich sorgen. Es sind ja tüchtige Kerls dabei, die gewiß einen Ausweg finden werden."

„Das beruhigt mich. Und wie kommen wir fort? Man wird uns wahrscheinlich verfolgen. Ja, wenn wir unsre Pferde und Waffen hätten. Auch unser Gepäck wird uns fehlen."

„Es ist alles da; ich habe es gerettet."

„Was? Wie? Das ist ja unmöglich!"

„Oh, ein mutiger Mann macht seinen Freunden zuliebe selbst das Unmögliche möglich. Ich allein freilich hätte es nicht fertiggebracht; ich habe Hilfe und Unterstützung gefunden."

„Bei wem?"

„Bei zwei wackeren Gentlemen, zu denen ich euch führen werde. Kommt also rasch; wir dürfen keinen Augenblick mehr hier verweilen."

Er führte sie an der Außenmauer des Pueblos entlang und dann nach dem Trümmergewirr, in dem heute die Indianer gesteckt hatten. Dort trafen sie auf Buttler und Poller und fanden bei ihnen nicht nur ihre Pferde und ihre Waffen, sondern auch ihr ganzes sonstiges Eigentum. Darüber waren sie denn doch erstaunt; ihre Fragen wies der Ölprinz mit den Worten zurück: „Jetzt müssen wir augenblicklich fort, denn man wird, wie ihr selbst richtig vermutet habt, uns verfolgen, und da ist es nötig, einen möglichst großen Vorsprung zu erlangen. Unterwegs sollt ihr erfahren, wie sich alles zugetragen hat."

Er hatte sich eine glaubhafte Erzählung zurechtgelegt und war überzeugt, daß diese die gewünschte Aufnahme finden würde. Sie stiegen auf und jagten im Galopp von dannen. Der Bankier war von Dank gegen seine Retter erfüllt; ihn kümmerten die Zurückgelassenen nicht; Baumgarten allerdings konnte sich des Gedankens nicht erwehren, daß es eigentlich ihre Pflicht gewesen wäre, die Befreiung ihrer Gefährten wenigstens zu versuchen.

Diese befanden sich in einer Lage, die zwar ernst war, aber auch ihre komische Seite hatte, und das wegen der Eigenarten einiger der beteiligten Personen. Man war zuerst der Überzeugung gewesen, daß die Eingangsklappe wieder geöffnet werden würde, damit der Bankier und sein Buchhalter nachkommen könnten. Die feste Behauptung Schi-Sos brachte in diese Ansicht die erste Bresche, und als man dann längere Zeit, ja stundenlang gewartet hatte, ohne daß der Deckel geöffnet wurde, war es klar, daß Schi-So recht hatte. Das veränderte natürlich die bisher ruhige Stimmung der Eingesperrten. Die erfahrenen Westmänner waren zwar gewohnt, sich zu beherrschen, desto aufgeregter zeigten sich die andern, die deutschen Einwanderer, die vor Sorge außer sich waren; sie dachten natürlich, daß es nicht bloß auf ihr Eigentum, sondern auch auf ihr Leben abgesehen sei. Ein einziger von ihnen bewahrte seine Fassung, nämlich der Kantor, dem es gar nicht einfiel, zu glauben, daß sein künstlerisches Dichten und Trachten hier einen gewalttätigen Abschluß finden könnte. Wie sich sehr leicht denken läßt, führte Frau Rosalie das erste Wort. Sie schimpfte gewaltig zunächst auf die Indianer und dann auf Sam Hawkens und seine Gefährten, denen sie die Schuld gab, daß sie in die gegenwärtige Lage gekommen war.

„Wer hätte das diesem alten roten Indianerbürgermeester angesehen!“ sagte Frau Rosalie. „Der Mann war so freundlich wie schöne gelbe Grasbutter; er tat so schön und so freundlich, daß ich schon gloobte, er werde mich zu eenem Walzer angaschieren. Und jetzt stellt sich's raus, daß das alles Falschheet, Betrug und Hinterlistigkeet gewesen is. Ohrfeigen sollte man dem Kerl geben, Maulschellen, gehörige, tüchtige Maulschellen, immer eene herüber und die andre hinüber! Was will er denn eegentlich von uns? Off was hat er es denn abgesehen? Off unsre Sachen und off unser Geld? Sagen Sie mir das, Herr Hawkens? Reden Sie, sprechen Sie! Stehen Sie nich da wie een chinesischer Ölgötze, der keen Wort von sich geben kann! Ich will und muß partuh wissen, woran ich bin.“

„Natürlich haben sie es auf unser Eigentum abgesehen“, antwortete Sam.

„Natürlich? Das finde ich gar nich so natürlich wie Sie. Mein Eegentum is eben mein Eegentum, an dem mir keen andrer Mensch herumzufispern hat. Wer die Hand nach meinen rechtmäßigen und gesetzlichen Habseligkeeten ausstreckt, der is een Spitzbube, verstehen Sie mich! Und da gibt's in Sachsen gewisse Paragraphen, die von der Polizei streng gehandhabt werden. Wer maust, der wird eingesteckt oder ooch sogar ins Loch gesperrt!“

„Das ist sehr richtig; aber leider befinden wir uns nicht in Sachsen."

„Nich in Sachsen? I, was Sie nich sagen! Ich bin noch lange keene Amerikanerin; ich befinde mich zwar gegenwärtig hier, aber meine gute sächsische Staatsangehörigkeet habe ich trotzdem noch nich offgegeben. Ich bin immer noch eene Landestochter des schönen Sachsenlandes an der Elbe. Die Sachsen haben in mehr als zwanzig Schlachten gesiegt und werden mich ooch hier herauszuhauen wissen. Verstehen Sie mich? Ich habe dreißig Jahre lang meine Abgaben, Steuern und Schulanlagen pünktlich und ehrlich bezahlt, bin noch keenen eenzigen Pfennig schuldig geblieben und kann also verlangen, daß mein Heimatstaat sich tapfer meiner annimmt, wenn so een roter indianischer Taugenischt und Tunichtgut mich betrügen und bestehlen will! Ich laß mich nich berauben und dann ohne eenen Pfennig in der Tasche fortjagen."

Sam warf einen seiner eigentümlich funkelnden Blicke auf die erregte Frau und meinte: „Sie machen sich eine falsche Vorstellung, Frau Ebersbach. Man wird Sie nicht ausrauben und dann fortjagen."

„Nich? Was denn?"

„Wenn der Indianer raubt, so tötet er auch. Nimmt er uns das Eigentum, so nimmt er uns auch das Leben, damit wir uns nicht später rächen können."

„Herr, meine Seele! Wollen Sie etwa sagen, daß wir ermordet werden sollen?"

„Ja."

„Wirklich? Na, da hört grad alles off! Und das haben Sie gewußt und uns trotzdem hierhergeführt? Herr Hawkens, nehmen Sie es mir ja nich übel, Sie sind een Ungeheuer, een Molch, een Drache, wie es keenen zweeten geben kann!"

„Entschuldigen Sie! Konnte ich wissen, was die Indianer vorhatten? Diese Pueblos sind als freundlich und zuverlässig bekannt; es war beinahe unmöglich, zu denken, daß sie uns solch eine Falle stellen würden."

„Mußten Sie denn hineinspringen? Wir konnten draußen bleiben."

„Bei dem Wetter?!"

„Ach was, Wetter! Ich lasse mir doch lieber zehn Wasserbottiche in den Zopf regnen als mich ausrauben und umbringen. Das können Sie sich so von ohngefähr selbst denken. Du lieber Himmel! Ermordet werden! Wer hätte das gedacht! Ich bin ausgewandert, um noch eene ganze Reihe von Jahren amerikanisch leben zu bleiben, und kaum habe ich meine Füße in dieses Land gesetzt, so tritt mir der leibhaftige Tod entgegen. Ich möchte den sehen, der das aushalten kann."

Da kam der Kantor zu ihr, legte ihr die Hand auf den Arm und sagte in beruhigendem Ton: „Regen Sie sich nicht unnütz auf, meine liebe Frau Ebersbach. Vom Tod kann hier keine Rede sein."

„Nich? Wieso?"

„Solange ich bei Ihnen bin, sind Sie sicher vor jeder Gefahr. Ich schütze Sie!"

„Sie? – Mich ...?" fragte sie, indem sie ihren Blick ungläubig an seiner Gestalt hinuntergleiten ließ.

„Ja, ich Sie! Sie wissen, daß ich eine Heldenoper von zwölf Akten komponieren will?"

„Natürlich, ich hab's ja mehr als oft genug hören müssen."

„Na also! Ein Komponist ist ein Jünger der Kunst, und Sie können sich fest darauf verlassen, daß diese mächtige Göttin keinen ihrer Anhänger sterben läßt."

„Aber ich komponiere nich!"

„Schadet nichts, Sie stehen unter meinem Schutz. Um meiner großen Oper willen werden es die Musen zu machen wissen, daß ich gesund und froh nach Hause zurückkehre, denn sonst würde der Welt ein Kunstwerk verlorengehen, das geradezu unersetzlich wäre. Es wird mir während meiner amerikanischen Reise kein Haar meines Hauptes gekrümmt werden; folglich ist jeder, der sich bei mir befindet, vor jedem Unfall sicher."

„Schön! Dann will – ich wollte sagen: Wenn Sie so sicher sind, daß uns nischt passieren kann, so haben Sie die Gewogenheet, uns aus der Patsche, in der wir stecken, herauszuschaffen!"

Da kratzte er sich hinter dem Ohr und antwortete brummend: „Sie scheinen mich falsch verstanden zu haben, meine Allerliebste. Man darf ein Tonstück, das mit Lento bezeichnet ist, nicht allegro vivace spielen. Wenn ich gesagt habe, daß Ihnen in meiner Gegenwart kein Unglück geschehen kann, so meine ich damit keineswegs, daß ich es bin, der die Pforten unsrer gegenwärtigen Gefangenschaft zu öffnen hat. Dazu sind andre Leute da. Ich brauche Ihnen nur Herrn Franke zu nennen, der schon viele große Taten ausgeführt hat und uns auf keinen Fall sitzenlassen wird. Habe ich da nicht recht?"

Er richtete diese letztere Frage an Hobble-Frank. Dieser fühlte sich geschmeichelt und antwortete in seiner bekannten Weise: „Ja, Sie haben richtig gesprochen, völlig richtig, Herr Kantor emeriticus, und das Vertrauen, mit dem Sie mich in so reservierter Weise beehren, soll nich betrogen werden. Ich bin der Mann, off den Sie sich in jeder partikularen Fährlichkeet verlassen können. Was keen Verstand der Verständigen sieht, das is dem Hobble sein Lieblingslied. Und wenn alle Stränge reißen sollten, ich mache euch frei!"

„Wie denn?" fragte Sam.

„Du gloobst's wohl etwa nich?"

„Laß nur erst hören, ob dein Weg kein Irrweg ist."

„Du, ich will dir mal was sagen: Wo du nicht bist, Herr Organist, da schweigen alle Flöten. Ich bin der Herr Organist, und du bist die Flöte, die zu schweigen hat. Mein Weg is der richtige, wie ihr gleich erkennen werdet. Ihr habt an der Mauer herumgepocht und an der Decke herumgestochen, ohne ein richtiges Fazit destillata zu finden; eure Messer konnten nich in die Steene dringen. Ich aber mach eene Wette mit, daß es hier Löcher gibt, in denen wir die Hebel der Befreiung ansetzen müssen, wenn wir die Fesseln der Gefangenschaft in die Luft mundieren wollen."

„Löcher? Wo denn?"

„Wo? Ja, das müssen wir erst suchen."

„So sind wir gradso klug wie vorher, als wir suchten und nichts fanden."

„Schweig stille! Wäre dieses Suchen unter meiner geographischen Oberleitung vor sich gegangen, so hättet ihr den Kasus Belladonna sofort gefunden. Eure Oogen sind mit Blindheet geschlagen und alle eure Nasen nich drei Pfennige wert. Der Deckel da oben is zu, und außer ihm scheint es keene Öffnung zu geben. Wenn das wahr wäre, müßte man hier ersticken, weil die Lebensluft infolge unseres konservierten Sauerstoffs alle würde. Wenigstens würde es hier moderig und muffig riechen. Nu seht euch mal die Lampe an, wie schön sie brennt, und strengt dazu die Riechorgane an, ob ooch nur eene Spur von schlechter Luft vorhanden is! Ich bin überzeugt, daß die Luft immer wieder erneuert wird, was der Gelehrte mit Vehikulation bezeichnet. Diese Vehikulation habe ich sehr genau studiert, als ich meine ‚Villa Bärenfett' bauen ließ. Sie findet stets in der Weise statt, daß unten die frische Luft eintritt und die schlechte oben entweicht. Es müssen also unten und oben Löcher sein, hier ebenso wie in meiner Villa an der Elbe. Es gibt eenen immerwährenden Luftzug, den wir entdecken müssen. Und wißt ihr denn, wie man diese Entdeckung am besten improfitieren kann?"

„Mit dem Licht, meinst du wohl?" fragte Sam.

„Ja, mit der Lampe. Siehste, daß es bei dir Zeiten gibt, wo du nich ganz off den Kopp gefallen bist! Nehmt also mal die Lampe und haltet sie unten am Fußboden längs der Mauer hin; da werdet ihr die Stellen finden, wo die Luft von außen hereinkommt. Und wenn ihr nachher die Decke ebenso untersucht, entdeckt ihr ganz gewiß die Panamakanäle, durch welche die schlechte Atmosphäre in das draußen befindliche Weltall steigt."

„Du, Frank, dieser Gedanke ist wirklich nicht übel!" rief Sam Hawkens. „Deine Beobachtung ist richtig; wir haben hier eine völlig reine Luft; es muß also eine Art von Ventilation vorhanden sein. Wir werden suchen."

„Na, siehste also, alte Flöte, daß der Organist seine Sache versteht! Wenn ich nich wäre, so ... Horch!"

Er hielt in seiner Rede inne, und die andern lauschten auch nach oben, wo jetzt ein Geräusch vernommen wurde. Das Unwetter war vorüber; es donnerte nicht mehr, und so hörte man deutlich, was auf dem platten Dach geschah: Es wurden schwere Steine weggewälzt, und dann öffnete man den Deckel einen Spalt breit. Dann ließ sich die Stimme des Häuptlings vernehmen: „Die weißen Männer mögen hören, was ich ihnen sage! Sie werden jetzt wissen, daß sie meine Gefangenen sind. Es ist Krieg zwischen uns und den Bleichgesichtern, und so sollte ich sie eigentlich töten; aber ich will gnädig sein und ihnen ihr Leben schenken, wenn sie freiwillig alles abgeben, was sie bei sich haben. Ihr Anführer mag mir antworten!"

Mit der Bezeichnung „Anführer" war Sam Hawkens gemeint. Dieser antwortete sofort: „Du sollst alles haben, was du wünschst. Laß uns hinauf, so geben wir es ab!"

„Mein Bruder spricht mit der Zunge der Schlange. Wenn ich euch hinaufließe, würdet ihr nichts geben, sondern euch wehren."

„So komm herab und hol dir, was du verlangst!"

„Dann würdet ihr mich unten behalten. Die Bleichgesichter mögen zunächst ihre Waffen zusammentun und mit den Riemen, die ich hinabwerfe, zusammenbinden. Wir werden dann unsere Lassos hinablassen und die Bündel emporziehen. Der Anführer mag sagen, ob ihr damit einverstanden seid!"

„Wird Ka Maku, der Häuptling, sein Wort halten und uns auch freilassen, wenn wir ihm alles abgegeben haben?"

„Ja."

„Ja? Hihihihi! Halte uns nicht für so dumm, wie du selber bist, und mach dich schleunigst von da oben weg, sonst gebe ich dir eine Kugel in den Kopf! Wir wissen genau, woran wir mit euch sind, ihr Lügner und Verräter. Ihr werdet nicht so viel von uns bekommen, wie man vom Fingernagel schneidet."

„Ist das dein Ernst?"

„Mein voller Ernst."

„So müßt ihr sterben!"

„Warte es ab! Der Tod drohte uns auch dann, wenn wir euch alles geben. Ihr habt euch verrechnet. Wir haben Gewehre und werden euch zwingen, uns ohne Lösegeld ziehen zu lassen."

„Mein Bruder irrt sich. Eure Waffen bringen euch keinen Nutzen, denn es wird gar nicht zum Kampf kommen. Ihr seid eingesperrt und könnt nicht heraus. Wir werden euch nicht angreifen, und ihr braucht euch nicht zu verteidigen; aber ihr habt kein Wasser und nichts zu essen. Wir werden warten, bis ihr verschmachtet seid, und dann ohne Kampf bekommen, was wir wollen. *Howgh!*"

Der Deckel klappte wieder zu, und dann hörte man unten, daß die Steine daraufgewälzt wurden.

„Dummheit!" brummte Dick Stone. „Du hättest es besser machen sollen!"

„Wie denn?" fragte Sam.

„Gar nicht antworten, sondern ihm eine Kugel geben."

„Fällt mir nicht ein!"

„Warum nicht? Der Halunke hielt zwar den Kopf weit zurück, aber seine Stirn war so deutlich zu sehen, daß man sie mit einer Kugel hätte durchlöchern können."

„Das weiß ich wohl, alter Dick; glaubst du denn, daß uns das etwas genützt hätte? Unsre Lage wäre im Gegenteil dadurch nur verschlimmert worden. Nein, wenn es nicht nötig ist, vergieße ich kein Blut. Wollen vor allen Dingen versuchen, uns durch List zu befreien."

„So gilt es, den Rat Franks zu befolgen; wir müssen uns damit beeilen, denn die Lampe wird nicht mehr lange brennen, dann sitzen wir im Finstern."

Es stellte sich heraus, daß Hobble-Frank recht gehabt hatte.

In der Außenmauer waren nahe dem Fußboden Löcher angebracht, um den Eintritt der Luft zu ermöglichen, und bald entdeckte man auch in der Decke kleine Öffnungen, durch welche die schlechte Luft entweichen konnte. Diese Öffnungen führten schräg durch die Decke. Wären sie senkrecht angebracht gewesen, hätte man sie leichter entdeckt, weil man den Himmel hätte sehen können. Sie hatten einen Durchmesser von vielleicht sechs Zentimetern; bedeutend größer waren die Öffnungen, die unten durch die Außenmauer führten.

„Jetzt ist uns wahrscheinlich geholfen“, meinte Will Parker. „Vorhin konnten wir mit unsern Messern nichts machen; jetzt wollen wir versuchen, die Löcher mit unseren scharfen Klingen zu erweitern. Es fragt sich nur, wo wir hinauswollen. Durch die Mauer?“

„Die ist zu dick“, sagte Sam. „Um da ein Loch, das groß genug ist, fertigzubringen, müßten wir mehrere Tage lang arbeiten.“

„Also durch die Decke?“

„Ja. Freilich wird das dadurch schwierig, daß der, welcher arbeitet, auf den Schultern zweier andrer stehen oder sitzen muß; wenn wir erst einmal ein Holz entfernt haben, dann wird es schneller gehen. Leider haben wir nur noch höchstens für eine halbe Stunde Licht; dann befinden wir uns im Finstern. Suchen wir uns die passendste Stelle aus!“

Die war bald gefunden. Sam und Frank wollten zuerst arbeiten; Sam stellte sich auf Stone und Parker, Frank auf die beiden Deutschen Ebersbach und Strauch. Wenn sie ermüdet waren, sollten sie abgelöst werden. Als sie ihre Arbeit in Angriff genommen hatten, machte Schi-So die Bemerkung: „Das Licht reicht nicht. Vielleicht ist es später nötiger als jetzt. Warum es also jetzt zu Ende brennen lassen?“

Er hatte recht; deshalb wurde es ausgelöscht. Nun war es völlig dunkel im Raum. Man hörte das leise Bohren und Knirschen der Messer und das Atmen der beiden Arbeitenden; sie strengten sich so an, daß sie schon nach einer Viertelstunde abgelöst werden mußten. Von Schlaf war keine Rede. Man bohrte und schnitt und kratzte die ganze Nacht hindurch; dann war so viel Holz aus der Decke geschnitten, daß ein Loch entstand, durch das ein Mann kriechen konnte. Nun galt es, dieses Loch durch das Außenmaterial nach oben fortzusetzen. Dieses Material bestand aus festgestampftem Lehm, der hart wie Stein war. Da kam man äußerst langsam voran, und es war Mittag geworden, als das Geräusch, das die Messer verursachten, einen Klang annahm, der verriet, daß die Decke nun bald durchbrochen war.

„Macht jetzt leise, so leise wie möglich", gebot Sam Hawkens, „sonst hören sie euch oben."

Kaum hatte er diese Worte gesprochen, fiel draußen über den Arbeitenden ein Schuß, und einige Augenblicke später rief Dick Stone, der neben Droll oben im Loch arbeitete: „*All devils!* Ich bin verwundet."

„Ist's möglich? Wo denn?" fragte Sam.

„Am Oberarm. Die Halunken schießen auf uns."

„Durch die Decke? Da haben sie also das Geräusch eurer Messer gehört. Ist's bös mit der Wunde?"

„Glaube nicht. Wahrscheinlich ein Streifschuß. Der Knochen ist unverletzt; aber ich fühle das Blut rinnen."

„So kommt schnell herab! Sie könnten wieder schießen und euch in die Köpfe treffen. Wollen deinen Arm untersuchen."

Jetzt war es gut, daß man die Lampe nicht ganz hatte ausbrennen lassen. Kaum war der Platz unter dem Loch frei geworden, fielen noch zwei, drei Schüsse durch die Decke. Man hörte die Kugeln unten in den Boden schlagen. Sam Hawkens stieß ein überlautes Gebrüll aus.

„Was schreist du?" fragte ihn Parker. „Bist du getroffen worden?"

„Nein. Will bloß wissen, wo die Halunken stehen."

Oben ertönte ein Freudengeheul. Die Indianer hatten die Stimme Sams gehört, glaubten, ihn getroffen zu haben, und äußerten ihre Freude darüber.

„Sehr gut!" Sam lachte. „Die Kerls liegen oder kauern gerade über unserem Loch und horchen. Wollen ihnen auch einige Kugeln geben. Frank und Droll, kommt! In unsern drei Doppelgewehren stecken sechs Kugeln. Jeder zwei Schüsse schnell hintereinander. Eins – zwei – drei!"

Die Schüsse krachten, und sofort erhob sich draußen über den Gefangenen ein Wut- und Schmerzensgeheul.

„*Well!* Ausgezeichnet! Hihihihi!" Sam lachte. „Wir scheinen einige getroffen zu haben. Glaube nicht, daß sie sich wieder hersetzen, um zu lauschen."

„Aber ich stelle mich auch nicht wieder in das Loch, um auf mich schießen zu lassen!" sagte Stone murrend.

„Wird kein Mensch verlangen", erwiderte Sam. „Zeig deinen Arm!"

Es stellte sich heraus, daß es nur eine kleine Streifwunde

war, die leicht verbunden werden konnte. Als das geschehen war, sagte Hobble-Frank: „Wir hätten nich durch die Decke, sondern hier unten durch die Mauer graben sollen. Off der Decke stehen die Indianer und hören uns. Brechen wir durch die Mauer, kann uns keen Mensch hören."

„Die Arbeit ist viel schwerer", warf Sam ein.

„Lieber eene schwere Arbeit, wobei man nich das Leben wagt, als eene leichte, bei der man erschossen wird. Das is meine unmaßgebliche Kompensation, mit der ich geflissentlicherweise recht haben werde."

Man stimmte ihm bei. Es wurde eine kurze Beratung gehalten, deren Ergebnis der Beschluß war, seinem Rat Folge zu leisten. Die in der Außenmauer befindlichen Luftlöcher waren so groß, daß man zwei Flintenläufe nebeneinander hineinstecken und sie als Hebel benutzen konnte. Auf diese Weise gelang es, allerdings erst nach stundenlanger Anstrengung, das Bindematerial der Steine so zu lockern, daß man nun mit den Messern fortfahren konnte.

Darüber verging der Nachmittag. Es war Abend geworden, als endlich der erste Stein aus der Mauer fiel. Der erste! Und wie viele waren noch zu entfernen! Und wie stand es mit den Gefangenen! Sie hatten hier Rast machen und sich erholen wollen; aber es war nach ihrer Ankunft nur Zeit zum Trinken, nicht zum Essen gewesen. Nun waren sie schon über einen Tag gefangen, ohne etwas genossen zu haben. Hunger und Durst stellten sich ein. Das hatte bei den Erwachsenen jetzt noch nicht viel zu sagen, aber die Kinder verlangten nach Speise und nach Trank und konnten nicht leicht beruhigt werden.

Die ganze Nacht hindurch war an dem Loch gearbeitet worden; es war äußerst langsam vorwärtsgegangen, weil die Mauer so dick und der Mörtel beinahe noch fester als der Stein war. Endlich war man hindurch; ein Stein fiel nach außen. Das kleine Loch, das dadurch entstanden war, ließ den fahlen Schein des anbrechenden Morgens hereinfallen. Nun ging es rascher; noch eine halbe Stunde, und das Loch war so weit, daß ein Mann hinauskriechen konnte.

„Gewonnen!" jubelte Frau Rosalie. „Dieses Loch is zwar keene bequeme Passage für eene anständige Dame, aber wenn es sich um die Freiheit handelt, krieche ich sogar durch eene Feueresse, wobei man sich später wieder abwaschen kann. Jetzt vorwärts, meine Herren! Wer macht voran? Die Höflichkeet erfordert natürlich, daß wir Damen zu allererscht gerettet werden. Darum mache ich den Vorschlag, daß ich den Anfang mache."

Sie bückte sich schon, um den Kopf in das Loch zu stecken; Hobble-Frank zog sie zurück und sagte: „Sind Sie nich recht gescheit, Madame Eberschbach? Was fällt Ihnen ein? Das is nischt für Weiber. Hier müssen die Herren der Schöpfung den Anfang machen."

„Wer?" fragte sie. „Die Herren der Schöpfung? Zu denen rechnen Sie sich wohl ooch mit?"

„Natürlich!"

„Na, da tut mir die ganze liebe Schöpfung leed. Ich bin eene Dame. Und haben Sie etwa nich gehört, daß man gegen Damen zuvorkommend sein soll?"

„Ja, das weeß ich sehr genau und bin es ooch stets gewesen."

„Das machen Sie mir nich weis; verstehn Sie mich! Ich danke dafür, wenn eener, der so unhöflich is, sich ooch noch großartig eenen Herrn der Schöpfung nennt!"

„Ich verstehe Sie nich, meine liebste, ergebenste Frau Eberschbach! Ich bin ganz und gar zuvorkommend gegen Sie!"

„I, was Sie nich sagen? Wieso denn eegentlich?"

„Weil ich Ihnen beim Hinauskriechen so pomäle zuvorkommen will. Is das denn nich zuvorkommend?"

„O – o – o! Ja, wenn Sie das in dieser Weise meenen, da wenden Sie das Wort ganz falsch an. Sie sollen zuvorkommend sein, indem Sie mich zuvorkommend sein lassen. Können Sie das denn nich begreifen?"

„Sogar sehr gut. Aber Sie machen's ganz verkehrt!"

„Verkehrt? Wieso?"

„Na, das Loch da is doch wenigstens fünf Ellen hoch über der darunterliegenden Terrasse. Nich?"

„Jawohl."

„Sie müssen also so hoch hinunterspringen."

„Natürlich!"

„Können Sie das?"

„Ich hoffe es. Wenn es sich um meine Freiheit und um mein Leben handelt, springe ich, so hoch oder so tief es is."

„Mit dem Koppe voran?"

„Mit dem Koppe? Wie denn anders?"

„Na, wenn Sie mit dem Koppe fünf Ellen tief unten offliegen, da stoßen Sie ihn sich so weit in die Schultern hinein, daß er gar nich mehr zu sehen is. Man springt mit den Füßen, nich mit dem Körperteel, in dem der gesunde Menschenverstand offbewahrt zu werden pflegt. Also muß man mit den Füßen voran durch dieses Loch kriechen."

„Das is dennoch verkehrt. Ich habe die Oogen nich in den Füßen."

„Sehr richtig, wenn Sie nich etwa die Hühneroogen meenen."

„Und ich muß mich, wenn ich hinauskomme, erscht genau umsehen, ob niemand da is, der mir schaden kann! Dazu sind die Oogen nötig, also muß man mit dem Koppe zuerst ins Loch."

„Ooch das gebe ich zu. Dennoch werden Sie sofort einsehen, daß es höchst rücksichtsvoll von mir is, wenn ich vor Ihnen hineinwill. Ich setze den Fall, die Indianer haben die Steene fallen hören, die wir hinausgestoßen haben. Dann stehen sie gewiß Wache und sehen unser Loch. Wenn nun der erschte kommt, der hinauswill, so geben sie ihm sicher eene Kugel, ganz gleich, ob er mit den Füßen oder mit dem Koppe zuerscht das Morgenlicht erblickt. Wenn Sie nun noch voran wollen, so habe ich nischt dagegen. Schaköng a song Hut!"

„Da danke ich freilich, da danke ich sehr! Ich bin eine Dame und als solche nich verpflichtet, für die Herren der Schöpfung den Kugelfang abzugeben."

Sie trat jetzt außerordentlich schnell zurück. Frank erhielt auch nicht die Erlaubnis, der erste zu sein, sondern Sam Hawkens nahm dieses gefährliche Vorrecht für sich in Anspruch. Er kroch, mit dem Kopf voran, langsam vorwärts. Als sein Auge die Mündung des Loches erreicht hatte, fuhr er schnell zurück, kam wieder herein und meldete: „Wahrhaftig, es stehen mehrere Wachen unten auf der Plattform. Unser Loch ist also entdeckt worden."

„Haben sie dich gesehen?" fragte Dick Stone.

„Nein."

„Wie sind sie bewaffnet?"

„Mit Gewehren."

„So schießen sie auf alle Fälle. Sie stehen unten auf der Plattform, auf die wir springen müssen, und von uns kann immer nur einer hinaus. Wahrscheinlich wird das Loch nicht nur von dort, sondern auch von oben aus bewacht. Wollen einmal sehen."

Er nahm seine lange Rifle, stülpte seine unaussprechliche und unbeschreibliche Kopfbedeckung auf die Mündung und schob den Lauf langsam so in das Loch, daß es draußen aussehn mußte, als ob ein Menschenkopf in der Öffnung erscheine. Draußen ertönte ein Ruf, und zugleich fielen mehrere Schüsse. Er zog das Gewehr wieder herein, untersuchte die Kopfbedeckung und sagte: „Zwei Kugeln sind hindurch, eine von unten und eine von oben. Was sagst du dazu, alter Sam?"

Es dauerte eine ganze Weile, ehe der Gefragte antwortete. Sie warteten alle mit großer Spannung, dann endlich sagte er in einem Ton, der ziemlich niedergeschlagen klang: „Es sind auch Wächter über uns, die über die Kante unsrer Etage hinausblicken und das Loch beobachten. Über uns Wächter und unter uns Wächter; das ist schlimm, sehr schlimm!"

„Wir schießen sie weg!" meinte Hobble-Frank wohlgemut.

„Versuch es!"

„Warum nich?"

„Überleg doch, bevor du sprichst. Kannst du die, welche auf unserm Dach sitzen, wegschießen?"

„Nee. Daran hatte ich freilich nich gedacht; aber desto leichter die, welche draußen unter uns stehen."

„Wie willst du das anfangen?"

„Na, ich brauch doch bloß das Gewehr off sie zu richten und loszudrücken!"

„Das ist leichter gesagt als getan. Das Loch ist so eng, daß du nur dann auf sie zielen kannst, wenn du das ganze Gewehr, die beiden Hände und den Kopf draußen hast. Ehe du dich in diese höchst gefährliche Lage bringst, hast du einige Kugeln im Kopf."

„Wetter! Das is richtig! Nu haben wir das schöne Loch und können nich naus!"

„Leider, leider! Wir haben uns umsonst geplagt. Wir können weder durch die Decke noch durch die Mauer."

„Dunner Sachsen! Is das wahr?" fragte Frau Rosalie.

„Es ist nur zu wahr", erklärte Sam.

„Gibt es denn keenen andern Ausweg? Etwa hier durch den Fußboden?"

„Nein, denn es wird unter uns jedenfalls auch aufgepaßt."

„Na, da stehen die Ochsen ja gerade so am Berge wie vorher! Und das will sich Herren der Schöpfung nennen. Wenn ich een Mann wäre, ich wüßte gewiß, was ich täte!"

„Nun, was?"

„Ja, das weeß ich eben nich, weil ich keen Mann, sondern eene Dame bin. Die Herren sind da, um uns zu schützen; verstehn Sie mich? Nu tun Sie Ihre Pflicht. Ich hab's ganz und gar nich nötig, mir den Kopp darüber zu zerbrechen, wie Sie mich aus dieser Gefangenschaft retten wollen. Aber raus muß ich unbedingt, und so fordre ich Sie off, Ihre paar Sinne anzustrengen, um zu ermitteln, off welche Weise Sie mich retten können und sich dazu!“

Es trat eine lange Pause ein. Alle dachten nach, ob es denn keinen Weg der Rettung gäbe. So verging eine halbe, eine ganze Stunde in trübem, peinlichem Schweigen. Da endlich hörte man Schi-So sagen: „Das Denken und Grübeln bringt keinen Nutzen. Wir können nicht hinaus, denn wir müßten einzeln hinauskriechen und würden einzeln weggeschossen. Dennoch denke ich, daß wir gerettet werden.“

„Wie? Wie? Wodurch? Auf welche Weise?“ erklang es um ihn her.

„Old Shatterhand und Winnetou wollen sich auf Forners Rancho treffen. Forner wird ihnen von uns sagen, und es ist gewiß, daß diese beiden berühmten Männer unsrer Spur folgen. Sie werden also hier nach dem Pueblo kommen.“

„Ja“, erklärte Sam mit einem tiefen Seufzer, „das ist die einzige Hoffnung, die wir haben. Sie werden kommen, darauf möchte ich schwören. Und wenn wir es bis dahin aushalten, werden wir gerettet werden.“

„Das sind doch nur zwee Menschen. Was können die gegen so viele Indianer ausrichten?“ warf Frau Rosalie ein.

„Schweigen Sie untertänigst!“ wurde sie von Hobble-Frank aufgefordert. „Was verstehen Sie von diesen beeden Helden, die meine Freunde und Gönner sind! Ich sage Ihnen: Und wenn tausend Rote uns bewachen, Old Shatterhand und Winnetou holen uns heraus, entweder mit List oder mit Gewalt, je nachdem es ihnen beliebt. Die haben noch ganz andre Sachen fertiggebracht. Wenn sie nur erscht unsre Spur haben, nachher brauchen wir uns nich zu sorgen; sie holen uns heraus, und nich uns alleene.“

„Wen denn noch?“

„Ooch den Bankier, wenn er noch lebt.“

„Der wird wohl nicht mehr leben“, sagte Sam, „er nicht und sein Buchhalter nicht. Auf diese beiden war es wohl ganz besonders abgesehen, sonst hätte man sie nicht von uns getrennt.“

Er hatte recht, freilich in andrer Art. Auf sie war es allerdings ganz besonders abgesehen gewesen, allerdings nicht so, daß ihnen der Häuptling ans Leben wollte.

SIEBENTES KAPITEL

Die Befreiung

Sie waren entkommen und mit dem Ölprinzen, Buttler und Poller gegen Norden geritten, ohne anzuhalten, bis sie um die Mittagszeit in den Mogollonbergen den ersten Wald erreichten, der ihnen Schatten, Kühlung und Wasser bot. Da stiegen sie ab und setzten sich an einem Bach nieder, um auszuruhen und auch ihren Pferden Erholung zu gönnen. Hier war es, wo der Ölprinz sein Märchen erzählte, mit dem er dem Bankier die Ereignisse des vergangenen Abends zu erklären versuchte, was ihm auch völlig gelang. Rollins hielt ihn jetzt fest für einen Ehrenmann und freute sich darüber, in Buttler und Poller so brave und ehrenwerte Gefährten gefunden zu haben.

Als sie ausgeruht hatten, stiegen sie wieder auf und ritten weiter, bis sie gegen Abend eine Stelle fanden, die sich sehr gut zum Lagerplatz für die Nacht eignete. Es gab da Wasser und genug dürres Holz, um ein Feuer die ganze Nacht zu unterhalten. Daß der Ölprinz, Buttler und Poller sehr reichlich mit Nahrungsmitteln versehen waren, die sie nur vom Pueblo mitgenommen haben konnten, das fiel weder Rollins noch Baumgarten auf. Als Poller das Feuer anbrannte, meinte Buttler im Ton leiser Besorgnis: „Wir befinden uns in der Nähe der Nijoraindianer. Wäre es nicht vielleicht besser, auf das Feuer zu verzichten, das uns verraten kann?"

„Es hat keine Gefahr", erklärte der Ölprinz. „Ich stehe mit den Nijoras auf gutem Fuß."

„Sie haben das Kriegsbeil ausgegraben!"

„Tut nichts. Mir sind sie selbst auf dem Kriegszug nicht gefährlich."

„Mag sein; sie wohnen nördlich von hier und die Gilenjos südlich; wir befinden uns also auf der Grenze zwischen beiden, und solche Grenzgebiete sind stets gefährlich, weil da etwaige Feindseligkeiten zuerst beginnen und zum Austrag gebracht werden. Da gibt es immer einzelne Herumtreiber, welche die gefährlichsten sind und weder Feind noch Freund schonen, wenn sie nur ihre Rechnung dabei finden."

„Und ich sage dir, du kannst sicher sein, daß sich in dieser ganzen Gegend außer uns kein Mensch befindet. Und gerade diese Stelle liegt tief versteckt, ich glaube, ich bin der, der sie kennt, denn sooft ich auch hier war, bin ich niemals einem Menschen begegnet und habe auch nie die leiseste Spur gefunden. Wir befinden uns im weiten Umkreis ganz allein und können ruhig unser Feuer brennen lassen."

Er war völlig überzeugt, recht zu haben, und hatte doch nicht recht, denn es gab nordwärts von ihnen zwei Reiter, die, ohne daß sie einander sahen, das gleiche Ziel zu verfolgen schienen, nämlich die Stelle, an welcher der Ölprinz mit seinen Begleitern lagerte.

Diese beiden Reiter waren vielleicht drei englische Meilen von diesem Lagerplatz und nur eine voneinander entfernt und hielten einer wie der andre nach Süden zu.

Der eine war ein Weißer und ritt einen prächtigen Rappenhengst mit roten Nüstern und jenem Haarwirbel in der langen Mähne, der bei den Indianern als sicheres Kennzeichen vorzüglicher Eigenschaften gilt. Sattel und Riemenzeug waren von feiner indianischer Arbeit. Dieser Mann war von nicht sehr hoher und nicht sehr breiter Gestalt, aber seine Sehnen schienen von Stahl und seine Muskeln von Eisen zu sein. Ein dunkelblonder Vollbart umrahmte sein sonnverbranntes, ernstes Gesicht. Er trug gefranste Leggings und ein ebenso an den Nähten gefranstes Jagdhemd, lange Stiefel, die er bis über die Knie emporgezogen hatte, und einen breitkrempigen Filzhut, in dessen Schnur rundum die Ohrenspitzen des grauen Bären steckten. In dem breiten, aus einzelnen Riemen geflochtenen Gürtel, der rundum mit Patronen gefüllt war, steckten zwei Revolver und ein Bowiemesser. An ihm hingen außer mehreren Lederbeuteln zwei Paar Schraubenhufeisen und vier runde, dicke Stroh- und Schilfgeflechte, die mit Riemen oder Schnallen versehen waren. Von der linken Schulter nach der rechten Hüfte trug er ein aus mehrfachen Riemen geflochtenes Lasso und um den Hals an einer starken Seidenschnur eine mit Kolibribälgen verzierte Friedenspfeife, in deren Kopf indianische Zeichen eingraviert waren. In der Rechten hielt er ein kurzläufiges Gewehr, dessen Schloß eine eigentümliche Konstruktion besaß – es war ein fünfundzwanzigschüssiger Henrystutzen –, und über seinem Rücken hing ein doppelläufiger Bärentöter von allerschwerstem Kaliber, wie es heutigentags keinen mehr gibt.

Der echte Präriejäger gibt nichts auf Glanz und Sauberkeit; je mitgenommener er aussieht, desto größer die Ehre, denn desto mehr hat er mitgemacht. Er betrachtet jeden, der etwas auf sein Äußeres gibt, mit Geringschätzung; der allergrößte Greuel aber ist ihm ein blankgeputztes Gewehr. Nach seiner Überzeugung hat kein Westläufer Zeit, sich mit solchen Nebendingen abzugeben. Nun sah an diesem Mann alles so sauber aus, als wäre er erst gestern von St. Louis aus nach dem Westen aufgebrochen. Seine Gewehre schienen vor kaum einer Stunde aus der Hand des Büchsenmachers hervorgegangen zu sein. Seine Stiefel waren makellos eingefettet und seine Sporen ohne die geringsten Spuren von Rost. Seinem Anzug konnte keine Spur von Strapazen angesehen werden, und wahrhaftig, er hatte nicht nur sein Gesicht, sondern auch seine Hände gewaschen! Es war wirklich nicht schwer, in ihm einen Sonntagsjäger zu vermuten.

Und dieser Westmann war sehr oft von Leuten, die ihn nicht kannten und zum erstenmal sahen, seines sauberen Äußeren wegen für einen Sonntagsjäger gehalten worden. Sobald sie seinen Namen hörten, sahen sie ein, welch ein grundfalsches Urteil sie gefällt hatten, denn er war kein andrer als Old Shatterhand, der berühmteste, verwegenste und dabei bedächtigste Jäger des Wilden Westens, der unerschütterliche Freund der roten Nationen und zugleich der unerbittlichste Feind aller Bösewichter, deren es jenseits des Mississippi eine Menge gab und noch heute gibt.

Old Shatterhand war sein Kriegsname, abgeleitet von dem englischen Wort „shatter", zerschmettern, niederschmettern. Er vergoß nämlich nur dann das Blut des Feindes, wenn es unbedingt nötig war, und selbst dann tötete er nicht, sondern verwundete nur. Im Handgemenge pflegte er, dem man solch eine Körperkraft kaum ansah, den Gegner mit einem einzigen Hieb gegen die Schläfe niederzuschmettern. Daher der Name, der ihm von den weißen und den roten Jägern gegeben worden war.

Der andre Reiter, der eine Meile westlich von ihm ritt, war ein Indianer; das Pferd, auf dem er saß, glich dem Old Shatterhands.

Es gibt Menschen, die gleich im ersten Augenblick der Begegnung, noch ehe sie gesprochen haben, einen tiefen, unauslöschlichen Eindruck auf uns machen. Ohne daß sich solch eine Person freundlich oder feindselig verhalten hat oder verhalten konnte, weil man sie eben zum erstenmal sieht, fühlt man sogleich und deutlich, ob man sie hassen oder lieben würde. Solch Mensch schien dieser Indianer zu sein.

Er trug ein weißgegerbtes, mit roter indianischer Stickerei verziertes Jagdhemd. Die Leggings waren aus demselben Stoff gefertigt und mit dicken Fransen von Skalphaaren besetzt. Kein Fleck, keine noch so geringe Unsauberkeit war an Hemd oder Hose zu bemerken. Seine kleinen Füße steckten in mit Perlen bestickten Mokassins, die mit Stachelschweinsborsten geschmückt waren. Um den Hals trug er einen kostbaren Medizinbeutel, die kunstvoll geschnitzte Friedenspfeife und eine dreifache Kette von den Krallen des grauen Bären, die er mit größter Lebensgefahr dem gefürchtetsten Raubtier der Felsengebirge abgenommen hatte. Um seine schlanke Taille schlang sich ein breiter Gürtel, der aus einer kostbaren Santillodecke bestand. Daran schauten, wie bei Old Shatterhand, die Griffe zweier Revolver und eines Skalpmessers hervor. Den Kopf trug er unbedeckt. Sein langes, dichtes, blauschwarzes Haar war in einen hohen, helmartigen Schopf geordnet und mit einer Klapperschlangenhaut durchflochten. Keine Adlerfeder, kein andres Unterscheidungszeichen schmückte diese Frisur, und doch sagte man sich gleich beim ersten Blick, daß dieser rote Krieger ein Häuptling, und zwar kein gewöhnlicher, sein müsse. Der Schnitt seines schönen, männlich ernsten Angesichts erinnerte an einen Römer; die Backenknochen standen kaum merklich vor, die Lippen des bartlosen Gesichts waren voll und doch fein geschwungen, und die Hautfarbe zeigte ein mattes Hellbraun mit einem leisen Bronzehauch. Quer über dem Sattel hatte er ein Gewehr vor sich liegen, dessen Holzteile dicht mit silbernen Nägeln beschlagen waren.

Wäre ihm ein Westmann begegnet, der ihn noch nie gesehen hatte, er hätte ihn sofort an diesem Gewehr erkannt, das der Gegenstand des Gesprächs an Tausenden von Lagerfeuern gewesen war. Es gab im Westen drei Gewehre, an deren Berühmtheit kein viertes reichte; das waren Old Shatterhands Henrystutzen, sein Bärentöter und Winnetous Silberbüchse. Dieser rote Reiter war also Winnetou, der Häuptling der Apachen und der berühmteste Häuptling des Westens, der treueste und aufopferndste Freund seiner Freunde und zugleich der gefürchtetste Gegner aller seiner Feinde.

Er ritt nicht nach unsrer Manier, sondern er hing vornüber auf seinem Pferd. Sein Blick schien müd und träumerisch unausgesetzt am Boden zu haften, aber wer ihn kannte, der wußte, daß seine Sinne von einer unvergleichlichen Schärfe waren und seinem Auge nichts entging.

Da plötzlich richtete er sich auf; ebensoschnell hatte er seine Silberbüchse angelegt und auf einen Baum gerichtet; der Schuß krachte; es war ein kurzer, scharfer, sonorer Knall. Er lenkte sein Pferd nach dem Baum, stieg mit den Füßen aus dem Sattel, langte in eine Höhlung, die sich in der Nähe des untersten Astes befand, und zog den Gegenstand hervor, nach dem er geschossen hatte. Es war ein Tier von der Größe eines mittleren Hundes, mit gelblichgrauem Pelz, dessen Grannen schwarze Spitzen hatten; der Schwanz war halb so lang wie der Körper. Dieses Tier war ein Waschbär oder Schupp, bei den Amerikanern Coati oder Racoon genannt, für jeden Jäger ein höchst willkommener Braten.

Kaum hatte er den Waschbären in der Hand, und noch waren seit seinem Schuß nicht zehn Sekunden vergangen, so ertönte östlich von ihm ein zweiter Schuß, der einen tiefen, eigentümlich schweren Klang hatte.

„Uff!“ sagte der Indianer überrascht zu sich. *„Akaya Selkhi-Lata!“*

Dieser Ausruf in der Apachensprache heißt: „Dort ist Old Shatterhand!“ Und sonderbar: Auch Old Shatterhand hatte scheinbar gleichgültig und in sich versunken seinen Weg verfolgt, als der Schuß des Apachen fiel. Sofort hielt er sein Pferd an und sagte: „Das war Winnetou, der Häuptling der Apachen! Ich kenne die Stimme seiner Silberbüchse.“

Er hatte diese Worte in deutscher Sprache gesagt, ein untrügliches Zeichen, daß er ein Deutscher war. Schnell nahm er seinen Bärentöter und gab den Schuß ab, an dem Winnetou augenblicklich seinen Freund erkannte. Dem Europäer und auch jedem andern, der den Westen nicht betreten hat, scheint das unmöglich zu sein; aber der erfahrene und geübte Westmann kennt die Stimme jedes ihm bekannten Gewehrs; seine Sinne sind geschärft, weil von deren Feinheit hundertmal sein Leben abgehangen hat und noch abhängen wird. Wer sich diese Sinnesschärfe nicht anzueignen vermag, der geht verloren. Wie verschieden ist die menschliche Stimme! Man hört einen Bekannten unter Tausenden heraus. Und wie ist es zum Beispiel mit dem Hundegebell? Erkennst du deinen Phylax, Cäsar, Ami oder Nero nicht sofort an der Stimme? So ist es auch mit den Gewehren. Ein jedes hat eine andre, seine eigene

Stimme; das weiß und hört freilich nur der, der ein Ohr dafür hat.

Als die beiden Schüsse, an denen sich die Freunde erkannten, gefallen waren, verließen sie ihre bisherige Richtung und ritten aufeinander zu, Old Shatterhand westlich und Winnetou östlich. Um den andern genau zu finden, schoß jeder noch einmal; dann trafen sie auf einer kleinen Lichtung zusammen, sprangen von den Pferden und begrüßten sich.

„Hat mein weißer Bruder viel erlebt, seit ich ihn zum letztenmal sah?" fragte Winnetou.

„Viel! Nicht jeder Tag ist schön, und unter den Blumen der Prärie gibt es manche giftige. Diese Prärie gleicht der Vergangenheit. Wenn wir am Lagerfeuer sitzen, werden wir uns erzählen, was wir erlebt und erfahren haben. Weiß mein Bruder einen Platz, an dem es sich gut ruhen läßt?"

„Ja. Wenn wir noch eine Stunde reiten, kommen wir über ein kleines Wasser, in das sich ein Seitenquell ergießt. Da, wo dieser Quell entspringt, ist der Ort von allen Seiten mit Gebüsch umgeben, durch das kein Auge dringen kann. Dort dürfen wir ein Feuer haben, an dem wir den Waschbären braten, den ich soeben geschossen habe. Mein Bruder mag mit mir kommen!"

Sie ritten weiter unter den hohen Bäumen hin. Es war hier ziemlich düster, denn die Sonne hatte sich, was man im Wald nicht bemerken konnte, dem Horizont genähert.

Als eine Stunde vergangen war, erreichten sie das Wasser, den kleinen, schmalen Bach, von dem Winnetou gesprochen hatte. Sie ritten hinüber und – hielten sofort ihre Pferde an, denn sie erblickten im Gras einen Streif, eine niedergetretene Fährte, die von links herkam und nach rechts am Wasser weiterführte. Beide stiegen ab, um die Spur zu betrachten und zu lesen, und beide richteten sich nach wenigen Augenblicken wieder auf. Sie waren im Spurenlesen gleich gut bewandert.

„Fünf Reiter", sagte Old Shatterhand, „mit ziemlich müden Pferden."

„Erst vor einigen Minuten hier vorübergekommen", ergänzte Winnetou. „Werden nicht weit von hier lagern. Was beschließt Old Shatterhand?"

„Wir dürfen sie nicht unbeachtet lassen, sondern müssen sehen, wer sie sind. Mein Bruder wird wissen, daß der Tomahawk des Krieges ausgegraben ist. Da muß man vorsichtig sein."

Sie schritten nach einem dichten Gebüsch, das in der Nähe

stand, führten die Pferde hinein, um sie einstweilen zu verbergen, banden sie an und legten ihnen die Hände auf die Nasen. Das war das Zeichen für die indianisch dressierten Tiere, sich ruhig zu verhalten und nicht etwa durch lautes Schnauben zu verraten. Dann kehrten sie zu dem Wasser zurück und folgten der Spur mit langsamen, unhörbaren Schritten. Sie waren beide Meister im Anschleichen und benutzten jeden Baum, jeden Strauch, jede Biegung des Baches zur Deckung für sich.

Kaum waren sie fünf Minuten gegangen, blieb Winnetou stehen und sog die Luft durch die Nase ein. Old Shatterhand tat dasselbe und spürte Rauch.

„Sie befinden sich in der Nähe und haben ein Feuer", flüsterte er Winnetou zu. „Es müssen Weiße sein, denn ein Roter würde nicht die Unvorsichtigkeit begehen, einen Lagerplatz zu wählen, der nach der Windrichtung hin offen ist."

Winnetou nickte und huschte weiter. Der Bach wand sich jetzt zwischen Bäumen hin, unter denen hohe Büsche standen. Das gab eine herrliche Deckung für die beiden Jäger. Bald sahen sie das Feuer; es brannte dicht am Wasser, und die Flamme stieg wohl mehrere Fuß hoch. Das war eine Unvorsichtigkeit, die ein richtiger Westmann nicht begangen hätte.

Der Boden des Waldes bestand aus weichem Moos, so daß die Schritte auch ungeübterer Leute, als Winnetou und Old Shatterhand waren, nicht gehört werden konnten. Vier Bäume, hinter denen das Feuer brannte, standen eng beisammen, und zwischen ihren Stämmen gab es Buschwerk; das bildete einen Schirm, hinter dem sich die beiden Lauscher leicht verstecken konnten. Sie krochen vorsichtig heran und legten sich lang auf den Boden nieder, mit den Köpfen an den Büschen, durch deren blattlose Unterteile sie hindurchblicken konnten. Da sahen sie die fünf Männer ganz nahe vor sich. Das Feuer brannte ungefähr vier Schritt von den Bäumen entfernt. Diesseits saßen der Ölprinz und Buttler, sein Bruder, mit dem Rücken an die Stämme gelehnt, jenseits der Bankier und Baumgarten, sein Buchhalter; rechts davon war Poller beschäftigt, dürres Holz klein zu brechen und in die Flammen zu werfen. Sie mußten sich sehr sicher fühlen, denn sie hielten es nicht für nötig, bei dem Gespräch, das sie führten, leise zu sprechen, vielmehr redeten sie so laut, daß man ihre Worte gewiß auf wenigstens zwanzig Schritt weit deutlich verstehen konnte, ein Umstand, der den beiden Lauschern nur lieb sein mußte.

„Ja, Mr. Rollins", sagte der Ölprinz, „ich versichere Euch, daß das Geschäft, das Ihr machen werdet, glänzend und großartig sein wird. Das Petroleum schwimmt dort gewiß einen Finger dick auf dem Wasser; es muß unterirdisch in großen Massen vorhanden sein. Wenn das nicht der Fall wäre, hätte ich es gar nicht entdeckt, denn der Ort liegt so versteckt und weltverlassen, daß ich wette, es ist noch nie der Fuß eines Menschen hingekommen, und es würde ihn auch in Jahrzehnten keiner betreten, obgleich der Chellyarm schon oft von Jägern und wohl noch mehr von Indianern besucht worden ist. Wie gesagt, ich wäre an dieser Stelle gewiß vorübergegangen, wenn mich nicht der Ölgeruch aufmerksam gemacht hätte."

„War dieser wirklich so stark?" fragte der Bankier.

„Sollte es meinen! Ich war wohl fast eine halbe Meile von der Stelle entfernt, und doch spürte meine Nase das Petroleum. Ihr könnt Euch also denken, in welchen Massen es vorhanden sein muß. Ich bin überzeugt, daß der Bohrer gar nicht tief in die Erde zu dringen braucht, um auf das unterirdische Ölbassin zu treffen. *Heighday*, muß das eine Fontäne geben, wenn es dann emporspringt. Wollen wir wetten, Sir, daß sie wenigstens hundert Fuß in die Höhe steigt?"

„Ich wette nie", antwortete Rollins in ruhigem Ton, zu dem er sich zwingen mußte, denn das Funkeln seiner Augen bewies, daß seine Begierde heftig erregt worden war, „aber ich will hoffen, daß alles wirklich so ist, wie Ihr sagt."

„Kann es anders sein, Sir? Kann ich Euch belügen, da Ihr doch dann, wenn wir an Ort und Stelle kommen, den Betrug sofort erkennen würdet! Ich habe noch keinen einzigen Dollar von Euch verlangt, sondern Ihr bezahlt mich erst, wenn Ihr Euch überzeugt habt, daß ich Euch nicht täusche und der Handel ehrlich ist. Ein Betrug könnte nur möglich sein, wenn ich die Bedingung stellte, vorher bezahlt zu werden.

„Ja, Ihr habt da so gehandelt, daß ich Euch für einen ehrlichen Mann halten muß; das will ich gern zugeben."

„Dazu kommt, daß Ihr mich nicht bar, sondern in Anweisungen auf San Francisco bezahlen werdet."

„Ihr wollt doch hoffentlich nicht damit sagen, Ihr bezweifelt, daß diese Anweisungen in Frisco honoriert werden?"

„Fällt mir nicht ein! Ich weiß, daß Eure Unterschrift selbst für eine Million gut sein würde. Aber sagt mir doch einmal, ob Ihr diese Anweisungen bereits jetzt in der Tasche tragt!"

Ein aufmerksamer Beobachter hätte wohl bemerkt, daß er

bei dieser Frage einen Ausdruck der Spannung auf seinem Gesicht nicht ganz zu unterdrücken vermochte. Sein Blick war mit schlecht verhehlter Begierde auf den Bankier gerichtet, und das hatte seinen guten Grund.

Der angebliche Petroleumfund war Schwindel; Rollins sollte getäuscht und nach der Zahlung mit seinem Buchhalter ermordet werden. Hätte er die Summe bar bei sich gehabt, wäre sie ihm schon längst abgenommen worden, und er lebte nicht mehr. Trug er nun die fertig ausgestellten Anweisungen in seiner Tasche, so war das ebenso gut wie bares Geld, und man brauchte sich mit ihm keinen Augenblick länger zu befassen. Eine Kugel in den Kopf, dem Buchhalter auch eine, und der Ölprinz befand sich so gut wie im Besitz des Geldes. Waren diese Papiere jedoch noch nicht fertig, so mußte die Komödie weiter- und bis zu Ende gespielt werden.

Rollins beachtete weder den bösen Blick noch den Gefühlsausdruck des Fragenden und antwortete: „Warum wollt Ihr das wissen, Sir?"

„Weil es von großer Wichtigkeit für mich und auch für Euch ist. Wir befinden uns in der Wildnis, wo man seines Lebens oder wenigstens seines Eigentums niemals sicher ist. Das habt Ihr ja im Pueblo erfahren. Wie nun, wenn wir überfallen und beraubt werden, wenn man Euch die Papiere abnimmt und mit ihnen nach Frisco reitet, um das Geld zu erheben?"

„Das wird nicht geschehen, denn ich bin vorsichtig gewesen. Ich habe zwar Formulare mitgenommen, aber sie sind nicht ausgefüllt und unterschrieben."

„Das ist recht; das beruhigt mich. Wie wollt Ihr sie ausfüllen? Meint Ihr, daß da oben am Chellyfluß Federn wachsen und statt des Wassers Tinte fließt?"

„Habt keine Sorge! Ich bin natürlich mit einigen Federn versehen und habe auch ein kleines Fläschchen Tinte bei mir. Was übrigens den gestrigen Vorgang im Pueblo betrifft, so wundere ich mich allerdings darüber, daß es diesem Häuptling Ka Maku nicht eingefallen ist, uns die Taschen auszuleeren. Ich kann mir das wirklich nicht erklären."

„Oh, die Erklärung ist so einfach wie nur möglich. Die Roten waren mit der Gefangennahme so beschäftigt, daß sie zum Plündern zunächst keine Zeit fanden; das sollte später geschehen."

„Meint Ihr, daß sie es auch auf unser Leben abgesehen hatten?"

„Natürlich! Ihr wärt auf alle Fälle beim Anbruch des Morgens an den Marterpfahl gebunden worden."

„Dann haben wir beide euch dreien sehr viel zu verdanken, und es tut mir um unsre armen Gefährten um so mehr leid. Wahrscheinlich lebt in diesem Augenblick kein einziger mehr."

„Ja", fügte Baumgarten hinzu, „ich mache mir die bittersten Vorwürfe, daß wir fortgeritten sind und nur an uns gedacht haben. Es war unbedingt unsre Pflicht, alles zu versuchen, sie auch zu retten."

„Das sagt Ihr nur, weil Ihr Euch jetzt in Sicherheit befindet und es Euch leicht erscheint, diese Leute aus dem Pueblo herauszuholen. Ich gebe Euch die Versicherung, daß das nicht nur ungeheuer schwierig, sondern sogar unmöglich gewesen wäre. Wir hätten unser Leben nicht etwa bloß gewagt, sondern es unbedingt verloren, ohne damit den andern den geringsten Nutzen gebracht zu haben. Ich bin hier im Wilden Westen erfahren, und Ihr könnt jedes Wort glauben, das ich Euch sage. Wir brauchen uns nicht den geringsten Vorwurf zu machen; ja, ich behaupte im Gegenteil, daß unsre Flucht den Gefährten nützlicher gewesen ist, als wenn wir geblieben wären, um sie zu retten, und dabei unser Leben ohne Vorteil für sie eingebüßt hätten."

„Wieso?"

„Weil sie dadurch Zeit gewonnen haben. Die Roten sind, sobald sie heute früh unser Entkommen entdeckten, sicher sofort aufgebrochen, um uns zu verfolgen; sie haben also keine Zeit, ihre Gefangenen schon heute zu martern und zu töten. Ich rechne einen Tag, daß sie uns folgen, und einen Tag, daß sie zurückkehren; das gibt eine Frist von zwei Tagen, und man weiß, was in zwei Tagen alles geschehen kann, zumal wenn es sich um so tüchtige, erfahrene und kühne Leute handelt. Ja, Ihr könnt sehr ruhig sein!"

„Hm", brummte der Bankier, „was Ihr da sagt, scheint Hand und Fuß zu haben. Hobble-Frank ist zwar ein origineller Kauz, aber gewiß kein Mann, der sich gemächlich niederstechen läßt, von Droll möchte ich dasselbe sagen, und nun gar diese drei Jäger, die sich das Kleeblatt nennen, die haben noch viel weniger den Eindruck auf mich gemacht, als ob sie mit sich scherzen ließen."

„Ihr meint Sam Hawkens?" fragte Buttler.

„Ja, ihn und Dick Stone und Will Parker. Das sind Westmänner, wie sie im Buche stehen. Ihr habt sie nicht gesehen, Mr. Buttler und Mr. Poller, und ich habe euch noch nicht erzählt, wie sie mit den deutschen Einwanderern zusammengetroffen sind. Das müßt ihr hören."

„Wart Ihr dabei, Sir?" fragte Poller.

„Nein. Während des Rittes von Forners Rancho nach dem Pueblo wurde es erzählt; daher weiß ich es."

Und nun berichtete er, was er gehört hatte. Er ahnte dabei nicht, daß Buttler und Poller die Sache noch viel besser und genauer wußten als er, weil sie ja dabeigewesen waren. Als er geendet hatte, fragte er sie: „Müssen das nicht tüchtige Kerls sein, da sie mit den berüchtigten Finders in dieser Weise umgesprungen sind?"

„Ja", antwortete Buttler mit einem erzwungenen Lächeln. „Besonders scheint dieser Hawkens eine außerordentlich listige Kreatur zu sein."

„Kreatur? Wie kommt Ihr dazu, ihn so zu nennen? Das hatte einen beinahe feindlichen Klang, Sir. Kennt Ihr ihn etwa? Hat er Euch einmal beleidigt?"

„Nicht im geringsten. Ich habe ihn nie gesehen, ja nicht einmal seinen Namen gehört. Die Hauptsache ist, daß Ihr nun seht, wie recht ich vorhin hatte, als ich sagte, Ihr braucht um die Gefangenen im Pueblo nicht besorgt zu sein. Männer wie die, welche Ihr jetzt genannt habt, wissen sich in jeder Lage zu helfen, und ich möchte fast sagen, ich bin überzeugt, daß sie unsrer Hilfe gar nicht bedürfen, um sich zu befreien. Ich wette mit Euch gegen jeden Einsatz: Wenn die Roten, die uns verfolgen, heimkehren, sind die gefangenen Vögel ausgeflogen."

„Ich wette nicht, will aber wünschen, daß Ihr recht habt. Vielleicht befinden wir uns dann in viel größerer Gefahr als die, um die wir uns so vergeblich gesorgt haben."

„Wieso?"

„Nun, Ihr sagtet doch, daß wir verfolgt werden."

„Allerdings."

„Wenn die Roten uns nun aufstöbern? Wenn sie unser Feuer sehen, das so schön hell und offen brennt?"

„Das werden sie wohl bleibenlassen. Sie holen uns nicht ein."

„Irrt Ihr Euch da nicht, Sir! Ich kenne den Wilden Westen nicht, doch ich habe viel von ihm gehört und noch mehr über ihn gelesen. Diese Indianer sind schreckliche Leute, die einem Menschen, den sie haben wollen, monatelang auf der Ferse bleiben, bis sie ihn erwischen."

„Das wird hier nicht geschehen, denn ich würde dafür sorgen, daß unsere Spur ihnen verlorengeht. Das ist freilich nicht nötig, denn sie können uns nicht einholen. Bedenkt, wann wir vom Pueblo fortgeritten sind und daß sie sich erst nach Tagesanbruch an die Verfolgung gemacht haben können! Wir besitzen also einen Vorsprung, den sie nicht einholen können."

„Warum nicht? Sie brauchen nur weiterzureiten, während wir hier sitzen, so sind sie noch vor Mitternacht an dieser Stelle."

Da stieß der Ölprinz ein schallendes Gelächter aus und rief: „Ihr behauptetet vorhin, vom Wilden Westen nichts zu verstehen und habt da allerdings sehr recht gehabt, Sir. Ihr versteht ganz und gar nichts. Ihr behauptet, daß die Roten uns während der Nacht folgen können?"

„Ja. Wenigstens wenn sie klug sind, werden sie es tun, um den Vorsprung, den wir haben, auszugleichen."

„Wie sollen sie das anfangen? Wissen sie denn, wo wir uns befinden?"

„Das nicht; sie brauchen nur auf unsrer Spur zu bleiben, um uns zu finden."

„Kann man Spuren etwa riechen, Sir, oder des Nachts sehen?"

„Na, das nun freilich nicht."

„Können die Roten also jetzt, da es dunkel geworden ist, unsrer Fährte folgen?"

„Nein."

„Richtig, nein; sie müssen warten, bis es wieder Tag geworden ist. Wie also wollen sie unsern Vorsprung einholen, zumal morgen früh unsre Fährte auf keinen Fall mehr zu erkennen ist? Nein, Sir, wir haben nichts, aber auch gar nichts zu fürchten und werden nach dem Gloomy Water kommen und dort unser Geschäft hoffentlich glücklich zum Abschluß bringen."

„Gloomy Water? Was ist das?"

„Das ist eben der Ort, an dem ich das Petroleum entdeckt habe."

„Und dieser Ort hat diesen Namen? Das klingt ja ganz anders, als Ihr vorhin sagtet."

„Wieso, Sir?"

„Ihr sagtet doch, es sei wohl noch kein Mensch dorthin gekommen."

„Das habe ich allerdings gesagt, und das ist meine entschiedene Meinung."

„Aber es muß jemand dort gewesen sein!"

„Aus welchem Grund kommt Ihr auf diese Vermutung?"

„Weil der Ort Gloomy Water heißt; er hat also einen Namen."

„Nun? Weiter! Ich verstehe Euch noch nicht ganz."

„Wer einen Namen hat, muß ihn von jemand bekommen haben. Nicht?"

„Allerdings."

„Es muß also einen Menschen geben, von dem Euer Ort seinen Namen erhalten hat, und dieser Mensch muß dort gewesen sein. Warum hat man nichts davon gehört? Er muß das Petroleum doch ebensogut bemerkt haben, wie Ihr es gesehen habt."

Dieses Argument brachte den Ölprinzen in Verlegenheit; trotz seiner Verschlagenheit fiel ihm nicht sofort eine Antwort ein, mit der er sich heraushelfen konnte; er füllte die kurze Pause, die dadurch eintrat, mit einem halblauten Lachen aus, das überlegen klingen sollte. Zum Glück für ihn wurde es durch seinen Stiefbruder Buttler unterbrochen: „Mr. Rollins, Ihr glaubt jedenfalls, eine recht geistreiche Bemerkung gemacht zu haben. Nicht?"

„Geistreich?" antwortete der Gefragte. „Nein, das denke ich keineswegs; aber sachlich war sie jedenfalls. Der Ort hat einen Namen, also muß unbedingt jemand, der ihm diesen gegeben hat, vor Mr. Grinley dort gewesen sein. Und da man diesen Namen kennt, muß dieser Jemand viel und oft von dem Ort gesprochen haben. Warum hat er nicht auch vom Petroleum erzählt, das er unbedingt entdeckt haben muß. Und wenn er es entdeckt hat, so wird es ihm nicht eingefallen sein, von diesem Ort zu sprechen, sondern er muß um seines eigenen Vorteils willen darüber geschwiegen haben. Ihr seht also, es gibt hier gewisse Widersprüche, denen ich meine Aufmerksamkeit unbedingt schenken muß."

„Tut das; aber laßt Euch sagen, daß diese Widersprüche nur scheinbar sind."

„Könnt Ihr sie etwa lösen und erklären?"

„Nichts leichter als das!"

„Nun?"

„Sonderbar, höchst sonderbar, daß man Euch das erst sagen muß, daß Ihr nicht selbst daraufkommt! Der Jemand, von dem Ihr redet, ist ebendieser unser Mr. Grinley, der Ölprinz, gewesen."

„Ah!“ machte jetzt der Bankier verwundert.

„Ja, er ist es gewesen, und er hat dem Ort den Namen Gloomy Water gegeben, weil …“

„Weil“, fiel der Ölprinz schnell ein, „es dort sehr duster ist und weil das Wasser fast schwarz ist.“

Er war außerordentlich froh, von Buttler aus seiner Verlegenheit erlöst worden zu sein, und warf ihm einen dankbaren Blick zu, den dieser mit einem mißbilligenden, leisen Kopfschütteln beantwortete. Weder dieser Blick noch dieses Kopfschütteln wurden von Rollins oder Baumgarten bemerkt. Der Ölprinz schien die Lust, das Gespräch fortzusetzen, verloren zu haben; er stand auf und entfernte sich mit der Bemerkung, daß er noch Holz für das Feuer sammeln wolle.

Nun war es Zeit für Old Shatterhand und Winnetou, sich zurückzuziehen, weil sie, wenn sie noch länger blieben, von Grinley entdeckt werden mußten. Zum Glück für sie entfernte er sich bachaufwärts und ohne einen Blick zu der Seite zu werfen, wo sie lagen. Wäre sein Blick nach dieser Richtung gefallen, er hätte sie unbedingt sehen müssen.

Er hatte mit dem Rücken zu ihnen gesessen, und die Baumstämme und die Sträucher hatten sich zwischen ihm und ihnen befunden; aus diesem Grund hatten sie sein Gesicht nicht sehen können. Aber als er jetzt aufstand, um fortzugehen, mußte er eine Wendung machen, durch die sie seine Züge deutlich erkannten. Sie krochen zurück, in den Wald hinein, bis der Schein des Feuers sie nicht mehr treffen konnte; dann richteten sie sich auf und kehrten nach der Stelle zurück, an der sie ihre Pferde versteckt hatten.

Andre Personen hätten nun nichts Eiligeres zu tun gehabt, als sich ihre Bemerkungen über das Gehörte und Gesehene mitzuteilen; diese beiden berühmten Westmänner allerdings waren aus einem andern Stoff gemacht. Sie verstanden sich auch ohne Worte und pflegten nur dann zu reden, wenn die Zeit dazu gekommen war.

Winnetou zog sein Pferd aus dem Gebüsch heraus und schritt, es am Zügel hinter sich herführend, in den Wald hinein. Old Shatterhand folgte ihm, ohne zu fragen, warum der Apache den finstern Wald aufsuchte, wo bei der abendlichen Dunkelheit mit den Pferden so schlecht fortzukommen war. Er kannte den Grund und hätte, wenn er allein gewesen wäre, genauso wie Winnetou gehandelt.

Da, wo die Pferde gesteckt hatten, gab es Gras für sie und

auch Wasser, zwei Dinge, die unbedingt nötig waren. Man hätte dort also recht gut lagern können, ohne befürchten zu müssen, während der Nacht von den fünf Personen, die belauscht worden waren, entdeckt oder gar belästigt zu werden. Aber es war nicht unmöglich, daß am nächsten Morgen zufällig einer von ihnen nach dieser Stelle kam, wo er sie sehen oder, falls sie schon fort waren, ihre Lagerspuren entdecken mußte. Deshalb gingen sie fort. Die Spuren, die sie bis jetzt gemacht hatten, konnten am nächsten Morgen gewiß nicht mehr erkannt werden, da sich das Gras bis dahin wieder aufgerichtet haben mußte. Die beiden Jäger brauchten unbedingt Wasser und Weide für die Tiere, so verstand es sich von selbst, daß sie wieder zu dem Bach zurückkehrten, allerdings an einer sehr entfernten Stelle. Sie ritten in einem großen Bogen durch den Wald, über Moosboden, weil das weiche Moos die Hufeindrücke am andern Morgen nicht mehr sehen ließ. Das alles geschah in stillem Einvernehmen, und so kam es, daß Old Shatterhand dem Apachen folgte, ohne zu fragen.

Es gehörten die an die Dunkelheit gewöhnten Augen Winnetous und Old Shatterhands dazu, ohne anzustoßen durch das Gehölz zu kommen. Sie bewegten sich mit einer Sicherheit, als ob es heller Tag wäre, wohl eine Viertelstunde lang zwischen den Bäumen hin und bogen dann nach rechts, um wieder an den Bach zu gelangen. Genau an der Stelle, wo sie ihn erreichten, floß ein kleines Wässerchen in den Bach; sie überschritten ihn und folgten diesem schmalen Wasser aufwärts, bis sie an seinem Ursprung standen. Das war die Quelle, von der Winnetou gesprochen hatte und an der er hatte lagern wollen. Wie außerordentlich ausgeprägt mußte der untrügliche Ortssinn des Häuptlings sein, trotz der Dunkelheit und mitten im wilden Wald diese Quelle zu finden!

Sie nahmen ihren Pferden die Sättel ab und ließen sie frei grasen; sie durften das, weil die beiden Rappen treu wie Hunde waren, dem leisesten Ruf gehorchten und sich nie von ihren Herren entfernten. Erst jetzt fiel das erste Wort, indem Winnetou fragte: „Hat mein Bruder einen Imbiß bei sich?"

„Ein Stück trockenes Fleisch", antwortete Old Shatterhand. „Ich sorgte nicht für mehr, weil ich morgen auf Ka Makus Pueblo vorsprechen wollte."

„Mein Bruder mag sein Fleisch aufheben; wir werden das Coon braten, das ich vorhin geschossen habe."

Nach diesen Worten entfernte er sich. Old Shatterhand

fragte nicht, wohin er wolle; er wußte, daß Winnetou jetzt die Umgebung der Quelle umkreisen würde, um sich zu überzeugen, daß sie sicher war. Er kehrte nach vielleicht zehn Minuten zurück und brachte einen Armvoll trockenes Holz mit, ein Beweis, daß kein feindliches Wesen in der Nähe war. Das außerordentlich scharfe Ohr Old Shatterhands hatte das Abbrechen und Knacken dieses Holzes nicht gehört, wieder ein Zeichen von der unvergleichlichen Geschicklichkeit des Apachen.

Bald brannte ein kleines Feuer nach indianischer Weise; die beiden Männer ließen sich daran nieder, um den Waschbären aus seinem Fell zu schälen. Nach kurzer Zeit verbreitete das bratende Fleisch jenen feinen Duft, den es in keiner Küche, sondern nur am Lagerfeuer gibt. Es wurde gegessen, langsam und mit Genuß, ohne das ein Wort dabei fiel. Als beide satt waren, brieten sie die Überreste des Fleisches für den morgigen Tag, an dem sie sich nicht mit der Jagd befassen durften, und nun erst hielt es Winnetou für an der Zeit, sich hören zu lassen: „Hat mein Bruder Riemen bei sich?"

„Vielleicht zwanzig Stück", antwortete Old Shatterhand, der genau wußte, warum der Apache nach Riemen fragte. Mit Riemen ist ein Westmann stets gut versehen.

„Ich habe auch soviel", erklärte der Häuptling, „dennoch werden wir das Fell dieses Waschbären in Streifen schneiden, weil wir morgen vielleicht Riemen brauchen."

„Für Ka Makus Krieger." Old Shatterhand nickte. „Dieser Häuptling ist uns zwar nie feindlich begegnet, aber es steht zu erwarten, daß wir ihn morgen zwingen müssen, das zu tun, was wir wollen."

„Mein Bruder hat recht. Kennt er die Männer, die wir belauscht haben, oder vielleicht einen von ihnen?"

„Nur einen habe ich schon einmal gesehen, den, der Grinley und Ölprinz genannt wurde. Ich entsinne mich, ihn bei einer Bande Buschklepper gesehen zu haben."

„Auch ohne das zu wissen, habe ich mir gesagt, daß er ein gefährlicher Mensch ist. Mein Bruder ist mit mir am Chellyfluß, von dem sie sprachen, gewesen; er mag mir sagen, ob es dort Erdöl gibt!"

„Keinen Tropfen!"

„Und hat dieser Grinley das Gloomy Water entdeckt und ihm den Namen gegeben?"

„Nein. Ich bin mit dir ja schon vor Jahren an diesem kleinen See gewesen, und schon damals hatte er seinen Namen. Der

Ölprinz hat einen großen Schwindel und jedenfalls noch viel Schlimmeres mit den beiden Männern vor."

„Einen Doppelmord!"

„Ja. Zwei von den fünf Männern, die wir sahen, sollen betrogen und dann ermordet werden. Sie sollen eine Petroleumquelle vorfinden, diese Entdeckung bezahlen und dann – verschwinden."

„Wir müssen sie retten!"

„Das versteht sich von selbst."

„Will mein Bruder das gleich jetzt tun?"

„Nein. Und auch dir kommt das nicht in den Sinn, sonst hättest du dich nicht so weit von ihrem Lager entfernt. Wir würden durch Streitigkeiten aufgehalten werden, und selbst dann, wenn die beiden Betrogenen uns Glauben schenkten, würden wir sie zu uns nehmen müssen und dabei die kostbare Zeit verlieren, die wir brauchen, um die Gefangenen Ka Makus zu befreien."

„Ja, diese Leute müssen schon morgen unsre Hilfe haben, und deshalb werden wir den Ölprinzen mit seinen Begleitern einstweilen ziehen lassen. Wir holen sie später sicher ein."

„So ist mein roter Bruder entschlossen, unsern ursprünglichen Plan aufzugeben."

„Ja. Wir wollten uns auf Forners Rancho treffen und haben uns schon hier getroffen. Wir wollten von dort aus nach der Sonora hinüber, um die Apachen zu besuchen; das können wir später tun. Jetzt gilt es, diesen zwei Bleichgesichtern das Leben zu retten und die Gefangenen aus dem Pueblo zu holen. Was sagt mein Bruder dazu, daß unter ihnen Freunde von uns sind?

„Ich war natürlich überrascht, als ich es hörte."

„Was wollen Hobble-Frank und Tante Droll jetzt hier?"

„Ich mußte Hobble-Frank versprechen, ihm einmal zu schreiben. Das habe ich getan und dabei erwähnt, daß und wann und wo ich beabsichtige, mit dir zusammenzutreffen. Da ist in dem kleinen komischen Kerl das Westfieber erwacht, und es hat ihn herübergetrieben. Droll hat ihn natürlich gern begleitet."

„Und Hawkens, Stone und Parker sind auch dabei! *Uff!*"

Das war ein Ausruf der Verwunderung und Mißbilligung. Der Grund dieser Mißbilligung wurde sofort von Old Shatterhand deutlich angegeben: „Daß sich so erfahrene Leute fangen lassen; es ist kaum glaublich! Sie müssen doch unbedingt gehört haben, daß einige Stämme das Kriegsbeil ausgegraben haben, und da ist doppelte Vorsicht geboten. Sie durften das Pueblo nicht betreten, ohne vorher mit dem Häuptling die Pfeife des Friedens geraucht zu haben. Nur das Unwetter von gestern kann daran schuld sein."

„Ganz richtig! Das Unwetter hat sie wahrscheinlich in das Pueblo getrieben, ohne daß sie Zeit fanden, sich vorher der Freundschaft des Häuptlings zu versichern. Das ist klar und leicht zu begreifen."

„Dieser Häuptling ist den Weißen sonst freundlich gesinnt."

„Ja, anders ist es kaum möglich. Ka Maku muß im Einvernehmen mit dem Ölprinzen gestanden haben und von ihm verführt worden sein. Wir werden morgen erfahren, daß diese Vermutung richtig ist. Ferner gebe ich meinem Bruder Winnetou etwas Wichtiges zu bedenken: Unser Hobble-Frank ist mit seinem Droll nach Forners Rancho gekommen, um dort mit uns zusammenzutreffen. Er kennt uns genau und hat also gewußt, daß wir pünktlich dort erscheinen würden. Warum hat er nicht auf uns gewartet? Warum hat er sich dem Zug dieser Einwanderer angeschlossen?"

„Ölprinz!"

Winnetou sagte nur dieses eine Wort und bewies damit, daß es ihm keine Schwierigkeiten bereitete, auch diese schwere Frage zu beantworten.

„Ganz recht. Hobble-Frank hat auf dem Rancho von dem vermeintlichen Ölfund gehört und nicht daran geglaubt, sondern Verdacht gefaßt. Er ist ein ritterliches Kerlchen und wagt gern mehr, als er auszuführen vermag; er und Droll haben sich vorgenommen, einmal Winnetou und Old Shatterhand zu spielen und sich der beiden Männer, die betrogen werden sollen, anzunehmen. Das haben sie natürlich auch Sam Hawkens und seinen beiden Kleeblättern gesagt, und diese haben sich mit ihnen zusammengetan. Das hat der Ölprinz gemerkt und sich ihrer dadurch entledigt, daß er Ka Maku auf irgendeine Weise veranlaßte, den ganzen Zug gefangenzunehmen und dann die Betreffenden entkommen zu lassen."

„Mein Bruder Old Shatterhand spricht meine eigenen Gedanken aus. Wann meint er, daß wir zur Befreiung der Gefangenen aufbrechen werden? Jetzt?"

„Nein, das ist ja sicher auch nicht deine Absicht. Reiten wir jetzt schon fort, kämen wir am Tag beim Pueblo an und würden leicht entdeckt. Was wir vorhaben, kann nur des Nachts ausgeführt werden. Wenn wir morgen früh fortreiten, kommen wir zeitig genug dort an."

Winnetou stimmte bei. „Wir werden kurz vor Abend in der Nähe des Pueblos sein, um es, bevor es dunkel wird, zu beobachten."

„Ja, um zu erkunden. Durch mein Fernrohr können wir alles sehen, ohne uns so weit nähern zu müssen, daß wir Gefahr laufen, entdeckt zu werden. Löschen wir jetzt das Feuer!"

Während Old Shatterhand die Flamme mit Wasser aus der Quelle löschte, machte Winnetou noch einmal die Runde, um sich zu überzeugen, daß sie ohne Besorgnis schlafen konnten; dann streckten sie sich nebeneinander im weichen Gras aus. Sie hielten es nicht für nötig, abwechselnd zu wachen; sie konnten sich auf ihr gutes Gehör und auf ihre Pferde verlassen, die gewohnt waren, die Annäherung von Menschen oder Tieren durch Schnauben zu verraten.

Am andern Morgen früh erwacht, ließen sie vor allen Dingen die Pferde tüchtig trinken, weil vorauszusehen war, daß diese wohl länger als einen Tag kein Wasser bekommen würden, denn am Pueblo konnten sie nicht getränkt werden, weil dessen Bewohner jetzt als Gegner zu betrachten waren. Die beiden Freunde genossen einen Teil des gestern abend übriggebliebenen Fleisches, sattelten dann und ritten mutig dem Tag entgegen, dessen Abend für sie sehr schwierig zu werden versprach.

Von ihrem Lagerplatz bis zum Pueblo war es ein guter Tagesritt, ihre vortrefflichen Pferde aber brauchten sie nicht anzustrengen, damit sie vor Abend an Ort und Stelle waren. Sie kannten die Gegend so genau, wie sie dem Ölprinzen bekannt gewesen war. Da dieser die gerade Richtung eingeschlagen hatte und sie dasselbe taten, ritten sie denselben Weg. Die Fährte, die er mit seinen vier Begleitern gestern zurückgelassen hatte, war für gewöhnliche Westmänner nicht zu sehen, für ihre scharfen Augen freilich von Zeit zu Zeit zu erkennen. Sie ritten während des ganzen Vormittags und machten erst um die Mittagszeit halt, um ihre Pferde ruhen zu lassen. Es war bis dahin nur davon die Rede gewesen, was sie seit ihrer letzten Trennung erlebt hatten; über ihr heutiges Vorhaben hatten sie nichts erwähnt. Jetzt, während sie ruhten, sagte Winnetou: „Mein Bruder sieht ein, daß wir uns nicht getäuscht haben: Ka Maku hat mit dem Ölprinzen im Bund gestanden."

„Jawohl." Old Shatterhand nickte. „Wäre das nicht der Fall,

hätte der Häuptling die Flüchtigen verfolgt, und wir wären ihm entweder begegnet oder müßten seine Fährte sehen. Und wie wir uns hier nicht geirrt haben, werden wir uns auch bei allem übrigen nicht täuschen."

Dann ging es weiter, bis sie am Nachmittag so weit gekommen waren, daß sie bis zum Pueblo nur noch eine Stunde zu reiten hatten. Nun galt es, vorsichtig zu sein, wenn sie sich nicht sehen lassen wollten. Sie stiegen abermals ab, um noch einige Zeit verstreichen zu lassen, da sie sich dem Pueblo erst kurz vor Abend nähern wollten.

Die Gegend, in der sie sich befanden, war eben und sandig. Diese Ebene zog sich als immer schmaler werdende unfruchtbare Zunge in die Mogollonberge hinein. Hier und da sah man einen einzelnen Felsblock liegen. Sie hatten sich hinter solch einen Block gesetzt, hinter dessen Ecke hervor sie südwärts blicken konnten, wo das Pueblo lag. Jemand, der von dorther kam, konnte sie und ihre Pferde nicht sehen.

Sie hatten noch nicht lange dagesessen, so deutete Winnetou nach rechts hinüber und rief überrascht aus: *„Teshi, tlao tchate!"*

Diese drei Worte der Apachensprache bedeuten: „Schau, viele Rehe!" Oder: „Schau, ein Rudel Rehe!" Es sind aber nicht Rehe gemeint, sondern eine Art der amerikanischen Antilope, die in Arizona äußerst selten vorkommt. Daher die Überraschung des Apachenhäuptlings. Wie gern hätten er und Old Shatterhand diese schnellfüßigen Tiere gejagt, die einen sehr zarten Braten geben; aber die Aufgabe, die sie heute zu lösen hatten, verbot es ihnen.

Das schöne Wild zog in eleganten Sprüngen dem Wind entgegen, südwärts, wo es bald hinter dem Horizont verschwand. Wird es gejagt, pflegt es mit dem Wind davonzugehen, um den Verfolgern nicht nur aus den Augen, sondern auch aus der Nase zu kommen.

„Herrliches Wildbret!" sagte Old Shatterhand. „Kommt uns hier außerordentlich ungelegen."

Er prüfte die Luft, die aus Süden kam.

„Kann uns leicht die Feinde herbeiführen", entgegnete Winnetou. „Das Rudel zieht grad nach dem Pueblo hin. Wenn es von dort gesehen wird, können wir bald rote Jäger hier haben, da die Luft von dorther weht."

Sie beobachteten nun den südlichen Horizont noch schärfer als bisher. Es verging eine halbe Stunde und noch mehr, und nichts war zu sehen; die Antilopen schienen also nicht bemerkt worden zu sein. Da tauchten dort, wohin die Augen gerichtet waren, mehrere kleine Punkte auf, die sich schnell vergrößerten.

„*Uff!* Sie kommen!“ sagte Winnetou. „Nun werden wir entdeckt!“

„Vielleicht nicht“, sagte Old Shatterhand. „Es ist möglich, daß wir uns verbergen können. Reiten sie nicht geteilt, sondern in einem Trupp vorüber, so kommen sie nur an einer Stelle vorbei, und wir können uns auf die andere hinübermachen. Wollen sehen!“

Sie standen auf und nahmen ihre Pferde kurz bei den Zügeln.

Ja, die Antilopen waren bemerkt worden; sie kamen zurück, und hinter ihnen sah man vier Reiter, die ihre Pferde zur äußersten Anstrengung antrieben.

„Nur vier!“ sagte Winnetou. „Wäre doch der Häuptling dabei!“

Schnell nahm Old Shatterhand sein Fernrohr aus der Tasche und richtete es auf die Reiter.

„Er ist dabei“, meldete er. „Er reitet das schnellste Pferd und ist der Vorderste.“

„Das ist gut!“ rief der Apache, und seine Augen leuchteten. „Fangen wir ihn?“

„Ja. Und natürlich nicht ihn allein, sondern die drei andern auch.“

„*Uff!*“

Indem er dieses Wort ausrief, sprang er in den Sattel und nahm seine Silberbüchse zur Hand. In demselben Augenblick saß auch Old Shatterhand auf seinem Pferd und hielt den Henrystutzen bereit. Das war so schnell gegangen, daß von dem Augenblick, in dem die zurückkehrenden Antilopen gesehen wurden, bis jetzt kaum eine Minute vergangen war. Da kam das flüchtige Wild herangeflogen und jagte in der Entfernung von vielleicht tausend Schritt vorüber. Die vier Indianer waren noch zurück; man hörte ihre scharfen Schreie, mit denen sie ihre Pferde antrieben.

„Jetzt!“ rief Winnetou.

Zugleich mit diesem Wort schoß er hinter dem Felsen hervor, Old Shatterhand dicht neben ihm, den Indianern schräg entgegen. Diese stutzten, als sie so plötzlich zwei Reiter erblickten, die sich ihnen in den Weg warfen.

„Halt!“ rief ihnen Old Shatterhand zu, indem er seinen Rappen parierte und der Apache dasselbe tat. „Wo will Ka Maku mit seinen Kriegern hin?“

Es wurde den Indianern schwer, ihre Pferde im schnellsten Lauf anzuhalten; sie taten es; der Häuptling schrie zornig: „Was haltet ihr uns auf? Nun ist das Fleisch für uns verloren!“

„Ihr hättet es überhaupt nicht bekommen. Jagt man denn die flüchtige Gazelle wie einen langsamen Präriewolf? Wißt ihr nicht, daß man ihr Fleisch nur dann erlangt, wenn es gelingt, sie einzuschließen, so daß sie trotz ihrer Flüchtigkeit keinen Ausweg findet?“

Erst jetzt war es den vier Roten gelungen, ihre aufgeregten Pferde zur Ruhe zu bringen, und nun konnten sie die beiden Störenfriede genauer betrachten.

„*Uff!*“ rief da der Häuptling aus. „Old Shatterhand, der große weiße Jäger!“

„Kennst du mich noch? Kennst du auch den Krieger hier neben mir?“

„Winnetou, der berühmte Häuptling der Apachen!“

„Ja, wir sind es; du täuschst dich nicht. Steig ab mit deinen Leuten und folge uns dorthin in den Schatten des Felsens, hinter dem wir ruhten, als wir euch kommen sahen.“

„Warum sollen wir denn dorthin gehen?“ fragte Ka Maku.

„Wir haben mit euch zu sprechen.“

„Kann das nicht auch hier geschehen?“

„Gewiß, aber die Sonne scheint uns noch zu warm, dort gibt es Schatten.“

„Wollen meine beiden berühmten Brüder nicht mit mir nach dem Pueblo kommen, wo sie mir alles ebensogut sagen können, was sie mir hier mitteilen wollen.“

„Ja, wir werden mit dir nach dem Pueblo reiten; vorher aber sollst du die Pfeife des Friedens mit uns rauchen.“

„Ist das nötig? Ich habe sie schon mit euch geraucht.“

„Damals gab es Frieden in dieser Gegend; jetzt ist das Schlachtbeil ausgegraben; deshalb trauen wir nur dem, der bereit ist, das Kalumet mit uns zu teilen; wer sich dagegen weigert, den betrachten wir als unsern Feind. Also entscheidet euch, schnell!“

Old Shatterhand spielte hierbei mit seinem Henrystutzen in einer Weise, die dem Häuptling Angst einflößte. Er kannte dieses Gewehr, das die Roten für ein Zaubergewehr hielten, genau und wußte, was es zu bedeuten hatte, wenn es Old

Shatterhand so demonstrativ in den Händen hielt. Deshalb erklärte er, freilich in einem nicht sehr frohen Ton: „Meine berühmten Brüder wünschen es, so werden wir es denn auch tun."

Er wäre am liebsten fortgeritten, wußte aber, daß er das leider nicht wagen durfte. Sein Pferd war nicht so schnell wie die Kugeln Old Shatterhands und Winnetous. Er hatte zwar auch eine Flinte, seine drei Begleiter ebenso, doch den Gewehren dieser beiden Jäger gegenüber was das genauso, als ob er keine Waffe in der Hand hätte. Er stieg also vom Pferd, und seine Leute folgten diesem Beispiel. Man schritt, indem jeder sein Pferd führte, nach dem Felsen, wo man sich niedersetzte. Als das geschehen war, nestelte Ka Maku seine Friedenspfeife von der Schnur los, an der sie ihm um den Hals hing, und sagte: „Mein Tabaksbeutel ist leer; vielleicht besitzen meine großen Brüder Kinnikinnik, um das Kalumet zu füllen?"

„Wir haben Tabak, soviel wir brauchen", antwortete Old Shatterhand. „Ehe wir mit dir die Friedenspfeife rauchen und dann nach dem Pueblo gehen, um deine Gäste zu sein, möchte ich wissen, was für Krieger wir dort vorfinden werden."

„Die meinen."

„Keine andern?"

„Nein."

„Und doch wurde mir gesagt, daß du fremde Krieger bei dir beherbergst. Es ist Unfrieden ausgebrochen zwischen einigen Stämmen und zwischen den roten Männern und den Bleichgesichtern. Ka Maku wird begreifen, daß es da gilt, vorsichtig zu sein."

„Wenn meine Brüder zu mir kommen, werden sie keinen fremden Krieger bei uns finden."

„Und doch führte eine große Spur von Forners Rancho nach euerm Pueblo, wo sie aufhörte; von euch weg ist sie dann zu einer kleinen Fährte von fünf Männern geworden."

Ka Maku erschrak, ließ sich aber nichts anmerken, und versicherte in bestimmtestem Ton: „Da müssen sich meine Brüder irren. Ich weiß von keiner solchen Spur etwas."

„Der Häuptling der Apachen und Old Shatterhand irren sich niemals, wenn es sich um eine Fährte handelt. Sie zählen nicht nur die Eindrücke der Tiere und der Menschen ganz genau, sondern sie kennen auch die Namen dieser Menschen."

„So kennen meine berühmten Brüder Namen, die mir unbekannt sind."

„Hättest du nie von Grinley, dem Ölprinzen, gehört?"
„Nie."
„Das ist eine Lüge!"
Da griff der Häuptling nach dem Messer in seinem Gürtel und rief zornig aus: „Will Old Shatterhand das Haupt eines tapfern Häuptlings beleidigen? Mein Messer würde ihm Antwort geben!"
Der weiße Jäger zuckte leicht die Schultern und antwortete: „Warum begeht Ka Maku den großen Fehler, mir zu drohen? Er kennt mich doch und weiß also sehr genau, daß er meine Kugel im Kopf hätte, ehe die Spitze seines Messers mich erreichte oder seine Hand die Flinte gegen mich richten könnte."
Er hatte während dieser Worte mit einem schnellen Griff seine beiden Revolver gezogen und hielt ihm deren Mündungen entgegen. Zugleich hatte auch Winnetou seine beiden Revolver in den Händen und hielt sie den drei andern Roten vor, indem Old Shatterhand in ruhigem Ton weitersprach: „Ich versichere euch bei dem großen Manitou, den die roten Männer verehren, daß bei der leisesten Bewegung eurer Waffen die unsern blitzen und knallen werden! Old Shatterhand bricht nie sein Wort; das wißt ihr ebensogut wie jeder andre Indianer! Ihr kennt diese kleinen Gewehre hier in meinen Händen, in denen zweimal sechs Schüsse stecken. Mein Bruder Winnetou wird euch jetzt eure Messer und Gewehre wegnehmen. Wer sich dagegen wehrt, ja, wer nur eine kleine Bewegung des Widerstands macht, erhält sofort eine Kugel. Ich habe es gesagt, und es gilt. *Howgh!*"
Dieses letzte Wort ist eine indianische Bekräftigung. Old Shatterhand wollte damit sagen, daß er gesonnen sei, seine Drohung unbedingt auszuführen. Sein Blick suchte den des Häuptlings, der es nicht wagte, sich zu regen, als der Apache ihm das Messer und die Flinte wegnahm. Auch die drei andern regten sich nicht, als sie von Winnetou entwaffnet wurden. Nachdem das geschehen war, fuhr Old Shatterhand fort: „Die roten Männer sehen, wie die Sache steht; sie befinden sich in unsrer Gewalt. Nur das Eingeständnis der Wahrheit kann sie retten. Ka Maku mag meine Fragen beantworten! Warum hat er einige Gefangene mit dem Ölprinzen vorsätzlich entfliehen lassen?"
„Es sind keine Gefangenen bei uns gewesen", sagte der Häuptling grimmig.
„Und auch jetzt befinden sich keine im Pueblo?"

„Nein.“

„Ka Maku lügt. Er müßte doch wohl wissen, daß Winnetou und Shatterhand nicht junge, unerfahrene Burschen sind, die sich täuschen lassen. Sam Hawkens, Parker und Stone befinden sich bei euch.“

Das zuckende Auge des Häuptlings verriet seinen Schreck, doch antwortete er nicht.

„Auch noch zwei andre weiße Krieger, Frank und Droll genannt, stecken bei euch. Dazu ein Häuptlingssohn der Navajos und sein junger weißer Freund, auch noch vier andre weiße Männer nebst ihren Frauen und Kindern. Will Ka Maku das eingestehen?“

„Kein Mensch ist da, kein einziger“, lautete die Antwort. „Bin ich ein elender, räudiger Hund, daß ich so mit mir sprechen lassen muß?“

„*Pshaw!* Ich werde noch viel deutlicher mit dir sprechen! Werden die drei andern roten Krieger vielleicht zugeben, was ihr Häuptling so unklug ist zu leugnen?“

Diese Frage war an die Begleiter Ka Makus gerichtet.

„Er hat die Wahrheit gesagt“, antwortete einer von ihnen. „Es gibt keine Gefangenen bei uns.“

„Ganz wie ihr wollt. Wir werden nach dem Pueblo gehen, um nachzuforschen, und damit ihr uns nicht hindern könnt, werden wir euch binden. Winnetou wird mit Ka Maku den Anfang machen.“

Der Apache zog seine Riemen aus der Tasche. Da sprang Ka Maku auf und schrie wütend: „Mich fesseln? Da soll ...“

Er kam nicht weiter, denn er erhielt von Old Shatterhand, der ebenso rasch war, solch einen Fausthieb gegen die Schläfe, daß er augenblicklich zusammenbrach und besinnungslos liegenblieb. Das war der Hieb, dem der berühmte Westmann seinen Namen zu verdanken hatte. Er wandte sich drohend zu den andern dreien: „Da seht ihr, was es nützt, uns zu widerstehen! Soll ich euch ebenso an die Köpfe schlagen? Haltet still, wenn ihr gefesselt werdet, sonst ergeht es euch ebenso wie diesem hier!“

Der zürnende Jäger, der mit einem Schlag seiner Hand einen starken Mann zu fällen vermochte, machte solch einen Eindruck, daß sich die drei Indianer fesseln ließen, ohne zu widerstreben; dann wurde auch Ka Maku an Händen und Füßen gebunden.

Um ihre Pferde am Entlaufen zu hindern, wurden sie mit

den langen Zügeln an die Erde gepflockt. Dann mußte dafür gesorgt werden, daß die Gefangenen nicht imstande waren, sich von der Stelle zu bewegen oder gar sich trotz der gefesselten Hände gegenseitig Hilfe zu leisten. Ein selbst an Händen und Füßen gebundener Mensch kann, indem er sich fortwälzt, zu entfliehen versuchen, und niemand vermag, wenn er gut gefesselt ist, sich selbst zu befreien, dagegen kann er die Stricke seiner Mitgefangenen aufknoten. Deshalb wurden die Flinten der vier Indianer tief in der Sand gegraben, weit voneinander entfernt, und dann an jede einer von ihnen so festgebunden, daß er unmöglich loskommen konnte.

Während das geschah, kehrte dem Häuptling die Besinnung zurück. Als er sah, in welch hilfloser Lage er sich befand, knirschte er mit den Zähnen. Old Shatterhand hörte es und sagte: „Ka Maku trägt selbst die Schuld, daß er in dieser Weise behandelt wird. Ich ersuche ihn noch einmal, die Wahrheit zu gestehen. Wenn er mir verspricht, die Gefangenen herauszugeben und alles, was ihnen gehört, soll er losgebunden werden."

Der Angeredete spuckte aus und antwortete nicht, für Old Shatterhand eine Beleidigung, die diesem ein mitleidiges Lächeln entlockte. Nachdem noch einmal sorgfältig nachgesehen worden war, daß es den Gefangenen unmöglich war, durch eigene Anstrengung loszukommen, bestiegen die beiden Freunde ihre Pferde und ritten fort, dem Pueblo entgegen.

Ka Maku warf ihnen haßerfüllte Blicke nach und sagte sich: „Diese beiden Hunde waren meine Freunde, nun sind sie meine Feinde geworden. Sie irren sich. Sie glauben, die gefangenen Bleichgesichter befreien zu können, werden aber selbst ergriffen werden, da es ihnen nicht gelingen wird, unsern Wächter zu täuschen. Sie sind zwar Meister im Anschleichen, doch ein Pueblo kann nicht beschlichen werden. Auf keinen Fall werden wir hier lange liegen, denn wenn wir nicht bald zurückkehren, wird man Boten aussenden, die uns suchen und finden werden."

Darin täuschte sich Ka Maku freilich. Es fiel seinen Leuten gar nicht ein, nach ihm und seinen drei Gefährten wie nach verlorenen Kindern zu suchen. Daß sie nicht zurückkehrten, beunruhigte niemand. Die Verfolgung der windesschnellen Antilope vermag den Jäger weit fortzuführen, und bricht darüber die Nacht herein, kann er leicht Gründe haben, die Heimkehr auf den nächsten Morgen zu verschieben.

Da das Pueblo an der Südseite des Felsenberges lag, konnte es nur von dieser Seite her beobachtet werden, und weil Old Shatterhand und Winnetou von Norden, also aus der entgegengesetzten Richtung, kamen, mußten sie einen Bogen reiten, wenn sie ihren Zweck erreichen wollten. Dabei waren sie zur allergrößten Vorsicht gezwungen, da in jedem Augenblick in ihrem Gesichtskreis ein Indianer erscheinen und sie ebensogut sehen konnte wie sie ihn.

Eben war die Sonne hinter dem Horizont verschwunden, als sie den Berg und an seinem steilen Hang das Pueblo liegen sahen. Sie hielten ihre Pferde an, und Old Shatterhand zog sein Fernrohr hervor. Nachdem er einige Zeit hindurchgeblickt hatte, gab er es Winnetou. Dieser setzte es nach einer kurzen Weile ab und sagte: „Die Gefangenen haben die Hände gerührt, hat mein Bruder das Loch gesehen, das sich in der Mauer der zweiten Etage befindet?“

„Ja“, antwortete Old Shatterhand. „Sie haben es durchgebrochen, können aber nicht heraus, weil es bewacht wird. Vielleicht haben sie auch versucht, durch die Decke zu gelangen.“

„Das wird ihnen ebensowenig gelingen, denn auch da stehen die Wächter.“

„Jedenfalls werden, wenn es dunkel ist, Feuer angebrannt; das ist uns außerordentlich hinderlich. Wollen zunächst zufrieden sein, daß wir jetzt das Loch gesehen haben, denn nun wissen wir, unter welcher Terrasse die Gefangenen stecken. Unten lehnt eine Leiter, jedenfalls für den Häuptling, wenn er zurückkehrt. Wie prächtig wäre es, wenn sie nicht emporgezogen werden würde!“

Sie stiegen ab und setzten sich, um die Dunkelheit zu erwarten. Als es soweit war, sahen sie auf dem Pueblo einige Feuer aufflammen. Nun pflockten sie ihre Pferde an und schritten langsam dem Ort entgegen, an dem es heute ein wahres Meisterstück auszuführen gab. Diese zwei Männer wollten es, ob durch List oder Gewalt, mit der zahlreichen Besatzung des Pueblos aufnehmen.

Eigentlich war es für dieses kühne Unternehmen noch zu früh, und es wäre weit besser gewesen, wenn sie einige Stunden hätten warten können, bis sich die Indianer, die jetzt noch wach waren, zur Ruhe gelegt hatten. Dann hätte es nur einige Wachen gegeben, die zu überwältigen waren. Doch sie hatten verschiedene Gründe, die Ausführung des Vorhabens trotzdem nicht aufzuschieben. Erstens war zu bedenken, daß immerhin ein Umstand eintreten konnte, durch den der gefangene Häuptling mit seinen Begleitern befreit wurde. Es konnte einer seiner Leute unterwegs sein und ihn finden. Kam Ka Maku los und in das Pueblo, so war die Befreiung der darin eingeschlossenen Leute fast unmöglich. Zweitens konnte man nicht wissen, in welcher Lage sich diese Personen befanden und was ihnen drohte; eine Verzögerung konnte ihnen leicht verhängnisvoll werden. Und drittens waren die Roten über die verzögerte Rückkehr ihres Häuptlings jetzt noch nicht besorgt; wahrscheinlich trat das erst am folgenden Tag ein; aber es war auch möglich, daß man schon im Verlauf des Abends sein Fortbleiben auffällig fand. In diesem Fall schickte man wohl Boten nach ihm und wartete auf ihre Rückkehr. Das gab dann einen Zustand der Aufregung, der allgemeinen Wachsamkeit, der das Gelingen von Old Shatterhands und Winnetous Vorhaben vereiteln mußte. Deshalb war es auf alle Fälle besser, schon jetzt an dessen Ausführung zu gehen.

Als sie sich dem Pueblo weit genug genähert hatten, sagte Winnetou: „Mein Bruder mag rechts gehen, und ich gehe links. In der Mitte, da wo die Leiter liegt, treffen wir zusammen."

Old Shatterhand verstand ihn; sie wollten erst das Gelände vor dem Pueblo absuchen, ob es vielleicht bewacht wurde oder sich jemand von den Roten außerhalb der Niederlassung befand. Old Shatterhand folgte der Aufforderung seines Freundes und fand nichts, was ihm aufgefallen wäre. Als er mit ihm zusammentraf, zeigte es sich, daß die Leiter, die sie hatten liegen sehen, hinaufgezogen worden war.

„*Uff!*" sagte der Apache leise. „Sie ist fort. Kein andrer kann hinauf."

„Ja, kein andrer." Old Shatterhand nickte. „Uns soll das nicht abhalten, das unterste Dach zu erreichen. Vor allen Dingen müssen wir wissen, wie sich die Feinde verteilt haben, wo sie sich befinden."

„Es brennen zwei Feuer."

„Richtig. Das sind die Wachtfeuer. Eins auf der Terrasse, unter der die Gefangenen stecken, und eins auf der darunterliegenden Etage, um das Loch zu beleuchten, durch das sie sich haben retten wollen. Dort stehen Posten, oben drei und unten drei. Wo aber sind die andern Indianer?"

„Im Innern der Stockwerke. Hat mein Bruder nicht gesehen, daß dort Licht ist?

„Ja, die Eingangslöcher stehen offen, und der Lichtschein

fällt von innen heraus. Danach zu urteilen, würden die Roten mit ihren Squaws und Kindern die oberen Etagen bewohnen, während die beiden unteren unbewohnt sind und wahrscheinlich zur Aufnahme der Vorräte dienen."

„Mein Bruder hat recht geraten. Ich war vor einigen Jahren hier und habe mir das Innere des Pueblos angesehen."

„Hm! Die damalige Anordnung kann verändert worden sein. Wir müssen vorsichtig verfahren. Es ist ein schöner Abend heut, und wir dürfen getrost annehmen, daß sich nicht alle Indianer im Pueblo befinden; sehr wahrscheinlich liegen auch welche, ohne daß wir sie sehen können, auf den Dächern im Freien."

„Wollen wir uns dadurch abhalten lassen?"

„Nein."

„So stell dich auf die Mauer, damit ich auf deine Schultern steige!"

Old Shatterhand folgte dieser Aufforderung, und der Apache schwang sich ihm auf die Schultern. Als er von da aus die Kante der untersten Plattform mit den Händen nicht erreichen konnte, flüsterte er dem Gefährten zu: „Streck die beiden Arme hoch, damit ich dir auf die Hände steigen kann!"

Old Shatterhand tat das und hielt den Häuptling, als ob der ein Kind von wenigen Jahren wäre.

„Es geht nicht", sagte der Apache.

„Wieviel fehlt noch?" fragte Old Shatterhand.

„Drei Hände breit."

„Schadet nichts. Deine Finger sind wie von Eisen. Wenn sie die Kante erreichen, wirst du dich festhalten, obgleich das kein andrer vermöchte. Dann helfe ich mit meinem langen Bärentöter nach. Ich zähle bis drei und werfe dich in die Höhe; paß auf und greif schnell zu! Eins – zwei – drei!"

Bei „drei" gab er dem Apachen einen kräftigen Schwung nach oben; dieser erreichte die Kante mit den Händen und hielt sich wie mit eisernen Klammern fest. Schnell nahm Old Shatterhand seinen langen Bärentöter zur Hand und streckte ihn empor, um damit einen Fuß Winnetous zu stützen. Dieser fand dadurch einen festen Punkt und schwang sich, da Old Shatterhand mit dem Gewehr kräftig nachschob, auf die Terrasse, wo er zunächst still und unbeweglich liegenblieb, um zu lauschen, ob sich vielleicht jemand in der Nähe befand, der ihn bemerkt hatte oder sehen konnte. Er lag eng zusammengekrümmt und sprungbereit, um sich sofort wie ein Panther auf ihn zu werfen und ihn mit einem Griff nach der Kehle unfähig zu machen, einen Warnruf auszustoßen. Seine scharfen Augen überblickten die ganze Länge der Terrasse – es befand sich außer ihm kein Mensch darauf. Unweit von sich sah er das offene viereckige Eingangsloch, das hinab in das Erdgeschoß führte, und hart neben ihm lag die Leiter, die heraufgezogen worden war.

Zunächst kroch er mit unhörbaren, schlangengleichen Bewegungen nach dem Loch und horchte hinab. Es führte eine Leiter hinunter, und es war dunkel unten. Nichts regte sich; es schien niemand unten zu sein. Nun kroch er zur Leiter zurück und ließ sie zu Old Shatterhand hinab, so daß sie wieder, wie am Tag, an der Mauer lehnte und Old Shatterhand heraufsteigen konnte. Als dieser Winnetou erreichte, legte er sich neben ihn und fragte: „Ist jemand da unten?"

Ob jemand oben bei ihnen auf der Etage sei, das fragte er gar nicht, denn er sah gleich beim ersten Blick, daß sie allein waren.

„Ich habe nichts gehört", antwortete Winnetou.

„Ziehen wir die Leiter wieder herauf?"

„Nein."

„Richtig! Es könnte der Fall sein, daß wir fliehen müssen, und dann brauchen wir sie. Nun auf die nächste Etage."

Zu ihr führte eine Leiter hinauf, weil nur die unterste weggenommen worden war. Diese Leiter durften sie nicht benutzen, denn sie lehnte an der Mitte der Etage, wo das unterste Feuer brannte, an dem die drei Wächter saßen, die auf das von den Gefangenen durch die Mauer gebrochene Loch aufzupassen hatten. Von ihnen wären sie sofort bemerkt worden, wenn sie auf dieser Leiter emporgestiegen wären.

Die Plattform über ihnen war vielleicht vier Schritt breit und achtzig Schritt lang. Das Feuer, das in der Mitte brannte, war nach indianischer Weise nur klein und konnte seinen Schein nicht bis an die Endpunkte der Terrasse werfen; dort war es also dunkel, und dort mußten die beiden Befreier hinauf, entweder nach der rechten oder nach der linken Ecke des platten Daches. Sie entschlossen sich für die erstere, und zwar durch einen Umstand, der zwar geringfügig, aber für sie von großem Vorteil war. Andere Leute hätten diesen Umstand wohl gar nicht beachtet; diesen beiden erfahrenen und scharfsinnigen Leuten jedoch diente alles, selbst das Geringste, zur Erreichung ihrer Zwecke und Absichten.

Die drei indianischen Wächter nämlich saßen so an dem Feuer, daß zwei von ihnen ihre Gesichter dem Loch, das sie zu bewachen hatten, zukehrten; der dritte kauerte links davon, so daß er den Lichtschein auffing und einen langen dunklen Schatten nach dieser Seite der Plattform warf. Dieser Schatten ermöglichte es, sich ihnen zu nähern, ohne sofort bemerkt zu werden.

Sie zogen also die Leiter, die von der ersten Etage hinunter in das Erdgeschoß führte, hinauf und trugen sie nach dem linksseitigen Ende der Etage. Das mußte mit außerordentlicher Vorsicht geschehen. Dort angekommen, legten sie sie an die Mauer der zweiten Etage und stiegen hinauf. Oben angelangt, blieben sie eine Zeitlang ebenso vorsichtig wie vorher liegen, um diese Plattform zu überblicken.

„Die Wächter sind allein", flüsterte der Apache.

„Ja, und das ist gut", sagte sein weißer Freund. „Dennoch ist die Sache außerordentlich schwer. Es gibt hier keine Deckung, weder Busch noch Baum, hinter dem man sich verbergen könnte."

„Aber Schatten!"

„*Well!* Doch das reicht nicht. Wir können höchstens bis auf zwanzig Schritt an sie heran, und wenn sich der Bursche, der den Schatten wirft, bewegt, fällt das Licht auf uns, und sie müssen uns noch viel eher bemerken."

„Wir werden ihre Aufmerksamkeit nach der andern Seite richten."

„Womit? Mit kleinen Steinchen?"

„Ja."

„Schön! Wenn sie dumm genug sind, werden sie sich dadurch irremachen lassen. Dann heißt es, die zwanzig Schritt in zwei Augenblicken zurückzulegen. Ich schlage den, der uns den Rücken zukehrt, nieder; du nimmst den nächsten und ich den dritten."

„Ohne das geringste Geräusch!" warnte Winnetou.

„Natürlich, denn sonst werden die drei Wächter auf der nächsten Etage aufmerksam. Selbst wenn uns das Anschleichen gelingt, braucht es nur einem dieser Roten einzufallen, von da oben herabzuschauen, so sieht er uns, und wir sind verraten. Was würden wir in diesem Fall tun?"

„Die drei hier niederschlagen und dann rasch hinauf zu den andern drei. Sind diese kampfunfähig, besitzen wir den Eingang zu denen, die wir befreien wollen."

„Es würde laut hergehen, und das ganze Pueblo geriete in Aufruhr!“

„Winnetou und Old Shatterhand würden sich trotzdem nicht fürchten. Wir löschten die Feuer aus und würden nicht gesehen; da könnte man nicht auf uns schießen.“

„Gut! Also jetzt Steinchen her!“

Es war von großem Vorteil für sie, daß Old Shatterhand diese Frage aufgeworfen hatte und sie sich darüber verständigt hatten, denn sie wurden später wirklich gesehen, und da konnten sie sofort im Einvernehmen handeln, ohne vorher die kostbare Zeit durch Fragen zu verlieren. Sie suchten nach Steinchen und fanden so viele, wie sie brauchten. Dann legten sie sich lang auf den Boden nieder und krochen auf die drei Wächter zu. Old Shatterhand hatte sehr genau taxiert: Als sie noch ungefähr zwanzig Schritt von ihnen entfernt waren, mußten sie anhalten. Winnetou erhob sich ein wenig und warf ein Steinchen über sie hinweg, so daß es jenseits von ihnen niederfiel. Das dadurch entstehende Geräusch wurde, so gering es war, von ihnen bemerkt, und sie wandten ihre Gesichter nach rechts, um zu lauschen.

„Es gelingt“, flüsterte Old Shatterhand. „Sie sind dumm genug, ihre Aufmerksamkeit von unsrer Seite abzuwenden.“

Winnetou warf noch einige Steinchen, was zur Folge hatte, daß die drei Wächter ein lebendes Wesen, vielleicht gar einen Feind, rechts von sich vermuteten und scharf lauschten.

„Jetzt!“ sagte Old Shatterhand leise.

Sie erhoben sich. Fünf, sechs weite, leise und fast unhörbare Sprünge, und sie standen bei den dreien. Die Faust des starken weißen Jägers fuhr dem ersten so gegen den Kopf, daß er lautlos niedersank; im nächsten Augenblick hatten sie den zweiten und den dritten bei der Kehle. Ein fester Druck, einige Hiebe an die Schläfen, und auch diese waren besinnungslos. Sie wurden schnell gefesselt und bekamen Knebel zwischen die Zähne.

„Das ist geglückt!“ flüsterte Old Shatterhand. „Nun schnell die Leiter an das Loch, unter dem die Gefangenen stecken. Ich will mit ihnen reden; währenddessen mag mein Bruder Winnetou die nächste Etage nicht aus den Augen lassen. Es könnte einer der Wächter an der Kante des Daches erscheinen.“

Er zog nun die Leiter, die sie vorhin vermieden hatten, als sie sich auf der unteren Plattform befanden, herauf, lehnte sie neben dem Loch an die Mauer und stieg hoch. Dann rief er leise in das Loch: „Sam Hawkens, Dick Stone und Will Parker! Ist einer von euch da?“

Er lauschte und hörte drin eine Stimme: „Horcht! Da draußen sprach jemand! Es ist ein Mensch am Loch.“

„Wahrscheinlich einer der roten Halunken!“ meinte ein andrer. „Gebt ihm eine Kugel!“

„Unsinn!“ fiel schnell ein dritter ein. „Ein Indianer wagt es nicht, seinen Schädel so schön herzuhalten, daß wir ihm das Lebenslicht ausblasen, wenn ich mich nicht irre. Es muß ein andrer sein, einer, der uns retten will, vielleicht gar Old Shatterhand oder Winnetou. Macht mir Platz! Ich will an das Loch.“

An der Redensart „wenn ich mich nicht irre“ erkannte Old Shatterhand, wer der Sprecher war; deshalb fragte er: „Sam Hawkens, seid Ihr da?“

„Will's meinen“, antwortete es von innen. „Wer seid denn Ihr?“

„Old Shatterhand.“

„*Heigh day?* Ist's wahr?“

„*Yes.* Wollen euch herausholen.“

„Wollen? Die Mehrzahl? Also seid Ihr nicht allein?“

„Nein. Winnetou ist mit.“

„Noch jemand?“

„Wir sind allein.“

„*Thank you.* Haben mit großen Schmerzen auf Euch gewartet. Aber, Sir, seid Ihr denn auch wirklich Old Shatterhand? Oder heißt Ihr vielleicht Mr. Grinley, der Ölprinz?“

„Müßt mich doch an der Stimme erkennen, alter Sam!“

„Stimme hin und Stimme her! In diesem Loch klingt, zumal Ihr leise redet, eine Stimme wie die andre. Es wäre eine nette Geschichte, wenn wir Euch trauten, und nachher hätte sich Old Shatterhand in den Ölprinzen verwandelt. So ein dummes Coon bin ich nicht. Gebt mir einen Beweis!“

„Welchen?“

„Habt Ihr Euern Henrystutzen bei Euch?“

„Ja.“

„So langt ihn einmal herein, damit ich ihn befühlen kann.“

„Hier ist er. Gebt ihn schnell wieder heraus, denn ich kann ihn jeden Augenblick gebrauchen müssen.“

Er schob das Gewehr ins Loch; es dauerte nur wenige Sekunden, so wurde es ihm zurückgegeben, und Sam sagte: „Es hat seine Richtigkeit; Ihr seid es, Sir. Gott sei Dank, daß Ihr gekommen seid! Wir können nicht hinaus. Zwar ist Rettung möglich; aber es würde dabei einen heißen Kampf geben, und wir möchten nicht Blut vergießen. Wie wollt Ihr uns herausbringen?"

„Habt ihr keine Leiter?"

„Die Schufte haben sie hinaufgezogen."

„Und Waffen?"

„Die haben wir; man konnte sie uns nicht abnehmen. Werde Euch später erzählen, wie wir in diese himmelblaue Tinte geraten sind."

„Müßt es freilich sehr geistreich angefangen haben; ist ein wahres Meisterstück von Leuten, wie ihr seid! Wer ist alles drin?"

„Gute Bekannte von Euch: ich, Stone, Parker, Droll, Hobble-Frank und so weiter."

„Auch Kinder?"

„Leider!"

„*Well!* So paßt genau auf, was ich Euch sage! Erst schiebt Ihr uns die Kinder heraus; sie dürfen keinen Laut von sich geben. Dann folgen die Damen, die hoffentlich auch still sind. Hierauf kommen die, welche den Westen nicht kennen und wenig Erfahrung besitzen. Es ist geraten, alle diese zuerst ins Freie zu bringen, damit sie schon heraus sind, wenn wir vielleicht entdeckt werden. Hier saßen drei Wächter, die wir überwältigt haben. Über euch sind auch drei, die uns leicht überraschen können. Wenn das geschehen sollte, muß ich schnell eingreifen: ich steig hinauf und schlage sie nieder. Gelingt mir das, öffne ich euch das Loch und gebe euch eine Leiter herab, an der die, die sich noch drin befinden, schnell zu mir heraufsteigen und mich unterstützen können. Also, die Erfahrenen von euch bleiben bis zuletzt drin. Habt Ihr alles verstanden?"

„Alles."

„So macht! Ich warte hier, um zunächst die Kinder in Empfang zu nehmen."

In kurzer Zeit erschien ein Knabe in dem Loch. Old Shatterhand zog ihn heraus und reichte ihn Winnetou zu, der ihn ergriff und an der Mauer absetzte. So wurde es mit allen Kindern und dann auch mit den Frauen gemacht. Das war eine schwere Arbeit, bei der Old Shatterhand, auf der Leiter stehend, alle seine Kräfte anstrengen mußte. Als es bis hierher geglückt war und Sam Hawkens ihm meldete, daß nun die Männer, zunächst die deutschen Einwanderer, folgen würden, antwortete er: „Die bedürfen, um die Leiter zu erreichen, meiner Hilfe nicht. Ich werde mich also entfernen, um auf die drei über euch befindlichen Wächter zu achten."

Er stieg zu Winnetou nieder, warf diesem einige leise, erklärende Worte zu und huschte dicht an der Mauer nach der linken Seite hin, wo die Leiter lag, mit der sie auf diese Plattform gestiegen waren. Er zog sie herauf und lehnte sie an die nächste Etage, um da hinaufzuklettern.

Oben angekommen und das von dem Feuer erleuchtete Gelände musternd, sah er die großen Steine, die auf den Deckel gelegt worden waren und diesen festhielten, so daß die Gefangenen nicht herausgekonnt hatten. Daneben lag die Leiter, die von den Indianern, ehe sie den Deckel zuwarfen, emporgezogen worden war. Eine zweite Leiter führte zur nächsten Plattform. Die Wächter saßen so, daß zwei von ihnen ihm den Rükken zukehrten.

Old Shatterhand war auf dieses Dach gestiegen, um im Fall einer Entdeckung sofort bei der Hand zu sein. Gelang es den Gefangenen bis auf den letzten Mann, ins Freie zu kommen, wollte er hinabsteigen, ohne sich sehen zu lassen. So lag er still und wartete. Er rechnete nach, welche Zeit eine Person brauchte, um durch das Loch zu kriechen, und wie viele also schon heraus sein konnten. Eben sagte er sich, daß nun wohl schon der sechste an der Reihe sein werde, da ertönte eine schrille Frauenstimme laut durch die Nacht: „Herrjesses, Kantor, stürzen Sie doch nich off mich!"

Sofort sprangen die drei Wächter auf, traten an den Rand der Plattform und blickten hinab. Sie sahen die befreiten Weißen; sie sahen auch den Apachen, der hoch aufgerichtet am Feuer stand. Sie erkannten ihn, und einer von ihnen rief, so daß es über das ganze Pueblo schallte: *„Akhane, akhane, arku Winnetou, nonton, schis inteh!* – Herbei, herbei, Winnetou, der Häuptling der Apachen, ist da!"

Kaum war der Ruf erschollen, so ertönte es hinter ihnen ebenso laut: „Und hier steht Old Shatterhand, um die Gefangenen zu befreien. –Winnetou, nimm die beiden Burschen in Empfang!"

Der weiße Jäger war gleichzeitig mit den Wächtern auf- und auf diese zugesprungen. Während er die angegebenen Worte rief, schlug er einen von ihnen nieder und stieß die beiden andern über die Kante der Plattform hinab, wo sie von den Untenstehenden in Empfang genommen wurden. Dann warf er die Leiter um, die zur nächst höheren Etage führte, damit kein Roter von oben herunter konnte. Hierauf wälzte er die zentnerschweren Steine von dem Deckel und nahm diesen weg; dann ließ er die Leiter in das Loch und rief hinab: „Schnell herauf! Es könnte zum Kampf kommen."

Nun sprang er mit beiden Füßen in das Feuer, um es auszutreten, was, da es klein gewesen war, ihm sofort gelang. Es wurde dunkel, denn Winnetou hatte auch das untere Feuer ausgelöscht. Old Shatterhand hatte mit solcher Schnelligkeit gehandelt, daß seit dem Augenblick, da die unvorsichtige Frauenstimme erschallte, kaum eine Minute vergangen war. Und schon kamen die letzten der Gefangenen aus der Luke zu ihm heraufgestiegen.

Auf den über ihnen liegenden Terrassen wurde es lebendig. Laute, fragende Stimmen erschallten. Lichter erschienen, und man sah dunkle Gestalten an den Leitern herniedersteigen. Da ertönte Old Shatterhands mächtige Stimme: „Die roten Männer mögen oben bleiben, wenn sie nicht sterben wollen! Hier stehen Old Shatterhand und Winnetou mit ihren Leuten. Wer sich zu uns herunterwagt, wird erschossen!"

Er wollte keinen Indianer töten, mußte ihnen aber beweisen, daß er wirklich hier war. Diesen Beweis konnte er, wie er wußte, ihnen nur durch seinen so viel- und schnellschüssigen Stutzen geben, den sie alle kannten und fürchteten. Er legte ihn an und zielte empor nach einem Indianer, der, mit einer Leuchte in der Hand, eiligst herniedergestiegen kam; er wollte ihn in die Hand treffen und drückte ab.

„*Habi, Latah-schi!* – Au, meine Hand!" schrie der Getroffene, indem er das Licht oder die Fackel fallen ließ.

Drei weitere Schüsse, schnell hintereinander, und ebenso viele Lichter verschwanden. Eine Stimme rief: „Das ist Old Shatterhands Zauberflinte; hinauf, schnell wieder hinauf!"

Es wurde oben dunkel und plötzlich so still, als ob auf den höheren Terrassen kein Mensch zu finden wäre.

„Seid ihr alle hier?" fragte Old Shatterhand die jetzt bei ihm Stehenden. „Ist niemand mehr unten?"

„Keiner", antwortete Sam Hawkens.

„So legt die beiden Leitern an und steigt hinab zu den andern! Ich denke, daß die Roten uns in Ruhe lassen werden, bis wir die freie Erde unter den Füßen haben."

Sie folgten seiner Aufforderung; er kam zuletzt. Als er die nächst untere Plattform erreichte, sah er, daß der umsichtige

Apache schon für das Weitere gesorgt hatte. Die Befreiten befanden sich auch dort bereits im Niedersteigen. Es fiel Winnetou nicht etwa ein, sie zur Eile aufzufordern; im Gegenteil mahnte er sie, wegen der Frauen und Kinder hübsch langsam und vorsichtig zu verfahren, denn er wußte, daß wenigstens für einige Zeit die Indianer jetzt nicht zu fürchten waren; sie wurden durch die beiden Namen Old Shatterhand und Winnetou in Furcht gehalten.

Der Abstieg ging also ziemlich gemächlich vonstatten, und zwar in der Weise, daß alle Leitern von oben mit hinuntergenommen wurden, um den Roten die Verfolgung zu erschweren. Als sie dann am Fuß des Pueblos im Freien beisammenstanden, sagte Old Shatterhand: „Es ist gelungen, und zwar viel leichter, als ich dachte. Nun gibt ..."

Er wurde von mehreren unterbrochen, die ihrer Dankbarkeit Ausdruck geben wollten, fiel ihnen aber schnell in die Rede: „Still! Nichts davon jetzt! Es muß zunächst das Nötigste geschehen. Später, wenn wir von hier fort sind, könnt ihr reden, soviel ihr wollt. Wo sind eure Pferde?"

„Dort im Korral, rechts hinter dem Mauerwerk", antwortete Hawkens.

„Habt ihr alle eure Waffen?"

„Ja."

„Und euer Eigentum?"

„Was wir bei uns hatten, konnte uns nicht gestohlen werden; was sich in den Satteltaschen befand, das werden die roten Spitzbuben wohl an sich genommen haben."

„Hattet ihr auch Packpferde bei euch?"

„*Yes.* Die mußten die Sachen der Einwanderer tragen."

„Sind diese Gegenstände vorhanden?"

„Weiß nicht. Das Unwetter brach so rasch über uns herein, daß wir gar nicht Zeit hatten, abzuladen und die Tiere abzusatteln."

„Hm! Wäre alles da, was Euch und ihnen gehörte, so könnten wir gleich fort von hier, sonst müssen wir die Roten zwingen, das Geraubte herauszugeben. Sam Hawkens mag mich nach dem Korral begleiten; die andern bleiben hier und passen auf die untersten Terrassen des Pueblos auf. Sobald sich ein Roter dort hören oder gar sehen läßt, wird nach ihm geschossen, doch ohne ihn zu treffen. Verstanden? Es genügt völlig, wenn er die Kugel neben sich einschlagen hört. Diese Leute sollen nur wissen, daß wir uns hier aufgestellt haben, um sie nicht herunterzulassen. Mein Bruder Winnetou wird indessen gehen, um unsre beiden Rappen herbeizuholen.

Der Apache entfernte sich still, wie es seine Weise war, und Old Shatterhand ging mit Hawkens nach der Umfriedung, in die die Pferde gebracht worden waren. Als sich diese drei entfernt hatten, sagte der Kantor, natürlich in deutscher Sprache: „Also das sind die beiden großen Helden, nach deren Anblick ich so begierig gewesen bin! Man kann sie nicht erkennen, weil es dunkel ist, aber schon ihr Auftreten imponiert mir ungeheuer. Sie werden sehr hervorragende Stellen in meiner Oper einnehmen."

„Na, sehen Sie sich die beeden nur erscht eemal bei Tage an!" antwortete Hobble-Frank. „Schon während man das erschte Ooge off sie wirft, muß man sich gleich hypothekarisch sagen, daß man keene gewöhnlichen Leute vor sich hat. Is es nich genauso, wie ich prophezeit habe? Diese beeden berühmten Leute brauchen nur zu erscheinen, so sind wir ooch schon frei."

„Sehr wahr!" stimmte Droll bei. „Es is een wahres Heldenstück, uns herausgeholt zu haben, ohne daß uns nur een Haar gekrümmt worden is. Es wär sogar noch viel besser gegangen, wenn Frau Eberschbach den Mund gehalten hätte."

„Ich?" fiel schnell Frau Rosalie ein. „Meenen Sie vielleicht, ich bin schuld, daß mir der Schrei entfahren is?"

„Natürlich! Wer denn sonst?"

„Der Kantor, nich ich!"

„Bitte ergebenst!" verteidigte sich der von ihr Beschuldigte. „Sie wissen wohl, daß ich Emeritus bin! Wenn Sie das doch nicht immer auslassen wollten. Sie haben kein Recht, zu behaupten, daß ich die tiefe Stille, die geboten war, gebrochen habe. Über meine Lippen ist kein Laut gekommen, kein einziger, und wenn er noch so pianissimo gewesen wäre. Sie sind es gewesen, Frau Ebersbach, die geschrien hat."

„Das leugne ich gar nich. Aber weshalb habe ich geschrien? Hätten sie sich fester gehalten, Sie Emeritus! Wenn Sie wieder mal Lust haben, von der Leiter herabzupurzeln, so tun Sie es nicht grade dann, wenn eene reputierliche Dame druntersteht! Wenn Sie Ihre Tonleitern ooch nich fester in die Hände nehmen, so kann mich Ihre schöne Heldenoper dauern. Verstehn Sie mich!"

„Ich verstehe Sie, Verehrteste; doch Sie verstehen etwas nicht, nämlich mit einem Sohn der Musen höflich umzugehen.

Ich habe Ihnen versprochen, seinerzeit an Sie zu denken, und hegte wirklich die Absicht, Ihnen eine Sopranarie in den Mund zu legen; da Sie aber in dieser Weise von meiner Kunst sprechen, sehe ich davon ab. Sie werden nicht die Ehre haben, in meiner Oper zu erscheinen."

Er wollte noch eine Bemerkung machen, doch Hobble-Frank forderte ihn schnell auf: „Pst! Schweigen Sie! Es is mir ganz so, als ob ich een lebendiges Wesen da oben off der erschten Etage hätte huschen sehen. Wahrhaftig, da schleicht es wieder! Jetzt bleibt es stehen und neigt den Kopp herab. Das is een Indianer, der jedenfalls eene Okularkonstruktion beabsichtigt, um zu sehen, wo wir stecken. Er soll es gleich erfahren!"

Er hob sein Gewehr, zielte kurz und drückte ab.

„Uff!" rief eine erschrockene Stimme gleich nach dem Knall des Schusses.

Soeben kehrte Old Shatterhand mit Sam Hawkens zurück.

„Was gibt es? Wer hat geschossen?" fragte er.

„Ich", antwortete Frank.

„Warum?"

„Das is eene Frage an das Schicksal, die ich gern beantworten will. Es stand een roter Signor da oben off dem Dache Nummer eens; der wollte wahrscheinlich wissen, welche Zeit es is, und da habe ich ihm gezeigt, wieviel die Repitieruhr geschlagen hat, wenn er sich nich gleich off die Socken macht. Er hat sich ooch sofort kompetent zurückgezogen."

„Ist er getroffen worden?"

„Nee, ich habe weiter rechts gezielt, vielleicht zwee Ellen weit; wenn er vier Fuß lange Ohren haben sollte, so is ihm die Kugel höchstwahrscheinlich durch das rechte Läppchen gefahren, was ihm hoffentlich zur physharmonischen Warnung dienen wird."

„Also haben sie sich schon bis herunter auf die erste Terrasse getraut! Da müssen wir aufpassen. Wir halten uns natürlich in solcher Entfernung, daß sie uns nicht sehen können, denn sonst würden sie auf uns schießen. Sie müssen wissen, daß wir da sind und sie nicht herunterlassen. Deshalb mögen Frank und Droll hinschleichen und sich eng an der Mauer niederlegen. Wenn sie dann aufwärts gegen den Himmel blicken, können sie jeden Kopf sehen, der oben über der Kante erscheint, um herabzublicken. Dann rasch eine Kugel hinauf!"

„Aber wohl ohne zu treffen?" fragte Hobble-Frank.

„Ja. Ich möchte kein Leben vernichten."

„Da werde ich mich hüten, meine schönen Kugeln in die Luft zu schießen! Ich stecke lieber keene in den Lauf."

Da näherte sich Schi-So Old Shatterhand und bat in deutscher Sprache: „Herr, erlauben Sie mir, an dieser Bewachung des Pueblos teilzunehmen! Sechs Augen sind besser als nur vier."

„Das ist sehr richtig", antwortete der Jäger, indem er den Jüngling, dessen Gesicht er nicht erkennen konnte, forschend anblickte. „Sie scheinen noch sehr jung zu sein. Haben Sie gute Augen?"

„Ja."

„Und Erfahrung?"

„Ich bin der Schüler meines Vaters", antwortete Schi-So in bescheidenem Ton.

„Wer ist Ihr Vater?"

„Nitsas-Ini, der Häuptling der Navajos."

„Was? Meines Freundes, des Großen Donners? Dann wären Sie ja Schi-So, von dem ich weiß, daß er in Deutschland ist?"

„Ich bin es."

„Hier meine Hand, junger Freund. Ich freue mich sehr, Sie hier zu treffen; sobald wir Zeit haben, sprechen wir weiter miteinander. Wäre es heller, hätte ich Sie wohl erkannt. Da Sie Schi-So sind, weiß ich, daß ich Ihren Wunsch getrost erfüllen darf. Gehen Sie also mit Frank und Droll, und postieren Sie sich mit ihnen so weit auseinander, daß die ganze Länge der Plattform unter Beobachtung steht!"

Der Häuptlingssohn entfernte sich, stolz darauf, seinen Wunsch erfüllt zu sehen. Eben als er ging, kehrte Winnetou mit den Pferden zurück, die in genügender Entfernung von dem Pueblo angepflockt wurden. Als das geschehen war, fragte er Old Shatterhand: „Ich hörte einen Schuß. Aus wessen Gewehr ist er gefallen?"

Der Gefragte sagte es ihm und fuhr dann fort: „Die ledigen Pferde derer, die wir befreit haben, stehen dort im Korral; alles Gepäck und das ganze Sattel- und Zaumzeug ist verschwunden."

„Muß sich im Pueblo befinden!"

„Ja. Wir können also nicht fort, sondern müssen hierbleiben, um die Herausgabe zu erzwingen."

„Das ist nicht schwer, denn der Häuptling befindet sich in unserer Hand."

„Wohl. Wir müssen ihn holen. Will mein roter Bruder den

Befehl hier übernehmen? Dann reite ich mit Hawkens, Parker und Stone fort, um Ka Maku herbeizuschaffen."

„Mein Bruder mag gehen; er wird bei seiner Rückkehr hier alles in Ordnung finden."

Die drei Kleeblätter waren gern einverstanden, mit Old Shatterhand zu reiten. Sie gingen nach dem Korral, um die Tiere zu holen. Diese waren freilich ohne Zaum und Sattel, was den Reitern gleichgültig war. Sie schwangen sich auf und ritten in nördlicher Richtung davon. Es verstand sich von selbst, daß sich Old Shatterhand nun unterwegs erkundigte, wie sie mit den Einwanderern zusammengetroffen und dann in die Gefangenschaft geraten waren. Sie hatten Zeit, es ihm ausführlich zu erzählen und von jedem der Beteiligten eine Charakterschilderung zu geben. Als er alles gehört hatte, sagte er, den Kopf leise schüttelnd: „Sonderbare Menschen und höchst unvorsichtig dazu! Also ihr habt euch ihrer angenommen und wollt sie begleiten?"

„Ja", antwortete Sam. „Sie bedürfen unser, und uns ist es ja gleich, ob wir hierhin oder dorthin reiten. Was sagt Ihr dazu, Sir?"

„Hm! Ich wollte mit Winnetou über die Grenze, halte es aber für meine Pflicht, mich dieser Einwanderer anzunehmen, zumal sie durch Gegenden wollen, wo sie ohne die Hilfe erfahrener Leute zugrunde gehen müssen, da den Roten, auf die sie dort treffen, nicht zu trauen ist. Da gilt es, wie es scheint, nachsichtig zu sein. Dieser emeritierte Kantor zum Beispiel kann gefährlich werden."

„Ist er schon geworden. Am liebsten hätte ich ihn fortgejagt; doch das geht ja nicht. Und dann die Geschichte mit dem Ölprinzen. Was sagt Ihr dazu?"

„Schwindel!"

„*Well*, ist auch meine Meinung. Dürfen wir die beiden ins Verderben laufen lassen?"

„Auf keinen Fall. Wir folgen diesem Grinley, der sehr wahrscheinlich noch andre Namen führt, und ich denke, daß wir ihn rechtzeitig einholen werden. Bin sehr neugierig, zu erfahren, auf welche Weise er das Öl aus der Erde gezaubert hat oder noch hervorzaubern will."

Sie waren sehr schnell geritten und befanden sich jetzt nicht sehr weit mehr von der Stelle, an welcher der gefesselte Häuptling mit seinen Leuten zurückgelassen worden war.

Old Shatterhand erzählte ihnen, wie der in seine und Winnetous Hände gefallen war, und fügte dann hinzu: „Er hat alles geleugnet und verdient eine Strafe. Ich bin als ein Freund der Roten bekannt und lebe gern mit ihnen in Frieden, deshalb möchte ich mit Ka Maku so glimpflich wie möglich verfahren. Will sehen, ob er mir doch nicht vielleicht ein Eingeständnis macht. Wenn er euch sieht, merkt er sofort, wie die Sache steht; ich will also voranreiten, folgt mir langsam nach. Wenn ihr euch genau nördlich haltet, kommt ihr nach dem Felsen, hinter dem wir die Gefangenen zurückgelassen haben."

Es war sehr dunkel, und ein andrer hätte sich in dieser ebenen Gegend, in der nichts als Anhalt und Merkmal diente, wohl kaum zurechtgefunden; Old Shatterhand aber durfte sich auf seinen Ortssinn verlassen und erreichte sein Ziel mit derselben Genauigkeit, als ob es nicht in dunkler Nacht, sondern am hellen Tage gewesen wäre.

Er war überzeugt, die vier Roten in der Lage anzutreffen, in der er sie verlassen hatte, dennoch mußte er vorsichtig sein. Sie konnten auf irgendeine Weise die Möglichkeit gefunden haben, sich zu befreien, und nun auf ihn und Winnetou warten, um sich zu rächen. Deshalb stieg er in angemessener Entfernung vom Pferd, pflockte es an und schlich zu Fuß nach dem Felsen hin. Als er nahe genug herangekommen war, legte er sich nieder und kroch auf Händen und Füßen weiter. Bald hatte er den hohen, breiten Stein links vor sich, machte einen kurzen Bogen und sah dann die Gefangenen liegen. Sie konnten frei sein und ihre Stellung aus Hinterlist beibehalten haben; deshalb ließ er sich noch nicht hören, sondern kroch so leise bis hinter den Häuptling, daß dieser nicht das geringste Geräusch zu vernehmen vermochte. Dann hob er die Hand und betastete das in die Erde gegrabene Gewehr, an das Ka Maku festgebunden war. Die Riemen befanden sich noch in derselben Lage wie vorher; sie waren nicht gelöst worden. Da richtete er sich auf und stellte sich, wie plötzlich aus der Erde gewachsen, vor den Gefangenen hin.

„Die Zeit wird Ka Maku lang geworden sein", begann Old Shatterhand. „Er hat, da er einen Knebel im Mund trägt, nicht einmal mit seinen Gefährten sprechen können. Ich werde ihm die Stimme wiedergeben." Er zog ihm den Knebel aus dem Mund und fuhr fort: „Der Häuptling hat Zeit gehabt, sich zu besinnen. Wenn er bereit ist, mir zu gestehen, daß sich Gefangene in seinem Pueblo befinden, werde ich ihn befreien, ohne daß ihm etwas Weiteres geschieht."

Ka Maku entnahm diesen Worten, daß Old Shatterhand noch nichts Genaues wußte, und war infolgedessen entschlossen, nichts zu gestehen. Da er Old Shatterhands Art und Weise kannte, war er überzeugt, daß sich sein Leben nicht in Gefahr befand. Also nichts gestehen und lieber hier noch angebunden liegen, bis seine Leute kommen, ihn zu befreien. Er dachte, daß sie das bald nach Tagesanbruch tun würden. Er sah nur Old Shatterhand. Wo war Winnetou? Um das zu erfahren, fragte er: „Warum kommt nicht der Häuptling der Apachen, um mit mir zu reden?"

Man hörte es seiner Stimme an, daß ihm der Knebel das Atmen erschwert hatte.

„Er mußte in der Nähe des Pueblos bleiben, um es zu beobachten."

Auf Grund dieser Antwort vermutete Ka Maku, daß die Bemühungen Winnetous und Old Shatterhands vergeblich gewesen waren, und dieser nur gekommen war, durch weiteres Ausfragen etwas zu erfahren; deshalb sagte er in deutlich höhnischem Ton: „Winnetou wird nichts andres hören und sehen, als was ich gesagt habe: Es befindet sich kein Gefangener bei uns. Warum schleichen die beiden tapfern Männer heimlich beim Pueblo hin und her? Warum fordern sie nicht Einlaß, um sich zu überzeugen, daß ich die Wahrheit gesprochen habe und es ehrlich meine?"

„Weil wir euch nicht trauen und überzeugt sind, daß wir auch festgenommen werden würden."

„*Uff!* Wo ist die Klugheit Old Shatterhands hin? Der Große Geist hat ihm das Gehirn genommen. Ich bin sein Freund gewesen; nun er mich als Feind behandelt, wird das Messer zwischen ihm und mir entscheiden."

„Habe nichts dagegen. Also ihr haltet wirklich keine weißen Männer, Frauen und Kinder im Pueblo gefangen?"

„Nein."

„Bedenke, daß es mir und Winnetou nicht schwer sein würde, sie zu befreien! Dann träfe dich die Strafe. Gestehst du es ein, werden wir daran denken, daß du unser Freund und Bruder gewesen bist, und dich mit Milde behandeln."

„Old Shatterhand mag tun und denken, was er will. Ich habe die Wahrheit gesagt und werde mich rächen!"

„Ganz wie du willst! Horch! Wer mag da kommen?"

Man hörte nahendes Pferdegetrappel, Ka Maku richtete sich, soweit es seine Fesseln zuließen, auf und stieß einen Ruf der

Freude aus. Die Reiter, die da nahten, mußten seine Leute sein, die ihn suchten. Sie bogen um den Felsen und hielten an. Er konnte ihre Gestalten nicht deutlich erkennen, war aber in seiner Ansicht so sicher, daß er ihnen zurief: „Ich bin Ka Maku, den ihr sucht. Steigt ab und bindet mich los!"

Da antwortete Sam Hawkens lachend: „Daß du Ka Maku bist, das glaube ich gern; daß ich dich losbinde, das glaube ich nicht. Old Shatterhand wird bestimmen, was geschehen soll. Erkennst du mich vielleicht an der Stimme, alter Schurke?"

„Sam Hawkens?" schrie der Häuptling vor Schreck förmlich auf.

„Ja, Sam Hawkens und Dick Stone nebst Will Parker", bestätigte Old Shatterhand. „Meinst du nun noch immer, daß mir der Große Geist das Gehirn genommen hat? Oder war es richtig, als ich sagte, daß es uns nicht schwer werden würde, die Gefangenen zu befreien? Wir haben die Lanze umgedreht und nun gegen euch gerichtet: Eure Gefangenen sind frei, und ihr seid gefangen. Keiner von deinen Kriegern ist imstande, das Pueblo zu verlassen, denn wir werden jedem, der zu entkommen sucht, eine Kugel geben. Wir sind gekommen, dich zu holen. Wir werden euch auf eure Pferde binden, und ich rate euch, euch ja nicht etwa dagegen zu wehren, wenn ihr nicht unsre Messerklingen kosten wollt."

Die Kleeblätter stiegen von ihren Pferden und machten sich über die vier Indianer her, die so bestürzt waren, daß es ihnen nicht einfiel, Widerstand zu leisten, der ihnen doch nichts gefruchtet hätte. Sie wurden auf ihre Tiere gebunden, die bis jetzt angepflockt gewesen waren, und dann trat man den Rückweg an, auf dem kein Wort gesprochen wurde, bis man bei dem Pueblo angekommen war. Dort mußten die vier Roten absteigen und wurden unter scharfe Bewachung genommen. Sie bemerkten trotz der Dunkelheit bald, daß alle ihre Gefangenen, keinen einzigen ausgenommen, frei waren. Ihr Grimm darüber läßt sich leicht denken.

Die Weißen, besonders die lebhafteren unter ihnen, hätten am liebsten die ganze Nacht hindurch plaudern mögen; aber Old Shatterhand gab das nicht zu. Er machte sie darauf aufmerksam, daß ihnen morgen ein jedenfalls scharfer und langer Ritt bevorstand, und brachte sie so weit, daß sie sich, die sich stündlich ablösenden Wachen natürlich abgerechnet, zur Ruhe legten.

Die Nacht verging, ohne daß die Roten wagten, das Pueblo

zu verlassen und einen Angriff zu versuchen. Als der Tag graute, sah man, daß sie sich auf die oberen Plattformen zurückgezogen hatten. Die Mehrzahl von ihnen schlief und wurde, sobald es nur einigermaßen hell geworden war, von den Wächtern, die auch sie ausgestellt hatten, geweckt. Sie versammelten sich oben und führten drohende Reden. Daß ihr Häuptling gefangen war, konnten sie nicht erkennen.

Winnetou und Old Shatterhand waren entschlossen, sich auf keine langen Verhandlungen einzulassen. Man durfte keine Zeit verlieren, wenn es gelingen sollte, den Ölprinzen noch rechtzeitig einzuholen. Deshalb begaben sich beide zu Ka Maku, um mit ihm zu reden. Die andern bildeten einen Kreis um sie, um zuzuhören oder, was die betraf, die das Gespräch nicht verstehen konnten, wenigstens zuzusehen. Da sich Winnetou lieber schweigend verhielt und nur dann zu sprechen pflegte, wenn es nicht unterlassen werden durfte, ergriff Old Shatterhand das Wort: „Ka Maku sieht wohl, daß sich alle seine Gefangenen in Freiheit befinden?"

Der Häuptling antwortete nicht; deshalb ermahnte ihn der Westmann in drohendem Ton: „Ich pflege nicht gern in den Wind zu reden. Du sollst so mild wie möglich behandelt werden. Antwortest du nicht, so hast du es dir selbst zuzuschreiben, wenn wir nur die Rache gelten lassen. Beantworte also meine Frage!"

„Ich sehe, daß sie frei sind", knurrte er ingrimmig.

„Und daß deine Krieger unsre Gefangenen sind?"

„Das sehe ich nicht."

„Nicht? Kann einer von ihnen das Pueblo verlassen, wenn wir es nicht wollen? Wir brauchen nicht einmal zu dulden, daß sie auf den Dächern stehen. Unsre Gewehre tragen bis zur obersten Terrasse, und wir können sie alle zwingen, in das Innere der Stockwerke zu flüchten. Wo nehmen sie zu essen und zu trinken her? Sie dürfen nicht dorthin, wo der Brunnen ist und die Vorräte liegen. Außerdem haben wir dich und deine drei Gefährten. Was meinst du wohl, was wir mit euch vornehmen werden?

„Nichts!"

„Ah, wirklich?"

„Ja, denn es ist keinem von euch ein Leid geschehen."

„Das haben sie nicht euch, sondern Winnetou und mir zu verdanken. Ihr hattet es anders mit ihnen vor. Ich will es kurz mit dir machen. Es fehlen ihnen noch viele Sachen, die sich im

Pueblo befinden. Wenn ihnen alles, was verlorengegangen ist, ersetzt wird, geben wir euch frei und reiten fort; weigerst du dich, so wirst du erschossen, und wir verbrennen deine Skalplocke, daß du in den ewigen Jagdgründen ohne sie erscheinen mußt. Ebenso wird es deinen drei Mitgefangenen ergehen. Entscheide dich! Sieh, eben jetzt geht die Sonne auf. Wenn sie eine Hand breit über dem Horizont steht, will ich deine Antwort haben. Länger warte ich nicht. Ich habe gesprochen!"

Er stand auf und ging mit Winnetou fort, zum Zeichen, daß er kein weiteres Wort verlieren wollte. Ka Maku starrte finster vor sich hin. Er kannte die Humanität seiner Sieger und glaubte nicht, daß sie ihre Drohung wahr machen würden. Die ganze Beute hergeben, das schien ihm zuviel verlangt. Als die Sonne so weit, wie angegeben, vorgerückt war, kamen die beiden zurück, und Old Shatterhand fragte: „Was hat Ka Maku beschlossen? Werden die Einwanderer erhalten, was ihnen gehört?"

„Nein!" stieß er hervor.

„*Well!* Ich habe dir gesagt, daß ich gesprochen habe; wir sind fertig. Schafft die Kerls fort, nach jenem Felsen hinüber, schneidet ihnen die Skalplocken ab und gebt nachher jedem eine Kugel in den Kopf! Ich habe keine Lust, meine Worte unnötig zu verlieren."

Sam, Dick und Will, Frank und Droll griffen zu und schleppten die vier Roten nach dem bezeichneten Felsen. Ein Indianer, der ohne Skalplocke stirbt und begraben wird, geht der Freuden der ewigen Jagdgründe verloren. Deshalb schrie der Häuptling, als Hawkens mit der Linken ihn an der Locke ergriff und mit der Rechten das Messer schwang: „Halt, halt! Ihr sollt alles haben!"

„Gut!" Old Shatterhand nickte. „Es war die höchste Zeit; widerrufe aber ja nicht, denn dann gibt es keine Gnade! Ich verlange, daß alles, bis auf den geringsten Gegenstand, ausgeliefert wird. Eure Squaws mögen uns diese Sachen heraus- und herunterbringen; sollten Männer es wagen zu erscheinen, würden wir sie niederschießen. Bist du einverstanden?"

„Ja", sagte Ka Maku.

„So mag dieser Mann hier es den Deinen melden; wenn die Auslieferung nicht binnen fünf Minuten beginnt, bist du verloren."

Er deutete auf einen der Gefangenen; es wurden ihm die Fesseln abgenommen, und dann erhielt er eine Leiter, um auf das Pueblo zu steigen. Erst durch ihn erfuhren die Indianer, daß ihr Häuptling gefangen war. Sie erhoben ein großes Geheul und rannten unter drohenden Gebärden oben hin und her, doch schien der Bote ihnen ernstlich zuzusprechen, und nach den festgesetzten fünf Minuten kamen schon die ersten Squaws mit Lasten herabgestiegen, die sie unten abgaben. Jeder Beraubte nahm das in Empfang, was ihm gehörte, und gab an, was ihm noch fehlte. Es wurde scharf darauf gedrungen, daß selbst der kleinste Gegenstand zurückerstattet wurde; das machte freilich viel Mühe, endlich war alles vorhanden und verteilt. Deshalb rief der Häuptling: „Es ist geschehen, was ihr wolltet. Nun bindet mich los und packt euch fort!"

„Du irrst", antwortete Old Shatterhand ihm ruhig, „ihr habt noch nicht alles ersetzt."

„Was verlangst du noch?"

„Die Zeit, die uns verlorengegangen ist."

„Kann ich euch Zeit geben, Stunden schenken?" erwiderte Ka Maku.

„Ja. Wir haben alle deinetwegen kostbare Zeit verloren, die wir unbedingt wieder einbringen müssen. Das ist mit den schlechten Pferden, die einige von uns besitzen, nicht möglich. Ich habe gesehen, daß ihr in euerm Korral sehr schöne Tiere habt; wir werden unsre schlechten gegen eure guten umtauschen."

„Wage das!" rief Ka Maku, indem seine Augen zornig blitzten.

„*Pshaw!* Was ist dabei zu wagen? Du glaubst doch nicht etwa, daß ich mich vor dir fürchte! Wer will es uns verwehren, den Tausch vorzunehmen? Du bist in unsrer Gewalt, und deine Krieger können nicht herunter, um uns zu hindern. Unsre Gewehre tragen weiter als die ihren; wir würden sie treffen, nicht sie uns; das wissen sie recht gut und werden sich also hüten, uns nahe zu kommen."

„Es würde ein Raub, ein Diebstahl sein!"

„Nur Vergeltung! Ihr seid Diebe und wir strafen euch. Sollt ihr alle diese Leute umsonst gefangengenommen und beraubt haben? Man muß euch zeigen, daß der Unehrliche stets dem Ehrlichen unterliegt. Also, dein Widerstreben hilft dir nichts. Winnetou, Sam Hawkens und Droll mögen kommen, um mit mir die Pferde auszusuchen!"

Er ging mit den drei Genannten nach dem Korral. Der Häuptling geriet in große Wut; er bäumte sich unter seinen

Fesseln und gebärdete sich, als ob er den Verstand verloren hätte. Da trat Frau Rosalie zu ihm und fuhr ihn zornig an: „Willste gleich stille sein, du Schreihals, ewiger, du! Was biste denn eegentlich? Een Häuptling willste sein? Wennste denkst, daß ich das gloobe, da kommste schöne an! Een Lump biste, een langfingriger Galgenstrick! Verstehste mich? Klapse sollteste kriegen, Haue, tüchtige Prügel! Eingesperrt haste uns, uns arme Würmer! Und nu, da das gerechte Strafgericht über dich kommt wie der Pfeffer off die Suppe, da tuste grad, als obste die reene Unschuld wärscht. Nimm dich in acht und komm mir nich etwa mal in meine Hände; ich reiß dir die Haare alle eenzeln raus! So, jetzt weeste, woran du bist und mit wem du es zu tun hast. Bessere dich! Jetzt is es vielleicht noch Zeit. Sonst kriegst du's noch mit der Polizei und dem Schangdarm zu tun!"

Sie warf ihm einen vernichtenden Blick zu und wandte sich dann von ihm ab. Ihre Worte blieben nicht ohne Wirkung, obgleich er keins verstanden hatte. Desto verständlicher war ihm ihr Ton gewesen. Er sah ihr erstaunt nach und schwieg, schwieg selbst dann, als kurze Zeit darauf die Pferde aus dem Korral gelassen und gesattelt wurde. Es befanden sich seine besten dabei. Wenn er auch nichts sagte, seine Blicke redeten um so deutlicher. Es war ihnen anzusehen, daß er auf Rache sann.

Als die auf den oberen Stockwerken befindlichen Roten bemerkten, daß die Weißen aufbrechen wollten, kamen sie mit Hilfe der ihnen gebliebenen Leitern herabgestiegen. Sie glaubten, das wagen zu können, weil die Bleichgesichter aufgehört hatten, eine drohende Haltung zu zeigen. Hätte man ihnen den Willen gelassen, so wäre kein ruhiger Abzug möglich gewesen. Deshalb richtete Old Shatterhand seinen Stutzen auf sie und rief drohend: „Bleibt oben, sonst schießen wir!"

Da sie dieser Aufforderung nicht Folge leisteten, gab er zwei Warnschüsse ab, doch absichtlich, ohne jemand zu treffen. Da erhoben sie ein Geheul und wichen nach oben zurück. Sie waren übrigens den Verhältnissen angemessen sehr gut weggekommen, denn außer den Fackelträgern, die von Old Shatterhand in die Hände getroffen worden waren, hatte keiner von ihnen eine Verletzung davongetragen; Tote gab es gar nicht. Dennoch sagte der Häuptling zu Old Shatterhand, als dieser das Gewehr absetzte: „Warum schießt du auf meine Leute? Siehst du nicht, daß sie keine feindlichen Absichten mehr haben?"

„Und hast du nicht gesehen, daß auch meine Absicht friedlich war?“ antwortete der Jäger. „Oder glaubst du, ich hätte treffen wollen und doch Fehlschüsse getan? Wenn ich will, trifft meine Kugel stets; ich habe deine Männer nur warnen wollen.“

„Siehst du nicht, daß einige mit verbundenen Händen oben stehen? Sie erheben sie, um mir zu zeigen, daß sie verwundet worden sind.“

„Sie mögen es meiner Güte danken, daß ich nur auf die Hände, nicht auf ihre Köpfe gezielt habe. Eigentlich hättet ihr alle verdient, erschossen zu werden.“

„Nennst du auch das Güte, daß du uns die Pferde weggenommen hast?“

„Allerdings. Es ist das eine Strafe, mit der ihr sehr zufrieden sein könnt. Eigentlich habt ihr eine viel größere, viel strengere verdient.“

„Das sagst du. Weißt du, was ich in Zukunft sagen werde?“

Old Shatterhand machte eine geringschätzige Handbewegung, wandte sich ab und stieg, ohne zu antworten, auf sein Pferd. Die andern waren schon aufgesessen. Da rief ihm Ka Maku, über diese Verachtung entrüstet, zornig nach: „Ich werde jedem, der zu mir kommt, sagen: Winnetou und Old Shatterhand, die so stolz auf ihre Namen sind, sind unter die Pferdediebe gegangen, und Pferdediebe pflegen gehängt zu werden!“

Der Jäger tat, als ob er diese Beleidigung nicht gehört hätte; aber der kleine Hobble-Frank war so ergrimmt darüber, daß er sein Pferd nahe an den Häuptling herantrieb und ihn zornig anfuhr: „Schweig, Halunke! So een inklusiver Spitzbube, wie du bist, muß froh sein, daß er nich selber an eenen kapitalen Strick offgehängt worden is. Dir wäre noch besser, du würdest mit eenem Mühlsteen am Hals ersäuft im Indischen Ozean, da wo er am tiefsten is. Da haste meine Meenung, nu adjes!“

Er wandte sein Pferd und ritt davon, leider ohne sich zu sagen, daß Ka Maku diese deutsche Strafrede gar nicht verstanden haben konnte.

ACHTES KAPITEL

Am Petroleumsee

Wenn das Kriegsbeil zwischen zwei Indianerstämmen ausgegraben ist, was soviel heißt, daß nun auf Tod und Leben zwischen ihnen gekämpft werden soll, dann werden zunächst und vor allen Dingen von beiden Seiten Kundschafter ausgeschickt, die zu erfahren suchen, wo sich der feindliche Stamm befindet und wie viele erwachsene Krieger er zu stellen vermag. Den Aufenthalt zu erkunden ist schon deshalb nötig, weil die sogenannten wilden Stämme gar nicht seßhaft sind, sondern ihren Aufenthaltsort, allerdings innerhalb gewisser Grenzen, ja nach ihren Bedürfnissen und Absichten verändern.

Damit ist die Aufgabe der Kundschafter noch nicht erfüllt; sie müssen, und das ist das Schwierigere, auch zu erforschen suchen, in welcher Weise der Feind den Krieg zu führen beabsichtigt, ob er gut verproviantiert ist, wenn er aufbricht, welchen Weg er einzuschlagen und an welchem Ort er auf den Gegner zu treffen gedenkt. Dazu gehören erfahrene Männer, die neben Tapferkeit auch die nötige Umsicht, Vorsicht und List besitzen.

In Fällen, die von keiner großen Bedeutung sind und dabei weniger Gefahr bieten, bedient man sich als Kundschafter jüngerer Krieger, damit diese Gelegenheit finden, ihren Mut und ihre Geschicklichkeit zu zeigen und sich einen Namen zu machen. Handelt es sich um mehr als das, so werden ältere, bewährte Männer auserwählt; ja, es kann sogar vorkommen, daß der Häuptling selbst geht, wenn er die Angelegenheit für wichtig genug hält.

Da, wie selbstverständlich, von beiden Seiten Späher ausgesandt werden, kommt es vor, daß diese aufeinandertreffen. Dann heißt es, alles aufzubieten, was Verschlagenheit und Kühnheit vermögen, um die feindlichen Kundschafter zu töten. Wenn das gelingt, bleibt der Gegner ohne Nachricht, wird also durch den Angriff überrascht und mit größerer Leichtigkeit besiegt.

Es läßt sich denken, daß bei solch einem Zusammentreffen

oft weit mehr List, Gewandtheit und Verwegenheit aufgeboten werden als bei dem späteren eigentlichen Kampf. Es geschehen dabei Taten, deren Erzählung noch später, nach langen Jahren, von Mund zu Mund geht.

Wie schon mehrfach erwähnt, waren gerade in gegenwärtiger Zeit zwischen einigen Stämmen sehr ernste Feindseligkeiten ausgebrochen, nämlich zwischen den Nijoras und den damals nördlich von ihnen hausenden Navajoindianern. Der Chellyarm des Rio Colorado bildete die Grenze zwischen diesen beiden Stämmen. Die Gegend, die er durchfließt, war also das Gebiet, in dem die Gegner voraussichtlich aufeinandertreffen würden und das vorher von den Kundschaftern durchspäht werden mußte.

Gefährdet waren nicht etwa nur die Indianer, sondern auch die Weißen, denn die Erfahrung lehrt, daß, sobald Rote gegeneinander kämpfen, die Bleichgesichter von beiden Seiten als Feinde betrachtet werden. Sie befinden sich dann, um ein Bild zu gebrauchen, wie zwischen den Klingen einer Schere.

Das Gloomy Water, wohin der Ölprinz wollte, lag am Chellyfluß. Grinley kannte die Gefahr, die jeden Weißen, der jetzt dorthin wollte, erwartete, glaubte aber, den Ritt riskieren zu können, weil er bisher von Angehörigen beider Stämme nie feindlich behandelt worden war. Vielleicht hätte er trotzdem davon abgesehen, wenn er nicht durch die Zeit und die Verhältnisse dazu gedrängt worden wäre. Wenn er seinen Zweck erreichen wollte, mußte er sich beeilen; er durfte den Bankier weder zur Besinnung kommen noch irgendeinen Umstand eintreten lassen, durch den dieser gewarnt werden konnte.

Was Rollins und seinen Buchhalter betrifft, so hatten diese zwar gehört, daß ein Bruch zwischen Nijoras und Navajos stattgefunden hatte, besaßen aber nicht die nötigen Erfahrungen und Kenntnisse, um zu wissen, was auch ihnen dadurch drohte. Und der Ölprinz hütete sich, sie darüber aufzuklären.

Die fünf Männer befanden sich vielleicht noch einen Tagesritt vom Chelly entfernt, als sie, über eine offene, grasige Prärie reitend, die zuweilen durch Buschwerk unterbrochen wurde, sich plötzlich einem Reiter gegenübersahen. Er war ein Weißer, hatte ein Felleisen hinter sich aufgeschnallt und ritt ein kräftiges indianisches Pony, dem man es ansah, daß es tüchtig angestrengt worden war. Die Reiter hielten überrascht an.

„Hallo!“ rief der Fremde. „Das hätten Rote sein sollen!“

„Dann wäre es um Euren Skalp geschehen gewesen“, antwortete der Ölprinz, wobei er erzwungen lachte, um seine Verlegenheit zu verbergen, denn auch er war über das unerwartete Zusammentreffen erschrocken.

„Oder um die euern“, entgegnete der andre. „Bin nicht der Mann, der sich seine Kopfhaut so leicht über die Ohren ziehen läßt.“

„Auch nicht, wenn fünf gegen einen stehen?“

„Auch dann nicht, wenn es Rote sind. Habe noch mehr gegen mich gehabt und meinen Skalp dennoch behalten.“

„So möchte man Respekt vor Euch haben, Sir. Darf man vielleicht wissen, wer Ihr seid?“

„Warum nicht? Brauche mich nicht zu schämen, es zu sagen.“ Und auf das Felleisen hinter sich deutend, erklärte er: „Wundere mich eigentlich über Eure Frage. Ihr scheint keine rechten Westmänner zu sein. Müßtet es doch diesem Ding da ansehen, daß ich Kurier bin.“

Er war also einer jener kühnen Männer, die mit Briefen und Ähnlichem auf ihren schnellen Pferden furchtlos über die Prärien und Felsengebirge ritten. Jetzt allerdings trifft man keinen solchen Kurier mehr an.

„Ob wir Westmänner sind oder nicht, geht Euch nichts an“, gab ihm der Ölprinz zurück. „Euer Felleisen habe ich freilich gesehen, aber ich weiß, daß durch diese Gegend hier noch nie ein Kurier gekommen ist. Diese Leute pflegen sich stets auf der Albuquerque-San-Francisco-Straße zu halten. Warum seid Ihr von dieser abgewichen?“

Der Mann richtete seine klugen Augen halb verächtlich auf den Fragesteller und antwortete: „Bin eigentlich nicht verpflichtet, Euch Auskunft zu geben, und habe auch keine Lust, es zu tun, doch da ich sehe, daß Ihr im Begriff steht, ahnungslos in Euer Verderben zu rennen, sollt Ihr erfahren, daß ich wegen der Navajos und Nijoras von meiner Richtung abgewichen bin. Sie hätte mich gerade durch die Gegend geführt, die ein kluger Mann jetzt den Roten überläßt, nämlich durch das Gebiet am Chellyfluß. Wißt Ihr denn nicht, wer sich dort mit wem in den Haaren liegt?“

„Meint Ihr vielleicht der einzige Kluge zu sein, den es hier im Westen gibt?“

Der Ölprinz hätte wohl besser getan, höflich zu sein, der Schreck allerdings über die plötzliche Begegnung hatte ihn zornig gemacht, und diesem einzelnen Mann gegenüber hielt er es nicht für nötig, das ihm eigene rücksichtslose Wesen zu verleugnen. Der Kurier blickte prüfend von einem zum andern, ohne die Grobheit, die er zu hören bekam, in gleicher Weise zu beantworten, nickte dann vor sich hin und sagte, indem er auf den Bankier und den Buchhalter deutete, in ruhigem Ton: „Ich möchte behaupten, daß wenigstens diese beiden Männer noch nicht viel Blut haben fließen sehen. Wenn Ihr so klug seid, daß Ihr keines Rates bedürft, so will ich sie dennoch auffordern, vorsichtig zu sein. Vielleicht wissen sie gar nicht, was sie tun und wagen. Es steckt kein vernünftiger Mensch den Kopf in eine Presse, die soeben zugeschraubt werden soll."

Diese ernsten Worte hatten den Erfolg, daß sich der Bankier erkundigte: „Was wollt Ihr sagen, Sir? Welche Presse meint Ihr?"

„Die, welche sich da hinter mir am Chelly befindet. Ihr scheint schnurstracks in sie hineinreiten zu wollen. Kehrt um, Mesch'schurs, sonst geratet ihr zwischen die Skalpmesser der beiden Stämme, die einander abschlachten wollen, und was da von euch übrigbleiben wird, das können die Geier und die Präriewölfe fressen. Hört auf mich; ich meine es gut mit euch!"

Ein Blick in sein offenes Gesicht, in seine ehrlichen Augen genügte, überzeugt zu sein, daß er die Wahrheit redete. Deshalb fragte Rollins: „Meint Ihr wirklich, daß die Gefahr so groß ist?"

„Ja, das meine ich. Habe heute früh Spuren gesehen, die mir zeigten, daß sich die Kundschafter schon gegenseitig beschleichen. Das ist stets etwas, was sich jeder kluge Mann zur Warnung dienen läßt. Müßt ihr denn unbedingt und gerade jetzt in diese Gegend? Könnt ihr diesen unvorsichtigen Ritt nicht aufschieben bis auf bessere, friedlichere Zeiten?"

„Hm, das könnten wir tun! Wenn Ihr behauptet, daß die Gefahr so groß ist, halte ich es allerdings für besser ..."

„Nichts da!" fiel ihm der Ölprinz in die Rede. „Kennt Ihr diesen Mann hier? Wollt Ihr ihm mehr glauben und vertrauen als uns? Wenn er sich vor einer Spur im Gras fürchtet, so ist das seine Sache, nicht die unsre."

„Kuriere pflegen erfahrene Leute zu sein; er scheint die Wahrheit zu sprechen, und wenn es sich ums Leben, also um alles, handelt, ist es nicht geraten, tollkühn zu sein. Ob unser Geschäft heut oder einige Tage später zustande kommt, das macht wohl keinen Unterschied."

„Es macht einen! Ich habe keine Lust, mich ewig hier herumzudrücken, Sir."

„Ah, es handelt sich um ein Geschäft!" Der Kurier lächelte. „*Well*, da gehöre ich nicht dazu. Habe meine Pflicht getan und euch gewarnt; mehr kann man nicht von mir verlangen."

Bei diesen Worten ergriff er die Zügel, um sein Pony wieder in Bewegung zu setzen.

„Wir verlangen gar nicht mehr", fuhr ihn der Ölprinz an. „Wir haben überhaupt nichts von Euch verlangt, und Ihr konntet also Eure Meinung recht gut für Euch behalten. Macht Euch fort von uns!"

Der Kurier ließ sich auch durch dieses Verhalten nicht aus der Fassung bringen, sondern antwortete im Ton eines Lehrers, der seinem Schüler eine Ermahnung gibt: „So ein Grobian wie Ihr ist mir noch nicht vorgekommen; es reiten doch recht verschiedene Menschen im Westen hin und her."

Zu dem Bankier gewandt, fuhr er fort: „Ehe ich dem Befehl dieses großmächtigen Gentlemans Gehorsam leiste und mich ‚fort von Euch mache', muß ich Euch noch eins sagen, nämlich: Wenn es sich in dieser Gegend um ein Geschäft handelt, ist es allemal ein gefährliches, auch in gewöhnlichen, friedlichen Zeiten; wenn es aber selbst unter den gegenwärtigen Verhältnissen keinen Aufschub erleiden darf, ist es nicht bloß ein gefährliches, sondern geradezu ein verdächtiges Geschäft. Nehmt Euch also in acht, Sir, daß es Euch dabei nicht an Kopf und Kragen geht!"

Er wollte fort, da zog der Ölprinz sein Messer und schrie ihn an: „Das war eine Beleidigung, Mensch! Soll ich dir diesen spitzen Stahl zwischen die Rippen geben? Sag noch ein einziges Wort, so tue ich es!"

Da blitzten auch schon die Läufe zweier Revolver in den Händen des Kuriers, und noch mehr blitzten seine Augen, als er ihm, verächtlich lachend, antwortete: „Versuch's doch einmal, *my boy!* Tu augenblicklich das Messer fort, sonst schieße ich! Hier sind zwölf Kugeln, Mesch'schurs. Wer von euch nur die bloße Hand gegen mich bewegt, dem schieße ich ein Loch durch seine arme Seele. Also fort mit dem Messer! Ich zähl bis drei! Eins – zwei ..."

Es war ihm anzusehen, daß es ihm Ernst war, seine Drohung wahr zu machen; deshalb ließ es Grinley wohlweislich nicht bis zur Drei kommen, sondern steckte sein Messer ein, ehe der Kurier ausgesprochen hatte.

„So ist's richtig!" Der Kurier lachte. „Ich wollte Euch auch nicht geraten haben, es darauf ankommen zu lassen. Für heut ist's genug; sollten wir uns vielleicht noch einmal begegnen, werdet Ihr mehr von mir lernen!"

Nun ritt er fort und hielt es nicht der Mühe wert, sich einmal umzusehen. Grinley griff nach seinem Gewehr, um es auf ihn zu richten; da legte ihm der Buchhalter die Hand auf den Arm und sagte in beinahe strengem Ton: „Macht keine weiteren Dummheiten, Sir! Wollt Ihr den Mann erschießen?"

„Keine weiteren Dummheiten?" wiederholte der Ölprinz Baumgartens Worte. „Habe ich denn schon welche gemacht?"

„Allerdings!"

„Wieso?"

„Eure Grobheit, Euer ganzes Verhalten war eine. Der Mann meinte es offenbar gut mit uns, und ich sehe wirklich keinen Grund, der Euch veranlassen konnte, ihn so zu behandeln."

Grinley wollte ihm eine zornige Antwort geben, besann sich aber eines andern und erwiderte: „Bin ich grob gegen ihn gewesen, so seid Ihr es jetzt gegen mich; lassen wir das sich gegenseitig aufheben. Der Kerl war, indem er Euch warnte, ein Hasenfuß."

„Als Ihr mit dem Messer an ihn wolltet, benahm er sich gar nicht wie ein Hasenfuß, sondern Ihr wart es, der beigeben mußte."

„Das ist keine Schande. Der Teufel mag ruhig zusehen, wenn ihm zwei sechsfach geladene Läufe auf die Brust gerichtet werden. Doch genug hiervon; reiten wir weiter!"

Buttler und Poller hatten sich während dieser ganzen Szene äußerst ruhig verhalten, doch war ihnen anzusehen, daß sie sich über das Erscheinen und Verhalten des Kuriers, besonders über seine Warnung, nicht wenig ärgerten. Sie warfen im Weiterreiten ebenso wie der Ölprinz besorgt forschende Blicke auf Rollins und Baumgarten, um an ihren Mienen abzulesen, welchen Eindruck diese Warnungen gemacht hatten.

Die Stimmung war ganz anders als vorher; es wurde nicht gesprochen, und jeder schien mit seinen Gedanken zu tun zu haben, bis nach einiger Zeit die Sonne verschwand und ein zum Nachtlager passender Ort gefunden wurde. Um ein Abendessen brauchten sie nicht zu sorgen, weil der Ölprinz auf dem Pueblo hinreichend mit Proviant versehen worden war. Sie verzehrten es schweigend, und erst als es dunkel geworden war, sagte Baumgarten: „Brennen wir ein Feuer an?"

„Nein“, antwortete Grinley.

„Also seid Ihr besorgt wegen der Indianer?“

„Besorgt? Nein! Ich kenne diese Gegend und die Roten viel besser als der Kurier, der wohl zum erstenmal hierhergekommen ist. Von Sorge oder Angst kann keine Rede sein, doch braucht die Vorsicht immerhin nicht vernachlässigt zu werden. Wenn der Mann Spuren gesehen hat, müssen sie nicht unbedingt von Kundschaftern stammen. Dennoch wollen wir lieber kein Feuer machen. Ihr sollt mir später nicht vorwerfen, etwas unterlassen zu haben, was zu unsrer Sicherheit erforderlich war.“

„Hm!“ brummte der Bankier nachdenklich. „Ihr seid also überzeugt, daß es die Gefahr nicht gibt, von welcher der Kurier sprach?“

„Für uns nicht; darauf könnt Ihr Euch verlassen. Um Euch völlig zu überzeugen und zu beruhigen, will ich, obgleich es nicht nötig ist, ein übriges tun und morgen Poller und Buttler voranschicken.“

Die beiden Genannten hatten das erwartet; sie sagten nichts dazu.

„Warum? Was sollen sie?“ fragte der Bankier.

„Unsre Späher machen, also voranreiten, um dafür zu sorgen, daß Ihr nicht in Gefahr geratet. Ihr seht also, daß ich allen Möglichkeiten Rechnung trage, und werdet Euch hoffentlich wieder beruhigt fühlen.“

„Schön! Wir brechen also morgen früh nicht alle auf?“

„Nein. Ich bleibe mit Euch und Mr. Baumgarten hier. Nur Buttler und Poller reiten fort. Sie werden scharf aufpassen und, falls sie eine Gefahr entdecken, sofort zurückkehren, um uns zu warnen.“

„Das beruhigt mich, Mr. Grinley. Dieser Kurier hatte mir doch einigermaßen Angst gemacht.“

Er ahnte nicht, daß die Maßnahme, die ihn beruhigte, den Zweck hatte, den Betrug vorzubereiten, dem er zum Opfer fallen sollte.

Da die beiden Genannten frühzeitig aufbrechen sollten, wurde das Gespräch nicht fortgesetzt, sondern man legte sich schlafen; je einer mußte wachen; die Reihenfolge ergab, daß Baumgarten die erste und der Bankier die zweite Wache hatte. Als der letztere dann den Ölprinzen, der folgte, geweckt und sich niedergelegt hatte, blieb dieser wohl eine halbe Stunde lang unbeweglich sitzen; dann beugte er sich zu dem Bankier und dem Buchhalter nieder, um zu sehen, ob sie schliefen. Als er sich davon überzeugt hatte, weckte er Poller und Buttler leise; die drei standen auf und entfernten sich so weit, daß sie nicht gesehen und gehört werden konnten; sie hatten heimlich miteinander zu reden.

„Dachte es, daß du uns wecken würdest", sagte Buttler. „Hol der Teufel den Kurier, der uns leicht das ganze Spiel verderben konnte! Hättest dich übrigens anders verhalten sollen!"

„Willst auch du mir Vorwürfe machen?" brummte sein Bruder.

„Wunderst du dich darüber? Der Kerl hatte Haare auf den Zähnen und hat dich, wie man so sagt, auf der ganzen Linie geschlagen."

„Oho!"

„*Pshaw!* Gib es zu; es ist doch wahr! Je erregter du wurdest, desto ruhiger blieb er; schon da war er dir überlegen; diesen Eindruck haben Rollins und Baumgarten unbedingt auch gehabt. Und dann gar die Messergeschichte! Es war eine riesige Blamage, als wir uns nicht rühren durften."

„Du doch auch nicht."

„Allerdings nicht. Es reizte mich freilich, dem Kerl die Zähne zu zeigen; aber es war ihm völliger Ernst. Er hätte wahrhaftig geschossen. Fünf gegen einen. Was müssen Rollins und Baumgarten von uns denken!"

„Laß sie denken, was sie wollen! Sie haben das Vertrauen wiedergefunden. Reden wir von Besserem! Ich habe euch die Lage des Petroleumsees genau beschrieben. Getraut ihr euch, ihn zu finden?"

„Unbedingt."

„Wenn ihr zeitig aufbrecht und durch nichts aufgehalten werdet, seid ihr schon des Nachmittags dort. Die Höhle werdet ihr ebenso leicht finden wie das Gloomy Water?"

„Versteht sich."

„In ihr findet ihr, was nötig ist: die vierzig Fässer Öl, die Werkzeuge und alles andre. Nun merkt wohl auf! Ihr müßt mit der Arbeit sofort, wenn ihr angekommen seid, beginnen, weil es dann längerer Zeit bedarf, die Spuren dieser Arbeit zu verwischen. Ihr rollt die Fässer einzeln bis dicht an das Wasser und schafft sie, wenn das Petroleum in den See gelaufen ist, wieder in die Höhle. Den Eingang verschließt ihr genauso, wie er jetzt verschlossen ist; er darf selbst für das schärfste Auge nicht zu entdecken sein. Dann löscht ihr alle Spuren aus, die durch das Rollen der Fässer entstanden sind. Hoffentlich werdet ihr mit dem allen bis zum Abend fertig."

„Wenn die Arbeit am See beendet ist, was dann?" fragte Buttler.

Dann schlaft ihr aus und reitet uns am nächsten Morgen entgegen, um uns zu sagen, daß ihr den See gefunden habt und der Weg dorthin ungefährlich ist. Dabei ist die Hauptsache, daß ihr euch begeistert über den Petroleumfund zeigt."

„Daran soll es nicht fehlen. Wollen schon dafür sorgen, daß die beiden von unsrer Begeisterung angesteckt werden. Du tust hoffentlich dann auch deine Pflicht!"

„Natürlich!"

„Wieviel war es, was du uns geben wolltest?"

„Ihr bekommt miteinander fünfzigtausend Dollar, in die ihr euch teilt."

Bei diesen Worten ergriff er die Hand seines Bruders und drückte sie, zum Zeichen, daß dieses Versprechen nur eine Lockspeise für Poller sein sollte. Für diesen war ja nicht das Geld, sondern das Messer oder eine Kugel bestimmt. Poller ahnte das nicht, traute den beiden Betrügern und rief freudig, aber leise: „Fünfzigtausend, die wir teilen! So bekomme ich also fünfundzwanzigtausend?"

„Ja." Grinley nickte.

„Das ist herrlich! Ich gehöre Euch mit Leib und Seele! Wenn man es nur sofort und bar haben könnte!"

„Leider ist das unmöglich. Er zahlt ja in Anweisungen auf Frisco."

„Wir reiten also dann alle drei nach San Francisco?"

„Alle drei."

„Na, diesen Weg will ich gern machen. Für fünfundzwanzigtausend Dollar reitet man gern noch viel weiter."

„*Well!* Nun eine Ermahnung. Ich bin wegen der Indianer keineswegs so ruhig, wie ich mich gestellt habe. Nehmt euch in acht; laßt euch nicht sehen, damit ihr zum Gloomy Water kommt und die Vorbereitungen treffen könnt. Es wäre ja entsetzlich, wenn ich mit den beiden dort anlangte, und es wäre nur pures Wasser zu sehen."

„Keine Angst", meinte Buttler.

„Dann wollen wir wieder zum Lager zurück. Die beiden könnten, wenn einer von ihnen aufwacht und uns vermißt, Verdacht schöpfen."

Als sie zu Rollins und Baumgarten kamen, fanden sie, daß diese noch fest schliefen, und ließen sich leise bei ihnen nieder. Die Nacht verging ohne Störung, und als der Morgen anbrach, traten Buttler und Poller ihren Marsch an.

Rollins und Baumgarten hatten geglaubt, daß diese zwei nur eine gewisse Strecke voranzureiten und sie ihnen dann zu folgen hätten, doch der Ölprinz belehrte sie eines andern: „Das würde unklug und unzulänglich sein. Sie gehen als Späher, haben sich überall umzusehen und müssen langsam reiten; wir würden sie also bald einholen und wären gezwungen, wieder und wieder zurückzubleiben."

„Und wann folgen wir?"

„Morgen früh."

„So spät!"

„Es ist nicht zu spät. Ihr habt ja selbst verlangt, daß keine Vorsicht versäumt werden soll. Treffen die beiden unterwegs Feinde, so kehren sie zurück, um es uns zu melden. Kommen sie bis heute abend nicht wieder, ist das ein sicheres Zeichen, daß wir nichts zu befürchten haben, denn es ist ihnen nichts aufgefallen. Dann können wir morgen, nachdem sich unsre Pferde heute gut ausgeruht haben, die Strecke bis zum Ziel mit doppelter Schnelligkeit zurücklegen."

Das leuchtete ihnen ein, da sie keine Erfahrungen besaßen und Grinley, ohne ihn zu kritisieren, für alles sorgen ließen.

Der Tag verging, und es wurde Abend, ohne daß Buttler und Poller zurückkehrten, was die drei Zurückgebliebenen in eine heitere, zuversichtliche Stimmung versetzte. Der Bankier konnte während der ganzen Nacht nicht einen Augenblick lang schlafen; er befand sich in fieberhafter Aufregung. Also morgen, morgen war der große Tag, an dem er das größte und bedeutendste Geschäft seines Lebens abzuschließen hatte, ein so glänzendes Geschäft, wie es ihm in keinem Traum vorgekommen war! Ölprinz sollte er werden, Besitzer einer unerschöpflichen Petroleumquelle! Sein Name sollte neben den Namen der größten Millionäre genannt werden; ja, er würde wohl in kurzer Zeit zu den berühmten sogenannten Vierhundert von New York gehören! Das ließ ihm keine Ruhe. Er hatte, als der Tag graute, wohl kaum einen Versuch gemacht, die Augen zu schließen, und weckte Grinley und Baumgarten, um sie zum Aufbruch zu mahnen.

Sie waren gern bereit dazu, und als die Sonne am Horizont

erschien, hatten sie mit ihren ausgeruhten Pferden schon einige Meilen zurückgelegt.

Die Gegend, durch die sie kamen, war bergig; die Höhen trugen dichte Wälder, und die Täler hatten sich mit saftigem Gras geschmückt. Hier fanden sie von Zeit zu Zeit die Spur ihrer vorangerittenen Gefährten. Es wurde Mittag, und den Pferden sollte eine Ruhestunde gegönnt werden.

„Wir werden bald einen passenden Ort finden", sagte der Ölprinz, „einen tiefen Talkessel, dessen Sohle auf der südlichen Seite nicht von der Sonne getroffen wird. Dort ist es kühl. In einer Viertelstunde sind wir an Ort und Stelle."

Sie befanden sich jetzt auf einer ziemlich steil ansteigenden Lehne; als sie diese hinter sich hatten, senkte sich das mit Nadelbäumen bestandene Gelände so steil abwärts, daß sie absteigen und ihre Pferde führen mußten, um sie zu schonen.

„Nun noch zweihundert Schritt", sagte Grinley, „dann seht ihr das Tal vor euch liegen. Es ist nicht groß, und mittendrin liegt ein riesiger Felsblock, neben dem eine mehrhundertjährige Blutbuche steht."

Als sie diese Entfernung zurückgelegt hatten, hielten Grinleys Begleiter an, überrascht von dem Anblick, der sich ihnen bot. Vor ihren Füßen senkte sich das Gestein beinahe lotrecht abwärts; sie standen am Rande des Talkessels, der von hohen Felswänden eingeschlossen wurde, aber zwei schmale Ausgänge hatte. Sie befanden sich auf einer einem Altan gleichenden niedrigen Stelle der Westwand. Der eine Eingang lag an der Süd- und der andre an der Nordseite. Der Felsenteil, der den Altan trug, trat weit in das Tal hinein, so daß der Steinblock, von dem der Ölprinz vorhin gesprochen hatte, nicht weit von ihnen lag. Die Blutbuche neben ihm war ein Baum von solch schönem Bau, daß sein Anblick einen Maler in Entzücken versetzt hätte.

„Welch herrlicher Baum!" rief Baumgarten aus. „So einen ..."

„Pst!" warnte ihn da Grinley, indem er ihn am Arm faßte. „Still! Wir sind nicht allein hier. Seht Ihr die beiden Indianer dort an der Nordseite des Felsblocks? Jenseits davon scheinen ihre Pferde zu grasen."

Es war so. Zwei Indianer saßen am Felsen, da, wo er Schatten warf. Dort waren sie vor den heißen Strahlen der Sonne geschützt. Sie waren mit den Kriegsfarben bemalt, so daß man ihre Züge nicht zu erkennen vermochte. Der eine trug zwei weiße Adlerfedern im Schopf. Und nun erst fiel den drei Beobachtern ein dunkler Strich im Gras auf, der beim südlichen Eingang begann und wie eine gerade gezogene Schnur nach dem Felsblock führte.

„Dieser Strich ist die Fährte, welche die beiden Roten gemacht haben“, erklärte Grinley seinen Begleitern. „Sie sind von Süden hereingekommen und werden, wenn sie sich ausgeruht haben, nach Norden hinausreiten.“

„Da können wir doch nicht weiter, nicht hinab“, bemerkte der Bankier besorgt. „Seit unsrer Gefangenschaft im Pueblo traue ich keinem Indsman mehr. Wer mögen die beiden sein?“

„Ich kenne sie und weiß sogar den Namen des einen. Es ist Mokaschi, der Häuptling der Nijoras.“

„Was bedeutet dieser Name?“ erkundigte sich der Buchhalter.

„Mokaschi heißt Büffel. Der Häuptling war, als die Bisons noch in großen Herden durch die Savannen und über die Pässe zogen, ein berühmter Büffeljäger. Daher sein Name.“

„Wenn Ihr ihn kennt, so kennt er vielleicht auch Euch?“

„Ja, denn ich bin früher einigemal bei seinem Stamm gewesen.“

„Wie ist er Euch gesinnt?“

„Freundlich, wenigstens früher, und diese Gesinnung wird sich in Friedenszeiten auch nicht ändern. Jetzt ist das Beil des Krieges ausgegraben, und da darf man nicht trauen.“

„Hm; was ist da zu tun?“

„Weiß wirklich nicht. Reiten wir vollends hinab, so empfängt er uns vielleicht freundlich, vielleicht auch nicht. Auf alle Fälle aber erfährt er von unsrer Anwesenheit, die ihm besser verborgen bleiben sollte.“

„Können wir ihm denn nicht auf einem Umweg ausweichen?“

„Allerdings, aber dieser Umweg würde so bedeutend sein, daß wir heute nicht an unsern Petroleumsee gelangten. Noch viel weniger würden wir auf Buttler und Poller treffen, die uns wahrscheinlich entgegengeritten kommen. Es ist wirklich höchst fatal, daß diese beiden Nijoras gerade hier ... Halt“, unterbrach er sich, „was ist denn das?“

Er sah etwas, was die drei Beobachter in die höchste Spannung versetzen mußte. Es erschienen nämlich am südlichen Eingang, woher die Spur der Nijoras kam, zwei Indianer, nicht beritten, sondern zu Fuß. Auch ihre Gesichter waren mit den Kriegsfarben bemalt; der eine von ihnen trug eine Adlerfeder im Haar, war also nicht gerade ein hervorragender Häuptling, mußte sich aber durch seine kriegerischen Eigenschaften ausgezeichnet haben. Bewaffnet waren sie mit Gewehren.

„Sind das auch Nijoras?“ fragte Rollins.

„Nein, sondern Navajos“, antwortete der Ölprinz leise, als ob die Roten ihn hören konnten.

„Kennt Ihr sie vielleicht?“

„Nein. Der mit der Feder ist ein noch junger Krieger, der diese Auszeichnung jedenfalls erst nach der Zeit, in der ich zum letztenmal bei den Navajos war, erhalten hat.“

„Alle Donner! Sie legen sich ins Gras. Warum tun sie das?“

„Erratet ihr das nicht? Sie sind ja Feinde der Nijoras. Hier treffen Kundschafter beider Stämme zusammen. Das gibt Blut! Die Navajos sind auf die Spur der Nijoras gestoßen und ihnen heimlich gefolgt bis hier ins Tal herein. Paßt auf, was geschehen wird!“

Er zitterte vor Aufregung, und seinen beiden Begleitern ging es ebenso; der Platz, auf dem sie standen, lag so, daß sie den Vorgang beobachten konnten, ohne gesehen zu werden.

Die zwei Navajos krochen langsam auf Händen und Füßen auf der Fährte der Nijoras nach dem Felsblock hin.

„Alle Teufel!“ meinte der Ölprinz. „Mokaschi und sein Begleiter sind verloren, wenn sie nur noch eine Minute sitzen bleiben.”

„Herrgott!“ fragte der aufgeregte Buchhalter. „Können wir die Bluttat nicht verhüten?“

„Nein, nein – und – ja“, antwortete Grinley mit fliegendem Atem, „nutzen müssen wir die Sache.“

Die beiden Navajos befanden sich noch zehn Schritt vom Felsblock entfernt. Erreichten sie ihn, war es um die Nijoras, die hinterrücks überfallen werden sollten, geschehen.

„Nutzen? Wieso?“ erkundigte sich der Bankier, der kaum zu atmen wagte.

„Sollt es sofort sehen.“

Er nahm sein Doppelgewehr mit einer schnellen Bewegung vom Sattel und legte es an.

„Um Gottes willen, Ihr schießt doch nicht etwa?“ Baumgarten wollte ihm sein Vorhaben vereiteln, da krachte auch schon der erste Schuß und eine Sekunde später der zweite. Der eine Navajo, der die Feder trug, wurde vom ersten Schuß in den Kopf getroffen und war sofort tot; den andern erreichte die zweite Kugel; er tat einen Satz in die Luft, noch einen und brach dann zusammen.

„Herr, mein Gott! Ihr habt sie erschossen!“ schrie Rollins vor Entsetzen laut auf.

„Zu meinem und Euerm Nutzen“, antwortete der Ölprinz in kaltem Ton, indem er das Gewehr absetzte und auf dem Felsen so weit vortrat, daß er von unten gesehen werden konnte.

Die Nijoras sprangen im ersten Schreck auf, warfen sich aber sofort wieder nieder, platt ins Gras, um ein so wenig wie möglich sichtbares Ziel zu bieten. Sie glaubten, die Schüsse seien auf sie gerichtet gewesen, denn sie konnten, da der Felsblock dazwischenlag, die beiden toten Navajos nicht sehen. Da sie sich den, der geschossen hatte, hinter diesem Block dachten, krochen sie langsam und vorsichtig an dessen Fuß hin, um die Ecke zu erreichen, von wo aus sie den oder die Schützen zu bemerken hofften. Da rief der Ölprinz von seinem Altan herab: „Mokaschi, der Häuptling der Nijoras, darf sich unbedenklich aufrichten; er braucht sich nicht zu verstecken, denn seine Feinde sind tot.“

Mokaschi richtete den Blick zu ihm empor, stieß, als er ihn sah, einen Ruf der Überraschung aus und fragte: „*Uff!* Wer hat geschossen?“

„Ich.“

„Auf wen?“

„Auf die zwei Navajos.“

„Wo?“

„Hinter euerm Felsen. Geht hin! Sie sind tot.“

Der vorsichtige Rote folgte dieser Aufforderung keineswegs sofort, sondern er kroch weiter, bis zur Ecke hin, und lugte hinter ihr hervor, erst im höchsten Grad vorsichtig; dann hob er den Kopf immer höher, zog sein Messer, um auf alles vorbereitet zu sein, und sprang mit zwei, drei schnellen Sätzen zu den Leichen hin. Als er sah, daß kein Leben mehr in ihnen war, richtete er sich auf und rief dem Ölprinzen zu: „Du hast recht; sie sind tot. Komm herab!“

„Ich bin nicht allein; es sind noch weitere Männer bei mir.“

„Bleichgesichter?“

„Ja.“

„Wie viele?“

„Zwei.“

„Bring sie mit!“

„Wollen wir ihm den Willen tun?“ fragte Rollins den Ölprinzen.

„Natürlich“, antwortete dieser.

„Hat das keine Gefahr?“

„Nicht die geringste. Ich habe den beiden Nijoras das Leben gerettet, und sie sind uns also zum größten Dank verpflichtet.“

„Sir, es ist ein Mord, ein Doppelmord!“

„*Pshaw!* Laßt Euch das nicht anfechten. Zwei Indianer mußten auf alle Fälle sterben. Sagte oder tat ich nichts, traf es die Nijoras. Rief ich ihnen eine Warnung zu, so gab es einen Kampf zwischen den vieren, den wohl schwerlich einer von ihnen überlebt hätte. Die vier hätten einander zerfleischt. Da habe ich das schwarze Los den beiden Navajos zugeworfen und mir dadurch die Dankbarkeit und Freundschaft Mokaschis erworben. Jetzt brauchen wir keine Sorge mehr zu haben. Unser Petroleumunternehmen muß gelingen, denn die Nijoras werden uns beschützen. Also kommt und folgt mir getrost!“

Sie taten das, konnten sich aber eines Grauens vor diesem Mann nicht erwehren, der um eines Vorteils willen zwei Menschen, die ihm nichts getan, das Leben genommen hatte. Ihr Weg führte sie außerhalb des Tals bis zu dessen südlichem Eingang nieder. Als sie ihn passierten, sahen sie nicht, daß hinter einem Gebüsch zwei funkelnde Augen auf sie gerichtet waren. Sie verschwanden hinter dem engen Durchlaß, und nun richtete sich ein Roter hinter dem Gesträuch auf und sagte: „*Uff!* Der Alte war der Mörder! Ich konnte meinen Brüdern nicht helfen, aber ich werde sie rächen. Man wird nach unseren Spuren forschen, mich jedoch nicht finden.“

Er duckte sich wieder nieder und verschwand im Gesträuch. Er war ein Navajo. Jedenfalls hatte er als Sicherheitsposten hierbleiben müssen, während seine unglücklichen Gefährten in das Tal gedrungen waren.

Der Ölprinz ritt mit Rollins und Baumgarten getrost auf den Häuptling zu, der sie an dem Felsblock erwartete. Mokaschi hatte vorher Grinleys Gesicht der Entfernung wegen nicht deutlich erkennen können; jetzt, als er es in der Nähe sah, zog sich seine Stirn unter den Querstrichen der Kriegsfarben finster zusammen.

„Wo kommen die drei Bleichgesichter her?“ fragte er.

Der Ölprinz hatte einen weit freundlicheren Empfang erwartet; er antwortete enttäuscht, indem er vom Pferd stieg, was auch seine Begleiter taten: „Unser Pfad hat am Rio Gila begonnen.“

„Wo wird er enden?“

„Am Wasser des Chelly.“

„Seid ihr allein?“

„Ja.“

“Kommen noch mehr der Bleichgesichter nach?“

„Nein. Und wenn, sind sie keine Freunde von uns.“

„Wißt ihr, daß die Pfeife des Friedens von uns zerbrochen worden ist?“

„Ja.“

„Und dennoch wagt ihr euch hierher?“

„Eure Feindschaft ist nur gegen die Navajos, nicht gegen die Weißen gerichtet!“

„Die Bleichgesichter sind schlimmer als die Hunde der Navajos. Als es noch keine Weißen gab, herrschte Frieden unter allen roten Männern. Nur den Bleichgesichtern haben wir es zu verdanken, daß der Tomahawk unser Leben frißt. Sie werden nicht geschont.“

„Willst du damit sagen, daß ihr unsre Feinde seid?“

„Ja, eure Todfeinde.“

„Und doch habt ihr beide meinen Kugeln euer Leben zu verdanken! Wollt ihr uns dafür am Marterfeuer braten?“

Über das Gesicht des Häuptlings zuckte ein verächtliches Lächeln, als er hierauf antwortete: „Du sprichst vom Marterfeuer, als befändest du dich bereits in unsrer Gewalt, und doch sind wir nur zu zweit, während ihr zu dritt seid. Du scheinst den Mut eines Frosches zu haben, welcher der Schlange in den Rachen springt, wenn sie den Blick auf ihn richtet.“

Dieses beleidigende Verhalten war jedenfalls nicht bloß eine Folge der jetzt herrschenden feindseligen Verhältnisse. Sehr wahrscheinlich war das Ansehen Grinleys schon früher ganz anders bei den Nijoras gewesen, als er seinen Begleitern gesagt hatte. Er fühlte, daß sie unbedingt auf diesen Gedanken kommen mußten, und wollte dem entgegenwirken, indem er fragte: „Mokaschi, der tapfere Häuptling, kennt mich wohl nicht mehr?“

„Mein Auge hat noch nie ein Gesicht vergessen, selbst wenn es das nur ein einziges Mal und kurz zu sehen bekam.“

„Ich habe den Kriegern der Nijoras nie ein Leid getan!“

„*Uff!* Warum sprichst du so? Hättest du einen meiner Krieger nur mit einer Bewegung der Fingerspitze gekränkt, so lebtest du nicht mehr.“

„Warum trittst du so feindlich gegen mich auf? Ist dein Leben so wenig wert, daß du dessen Retter nicht einmal willkommen heißt?“

„Sag mir erst, wann du die Navajos, die du vorhin getötet hast, gesehen und wie lange du sie verfolgt hast!"
„Ich sah sie zwei Minuten, bevor ich sie erschoß, um dich zu retten."
„Was hatten sie dir getan?"
„Nichts."
„Und doch hast du sie getötet!"
„Nur um dich zu retten!"
„Hund!" donnerte da Mokaschi, indem seine Augen funkelten, den Weißen an. „Es haben mir viele Jäger und Krieger ihr Leben zu verdanken, und ich habe es nicht ein einziges Mal erwähnt, obgleich Jahre darüber vergangen sind. Du stehst erst wenige Augenblicke vor mir und hast dich bereits fünfmal meinen Retter genannt. Wenn du so dich selbst bezahlst, darfst du keinen Lohn von mir erwarten. Habe ich verlangt, von dir gerettet zu werden?"
Grinley fühlte sich außerordentlich eingeschüchtert, wagte jedoch den Einwurf: „Nein, aber ohne mich wärst du jetzt tot."
„Wer sagt dir das? Es ist eine Lüge. Du siehst hier neben dem Felsen unsre Pferde stehen, die uns die Annäherung jedes fremden Menschen verraten. Eben hörten wir sie schnauben und griffen schon nach unsern Messern, als deine Schüsse fielen. Die Navajos hatten dir nichts getan. Du hast nicht mit ihnen gekämpft, sondern sie aus dem Hinterhalt erschossen. Du bist kein Krieger, sondern ein Mörder. Dort liegen ihre Leichen. Darf ich mir ihre Skalpe nehmen? Nein, denn die Krieger sind von deinen heimtückischen Kugeln gefallen. Wärst du nicht gekommen, so hätte ich sie, durch das Schnauben unserer Pferde aufmerksam gemacht, mit dem Messer empfangen und dürfte mich mit ihren Skalplocken schmücken. Kennst du den, in dessen Haar die Feder steckt? Sein Name lautet Khasti-tine – Alter Mann –, obgleich die Zeit seines Lebens erst zwanzig Sommer und Winter beträgt. Diesen Ehrennamen erhielt er durch seine Klugheit und Tapferkeit. Und so einen Krieger hast du gemordet! Und mich hast du um den Ruhm gebracht, ihn besiegt zu haben! Und da verlangst du anstatt Rache Lohn von mir!"
Dem Ölprinzen wurde himmelangst, und seinen Begleitern war es nicht weniger bange.
Der Häuptling fuhr fort: „So wie du sind die Bleichgesichter alle. Wieviel gute gibt es unter ihnen? Auf einen Old Shatterhand, in dessen Herz die Liebe wohnt, kommen hundertmal

hundert andre, die uns das Verderben bringen. Bleibt hier stehen, bis ich wiederkomme! Wenn ihr es wagt, euch zu entfernen, seid ihr verloren.“

Er gab dem andern Nijora einen Wink und schritt mit ihm, die Fährte sorgfältig untersuchend, neben ihr hin dem Eingang zu, hinter dem die beiden verschwanden.

„O weh! Das klang ganz anders, als wir erwarteten“, klagte der Bankier. „Ihr habt uns da eine Suppe eingebrockt, die so dick geraten ist, daß wir, wenn wir sie essen müssen, an ihr ersticken können.“

„Ein Mörder!“ stimmte der Buchhalter bei. „Der Häuptling hatte recht. Warum habt Ihr geschossen? Dieser Khasti-tine, ein so junges Blut und doch schon so berühmt! Schaudert Euch nicht selber ob dieser Tat?“

„Schweigt!“ herrschte ihn der Ölprinz an. „Es ist so, wie ich sagte; ich habe den Häuptling vorm Tode bewahrt. Das vom Schnauben der Pferde ist Ausrede, ist Lüge!“

„Möchte es bezweifeln. Der Mann sieht genauso aus, als ob er wüßte, was er sagt. Standen wir nicht wie Schulbuben vor ihm? Es wird am besten sein, uns aus dem Staub zu machen, ehe er wiederkommt.“

„Wagt das nicht, Mr. Baumgarten! Er scheint noch mehr Krieger in der Nähe zu haben. Wenn wir uns entfernten, würde er sich mit ihnen an unsre Fersen heften, und dann wären wir verloren, während es so noch möglich ist, daß er uns laufenläßt. Warten wir also!“

Es verging über eine Viertelstunde, ehe die Nijoras zurückkehrten. Als sie herangekommen waren, sagte Mokaschi: „Die Rache steht bereits hinter dir, und das Verderben wird dich ereilen, ohne daß ich die Hand an dich lege. Es sind nicht zwei, sondern drei Navajos gewesen. Der dritte hat am Eingang Wache gehalten und wohl alles gesehen, ohne die Mordtat verhindern zu können. Er wird seine Mokassins auf deine Fährte setzen und dir folgen, bis dir sein Messer im Herzen steckt. Dein Skalp ist nicht fester auf deinem Haupt als ein Regentropfen, den der Wind vom Zweig schüttelt. Ich habe keinen Teil an dir, weder im Guten noch im Bösen. Warum wollt ihr nach dem Chellyfluß? Was sucht ihr dort?“

„Ein Stück Land“, erklang es kleinlaut aus dem Mund des seiner Sache vorher so sicheren Ölprinzen.

„Gehört es dir?“

„Ja.“

„Wer hat es dir geschenkt?"
„Niemand."
„Und dennoch behauptest du, daß es dir gehöre!"
„Ja. Es ist ein Tomahawk-Improvement."
„Es tut mir leid, daß ich das hören muß."
„Warum?"
„Weil das ein Räuber- und Diebeswort ist! Ein Stück Land am Chellyfluß! Es ist dein! Und hier steht Mokaschi, der Häuptling der Nijoras, welche die rechtmäßigen Herren und Besitzer der ganzen Chellygegend sind! Ihr räudigen Hunde! Was würden die Bleichgesichter jenseits des großen Meeres sagen, wenn wir hinüberkämen und behaupteten, daß ihr Land unser sei? Wir aber sollen es dulden, daß sie über uns herfallen und uns alles nehmen! Ein Stück Land am Chellyfluß, das dir gehört, obgleich du es von uns weder gekauft noch geschenkt erhalten hast! Meine Faust sollte dich niederschlagen, doch ist sie zu stolz, dich zu berühren. Macht euch fort von hier, fort nach dem Landfetzen, nach dem eure Seelen schreien! Setzt euch darauf, und ihr braucht nicht lange zu warten, so wird er euch die blutige Ernte bringen!"

Er streckte die Hand gebieterisch nach dem nördlichen Ausgang aus. Sie stiegen schnell auf ihre Pferde und trabten eiligst fort, im tiefsten Herzen froh, den Ort, der ihnen so gefährlich werden konnte, mit heiler Haut verlassen zu dürfen.

Um die Worte und das Verhalten des Häuptlings zu verstehen, muß man wissen, auf welche Weise sich die Weißen in den Besitz von Ländereien zu setzen pflegten. Nach dem sogenannten Heimstättengesetz kann nämlich jedes Familienhaupt und jeder über einundzwanzig Jahre alte Mann, der entweder Bürger der USA ist oder werden zu wollen erklärt, eine noch unbesetzte Parzelle Land von 160 Acres ohne alle Bezahlung erwerben; nur muß er sie fünf Jahre lang bewohnen und bebauen. Außerdem wurden Millionen Acres an die Eisenbahnen verschleudert.

Und was die Tomahawk-Improvements betrifft, so brauchte nach ihnen jemand, um als Eigentümer einer ihm zusagenden Strecke Landes zu gelten, das nur dadurch als das seine zu bezeichnen, daß er mit der Axt einige Bäume anhieb, eine Hütte baute und etwas Getreide säte. Was die Indianer, die Herren dieser Ländereien, dazu sagten, danach wurde nicht gefragt!

Die drei Weißen ritten, als sie das Tal verlassen hatten, eine Weile schweigend nebeneinander durch den lichten Wald. Der

Ölprinz fühlte recht wohl, daß er von dem Häuptling der Nijoras weit mehr als von dem Kurier blamiert worden war. Er war wütend über die Behandlung, die er erfahren hatte, und sann nun darüber nach, wie es ihm gelingen könnte, sein bei dem Bankier und dem Buchhalter wohl mehr als wankend gewordenes Ansehen wieder zu festigen. Dann sagte er, die lange Stille endlich unterbrechend: „So sind diese roten Halunken! Undankbar im höchsten Grad! Man kann noch so lange im Frieden mit ihnen gelebt und ihnen noch so viele und große Wohltaten erwiesen haben, eines schönen Tages brechen sie die Treue und haben vergessen, welchen Dank sie einem schuldig sind."

„*Yes.*" Rollins nickte. „Das war eine böse Lage, in der wir uns befanden. Wir können froh sein, daß wir so mit einem blauen Auge davongekommen sind. Ich dachte bereits, daß es uns an das Leben gehen würde."

„Freilich wäre es uns an das Leben gegangen, wenn der Häuptling mir nicht im stillen recht gegeben hätte, weil er unbedingt einsehen mußte, daß ich sein Retter war. Es wird mir niemals wieder einfallen, einem Indianer Gutes zu erweisen."

„Richtig! Diese roten Kerls sind es nicht wert, daß man sich ihrer annimmt."

Aus diesen Worten des Bankiers war zu ersehen, daß er weniger geneigt war, den Ölprinzen wegen seines Verhaltens zu verurteilen. Er gehörte zu jenen echten Yankees, denen ein Menschenleben nichts gilt. Die Gefahr, in der er sich befunden hatte, war vorüber und ebenso der Eindruck, den die Ermordung der beiden Navajos für den Augenblick auf ihn gemacht hatte. Nicht so Baumgarten. Dieser war innerlich ganz anders angelegt; er hielt das Verhalten Grinleys für ein Verbrechen und fragte daher den Ölprinzen jetzt in ernstem, vorwurfsvollem Ton: „Habt Ihr denn jemals einem Indianer Gutes erwiesen, Sir?"

„Ich? Welch eine Frage! Hunderte von diesen roten Halunken haben mir ihr Leben zu verdanken, und Tausende haben Fleisch, Brot, Pulver, Blei und vieles andre von mir bekommen."

„Auch die Nijoras?"

„Die erst recht."

„Der Häuptling tat nicht so, als ob das der Fall wäre."

„Weil er ein undankbarer Schuft ist."

„Hm! Warum habt Ihr ihn nicht daran erinnert?"

„Aus reiner Noblesse, Sir."
„Unsinn! In einer Lage, wie die war, in der wir uns befanden, ist Noblesse die größte Dummheit, die es meiner Ansicht nach gibt."
„Das sagt Ihr, weil Ihr den Westen nicht kennt."
„Meinetwegen! Dennoch würde ich an Eurer Stelle den Häuptling daran erinnert haben, daß er und sein Stamm mir Dankbarkeit schuldeten. Ihr habt keinen Laut hören lassen. Vielleicht leben die Wohltaten, von denen Ihr redet, nur in Euerm Kopf."
„Sir! Wollt Ihr mich beleidigen?" fuhr da der Ölprinz auf. „Mich vielleicht gar zum Lügner machen?"
„Fällt mir nicht ein. Ich sage meine Meinung, und das Recht, das zu tun, hat wohl jedermann!"
„Ja, wenn er dabei nicht die Ehre eines andern kränkt. Ihr solltet Euch mir gegenüber etwas vorsichtiger und rücksichtsvoller ausdrücken."
„So? Warum das? Warum grad Euch gegenüber?"
„Weil ihr mir nicht nur viel verdanken werdet, sondern auch schon zu verdanken habt. Ich stehe im Begriff, euch zu steinreichen Leuten zu machen."
„Nicht mich, sondern nur Mr. Rollins, und dafür werdet Ihr mehr als gut bezahlt."
„Ich habe Euch aus der Gefangenschaft im Pueblo errettet!"
„Das mag sein, doch will ich Euch aufrichtig sagen, daß mir, je mehr ich über diese Angelegenheit nachdenke, desto mehr Fragen aufstoßen, die ich mir nicht zu beantworten vermag."
Grinley warf ihm von der Seite her einen scharf forschenden Blick zu; er wollte zornig auffahren, besann sich aber eines andern und fragte in ruhiger Weise: „Welche Fragen könnten das wohl sein? Darf ich sie erfahren?"
„Ich halte es nicht für nötig."
„Nicht? Es ist sehr wahrscheinlich, daß ich sie Euch beantworten könnte."
„Das ist nicht nur wahrscheinlich, sondern sogar gewiß. Ihr *könntet*; aber ob Ihr auch *würdet*, das bezweifle ich."
„Wenn ich kann, so will ich auch, Sir; darauf könnt Ihr Euch verlassen."
„Mag sein; dennoch wollen wir nicht weiter davon sprechen. Nur weil Ihr so stark betont, daß wir Euch soviel zu verdanken haben und auch zu verdanken haben werden, will ich Euch sagen, daß wohl noch nicht aller Tage Abend ist."

„Wie meint Ihr das?“

„Es ist sehr wahrscheinlich, daß wir mit Euch quitt werden, so daß Ihr dann keinen Dank mehr von uns zu fordern habt.“

„Möchte wissen, wie das der Fall sein könnte!“

„Sehr einfach: In bezug auf das Geschäft, das abgeschlossen werden soll, habt Ihr keinen Dank zu fordern, denn Ihr werdet bezahlt; das habe ich schon erwähnt. Und daß Ihr uns aus dem Pueblo errettet habt, ist Euch von uns zwar auf das Konto geschrieben worden, doch werden wir diesen Posten vielleicht sehr bald ausstreichen müssen, da Ihr die beiden Navajos erschossen habt.“

„Was geht das dieses Konto an?“

„Fragt nicht so, als ob Ihr ein Neuling wärt! Es ist keineswegs ausgeschlossen, daß wir den Navajos begegnen.“

„Was wäre das weiter?“

„Sie würden den Tod der beiden Kundschafter rächen.“

„*Pshaw!* Durch diese Behauptung beweist Ihr eben, daß Ihr den Westen gar nicht kennt. Wie wollen sie wissen, was geschehen ist?“

„Wie? Habt Ihr denn nicht gehört, was Mokaschi sagte? Es sind drei Navajos gewesen, nicht bloß zwei. Der dritte wird uns folgen.“

Das Gesicht des Ölprinzen wollte ernst und nachdenklich werden, aber dann lachte er höhnisch und antwortete: „Da sieht man, was für ein kluger Kerl Ihr seid! Glaubt Ihr denn, daß Mokaschi da seine wirkliche Meinung gesagt hat?“

„Ja.“

„Tatsächlich? So muß ich Euch sagen, daß aus Euch niemals ein richtiger Westmann wird. Mokaschi ist auf Kundschaft gegen die Navajos ausgerückt. Daß er das selbst getan und nicht gewöhnliche Krieger geschickt hat, ist ein Zeichen, daß er der Sache die größte Wichtigkeit beilegt. Er ist auf drei Feinde gestoßen, die auch Kundschafter sind, und muß alles tun, sie zu töten. Zwei habe ich erschossen; der dritte lebt noch und hat die Nijoras gesehen. Er wird nicht uns verfolgen, sondern seinen Stamm aufsuchen, um zu melden, daß sich Mokaschi hier befindet. Dieser muß das auf alle Fälle zu verhindern suchen; er wird sich also auf die Fährte des Navajo begeben, um ihn einzuholen und zu töten. Seht Ihr das ein oder nicht?“

„Hm!“ brummte Baumgarten. „Vielleicht ist es so, wie Ihr sagt, vielleicht auch nicht.“

„Es ist so und nicht anders; das versichere ich Euch und ...“

Er sprach nicht weiter, sondern hielt sein Pferd an und blickte aufmerksam in die Ferne. Während sie sich jetzt auf einer kleinen offenen Prärie befanden, war dort der Rand eines Waldes zu sehen. Von diesem dunklen Hintergrund stachen zwei Reiter ab, die angehalten hatten, weil sie die drei auch bemerkt hatten.

„Zwei Männer", meinte Grinley. „Es sind, wie es scheint, Weiße. Da ist hundert gegen eins zu wetten, daß wir Buttler und Poller vor uns haben. Drei gegen zwei, da brauchen wir uns nicht zu fürchten. Vorwärts also!"

Sie ritten weiter, auf die andern zu. Als diese das sahen, trieben sie ihre Pferde auch wieder vorwärts. Bald erkannte man sich gegenseitig. Ja, die beiden Genannten waren es. Als sie auf Hörweite herangekommen waren, rief der Ölprinz ihnen zu: „Ihr seid es? Das ist ein gutes Zeichen. Habt ihr den Weg frei gefunden?"

„Ja", antwortete Buttler, „so frei wie im tiefsten Frieden. Wir sind nicht auf die Spur auch nur eines einzigen Indianers gestoßen."

„Und habt das Gloomy Water gefunden?"

„*Yes.*"

„Nun? Und das Öl?"

„Großartig, geradezu großartig!" antwortete der Gefragte, indem sein Gesicht vor Wonne zu strahlen schien. Er wandte sich an den Bankier und fuhr fort: „Habt die Güte, einmal an uns zu riechen! Wie findet Ihr unsern Duft? Ist das etwa Rosenöl, Sir?"

Die beiden dufteten infolge der Arbeit, die sie zu bewältigen gehabt hatten, natürlich sehr nach Petroleum. Rollins zeigte sich sofort entzückt. Er antwortete: „Rosenöl nun freilich nicht, mir aber gradso lieb, als ob es welches wäre. Wie lange dauert es, Mesch'schurs, bis man ein Pfund Rosenöl beisammen hat! Das Erdöl aber läuft so bereitwillig aus der Erde, daß man täglich Hunderte von Fässern füllen kann. Der Duft, den ihr verbreitet, ist mir weit angenehmer als alle andern Gerüche der Welt. Meint Ihr das nicht auch, Mr. Baumgarten?"

„Ja." Er nickte und war nun genauso heiter und zuversichtlich wie Rollins.

„*Well!* Ihr wolltet bis jetzt noch immer nicht recht an die Sache glauben; ich habe Euch das oft angesehen. Gebt Ihr es zu?"

„Will es nicht leugnen, Sir."

„Aber nun? Jetzt wird sich Euer Mißtrauen doch wohl in das Gegenteil verkehren?“

Da fiel der Ölprinz ein: „Auch ich habe natürlich bemerkt, daß Mr. Baumgarten mir weniger Vertrauen schenkte, bin freilich zu stolz gewesen, mich dadurch beleidigt zu fühlen. Jetzt wird er einsehen, daß er einen Ehrenmann vor sich hat, der das Vertrauen wohl verdient, das er beansprucht hat. Aber bleiben wir nicht auf der offenen Prärie. Es gibt hier Indianer, die uns leicht bemerken könnten.“

„Indianer?“ fragte Buttler, indem sie vorwärts ritten, dem Wald entgegen, aus dem er mit Poller gekommen war. „Seid ihr etwa auf welche getroffen?“

„Ja.“

„Alle Wetter! Wann?“

„Vor kurzer Zeit.“

„Was für welche?“

„Nijoras. Sogar ihr Häuptling war dabei.“

„Und gut mit ihnen auseinandergekommen?“

„So leidlich. Hätte schlimmer werden können.“

Grinley erzählte den Vorgang, und es verstand sich von selbst, daß sich Buttler und Poller mit seinem Verhalten einverstanden erklärten. Mittlerweile erreichten sie den Wald, der ihrer Unterhaltung ein Ende bereitete, denn die Bäume standen so dicht, daß man hintereinander reiten mußte, was dem Bankier gar nicht lieb war, da er darauf brannte, Weiteres und Ausführliches über den Petroleumsee zu erfahren.

Nach einiger Zeit hatten sie das Gehölz hinter sich, und es öffnete sich von neuem eine grasige Savanne. Nun konnten sich die Reiter zusammenhalten, und Rollins fragte nach weiteren Einzelheiten. Buttler und Poller erfüllten seine Neugier in einer Weise, die seine Erwartung noch mehr steigerte und ihn in die größte Aufregung versetzte. Als er behauptete, den Augenblick der Ankunft kaum erwarten zu können, beruhigte ihn Buttler durch die Mitteilung: „Was das betrifft, so wird Eure Geduld nicht mehr lange auf die Probe gestellt werden, denn wir haben höchstens noch anderthalb Stunden zu reiten.“

„Anderthalb? Und vor einer halben Stunde haben wir euch getroffen, das macht zwei ganze. So habt ihr den Petroleumsee erst seit zwei Stunden verlassen?“

„So ungefähr.“

„Warum nicht eher? Eine Botschaft wie die, welche ihr mir brachtet, kann man nicht früh genug erfahren.“

Diese Frage kam höchst ungelegen, denn Rollins durfte nicht erfahren, welche langwierige Arbeit sie am Gloomy Water zu verrichten gehabt hatten, doch Buttler brachte sich aus der Verlegenheit, indem er die Auskunft gab: „Es war unsre Aufgabe, für eure Sicherheit zu sorgen. Dazu gehörte vor allen Dingen, daß wir die ganze Umgegend des Sees absuchten. Das war nicht leicht, denn das Gelände ist schwierig, und wir konnten nur langsam verfahren, weil wir vorsichtig sein mußten. Deshalb sind wir erst vor einigen Stunden fertig geworden."

„Und ihr habt nichts gefunden, was auf eine Gefahr für uns schließen läßt?"

„Nichts, gar nichts. Ihr braucht nicht die mindeste Sorge zu haben, Sir."

Rollins fühlte sich nicht nur beruhigt, sondern so froh und zuversichtlich gestimmt wie selten in seinem Leben. An dem Ort, den er in der Zeit von nicht viel über einer Stunde erreichen würde, lag für ihn ein Kapital in der Höhe von vielen Millionen! Er hätte seine Begleiter alle umarmen mögen, begnügte sich aber damit, seinem Buchhalter die Hand zu drücken und zu ihm zu sagen: „Endlich, endlich am Ziel! Und endlich nun aus den Ungewißheiten heraus! Seid Ihr nicht auch darüber froh?"

„Natürlich, Sir", lautete die einfache Antwort.

„Natürlich, Sir", wiederholte Rollins, indem er den Kopf schüttelte. „Das klingt so kalt, so teilnahmslos, als ob Euch die Sache gar nichts anginge!"

„Denkt das nicht! Ihr wißt ja, daß ich in allen Euern Angelegenheiten stets so sorge, als ob es die meinen wären. Ich freue mich auch, pflege aber so etwas gewöhnlich nicht übermäßig laut zu äußern."

„*Well*, kenne Euch ja, Mr. Baumgarten. Hier jedoch könnt Ihr schon etwas lauter sein. Habe Euch noch nichts gesagt, allerdings konntet Ihr wohl denken, daß ich, da ich Euch mitgenommen habe, mit Euch gewisse Absichten verfolge. Ihr sollt an diesem neuen Unternehmen mehr beteiligt sein, als Ihr bis jetzt gedacht habt. Meint Ihr, daß ich die Absicht habe, mit meiner Familie Arkansas zu verlassen und mich hier im Wilden Westen anzusiedeln? Kann mir nicht einfallen. Werde zunächst freilich alles tun, was hier nötig ist; mein fester und eigentlicher Wohnsitz aber wird unser Brownsville bleiben. Werde Ingenieure anstellen müssen und über ihnen einen geschäftlichen Direktor, auf den ich mich verlassen kann. Wer meint Ihr wohl, wer dieser Mann sein wird?"

Er blickte dabei den Buchhalter mit bezeichnendem Schmunzeln von der Seite an und fuhr, als dieser nicht gleich antwortete, fort: „Oder habt Ihr die Absicht, auch zeit Eures Lebens in Brownsville zu bleiben?“

„Über diese Frage nachzudenken, habe ich bisher keine Veranlassung gehabt, Mr. Rollins.“

„*Well*, so habt die Güte, jetzt darüber nachzudenken! Wie nun wenn der Direktor, von dem ich sprach, Mr. Baumgarten heißen soll?“

Da richtete sich der Deutsche im Sattel auf und fragte: „Ist das Euer Ernst, Sir?“

„*Yes!* Ihr wißt, daß ich in so wichtigen Angelegenheiten keinen Scherz zu treiben pflege. Die Stelle ist verantwortungsvoll und schwierig. Darum würde ich Euch neben dem Gehalt mit an dem Gewinn beteiligen. Wollt Ihr sie annehmen?“

„Von ganzem Herzen gern!“

„So schlagt ein! Hier ist meine Hand.“

Baumgarten gab ihm die seine und sagte: „Ich will keine überflüssigen Worte machen, Mr. Rollins; Ihr kennt mich und wißt, daß ich nicht undankbar bin. Mein größter Wunsch ist, der Stellung, die ich bekleiden soll, gewachsen zu sein.“

„Das seid Ihr; ich weiß es.“

„Und ich möchte das weniger zuversichtlich behaupten. Es ist ja wahr, was Mr. Grinley so oft schon ausgesprochen hat: Ich kenne den Westen nicht, und doch gehören Leute her, die Haare auf den Zähnen haben.“

„Werde schon dafür sorgen, daß Ihr solche Kerls ins Werk bekommt.“

„Es wird Kämpfe geben.“

„Kämpfe? Was für welche?“

„Mit den Indianern. Oder meint Ihr, sie werden es sich ruhig gefallen lassen, daß wir uns hier in der Weise, wie ein großartiges Ölunternehmen es mit sich bringt, einnisten?“

„Werden wenig dagegen tun können.“

„Hm! Sie werden behaupten, der Platz gehöre ihnen, und …“

„Macht Euch keine unnützen Gedanken!“ fiel ihm da der Ölprinz in die Rede. „Ihr habt gehört, was Mokaschi sagte? Nämlich daß ich getrost zu meinem ‚Landfetzen‘ gehen soll, um ihn in Besitz zu nehmen.“

„Das war wohl kaum sein Ernst.“

„O doch.“

„Schön! Gehört die Stelle wirklich den Nijoras? Ist es nicht möglich, daß auch andre Rote, zum Beispiel die Navajos, auf ihren Besitz Anspruch erheben?"

„Was diese Kerls sagen und behaupten, kann uns höchstens gleichgültig sein. Ich habe mein Tomahawk-Improvement, das ich Euch abtrete. Das Dokument steckt hier in meiner Tasche. Ihr habt es in Brownsville prüfen lassen; es ist für gut, für echt befunden worden und wird Euch gehören, sobald Ihr mir die Anweisung auf San Francisco aushändigt. Ist das geschehen, so seid Ihr nach den Vereinigtestaatengesetzen rechtmäßige Besitzer des Gloomy Waters, und kein Roter kann Euch von dort vertreiben."

„Sehr richtig, Sir. Aber wenn die Roten sich nicht nach diesem Vereinigtestaatengesetz richten?"

„So werden sie dazu gezwungen. Ihr engagiert natürlich nur Leute, die mit der Büchse und dem Messer umzugehen verstehen; das wird den Indsmen Respekt einflößen! Übrigens könnt Ihr versichert sein, daß Euer Etablissement sehr bald eine weiße Bevölkerung anziehen wird, die zahlreich genug ist, nicht nur jeden Angriff siegreich zurückzuschlagen, sondern die Roten ganz aus der Gegend zu verdrängen. Stellt nur erst Eure Maschinen auf! Ihr wißt, daß die Maschine die größte und siegreichste Feindin der Indianer ist."

Damit hatte er recht. Wo sich der Weiße mit den eisernen Händen und Füßen des Dampfes sehen läßt, muß der Rote weichen: Das unerbittliche Schicksal will es so. Die Maschine ist eine unüberwindliche Gegnerin, doch nicht so grausam wie das Gewehr, das Feuerwasser oder die Blattern und andre Krankheiten, denen zahllose Indianer zum Opfer gefallen sind und noch fallen werden, wie die Bisons der Savanne, die so weit ausgerottet sind, daß nur noch wenige als Rarität in zoologischen Gärten gehalten werden

Noch vor Ablauf der angegebenen Frist von anderthalb Stunden befanden sich die fünf Reiter zwischen Höhen, die dicht von dunklen Nadelbäumen bestanden waren. Nur hier und da ließ sich etwas Laubholz sehen, dessen helles Grün den düstern Eindruck jener minderte. Als Rollins eine Bemerkung darüber machte, meinte der Ölprinz: „Kommt nur erst zum Gloomy Water. Dort wird es noch finsterer als hier."

„Ist's noch weit bis dort?"

„Nein. Die nächste Schlucht führt ans Ziel."

Bald war die Schlucht erreicht, und man bog in sie ein. Zu beiden Seiten stiegen dunkle Felsen hoch empor. Auf dem

Grund rieselte ein dünnes, schmales Wässerchen, auf dem Fettaugen schwammen. Grinley warf, als er das bemerkte, Buttler und Poller einen befriedigten Blick zu. Er hatte nicht heimlich mit ihnen reden können und sich darum bisher im stillen besorgt gefragt, ob sie ihre Aufgabe auch wohl so, wie er es erwartete, gelöst haben würden. Jetzt begann er sich beruhigt zu fühlen, deutete auf das Wasser und sagte zu dem Bankier: „Seht einmal her, Mr. Rollins! Das ist der Abfluß des Gloomy Water. Was meint Ihr wohl, was darauf schwimmt?“

„Petroleum?“ antwortete der Gefragte, indem er niederblickte.

„Ja, Petroleum.“

„Wirklich, wirklich! Schade darum, ewig schade, daß es fortfließt!“

„Laßt es laufen; es ist wenig genug. Das Beste an meinem Fund ist ja eben der Umstand, daß der See nur diesen einen geringen und gar nicht nennenswerten Abfluß hat. Später könnt Ihr dafür sorgen, daß Euch selbst dieses kleine Quantum nicht entgeht.“

„Freilich, freilich! Mr. Grinley, spürt Ihr nicht auch den Geruch?“

„Natürlich! Ich als der Entdecker dieses famosen Ortes muß ihn doch viel eher als Ihr bemerkt haben.“

„Er wird um so stärker, je weiter wir vorwärts kommen.“

„Wartet nur, bis wir am See sind. Ihr werdet Euch wundern!“

Der Erdölgeruch wurde mit jedem Schritt stärker. Da traten die Wände der Schlucht plötzlich auseinander, und vor den erstaunten Augen des Bankiers und seines Buchhalters öffnete sich eine länglich runde Talmulde, deren Grund der Petroleumsee so weit ausfüllte, daß zwischen dem Ufer und den Felsen, die den nur schwer zu erklimmenden Rand des Tales bildeten, ein nur schmaler Bodenstreifen übrigblieb, auf dem aus dichten Sträuchern riesige Schwarztannen emporragten. Solche Bäume wuchsen auch an den Felsen ringsum bis zu dem Hochwald hinauf, der da oben als Wächter zu stehen schien, um keinen einzigen Sonnenstrahl herabzulassen.

Hier unten herrschte trotz des hellen Tages Dämmerung. Kein Lüftchen bewegte die Zweige; kein Vogel war zu sehen; kein Schmetterling gaukelte über Blumen. Alles Leben schien erstorben zu sein. Schien? O nein, es schien nicht nur, sondern es war wirklich erstorben, denn auf dem See schwammen zahllose tote Fische, deren mattglänzende Leiber eigenartig von der dunklen, ölig schimmernden Oberfläche abstachen. Dazu der außerordentlich starke Geruch des Öls. Dieser unbewegte und unbeleuchtete See, der wie ein im Tod erstarrtes Auge vor den Beschauern lag, führte seinen Namen Gloomy Water, Finsteres Wasser, mit dem vollsten Recht. Der Eindruck, den sein Anblick hervorbrachte, war derartig, daß Rollins und Baumgarten eine ganze Weile an seinem Ufer anhielten, ohne ein Wort zu sagen.

„Nun, das ist das Gloomy Water", unterbrach der Ölprinz die herrschende Stille. „Was meint Ihr dazu, Mr. Rollins? Gefällt es Euch?"

Aus seinem Staunen wie aus einem Traum erwachend, holte dieser tief Atem und antwortete: „Wie es mir gefällt? Welche Frage! Ich glaube, die alten Griechen hatten ein Wasser, über das die Verstorbenen nach der Unterwelt fuhren. So wie der See hier muß dieses Wasser ausgesehen haben, gewiß so und nicht anders."

„Weiß nichts von diesem griechischen Gewässer, möchte aber behaupten, daß es mit unserm Gloomy Water nicht zu vergleichen ist, denn ich glaube nicht, daß es dort Petroleum wie hier gegeben hat. Steigt ab, Sir, und untersucht das Öl; wir wollen einen Rundgang um den See machen!"

Die Reiter saßen ab; sie mußten die Pferde anbinden, denn diese schnaubten und stampften und wollten fort. Der penetrante Petroleumgeruch war ihnen zuwider. Grinley trat an das Wasser heran, schöpfte mit der Hand, beroch und betrachtete es und sagte dann in triumphierendem Ton zu dem Bankier: „Hier habt Ihr die Dollars zu Millionen schwimmen, Sir; überzeugt Euch selbst!"

Rollins schöpfte ebenso, ging weiter und schöpfte wieder; er untersuchte das Wasser an verschiedenen Stellen; er sagte kein Wort; er schüttelte und schüttelte nur immer wieder den Kopf. Er schien sprachlos geworden zu sein. Seine Augen leuchteten; seine Bewegungen waren hastig und dabei unsicher, fast taumelnd; seine Hände zitterten, und er schien alle Kraft zusammennehmen zu müssen, um endlich mit beinahe überschnappender Stimme ausrufen zu können: „Wer hätte das gedacht! Wer hätte das nur denken können! Mr. Grinley, ich finde alles, was Ihr gesagt habt, hier übertroffen!"

„Wirklich? Freut mich, Sir, freut mich ungeheuer!" Der Ölprinz lachte. „Seid Ihr nun endlich überzeugt, daß ich ein ehrlicher Mann bin, der es aufrichtig mit Euch gemeint hat?"

Rollins streckte ihm beide Hände entgegen und antwortete: „Gebt Eure Hände her; ich muß sie Euch schütteln und drükken. Ihr seid ein Ehrenmann, wie ich noch keinen gefunden habe. Verzeiht es uns, daß wir in unserm Vertrauen einigemal unsicher geworden sind! Wir waren nicht schuld daran!"

„Weiß es, weiß es, Sir." Grinley nickte bieder. „Diese Fremden machten Euch an mir irre. Hättet nicht auf sie hören sollen; ist jetzt aber alles gut, alles! Untersucht das Öl, Sir!"

„Habe schon, habe es untersucht."

„Nun, und ..."

„Es ist das schönste, das reinste Erdöl, das zu haben ist. Woher kommt es? Hat der See einen Zufluß?"

„Nein, nur diesen kleinen Abfluß. Es muß eine unterirdische Quelle dasein, eine oder vielleicht zwei: eine für das Wasser und eine für das Erdöl. Ihr seht, man braucht es nur abzuschöpfen und in die Fässer zu füllen."

Rollins wußte vor Entzücken weder aus noch ein. Baumgarten war nüchterner und bemerkte auf die letzten Worte: „Ja, man braucht nur abzuschöpfen; und was dann, wenn abgeschöpft worden ist? Wann und wie stark läuft es nachher wieder zu?"

„Natürlich schnell, so schnell, daß gar keine Unterbrechung der Arbeit eintreten wird."

„Das möchte ich nicht ohne Kritik annehmen. Es kann nur soviel zulaufen wie abläuft. Nun seht den spärlichen Abfluß hier, der unser Wegweiser gewesen ist. Ich glaube, das Wässerchen führt in der Stunde keinen Liter Öl mit sich. Das ist die Ausbeute, die ganze Ausbeute, die wir zu erwarten haben."

„Meint Ihr? Nicht mehr? Nicht mehr als bloß einen Liter in der Stunde?" fragte der Bankier im Ton bitterster Enttäuschung.

Der Mund blieb ihm vor Schreck offenstehen; sein Gesicht war leichenblaß geworden.

„Ja, Mr. Rollins, so ist es", antwortete der Buchhalter. „Ihr müßt doch zugeben, daß der Zufluß nicht größer als der Abfluß sein kann. Und wenn er größer wäre, zehnmal größer, hundertmal! Was sind hundert Liter Öl in der Stunde? Nichts, gar nichts. Rechnet die Höhe des Anlage- und des Betriebskapitals, die Abgelegenheit dieser Gegend, die hier vorhandenen Gefahren, die Schwierigkeit des Absatzes! Und hundert Liter in der Stunde!"

„Kann es denn nicht doch mehr sein? Ist es nicht möglich, daß Ihr Euch irrt?"

„Nein und abermals nein. Wie alt ist dieser See? Die Jahre sind nicht zu zählen. Seit seiner Entstehung sind Jahrhunderte oder Jahrtausende vergangen; es fließt so wenig ab. Wenn mehr Öl zuflösse, wie hoch müßte es dann auf dem Wasser stehen! Nein, es ist nichts, gar nichts hier zu holen!"

„Nichts, gar nichts!" wiederholte der Bankier, indem er mit beiden Händen nach dem Kopf griff. „Also alle Hoffnung, alle Freude vergeblich! Den weiten Weg umsonst gemacht! Wer soll das aushalten; wer kann das ertragen?"

Auch der Ölprinz war über die Worte des Buchhalters erschrocken. Mit welchen Mühen und unter welchen Gefahren hatte er das Petroleum faßweise und nach und nach hierhergeschafft und versteckt. Was hatte es ihn gekostet! Und nun er so nahe am Erfolg stand, sollte das alles vergeblich sein! Es flimmerte ihm vor den Augen; er fühlte sich ratlos, konnte kein Wort hervorbringen und richtete seine Blicke hilfesuchend auf seinen Stiefbruder Buttler.

Dieser hatte schon wiederholt gezeigt, daß er ihm an Schlauheit überlegen war, und auch jetzt zeigte es sich, daß sich der frühere Anführer der Finders nicht so leicht aus der Fassung bringen ließ. Er lachte kurz und überlegen und sagte zu dem Bankier: „Was lamentiert Ihr denn, Mr. Rollins? Ich kann Euch nicht begreifen! Wenn es mit dem, was Ihr jetzt denkt und sagt, seine Richtigkeit hätte, so würde es Grinley nicht eingefallen sein, so große Hoffnungen auf das Gloomy Water zu setzen."

„Meint Ihr?" fragte Rollins schnell, indem er neuen Mut bekam.

„Ja, das meine ich. Und wenn das Öl hier nur so in Fässer zu schöpfen wäre, würde er Euch den Platz nicht angeboten, sondern selbst behalten haben. Es ist eben die Sache, daß die Gewinnung des Öls einige kostspielige Vorbereitungen erfordert, zu denen er nicht die Mittel besitzt."

„Vorbereitungen? Welche?"

„Hm! Es wundert mich sehr, daß Ihr das nicht selbst findet. Habt Ihr vielleicht einmal Physik studiert?"

„Nein."

„Hm! Schade drum! Brauchte Euch dann keine langen Erklärungen zu geben. Will aber versuchen, es Euch deutlich zu machen. Ich setze den Fall, Euer Pferd liegt da im Gras, und Ihr steigt in den Sattel. Wird es mit Euch aufstehen können?"

„Ja."
„Ihr denkt also nicht, daß Ihr ihm zu schwer seid?"
„Nein, es steht auf."
„*Well.* Setze aber den andern Fall, daß anstatt des Pferdes ein Schoßhündchen hier läge. Würde das Euch auch in die Höhe bringen?"
„Nein."
„Warum nicht?"
„Weil ich ihm zu schwer wäre."
„Nun wohl, wendet das einmal auf das Petroleum an!"
„Wieso?" fragte Rollins, der das, was Buttler meinte, nicht zu erraten vermochte.
„Mein Beispiel soll sagen, daß ein schwerer Körper, der auf einem leichteren lastet, diesen niederhält. Das begreift Ihr wohl?"
„Jetzt allerdings."
„Und auch Ihr, Mr. Baumgarten?"
„Ja." Baumgarten, der den Worten Buttlers mit Aufmerksamkeit gefolgt war, nickte.
Buttler fuhr fort: „Wißt Ihr nun auch, was schwerer ist, das Petroleum oder das Wasser?"
„Das Wasser", antwortete der Buchhalter.
„*Very well!* Nun denkt Euch einmal, wie schwer die Wassermenge ist, die sich hier im See befindet!"
„Tausende von Zentnern."
„Und auf dem Grund des Sees gibt es eine Petroleumquelle, das heißt ein kleines Loch, aus dem das Öl herauswill; aber auf diesem Loch liegen viele tausend Zentner von Wasser. Kann da das Öl heraus?"
„Nein."
Baumgarten ging in die Falle. Er war Kaufmann; von physikalischen Gesetzen verstand er wenig; er wußte nicht, daß das Öl, gerade weil es leichter als Wasser ist, emporsteigen mußte. Grinley begann von neuem aufzuatmen. Auf Buttlers Gesicht ließ sich ein siegesgewisses Lächeln sehen. Er sprach weiter: „Also das Öl, das aus der Erde strömen möchte, kann nicht in die Höhe. Wir sehen hier nur das geringe Quantum, das oben durch irgendeine kleine Ritze aus der Erde sickert. Nun schafft einmal eine Pumpe her und pumpt das Wasser aus dem See oder sorgt auf irgendeine andre Weise für dessen Abfluß. Dann werdet Ihr sehen, daß ein Ölstrahl hundert Fuß hoch und noch höher in die Luft steigt. Das gibt dann einen Öl-

spring wie in Pennsylvanien, der an einem Tag mehrere hundert Fässer füllt. Hätte Grinley das Geld zu solch einem Pumpwerk, so wäre es ihm nicht eingefallen, sich an Euch zu wenden. Da habt Ihr die Sache, wie sie steht. Macht, was Ihr wollt; doch besinnt Euch nicht lange. Wir finden allemal und zu jeder Zeit einen Unternehmer, der Geist und Mut genug besitzt, für einen Lumpenpreis Millionen einzuheimsen."

Das wirkte. Der Bankier jubelte von neuem, und Baumgarten ließ alle seine Bedenken fallen. Öl war vorhanden, das sah man ja; man brauchte ihm nur einen Ausweg zu bahnen. Es wurde hin und her gesprochen, natürlich in einer Weise, die den beiden Käufern die Köpfe verdrehte. Rollins entschloß sich, auf den Handel einzugehen, und es geschah nur der Form willen, daß er meinte, man müsse vorher den ganzen Umfang des Sees in Augenschein nehmen.

„Tut das, Mr. Rollins", sagte Grinley. „Poller mag Euch führen."

Der Genannte entfernte sich mit Rollins und Baumgarten. Als sie fort waren, stieß der Ölprinz erleichtert hervor: „Tausend Donner, war das eine fatale Lage! Fast wären die Kerls noch zuguterletzt zurückgetreten! Dein Einfall war ausgezeichnet."

„Ja." Buttler lachte. „Wäre ich nicht gewesen, so hättest du deinen Petroleumsee für dich behalten können. Nun bin ich überzeugt, daß sie auf den Leim gehen werden."

„Man sollte es kaum für möglich halten, daß diese physikalische Erklärung so harmlos hingenommen wird!"

„*Pshaw!* Rollins ist zu dumm und der Deutsche zu ehrlich."

„Sie werden an der Höhle vorüberkommen. Es ist nichts zu sehen?"

„Nein. Die Arbeit hat uns freilich mehr als Schweiß gekostet. Dafür magst du aber Sorge tragen, daß der Handel noch heut zustande kommt. Wir dürfen keine Stunde versäumen, denn den Roten ist nicht zu trauen. Wir dürfen nicht länger als höchstens bis morgen früh hierbleiben. Wie fertigen wir denn die beiden Dummköpfe ab, mit dem Messer oder mit der Kugel?"

„Hm, ich möchte beides vermeiden."

„Sie also leben lassen? Was fällt dir ein?"

„Versteh nicht falsch! Ich will sie bloß nicht sterben sehen; die Erinnerung daran ist unbehaglich. Was sagst du dazu, daß wir sie in die Höhle stecken?"

„Kein übler Gedanke. Wir binden sie und sperren sie hinein. Da gehen sie zugrunde, ohne daß wir es anzusehen brauchen. Ich bin einverstanden. Wann?"

„Sobald wir das Geld haben, bekommt jeder einen Kolbenhieb auf den Kopf."

„Auch Poller?"

„Der noch nicht. Wir haben ihn wahrscheinlich noch nötig. Bis wir diese gefährliche Gegend hinter uns haben, ist es besser, zu dritt als nur zu zweit zu sein. Dann können wir uns seiner zu jeder Zeit entledigen."

Ja, diese Gegend war allerdings für sie gefährlich. Sie ahnten nicht, daß sie beobachtet wurden. Gar nicht weit von ihnen, an der Stelle, wo die Schlucht auf den See mündete, lag ein Indianer hinter dem Gesträuch und beobachtete alles, was vor seinen Augen geschah. Es war der Navajo, welcher der Ermordung seiner beiden Gefährten hatte zusehen müssen, ohne es verhindern zu können. Grinley und Buttler streckten sich jetzt in das Gras nieder. Als der Indianer das bemerkte, sagte er zu sich selbst: „Sie bleiben hier; sie werden diese Gegend jetzt noch nicht verlassen. Ich habe Zeit, zu unsern Kriegern zu gehen und sie herbeizuholen."

Er kroch hinter dem Busch hervor und verschwand in der Schlucht, ohne einen Eindruck seiner Füße im Boden zurückzulassen.

Einige Zeit später hatten die drei Weißen den See umgangen und kehrten zu Buttler und Grinley zurück.

„Nun, Mesch'schurs", fragte Grinley, „Ihr habt alles gesehen. Was denkt Ihr zu tun?"

„Kaufen", antwortete der Bankier.

„Ihr seid also überzeugt, daß Ihr ein Geschäft machen werdet?"

„Ja, wenn auch nicht so groß, wie Ihr Euch vorstellt."

„Laßt diese Redensart, Sir! Ich gehe keinen Dollar von meiner Forderung herunter, habe überhaupt keine Lust, meine Zeit zu verlieren. Ich halte es nämlich für möglich, daß die Roten hinter uns her sind, und möchte ihnen nicht gern meinen Skalp überlassen."

„So wollen wir schleunigst fort", sagte Rollins ängstlich.

„Ja, aber nicht eher, als bis der Handel perfekt ist. Es war ausgemacht, ihn hier am See abzuschließen. Sobald wir unterschrieben und die Papiere ausgetauscht haben, brechen wir auf."

„Soll mir recht sein. Mr. Baumgarten, habt Ihr vielleicht noch ein Bedenken?“

Ehe der Gefragte antworten konnte, fiel Grinley in scharfem Ton ein: „Wenn Ihr auch jetzt noch von Bedenken redet, Mr. Rollins, so muß ich das nun wirklich als eine Beleidigung ansehen. Sagt kurz, ob Ihr wollt oder nicht!“

Dadurch eingeschüchtert, erklärte der Bankier: „Ich will, das versteht sich ganz von selbst.“

„Nun wohl, so können wir zum Abschluß schreiten. Die Dokumente sind längst aufgesetzt und nur noch zu unterschreiben. Sucht Eure Tinte und Feder hervor!“

Rollins holte das Erforderliche aus seiner Satteltasche, erhielt nach geschehener Unterschrift den Besitztitel und den Kaufkontrakt und unterzeichnete dann die bereitgehaltene Anweisung auf San Francisco. Als Grinley sie in die Hand bekam, betrachtete er sie mit gierigem Blick und sagte, indem er ein ganz eigentümliches Lachen hören ließ: „So, Mr. Rollins, jetzt seid Ihr Herr und Besitzer dieses großartigen Petroleumdistrikts. Ich wünsche Euch viel Glück! Und da Euch nun alles hier gehört und ich keinen Gebrauch mehr davon machen kann, will ich Euch ein Geheimnis entdecken, dessen Kenntnis Euch von großem Nutzen sein wird.“

„Was für ein Geheimnis?“

„Eine verborgene Höhle.“

„Weiter nichts?“

„Oho! Ihr sagt ‚weiter nichts‘, als ob das gar nichts wäre! Diese Höhle kann Euch oder Euern Leuten in der ersten Zeit als Vorratskammer dienen und als Versteck bei Indianerangriffen. Es ist sogar möglich, daß sie mit dem unterirdischen Petroleumbassin, das hier unbedingt vorhanden ist, in Verbindung steht.“

„Ach, Petroleumbassin? Ist's möglich?“

„Sehr sogar. Ich habe sie noch nicht untersucht.“

„So sagt schnell, wo sie ist! Ich muß sie sehen; ich werde sie später erforschen lassen.“

„Kommt, ich werde sie Euch zeigen.“

Sie gingen eine kurze Strecke am Ufer hin, bis da, wo der Felsen näher an das Wasser trat. Am Fuß dieses Felsens lag ein hoher Geröllhaufen, dessen Spitze Buttler und Poller abzuräumen begannen. Bald wurde ein Loch sichtbar, das in den Felsen führte.

„Das ist die Höhle, das ist sie!“ rief der Bankier aus. „Machen wir den Zugang weiter, schnell! Helft mir dabei, Mr. Baumgarten!"

Die beiden bückten sich nieder, um sich an der Arbeit zu beteiligen. Buttler stand auf und blickte Grinley fragend an. Dieser nickte. Sie ergriffen ihre Gewehre; jeder von ihnen tat einen Kolbenschlag – der Bankier und Baumgarten stürzten vornüber; sie wurden an Händen und Füßen gefesselt und, als der Eingang weit genug geworden war, in die Höhle geschafft und hinten in ihr niedergelegt. Wären sie nicht betäubt gewesen, hätten sie die vielen Fässer gesehen, die in der Höhle lagen.

Hierauf wurde das Geröll wieder aufgeschichtet, bis das Loch nicht mehr zu sehen war. Es braucht wohl kaum erwähnt zu werden, daß die drei Mörder ihren Opfern außer den Kleidern alles, was diese besaßen, abgenommen hatten. Dann begaben sie sich zu ihren Pferden zurück.

„Endlich!" sagte der Ölprinz. „Noch kein Geschäft hat mir soviel Mühe und Sorge gemacht wie dieses. Und doch ist es noch nicht völlig gelungen. Es gilt nun, die Anweisung nach San Francisco zu schaffen. Hoffentlich kommen wir glücklich dort an! Wir brechen doch natürlich gleich auf?"

„Ja", antwortete Poller. „Vorher müssen wir allerdings noch teilen."

„Was?"

„Die Gegenstände, die wir den beiden abgenommen haben."

„Ist das denn sofort nötig?"

„So sehr nicht, es ist jedenfalls besser, es weiß ein jeder, was ihm gehört."

Grinley hätte ihn am liebsten sogleich niedergeschlagen, er sagte sich freilich, daß ihm das, was Poller jetzt bekam, später wieder abgenommen würde. Darum entschied er im Ton der Gutwilligkeit: „Meinetwegen, die Pferde bleiben natürlich ungeteilt, und über die andern Gegenstände werden wir uns nicht zanken. Wir sind Freunde und Brüder, die sich wegen Kleinigkeiten nicht streiten werden."

Sie setzten sich nieder und breiteten die geraubten Waffen, Uhren, Ringe, Börsen und andern Gegenstände vor sich aus, um ihren Wert zu taxieren und sie danach zu verteilen.

Während das geschah, kamen durch die Schlucht, die nach dem See führte, acht Indianer geschlichen. Es waren Navajos; an ihrer Spitze huschte der Kundschafter, der schon vorhin hier gewesen war. Am Eingang zum Tal angekommen, hielten sie an und lauschten hinter den Büschen hervor. Sie sahen die drei Weißen sitzen.

„Uff!" flüsterte der Älteste von ihnen, indem er sich an den Kundschafter wandte, „es ist wirklich so, wie mein Bruder berichtet hat: Der See ist voll Petroleum. Wo ist das hergekommen?"

„Die Bleichgesichter werden es wissen", antwortete der andre.

„Hat mein Bruder nicht fünf Weiße gezählt? Ich sehe nur drei."

„Vorhin gab es fünf; es fehlen zwei. Diese drei sind die, welche ich bei Mokaschi, dem Häuptling der Nijoras, sah."

„Welcher von ihnen hat unsern Bruder Khasti-tine ermordet?"

„Der, welcher jetzt zwei Flinten in den Händen hat."

Er meinte damit den Ölprinzen.

„Er wird eines bösen Todes sterben; aber auch die beiden andern kommen an den Marterpfahl. *Uff!* Sie teilen die Sachen, die vor ihnen liegen. Der vierte und der fünfte sind verschwunden. Die Sachen haben ihnen gehört. Sollten sie getötet worden sein?"

„Wir werden es erfahren. Wann ergreifen wir sie?"

„Jetzt gleich. Sie achten auf nichts als auf ihren Raub und werden so erschrecken, daß sie sich gar nicht wehren. Meine Brüder mögen mir schnell folgen."

Er eilte, die sieben andern hinter ihm her, auf die drei Weißen zu. Dieser Überfall kam so plötzlich und wurde so rasch ausgeführt, daß sie gebunden waren, ehe sie nur einen Schrei ausgestoßen oder ein Glied zu ihrer Verteidigung gerührt hatten. Vor Angst versagte ihnen die Sprache.

Auch die Roten sprachen zunächst kein Wort. Fünf von ihnen setzten sich zu den Gefangenen nieder; die andern drei entfernten sich, um das Tal abzusuchen. Als sie zurückkehrten, meldete einer von ihnen: „Die zwei Bleichgesichter bleiben verschwunden. Wir haben keinen von ihnen gesehen."

„Sind sie nicht am Felsen emporgestiegen?" fragte der Älteste.

„Nein, dann hätten wir ihre Spuren gesehen."

„Wir werden sogleich erfahren, wo sie zu suchen sind."

Er zog sein Messer, setzte es dem Ölprinzen auf die Brust und drohte: „Du bist der Schurke, der Khasti-tine, unsern jungen Bruder, ermordet hat. Sagst du mir nicht augenblicklich, wo die zwei Bleichgesichter hingekommen sind, die vorhin noch bei euch waren, so stoß ich dir dieses Eisen in das Herz!"

Dieser Befehl versetzte Grinley in großen Schrecken. Gehorchte er, so holten die Indianer den Bankier und seinen Buchhalter ganz gewiß aus der Höhle; das durfte nicht geschehen. Gehorchte er nicht, stand zu erwarten, daß der Rote seine Drohung ausführen und ihn erstechen würde. Was tun? Da half ihm wieder der listigere Buttler aus der Not; dieser rief dem Indsman zu: „Du irrst dich. Der Mann, den du erstechen willst, ist nicht der Mörder von Khasti-tine. Wir sind unschuldig an dessen Tod."

Der Indianer ließ von dem Ölprinzen ab und wandte sich an Buttler: „Schweig! Wir wissen gar wohl, wer der Mörder ist."

„Nein, ihr wißt es nicht!"

„Dieser unser Bruder hat es gesehen."

Der Rote deutete auf den Kundschafter.

„Er irrt sich", behauptete Buttler trotzdem. „Er hat uns bei dem Häuptling der Nijoras gesehen; als die beiden Schüsse fielen, standen wir so, daß sein Blick uns gar nicht treffen konnte."

„So willst du wohl leugnen, bei der Ermordung unsrer beiden Brüder zugegen gewesen zu sein?"

„Nein. Ich habe noch nie eine Lüge gesagt, und auch jetzt fällt es mir nicht ein, gegen die Wahrheit zu sprechen. Die beiden weißen Männer, nach denen du gefragt hast, sind die Mörder."

„*Uff!*" rief der Rote. „Wir sehen sie nicht; sie sind also fort. So suchst du euch zu retten, indem du die Schuld auf sie wirfst!"

„Sie sind fort, sagst du? Wohin sollen sie sein? Ihr seid Kundschafter, also Krieger, die scharfe Augen besitzen. Habt ihr denn ihre Spuren gesehen, die gewiß zu finden wären, wenn sie sich wirklich entfernt hätten?"

„Nein. Du willst also sagen, daß sie noch hier sind?"

„Ja."

„Wo?"

„An einem Ort, wo ihr sie nicht sehen könnt."

„Welchen Ort meinst du?"

„Diesen." Buttler deutete auf das Wasser.

„*Uff!* Sie befinden sich in diesem See?"

„Ja."

„Sie sind also ertrunken?"

„Ja."

„Lüg nicht! Es gibt keinen Menschen, der in dieses ölige Wasser ginge."

„Freiwillig nicht, das ist richtig. Sie wollten nicht hinein, aber sie mußten."

„Wer hat sie gezwungen?"

„Wir. Wir haben sie ersäuft."

„Ihr – habt – sie – ersäuft?" fragte der Indianer. Er war ein „Wilder" und fühlte doch einen so großen Abscheu vor solch einer Tat, daß er die Worte nur in Absätzen herausbrachte. „Ersäuft? Warum?"

„Zur Strafe. Sie waren unsre Todfeinde."

„Und trotzdem befanden sie sich bei euch. Niemand pflegt in Gesellschaft seiner Todfeinde zu reiten."

„Wir haben von ihrer Feindschaft nichts gewußt; wir merkten es erst, als wir hier ankamen."

„Was hattet ihr ihnen getan?"

„Nichts. Sie wollten diesen Ölsee allein besitzen und uns deshalb ermorden. Als wir das bemerkten, haben wir sie getötet, indem wir sie ins Wasser warfen."

„Wehrten sie sich nicht?"

„Nein. Wir schlugen sie ganz plötzlich mit den Kolben nieder."

„Warum sieht man sie nicht?"

„Weil wir ihnen Steine an die Füße gebunden haben; da sind sie auf den Grund gegangen."

Der Rote schwieg eine Weile. Er überlegte, ob es geraten sei, den Angaben Buttlers zu glauben. Dann sagte er: „Ich will glauben, daß du die Wahrheit redest. Aber mir graut vor euch. Ihr habt eure eigenen Brüder ersäuft, so wie man räudige Hunde in das Wasser wirft. Ihr habt sie heimlich getötet, ohne mit ihnen zu kämpfen. Ihr seid böse Menschen!"

„Konnten wir anders handeln? Sollten wir etwa warten, bis sie ihren Plan ausführten und uns hinterrücks niederschossen? Das wollten sie nämlich tun; wir haben sie belauscht."

„Wie ihr über diese Sachen denkt, das geht mich nichts an; kein roter Mann ersäuft einen andern Indianer, und wenn es sein größter Feind wäre. Seid ihr schon einmal an diesem Wasser gewesen?"

„Ja, ich", antwortete der Ölprinz jetzt.

„Wann?"

„Vor mehreren Monden."

„War schon damals dieses Öl vorhanden?"

„Ja. Darum ging ich fort, um noch einige Weiße herbeizuholen und es ihnen zu zeigen. Ich wollte mit ihnen eine Gesellschaft zur Gewinnung des Öls gründen. Diese beiden wollten uns ermorden, um die alleinigen Besitzer zu sein."

„*Uff!* Vorher hat es hier niemals Öl gegeben. Es muß erst kürzlich aus der Erde hervorgebrochen sein. Wie konntet ihr euch als Besitzer des Sees dünken! Er gehört den roten Männern. Die Bleichgesichter sind Räuber, die zu uns kommen, um uns alles zu nehmen, was uns gehört. Der Tomahawk ist ausgegraben. Wärt ihr nur daheim geblieben! Indem ihr hierhergekommen seid, seid ihr in den Tod geritten."

„In den Tod? Seid ihr ehrliche Krieger, oder seid ihr Mörder? Wir haben euch doch nichts getan!"

„Schweig! Ist nicht Khasti-tine mit seinem Gefährten ermordet worden?"

„Leider, aber nicht wir sind es, die sie getötet haben."

„Ihr wart dabei: Ihr hättet die Tat verhüten sollen."

„Das war unmöglich. Die beiden Kerle schossen so schnell, daß wir keine Zeit fanden, auch nur ein einziges Wort dagegen zu sagen."

„Das rettet euch nicht. Ihr habt euch in der Gesellschaft der Mörder befunden; ihr werdet sterben. Wir werden euch zu unserm Häuptling bringen; da werden die Alten über euch zur Beratung sitzen, welchen Tod ihr zu erleiden habt."

„Wir haben die beiden Mörder bestraft; dafür solltet ihr uns dankbar sein."

„Dankbar?" Der Rote lachte höhnisch. „Meinst du, daß du uns damit einen Dienst erwiesen hast? Es wäre uns lieber, sie lebten noch; da könnten wir uns ihre Skalpe holen und sie am Marterpfahl sterben lassen. Um diese Freude habt ihr uns gebracht. Willst du dich dessen rühmen? Euer Schicksal ist bestimmt; der Tod erwartet euch. Ich habe gesprochen!"

Er wandte sich ab, zum Zeichen, daß er kein Wort mehr sagen würde. Nun wurden ihnen die Taschen geleert. Die Indianer nahmen alles an sich, was sich darin befand. Nur als der Anführer die Anweisung sah, faßte er sie vorsichtig mit den Fingerspitzen an, schob sie wieder in die Tasche Grinleys zurück und sagte: „Das ist Zauberei, ein redendes Papier; kein roter Krieger nimmt so etwas in die Hände, denn es würde später alle seine Gedanken, Worte und Taten verraten."

Das war dem Ölprinzen natürlich lieb. Er hoffte zu entkommen, das war dann mit der Anweisung besser als ohne sie.

Mittlerweile war der Tag so weit vorgeschritten, daß es am See schon dunkel zu werden begann. Die Indianer wären hier über Nacht geblieben, doch der Ölgeruch vertrieb sie. Die Gefangenen wurden auf ihre Pferde gefesselt; dann ritten die Roten davon, durch die Schlucht zurück und ein Stück in den Wald hinein, wo es Wasser gab. Hier saßen sie ab, banden die Gefangenen an drei Bäume und trafen ihre Vorbereitungen zum Lagern. Sie schienen sich an dieser Stelle völlig sicher zu fühlen; hätten sie gewußt, was hinter ihnen geschah, wären sie gewiß so weit wie möglich fortgeritten.

Mokaschi nämlich, der Häuptling der Nijoras, war, als die Weißen ihn verlassen hatten, so vorsichtig gewesen, die Spuren der Navajokundschafter noch einmal genauer zu untersuchen. Er hatte vorher schon gesehen, daß außer den zwei Ermordeten ein dritter dagewesen war; nun wollte er wissen, wo dieser hingekommen war.

Nach längerem Suchen fand er die Fährte; sie führte auf einem Umweg auf die Spur der Bleichgesichter und dann hinter ihnen her.

„Dieser Navajo will sich an den Mördern rächen. Er folgt ihnen; daraus ist zu schließen, daß der Kriegertrupp, zu dem er gehört, sich in derselben Richtung befindet. Wir werden ihm nachreiten und diese Navajos gefangennehmen."

So sagte der Häuptling und ritt zunächst in die entgegengesetzte Richtung, bis er eine tiefversteckte Lichtung im Wald erreichte, wo ungefähr dreißig Nijorakrieger lagerten. Das waren die Kundschafter, die dem eigentlichen großen Kriegertrupp voranritten. Mit diesen Leuten kehrte er zu der Fährte der Weißen und des Navajo zurück und folgte ihr. Dabei war er vorsichtig genug, einen seiner Leute weit vorauszusenden.

Sie kamen bis in die Nähe der Schlucht, die auf den Ölsee mündete. Dort versteckten sie sich. Nach kurzer Zeit sahen sie den Navajokundschafter aus der Schlucht kommen und eiligst fortspringen. Einer der Nijoras machte eine Bewegung, als ob er auf ihn schießen wollte; der Häuptling wehrte mit einer Handbewegung ab und flüsterte ihm zu: „Laß ihn laufen! Er wird bald wiederkommen und andre Navajos mitbringen. Die fangen wir dann."

Schon nach verhältnismäßig kurzer Zeit zeigte es sich, daß er richtig vermutet hatte, denn der Kundschafter kehrte mit sieben andern zurück, mit denen er in die Schlucht hineinritt.

Sie wollten an ihrem Ausgang von den Pferden steigen und die Weißen überfallen.

Die Nijoras warteten. Mokaschi wunderte sich nicht wenig, als er die Navajos dann mit nur drei Weißen aus der Schlucht kommen sah. Er hatte vor, sie in diesem Augenblick zu überfallen, gab aber seinen Leuten nun einen Wink, noch versteckt zu bleiben. Er wollte erst sehen, warum zwei Weiße fehlten. Darum ließ er die Feinde fort und ging dann mit einigen seiner Leute durch die Schlucht nach dem Finsteren Wasser. Sie suchten so schnell, aber auch so vorsichtig wie möglich das ganze Ufer ab, doch ohne eine Spur der fehlenden Bleichgesichter zu entdecken.

„Fort können sie nicht sein", sagte Mokaschi. „Sie leben nicht mehr, und da wir ihre Leichen nicht sehen, sind sie gewiß in das Wasser geworfen worden."

Er verließ mit seinen Begleitern den See und kehrte zu dem Versteck der andern zurück. Dort blieben die Pferde unter der Aufsicht von zwei Wächtern; mit den übrigen achtundzwanzig Männern verfolgte er zu Fuß die Navajos. Diese waren jedenfalls nicht weit entfernt, da der Abend hereinzubrechen begann und anzunehmen war, daß sie bald lagern würden.

Es war gerade noch so hell, daß man ihre Spuren erkennen konnte; sie führten in den Wald hinein, wo sie dann nicht mehr zu sehen waren. Mokaschi ließ sich dadurch nicht stören. Um die Gesuchten zu finden, brauchte er nur die bisherige Richtung einzuhalten.

Es dauerte nicht lange, da bemerkte er erst einen Brandgeruch und gleich darauf den Schein eines kleinen indianischen Lagerfeuers. Er blieb stehen und flüsterte seinen Leuten zu: „Diese Navajos sind keine Krieger, sondern Knaben, die keinen Verstand besitzen. Welcher Kundschafter brennt des Nachts ein Feuer an! Meine Brüder mögen sie umzingeln und, sobald ich den Kriegsruf hören lasse, sich auf sie werfen. Wir müssen sie lebendig haben, um sie an den Marterpfahl binden zu können."

Die Nijoras huschten wie unhörbare Schatten unter den Bäumen hin. Mokaschi schlich möglichst nahe zum Feuer heran und nahm sich einen Navajo ins Auge, den er fassen wollte. Als er sich nach einigen Minuten sagen konnte, daß seine Leute bereit seien, stieß er den schrill durch den Wald tönenden Ruf aus und sprang mitten unter die Navajos, um den Betreffenden zu packen. In demselben Augenblick wiederholten seine Krieger das Kriegsgeschrei und warfen sich von allen Seiten auf die Feinde, die eine Überrumpelung für unmöglich gehalten hatten und so überrascht, so erschrocken waren, daß sie für den Augenblick nicht an Widerstand dachten. Sie wurden überwältigt, ohne daß auch nur einer von ihnen Zeit fand, nach dem Messer, Gewehr oder Tomahawk zu greifen.

„Gott sei Dank!“ raunte der Ölprinz seinen beiden Gefährten zu. „Wir sind nun gerettet!“

„Oder nicht!“ antwortete Poller.

„Oh, gewiß. Mokaschi hat uns ja schon einmal fortreiten lassen. Aus welchem Grund sollte er uns jetzt festhalten?“

„Aus gar keinem. Diese roten Halunken fragen eben nicht nach Gründen.“

„Wartet es ab! Ihr werdet sehen, daß ich recht habe.“

Niemand hatte auf dieses kurze, leise Gespräch geachtet. Die Navajos lagen gebunden auf der Erde; die Nijoras teilten sich deren Waffen. Mokaschi stand hochaufgerichtet am Feuer und gebot: „Die Söhne der Navajos mögen mir sagen, welcher von ihnen ihr Anführer ist!“

„Ich bin es“, antwortete der Älteste.

„Wie ist dein Name?“

„Ich werde Schnelles Roß genannt.“

„Dieser Name mag zutreffen. Auf der Flucht vor dem Feind wirst du schneller als der Mustang der Prärie sein.“

„Mokaschi, der Häuptling der Nijoras, lügt. Noch nie hat ein Feind meinen Rücken zu sehen bekommen!“

„Du nennst meinen Namen; also kennst du mich?“

„Ja, ich habe dich gesehen. Du bist ein kluger und tapferer Krieger. Ich wollte, daß ich mit dir kämpfen dürfte. Dein Skalp würde dann an meinem Gürtel hängen.“

„Meinen Skalp wird nie ein Feind besitzen, am allerwenigsten einer, wie du bist. Hat der Große Geist euch denn ohne Gehirn erschaffen? Wißt ihr nicht, daß die Späher der Nijoras ebenso gegen euch unterwegs sind wie ihr gegen sie? Welcher Kundschafter geht durch den Wald und über das Gras, ohne sich nach den Spuren seiner Feinde umzusehen? Ein kluger Späher trachtet vor allen Dingen danach, verborgen zu bleiben; ihr aber brennt ein Feuer an, als ob es gerade darauf ankomme, uns herbeizulocken. Ihr werdet freilich nie wieder Gelegenheit haben, solche Fehler zu begehen, denn ihr werdet am Pfahl sterben und vorher so gemartert werden, daß vor Schmerzen eure Stimmen über alle Berge schallen.“

Da antwortete Schnelles Roß: „Martert uns! Wir werden als Krieger sterben, keinen Laut hören lassen und mit keiner Wimper zucken. Die Krieger der Navajos haben gelernt, die größten Schmerzen zu verachten. Was werdet ihr mit diesen Weißen tun?"

Als der Ölprinz diese Frage hörte, antwortete er: „Mokaschi, der edle und berühmte Häuptling, wird uns freilassen."

Aber dieser edle und berühmte Häuptling fuhr ihn an: „Hund! Wer wurde gefragt, ich oder du? Wie kannst du es wagen, zu reden, ehe ich den Mund geöffnet habe?"

„Weil ich weiß, daß du das tun wirst, was ich gesagt habe."

„Was ich tun werde, wirst du bald erfahren. Einmal habe ich euch ziehen lassen, um euch zu zeigen, daß ich euch verachte; zweimal wird das nicht geschehen. Ihr wart fünf Bleichgesichter. Wo sind die zwei, die fehlen?"

„Tot", antwortete Grinley bedeutend kleinlauter als vorher.

„Tot? Wer hat sie getötet?"

„Wir."

„Warum?"

„Weil wir bemerkten, daß sie uns nach dem Leben trachteten. Sie wollten uns heimlich ermorden."

Mokaschi zog die Brauen erstaunt empor und rief aus: *„Uff!* Euch heimlich ermorden? Diese Leute! Wer hat euch diese Lüge gesagt?"

„Es ist keine Lüge, sondern Wahrheit. Sie sprachen miteinander, als sie glaubten, daß wir es nicht hörten; ich belauschte sie."

„Hund, das ist eine Lüge! Ich habe die Augen, die Gesichter dieser zwei Männer genau betrachtet; sie waren gute und ehrliche Menschen; ihr aber seid Mörder und Diebe, die man ausrotten muß wie wilde und giftige Tiere. Wo befinden sich ihre Leichen? Ich habe sie nicht gesehen."

„Im Wasser."

„Auch sah ich keine Spur von Blut. Also habt ihr sie nicht vorher getötet, ehe sie in das Wasser geworfen wurden?"

„Nein."

„So sind sie ersäuft worden?"

„Ja."

Es kostete den Ölprinzen große Anstrengung, dieses Ja auszusprechen. Die Wirkung zeigte sich sofort: Der Häuptling versetzte ihm einen Fußtritt, spie ihm ins Gesicht und rief: „Ungeheuer, du scheußliches! Du bist kein Mensch, sondern ein Ungeziefer und sollst eines Todes sterben, der deiner würdig ist. Seine Gefährten, die ihn nicht beleidigt haben, nicht nur zu erschlagen, sondern sogar zu ersäufen! Du bist hinterrücks über sie hergefallen, wie du auch Khasti-tine heimtükkisch ermordet hast!"

Als Schnelles Roß das hörte, richtete er sich auf, soweit das seine Fesseln erlaubten, und sagte: „Welche Worte hat Mokaschi da gesprochen? Wer hat Khasti-tine ermordet?"

„Dieses Bleichgesicht, das wagt, zu glauben, daß ich ihn freilassen werde."

„*Uff!* Der Elende sagte, die beiden Ersäuften seien die Mörder."

„Lüge! Er selbst hat sich gegen mich gerühmt, die beiden Späher der Navajos getötet zu haben. Der feige Schurke bebt nun vor Angst und schiebt die Schuld den zwei ehrlichen Männern zu, die er ermordet hat. Diese zwei erschossenen Späher und die beiden ermordeten Bleichgesichter sollen fürchterlich gerächt werden, obgleich keiner von ihnen zu meinem Stamm gehört hat. Seht diese drei weißen Männer vor euch liegen, ihr roten Krieger, sie werden Qualen erleiden müssen, ohne sterben zu können, und dann am Ende ersäuft werden, wie sie ihre Opfer auch ersäuft haben. *Howgh* – ich habe es gesagt!"

Er spie dem Ölprinzen nochmals ins Gesicht, gab Buttler und Poller einen kräftigen Fußtritt und wandte sich dann von ihnen ab.

Es wurde ein Bote fortgeschickt, der die Pferde holen mußte. Als sie kamen, wurde getrocknetes Fleisch aus den Satteltaschen genommen und gegessen. Die gefangenen Navajos bekamen auch etwas; die drei Weißen erhielten keinen Bissen.

„Verteufelte Geschichte!" flüsterte Buttler seinem Stiefbruder zu. „Dieses Ersäufen bricht uns den Hals. Es wäre vielleicht besser gewesen, die Wahrheit zu sagen."

„Nein", antwortete der Ölprinz. „Die roten Kerls hätten den Bankier und den Deutschen befreit, ohne daß unsre Lage dadurch verbessert worden wäre. Vor allen Dingen wären wir um die Anweisung gekommen."

„*Pshaw!* Was nützt sie uns, wenn wir am Marterpfahl braten!"

„Soweit ist es noch nicht."

„Wird aber soweit kommen. Hast du gehört, was der Häuptling sagte?"

„Gesagt wird manches, was dann nicht ausgeführt wird."

„So hast du noch Hoffnung?"

„Natürlich! Befinde mich nicht zum erstenmal in solcher Klemme; bin immer mit einem blauen Auge davongekommen. Und selbst wenn ich an den Marterpfahl gebunden werde, habe ich Hoffnung, bis sie mir den Todesstoß versetzen. Es hat, wie du weißt, schon mancher am Pfahl gehangen und ist gerettet worden."

„Der hatte Freunde, die ihn befreiten. Wen haben wir?"

„Hm!"

„Keinen Menschen, der um unsertwillen wagen würde, hier mit den Roten anzubinden. Wenn die Befreiung nicht uns selbst gelingt, sind wir verloren."

Er hatte nur zu recht. Wenn sie es wert gewesen wären, Freunde zu besitzen, hätten sie jetzt die Hilfe aus der Not viel näher gehabt, als sie glauben oder auch nur ahnen konnten. Es waren Helfer da, nämlich Old Shatterhand und Winnetou.

Diese beiden Männer waren seit dem Augenblick, an dem sie nach ihrem Zusammentreffen den Ölprinzen mit seinen Begleitern belauscht hatten, entschlossen gewesen, diesen fünf Männern nach dem Gloomy Water zu folgen. Dadurch, daß sie vorher nach dem Pueblo reiten mußten, um die dortigen Gefangenen zu befreien, hatte Grinley einen Vorsprung von zwei Tagesreisen bekommen. Ein Tag Vorsprung war diesem freilich dadurch verlorengegangen, daß er Buttler und Poller nach dem See vorausgeschickt hatte und einen ganzen Tag lang liegengeblieben war. Und der zweite Tag wurde beinahe dadurch wieder eingebracht, daß Winnetou und Old Shatterhand die besten Pferde der Puebloindianer mitgenommen hatten; der Ritt ging also schneller als sonst vonstatten. Überdies folgte man keineswegs den Spuren des Ölprinzen; Winnetou wußte eine Abkürzung, und so kam es, daß der Reitertrupp heute kurz vor Abend höchstens noch zwei Stunden zu reiten hatte, um den See zu erreichen. Das war eine Leistung, die um so mehr anerkannt zu werden verdiente, als sich ja Frauen und Kinder dabei befanden.

Seit dem Pueblo bis hierher war man auf keine einzige Fährte getroffen. Jetzt vereinigten sich die Spuren Old Shatterhands und des Ölprinzen. Das geschah an einer Stelle, wo sie über eine Lichtung führten, die mehr eine Waldwiese als eine Prärie zu nennen war. Man sah die Spur des Ölprinzen als breite und gerade Linie darübergehen. Der Zug hielt an. Winnetou und Old Shatterhand stiegen von ihren Pferden, um die Fährte zu betrachten. Die andern blieben im Sattel sitzen; sie waren gewohnt, den beiden ebenso berühmten wie scharfsinnigen Männern den Vortritt zu lassen. Selbst Sam Hawkens, so erfahren und listig, wie er war, pflegte sich erst dann der Sache anzunehmen, wenn er von den beiden dazu aufgefordert wurde.

Die Spur schien sehr schwer zu lesen zu sein, denn Old Shatterhand folgte ihrer Richtung, Winnetou schritt ihr entgegen, und es verging beinahe eine Viertelstunde, ehe sie wieder um- und zueinander zurückkehrten. Sie stießen gerade da, wo die Reiter hielten, wieder zusammen, so daß also die andern hörten, was sie sich mitzuteilen hatten.

„Was sagt mein roter Bruder zu dieser Spur?" fragte Old Shatterhand seinen Freund. „Ich habe noch selten eine Fährte gefunden, die so schwer zu verstehen ist."

Winnetou blickte gerade vor sich hin, in die Luft hinein, als ob die Erklärung dort zu lesen wäre, und antwortete mit der ihm eigenen Bestimmtheit, der man es stets anhörte, daß jede Täuschung ausgeschlossen war: „Wir werden morgen dreierlei Menschen sehen: Bleichgesichter und Krieger von zwei roten Nationen."

„Ja, das meine ich auch. Die Roten werden Navajos und Nijoras sein. Diese drei Parteien befinden sich im Augenblick am Gloomy Water, um einander zu beschleichen."

„Mein weißer Bruder hat das Richtige erraten, wie immer und stets. Erst sind hier fünf Pferde geritten; das waren die Bleichgesichter, denen wir folgen. Dann kam ein einzelner Reiter, und später folgte ein Trupp, der wohl aus dreimal zehn Männern bestehen kann."

Nach diesen Worten blickte er nach Westen, um sich über den Stand der Sonne zu unterrichten, und fuhr dann fort: „Es wäre vorteilhaft, noch heute das Gloomy Water zu erreichen; aber die Zeit ist zu kurz und die Gefahr dabei zu groß. Was sagt Old Shatterhand dazu?"

„Ich gebe dir recht. Ehe wir am Wasser ankämen, würde es Nacht sein, also zu spät, als daß wir noch etwas unternehmen könnten. Wir würden nichts sehen, dafür im Gegenteil von den Feinden bemerkt werden. Und schließlich ist zu bedenken, daß unser Trupp nicht nur aus Kriegern oder Männern zusammengesetzt ist."

„Sehr richtig! Wir können erst morgen früh, wenn es hell geworden ist, an das Wasser und werden also baldigst lagern."

„Wo?"

„Winnetou kennt einen Ort, der eine Stunde vom Gloomy Water entfernt ist. Dort kann man sogar ein Feuer anbrennen, das weder gesehen noch gerochen werden kann. Meine Brüder mögen mir dorthin folgen!"

Damit war für ihn die Sache entschieden; er ritt weiter, ohne sich umzusehen, ob die andern ihm folgten. Old Shatterhand blieb stehen, denn er sah mit leisem Lächeln, daß die Westmänner jetzt von den Pferden stiegen, um nun auch ihrerseits die Fährte zu untersuchen. Es war jenes gutmütig-überlegene Lächeln, mit dem zum Beispiel ein Klaviervirtuos die „berühmten" Klosterglocken oder das ebenso bekannte Gebet einer Jungfrau spielen hört.

Sie suchten hin und her, teilten sich leise ihre Meinungen mit und schienen nicht einig werden zu können. Da mahnte Old Shatterhand endlich: „Macht, daß ihr fertig werdet, Mesch'schurs! Winnetou ist schon weit fort und wird soeben dort im Wald verschwinden."

„Ja, Sir", antwortete Sam Hawkens, indem er sich kratzte, „ihr beide habt gut reden, ihr seid Meister; unsereiner wird aus der Sache nicht so schnell klug wie ihr, wenn ich mich nicht irre."

„Was ist denn Unklares dabei?"

„Das von den zwei roten Parteien."

„Das ist sehr leicht zu ersehen."

„Finde es nicht so leicht. Zuerst gab es fünf Reiter; das war natürlich der Ölprinz mit seinen Leuten. Zuletzt kamen ungefähr dreißig Pferde; die wurden von Indianern geritten. Das ist die eine Partei. Nicht?"

„Ja."

„Und die andre Partei?"

„Ist der einzelne Indianer, der den Weißen gefolgt ist."

„Kann der nicht zu den dreißig Roten gehören?"

„Nein."

„Er kann von ihnen vorausgeschickt worden sein."

„Nein, denn in diesem Fall wäre er zu ihnen zurückgekehrt, um ihnen Nachricht zu bringen, was nicht geschehen ist. Wir wissen, daß der Tomahawk des Kampfes ausgegraben ist; wenn es in der hiesigen Gegend zum Streit kommt, kann es nur zwischen den Nijoras und Navajos geschehen. Diese beiden Nationen senden vorher Kundschafter gegeneinander aus. Die dreißig Reiter, die hier geritten sind, bilden einen Spähtrupp. Sie sind auf die Spur des einzelnen gestoßen, der sie dann folgten, um über seine Kameraden herzufallen."

„Kameraden? Sollte er welche haben?"

„Das versteht sich von selbst. Keine kriegführende rote Nation schickt einen einzelnen Mann auf Kundschaft aus; die Späher gehen in Trupps; er hat sich aus irgendeinem Grund von dem seinen entfernt und kehrt jetzt zu ihm zurück. Sie verfolgen ihn."

„Und gerade auf der Spur der Weißen?"

„Warum nicht? Das kann sowohl Zufall als auch Absicht sein. Kein Späher darf eine Fährte, die er findet, unberücksichtigt lassen; er muß ihr so weit folgen, bis er sich über sie klargeworden ist. Ich möchte sogar so kühn sein, zu bestimmen, welchen Stämmen diese Kundschafter angehören."

„Das kann ich ooch!" fiel da Hobble-Frank eifrig ein.

„Wirklich?" fragte Old Shatterhand.

„Ja. Für unsereenen is es nich schwer, zu bestimmen, ob Herodot zu den Makkabäern oder Simson zu den Japanesen gehört hat."

„Schön, dann mal los!"

„Na, die dreißig sind Nijoras gewesen; der eene war een Navajo. Wenn das nich wahr is, will ich nich der berühmte Hobble-Frank sein."

„Und die Gründe zu dieser Annahme?"

„Die sind so klar wie meine Hutkrempe. Es ist doch erwiesen, daß die Navajos tapfer sind. Nich?"

„Ja."

„Tapferer als die Nijoras?"

„Möglich."

„Na, was zeugt denn nu von größerer Tapferkeet? Wenn dreißig hier beisammen sind oder wenn een eenzelner sich in so eene gefährliche Gegend wagt?"

„Das letztere."

„Also! Er hat mehr gewagt als die andern; darum is er een Navajo und die andern sind Nijoras. Is das die richtige Guitarre oder nich?"

„Auch ich bin überzeugt, daß er ein Navajo ist und die dreißig Nijoras sind, doch aus andern Gründen. Es ist aber keine Zeit, sie auseinanderzusetzen. Man sieht Winnetou schon nicht mehr. Machen wir, daß wir ihn einholen!"

Die Westmänner stiegen wieder auf und ritten im Trab weiter, bis sie den Apachen erreichten. Noch ehe die Sonne ganz verschwunden war, lenkte dieser links von der Fährte ab, in den Wald hinein, wo sie bald an eine Bodenvertiefung kamen, als ob hier ein Schacht, ein Stollen zusammengestürzt wäre. Er zeigte hinab und sagte: „Da unten werden wir lagern. Stellen wir hier oben eine Wache aus, so dürfen wir unten ein Feuer anzünden, ohne daß ein Feind uns zu entdecken vermag."

Es ging nicht sehr steil in die Tiefe, so daß die Pferde unschwer hinabgeführt werden konnten. Sie fanden an den Zweigen der dort stehenden Büsche genug Futter für die Nacht. Oben blieb ein Wächter stehen, und unten wurde ein Feuer angezündet, an dem das Abendessen bereitet wurde.

Der Gegenstand des Gesprächs war natürlich der morgige Tag, doch wurde das nicht lange fortgeführt, weil nach dem langen Ritt alle so ermüdet waren, daß sie sich sehr bald niederlegten. Ehe Old Shatterhand und Winnetou das taten, verständigten sie sich noch kurz. Der erstere sagte: „Es ist möglich, daß es morgen zu einem Kampf kommt, bei dem wir die Frauen und die Kinder nicht gefährden dürfen, auch möchte ich die Einwanderer nicht dabeihaben. Sie sind unerfahren und würden uns nur hinderlich sein. Wollen wir sie nicht lieber hier zurücklassen? Der Ort ist sicher und eignet sich sehr gut zum Versteck."

„Für den Fall eines Kampfes hat mein Bruder recht. Aber wie nun, wenn wir das Gloomy Water schnell verlassen müssen? Vielleicht bleibt uns keine Zeit, hierher zurückzukehren und diese Leute zu holen."

„Hm, ja! Es steht allerdings zu erwarten, daß wir uns beeilen müssen. Ich befürchte, daß die Indsmen die fünf Weißen gefangennehmen."

„Winnetou denkt, daß das schon geschehen ist."

„Dann müßten wie schnell hinterdrein, um sie zu befreien. Wären wir gezwungen, vorher zurückzukehren, würden wir kostbare Zeit versäumen. Außerdem ist es gefährlich, mit den Frauen und den Kindern so stracks nach dem See zu gehen."

„Es gibt nur ein Mittel, diese Gefahr zu vermeiden und doch nicht Zeit zu versäumen."

„Ich weiß es. Es muß einer von uns beiden sehr zeitig voranreiten, um die Gegend des Finsteren Wassers auszuspähen."

„So ist es." Winnetou nickte.

„Wer soll es tun? Ich bin gern bereit dazu."

„Nein, ich werde es tun. Mein Bruder Old Shatterhand muß hierbleiben, weil er mit diesen Leuten besser verkehren kann als ich. Winnetou ist ein Krieger; er wird diese weißen Squaws und Babys beschützen, weil er es versprochen hat; ihnen mit Worten die Zeit zu vertreiben, dazu fehlt ihm das Geschick. Ich werde fortreiten, noch ehe es ganz Tag geworden ist. Mein Bruder mag mir dann mit den andern langsam nachkommen. Er braucht nur meiner Spur zu folgen, so wird er, falls Gefahr vorhanden ist, meine Warnzeichen finden, oder ich komme selbst zurück."

Dabei blieb es. Als Old Shatterhand am nächsten Morgen erwachte, war der Apache fort. Nach vielleicht einer Stunde wurde aufgebrochen. Die Westmänner untersuchten ihre Waffen, ob diese in gutem Zustand waren, doch hüteten sie sich, den Einwanderern zu sagen, daß der heutige Ritt vielleicht gefährlich war; den Einwanderern wurde nur gesagt, die tiefste Stille zu bewahren.

Winnetou hatte dafür gesorgt, daß seine Fährte leicht zu erkennen war. Man folgte ihr langsam, um ihm die zum Spähen erforderliche Zeit zu lassen, und hatte darum die Gegend des Sees erst nach fast zwei Stunden erreicht. Da sah man ihn kommen.

„Alle Wetter, das ist kein gutes Zeichen!" sagte Sam Hawkens.

„Und ich denke grade das kongruente Gegenteel", erklärte Hobble-Frank. „Er wird uns sagen, wie die Sache steht; da wissen wir nachher, woran wir sind mit dem neuen Klavier. Käme er nich, würden unsre Köppe in ihren unklaren Dimensionen steckenbleiben."

„Nein. Stände es gut, würde er am See auf uns warten."

„Streite nur nich so, alter Waschbär! Wir werden gleich erfahren, was richtig is, ob Connewitz oder ob Stötteritz."

Jetzt war der Apache angekommen. Der Zug hielt an, und Winnetou erklärte: „Ich kehre nicht zurück, weil eine Gefahr vorhanden ist – sie ist vorüber –, ich komme nur, weil es für mich jetzt nichts mehr zu tun gab. Meine Brüder mögen mir folgen!"

Als einige ihn auszufragen begannen, sagte er: „Winnetou wird an Ort und Stelle reden, nicht vorher."

Man ritt weiter. Die Fährte derer, die gestern hier geritten waren, war stellenweise noch ziemlich deutlich zu sehen; nur da, wo es steinigen Boden gab, bedurfte es eines Auges wie das des Apachen, sie noch zu erkennen. So wurde der Eingang der Schlucht erreicht, die zum See führte. Da hielt Winnetou an und berichtete: „Durch diese kurze Schlucht muß man reiten, um nach dem Gloomy Water zu gelangen. Winnetou hat erforscht, was gestern hier geschehen ist."

Er deutete nach der Höhe des Berges und fuhr fort: „Da oben haben sieben Kundschafter der Navajos kampiert. Der achte, der zu ihnen gehörte, ist der einzelne Reiter, dessen Spur wir gestern gesehen haben. Er ist hinter den Weißen her und hat, als sie sich am See befanden, seine sieben Krieger herbeigeholt, um sie zu überfallen."

„Ist das geschehen?" fragte Hawkens.

„Ja. Die Weißen sind überwältigt worden. Inzwischen sind die dreißig Nijoras gekommen und haben sich hier hinter den Bäumen versteckt. Meine Brüder können deren Spuren deutlich sehen. Sie haben gewartet, bis die Navajos mit den weißen Gefangenen vom See zurückkehrten und sind ihnen dann gefolgt."

„Um sie zu überfallen?"

„Ja."

„Warum taten sie das nicht gleich hier? Diese Stelle ist wie geschaffen zu einem Überfall."

„Winnetou hat darüber nachgedacht, ohne die richtige Antwort zu finden. Vielleicht entdecken wir später den Grund, weshalb die Nijoras gewartet haben. Die Navajos sind mit ihren Gefangenen da links in den Wald hinein bis zu einer Stelle, an der es Wasser gibt. Dort lagerten sie, und dort wurden sie von den Nijoras angegriffen."

„Also hat es Kampf und Blut gegeben?"

„Blut hat mein Auge keinen Tropfen entdecken können, und ein wirklicher Kampf hat auch nicht stattgefunden. Die Navajos sind so überrascht gewesen, daß sie wohl gebunden worden sind, ehe sie an Widerstand gedacht haben."

„Pfui Schande!" rief da Hobble-Frank aus. „Und ich habe diese Feiglinge tapfere Leute genannt! Wenn ich gewußt hätte, daß sie sich so mir nischt und dir ooch nischt bei den Haaren ergreifen lassen, da hätte ich ihnen eenen ganz andern Namen gegeben. Wer sich fangen läßt, ohne sich ooch nur zur Wehr zu setzen, der hat sich für alle Zeit um meine ganze konvexe Hochachtung gebracht."

Winnetou beachtete diese in deutscher Sprache vorgebrachte Rede nicht; er fuhr in seiner Erklärung fort: „Die Navajos und die Weißen befinden sich also in der Gewalt der Nijoras. Diese haben während der Nacht an derselben Stelle gelagert und sind am Morgen mit ihren Gefangenen fortgeritten."

„Wohin?" fragte Sam Hawkens.

„Das weiß ich nicht. Ich habe ihrer Spur nicht folgen können, weil ich ja auf euch gewartet habe.“

„Wir müssen ihnen nach! Es handelt sich nicht um den Ölprinzen und die beiden Kerls, die bei ihm sind. Die mögen meinetwegen skalpiert werden. Aber der Bankier und sein Buchhalter müssen befreit werden. Mir ist nur eins unerklärlich: Am See gibt es Wasser und Futter genug für die Pferde. Warum sind die Roten nicht dort geblieben? Warum haben sie da im Wald gelagert, wenn ich mich nicht irre?“

Old Shatterhand hatte bis jetzt nichts gesagt, sondern seine Aufmerksamkeit neben der Erklärungen des Apachen dem seichten Abflußwässerchen zugewandt, das aus der Schlucht gerieselt kam. Jetzt, bei Sams letzten Worten, deutete er auf dieses Wasser und antwortete: „Mir scheint, daß hier die Erklärung fließt!“

„Wieso?“

„Riecht ihr denn nichts? Betrachtet das Wasser! Es schwimmen ölige Augen darauf.“

Jetzt blickten alle zu dem Bächlein nieder, sogen die Luft ein und fanden, daß sie nach Petroleum roch.

„Hat mein Bruder etwa Öl im See gesehen?“ fragte Old Shatterhand den Apachen.

„Ja.“

„So hat der Ölprinz das ausgeführt, was wir belauschten. Reiten wir hinein. Ich muß sehen, wie es steht.“

„Dabei verlieren wir Zeit“, warf Sam Hawkens ein. „Wir wollen doch den Nijoras nach!“

„Die entgehen uns nicht. Die werden durch die Gefangenen aufgehalten. Wir holen sie jedenfalls rechtzeitig ein. Jetzt vor allen Dingen will ich das Gloomy Water sehen.“

Er lenkte sein Pferd nach der Schlucht, und die andern folgten ihm. Der Petroleumgeruch wurde von Schritt zu Schritt stärker, bis sie den See vor sich liegen sahen. Sein Anblick wirkte so, daß alle ihre Augen wortlos auf die dunkle, unheimliche Fläche richteten. Nur bei einer Person war die Wirkung entgegengesetzt, nämlich bei Frau Rosalie Ebersbach. Als diese den See erblickte, stieß sie einen Ruf des Erstaunens aus, rutschte von ihrem Pferd herab, eilte an das Ufer, hielt einen Finger in das Wasser, besah und beroch ihn und rief aus: „Dunner Sachsen, is das eene großartige Entdeckung! Herr Hobble-Frank, riechen Sie doch gleich mal da an meinem Finger! Spüren Sie, was das is?“

Sie hielt ihm den Finger unter die Nase. Er zog den Kopf zurück und antwortete: „Lassen Sie mich mit Ihrem Spitz- und Zeigefinger in Ruhe! Den brauch ich nich, um zu erfahren, woran ich bin. Wenn ich was riechen will, stecke ich die Nase in den See. Da habe ich die Petroleumwonne aus der erschten Hand."

„Also Sie geben ooch zu, daß es Petroleum is?"

„Natürlich! Oder denken Sie etwa, daß ich es für Himbeerlikör halte? Da kennen Sie meine Nase schlecht; die is oft feiner, als ich selber bin."

„So eene Menge, so eene Menge!" rief sie, noch immer ganz fassungslos. „Ich hab freilich schon gehört, daß das Petroleum in Amerika aus der Erde geloofen kommt, hab's aber nich gegloobt. Nu liegt's vor meinen eegenen und leibhaftigen Oogen. Ich bleibe hier; ich bleibe hier; mich bringt keen Mensch von dieser Stelle fort."

„So? Was wollen Sie denn da?"

„Ich fange eenen Petroleumhandel an. Da is ja een Geschäft zu machen, wie es gar nich größer sein kann. Hier kostet das Öl nich eenen Pfennig, und drüben in Sachsen muß man fürs Liter beinahe zwee Groschen bezahlen. Es bleibt dabei: Ich laß mich hier nieder und handle mit Petroleum!"

Sie schlug die Hände sehr energisch zusammen, ein Zeichen, daß dieser Entschluß unerschütterlich sei. Frank antwortete lachend: „Schön! Setzen Sie sich immer in den Besitz dieser schönen Gegend! Aber gleich schon am erschten Tag kommen die Indianer und roofen Ihnen die Haare alle eenzeln aus. Denken Sie denn, Sie können sich hier so gemütlich niederlassen wie derheeme off dem Großvaterstuhl oder off der Ofenbank? Handeln wollen Sie? Wer kooft Ihnen hier was ab? Wovon leben Sie? Und wonach riechen Sie? Wenn Sie nur drei Tage lang hier sitzen bleiben, hat Ihre ganze komparative Persönlichkeet eenen Duft angenommen, den Sie mit dem ganzen transatlantischen Ozean nich nunterwaschen können."

Diese Warnung hatte den Erfolg, daß Frau Rosalie ein bedenkliches Gesicht machte und sich ihrem Mann zuwandte, um dessen Meinung zu hören. Die andern hatten sich indessen von ihrem Staunen erholt; sie knieten am Ufer, untersuchten das Öl und teilten sich in lauten Ausrufen ihre Bemerkungen mit. Am ruhigsten waren Winnetou und Old Shatterhand. Sie hatten sich von den andern entfernt, um einen Gang um den

See zu machen und dessen Ufer genauer abzusuchen, als es vorher von dem Apachen hatte geschehen können.

Der, auf den dieses Petroleum den größten Eindruck machte, war der Kantor. Die andern hatten schon längst aufgehört zu staunen, da stand er noch immer da und starrte mit weitgeöffneten Augen und ebenso offenstehendem Mund auf das Wasser. Als Hobble-Frank das bemerkte, trat er zu ihm, gab ihm einen Klaps auf den Rücken und sagte: „Ihnen is wohl der ganze menschliche Verstand stehengeblieben? Fassen Sie sich! Nehmen Sie sich zusammen, und erinnern Sie sich daran, daß so een See voll Kaffee viel besser schmecken würde als seine jetzigen Inhaltsbestandteele! Wahrhaftig, Sie scheinen Ihre ganze Muttersprache verloren zu haben! Wenn Sie nich reden können, so versuchen Sie wenigstens, einige Töne zu singen, Herr Kantor!"

Da kehrte dem musikalischen Herrn die Sprachfähigkeit zurück. Er holte tief Atem und antwortete: „Kantor emeritus, wenn ich bitten darf, Herr Franke! Ich fühle mich ganz grandios berührt. Es ist ein unbeschreiblicher Anblick. Mich überkommt ein Gedanke, ein Gedanke, ebenso grandios und unbeschreiblich wie dieser See, sage ich Ihnen."

„Welcher Gedanke, Herr Emeriticus?"

„Emeritus, lieber Freund. Sie haben eine Silbe zuviel."

„Wie? Was? Eene Silbe hätte ich zuviel? Eene ganze Silbe? Wer Ihnen das weisgemacht hat, der hat das Abc noch nich im Koppe. Ehe ich eene Silbe zuviel ausspreche, gehn eher Sonne, Mond und Sterne zugrunde. Ich habe mein Silbenmaß stets bei mir; es is mir angeboren. Ich mach's ganz so wie die Pflaumenhändler: Ich laß eher eene weg, als daß ich eene zuviel gebe. Darauf können Sie sich verlassen. Das wollte ich nur so nebenbei bemerkt haben. Die Hauptsache war der grandezziose Gedanke, der Ihnen gekommen is. Darf ich den erfahren?"

„Ja, Ihnen will ich ihn mitteilen, vorausgesetzt, daß Sie es nicht ausplaudern."

„Oh, was das betrifft, so dürfen Sie meiner größten und verschwiegensten Dislokation versichert sein. Is dieser Gedanke so een großes Geheimnis?"

„Außerordentlich! Wenn ein andrer Komponist ihn erführe, er würde ihn sofort für sich verarbeiten. Sie wissen doch von meiner Heldenoper? Was?"

„Ja – zwölf Akte."

„So ist es. Und wissen Sie, was ich in dieser Oper bringen werde?“
„Natürlich weeß ich das.“
„Nun, was?“
„Musik werden Sie bringen.“
„Natürlich! Das ist ja selbstverständlich. Ich meine in Beziehung auf den Inhalt dieser Musik und auch betreffend der Szenerie, der Ausstattung.“
„Da muß ich sagen, daß ich mich zwar mit allen Wissenschaften beschäftigt habe, aber die musikalische Ausstattung soll erscht noch drankommen. Also weiter! Was wollen Sie bringen?“
Der Kantor näherte seinen Mund dem Ohr Franks, hielt seine hohlen Hände wie ein Sprachrohr daran und flüsterte hinein: „Einen solchen Petroleumsee werde ich bringen.“
Frank fuhr zurück und fragte: „Etwa off die Bühne?“
„Jawohl, ganz selbstverständlich.“
„Herrjemine, eenen Petroleumsee off die Bretter, welche die Erde bedeuten! Is das die Möglichkeet?“
„Nicht wahr, Sie staunen?“ fragte der Emeritus triumphierend. „Da wird sogar Ben Akiba zuschanden.“
„Ben Akiba? Inwiefern der?“
„Er hat behauptet, es sei alles schon dagewesen; einen Petroleumsee auf der Bühne hat es noch nicht gegeben.“
„Das mit der Bühne mag richtig sein; das mit Ben Akiba is unbedingt falsch.“
„Wieso?“
„Es ist eene Verwechslung identischer Persönlichkeeten. Wissen Sie, wer das gewesen is, der gesagt hat, es sei schon alles mal dagewesen?“
„Ebendieser Ben Akiba.“
„Nee. Wenn Sie das sagen, da halten Sie die ungerade Fünfe vor eene gerade Neune. Das Wort, daß alles schon dagewesen is, hat Benjamin Franklin gesagt, als er den Blitzableiter erfand und nachher an eene Scheune kam, wo schon seit langer Zeit eener droff gewesen war. Ben Akiba war een ganz andrer Mann, een persischer Feldherr, und hat den griechischen Kaiser Granikus in der Seeschlacht bei Gideon und Ajalon besiegt.“
„Lieber Herr Frank, Gideon und Ajalon, das kommt ja in der Bibel vor, im Buche der Richter, wo Josua …“
„Schweigen Sie ergebenst!“ unterbrach ihn Frank in beleidig-

tem Ton. „Wo das vorkommt, das is meine Sache, nich die Ihrige. Reden Sie mir nich in meine Wissenschaft, wie ich Ihnen nich in die Ihrige rede. Ich lasse Ihnen doch ooch Ihren Willen. Ob Sie in Ihrer Oper eenen Petroleumsee bringen oder Ihre Oper hier im Petroleumsee, das is mir ganz egal; das können Sie machen, wie Sie wollen; den Ben Akiba aber nehme ich für mich in Anspruch; der is mein; den laß ich mir nich von Ihnen komponieren."

Er wandte sich entrüstet ab und schloß sich Droll, Sam, Dick Stone und Will Parker an, die sahen, was Winnetou und Old Shatterhand taten, und nun auch zu suchen begannen. Old Shatterhand bemerkte das, kam eiligst herbei und bat: „Nehmt euch in acht, Mesch'schurs, daß ihr mir die Spuren nicht verderbt! Was wollt ihr denn entdecken?"

„Wir wollen die Stelle suchen, an der die fünf Weißen überrumpelt worden sind", antwortete Hawkens.

„Die könnt ihr nicht mehr entdecken. Die Spuren sind durch unsre Pferde ausgetreten worden; sie liegt da vorn in der Nähe des Eingangs. Wir wollen etwas anderes, etwas weit Wichtigeres entdecken."

„Was, Sir?"

„Die Höhle, in der, wie ich euch ja erzählt habe, die Petroleumfässer versteckt gewesen sind."

„Die wird doch wohl zu finden sein!"

„Nicht so leicht, wie ihr denkt. Die Kerls haben die Spuren außerordentlich gut ausgewischt."

„Sollte man es denken! Eine Höhle, wo so viele Fässer aufbewahrt worden sind, muß groß sein und auch einen großen Eingang haben. Die Fässer sind herausgeschafft, an das Wasser gerollt und nachher, als sie leer waren, wieder hineingebracht worden. Das muß doch Spuren geben!"

„Natürlich. Sie sind aber leider geradezu meisterhaft verwischt worden."

„Laßt uns mit suchen, Sir! Dann werden wir sie schon finden."

„Gut, verderbt mir nichts."

Die sonst so scharfsinnigen Westmänner forschten das ganze Seetal durch; es verging Stunde um Stunde, ohne daß sie Erfolg hatten. Winnetou, der unübertroffene Meister im Spüren, gab endlich alle Hoffnung auf und sagte zu Old Shatterhand: „Mein weißer Bruder mag sich nicht mehr bemühen. Die Höhle kann wohl nur durch einen Zufall entdeckt werden."

Aber Old Shatterhand war hartnäckiger. Er ärgerte sich. Sollte es heißen, daß er nicht imstande gewesen war, einen Ort zu finden, dessen Dasein erwiesen war? Er betrachtete es nachgerade als Ehrensache, sein Ziel zu erreichen, und antwortete: „Was der Zufall kann, müssen wir auch können. Wozu haben wir gelernt zu denken?“

Er schloß die Augen, um sich durch nichts irremachen zu lassen, und stand eine Weile still und unbeweglich. Winnetou beobachtete ihn, sah, daß eine eigentümliche Bewegung über sein Gesicht ging, und fragte: „Mein Bruder hat den Weg gefunden?“

„Ja“, meinte Old Shatterhand, indem er die Augen wieder öffnete, „wenigstens hoffe ich es. Wenn ich mich nicht irre, ist es gar nicht schwierig, ja sogar sehr leicht, die Höhle zu finden. Die vollen Fässer waren schwer, und vierzig waren es. Wo vierzig Fässer hin- und hergerollt werden, wird das Gras so fest niedergedrückt, daß es mit den Händen unmöglich aufgerichtet werden kann; es wird mehrere Tage liegenbleiben. Die Arbeit, die hier geschehen ist, ist aber erst gestern, höchstens vorgestern, verrichtet worden. Das Gras müßte also noch niederliegen. Gibt das mein roter Bruder zu?“

„Old Shatterhand hat recht“, stimmte der Apache bei.

„Die Stelle muß also da liegen, wo es kein Gras gibt, kein Gras nämlich auf dem ganzen Weg vom Ufer nach dem Felsen, in dem sich die Höhle befindet.“

„Uff, uff!“ rief Winnetou aus, und sein bronzefarbenes Angesicht erglühte, vielleicht vor Freude, vielleicht auch vor Scham, nicht selbst auf diesen Gedanken gekommen zu sein.

„Ferner“, fuhr Old Shatterhand fort, „beim Auslaufenlassen der Fässer ist unbedingt Öl verschüttet worden, auch muß das Ufer beschädigt worden sein. Beides müßte man sehen, wenn das Ufer aus Rasen bestände. Besteht es aus Erde oder Gestein, kann leicht nachgeholfen werden. Nun suche mein roter Bruder das ganze Ufer ab; er wird überall Gras und Rasen finden, zwei Stellen ausgenommen, die wir sofort prüfen werden.“

Die eine dieser Stellen war nicht allzuweit vom Eingang des Tals entfernt. Dorthin gingen die beiden, gefolgt von den Westmännern, die begierig waren, zu erfahren, ob der Scharfsinn Old Shatterhands auch dieses Mal das Richtige getroffen hatte.

Ein vielleicht drei Ellen breiter, aus Schlammsand und Steingeröll bestehender grasloser Streifen zog sich da von dem Felsen nach dem Wasser hin. Der Jäger kniete in der Nähe des Ufers nieder und beroch den Boden.

„Gefunden!" rief er aus. „Hier riecht das Gestein nach Öl; es ist welches verschüttet worden."

Er scharrte mit den Händen den Boden auf; die untere Schicht war voller Öl; man hatte, um das zu verbergen, die obere daraufgeworfen.

„Also hier sind die Fässer geleert worden", sagte er. „Wurde dabei das Ufer beschädigt, so war das leicht und schnell ausgebessert, da es aus Geröll bestand. Ich wette mein Leben, daß dort, wo dieser Streifen an den Felsen stößt, die Höhle zu suchen ist. Laßt sehen!"

Er folgte dem Streifen, der am Felsen in einen hohen Geröllhaufen auslief; die andern kamen hüben und drüben nachgegangen. Er blieb vor dem Haufen stehen, betrachtete ihn nur einen Augenblick und erklärte dann: „Ja, wir sind am Ziel. Hinter diesem Steinhaufen befindet sich die Höhle."

Hobble-Frank wollte sich gern auch als berühmter Westmann aufspielen und fragte darum: „Das sehen Sie mit diesem einen Blick, Herr Shatterhand?"

„Ja", antwortete der Gefragte.

„Das müßte ich doch ooch erkennen können. Darf ich mal hinsehen?"

„Tun Sie es!"

Frank betrachtete den Haufen von allen Seiten, schien aber nichts zu finden.

„Nun?" fragte Old Shatterhand. „Was sehen Sie, lieber Frank?"

„Eenen Haufen, der so wie alle Haufen is, das heeßt een Steenhaufen, der aus eenem Haufen von Steenen besteht."

„Sehen Sie denn nur die Steine?"

„Ja, nur."

„Weiter gar nichts?"

„Nicht das geringste."

„Bedenken Sie, daß unter diesen Umständen der kleinste Gegenstand von der größten Bedeutung sein kann!"

„So, also nach eenem kleenen Gegenstand soll ich suchen. Ich finde nischt."

Auch die andern bei ihm Stehenden suchten genauso vergeblich wie er. Nur der Apache ließ ein leises befriedigendes *„Uff!"* vernehmen. Sein Auge war auf einen toten Laufkäfer gefallen, der halb unter einem Stein lag.

„Sonderbar!" Old Shatterhand lächelte. „Nur Winnetou sieht, was ich meine. Frank, sehen Sie denn den schwarzen Käfer nicht, dessen halber Leib da unter dem Stein hervorblickt?"

„Ja, den Käfer, den habe ich freilich längst entdeckt."

„Nun, und ...?"

„Nu, und ...? Ja, was denn nu, und was denn und? Es is eben een Käfer, weiter nischt."

„Weiter nichts? Sogar sehr viel, denn er sagt mir, daß wir bei der Höhle sind."

„Wie? Der? Was kann der sagen? Selbst wenn er bei Lebzeiten eene verständliche Sprache besessen hätte, er is jetzt tot."

„Ja, er ist tot. Woran mag er wohl gestorben sein?"

„Weeß ich's? Vielleicht an Diphtheriteris oder Trommelfellentzündung."

„Nehmen Sie ihn weg, und betrachten Sie ihn!"

Frank mußte den Stein aufheben, um den Käfer wegnehmen zu können.

„Er is von dem Steen zerquetscht worden", erklärte er, indem er ihn betrachtete.

„Ganz richtig! Wie hat das geschehen können? Hat sich das Tierchen etwa selbst unter den Stein gedrängt, so daß es von diesem zermalmt wurde?"

„Nee, dazu hätte das Käferchen die Kraft nich besessen. Der Steen is off ihn droffgeworfen worden."

„Schön! Endlich haben Sie es! Wenn geworfen wird, ist jemand da, der wirft. Das sehen Sie doch ein?"

„Ja, das sehe ich ..."

Er hielt inne, besann sich einige Augenblicke, schlug sich dann mit der Hand an die Stirn und rief aus: „Jetzt habe ich endlich den Ochsen bei den Hörnern erwischt! Jetzt begreife ich's! Sollte man's denken, daß so een gescheiter Kerl, wie ich es bin, so riesenhaft dumm sein kann! Diese Steene sind untereenander- und übereenandergeworfen worden, wobei der Käfer sein irdisches Dasein verloren hat. Dieser aus eenem Haufen von Steenen bestehende Steenhaufen is erscht weggeschafft und nachher wieder offgerichtet worden. Warum und wozu? Weil er den verschlossenen Eingang zu der Höhle bildet und ..."

Hobble-Frank hielt wieder inne und horchte.

„Was gibt's?" fragte Old Shatterhand.

„Ich habe was gehört", antwortete Frank.

„Wo? In der Höhle?"

„Ja."
„Was?"
„Een Geräusch wie von eener unterirdischen Stimme. Es klang so dumpf. Herr, du meine Güte, es wird doch nich etwa een Bär drin sein?"
„Schwerlich."
„Es klang beinahe so."
„Von einem Bären kann keine Rede sein. Wäre einer da, so wäre das Loch vorhanden, durch das er ein und aus geht."
„Das is eben gestern zugemacht worden."
„Das würde er sich wohl verbeten haben."
„Horchen Sie einmal! Ich hör's schon wieder."
Old Shatterhand kniete nieder und horchte. Kaum hatte er das getan, sprang er wieder auf und rief aus: „Herrgott, es sind Menschen drin! Sie rufen um Hilfe. Schafft die Steine weg, schnell, schnell!"
Sofort waren zehn und mehr Arme bereit, diesen Befehl auszuführen. Schon nach einigen Augenblicken kam das Loch zum Vorschein.
„Ist da jemand drin?" fragte Old Shatterhand in englischer Sprache hinein.
„Yes", antworteten zwei Stimmen gleichzeitig.
„Wer seid ihr?"
„Ich heiße Rollins." – „Und ich Baumgarten", erwiderten die beiden.
„Rollins und Baumgarten!" erklang es aus aller Munde. Das war eine große Überraschung; man hatte ja geglaubt, daß diese beiden mit von den Nijoras ergriffen worden waren, nachdem sie vorher von den Navajos gefangengenommen worden waren. Sie waren glücklich, wieder Menschen zu hören und das Tageslicht zu erblicken, das durch das sich immer mehr vergrößernde Loch zu ihnen drang. Doch war es auch nicht ausgeschlossen, daß sich der Ölprinz mit Buttler und Poller draußen befanden. Darum fragte der Bankier, wer vor der Höhle sei. Da antwortete Hobble-Frank, das gern und stets bereite Kerlchen: „Wir sind es, die Helfer in der Not: Old Shatterhand, Winnetou, Droll, Sam, Dick und Will. Und wer ich bin, das sollt ihr gleich sehen; ich komme hinein!"
Er zwängte sich durch das Loch, aus dem ein Freudenruf erschallte. Nun dauerte es nicht mehr lange, bis der ganze Steinhaufen entfernt war. Der Eingang besaß die Höhe eines Mannes von mittlerer Größe und war so breit, daß ein Petroleum

faß bequem hinein- oder herausgerollt werden konnte. Als die Retter eintreten wollten, rief Frank ihnen zu: „Bleibt draußen! Wir kommen hinaus. Ich muß den armen Teufeln nur erst die Fesseln zerschneiden."

Ja, sie kamen, leichenblaß und angegriffen von der ausgestandenen Angst, ebensosehr auch von dem Petroleumgeruch, der in der Höhle herrschte. Sie reichten denen, die sie von Forners Rancho her kannten, die Hände und blickten dann mit hochachtungsvollen Blicken zu Winnetou und Old Shatterhand auf.

„Das ging um euer Leben, Mesch'schurs", sagte Old Shatterhand. „Wir haben diese Höhle lange vergeblich gesucht und faßten schon den Entschluß, den See zu verlassen. Hätten wir das getan, wärt ihr langsam verschmachtet. Ihr habt natürlich Durst und Hunger?"

„Keins von beiden", antwortete Baumgarten. „Danke Euch, Sir! Wir haben nicht an Essen und Trinken gedacht, sondern nur an den elenden Tod, der uns getroffen hätte, wenn ihr nicht gekommen wärt."

„Habt ihr denn nicht gedacht, daß euch diese Leute hier folgen würden?"

„Wie konnten wir das? Wir glaubten sie ja im Pueblo gefangen. Ich darf euch wohl versichern, daß der Dank, den wir euch ..."

„Still davon!" unterbrach ihn Old Shatterhand. „Hebt euern Dank für später auf! Jetzt möchte ich vor allen Dingen einiges erfahren, was wir wissen müssen, wenn wir nichts versäumen wollen. Hoffentlich seid ihr nicht so sehr angegriffen, daß ihr nicht antworten könnt?"

„Oh, nun wir uns wieder in freier Luft befinden, ist alles gut."

„Schön! Ich habe das Nötige über euch schon erfahren und möchte nur nach dem fragen, was in den letzten Tagen mit euch geschehen ist. Übrigens seid ihr mir nicht ganz unbekannt. Winnetou und ich haben euch schon gesehen."

„Ah! Wann und wo?" erkundigte sich der Bankier.

„Einen Tagesritt hinter dem Pueblo, wo ihr des Abends am Bach saßt. Wir krochen unter den Bäumen so nahe zu euch hin, daß wir euer Gespräch hören konnten."

„*Good luck!* So erfuhrt ihr wohl, daß es sich um einen Petroleumsee handelte?"

„Ja."

„Und daß wir nach dem Gloomy Water wollten?"
„Wo es kein Petroleum gibt, ja, das hörten wir."
„Ihr meintet, daß es hier keins geben könne? Warum ließt ihr euch da nicht sehen? Warum warntet ihr uns nicht?"
„Warum? Weil es sich fragt, ob ihr uns geglaubt hättet. Ihr seid ja auch schon vorher von andrer Seite gewarnt worden, ohne daß es gefruchtet hat. Übrigens hatten wir keine Zeit, uns sogleich mit euerm famosen Ölprinzen abzugeben. Wir mußten nach dem Pueblo, um die Gefangenen zu befreien."
„Das ist euch gelungen, Sir?"
„Wie ihr seht, ja."
„Wer hat euch da geholfen? Ihr hattet noch andre bei euch, Westmänner, erfahrene Prärieleute?"
„Nein, wir waren allein."
„Allein?" rief Rollins aus, indem er vor Erstaunen die Augen weit öffnete. „Ihr beide allein? Und da habt ihr die Gefangenen befreit?"
„Ja", antwortete Old Shatterhand, innerlich belustigt über die ungeheure Verwunderung des Bankiers.
„Das ist nicht möglich! Zwei Männer! Niemand weiter dabei! Wie habt Ihr das nur angefangen, Sir!"
„Das laßt Euch später einmal erzählen, Mr. Rollins. Jetzt möchten wir von Euch erfahren, wie Ihr vom Pueblo entkommen seid und was dann bis jetzt geschehen ist. Setzt Euch nieder und erzählt!"
Die ganze Gesellschaft nahm im Gras Platz, und der Bankier berichtete über die Erlebnisse der letzten Tage. Man kann sich denken, in welcher Weise er sich schließlich über Grinley, Buttler und Poller aussprach; da fiel ihm Old Shatterhand in die Rede: „Räsoniert nicht bloß über sie, sondern auch über euch, Sir! Das Vertrauen, das ihr diesen Kerls entgegengebracht habt, ist mir unbegreiflich. Und die – ich will sagen – Harmlosigkeit, mit der ihr in die euch gestellte Falle gelaufen seid, ist mir unverständlich. Nehmt es mir nicht übel, ihr seid an dem, was euch betroffen hat, selber schuld. Ihr vertraut euch, beide allein, unerfahren und ohne allen Schutz, solchen Halunken an! Das ist stark!"
„Ich hielt Grinley für einen ehrlichen Menschen", verteidigte sich Rollins kleinlaut.
„*Pshaw!* Dem spricht der Schurke doch aus den Augen. Und wenn es sich um eine so hohe Summe, um solch ein Unternehmen handelt, trifft man ganz andre Vorbereitungen."

„Das wollte er nicht. Es sollte alles heimlich betrieben werden.“

„Aha! Ist denn Mr. Baumgarten hier Sachverständiger in bezug auf Petroleum?“

„Nein.“

„Was seid ihr für Menschen! Ihr hättet wenigstens einen Fachmann mitnehmen müssen!“

„Grinley meinte, das sei vorerst nicht nötig. Da das Petroleum offen auf dem Wasser schwimme, bedürfe es nur eines Blickes, um mir zu beweisen, daß das ein glänzendes Geschäft für mich sei.“

„Und als ihr dann kamt und das schöne Öl so schwimmen saht, da wart ihr wohl ganz entzückt?“

„Natürlich! Ihr gebt doch zu, Sir, daß es hier ein außerordentliches Placer für Öl ist?“

Old Shatterhand warf einen fast betroffenen Blick auf den Sprecher, ehe er antwortete: „Es scheint, ihr wißt selbst jetzt noch nicht, woran ihr eigentlich seid. Ihr haltet diesen See für ein natürliches Ölbassin?“

„Allerdings, darin hat Grinley die Wahrheit gesagt. Nachdem er meine Anweisung in den Händen hatte, sind wir niedergeschlagen und eingesperrt worden, um zugrunde zu gehen. Wahrscheinlich will er nun den See an einen zweiten verkaufen.“

„Habt ihr euch denn nicht in der Höhle umgeblickt?“

„Wie konnten wir das? Als wir aus unsrer Betäubung erwachten, war es finster um uns her. Aber es roch so gewaltig nach Petroleum, daß in der Höhle wahrscheinlich die eigentliche Quelle des Petroleums zu suchen ist.“

„Das ist richtig; nur handelt es sich nicht um eine Quelle, sondern um viele Quellen, die aus hölzernen Dauben gefertigt sind.“

„Dauben? Ich verstehe Euch nicht.“

„Na, habt ihr euch denn auch jetzt nicht drin umgesehen?“

„Nein. Wir haben vor lauter Wonne für nichts andres Augen gehabt als für das Loch, durch das das Licht des Tages drang.“

„So geht einmal hinein und schaut, was ihr drin finden werdet! Ich bin zwar selbst noch nicht in der Höhle gewesen, glaube aber, ihren Inhalt gut zu kennen. Vorher möchte ich Euch fragen, ob Ihr, als Ihr hier ankamt, das Petroleum betrachtet habt?“

„Natürlich habe ich das getan.“

„Und wie habt Ihr es gefunden?“
„Ausgezeichnet geradezu!“
„Ja, ich auch.“ Old Shatterhand lachte. „Es hat gar nicht die Eigenschaften des Rohpetroleums, das erst verarbeitet werden muß; es ist schon raffiniert. Ist Euch das nicht aufgefallen?“
„Nein. Wollt Ihr etwa sagen, daß es kein Rohpetroleum ist?“
„Ja, das meine ich.“
„Was sollte es denn sonst sein?“
„Diese Frage werdet Ihr Euch, wenn Ihr nochmals in der Höhle gewesen seid, wohl selbst beantworten. Wie lange, glaubt Ihr wohl, befindet sich das Öl hier im See?“
„Wer kann das wissen. Seit Jahrhunderten oder gar noch länger.“
„Wer das wissen kann? Ich zum Beispiel weiß es ganz genau. Von Jahrhunderten ist keine Rede. Da wäre die Quelle längst ausgebeutet worden.“
„Es hat sie niemand gekannt. Grinley ist der einzige Mensch, der jemals hier an diesem See gewesen ist.“
„Wenn das wahr ist, so bin ich kein Mensch, und Winnetou ist auch keiner; denn wir sind schon vor Jahren hier gewesen.“
„Ihr – auch?“ fragte Rollins verwundert. „Ihr wart hier? Und habt keinen Gebrauch von diesem Ölreichtum gemacht?“
„Nein.“
„Das begreife ich nicht, Sir! Warum denn nicht?“
„Weil kein Öl zu sehen war, kein einziger Tropfen, sage ich Euch.“
„So ist es erst später gekommen?“
„Ja, vorgestern.“
„Vor-ge-stern?“ wiederholte der Bankier dieses Wort. „Ich verstehe Euch wieder nicht, Sir.“
„Nicht? Na, da muß ich deutlicher werden. Ihr habt doch Augen und seht die große Menge toter Fische schwimmen?“
„Natürlich.“
„Was mag wohl schuld an ihrem Tod sein?“
„Das Öl selbstverständlich. Kein Fisch kann im Petroleum leben.“
„Schön! Wie lange werden diese Tiere wohl tot sein?“
„Vielleicht zwei Tage, länger nicht.“
„Und wo haben sie sich bei Lebzeiten befunden? Sind sie etwa hier unter den Bäumen herumspaziert?“
Da antwortete Rollins im Ton des Gekränktseins: „Ich möchte doch bitten, zu bedenken, daß ich kein Knabe, son-

dern ein Mann bin. Ich bin nicht geistesschwach und weiß sehr wohl, daß diese Fische hier im See gelebt haben."

„Sehr gut, Mr. Rollins! Jetzt habe ich Euch da, wohin ich Euch haben wollte. Die Fische sind seit zwei Tagen tot, haben also bis vorgestern hier im See gelebt. Im Petroleum können sie nicht leben. Seit wann also wird sich das Öl hier auf dem Wasser befinden?"

Erst jetzt ging dem Bankier ein Licht auf, das ihm angezündet werden sollte. Er sprang auf, starrte Old Shatterhand an, ließ seinen Blick über die andern schweifen, bewegte die Lippen, als ob er reden wollte, brachte aber kein einziges Wort hervor.

„Nun, Sir, wollt Ihr mir keine Antwort geben? Wenn es seit vorgestern hier eine Sorte Petroleum gibt, das in einer Raffinieranstalt gereinigt worden ist, so möchte man doch wohl fragen, wie dieser hochinteressante und unbegreifliche Fall zu erklären ist. Die Antwort werdet Ihr da in der Höhle finden. Geht hinein, Mr. Rollins."

„Das werde ich, das werde ich!" rief der Bankier aus. „Es kommt mir ein Gedanke, der so außerordentlich ist, daß ich ihn gar nicht auszudenken vermag. Kommt mit, Mr. Baumgarten! Ihr seid bisher mein Gefährte gewesen und müßt auch jetzt, in diesem Augenblick, bei mir sein."

Er zog den Buchhalter von seinem Sitz empor und verschwand mit ihm in der Höhle. Die draußen horchten. Es waren einige Rufe zu hören; dann vernahm man das Zusammenstoßen und Rollen von Fässern; hierauf stürzte der Bankier heraus und rief in großer Aufregung: „Welch ein Schwindel! Welch ein raffinierter Betrug! Das Öl ist hierher transportiert worden, um mir mein Geld abzulocken."

„Seht Ihr das nun ein?" fragte ihn Old Shatterhand. „Was habt Ihr denn in der Höhle gefunden?"

„Eine Menge leerer Petroleumfässer."

„Weiter nichts?"

„Einige Werkzeuge, weiter nichts. Es ist keine Quelle vorhanden."

„So ist es, Sir. Gleich als ich die Kerls von dem Öl, das hier gefunden worden sein sollte, sprechen hörte, war ich überzeugt, daß das ein Schwindel war. Buttler und Poller sind nicht vorausgeschickt worden, um die Sicherheit des Weges zu erforschen, sondern um die Fässer auslaufen zu lassen und sie dann wieder in der Höhle zu verbergen. Der Betrug ist mit viel

Mühe und von langer Hand vorbereitet worden, denn es will etwas sagen, so etwa vierzig schwere Ölfässer nach und nach hierherzuschaffen."

„Sind aber auch gut bezahlt worden, hihihihi." Sam Hawkens lachte. „Wollt Ihr das Öl ausschöpfen und wieder hineinfüllen oder nur die leeren Fässer mitnehmen, Mr. Rollins?"

„Lacht mich nicht noch aus!" rief dieser. „Mein Geld, mein schönes Geld! Ich muß es unbedingt wiederhaben. Ihr müßt mir dazu verhelfen, Mr. Shatterhand!"

„Einstweilen handelt es sich nicht um das Geld, sondern um die Anweisung", antwortete der Jäger. „Meint Ihr, daß sie in San Francisco wirklich honoriert wird?"

„Ganz gewiß, wenn es den Kerls gelingt, den Indianern zu entkommen und Frisco zu erreichen. Ihr machtet vorhin während meiner Erzählung die Bemerkung, daß sie von den Nijoras gefangengenommen worden seien?"

„So ist es. Erst wurden sie von den Navajos überfallen und dann mit diesen von den Nijoras ergriffen."

„Wahrscheinlich haben diese die Weißen beraubt. Meint Ihr nicht, Sir?"

„Jedenfalls."

„Und also dem Ölprinzen die Anweisung abgenommen? In diesem Fall würde sie wahrscheinlich nicht präsentiert."

„Ich glaube auch, daß das nicht geschehen würde, möchte aber behaupten, daß sie ihm den Zettel nicht nehmen. Es gibt ja Indianerstämme, die in der Zivilisation so weit vorgeschritten sind, daß sie lesen und sogar schreiben können, zu diesen gehören die hiesigen Völker nicht. Der wilde Indianer hält jede Schrift für einen Zauber, mit dem er sich nicht befassen mag; darum ist es wahrscheinlich, daß die Nijoras dem Ölprinzen die Anweisung lassen. Gelingt es ihm, ihnen zu entkommen, so wird er ganz gewiß nach Frisco gehen und das Geld erheben."

„So wäre es am besten, ihm zuvorzukommen. Was meint Ihr dazu, Sir, daß ich mich mit Mr. Baumgarten sofort nach San Francisco aufmache, um die dortige Bank zu verständigen? Wenn der Halunke dann kommt, wird er festgenommen."

„Unter den jetzigen und hiesigen Verhältnissen werdet Ihr das am liebsten bleibenlassen. Ihr würdet nicht weit kommen. Es wäre übrigens auf keinen Fall nötig, die weite Reise nach San Francisco zu machen, sondern es genügte, nur nach Prescott zu gehen, die dortige Behörde zu verständigen und von da aus die betreffende Bank durch die Post unterrichten zu lassen."

„Richtig, sehr richtig! Also gehen wir nach Prescott!"

„Nicht so eilig, Mr. Rollins! Von hier nach Prescott hättet Ihr wenigstens zehn Tage zu reiten, da die Entfernung in der Luftlinie ungefähr fünfzig geographische Meilen betragen wird. Und, was die Hauptsache ist, kennt Ihr den Weg?"

„Nein. Vielleicht hätte einer von euch, der ihn kennt, Lust, gegen eine gute Bezahlung mit uns zu gehen."

„Es ist wohl keiner unter uns, der den Lohnführer machen würde. Es ist auch zu bedenken, daß der Weg nach Prescott durch Gegenden verläuft, die bei den jetzigen Verhältnissen nicht nur unsicher, sondern sogar gefährlich genannt werden müssen. Drei Personen, ihr beide und ein Führer? Selbst wenn er ein tüchtiger Mann wäre, stände zu erwarten, daß ihr nicht lebend an das Ziel gelangen würdet."

„So soll ich also nichts tun, sondern mein Geld verlieren?"

Da trat Schi-So, der Navajojüngling, zu Old Shatterhand heran und sagte: „Sir, werdet Ihr mir erlauben, die Frage zu beantworten, die Mr. Rollins soeben ausgesprochen hat?"

„Tu es!" Der Jäger nickte. Er nannte ihn du, weil er ein Freund seines Vaters war und ihn schon als Knaben gekannt hatte. Schi-So wandte sich an den Bankier und sagte in zuversichtlichem Ton: „Ihr braucht keine Sorge zu haben, Sir. Ihr werdet die Anweisung zurückerhalten."

„Wirklich?" fragte Rollins erfreut. „Wie?"

„Durch mich."

„Durch Euch? Wollt Ihr sie ihm etwa abnehmen?"

„Ja."

„Wie wollt Ihr denn an ihn kommen? Ihr wißt, daß er sich in den Händen der Nijoras befindet."

„Ich bin ein Navajo; die Nijoras sind jetzt unsre Feinde; sie haben acht Navajokrieger gefangengenommen, deren Bruder ich bin. Ich habe die Pflicht, alles zu versuchen, diese Gefangenen zu befreien. Da gerät auch der Ölprinz in meine Hand. Ich nehme ihm die Anweisung ab und gebe sie Euch."

Der Bankier sah den jungen Indianer, der so bestimmt und sicher sprach, erstaunt an und fragte ihn: „Die Navajos wollt Ihr befreien, mein kleiner Sir? Kennt Ihr denn die Zahl der Nijoras?"

„Es sind nur dreißig."

„Nur?! Und Ihr, Ihr allein wollt es mit ihnen aufnehmen?"

„Ich fürchte mich nicht vor ihnen. Übrigens werde ich nicht allein sein. Ich suche die Krieger meines Stammes auf."

„Wißt Ihr denn, wo sich diese befinden?"

„Sie sind hier. Es gibt acht Navajospäher; daraus ist zu schließen, daß unsre Krieger nicht fern von hier zu suchen sind."

„Ehe Ihr sie findet, vergeht die Zeit, und die Nijoras werden indessen entkommen."

„Die entkommen nicht", fiel da Old Shatterhand ein. „Wir sind ja hier. Was sagt mein Bruder Winnetou zu meinem Entschluß?"

Er hatte diesen Entschluß noch mit keinem Wort bezeichnet, dennoch antwortete der Apache, ihn erratend, sofort: „Er ist gut. Wir werden den Nijoras folgen, die Navajos befreien und dem Ölprinzen den Zettel abnehmen."

„Danke Euch, danke Euch!" rief Rollins jubelnd aus. „Wenn Ihr das sagt, so ist es gewiß, daß ich die Anweisung zurückerhalte und also mein Geld rette. Wann brechen wir auf? Natürlich sofort, meine Herren?"

„So bald wie möglich", antwortete Old Shatterhand. „Erst wollen wir uns diese Höhle auch einmal ansehen, und dann wird Winnetou mich nach der Stelle im Wald führen, wo die Nijoras mit ihren Gefangenen gelagert haben."

Nun erst wurde das Innere der Höhle untersucht. Sie war keine künstlich hergestellte, sondern eine natürliche, ausgewaschen durch die vom Hochwald durch den Felsen sickernde Feuchtigkeit, die von hier aus ihren Abfluß in den See gefunden hatte. Daher der Sand und der Steingrus, der in einem schmalen Streifen von der Höhle aus nach dem Finsteren Wasser führte. Man fand vierzig leere Petroleumfässer, einige Hakken und ein Beil, weiter nichts. Zwei der Fässer wurden zerschlagen; ihre Trümmer sollten mitgenommen werden, weil sie ein vorzügliches Feuermaterial lieferten, falls man in eine Gegend kam, wo kein Holz zu finden war.

Dann gingen Winnetou und Old Shatterhand fort, um die Lagerstätte der Nijoras zu untersuchen. Die andern legten sich ins Gras, um auf die Rückkehr dieser beiden zu warten. Bei allen war das Thema des Gesprächs ein und dasselbe: die Erlebnisse der letzten Tage und daß man die Rettung aller nur Old Shatterhand und Winnetou zu verdanken hätte. Das Lob dieser beiden Männer floß von allen Lippen.

Besonders wußte Hobble-Frank von ihnen zu erzählen. Er saß bei den deutschen Einwanderern und erzählte in seiner drastischen Weise einige Episoden aus seinem Zusammenleben mit Old Shatterhand und Winnetou. Der Kantor hörte mit großer Aufmerksamkeit zu und benutzte eine Pause zu der Bemerkung: „Das ist es, was ich brauche. Solche Taten will ich auf die Bühne bringen, die geben den Effekt, den ich beabsichtige. Aber es gibt eine Schwierigkeit dabei, die zu überwinden Sie mir vielleicht helfen können, Herr Frank."

„Was für eene is das denn? Ich liebe nämlich grad die Schwierigkeeten. Für so was Leichtes kann ich mich nich gut kondensieren. Was jedoch schwer is, was Mühe macht und Anstrengung kostet, das is zu jeder Zeit mein Lieblingsfach gewesen. Darum habe ich es stets mehr mit den geistig offwärts strebenden als mit den körperlich abwärts gerichteten Wissenschaften und Künsten gehalten. Also wenden Sie sich getrost an mich, Herr Kantor emeriticus! Ich bin der richtige Mann und Held für Sie. Was meenen Sie für eene Schwierigkeet? Ich werde sie mit der größten Leichtigkeet und Kohäsion beseitigen."

„Hm! Haben Sie vielleicht einmal Old Shatterhand oder Winnetou singen hören?"

„Singen? Nee!"

„Diese beiden Männer können doch singen? Oder meinen Sie nicht?"

„Ob sie singen können! Was das für eene indigoflammierte Frage is! Schämen Sie sich denn nich, so was zu denken oder gar so alluvialisch auszusprechen? Ich sage Ihnen, diese zwee beeden Männer können alles, mag es heeßen, wie es will, also ooch singen."

„Werden Sie nur nicht so grob, Herr Franke! Ich habe es ja nicht bös gemeint. Was denken Sie, würde Old Shatterhand vielleicht einmal singen, wenn ich ihn darum bäte?"

„Hm!" brummte Frank, indem er ein zweifelndes Gesicht machte.

„Und Winnetou?"

„Der off alle Fälle nich. Er is in allen Sachen groß, und so bin ich überzeugt, daß er ooch een ganz bedeutender Sänger und Koloraturierer is; aber wenn ich offen sprechen soll, so kann ich ihn mir gar nich singend vorstellen."

„Wirklich nicht?"

„Nee. Denken Sie sich doch mal diesen berühmten Häuptling, mit gespreizten Beenen und weit offgeschnapptem Mund im Konzertsaal stehend und die schkandinavische Arie singend: ‚Guter Mond, du gehst so stille hinter Nachbars Birnboom hin!‘ Können Sie ihn sich off diese Weise ausmalen?“

„Was Sie da sagen, ist nicht ganz ohne. Aber die Indianer singen doch jedenfalls auch.“

„Natürlich. Ich habe schon verschiedene singen hören.“

„Wie klang es denn? Was sangen sie? War es einstimmig oder mehrstimmig? Es ist mir sehr wichtig, das von Ihnen zu erfahren.“

„Hören Sie, das is nu wieder so eene epileptische Frage! Wenn eener singt, so is es doch allemal eenstimmig. Oder denken Sie etwa, daß een eenzelner Mann achtstimmig singen kann? Und wenn zwölfe singen, so is es zwölfstimmig; daß muß doch jeder Schangdarm einsehen. Wie es geklungen hat, wollen Sie wissen? Na, nich ganz so wie bei den großen Komponisten Mozart, Galvani und Corregio. Es is nich leicht, es zu beschreiben. Denken Sie sich eenen großen Schmiedeblasebalg, in welchem een Eisbär, een Truthahn und drei junge Schweine stecken; fangen Sie an, den Balg zu ziehen und zu drücken, dann werden Sie wahrscheinlich etwas zu hören bekommen, was grad so klingt wie eene echte indianische Zivilstandsoperette. Haben Sie mich verstanden?“

„Jawohl. Ihr Beispiel ist ja deutlich genug.“

„Na, was wollen Sie denn mit Old Shatterhand und Winnetou? Warum sollen diese singen?“

„Weil ich wissen möchte, was für Stimmen sie haben.“

„Gute Stimmen natürlich, sehr schöne Stimmen sogar. Denn das Gegenteel davon zu denken, das wäre eene Beleidigung für sie.“

„Ob gut oder nicht, das meine ich nicht. Ich wollte wissen, ob sie Tenor, Bariton oder Baß singen.“

„Müssen Sie das denn so notwenig wissen?“

„Ja. Sie sollen doch die Hauptheldeu meiner Oper sein; also muß ich ihre Stimmlage wissen.“

„Unsinn! Ihre Stimmlage! Die Stimme liegt allemal in der Kehle. Wo soll sie denn sonst liegen? Ich habe noch keenen Menschen gesehen, der mit dem Magen oder mit dem Ellbogen gesungen hat. Das sollten Sie doch wissen, wenn Sie eene zwölfaktige Oper komprimieren wollen. Und ȯoch das muß ich an Ihnen rügen, daß Sie das vorher wissen wollen. Das is gar nich notwendig. Old Shatterhand und Winnetou sollen offtreten und singen; gut, warten Sie das eenfach ab, so werden Sie gleich hören, ob sie Tenor, Baß oder Bariton singen. Es is gar nich notwendig, sich schon vorher darum zu kümmern."

Hobble-Frank wäre in seiner eifrigen Rede gern fortgefahren; aber da kehrten Winnetou und Old Shatterhand zurück, und dieser gebot den Lagernden, sich zum Aufbruch zu rüsten; er teilte den Westmännern mit: „Wir sind den Spuren der Nijoras eine Strecke weit gefolgt. Sie scheinen nach dem Chellyfluß zu wollen, was uns sehr lieb sein muß, da der auch in unserer Richtung liegt."

NEUNTES KAPITEL

Des Kantors emeritus Streiche

Der Trupp setzte sich in Bewegung. Den Eingang der Höhle wieder zuzuschütten hätte keinen Zweck gehabt; man ließ sie offen.

Nachdem man die Schlucht passiert hatte, lenkte Winnetou, der an der Spitze ritt, nach dem Wald, in dem die Nijoras die Nacht zugebracht hatten. Man kam auf ihre Fährte; sie führte zur Höhe empor und dann jenseits in ein langes Tal hinab, das auf eine ebene Savanne mündete, die so groß war, daß man ihre Grenzen nicht sehen konnte. Die Spur der Indianer führte in schnurgerader Richtung in diese Ebene hinein.

Hier brauchte man nicht besorgt zu sein, unerwartet auf Feinde zu treffen; denn jede Annäherung wäre schon von weitem zu bemerken gewesen. Darum duldeten es die beiden Führer, daß ihre Gefährten sich ganz nach ihrem Belieben bewegten und sich laut miteinander unterhielten.

Der Kantor war durch die Auskunft, um die er Hobble-Frank gebeten hatte, nicht befriedigt worden; darum begab er sich an dessen Seite und fragte: „Herr Franke, würden Sie mir einen Gefallen erweisen?“

„Warum denn nich? Was für eenen denn?“

„Ich habe bemerkt, daß Sie bei Old Shatterhand gut stehen. Ihnen erfüllt er vielleicht den Wunsch, den er mir ablehnen würde.“

„So? Wenn Sie das denken, da haben Sie das Richtige getroffen. Ich erfreue mich der ganz besonderen Freundschaft und Egalität dieses berühmten Mannes.“

„Dann ersuchen Sie ihn doch einmal, ein Lied zu singen, und wenn es nur eine einzige Strophe wäre! Wollen Sie das?“

„Nee, lieber Freund, ich will nich!“

„Nicht? Warum nicht?“

„Ich will ihn bitten, sich bei eenem Grizzlybären schlafen zu legen oder eenen wilden Büffel bei den Hörnern anzufassen, das würde er tun, denn er ist der Mann dazu. Aber singen? Nee, das kann ich ihm nich zumuten; da würde er mich schön heimleuchten, hörnse mal. Versuchen Sie es selber; ich will mir da die Finger nich verbrennen. Übrigens, Sie reden nur immer von der Musik Ihrer Oper, nich von dem Text dazu. Haben Sie den schon?"

„Nein."

„Na, da is keene Zeit zu verlieren. Wenden Sie sich schleunigst an eenen Dichter, der das nötige Talent besitzt!"

„Ich gedenke selbst, den Text fertigzubringen."

„So? Sie selber?" fragte Frank, indem er ihn mit einem kurzen Seitenblick maß. „Haben Sie denn die Wissenschaft vom richtigen Verschmaße studiert? Können Sie die Helden, die Sie aus den Kulissen schieben wollen, in die eenzelnen Zeilen und Wörter zerlegen, daß sie sich ooch richtig reimen?"

„Ich hoffe es. Übrigens würde ich hier vergeblich nach einem Dichter suchen."

„So? I der Tausend! Sie denken also wohl, es is keener da?"

„Ja."

„Hören Sie, da geben Sie sich einer optischen Täuschung hin, die ich Ihnen kurieren muß. Es is nämlich een Dichter unter uns."

„Wirklich?"

„Ja. Und was für eener!"

„Wer denn?"

„Das erraten Sie nich?"

„Nein."

„Hm, Sie können mir leid tun! Sie brauchen ihn bloß anzublicken, um ihm sofort anzusehen, daß er eene höchst seltene dichterische Formation im Koppe trägt. Seine geistig edlen und melodisch delikaten Gesichtszüge beweisen das."

Der Kantor ließ seinen Blick prüfend von einem Reiter zum andern schweifen und erkundigte sich dann: „Wen meinen Sie denn?"

Da wies Frank mit dem Zeigefinger auf sich selbst und ließ mit bedeutender Wucht das eine kleine Wörtchen hören: „Mich."

„Ah, sich selbst meinen Sie? Sie können dichten?"

„Und wie!"

„Unglaublich!"

„Ach was, unglooblich! Ich kann alles! Das müssen Sie doch nu endlich bald bemerken! Sagen Sie mir een Wort, so mache ich sofort zwanzig Reime droff! In höchstens zwee oder drei Stunden dichte ich Ihnen eenen Operntext zusammen, der sich gewaschen hat. Ich beherrsche meine Muttersprache in eener so konsumierten Weise, daß die Reime nur so nach allen Seiten fliegen. Wenn Sie daran zweifeln, gebe ich Ihnen die Erloobnis, mich zu prüfen."

„Sie zu prüfen? Das würden Sie mir übelnehmen."

„Fällt mir gar nich ein! Wie kann der Löwe oder der Adler dem Sperling etwas übelnehmen! Ich bin überhaupt nicht übelnehmisch, wie sich bei meinem edlen Charakterbild von selber versteht. Also stellen Sie mir eene Offgabe; sagen Sie mir getrost, was ich dichten soll. Es fällt mir gar nich ein, Sie deshalb totzubeißen."

„Nun wohl, machen wir einen Versuch. Denken Sie sich den ersten Akt meiner Oper. Der Vorhang rollt auf; man erblickt einen großen Urwald; in der Mitte liegt Winnetou am Boden und bewegt sich leise fort, um einen Feind zu beschleichen. Was würden Sie ihn dabei singen lassen?"

„Singen? Gar nischt natürlich!"

„Nichts? Warum? Er muß doch etwas singen. Wenn der Vorhang aufgeht, will das Publikum doch etwas hören."

„Da wäre dieses Publikum schöne dumm! Winnetou – eenen Feind beschleichen – und dazu singen! Sehen Sie denn nich ein, daß der Feind das hören und also ausreißen würde?"

„Ja, hier im Wilden Westen. Aber wir reden von der Bühne. Er muß singen, unbedingt singen."

„Na, wenn er wirklich muß, wenn es so unbedingt notwendig is, daß er seine Stimme erschallen läßt, so mag er meinetwegen singen."

„Welche Worte? Das Publikum kennt ihn noch nicht; sein Gesang muß also sagen, wer er ist."

„Schön! Bin schon fertig. Er kriecht also an der Erde hin und singt dazu:

Ich bin der große Winnetou,
In Amerika geboren,
Habe Oogen, aber nu!
Rechts und links zwee scharfe Ohren,
Krieche auf dem Bauch im Grase,
Rieche alles mit der Nase."

Als er diese Reime deklamiert hatte, richtete er auf den Kantor einen triumphierenden Blick, als ob er nun die höchste Anerkennung erwartete. Als der Emeritus schwieg, fragte er: „Na, was sagen Sie dazu? Sind Sie erstaunt oder nich?"

„Nicht“, gestand der Gefragte.

„Nich? Ich hoffe doch, daß Sie das, was Sie gehört haben, hochachtungsvoll zu schätzen wissen? Geben Sie Ihr Urteil ab!“

„Ich würde Sie kränken.“

„Nee. Es gibt keen Geschöpf unter mir, das mich kränken könnte. Ich schwebe geistreich oben drüber.“

„Gut, so sollen Sie erfahren, daß Sie Knüttelverse gemacht haben. Daß Winnetou in Amerika geboren ist, daß er Augen hat, daß er alles mit der Nase, nicht mit den Ohren riecht, daß diese sich links und rechts an seinem Kopf befinden, daß er nicht auf dem Rücken, sondern auf dem Bauch kriecht – das ist ja so selbstverständlich, daß man es gar nicht zu sagen und noch viel weniger zu singen braucht. Also bitte, machen Sie einen andern Reim.“

Als Hobble-Frank dieses Urteil hörte, wurden seine Augen immer größer, seine Brauen stiegen empor; er räusperte sich, als ob er glaubte, nicht richtig gehört zu haben, öffnete dann den Mund und brach los: „Was sagen Sie da? Was haben Sie gesprochen? Was für Zeug hätte ich gemacht? Knüttelversche, meenen Sie?“

„Ja, so pflegt man solche Verse zu nennen, Herr Franke“, antwortete der Kantor unbefangen.

„Knüttelversche, Knüttelversche! Hat man schon jemals so was gehört! Ich, der berühmte Präriejäger, Westmann und Hobble-Frank, habe Knüttelversche gemacht! Da hört denn doch alles und Verschiedenes off! Das hat mir noch keen Mensch gesagt, keen eenziger Mensch! Erscht fordern Sie mich off, zu sagen, wer Winnetou is und was er will, und als ich es dann sage, sagen Sie, es wäre überflüssig gewesen, das zu sagen! Ich sage Ihnen, daß Sie sich sagen mögen, daß Sie selber überflüssig sind, een ganz überflüssiger Mensch. Warum sind Sie nich mehr im Amte? Weil Sie überflüssig sind, een abgeschiedener und vorübergeschwundener Emeriticus. Ich aber befinde mich noch mitten in meinem Beruf als Präriejäger, als Mitarbeiter des berühmten Stuttgarter ‚Guten Kameraden‘, also als anerkannter Literat und permutierter Operndichter. Steigen Sie also vom Pferd und lösen Sie mir die Riemen meiner Schuhe off, Sie unglücklicher Harfenist und zwölf Akte langer Pauken-, Saiten- und Triangelspieler! Ich sollte Ihnen eegentlich eene Strafrede halten, off griechisch eene Philippine genannt, daß Ihnen alle Ohren wackeln, halte dies aber tief unter meiner kalicinierten Würde und Behendigkeet. Darum will ich schweigen und wortlos den Staub von meinen Füßen bürschten, was soviel zu bedeuten hat, daß ich Ihnen meine Freundschaft und Identität offkündige, Ihnen den legierten Reichstagsabschied gebe und mich fernerhin nur in solchen Regionen bewegen werde, wo der Luftballon meines Gedankenflugs von Ihrem Ooge weder erreicht noch akklimatisiert werden kann. Leben Sie also wohl für das gegenwärtige irdische Dasein! Ich wohne für Sie von jetzt an im Lande der seligen Geister und olympischen Spielkameraden, an die Sie nie nich herankommen können."

Er gab seinem Pferde die Sporen und galoppierte davon, in die Savanne hinein.

„Halt, Frank, wo willste hin?" rief Droll ihm nach.

„Über euern geistigen Horizont hinaus", antwortete er zurück.

„Da halte dich nur fest und fall drüben nich über den Horizont hinab!"

Der kleine zornige Kerl wäre wohl noch weiter fortgeritten, wenn ihm nicht Old Shatterhand befehlend zugerufen hätte zurückzukehren. Er gehorchte und machte sich an Drolls Seite.

„Was war denn los?" fragte dieser. „Du machst ja een ganz rabiates Gesicht. Hast du dich wieder mal geärgert?"

„Schweig! Empöre dich nich gegen meine Nachsicht und renitente Duldsamkeet! Ich bin off eene Weise verkannt worden, daß mir alle meine Haare ins Gebirge steigen."

„Von wem?"

„Vom früheren Kantorei- und Orgelspieler."

„Er hat dich beleidigt?"

„Im höchsten Grade nach Reaumur, Pestalozzi, Gall und Fahrenheit!"

„Womit?"

„Das brauchst du nich zu wissen. Kümmere dich um deine eegene Häuslichkeet und laß mich und meine inkapablen Staatsbürgerrechte ungeschoren!"

Droll lachte leise vor sich hin und schwieg. Er sah ein, daß es am besten war, Hobble-Frank seinem Zorn, der immer bald zu verrauchen pflegte, ruhig zu überlassen.

Die vegetationslose Ebene dehnte sich endlos, der Boden bestand meist aus hartem Fels, auf dem kein Gewächs zu leben vermochte. Man befand sich auf dem Plateau des Coloradoflusses, das an diesem und seinen Nebenflüssen in steile Schluchten und Cañons abfällt.

Hier mußte man sehr scharfe Augen besitzen, wenn man die Spur der Nijoras nicht verlieren wollte. Es war wirklich außerordentlich und wurde von den übrigen auch bewundert, mit welcher Sicherheit Winnetou, der an der Spitze ritt, Zeichen fand und deutete, die keiner der übrigen Reiter, Old Shatterhand natürlich ausgenommen, zu entdecken vermochte.

Um die Mitte des Tages wurde der Frauen und Kinder wegen haltgemacht. Man gönnte ihnen eine Ruhepause von zwei Stunden; dann ging es wieder vorwärts, bis gegen Abend der Apache anhielt und wieder vom Pferd stieg. Old Shatterhand tat dasselbe.

„Warum halten wir hier?" fragte Sam Hawkens. „Wollen wir an dieser öden Stelle, die sich gar nicht dazu eignet, die Nacht verbringen?"

„Nein", antwortete der Apache. „Die Vorsicht gebietet uns, hier zu warten, bis es dunkel ist."

„Warum?"

„Weil wir nur noch eine halbe Stunde bis zum Chelly zu reiten haben. Dort gibt es Wald, in dem die Nijoras wahrscheinlich kampieren werden. Da die Gegend eben ist, würden sie uns kommen sehen und sich verstecken, um uns zu überfallen. Darum müssen wir warten, bis es Nacht geworden ist und sie uns nicht bemerken können."

„Dann können wir auch sie nicht sehen."

„Wir werden sie finden, wenn nicht heute, so morgen ganz gewiß."

Die andern stiegen nun auch ab und lagerten sich im Kreis. Am nördlichen Horizont sah man einige Geier schweben. Sie zogen sehr enge Kreise. Old Shatterhand machte auf diese Vögel aufmerksam und sagte: „Wo Geier sind, gibt es entweder Aas oder sonstiges Futter. Sie fliegen nicht fort, sondern bleiben an derselben Stelle; es gibt also dort Beute für sie. Ich vermute, daß die Nijoras dort ihr Lager haben."

„Mein weißer Bruder hat es erraten", stimmte Winnetou bei. „Diese Vögel zeigen uns den Weg. Wir werden das Lager noch heute beschleichen."

„Müssen dabei aber sehr vorsichtig sein. Diese dreißig Nijoras haben den weiten Weg vom Gloomy Water bis zum Chelly in einer Tour zurückgelegt. Wenn Kundschafter das tun, weiß man, was es zu bedeuten hat: Sie sind dahin zurückgekehrt, von wo sie ausgegangen sind. Ich vermute also, daß dort am Chelly alle Krieger des Nijorastamms versammelt sind, um den Zug gegen die Navajos zu beginnen."

„Dann wären ihnen die Gefangenen abgeliefert worden", meinte Hawkens, „und es wäre nun doppelt schwer und gefährlich, sie zu befreien."

„Sie werden frei sein", sagte Winnetou in seiner bestimmten Weise, „nur darf auf unsrer Seite keine Unvorsichtigkeit vorkommen."

Als es soweit war, daß man nach einer Viertelstunde die Dämmerung erwarten konnte, wurde weitergeritten. Noch ehe es zu dunkeln begann, sah man, daß sich der Horizont im Norden wie ein schwarzer Strich abzeichnete.

„Das ist der Wald des Chellyflusses", erklärte Old Shatterhand. „Bleibt hier! Ich werde allein weiterreiten, bis ich ihn durch mein Fernrohr absuchen kann. Ein einzelner Reiter wird von dort aus nicht so leicht bemerkt werden wie ein ganzer Trupp."

Er trabte fort und hielt dann an. Man sah, daß er sein Rohr nach dem Wald richtete. Dann kehrte er zurück und sagte: „Ihr müßt wissen, daß der Chellyfluß jetzt Wasser hat. Er fließt da, wohin wir wollen, in einem tiefen Tal. Dessen steile Seiten tragen Wald; er bildet oben einen sehr schmalen Saum, den ich mit meinem Fernrohr abgesucht habe. Wenn die Nijoras da oben lagerten, hätte ich sie sehen müssen. Sie werden sich also unten in der Tiefe, am Fluß, befinden. Reiten wir vorwärts!"

Die Dämmerung ist in jenen Gegenden sehr kurz; es wurde schnell dunkel, und nun konnte man sicher sein, vom Rande des Flußtals aus nicht gesehen zu werden. Nur eine kleine Viertelstunde später hörte man an den Huftritten der Pferde, daß der Boden grasig geworden war, und gleich darauf erreichte man den Saum des Waldes. Hier wurde angehalten und abgestiegen.

Ein Feuer anzubrennen, davon konnte keine Rede sein. Man mußte der Nähe der Indianer wegen im Dunkeln und zugleich so fern von ihnen bleiben, daß, falls vielleicht ein Pferd wieherte, sie das nicht hörten. Dazu war natürlich nötig, zu wissen, an welcher Stelle sie sich befanden. Old Shatterhand und Winnetou waren überzeugt, nicht fern von der Gegend zu sein, über der die Geier geschwebt hatten; die Indianer mußten also ziemlich nahe sein. Die beiden Genannten gingen fort, um zu erkunden. Sie drangen in den Wald ein, und es verging weit über eine halbe Stunde, ehe einer von ihnen, nämlich Old Shatterhand, zurückkehrte.

„Wir befinden uns gerade an der richtigen Stelle; es ist wirklich zu loben, mit welchem Scharfsinn der Apache uns geleitet hat. Der Rand des Waldes ist hier kaum dreißig Schritt breit. Wir sind ziemlich weit hinuntergestiegen, was bei dieser Dunkelheit keine leichte Sache war, und sahen dann Feuer; wir zählten drei, doch ist es möglich, daß noch mehrere brennen, die wir nicht sehen konnten. Aus dieser Zahl der Feuer ist zu schließen, daß sich nicht nur die dreißig Kundschafter, sondern alle Krieger der Nijoras da unten befinden. Wir werden, wenn wir die Gefangenen befreien wollen, einen schweren Stand haben."

„Und wo ist Winnetou?" fragte Sam.

„Ich kehrte zurück, um euch Bericht zu erstatten. Wenn wir beide länger fortblieben, konntet ihr euch leicht beunruhigen. Der Apache ist vollends hinunter, um sich genau umzusehen. Ich denke, daß wir ihn vor einer Stunde nicht zurückerwarten können. Das Gelände ist sehr schwierig, und ein Lager zu umschleichen, in dem so viele Feuer brennen, das erfordert große Behutsamkeit und lange Zeit."

Es zeigte sich, daß er noch zuwenig gesagt hatte, denn es vergingen fast zwei volle Stunden, bis sich der Apache wieder sehen ließ. Er setzte sich zu Old Shatterhand und sagte: „Winnetou hat außer den drei Feuern noch zwei weitere gesehen; es sind also fünf, an denen wohl über dreihundert Nijoras lagern."

„Ganz wie wir dachten. Wer ist der Anführer? Hast du ihn entdeckt?"

„Ja. Es ist Mokaschi, den du auch kennst."

„Der Büffel, ein Krieger, den ich achte. Wenn wir als Freunde kämen, würde er uns gewiß nicht feindlich empfangen."

„Da wir die Gefangenen befreien wollen, sind wir seine Feinde und dürfen uns nicht vor ihm und seinen Leuten sehen lassen. Mein Auge hat die Gefangenen erblickt."

„Alle?"

„Ja, acht Navajos und die drei Bleichgesichter. Sie liegen an einem der Feuer und sind von einem doppelten Kreis von Kriegern umgeben."

„O weh! Da ist es schwer, sie herauszuholen."

„Es ist nicht nur schwer, sondern geradezu unmöglich. Wir können heute nichts tun, sondern müssen warten bis morgen."

„Ich stimme meinem roten Bruder bei. Es wäre Tollheit, unser Leben zu wagen, wenn der Erfolg so außerordentlich unsicher ist.“

„Erlaubt mir, zu sagen, daß ich diesen Entschluß nicht begreife“, sprach Hawkens. „Meint ihr, daß wir morgen mehr erreichen werden als heute?“

„Gewiß.“

„Inwiefern? Die Aussichten werden da auch nicht besser sein.“

„O doch.“

„Meint ihr? Wieso?“

„Ihr seid doch mit uns der Ansicht, daß die Nijoras gegen die Navajos ziehen wollen?“

„Natürlich!“

„Glaubt Ihr, daß sie sich da mit elf Gefangenen belästigen werden?“

„Hm! Es ist freilich nicht anzunehmen, daß sie die mit sich schleppen werden.“

„Also! Sie lassen sie unter Bewachung zurück. Wir warten das ab und haben dann viel leichteres Spiel als heute.“

„Das leuchtet mir freilich ein. Daran habe ich gar nicht gedacht, wenn ich mich nicht irre. Wenn man nur wüßte, wann sie fortreiten werden.“

„Ich vermute, morgen.“

„Das wäre gut. Wenn sie noch dableiben, laufen wir Gefahr, von ihnen entdeckt zu werden.“

„Das müssen wir riskieren.“

„Freilich, doch das ist viel leichter gesagt als getan. Es gibt hier oben kein Wasser. Die Pferde haben darunter weniger zu leiden, da sie Gras finden. Aber wir! Am Gloomy Water konnten wir nicht trinken, des Öls wegen; heute hat es während des ganzen Rittes auch keinen Tropfen gegeben. Wenn wir morgen nicht trinken können, wird es mir um die Ladys und um die Kinder bang; von uns selbst will ich da gar nicht sprechen.“

„Oh, von uns muß grad ooch gesprochen werden“, fiel da Hobble-Frank ein. „Wir sind einstweilen noch keene unsterblichen Seelen, sondern Menschen, deren Sterblichkeet een erwiesenes Faktotum is. Jedes sterbliche Wesen muß Wasser haben, und ich gestehe der Wahrheet gemäß ein, ich habe solchen Durscht, daß ich für een paar Schlucke Wasser oder een Glas Lagerbier gern drei Mark bezahlen würde.“

Da konnte sich der Kantor nicht enthalten, ihm in bedauerndem Ton zu versichern: „Das tut mir außerordentlich leid, Herr Franke. Wenn ich Wasser hätte, würde ich es gern mit Ihnen teilen."

Er war ein sehr gütmütiger Mensch, und er bereute es schon, Hobble-Frank heute geärgert zu haben. Diesem aber, der nicht weniger gutmütig war, erging es ebenso. Er sagte sich im stillen, daß er eigentlich zu grob gegen den Kantor gewesen sei; er war also versöhnlich gestimmt, hielt es allerdings nicht für seiner Würde gemäß, sich das anmerken zu lassen, und antwortete auf die Versicherung des Emeritus: „Wissen Sie denn, ob ich es von Ihnen annehmen würde?"

„Ich hoffe es."

„Hoffen Sie das nich! So groß mein Durscht is, mein Charakter is noch viel größer. Wenn Sie mir das ganze Weltmeer hierherbrächten, ich rührte keenen Tropfen an. Wissen Sie, mit den ‚Knüttelverschen' haben Sie Ihren besten Freund vor den Kopp gestoßen. Das is een sehr schwerer Verlust für Sie, und Sie können die feste pekuniäre Überzeugung haben, daß ich Ihnen für Ihr ganzes Leben unersetzlich bleiben werde. Es is traurig für Sie, aber wahr, und ich kann Ihnen beim besten Willen nich helfen."

Das ging dem Kantor so nahe, daß er den Gedanken daran nicht wieder los wurde. Er konnte, als gegessen worden war und man sich zur Ruhe gelegt hatte, nicht einschlafen. Er fragte sich, auf welche Weise es möglich sei, Frank zu versöhnen, und da kam ihm eine Idee, die er für ganz vorzüglich hielt, obgleich er auf eine klügere gar nicht hätte kommen können. Frank hatte über Durst geklagt und drei Mark für ein paar Schluck Wasser zahlen wollen. Wie nun, wenn er ihm den Durst stillte? Das mußte ihn sicher rühren, zumal das Herbeischaffen des Wassers nicht nur schwierig, sondern auch nicht ganz gefahrlos war. Unten im Tal war der Fluß, und er, der Kantor, hatte einen ledernen Trinkbecher. Freilich war es verboten, da hinabzusteigen. Wenn er es tun wollte, mußte es heimlich geschehen. Er richtete sich halb auf und lauschte. Sie schliefen alle außer Dick Stone, der jetzt die Wache hatte; er befand sich in diesem Augenblick bei den Pferden.

Der Emeritus hatte den Sattel als Kopfkissen unter sich liegen. In der Satteltasche steckte der Becher. Er nahm ihn heraus und kroch leise fort. Was er beabsichtigte, tat er aus zwei Gründen, nämlich Franks wegen und sodann, weil er selbst auch einmal „ein Held des Westens" sein wollte. Der Gedanke, dahinunter zu den Feinden zu steigen und Wasser heraufzuholen, machte ihn stolz. Wie würde man sich wundern, wenn er ihn glücklich ausführte. Glücklich? Konnte er überhaupt unglücklich sein? Gewiß nicht, wenn er nur die nötige Vorsicht beachtete.

Er kroch also weiter und weiter, bis er dachte, daß Dick Stone ihn nun weder hören noch sehen konnte. Da erhob er sich und tastete sich fort, und bald ging es ins Tal hinab. Nun begannen erst die Schwierigkeiten. Er drehte sich um und begann langsam hinabzuklettern, verkehrt, auf allen vieren, mit den vorsichtig tastenden Füßen voran. Er konnte erst dann einen Fuß weitersetzen, wenn er vorher mit dem andern den Boden untersucht hatte. Es gab scharfe Steine und dornige Ranken, an denen er sich die Hände verletzte. Er achtete nicht darauf. Je weiter er kam, desto mehr wuchs seine Begierde, das Unternehmen zu Ende zu bringen. Zuweilen verlor er den Halt unter den Füßen und rutschte streckenweit hinab. Das geschah natürlich nicht ohne Geräusch; er aber hörte vor lauter Eifer das Rollen der losgetretenen Steine und das Knicken und Knacken der brechenden Zweige gar nicht.

Jetzt sah der Emeritus die Lagerfeuer leuchten; er glaubte, das Spiel bereits gewonnen zu haben, und hastete weiter und weiter. Er kam den Feuern immer näher. Er sah nicht, daß man dort aufmerksam wurde, daß fünf oder sechs Indianer, die das Geräuch hörten, aufsprangen und ihm entgegenhuschten. Sie blieben dann stehen und warteten. Er atmete so laut, daß sie es ganz deutlich hören konnten.

„*Uff!*" flüsterte einer von ihnen. „Das ist kein Tier, sondern ein Mensch!"

„Ob mehrere?" fragte ein andrer.

„Nein, nur einer. Ergreifen wir ihn, ohne ihn zu töten."

Jetzt war der Kantor ganz nahe bei ihnen. Sie bückten sich, um ihn gegen die Feuer besser zu sehen. Sie überzeugten sich, daß er allein war, und streckten nun die Hände nach ihm aus. Als er sich so plötzlich ergriffen fühlte, erschrak er in der Weise, daß er keinen Laut hervorbrachte, obgleich er schreien wollte. Man rief ihm einige Worte zu, die er nicht verstand; desto besser jedoch verstand er die Sprache der Messer, deren Spitzen ihm, wie er fühlte, auf die Brust gesetzt wurden. Es fiel ihm gar nicht ein, sich zu wehren; er folgte, als er fortgezogen wurde, ohne allen Widerstand. Man kann sich denken, welches Aufsehen sein Erscheinen im Lager erregte; aber dieses Aufsehen rief keinen Lärm hervor. Ein Weißer hatte sich herbeigeschlichen und war ergriffen worden. Er konnte nicht allein hier in der Gegend sein; er mußte Gefährten bei sich haben, die sich in der Nähe befanden; man mußte also jeden Lärm vermeiden.

Es hatte sich sofort ein Kreis von Roten um ihn gebildet; keiner von ihnen sprach ein Wort. Bei ihm, in der Mitte dieses Kreises, stand Mokaschi, der Häuptling. Dieser tat vor allen Dingen das, was ein jeder umsichtige Anführer tun mußte; er schickte einige Späher aus, die Umgebung des Lagers abzusuchen. Dann fragte er den Gefangenen nach seinem Namen und seinen Absichten. Der Kantor verstand kein Wort und sagte, was er sagen zu müssen glaubte, in deutscher Sprache. Da meinte der Häuptling: „Er kennt unsre Sprache nicht, und wir verstehen die seine nicht. Wir wollen ihn den drei gefangenen Bleichgesichtern zeigen, vielleicht ist er ihnen bekannt."

Der Kreis öffnete sich, und der Emeritus wurde nach dem Feuer geführt, an dem die Gefangenen lagerten. Als diese ihn erblickten, rief Poller überrascht aus: „Der deutsche Kantor! Der verrückte Kerl! Dieser hirnverbrannte Mensch muß aus dem Pueblo, wo er gefangen war, entkommen sein!"

Er hatte das in einem Gemisch von Englisch und Indianisch gesagt, das der Kantor nicht verstand. Doch bemerkte dieser, daß die Worte ihm galten, er erkannte den einstigen Führer der Einwanderer und sagte in deutscher Sprache, deren Poller mächtig war: „Hallo! Das ist ja unser Wegweiser, der Dux, wie wir Komponisten sagen. Und gar mit gefesselten Extremitäten! Herr Poller, wie sind Sie denn in diese fatale Lage gekommen? Ich freue mich natürlich außerordentlich, Sie wiederzusehen."

„Diese Kerls haben uns gefangengenommen", antwortete der Gefragte, natürlich deutsch.

Da fiel der Häuptling schnell und in drohendem Ton ein: „Ihr sollt nicht reden, was ich nicht verstehe! Wollt ihr etwa unsere Messer in die Leiber haben? Kennst du diesen Mann?"

„Ja."

„Wer ist er?"

„Ein Mann aus Deutschland."

„Deutschland? Ist das jenes Land, in dem Old Shatterhand geboren wurde?"

„Ja."

„So ist er wohl auch ein berühmter Jäger?"

„Nein. Er versteht es nicht, eine Waffe zu führen. Er will Musik machen und singen. Er ist verrückt."

Daraufhin betrachtete der Häuptling den Kantor mit viel weniger feindseligen Augen. Es gibt wilde Völkerschaften, welche die Wahnsinnigen nicht nur nicht bedauern oder gar verachten, sondern ihnen sogar Verehrung zollen. Sie sind der Ansicht, daß ein Geist, ein überirdisches Wesen, von dem Irren Besitz ergriffen habe. Auch mehrere Stämme der Indianer huldigen dieser Anschauung und wagen es nicht, sich an einem Wahnsinnigen, selbst wenn er zu einem feindlichen Volk gehört, zu vergreifen. Darum erkundigte sich der Häuptling weiter: „Weißt du es genau, daß dieser Mann nicht mehr bei seinen Sinnen ist?"

„Sehr genau", antwortete Poller, dem der Gedanke kam, daß er daraus vielleicht Vorteil ziehen könne. „Ich bin ja lange Zeit mit ihm und seinen Begleitern geritten."

„Wer waren diese?"

„Auch Deutsche, die herübergekommen sind, sich Land zu kaufen, das den roten Männern gehört."

„Das hat ihnen der böse Geist eingegeben; denn wenn sie Land kaufen, so wird es uns gestohlen, und nicht wir, sondern die Länderdiebe erhalten das Geld. Jeder, der in diese Gegend kommt, um Land zu kaufen, ist unser Feind. Will dieser Mann auch welches haben?"

„Nein. Er will die roten Männer und Helden kennenlernen und dann in sein Vaterland zurückkehren, um Lieder über sie zu singen."

„So ist er uns ja gar nicht gefährlich. Ich werde ihm erlauben zu singen, soviel er will. Wo sind seine Begleiter?"

„Ich weiß es nicht."

„So frag ihn!"

„Das kann ich nicht."

„Warum?"

„Weil du uns verboten hast zu sprechen, was du nicht verstehst. Er redet nur die Sprache seines Landes; in dieser also müßte ich mit ihm reden, und dann bekäme ich, wie du gesagt hast, eure Messer in den Leib."

„Wenn das wahr ist, mußt du freilich in seiner Sprache mit ihm reden; ich erlaube es dir."

„Daran tust du wohl; denn ich vermute, daß du dann sehr wichtige Dinge durch mich erfahren wirst."

„Welche Dinge?"

„Die Einwanderer, zu denen er gehört, sind nicht allein. Es sind berühmte Jäger bei ihnen, die sich vielleicht hier in der Nähe befinden. Sie müssen dasein, denn ich könnte nicht begreifen, wie er, der nichts versteht und wahnsinnig ist, ganz allein hierherkommen könnte."

„*Uff!* Berühmte Jäger! Meinst du etwa Bleichgesichter?"

„Ja."

„Welche?"

„Sam Hawkens, Dick Stone, Will Parker, Droll, Hobble-Frank und vielleicht noch andre."

„*Uff, uff, uff!* Das sind lauter berühmte Namen. Diese Männer sind zwar nie unsre Feinde gewesen, doch jetzt, da der Tomahawk des Krieges ausgegraben ist, muß man zehnfach vorsichtig sein. Ich will wissen, wo sie sich befinden. Aber hüte dich, mir eine Lüge zu sagen! Sobald eine Unwahrheit aus deinem Mund kommt, seid ihr verloren."

„Sorge nicht! Du hast uns feindlich behandelt; ich dagegen werde dir trotzdem beweisen, daß wir eure Freunde sind. Ich kann dir diesen Beweis sogar schon jetzt gleich liefern, indem ich dir sage, daß wir uns bemüht haben, diese weißen Krieger für euch ungefährlich zu machen."

„Wie könntet ihr das angefangen haben?"

„Wir haben sie in das Pueblo des Häuptlings Ka Maku gelockt."

„*Uff!* Ka Maku ist unser Bruder. Sind sie zu ihm gekommen?"

„Ja. Er hat sie alle gefangengenommen, die weißen Jäger, die Einwanderer und ihre Frauen und Kinder."

„Auch diesen wahnsinnigen Mann hier?"

„Ja."

„Und jetzt befindet er sich bei uns! Er kann den weiten Weg unmöglich allein gemacht haben. Ich muß wissen, welche Leute bei ihm sind und wo sie sich in diesem Augenblick befinden."

„Soll ich ihn fragen?"

„Ja. Doch hüte dich, mich betrügen zu wollen! Was du mir auch sagen magst, ich werde dir kein Wort eher glauben, als bis ich mich von der Wahrheit überzeugt habe."

Nun wandte sich Poller an den Kantor und forderte ihn auf zu erzählen.

Nach einigem Widerstreben berichtete dieser, ohne daran zu denken, wie Poller gehandelt hatte und daß er ihn als Feind zu betrachten habe. Der frühere Führer der Einwanderer hörte mit Staunen von Old Shatterhand und Winnetou. Die Erzählung des Emeritus wurde von dem Häuptling unterbrochen, der mißtrauisch war und das lange Zwiegespräch, von dem er kein Wort verstand, nicht dulden wollte. Poller beruhigte ihn mit der Versicherung: „Ich erfahre da Dinge, die für dich sehr wichtig sind. Ich muß diesen Verrückten ausfragen, was lange Zeit erfordert, weil sein Verstand nicht mehr ganz bei ihm ist. Laß mich also nur sprechen; du wirst dann später sehen, daß ich jetzt als euer Freund handle."

Endlich war der Kantor mit seiner Erzählung fertig; Poller wußte alles und wandte sich an den Häuptling: „Das Wichtigste sollt du zuerst erfahren: Da oben auf der Höhe befinden sich die zwei berühmtesten Männer des Wilden Westens. Wirst du erraten, wen ich meine?"

„Etwa Old Shatterhand?"

„Ja."

„Und Winnetou, den Häuptling der Apachen?"

„Auch diesen."

„*Uff, uff!* Du redest die Wahrheit?"

„Es ist so, wie ich sage. Sie sind gekommen, euch zu überfallen."

„Da werden sie sterben müssen. Woher kommen sie; wo stekken sie, und wie viele Leute sind bei ihnen?"

Poller gab ihm genaue Auskunft, denn es fiel ihm gar nicht ein, den Häuptling zu belügen und irrezuführen. Er rechnete auf die Dankbarkeit der Roten. Dessen hervorragendste Krieger standen in der Nähe und hörten Pollers Worte. Als dieser mit seinen Mitteilungen zu Ende war, blickte der Häuptling eine Zeitlang sinnend vor sich nieder und sagte dann, zu den Indianern gewandt: „Meine Brüder haben gehört, was dieses Bleichgesicht gesprochen hat. Aber die Zungen der Weißen haben zwei Spitzen, von denen die eine mit Trug und die andre mit Falschheit endet. Wir müssen uns überzeugen, ob unsre Ohren die Wahrheit oder die Lüge vernommen haben. Es mögen also Kundschafter, die ich jetzt auswählen werde, zur Höhe steigen."

Er ging von Feuer zu Feuer, um die Krieger zu bezeichnen, die er für befähigt hielt, Leute wie Winnetou und Old Shatterhand zu beschleichen; dann sah man diese, nur mit ihren Messern bewaffnet, sich vorsichtig entfernen. Hierauf kam der Häuptling zu Poller zurück und sagte, auf den Kantor zeigend: „Da dieses Bleichgesicht von einem Geiste, der nichts verlangt, als singen zu dürfen, besessen ist, so soll ihm von uns nichts Böses geschehen. Er wird ungefesselt hin und her gehen können, wie es ihm beliebt; sobald es ihm einfallen sollte, zu entfliehen, bekommt er eine Kugel. Sag ihm das!"

Poller gehorchte natürlich. Als der Emeritus es hörte, sagte er in triumphierendem Ton: „Sehen Sie, daß ich recht hatte? Für einen Jünger der Kunst gibt es keine Gefahr; die Musen beschützen mich. Merken Sie sich, daß wir Komponisten keine gewöhnlichen Menschen sind!"

Poller ärgerte sich über dieses große Selbstbewußtsein und antwortete: „Von Ihren Musen kann hier keine Rede sein. Ja, Sie stehen unter einem besondern Schutz, aber unter einem ganz andern."

„So? Unter welchem denn?"

„Unter dem der Verrücktheit."

„Ver-rückt-heit? Darf ich fragen, wie Sie das meinen?"

„Warum nicht? Kein Indianer tut einem Wahnsinnigen etwas zuleide, darum können Sie hier fast ganz frei spazierengehen."

„Wahnsinnig? Spazierengehen? Sie wollen doch nicht etwa sagen, daß ..." Er sah dabei Poller starr in das Gesicht.

„Ja, grad das will ich sagen", sagte dieser und nickte.

„Daß – daß ich für wahnsinnig gehalten werde?"

„Gewiß, ganz gewiß ist das der Fall!"

„Warum denn, aus welchem Grund denn?"

„Weil sie nicht begreifen können, daß ein vernünftiger Mensch über das Meer und nach dem Wilden Westen geht, nur um über die Leute, die er da sieht, Musik zu machen."

„Musik zu machen? Bitte sehr, Herr Poller, Sie bedienen sich da eines völlig falschen Ausdrucks. ‚Musik macht' ein Bierfiedler oder Leierkastenmann; ich bin Komponist; ich werde eine Heldenoper von zwölf Akten komponieren, und Sie werden die Ehre haben, auch in ihr vorzukommen."

„Danke sehr, ich bitte, mich dabei auszulassen! Übrigens haben die Indsmen gar nicht so sehr unrecht; denn wenn ich aufrichtig sein will, so muß ich Ihnen sagen, daß Sie allerdings einen Klaps zu haben scheinen, und zwar einen nicht sehr kleinen."

„Wie? Meinen Sie das wirklich?"

„Ja, Sie brauchen es mir nicht übelzunehmen, denn bei den Indianern ist es eine Ehre, für verrückt gehalten zu werden."

„Danke für die Ehre, danke sehr! Lieber will ich doch wie Sie gefesselt an der Erde liegen, aber für einen vernünftigen Menschen gehalten werden. Sagen Sie das dem Häuptling!"

„Fällt mir nicht ein. Der Umstand, daß Sie sich frei bewegen dürfen, kann uns von außerordentlichem Nutzen sein. Mißbrauchen Sie ihn nicht, und kommen Sie nicht auf den Gedanken, sich zu entfernen! Man würde Sie auf der Stelle töten."

„Pah! Das fällt keinem Menschen ein. Ich stehe unter dem Schutz der Kunst."

„Lassen Sie, zum Kuckuck, Ihre Kunst aus dem Spiel! Denken Sie von sich meinetwegen, was Sie wollen; aber denken Sie dabei auch an die, denen Sie nützlich sein können! Sehen Sie, wie der Häuptling nach uns sieht, wie er uns beobachtet? Wir dürfen nicht zuviel miteinander reden, sonst schöpft er Verdacht. Passen Sie später ein wenig auf mich auf. Wenn ich Ihnen winke, habe ich Ihnen etwas mitzuteilen. Da nähern Sie sich mir so unbefangen wie möglich, sehen mich gar nicht an und bleiben in meiner Nähe stehen, bis Sie gehört haben, was ich Ihnen mitteilen will. Es wird von großem Nutzen für Ihre Freunde sein. Wollen Sie das?"

„Ganz gern, Herr Poller. Wir Jünger der Kunst leben zwar in höheren Regionen und gehören später der Nachwelt und der Geschichte an; aber ich bin keineswegs stolz darauf, und wenn ich im gewöhnlichen Leben einem Menschen nützlich sein kann, weigere ich mich keinesfalls, von meiner Höhe herniederzusteigen."

Poller wäre am liebsten grob geworden, hielt es aber für geraten, sich zu beherrschen, und sagte: „Man hat Sie entwaffnet; sehen Sie zu, heimlich zu einem Messer zu kommen! Ich hoffe, daß Sie pfiffig genug sind, mir diesen Wunsch zu erfüllen?"

„Pfiffig? Na, und ob! Ein Komponist ohne Pfiffigkeit ist eine absolute Unmöglichkeit. Wozu wollen Sie denn das Messer haben?"

Diese Frage war nun freilich kein Beweis von Pfiffigkeit, das hätte Poller ihm gar zu gern gesagt; doch er befürchtete, ihn damit zu beleidigen, und gab ihm also die Auskunft: „Um mich und Ihre Gefährten zu befreien."

„Die sind nicht gefangen."

„Das weiß ich sehr wohl; aber man weiß nicht, was geschehen kann. Ich habe dem Häuptling nicht die Wahrheit gesagt, dennoch kann der kleinste Zufall seine Späher auf die richtige Spur bringen. Dann ist es sehr leicht möglich, daß Ihre

Freunde ergriffen werden, wenn nicht etwas noch Schlimmeres geschieht. In diesem Fall würden sie nur dadurch zu retten sein, daß Sie mir heimlich ein Messer verschaffen. Ihnen zu erklären, wozu ich es haben will, dazu fehlt jetzt die Zeit. Wir dürfen nicht länger miteinander sprechen. Also, wollen Sie?"

„Ja. Wenn ich meinen Freunden damit nutzen kann, soll es mir nicht darauf ankommen, einmal den Spitzbuben zu machen, indem ich den Roten ein Messer stehle."

Poller hatte recht gehabt, denn der Häuptling stand jetzt auf und kam herbei, die beiden auseinanderzutreiben. Doch wurde seine Aufmerksamkeit abgelenkt, weil die Kundschafter zurückkehrten. Sie meldeten ihm, daß sich alles genauso verhalte, wie Poller gesagt hatte.

„Das ist ein Glück!" meinte er. „Hätte er mich belogen, wäre er noch in dieser Nacht getötet worden. Er hat die Bleichgesichter verraten und wird meinen, daß ich ihm dafür gnädig sein werde; da aber irrt er sich, denn ein Verräter ist schlimmer als der schlimmste Feind."

Er ließ sich das, was die Späher erkundet hatten, auf das genaueste beschreiben und sagte dann: „Wir werden sie im Schlaf überraschen und also wohl nicht mit ihnen zu kämpfen brauchen. Zwei Krieger von uns auf einen von ihnen, auf Winnetou drei und auf Old Shatterhand vier, drei auch für den Posten, der Wache hält, damit er schnell und sicher überwältigt wird. Wir nehmen nicht die Gewehre, sondern nur die Messer und die Tomahawks mit und Riemen dazu, die Gefangenen zu binden. So große und berühmte Krieger tötet man nicht, denn es ist ein gewaltiger Ruhm für uns, sie gefangen zu den Unsern zu bringen, und eine noch viel größere Schande für sie, in unsre Hände gefallen zu sein, ohne gekämpft und eine Wunde erhalten zu haben."

Er suchte sich die Zuverlässigsten und Stärksten seiner Leute aus und brach mit ihnen auf. Der Mond stand über dem Tal; sein bleicher, matter Schein drang aber nicht durch die Wipfel der Bäume, unter denen die Schar der auserwählten Roten jetzt verschwand, um lautlos und in der vorsichtigsten Weise den Berghang hinaufzuklettern.

Oben herrschte die tiefste Ruhe. Schi-So hatte bis vor kurzem Wache gestanden und war von Droll abgelöst worden. Dieser ging, um nach dem anstrengenden Ritt wach zu bleiben, leise und langsam hin und her. Die andern schliefen alle fest, außer Hobble-Frank. Der hatte einen aufregenden Traum, in dem er sich mit dem Kantor zankte, und zwar so, daß er sich auf ihn stürzte, um ihn zu packen. Darüber wachte er auf. Er öffnete die Augen, sah den bleichen Mond über sich und war froh, daß der Streit nur ein Traum und keine Wirklichkeit gewesen war. Er drehte sich auf die andre Seite, um nach dem Emeritus zu sehen, der sich nicht weit von ihm niedergelassen hatte – er war nicht mehr da. Sollte er sein Lager woanders gesucht haben? Das war unwahrscheinlich. Frank setzte sich auf und blickte umher; er sah ihn nicht. Er zählte die Schläfer; es fehlte einer. Da weckte Hobble-Frank seinen Nachbar, Sam Hawkens, und flüsterte ihm zu: „Nimm's nich übel, Sam, daß ich dich aus dem Schlaf kompensiere; ich sehe den Kantor nich. Wo mag er sein? Soll ich die andern wekken?"

Sam gähnte ein wenig und antwortete dann ebenso leise: „Wecken? Nein, der Schlaf ist allen nötig. Da du mich nun doch geweckt hast und selbst auch munter bist, wollen wir die Sache allein abmachen. Der unvorsichtige Mensch wird wieder mal ein Stück fortgelaufen sein, um sich im stillen an seiner berühmten Oper zu zermartern. Komm, wollen ihn suchen!"

„In welcher Richtung?"

„Hier in den Wald und den Abhang hinunter, wo die Roten kampieren, hat er sich jedenfalls nicht gewagt."

„Nee, er is bestimmt da links in die Ebene hinausfiltriert, um den Mondschein aus der Despektive anzusingen. Nach dieser Seite wollen wir gehn. Nehmen wir die Gewehre mit? Brauchen werden wir sie schwerlich."

„Brauchen oder nicht brauchen, ein Westmann läßt sein Gewehr nie liegen, ich nehme meine Liddy auf jeden Fall."

Ehe sie sich entfernten, erkundigten sie sich bei Droll, der nun auch bemerkte, daß der Emeritus fehlte, und versicherte: „Er muß schon fort sein, ehe ich meinen Posten angetreten habe; macht, daß ihr ihn findet, sonst kann's leicht eine Dummheet geben."

„Werden ihn schon bringen, wenn ich mich nicht irre", sagte Sam. „Wenn wir einen Halbkreis gehen, müssen wir unbedingt auf seine Spur kommen. Der Mond scheint zwar nicht hell, aber ich denke, daß wir sie dennoch bemerken werden – soll ihm diesmal schlecht ergehen, wenn wir ihn haben."

Hawkins und Frank gingen eine Strecke westwärts am Waldrand hin und schlugen dann ostwärts einen Halbkreis zurück, dessen Mittelpunkt das Lager war. Sie waren gezwungen, tiefgebückt zu gehen, um die Spur erkennen zu können. Da sie den Gesuchten nicht bemerkten, nahmen sie an, daß er sich ziemlich weit entfernt hatte.

Droll folgte ihnen mit seinen Blicken, bis sie verschwunden waren. Daher sah er nicht, daß jetzt drei Indianer aus dem Wald hervortraten und sich mit unhörbaren Schritten nach ihm hinbewegten. Plötzlich fühlte er zwei Hände an seinem Hals. Er wollte rufen, brachte aber nur ein kurzes Röcheln hervor; dann streckte ihn ein Hieb mit dem Tomahawk besinnungslos zu Boden.

Sam Hawkins und Hobble-Frank hatten wohl zwei Drittel ihres Weges zurückgelegt, ohne ein Spur des Gesuchten zu finden, da vernahmen sie plötzlich einen lauten Kriegsschrei von Winnetou, und nur einen Augenblick später erklang die Stimme Old Shatterhands: „Wacht auf, der Feind ist ..."

Weiter kam er nicht, die Worte endeten in einem Gurgeln, das bis zu ihnen drang.

„Herrgott, nun sind wir überfallen worden! Schnell hin!" rief Frank und machte eine Drehung, um sich nach dem Lager zurückzuwenden. Da wurde er von Sam ergriffen und zurückgehalten.

„Bist du toll!" raunte ihm dieser mit unterdrückter Stimme zu. „Horch! Es ist schon vorbei. Wir können nichts mehr tun."

Es ertönte jetzt ein vielstimmiges indianisches Siegesgeheul. Hobble-Frank versuchte sich loszureißen und rief: „Ich muß hin, ich muß! Wollen wir unsre Freunde abmurksen lassen, ohne ihnen beizustehen?"

„Leise, leise, du Unglücksrabe!" mahnte Sam. „Ich sage dir, daß wir ihnen nur nützen können, wenn wir nicht hingehen. Es hat keinen Kampf gegeben; sie sind im Schlaf überfallen worden; das kann uns beruhigen."

„Beruhigen? Bist du denn bei Trost und Verstand? Daß unsere Kameraden überfallen worden sind, das soll uns beruhigen? Soll ich ihnen nich zu Hilfe kommen? Laß mich los, sonst kannst du eene Kugel durch deine Phrenologie kriegen!"

Er rang mit Sam; dieser hielt ihn fest und belehrte ihn: „Bedenke den Mondschein! Die Feinde sehen uns kommen und schießen uns nieder, ehe wir für unsre Kameraden auch nur einen Finger rühren können. Es ist ihnen nichts geschehen, grad weil sie im Schlaf überrumpelt worden sind; sie liegen gefesselt dort beieinander, und wenn wir es klug anfangen, können wir sie wahrscheinlich retten."

„Retten? Das läßt sich eher hören. Ich gebe mein Leben hin, sie wieder frei zu machen."

„Das ist hoffentlich nicht nötig. Jetzt freut es mich, daß du mich geweckt hast, um den Kantor zu suchen. Wäre das nicht geschehen, lägen wir auch bei den Gefährten, an Händen und Füßen gebunden. So sind wir frei, und wie ich den alten Sam Hawkens kenne, wird er nicht eher ruhen, als bis sie wieder losgekommen sind, wenn ich mich nicht irre, hihihihi!"

Hobble-Frank war noch nicht überzeugt. Er befand sich in großer Aufregung und stand, nach dem Lager hin horchend, mit vorgebeugtem Oberkörper da, wie bereit, augenblicklich fortzurennen. Deshalb hielt ihn Hawkens noch immer fest und redete auf ihn ein, bis Frank sich endlich beruhigte. Sam zog ihn dann mit sich fort. Am Wald angekommen, schlichen sie im Schatten längs des Randes hin; sie waren noch nicht weit, da blieben sie stehen, denn es erscholl ein sehr lauter Ruf: „*Ustah arku etente!* – Kommt herauf, ihr Männer!"

„Halt", flüsterte Hawkens. „Die Leute, die der Häuptling ruft, werden da am Abhang heraufkommen, und wir stoßen mit ihnen zusammen, wenn wir weitergehen. Horch!"

Die Stimme des Anführers war bis hinab in das Tal gedrungen. Bald hörte man das Rollen von Steinen, das Brechen und Knacken von Zweigen und das Geräusch von vielen Fußtritten. Die so plötzlich Überfallenen und Überwundenen sollten hinab in das Tal geschafft werden, wozu mehr Indianer erforderlich waren, als sich oben befanden. Um solche Leute, wie hier gefangengenommen worden waren, zu transportieren, genügten fünfzig oder sechzig Krieger nicht. Es mußten doch auch alle ihnen abgenommenen Sachen und ihre Pferde hinabgeschafft werden.

Nun gab es ein Gewirr von befehlenden, fragenden und antwortenden Stimmen; dann hörten die beiden Lauscher Huftritte und Menschenschritte. Sie sahen einen langen Zug von Menschen und Pferden vorübergehen; da er vom Mond beleuchtet wurde, konnten sie die einzelnen Gestalten deutlich unterscheiden. Ihre Freunde waren alle an Händen und Füßen gefesselt, an den Füßen so, daß sie kurze Schritte machen konnten; keiner außer dem Kantor fehlte. Winnetou ging ebenso wie Old Shatterhand zwischen vier stämmigen Indianern.

Als dieser Zug vorüber war, drohte Hobble-Frank mit der Faust hinter ihm her und sagte: „Wenn ich nur könnte, wie ich wollte, da risse ich diese roten Halunken in Stücke, daß sie wie Sägespäne durch alle Lüfte flögen! Aber ich werde ihnen schon noch een Licht darüber offstecken, was Hobble-Frank zu bedeuten hat, wenn sein Grimm zornig und sein Zorn grimmig geworden is! Da sind sie hin, und wir stehen hier wie zwee zerbrochene Regenschirme oder als ob uns die Filzschuhe an die Beene gewachsen wären. Wollen wir ihnen denn nich nach?"

„Nein."

„Warum denn nich?"

„Weil das ein Umweg wäre. Sie mußten sich zum Transport der Gefangenen den bequemsten Weg auswählen, sind deshalb längs der Höhe hin und werden dann an einer geeigneten Stelle hinuntergehen. Wir schleichen uns den Abhang hinab, da, wo sie heraufgekommen sind."

„Und nachher?"

„Nachher werden wir ja sehen, was wir tun."

„Schön, also vorwärts, Sam! Es juckt mich in allen Fingern, die Kerls bei der Parabel festzunehmen."

Sie stiegen langsam und vorsichtig in das Tal hinab. Als sie unten angekommen waren, wurde ihnen das Anschleichen durch die brennenden Feuer erleichtert, nach denen sie sich richteten. Sie bewegten sich ein wenig oberhalb des Indianerlagers hin, bis sie an eine Stelle kamen, wo zwei hohe, flache und dünne Felsenstücke so gegeneinander lagen, daß sie eine Art Feldhütte oder ein Dach bildeten, unter dem leidlich Platz für zwei Personen war. Vorn standen einige kleine Koniferen, deren niedrige Zweige den Eingang verdeckten. Sie krochen hinein und legten sich so, daß sie sich mit den Köpfen unter den Bäumchen befanden und zwischen deren Stämmen hervorblikken konnten.

Als sie es sich so bequem wie möglich gemacht hatten, stieß Frank seinen Gefährten an und flüsterte ihm zu: „Siehst du, daß sich meine große Komprimationsgabe nich geirrt hat! Dort sitzt der Pflaumentoffel am Feuer. Er is es also wirklich gewesen, der uns verraten hat, dieser zwölfaktige Emeriticus!"

„Ja, du hast recht gehabt, er ist es wirklich gewesen."

„Er scheint nich gefangen zu sein. Warum haben sie ihn nich gefesselt?"

„Das ist auch mir unbegreiflich."

„Siehst du, wer dort liegt?"

„Ah, der Ölprinz! Und die beeden andern werden Buttler und Poller sein."

Außerdem konnten die beiden etwa hundertfünfzig Indianer zählen; also waren ebenso viele nach oben gestiegen, um die Weißen festzunehmen und dann herabzuschaffen. Am Fluß schliefen oder grasten die Pferde; sie waren abgezäumt, und man hatte die Sättel in mehrere Haufen zusammengelegt. Jetzt waren die lagernden Roten aufgesprungen; sie blickten erwartungsvoll talaufwärts. Von dorther erscholl ein Jubelgeheul, und sie beantworteten es. Der oben erwähnte Zug näherte sich dem Lager.

Erst erschien ein kleiner Trupp Roter; dann kamen Old Shatterhand und Winnetou mit ihren acht Wächtern. Diesen beiden Männern sah man es nicht an, daß sie sich gefangen oder gar gedemütigt fühlten. Ihre Haltung war stolz und aufrecht, und mit freien, offenen Blicken musterten sie den Platz und die Personen, die an den Feuern standen oder lagen. Auch den andern Westmännern sah man keine Niedergeschlagenheit an; die deutschen Einwanderer jedoch blickten ängstlich um sich, und noch niedergedrückter sahen ihre Frauen aus, die alle Mühe hatten, das Weinen der Kinder zu unterdrücken. Eine Ausnahme machte Frau Rosalie Ebersbach, die auch gebunden war, aber in ihren Fesseln stolz einherschritt und mit geradezu herausfordernder Miene um sich blickte.

Dem Kantor mochte jetzt endlich ein Licht über den Fehler aufgehen, den er begangen hatte; sobald er die Situation einigermaßen übersah, trat er auf Old Shatterhand zu und sagte: „Herr Franke klagte über Durst; deshalb kletterte ich hier herunter, um ihm heimlich eine Freude ..."

„Schweigen Sie!" herrschte ihn der Jäger an.

Einige Indianer nahmen den Emeritus zwischen sich, denn er sollte nicht mit seinen Reisegefährten sprechen. Die Nijoras bildeten einen Kreis um die Gefangenen; ihr Häuptling stand mit den bedeutendsten Kriegern in der Mitte und ergriff nun das Wort, indem er sich an Winnetou wandte: „Winnetou, der Häuptling der Apachen, ist gekommen, uns zu töten; er wird dafür am Marterpfahl sterben."

„Pshaw!"

Nur dieses eine Wort antwortete der Apache, dann setzte er sich wieder. Er war zu stolz, sich zu verteidigen. Der Häuptling zog die Brauen zornig zusammen und richtete sein Wort nun an Old Shatterhand: „Die weißen Männer werden alle mit dem Apachen sterben; das Kriegsbeil ist ausgegraben, und sie haben uns töten wollen."

„Wer hat das gesagt?" fragte Old Shatterhand.

„Dieser Mann." Dabei zeigte er auf den Kantor.

„Er spricht eine Sprache, die du nicht verstehst. Wie hast du da mit ihm reden können?"

Der Häuptling deutete auf Poller und antwortete: „Durch diesen, der den Dolmetscher gemacht hat."

„So ist der Dolmetscher ein Lügner und Fälscher gewesen. Du weißt, wer ich bin. Darf jemand Old Shatterhand einen Feind der roten Männer nennen?"

„Nein, aber jetzt ist der Kampf ausgebrochen, und jedes Bleichgesicht ist unser Feind."

„Auch ohne euch beleidigt zu haben?"

„Ja."

„Gut, so wissen wir, woran wir sind. Schau diese drei Bleichgesichter, die du vor uns gefangen hast; sie sind Lügner, Betrüger, Diebe und Mörder. Nur um sie zu ergreifen, sind wir in dieser Gegend, nicht um euch zu belästigen oder gar zu bekämpfen. Gib sie heraus, so ziehen wir weiter, ohne uns in eure Angelegenheiten zu mischen!"

„*Uff!* Ist Old Shatterhand plötzlich ein Kind geworden, daß es ihm in den Sinn kommt, ein solches Verlangen an uns zu stellen? Diese Bleichgesichter sollen wir ihm ausliefern? Sie gehören uns, sollen unsern Siegeszug schmücken und dann am Marterpfahl sterben. Dasselbe wird mit Old Shatterhand geschehen und mit allen, die jetzt mit ihm von uns ergriffen worden sind. Welcher Häuptling der roten Männer gibt solche Gefangenen heraus! Und wenn ich es tun wollte, würde Old Shatterhand noch viel mehr von uns verlangen."

„Was?"

„Wir haben eure Pferde erbeutet und alles, was ihr bei euch hattet. Das gehört nun uns. Das Köstlichste aber, was wir erhalten haben, ist Winnetous Silberbüchse, dein berühmter Bärentöter und das Zaubergewehr, mit dem du, ohne zu laden zu brauchen, so viele Male schießen kannst, wie du willst. Würdest du nicht das alles von uns fordern, wenn wir euch ziehen ließen?"

„Allerdings."

„So siehst du, daß ich recht habe. Wir geben die Beute nicht heraus und werden auch euch festhalten, denn euer Tod am Marterpfahl wird unsern Stamm berühmter machen, als jemals ein Stamm der roten Männer gewesen ist, und wir werden nach unserm Tod in den ewigen Jagdgründen zu den obersten der Seligen gehören, weil eure abgeschiedenen Seelen uns dort bedienen müssen."

Old Shatterhand machte trotz seiner gefesselten Hände eine geradezu unnachahmlich stolze Armbewegung und fragte: „*Pshaw!* Ist das dein fester Entschluß?"

„Ja."

„Wir sind nicht eure Feinde."

„Wir halten euch dafür, folglich seid ihr es."

„So hast du gesprochen, und nun werde ich mein letztes Wort sagen. Höre es: Ihr könnt uns nicht festhalten und werdet auch die Beute herausgeben. Unsre Seelen werden die euern nicht bedienen, denn wenn es uns beliebt, senden wir euch jetzt, in diesem Augenblick, in die ewigen Jagdgründe, wo ihr dann uns bedienen müßt anstatt wir euch. Ich habe gesprochen."

Er wollte sich abwenden, da trat der Häuptling um einige Schritte näher und herrschte ihn an: „Wagst du, so mit mir, dem obersten Häuptling der Nijoras, zu reden! Seid ihr unsere Gefangenen, oder sind wir die euern? Zähle deine Leute, sie sind gefesselt und nur wenige Männer; wir aber sind frei, bewaffnet und zählen über dreimal zehn mal zehn tapfere Krieger."

„*Pshaw!* Old Shatterhand und Winnetou sind nicht gewohnt, ihre Feinde zu zählen, und ob wir gefesselt sind oder nicht, das ist uns gleich. Wir haben nicht eure Feinde sein, sondern friedlich von euch ziehen wollen; du jedoch hast uns die Feindschaft aufgezwungen. Wohlan, wir nehmen sie an. Das Kriegsbeil mag ausgegraben sein, zwischen mir und dir, zwischen uns und euch. Nicht die Zahl der Köpfe oder die gefesselten Hände werden entscheiden, sondern die Vortrefflichkeit der Waffen und die Macht des Geistes."

Er warf einen kurzen Blick auf Winnetou, und dieser neigte zustimmend, doch kaum bemerkbar, das Haupt. Die beiden verstanden sich ohne Worte. Der Häuptling der Nijoras beachtete das in seinem Zorn nicht; er rief mit vor Wut bebender Stimme: „Wo sind eure Waffen, und wo ist der Geist, von dem du sprichst? Eure drei berühmten Gewehre hängen hier an meiner Schulter und ..."

„Der Geist, von dem ich sprach, wird sie dir nehmen!" fiel ihm Old Shatterhand in die Rede.

In diesem Augenblick stand der Jäger bei ihm, hob die gefesselten Hände und schmetterte ihn mit einem Hieb der beiden Fäuste besinnungslos zu Boden. Schon stand auch Winnetou hinter ihm, riß dem Leblosen das Messer aus dem Gürtel und schnitt damit die Armriemen Old Shatterhands durch, worauf dieser ihm die seinen zerschnitt. Nun hatten sie die Hände frei. Noch zwei Schnitte, und auch ihre Fußriemen fielen. Das war so schnell geschehen, daß die Roten gar keine Zeit gefunden hatten, eine Bewegung zu machen, es zu verhindern; sie standen vielmehr starr vor Staunen darüber, daß zwei Männer es wagten, mitten zwischen dreihundert Feinden in dieser Weise aufzutreten. Es galt, den Augenblick zu nutzen und sie abzuhalten, von allen Seiten heranzudringen. Deshalb riß Old Shatterhand ihren Häuptling mit der linken Hand von der Erde zu sich empor, zückte mit der Rechten das Messer und rief: „Weicht zurück! Wenn ein einziger Nijora es wagt, nur einen Fuß gegen uns zu bewegen, so wird mein Messer augenblicklich in das Herz eures Häuptlings fahren! Und seht Winnetou, den Häuptling der Apachen, an! Soll er euch die Kugeln meines Zaubergewehrs in die Köpfe geben?“

Winnetou hatte nämlich den Henrystutzen ergriffen und hielt ihn schußbereit in den Händen. Die Macht solcher Persönlichkeiten ist außerordentlich, zumal auf abergläubische Menschen. Dennoch war es ein höchst gefährlicher Augenblick. Wenn nur ein einziger Nijora den Mut besaß, zum Angriff zu schreiten, mußte er erschossen werden, und dann war die Rache sicherlich entfesselt und die Gefangenen würden niedergemetzelt. Noch waren alle Mienen starr vor außerordentlicher Betroffenheit, und noch wollte keiner eine Bewegung wagen; aber schon in der nächsten Sekunde konnte dieser Zauber seine Macht verlieren; da erschien eine Hilfe, die der kühne Jäger wohl kaum für möglich gehalten hätte, denn unter den Bäumen des Waldes heraus erscholl eine laute Stimme: „Zurück, ihr Nijoras! Hier stehen auch noch Bleichgesichter. Weicht ihr nicht sofort, so fressen euch unsre Kugeln. Um euch zu warnen, holen wir zunächst die Feder des Unterhäuptlings. Dann treffen wir die Köpfe. Also Feuer!“

Der Unteranführer, der gemeint war, stand in der Nähe von Old Shatterhand; er trug als Zeichen seiner Würde im Schopf eine Adlerfeder; die finstern, kampfeslustigen Blicke, die er auf die beiden kühnen Männer warf, sagten mehr als deutlich, daß er nicht willens war, sich einschüchtern zu lassen. Da krachte in dem Dunkel des Waldes, dort, wo die beiden erwähnten Steine lagen, der Schuß, und die Kugel riß ihm die Feder vom Kopf. Das wirkte augenblicklich. Die Drohung, die er gehört hatte, konnte in der nächsten Sekunde in Erfüllung gehen; jetzt war es nur auf seine Feder abgesehen gewesen; nun galt es seinem Leben. Er ahnte nicht, daß es nur zwei Personen waren, die dort im Dunkel steckten; es mußten vielmehr, da sie so keck auftraten, ihrer viele sein. Deshalb stieß er einen Schrei des Schreckens aus und sprang vom Feuer weg. Die andern Nijoras folgten seinem Beispiel, indem sie sich ebenso rasch entfernten.

„Gott sei Dank!“ raunte Old Shatterhand dem Apachen zu. „Wir haben gewonnen. Das war Sam Hawkens, den wir hörten. Hobble-Frank wird bei ihm sein. Ziele du auf den Häuptling; ich brauche das Messer, um die andern von den Fesseln zu befreien.“

Er ließ den Häuptling, auf den Winnetou die Mündung des Gewehrs richtete, zur Erde fallen und wandte sich zu seinen Gefährten, um ihnen die Riemen durchzuschneiden. Das geschah außerordentlich schnell, so daß die Indianer keine Zeit zu dem Gedanken fanden, ihn daran zu hindern. Sie hatten alles, was den Gefangenen abgenommen worden war, mit heruntergebracht, also auch die Waffen, und hier beim Feuer auf einen Haufen geworfen; die Weißen brauchten sich nur zu bücken, um in den Besitz ihrer Messer und Gewehre zu kommen. Sie standen nun frei und bewaffnet da, noch ehe zwei Minuten seit dem Beginn der gefährlichen Szene vergangen waren.

„Jetzt die Pferde, und dann mir nach in den Wald!“ gebot Old Shatterhand.

Er selbst nahm sein und Winnetous Pferd am Zügel, während der Apache den Häuptling der Nijoras aufhob, um mit ihm zu verschwinden, dahin, von wo sie Sam Hawkens' Stimme vernommen hatten. Der Platz am Feuer war leer; die Roten starrten auf ihn, kaum imstande zu begreifen, daß sie sich so hatten überraschen lassen.

Die beiden Helden dieser befreienden Tat hatten nicht Zeit gefunden, auf ein Vorkommnis zu achten, dessen Folgen ihnen später sehr ärgerlich werden sollten. Dem Kantor emeritus war nämlich plötzlich eingefallen, daß er in der oberen Westentasche, die ihm nicht geleert worden war, sein Federmesser stecken hatte. Er wollte den Fehler, den er begangen hatte, wiedergutmachen und ging, während alle andern nur für Old Shatterhand und Winnetou Augen hatten, zu Poller hin, setzte sich neben ihm nieder und sagte: „Eben denke ich daran, daß ich ein Federmesser habe. Sie wollen meinen Kameraden mithelfen. Hier ist es."

„Schön, schön!" antwortete Poller entzückt. „Legen Sie sich lang neben mich her, und schneiden sie mir die Riemen an den Händen entzwei, doch so, daß niemand es sieht. Wenn Sie mir dann das Messer geben, besorge ich das Weitere selbst."

„Aber Sie müssen dann auch meine Gefährten von ihren Fesseln befreien!"

„Natürlich, natürlich! Also machen Sie nur schnell, schnell!"

Der Kantor kam dieser Aufforderung nach und gab Poller das Messer in dem Augenblick, in dem Old Shatterhand das Durchschneiden der Riemen, mit denen die Weißen gefesselt waren, selbst in die Hand nahm. Dann sagte er: „Sehen Sie dorthin! Nun ist Ihre Hilfe nicht nötig. Shatterhand wird Sie auch befreien. Sie können mir mein Messer wiedergeben."

„Fällt mir nicht ein!" antwortete Poller. „Machen Sie sich schnell zu Ihren Leuten hin; wir drei kommen dann gleich nach!"

Der Kantor stand also auf und sprang, als er sah, was die andern auf Old Shatterhands Befehl taten, zu seinem Pferd, um fortzuziehen.

Jetzt war die Situation so, daß nur Buttler, Poller und der Ölprinz am Feuer lagen; die Indianer hatten sich, um ihren Feinden keine sicheren Ziele zu bieten, gegen den Fluß hin in das Dunkel zurückgezogen, während die Weißen am Fuß der Talwand unter den Bäumen steckten. Aus diesem Versteck heraus rief Old Shatterhand den Roten zu: „Die Krieger der Nijoras mögen sich ruhig verhalten. Beim geringsten Zeichen der Feindseligkeit oder wenn auch nur einer von ihnen es wagen sollte, zu uns herüberzuspähen, werden wir ihren Häuptling töten. Wenn es Tag geworden ist, soll über ihn verhandelt werden. Wir sind Freunde aller roten Männer und werden uns nur dann an ihm vergreifen, wenn wir gezwungen werden, uns zu verteidigen."

Die Indianer nahmen als selbstverständlich an, daß er Wort halten würde, obgleich es ihm selbst dann, wenn sie angegriffen hätten, nicht eingefallen wäre, einen Mord zu begehen. Und für einen Mord hielt er es selbst in diesem Fall, einem wehrlosen Gefangenen das Leben zu nehmen, denn wehrlos war jetzt der Häuptling, weil man ihn an Händen und Füßen gefesselt hatte.

Sam Hawkens und Hobble-Frank waren unter den Steinen hervorgekrochen. Der erstere sagte in seiner eigentümlichen Weise: „Das haben sich die roten Gentlemen wohl nicht gedacht! Dreihundert solche Kerle lassen sich von zwei Männern in das Bockshorn jagen. So etwas ist noch nicht dagewesen! Aber selbst dann, wenn es nicht gelungen wäre, hätte es dasselbe Ende genommen, nur ein wenig später, denn wir lagen hier, um euch zu befreien, hihihihi!"

„Ja", stimmte Hobble-Frank bei, „wir hätten euch herausgeholt, das stand bei uns bombenfest. Ob es zehn oder dreihundert Indianer waren, das hielten wir ebenso für Wurscht als wie für Schnuppe."

„Ja, ihr seid zwei außerordentliche Helden", meinte Old Shatterhand, halb zornig und halb belustigt. „Wo habt ihr denn gesteckt? Mir scheint, ihr seid spazierengegangen, während ihr schlafen solltet?"

„Spazieren gerade nich. Ich hatte eenen Troom, der meine physikalische Seele in innere Offregung versetzt hatte; ich wachte darum off und bemerkte zu meinem Erstaunen, daß der Herr Kantor fort war. Da weckte ich meinen Busenfreund Sam, und wir gingen, den abwesenden Herrn in die Anwesenheet zurückzuführen. Inzwischen geschah der Überfall, den wir nich verhindern konnten. Wir versteckten uns und sahen, daß ihr an uns vorübergeschafft wurdet. Da stiegen wir ins Tal hinunter und verbargen uns, um euch im Momente des geeigneten Oogenblicks aus der Gefangenschaft zu befreien. Es war een Glück für uns, daß der Herr Emeritus sich entfernt hatte, denn wäre dies nich der Fall gewesen, so hätten wir ihn nich gesucht und wären ooch mit gefangengenommen worden."

„Das wird wohl ein Irrtum sein", entgegnete Old Shatterhand. „Ich bin überzeugt, daß der Überfall gar nicht hätte stattfinden können, wenn dieser Unglücksmann ruhig liegengeblieben wäre. Wo steckt er denn jetzt? Ich bemerke ihn nicht."

„Hier bin ich", antwortete der Kantor hinter einem Baum hervor.

„Schön! Sagen Sie mir doch um aller Welt willen, wie es Ihnen einfallen konnte, sich von unserm Lagerplatz zu entfernen?

„Ich wollte Wasser holen, Herr Shatterhand."

„Wasser! Hier unten vom Fluß?"

„Ja."

„Sollte man so etwas für möglich halten! War denn Ihr Durst so groß, daß Sie ihn nicht bis morgen früh bezwingen konnten?"

„Es war nicht für mich."

„Für wen denn?"

„Für meinen guten Freund Herrn Hobble-Frank. Er klagte über Durst, und ich hatte mich mit ihm im Streit überworfen; das wollte ich wiedergutmachen, indem ich ihm behilflich war, seinen Durst zu löschen."

„Welch ein Unsinn! Eines ganz und gar albernen Zankes wegen haben Sie unser aller Leben in Gefahr gebracht! Wahrlich, wenn wir uns nicht hier mitten in der Wildnis befänden, würde ich Sie auf der Stelle fortjagen. Das kann ich aber leider nicht, weil Sie da unbedingt zugrunde gehen würden."

„Ich? Glauben Sie das ja nicht! Wer eine so hohe, künstlerische Mission zu erfüllen hat, wie die meine ist, die zwölf volle Akte betragen wird, der kann nicht zugrunde gehen."

„Lassen Sie sich nicht auslachen! Ich werde Sie in Zukunft des Abends anbinden müssen, damit Sie keine ferneren Dummheiten machen können. Und an dem ersten zivilisierten Ort, den wir erreichen, lasse ich Sie sitzen. Dann dürfen Sie meinetwegen Stoff für Ihre berühmte Oper suchen, bei wem und soviel Sie wollen. Ist es Ihnen denn gelungen, den Fluß hier unten zu erreichen?"

Der Emeritus verneinte und berichtete seine Festnahme, wie es ihm ergangen, bis zu dem Umstand, daß er Poller sein Messer geliehen habe.

„Alle Wetter!" rief Old Shatterhand, „ist dieser Mann ein Unglücksrabe, da müssen wir schnell dafür sorgen, daß sie uns nicht entkommen. Ich werde es wagen, an das Feuer zu gehen, um sie wieder zu binden. Ich will dabei nur hoffen, daß es den Nijoras nicht einfällt, mich ..."

Er wurde durch lautes Geschrei unterbrochen, das die Nijoras in diesem Augenblick erhoben. Als er nach dem Feuer blickte, sah er die Ursache. Nämlich Poller, Buttler und der Ölprinz hatten sich plötzlich von ihren Plätzen erhoben und rannten fort, dorthin, wo sich die Pferde der Indianer befanden.

„Sie reißen aus; sie reißen aus!" schrie Hobble-Frank. „Rasch off die Pferde und ihnen nach, sonst ..."

Er vollendete seinen Satz nicht, weil er seinen Worten sogleich die Tat folgen lassen wollte, doch Old Shatterhand hielt ihn fest und gebot: „Hierbleiben! Und still! Horcht!"

Man sah und hörte, daß die Indianer nach ihren Pferden rannten; aber die drei Flüchtlinge waren rascher als sie, denn man vernahm trotz des Wutgeheuls ganz deutlich den Hufschlag der Pferde, deren sie sich bemächtigt hatten und auf denen sie davongaloppierten.

„Da sind sie fort, futsch, für uns verloren bis in alle Ewigkeit!" lamentierte Frank. „Ich wollte ihnen nach. Warum sollte ich denn nich?"

„Weil es nichts genützt hätte und auch sehr gefährlich gewesen wäre", antwortete Old Shatterhand.

„Gefährlich? Meenen Sie etwa, daß ich mich vor diesen drei Halunken fürchte? Da kennen Sie mich, wie es scheint, noch immer nich!"

„Ich meine die Roten. Wir haben nicht mit ihnen verhandelt und müssen also sehr vorsichtig sein. Wollten wir die Fliehenden jetzt verfolgen, so fielen wir wahrscheinlich den Nijoras in die Hände. Wir werden hier verborgen bleiben, bis wir uns mit ihnen auseinandergesetzt haben."

„Und die drei Schurken entkommen lassen?"

„Würde es uns gelingen, sie jetzt, in der Nacht, zu ergreifen? Wenn die Möglichkeit dazu vorhanden ist, können wir das den Roten überlassen. Hört! Sie reiten den Entkommenen nach. Wir brauchen uns also nicht zu bemühen."

„Ach was! Selber is der Mann! Diese Indianer werden sich keine große Mühe geben."

„Damit würden sie nur beweisen, daß sie klug sind. Wenn wir warten, bis es Tag geworden ist, können wir die Spuren sehen und ihnen folgen."

„Der Vorsprung, den die Kerls dann haben!"

„Den holen wir wohl ein. Es ist leicht, sie festzunehmen, weil sie sich nicht verteidigen können; sie haben nur das Federmesser, das unser pfiffiger Herr Kantor ihnen geborgt hat, und das ist doch wohl nicht als eine sehr furchtbare und gefährliche Waffe zu betrachten."

Alle sahen ein, daß er recht hatte, und auch Frank gestand das zu. Nach einiger Zeit hörte man wieder den Hufschlag von Pferden; dann war es still. Die Indianer kamen resultatlos von der Verfolgung zurück, denn wenn sie die Flüchtlinge ergriffen gehabt hätten, wären sie jedenfalls sehr laut gewesen.

Da es voraussichtlich morgen einen anstrengenden Tag gab,

mußte sich die Gesellschaft wieder schlafen legen; Winnetou und Old Shatterhand blieben wach, um die Nijoras zu beobachten, da ein Versuch ihrerseits, ihren gefangenen Häuptling zu befreien, immerhin möglich war. Aber sie blieben während der ganzen Nacht ruhig, und als es Morgen wurde und die Schläfer erwachten, sah man sie drüben am Ufer des Flusses sitzen; sie waren wahrscheinlich alle munter geblieben.

Bis jetzt hatte niemand ein Wort mit Mokaschi gesprochen, und auch er hatte den Mund nicht geöffnet; ja, er hatte so still und unbeweglich gelegen, als ob Old Shatterhands Hieb ihn getötet hätte. Aber er lebte und blickte mit scharfen Augen um sich; es war Zeit, ihm zu sagen, was man von ihm verlangte. Deshalb wollte Old Shatterhand das Wort nehmen. Winnetou erriet das, bat durch einen Wink zu schweigen und wandte sich, ganz gegen seine sonstige Gewohnheit, selbst an den Häuptling Mokaschi: „Der Häuptling der Nijoras ist ein starker Mann, ein großer Jäger und ein sehr tapferer Krieger; er hat die stärksten Büffel mit einem einzigen Pfeil getötet; deshalb wird er Mokaschi genannt. Ich möchte gern als sein Freund und Bruder zu ihm sprechen und bitte ihn, mir zu sagen, wer ich bin!"

Das war scheinbar eine sonderbare Aufforderung, doch hatte sie ihren guten Grund und Zweck; das mochte Mokaschi denken, und so antwortete er bereitwillig: „Du bist Winnetou, der Häuptling der Apachen."

„Du hast richtig gesprochen. Warum hast du nicht einen besonderen Stamm der Apachen genannt, zu dem ich gehöre?"

„Weil alle Stämme dieses großen Volkes dich als Häuptling anerkennen."

„So ist es. Weißt du, zu welchem Volk der Stamm der Navajos gehört?"

„Sie sind Apachen."

„Und was sind die Nijoras, die dich ihren Häuptling nennen?"

„Auch Apachen."

„Dein Mund sagt die Wahrheit. Wenn diese ebenso wie jene zu dem großen Volk der Apachen gehören, so sind sie Brüder. Hat ein Vater mehrere Kinder, so sollen sie sich lieben und einander beistehen in jeder Sorge, Not und Gefahr, aber sich nicht zanken oder gar bekämpfen. Da unten im Südosten wohnen die Comanchen, die Todfeinde der Apachen; ihre Krieger ziehen alljährlich aus, die Apachen zu bekämpfen; deshalb sollten unsere Stämme fest zusammenhalten gegen diese Diebe und Mörder. Doch sie tun das nicht; vielmehr entzweien sie sich untereinander, reiben sich gegenseitig auf und sind dann zu schwach, wenn es gilt, den gemeinsamen Feind zurückzuweisen. Wenn meine Seele daran denkt, wird mir mein Herz schwer von Sorgen. Die Nijoras und die Navajos nennen mich einen Häuptling der Apachen; sie sind auch Apachen; deshalb sollten ihre Ohren auf die Worte meines Mundes hören. Du hast mich und meine weißen Brüder gefangengenommen, obgleich wir euch nichts getan haben und obwohl ich eines Stammes und Volkes mit dir bin. Kannst du mir einen Grund angeben, den ich anerkennen muß?"

„Ja."

„Welchen?"

„Dein Herz hängt mehr an den Navajos als an meinem Stamm."

„Du irrst. Ich bin euer aller Bruder."

„Deine Seele gehört den Bleichgesichtern, die unsre Feinde sind."

„Auch das ist ein Irrtum. Ich liebe alle Menschen, gleichviel, ob sie eine rote oder eine bleiche Farbe haben, wenn sie das Gute tun. Und ich bin der Feind aller bösen Menschen, ohne zu fragen, ob sie Indianer oder Weiße sind. Das Beil des Krieges ist ausgegraben, und nun zieht der Bruder gegen den Bruder, um des andern Blut zu vergießen; das ist nicht gut, sondern bös, und deshalb bin ich heute nicht euer Freund. Doch dürft ihr auch nicht meinen, daß ich euer Feind sei. Ich helfe weder euch noch den Navajos, sondern ich möchte euch mahnen, den Tomahawk des Krieges wieder zu vergraben und Frieden walten zu lassen."

„Das ist nicht möglich. Das Beil, das die Hand des Kriegers einmal ergriffen hat, darf nicht eher zur Ruhe kommen, als bis es Blut gekostet hat. Wir hören auf keinen Mund, der vom Frieden redet."

„Auch auf den meinen nicht?"

„Nein."

„So sehe und höre ich, daß jedes meiner Worte vergeblich sein würde; Winnetou pflegt nicht unnütz zu reden; ich will also schweigen. Fechtet euern Streit mit den Navajos aus; doch hütet euch, mich und meine weißen Brüder mit hineinzuziehen! Du hast uns als Feinde behandelt; das wollen wir vergessen. Nun befindest du dich in unsern Händen; dein Leben ist in unsre Gewalt gegeben. Soll man in den Zelten eurer Feinde erzählen: Old Shatterhand und Winnetou, diese beiden Männer, haben Mokaschi gefangengenommen, obgleich er dreihundert Krieger bei sich hatte? Sollst du mit deinen Kriegern an allen Lagerfeuern verlacht und verspottet werden? Willst du, daß man von dir sagt: Er hat sogar die weißen Squaws und die Kinder, die sich in seiner Gewalt befanden, wieder hergeben müssen?"

Winnetou sprach diese Fragen mit sehr gutem Grund aus. Es war für Mokaschi unbedingt eine große Schande, unter solchen Verhältnissen und trotz seiner großen Kriegerschar festgenommen worden zu sein. Er sollte seine vorherigen Gefangenen ungehindert ziehen lassen und dafür selbst freigegeben werden. Ging er nicht darauf ein, so mußte dann das Versprechen, daß seine Schande verschwiegen bleiben solle, ihn willfährig machen. Er sah jetzt finster vor sich hin und antwortete nicht. Deshalb fuhr Winnetou fort: „Deine Krieger haben vernommen, daß du sofort getötet wirst, wenn sie uns angreifen. Hast du es auch gehört, als mein Bruder Shatterhand es ihnen hinüberrief?"

Mokaschi nickte.

„So weißt du also, was du zu erwarten hast. Du sollst aber dein Leben behalten und deine Freiheit zurückbekommen. Dafür verlangen wir freien Abzug von hier und alle Sachen zurück, die uns genommen worden sind und die wir noch nicht wiederhaben."

„Die gehören nun uns!"

„Nein. Wir werden nicht eine einzige Nadel in euern Händen lassen."

„So mag es zum Kampf kommen!"

„Du wirst zuerst sterben!"

„Ich bin ein Krieger und fürchte den Tod nicht. Meine Leute werden mich rächen."

„Du irrst. Wir befinden uns hier unter dem Schutz der Felsen und Bäume; auch haben wir nie die Zahl unserer Feinde gezählt; ob ihr dreihundert seid oder weniger, das ist uns gleich, und deine Krieger wissen, was für Gewehre wir besitzen. Ich sage dir, daß wir gewiß nicht unterliegen werden."

„So mögen meine Leute mit mir sterben. Sie tragen ja ebenso wie ich die Schande, von der du vorhin gesprochen hast."

„Wenn du klug bist und sie dir gehorchen, wird diese

Schande nicht auf euch liegenbleiben. Wir versprechen dir, nicht davon zu reden."

Da leuchteten die Augen Mokaschis freudig auf, und er rief: „Das versprichst du mir?"

„Ja."

„Und wirst du Wort halten?"

„Hat Winnetou sein Wort jemals gebrochen?"

„Nein. Aber sag mir, wie ihr euch dann gegen uns verhalten werdet, wenn wir euch ziehen lassen."

„So, wie ihr euch gegen uns verhaltet. Folgt ihr uns, um uns von neuem zu bekämpfen, werden wir uns wehren."

„Wohin werdet ihr euch wenden?"

„Das wissen wir noch nicht."

„Etwa zu den Navajos?"

„Wir müssen den drei entflohenen Gefangenen folgen. Wo diese hingeritten sind, dahin reiten wir auch. Sind sie zu den Navajos, so suchen wir diese ebenfalls auf."

„Und steht ihnen gegen uns bei?"

„Wir werden sie zum Frieden ermahnen, so wie ich es bei dir getan habe. Ich sagte dir ja schon, daß wir nicht eure Feinde sind, aber auch nicht die ihren. Entscheide dich schnell! Wir müssen bald aufbrechen, sonst bekommen die drei Bleichgesichter einen zu großen Vorsprung."

Mokaschi schloß die Augen, um das Für und Wider zu überlegen; dann schlug er sie wieder auf und erklärte: „Ihr sollt alles zurückbekommen, was euch gehört, und dann fortreiten können."

„Ohne daß ihr uns verfolgt?"

„Wir werden nicht mehr an euch denken; dafür werdet ihr nicht davon reden, wie ich in eure Hände geraten bin!"

„Einverstanden! Ist mein Bruder Mokaschi bereit, mit uns hierüber die Pfeife des Friedens zu rauchen?"

„Ja."

„Halt!" fiel da Old Shatterhand ein. „Mein Bruder Winnetou hat etwas Wichtiges vergessen. Er hat nicht an die acht Navajos gedacht, die sich in den Händen der Nijoras befinden."

„Ich habe an sie gedacht", antwortete der Apache.

„Wir müssen auch ihre Freiheit verlangen."

Da fuhr Mokaschi zornig auf: „Was gehen diese euch an? Sind sie eure Gefährten? Haben wir sie in eurer Gesellschaft gefangen? Ihr sagt, daß ihr weder ihre noch unsre Feinde seid, und ich habe das geglaubt. Soll ich nun daran irre werden? Ich habe den Willen getan, soweit es eure Personen und eure Sachen betrifft. Diese Navajos aber, unsre Feinde, sind euch fremd; sie gehen euch nichts an, und ihr habt sie nicht von uns zu fordern. Wenn ihr das dennoch tut, so nehme ich mein Versprechen zurück, und der Kampf zwischen uns und euch mag beginnen, obgleich ihr mir gedroht habt, daß ich der erste sein werde, der sterben muß."

Die Menschlichkeit trieb Old Shatterhand, dennoch auf seinem Verlangen zu beharren; Winnetou glaubte, auf eine andre Weise zu demselben Ziel zu kommen; er gab ihm daher einen heimlichen Wink und sagte zu dem Nijora: „Mein Bruder Mokaschi hat recht; wir dürfen diese Navajos nicht von euch verlangen, denn sie sind nicht unsere Gefährten gewesen; doch du weißt, daß ich sie ebenso wie euch als meine Brüder betrachte, und deshalb werde ich eine Bitte für sie aussprechen."

„Winnetou mag reden, und ich werde hören."

„Was beabsichtigt ihr, mit diesen Gefangenen zu tun?"

„Sie werden am Marterpfahl sterben, geradeso wie alle andren Navajos, die noch in unsre Hände fallen."

„So bitte ich dich, sie nicht schon jetzt sterben zu lassen."

„Wann denn?"

„Wenn der Kampf beendet und das Kriegsbeil wieder vergraben worden ist."

„Das würde auch geschehen, ohne daß du es erbittest. Du bist der berühmteste Krieger der Apachen und mußt also den Brauch aller Stämme kennen. Kein Gefangener wird während des Kriegszugs gemartert, sondern erst dann, wenn die Sieger in ihre Dörfer heimgekehrt sind. So wird es auch bei uns geschehen."

„Ich wußte es. Wir sind nun einig und werden die Pfeife des Friedens und der Besiegelung darüber rauchen."

„So bindet mich los und kommt mit mir unter den Bäumen hervor und in das Freie hinaus, damit meine Krieger sehen, daß wir das Kalumet rauchen. Da werden sie wissen, daß sie für mich nichts zu fürchten haben und daß der Friede zwischen uns und euch geschlossen worden ist."

Sein Wunsch wurde sogleich erfüllt. Man löste ihm die Fesseln, und dann setzten sich alle hinaus ins Freie, wo gestern die Feuer gebrannt hatten. Dort stopfte Winnetou seine Friedenspfeife, zündete sie an und ließ Mokaschi die ersten Züge daraus tun. Dann ging sie von Hand zu Hand weiter. Sogar die Frauen und die Kinder mußten sie wenigstens in den Mund nehmen, sonst hätte sich nach indianischen Begriffen der Vergleich nicht mit auf sie erstreckt, und sie hätten überfallen oder gar getötet werden können, ohne daß man das Recht gehabt hätte, deshalb auf die Roten den Vorwurf der Treulosigkeit zu schleudern.

Als diese Zeremonie vorüber war, reichte Mokaschi allen, selbst den Kindern, die Hand und ging dann zu seinen Leuten hinüber, um ihnen das Übereinkommen mitzuteilen.

„Ich hätte die acht Navajos zu gern frei gehabt", sagte Old Shatterhand. „Nun müssen wir sie in den Händen der Nijoras lassen."

„Mein Bruder mag sich nicht um sie sorgen; es wird ihnen nichts geschehen", versicherte Winnetou.

„Das ist nicht so sicher, wie du zu denken scheinst."

„Es ist sicher. Die Nijoras werden gezwungen sein, auch diese Gefangenen freizugeben."

„Wer soll sie zwingen? Die Navajos?"

„Ja."

„Wieso denn?"

„Wir werden sie dazu auffordern."

„So denkst du, daß wir uns nun direkt zu den Navajos wenden werden?"

„Wir werden das tun, weil der Ölprinz zu ihnen ist."

„Hm! Es gibt allerdings Gründe, das anzunehmen. Die drei Kerls haben keine Waffen; sie können kein Wild erlegen; Feuerzeug fehlt ihnen auch; sie werden hungern und gezwungen sein, Menschen aufzusuchen; andre Menschen als die Navajos gibt es da, wohin sie kommen, nicht. Freilich fragt es sich, wie sie von diesen aufgenommen werden."

„Gut."

„Das ist zu bezweifeln und doch auch möglich. Wenn sie sagen, daß sie Feinde der Nijoras, bei diesen gefangen gewesen, ihnen aber entflohen sind, so wird der Empfang leidlich sein."

„Mein Bruder mag berücksichtigen, daß sie auch andres sagen können. Sie werden von den Navajokundschaftern sprechen und vielleicht erzählen, daß Khasti-tine, ihr Anführer, von den Nijoras ermordet worden ist. Sie werden dich und mich und alles erwähnen, um sich bei den Navajos einzuschmeicheln."

„Und von ihnen Hilfe erlangen, nämlich Waffen und was sie sonst noch brauchen. Denkst du, daß sie das erhalten werden?"

„Es kommt darauf an, was sie erzählen werden. Nitsas-Ini, der große Häuptling der Navajos, ist ein sehr kluger Mann; er wird jedes Wort, das er von ihnen hört, prüfen, ehe er es glaubt. Doch schau hinüber zu den Nijoras! Sie besteigen ihre Pferde."

Mokaschi hatte seinen Leuten gesagt, daß Frieden geschlossen sei. Sie waren zwar nicht sehr damit einverstanden, mußten sich allerdings fügen, weil das Kalumet darüber geraucht worden war. Aus Ärger über diesen nicht glänzenden Abschluß des Abenteuers wollten sie am liebsten jetzt gar nichts mehr sehen; sie stiegen also auf ihre Pferde und ritten davon. Einige waren zurückgeblieben und brachten alle Gegenstände, welche die Weißen noch zu verlangen hatten. Es fehlten zwar einige Kleinigkeiten, doch hatten diese einen so geringen Wert, daß kein Wort darüber verloren wurde. Warum solche Nichtigkeiten erwähnen, wo es sich vorher um ganz andre Dinge, sogar um Tod und Leben gehandelt hatte!

ZEHNTES KAPITEL

Das verlorene Schriftstück

Es war zwei Tage später. Da, wo sich der Chellyarm in den Rio San Juan ergießt, der auch den Namen Rio del Navajos führt, gab es auf der Landzunge zwischen diesen beiden Flüssen ein bedeutendes Indianerlager. Es mochten wohl an die sechshundert Navajos versammelt sein, und zwar nicht zur Jagd, weil man dann Zelte mitgebracht haben würde, die jetzt fehlten, sondern es handelte sich um einen Kriegszug, denn alle Gesichter waren mit Kriegsfarben bemalt.

Die Stelle war außerordentlich gut zum Lager geeignet. Sie bildete ein Dreieck, das an zwei Seiten von den beiden Flüssen eingefaßt und beschützt wurde und also nur von der dritten Seite angegriffen werden konnte. Gras gab es mehr als genug, Bäume und Sträucher auch, und an Wasser war vollends kein Mangel.

An Riemen, die von Baum zu Baum gezogen worden waren, hingen lange, dünn geschnittene Fleischstücke zum Trocknen, der nötige Proviant für den beabsichtigten Kriegszug. Die Roten lagen entweder unbeschäftigt im Gras, oder sie badeten in einem der Flüsse. Andre dressierten ihre Pferde oder übten sich im Gebrauch ihrer Waffen.

In der Mitte des Lagers stand eine Hütte, die aus Strauchwerk errichtet worden war. Eine Lanze, die neben der Tür in der Erde steckte, war mit drei Adlerfedern geschmückt; die Hütte war also die Wohnung des Nitsas-Ini, des obersten Häuptlings der Navajos. Er befand sich nicht im Innern, sondern saß vor ihr. Er war wohl noch nicht ganz fünfzig Jahre alt, von kräftiger, ebenmäßiger Gestalt und hatte, was auffallen mußte, sein Gesicht nicht mit Farbe bestrichen. Daher waren dessen Züge deutlich zu sehen. Man konnte das Resultat einer Betrachtung dieser Züge in das eine Wort zusammenfassen: edel. In seinem Blick lag eine ungewöhnliche Intelligenz, eine Ruhe und Klarheit, die man an Indianern sonst nicht zu beobachten pflegt. Er machte keineswegs den Eindruck eines wilden oder auch nur halbwilden Menschen. Wenn man nach der

Ursache suchte, so brauchte man nur auf die Person zu blikken, die an seiner Seite saß und sich mit ihm unterhielt – eine Squaw.

Das war unerhört! Eine Squaw im Kriegslager, und noch dazu an der Seite des Häuptlings! Man weiß ja, daß selbst die geliebteste Indianerfrau es nicht wagen darf, öffentlich an der Seite ihres Mannes zu sitzen, falls der eine nur einigermaßen hervorragende Stellung einnimmt. Und hier handelte es sich um den obersten Häuptling eines Stammes, der imstande war, fünftausend Krieger zusammenzubringen. Aber diese Frau war keine indianische Squaw, sondern eine Weiße; sie war – kurz sei es gesagt – Schi-Sos Mutter, die den Häuptling der Navajos zum Mann genommen und einen glücklichen, bildenden Einfluß über ihn gewonnen hatte, wie schon früher einmal erwähnt worden ist.

Vor diesen beiden stand, an den Sattel seines Pferdes gelehnt, ein langer, hagerer, sehr kräftig aussehender Mann, dessen Vollbart eine glänzend eisgraue Farbe angenommen hatte. Man mußte es ihm auf den ersten Blick ansehen, daß er nie gewohnt gewesen war, die Hände in den Schoß zu legen, und wohl mehr erfahren und erlebt hatte als tausend andre. Diese drei Personen sprachen miteinander, und zwar in deutscher Sprache. Auch der Häuptling bediente sich ihrer, was sich freilich nur dadurch erklären ließ, daß seine Frau eine Deutsche war.

„Ich beginne nun auch, Sorge zu haben“, sagte soeben der Eisgraue. „Unsre Kundschafter sind so lange fort, daß wir nun endlich eine Nachricht von ihnen haben müßten.“

„Es muß ihnen ein Unglück begegnet sein“, sagte die Frau.

„Das befürchte ich nicht“, meinte der Häuptling. „Khasti-tine ist der beste Kundschafter des ganzen Stammes und hat neun erfahrene Späher mitbekommen; da ist mir nicht bange um sie. Wahrscheinlich sind sie nicht auf Nijoras gestoßen und müssen nun lange suchen, um deren Spuren zu finden. Dabei haben sie sich zu teilen, um verschiedene Richtungen abzustreifen, und dann ist es nicht leicht, sich wieder zusammenzufinden; wenigstens vergeht eine längere Zeit dabei.“

„Wollen hoffen, daß es so ist! Also ich reite jetzt und nehme mir einige Krieger mit.“

„Soviel du willst. Wer die Antilope jagen will, darf nicht allein reiten, sondern muß genug Leute haben, um die Beute müde zu treiben.“

„So lebe wohl, Nitsas-Ini!"
„Lebe wohl, Maitso!"
Der Eisgraue bestieg sein Pferd und forderte im langsamen Fortreiten einige Indianer auf, mit ihm zu kommen. Sie waren gern bereit dazu, denn die Antilopenjagd ist ein Vergnügen, das die Indianer jener Gegenden mit Leidenschaft betreiben. Er war von dem Häuptling Maitso genannt worden. Dieses Wort bedeutet in der Navajosprache soviel wie Wolf, woraus sich schließen ließ, daß das der ursprüngliche deutsche Name dieses Mannes war. Erinnert man sich, daß der junge Freund und Kamerad Schi-Sos Adolf Wolf hieß, so wird man sich leicht denken, daß dieser Maitso der Onkel war, den Adolf aufsuchen wollte.

Der Graue ritt mit seinen indianischen Begleitern weit in die Ebene hinein, und es gelang ihnen, einige Antilopen zu erlegen. Auf dem Heimweg bemerkten sie, noch lange bevor sie das Lager erreicht hatten, drei Reiter, die langsam aus östlicher Richtung geritten kamen; ihre Pferde mußten einen langen und anstrengenden Weg zurückgelegt haben, denn man sah ihnen schon von weitem an, daß sie außerordentlich ermüdet waren.

Diese drei Reiter hielten, als sie den Trupp erblickten, ihre Pferde an, um zu beraten, ob es geraten sei, ihm zu trauen; dann kamen sie vollends herbei. Diese Leute waren Poller, Buttler und der Ölprinz.

„Guten Abend, Sir!" grüßte der letztere. „Ihr seid ein Weißer, und deshalb kalkuliere ich, daß Ihr uns eine wahrheitstreue Auskunft geben werdet. Zu welchem Stamm gehören die Roten, die da bei euch sind?"

„Zu den Navajos", antwortete Wolf, indem er die ihm Unbekannten mit nicht eben günstiger Miene musterte.

„Wer führt sie an?"
„Nitsas-Ini, der oberste Häuptling."
„Und Ihr? Wer seid Ihr? Ihr könnt unmöglich zu den Navajos gehören!"
„Warum nicht?"
„Weil Ihr ein Weißer seid."
„*Pshaw*! Es kann auch weiße Navajos geben. Ich wohne schon lange Jahre in ihrer Nähe und rechne mich zu ihnen."
„Wo sind sie jetzt?"
„Hm? Warum fragt Ihr so?"
„Weil wir es wissen müssen."

„Müssen? Das heißt, ich muß es Euch sagen? Kein Mensch muß, und ich muß erst recht nicht."

„Und dennoch werdet Ihr mir Auskunft geben. Wir wollen Nitsas-Ini aufsuchen, um ihm eine sehr wichtige Nachricht zu bringen."

„Von wem?"

„Von seinen Kundschaftern."

Wenn er geglaubt hatte, den Alten damit sofort zu ködern, hatte er sich geirrt. Dieser sah ihn vielmehr noch mißtrauischer als vorher an und sagte: „Kundschafter? Wüßte nicht, wo wir Kundschafter hätten!"

„Verstellt Euch nicht! Ihr dürft Vertrauen zu uns haben. Wir bringen wirklich eine sehr wichtige Botschaft von ihnen."

„Nun, ich setze den Fall, wir hätten wirklich einige Späher zu irgendeinem Zweck ausgesandt und diese hätten uns etwas zu berichten, meint Ihr, daß sie da auf den Gedanken kommen würden, uns das durch drei Bleichgesichter sagen zu lassen? Die würden uns wohl einen von sich schicken."

„Ja, wenn sie könnten!"

„Warum sollen sie nicht können?"

„Weil sie gefangen sind."

„Gefangen! Alle Teufel? Bei wem?"

„Bei den Nijoras."

„Hol Euch der Kuckuck! Leute, wie unsre Späher sind, nimmt man nicht so leicht gefangen."

„Sie sind es trotzdem!"

„Wo?"

„Zwei Tagesritte von hier, aufwärts im Chellytal."

„Wie viele sind's?"

„Acht Mann."

„Stimmt leider nicht, stimmt wirklich nicht!"

„Donner und Doria, seid nicht so ungläubig! Ich weiß wohl, daß es zehn gewesen sind; es fehlen zwei, die von den Nijoras getötet worden sind."

„Getötet? Hört, Master, seht Euch vor! Keiner von euch dreien hat ein Gesicht, das mir gefällt. Wenn ihr uns etwas sagt, so sorgt dafür, daß es wahr ist, sonst ergeht es euch schlimm!"

„Wie Ihr wollt! Wir sind gar nicht so sehr darauf erpicht, Euch einen solchen Dienst zu erweisen und dafür Grobheiten und Beleidigungen einzuernten."

„Begehrt nicht so auf! Ihr habt keine Waffen und seid also

ohne jede Hilfe. Es gehört keine übergroße Phantasie dazu, euch für Vagabunden zu halten."

„Weil wir Flüchtlinge sind!"

„Ach so! Woher kommt ihr denn?"

„Von den Nijoras, bei denen wir gefangen waren."

„Hm! Mitgefangene unsrer Kundschafter also?"

„Ja. Zuckt immerhin mit den Schultern! Ihr werdet es uns noch zu danken wissen, daß wir zu Euch gestoßen sind. Ist Euch vielleicht das Gloomy Water jenseits des Chelly bekannt?"

„Ja."

„Nun, nicht weit davon ist Euer Khasti-tine von Mokaschi mit noch einem Kundschafter erschossen worden, und die acht übrigen wurden am Gloomy Water gefangengenommen und nach dem Chelly geschleppt. Dort gelang es uns dreien, die wir auch in die Hände der Nijoras geraten waren, zu entkommen. Nun glaubt mir oder glaubt mir nicht; es ist mir gleich!"

Jetzt, da Wolf den Namen Khasti-tine hörte, konnte er nicht länger zweifeln; er rief erschrocken aus: „Khasti-tine erschossen? Ist das wahr? Und die andern Gefangenen? Alle Wetter, da steht es schlimm um sie!"

„Oh, es gibt noch andre, um die es ebenso schlimm steht!"

„Noch andre? Wer denn?"

„Winnetou, Old Shatterhand, Sam Hawkens und weitere Westmänner, dazu eine ganze Gesellschaft deutscher Einwanderer."

„Seid Ihr toll?" stieß Wolf hervor. „Old Shatterhand und Winnetou gefangen?"

Da sagte Poller: „Noch mehr, viel mehr. Schi-So ist auch dabei; er kommt aus Deutschland mit einem andern jungen Mann, der Adolf Wolf heißt."

Da schrie der Alte förmlich: „Adolf Wolf? Ein Deutscher? Wißt Ihr das genau?"

„Natürlich weiß ich es. Ich bin ja der Führer der Gesellschaft gewesen; ich kann deutsch sprechen und habe mir ihr Vertrauen erworben."

„Mein Himmel! Da muß ich Euch sagen, daß ich der Oheim dieses Adolf Wolf bin. Er will zu mir. Also er gefangen und Schi-So auch? Schnell, schnell, kommt mit zum Häuptling! Ihr müßt uns alles erzählen, und dann brechen wir sofort auf, um Hilfe zu bringen."

Er gab seinem Pferd die Sporen und galoppierte davon, dem

Lager zu. Die drei Weißen folgten ihm, indem sie verstohlen befriedigte Blicke wechselten. Den Schluß bildeten die Indianer. Es lag Poller, Buttler und dem Ölprinzen nur daran, sich hier bei den Navajos Waffen und Munition zu holen und dann schleunigst weiterzureiten. Sie sagten sich natürlich, daß sie verfolgt würden, und hegten keineswegs die Absicht, sich ergreifen zu lassen. Da hatten sie nur mit zwei Möglichkeiten zu rechnen. Entweder gelang es ihnen, den Navajos bald, nachdem sie von diesen ausgerüstet worden waren, wieder zu entwischen, das war das Wünschenswerteste, oder man ließ sie nicht fort, sondern zwang sie, wieder umzukehren und mit gegen die Nijoras zu ziehen. In diesem Fall galt es vor allen Dingen, Zeit zu gewinnen, um eine passende Gelegenheit zur Flucht abzuwarten. Das konnte nur dadurch geschehen, daß das Zusammentreffen der Navajos mit Old Shatterhand und seinen Leuten verhindert wurde. Wie das anzufangen war, darüber dachte der Ölprinz jetzt während des Rittes nach dem Lager nach. Erst wollte ihm nichts einfallen, schließlich kam ihm ein passender Gedanke: Old Shatterhand und Winnetou befanden sich mit ihren Begleitern auf der linken Seite des Chellyflusses; wenn man die Navajos veranlaßte, auf dem rechten Ufer zu bleiben, wurde das Zusammentreffen jedenfalls um mehrere Tage hinausgeschoben, und es stand zu erwarten, daß sich während dieser Zeit eine Gelegenheit zum Entrinnen finden würde. Deshalb instruierte der Ölprinz seine beiden Freunde mit gedämpfter Stimme, so daß der voranreitende Wolf es nicht hören konnte: „Laßt mich reden, wenn wir gefragt werden, und merkt euch vor allen Dingen das eine: Wir haben uns nicht am linken, sondern am rechten Ufer des Flusses befunden, und auf derselben Seite befindet sich auch Old Shatterhand mit seinen Leuten."

„Warum das?" erkundigte sich Buttler.

„Werde es dir später erklären; jetzt ist keine Zeit dazu."

Er hatte recht, denn die Reiter näherten sich eben jetzt dem Lager. Die in ihm befindlichen Indianer blickten verwundert auf die drei fremden Weißen, denn sie hatten in dieser abgelegenen Gegend und jetzt, da das Kriegsbeil ausgegraben worden war, keine Bleichgesichter vermutet. Wolf ritt mit diesen bis an das Zelt des Häuptlings, der wie vorher vor dem Eingang saß, stieg von seinem Pferd und meldete: „Ich habe diese weißen Männer getroffen und zu dir gebracht, weil sie eine sehr wichtige Botschaft für dich haben."

Nitsas-Ini, der Große Donner, betrachtete die drei Ankömmlinge, die auch aus ihren Sätteln sprangen, und fragte dann den Wolf: „Hast du sie als Freunde begrüßt?"

„Ja."

Da zog der Häuptling seine Stirn in Falten und meinte: „Ein geübtes Auge sieht es schon dem Baum an seiner Rinde an, wenn er innerlich faul ist. Du hast deine Augen nicht offen gehabt."

Die drei Weißen hatten also keinen guten Eindruck auf ihn gemacht; sie hätten taub sein müssen, hätten sie das seinen Worten nicht entnommen. Der Ölprinz trat nahe zu ihm heran und sagte in halb höflichem und halb vorwurfsvollem Ton: „Es gibt Bäume, die innerlich gesund sind, obgleich ihre Rinde krank zu sein scheint. Der Große Donner mag erst dann über uns urteilen, wenn er uns kennengelernt hat!"

Die Falten auf der Stirn des Häuptlings vertieften sich, und seine Stimme klang streng abweisend, als er antwortete: „Es sind mehrere hundert Sommer vergangen, seit die Bleichgesichter in unser Land gekommen sind; wir haben also Zeit genug gehabt, sie kennenzulernen. Es gab nur wenige unter ihnen, die Freunde der roten Männer genannt werden konnten."

„Zu diesen gehören wir; das werden wir euch beweisen."

„Wenn ihr das könnt, wird es euer Glück sein!"

„Unser Glück? Ich denke, wir haben hier bei euch nichts zu befürchten, weil Mr. Wolf uns freundlich aufgenommen hat."

„Was er getan und gesprochen hat, bindet die roten Männer nicht. Ich bin der oberste Häuptling der Navajos, bei denen ihr euch befindet, und euer Schicksal hängt nicht von seinem Willen ab, sondern von dem, was ich über euch bestimme."

Bei diesen Worten wurde es den drei Männern bange; der Ölprinz ließ sich das nicht anmerken, sondern fuhr in zuversichtlichem Ton fort: „Ich habe gehört, daß der Große Donner ein gerechter und weiser Anführer ist; er wird Krieger, die zu ihm gekommen sind, um ihn und seine Leute zu retten, nicht feindlich behandeln."

„Ihr uns retten?" fragte der Häuptling, indem er seinen Blick abermals geringschätzig über ihre Gestalten gleiten ließ. „Wer gerettet werden soll, muß sich in einer Gefahr befinden."

„Das ist freilich der Fall."

„So sagt, was für eine Gefahr es ist, aus der ihr uns erlösen wollt!"

„Die Gefahr von den Nijoras."

„Pshaw!" rief der Häuptling unter einer wegwerfenden Handbewegung aus. „Die Nijoras sind Männer, die wir zertreten werden!"

„Das denkst du, aber sie sind euch an Zahl weit überlegen."

„Und wenn sie zehnmal hundert zählten, wir würden sie doch vernichten, denn ein Navajo ist soviel wie zehn Nijoras zusammen. Und ihr wollt uns helfen, ihr, die ihr keine Waffen habt? Nur ein Feigling kann sich sein Gewehr nehmen lassen."

Das war eine Beleidigung. Hätte sich der Ölprinz diese gefallen lassen, wäre er allerdings feige gewesen, das sah er wohl ein, und deshalb antwortete er in zornigem Ton: „Wir sind gekommen, euch Gutes zu erweisen, und du vergiltst uns diese Absicht mit beleidigenden Worten? Wir werden euch augenblicklich verlassen."

Er trat zu seinem Pferd und gab sich den Anschein, als ob er wieder in den Sattel steigen wollte. Da sprang der Häuptling auf, streckte seine Hand gebieterisch aus und rief: „Herbei, ihr Navajokrieger; laßt diese Bleichgesichter nicht von der Stelle!"

Diesem Ruf wurde augenblicklich Folge geleistet. Als die drei Weißen von den Roten ringsum eingeschlossen waren, fuhr er fort: „Meint ihr, daß man zu uns kommen und von uns gehen darf wie ein Präriehase von und zu seinem Bau? Ihr befindet euch in unserer Gewalt und verlaßt diesen Ort nicht eher, als bis ich es euch erlaube. Beim ersten Schritt, den ihr gegen meinen Willen tut, treffen euch die Kugeln meiner Leute!"

Das klang drohend und sah nicht weniger bedrohlich aus, denn eine Menge Gewehre waren auf die drei gerichtet. Doch auch jetzt ließ der Ölprinz seine Besorgnis nicht erkennen; er nahm den Fuß wieder aus dem Bügel und die Hand vom Sattel und sagte in möglichst ruhigem Ton: „Ganz wie du willst! Wir sehen ein, daß wir in eure Hände gegeben sind, und müssen uns fügen; aber alle eure Gewehre sollen uns nicht zwingen, euch die Botschaft mitzuteilen, die wir euch bringen wollten."

„Die Botschaft? Ich kenne sie."

„Nein."

„Pshaw! Ihr wolltet mir sagen, daß die Hunde von Nijoras das Kriegsbeil gegen uns ausgegraben haben."

„Nein. Das brauchen wir dir nicht zu sagen, denn das weißt du schon."

„So wolltet ihr mir melden, daß sie aus ihren Hütten aufgebrochen sind. Dazu brauche ich euch nicht, denn ich habe Kundschafter ausgesandt, die mich zur rechten Zeit benachrichtigen werden."

„Da irrst du dich. Deine Kundschafter können dir keine Nachricht bringen."

„Warum?"

„Weil sie gefangen sind."

„Gefangen? Bei wem?"

„Eben bei den Nijoras."

„Das ist eine Lüge! Ich habe die erfahrensten, die klügsten Männer ausgewählt, denen es nicht einfallen wird, sich ergreifen zu lassen. Ich durchschaue dich; ich errate alle deine Gedanken!"

„So? Wärst du wirklich so klug, dahin blicken zu können, wo meine Gedanken wohnen?"

„Ja. Du weißt, daß man Kundschafter aussendet, und kannst dir denken, daß wir das auch getan haben. Deshalb redest du von unsern Spähern, ohne etwas von ihnen zu wissen."

„Meinst du? Es wäre allerdings besser für euch, wenn das, was ich weiß, nicht geschehen wäre. Ich will dir zeigen, in welchem Irrtum du dich befindest. Du hast zehn Späher ausgeschickt, deren Anführer Khasti-tine war. Ist es so oder nicht?"

„*Uff!* Es ist so", gestand der Häuptling erstaunt.

„So höre weiter! Khasti-tine wurde mit noch einem Krieger erschossen …"

„*Uff, uff!* Von wem?"

„Von Mokaschi, dem Häuptling der Nijoras; die andern acht wurden gefangengenommen, geradeso wie wir."

„Geradeso wie ihr? Auch ihr seid in die Hände der Nijoras gefallen?"

„Ja. Es gelang uns, zu entfliehen, doch ohne Waffen, die man uns abgenommen hatte. Deshalb sind wir unbewaffnet hier angekommen. Du hältst uns aus diesem Grund für Feiglinge. Wie nennst du da deine Kundschafter, die ihre Waffen auch hergeben mußten und nicht die Klugheit und Tatkraft besaßen, sich einen Weg zur Flucht zu öffnen?"

„*Uff, uff, uff!*" rief der Häuptling. „Meine Späher gefangen und Khasti-tine erschossen! Das erfordert Rache! Wir müssen sofort aufbrechen, um diese Hunde von Nijoras zu überfallen. Wir …"

Er war außerordentlich aufgeregt, ganz gegen die sonstige Indianerruhe, und wollte in sein Zelt, um seine Waffen zu holen.

Da faßte Wolf, der bisher geschwiegen hatte, ihn am Arm und sagte: „Halt, warte noch! Du mußt erfahren, wo sich die Nijoras befinden, wenn du sie überfallen willst. Das werden dir diese Männer sagen. Sie wissen auch noch andre Dinge, die sogar viel wichtiger sind."

„Noch wichtiger?" fragte der Häuptling, indem er sich wieder umwandte. „Was kann wichtiger sein, als daß Khasti-tine tot ist und unsre Kundschafter gefangengenommen worden sind."

„Schi-So ist ebenfalls gefangen!"

„Schi ..."

Er wollte den Namen seines Sohnes vollständig aussprechen, brachte aber nur die erste Hälfte über die Lippen. Dann stand er steif, als ob er zu Stein geworden wäre, und nur seine rollenden Augen zeigten, daß Leben in ihm war. Seine Krieger drängten sich näher herbei, doch ließ keiner einen Laut hören. Der Ölprinz sah ein, daß er den jetzigen Augenblick für sich ausnutzen mußte, und sagte also mit weithin hörbarer Stimme: „Ja, so ist es; Schi-So ist auch gefangen. Er soll am Marterpfahl sterben."

„Und mein Neffe Adolf, der mit ihm aus Deutschland gekommen ist, befindet sich genauso in der Gewalt der Nijoras", fügte Wolf hinzu.

Da kehrte dem Häuptling die Fassung zurück. Er besann sich, daß es unter seiner Würde sei, merken zu lassen, wie sehr ihn die Nachricht getroffen hatte; deshalb zwang er sich zu äußerlicher Ruhe und fragte: „Schi-So gefangen? Weißt du das genau?"

„Sehr genau", antwortete der Ölprinz. „Wir haben nicht nur in seiner Nähe gefesselt gelegen, sondern sogar mit ihm und allen seinen Begleitern gesprochen."

„Wer befand sich bei ihm?"

„Ein junger Freund von ihm, der Wolf heißt, mehrere deutsche Familien, die von drüben ausgewandert sind, und sodann eine ganze Schar berühmter Westmänner, von denen ihr gewiß nicht denken werdet, daß sie sich so leicht gefangennehmen lassen."

„Wer sind diese Männer?"

„Old Shatterhand ..."

„Old Shat... *Uff, uff!*"

„Ferner Winnetou."

„Der größte Häuptling der Apachen? *Uff, uff, uff!*"

„Sam Hawkens, Dick Stone, Will Parker, Droll, Hobble-

Frank, gewiß lauter Leute, die du nicht zu den Feiglingen zählen wirst."

Es erklangen rundum laute Rufe des Erstaunens, ja des Schreckens, dadurch fand der Häuptling Zeit, sich zu fassen, denn die Selbstbeherrschung hatte ihm abermals vergehen wollen. Er schob die ihm im Weg Stehenden auseinander und eilte in sein Zelt. Man hörte seine Stimme und die seiner Frau; dann kamen beide heraus, und die Frau rief; „Ist es möglich? Ist es wahr? Mein Sohn befindet sich in den Händen der feindlichen Nijoras?"

„Ja", antwortete der Ölprinz.

„So muß er schnell gerettet werden! Erzählt, was Ihr davon wißt, und sagt, wo sich die Feinde befinden! Wir müssen eilen. Also macht, redet, sprecht!"

Sie als Frau konnte ihre Aufregung natürlich viel weniger beherrschen als der Häuptling. Sie hatte Grinleys Arm ergriffen und schüttelte ihn, als ob sie die gewünschte Auskunft dadurch beschleunigen könnte; der Ölprinz aber antwortete in einem ruhigen Ton: „Ja, wir sind allerdings gekommen, um euch von dem, was geschehen ist, zu benachrichtigen; doch der Häuptling hat uns wie Feinde empfangen, und so wollen wir das, was wir wissen, lieber für uns behalten."

„Hund!" fuhr ihn da der Große Donner an. „Du willst nicht sprechen? Es gibt Mittel, dir den Mund zu öffnen!"

„Nein", behauptete der Ölprinz mit einem siegesgewissen Lächeln.

„Wir braten euch am Feuer!"

„Pshaw!"

„Wir binden euch an den Marterpfahl!"

„Pshaw! Wir sind tapfere Männer und wissen zu sterben."

Da legte die Frau die Hände auf Schulter und Arm ihres Mannes und bat ihn in dringendem Ton: „Sei freundlich mit ihnen! Sie haben uns benachrichtigen wollen und also nicht verdient, daß du sie als Feinde behandelst."

„Ihre Gesichter sind nicht die Gesichter guter Männer; ich traue ihnen nicht", antwortete er finster.

Die Frau des Häuptlings fuhr fort zu bitten, und Wolf vereinigte seine Vorstellungen mit den ihren, weil ihm um seinen Neffen bange war. Auch ihm gefielen diese drei Weißen desto weniger, je öfter er sie anschaute; aber sie hatten ihm nichts Böses getan, und er konnte auf Grund ihrer Aussage seinen Verwandten retten; das war für ihn Grund genug, ebenfalls

Fürbitte einzulegen. Der Häuptling, der allerdings viel lieber Strenge angewandt hätte, konnte diesem doppelten Drängen nicht widerstehen und erklärte schließlich: „Es soll so sein, wie ihr wünscht; die Bleichgesichter mögen in Frieden sagen, was sie uns mitzuteilen haben. Also redet!“

Diese Aufforderung war an den Ölprinzen gerichtet. Wenn der Häuptling glaubte, daß dieser ihr sofort nachkommen würde, irrte er sich, denn Grinley antwortete: „Ehe ich deinen Wunsch erfülle, muß ich erst wissen, ob ihr unsre Wünsche erfüllen werdet.“

„Welche Wünsche habt ihr?“

„Wir brauchen Waffen. Werdet ihr uns welche geben, wenn wir euch den Dienst leisten, den ihr von uns verlangt?“

„Ja.“

„Jedem ein Gewehr und ein Messer?“

„Ja.“

„Auch Munition?“

„Ja.“

„Auch einen Vorrat an Fleisch, da wir nicht wissen, ob wir bald auf Wild treffen werden?“

„Auch das, obgleich es nicht nötig ist, denn solange ihr bei uns seid, werdet ihr nicht Not leiden.“

„Davon sind wir fest überzeugt; aber wir können leider nicht lange bleiben.“

„Wann wollt ihr fort?“

„Nachher, sobald wir euch erzählt haben, was geschehen ist.“

„Das ist unmöglich.“

„Warum?“

„Ihr müßt bei uns bleiben, bis wir uns überzeugt haben, daß alles, was ihr uns erzählt habt, die Wahrheit ist.“

„Das ist ein Mißtrauen, das uns beleidigt. Was für einen Grund hätten wir, euch zu täuschen?“

„Das weiß ich nicht. Es kann viele Gründe geben.“

„Keinen einzigen. Es gibt zwei Möglichkeiten. Entweder sind wir eure Freunde oder eure Feinde. Im ersteren Fall wird es uns nicht einfallen, euch zu belügen, und im letzteren würden wir es niemals gewagt haben, euer Lager aufzusuchen.“

„Das klingt freilich so, als ob ich euch trauen dürfte; die Bleichgesichter haben doppelte Zungen; mit der einen reden sie so und mit der andern anders.“

„Das ist bei uns nicht der Fall. Wir waren Gefangene der Nijoras; sie wollten uns töten, und wir sind ihnen mit vieler

Mühe und unter großen Gefahren entkommen. Du mußt uns glauben, wenn ich dir sage, daß wir uns an ihnen rächen wollen. Wir können das allerdings nicht, weil wir zu schwach dazu sind. Deshalb sind wir zu euch gekommen."

Der Häuptling wollte noch immer Widerspruch erheben; seine weiße Squaw aber bat ihn in dringendem Ton: „Glaub ihnen, sonst vergeht die kostbare Zeit, und wir kommen zur Rettung unsres Sohnes zu spät."

Da Wolf sich dieser Bitte anschloß, antwortete der Große Donner: „Der Wind will nach einer Richtung gehen, doch wenn er durch hohe Berge aufgehalten wird, muß er sich in eine andre Richtung wenden. Der Wind ist mein Wille, und ihr seid die Berge; es soll so sein, wie ihr wollt."

„Also wir dürfen fort, wann es uns beliebt?" fragte der Ölprinz.

„Ja."

„Ihr legt uns kein Hindernis in den Weg?"

„Keins."

„So ist unser Übereinkommen getroffen, und wir rauchen die Pfeife des Friedens darüber."

Da verfinsterte sich das Gesicht des Häuptlings plötzlich wieder, und er rief aus: „Glaubt ihr mir nicht? Haltet ihr mich für einen Lügner?"

„Nein. Aber in der Zeit des Krieges braucht man kein Versprechen zu halten, das ohne den Rauch des Kalumets gegeben wurde. Ihr könnt die Friedenspfeife getrost anbrennen, denn wir meinen es ehrlich. Wir reden die Wahrheit und können es euch beweisen, wenn ihr es verlangt."

„Beweisen? Womit?"

„Schon durch unsern Bericht an sich selbst. Sobald ihr ihn vernommen habt, werdet ihr überzeugt sein müssen, daß jedes Wort die Wahrheit enthält. Dann kann ich euch sogar ein Papier zeigen, dessen Inhalt alles bestätigen wird."

„Ein Papier? Ich mag nichts vom Papier wissen, denn es wird mehr Lügen enthalten, als ein Mund auszusprechen vermag. Auch habe ich nicht gelernt, mit den Zeichen zu sprechen, die auf euern Papieren stehen."

„So kann Mr. Wolf jedenfalls lesen; er wird dir sagen, daß wir ehrlich und offen sind. Willst du nun die Pfeife des Friedens mit uns rauchen?"

„Ja", antwortete der Häuptling, als er den bittenden Blick seiner Frau bemerkte.

„Für dich und all die Deinen?“
„Ja, für mich und für sie.“
„Dann nimm dein Kalumet, wir haben keine Zeit zu verlieren.“
Nitsas-Ini hatte die Friedenspfeife an seinem Hals hängen, nahm sie ab, füllte den schön geschnittenen Kopf mit Tabak und brannte ihn an. Nachdem er die vorgeschriebenen sechs Züge getan hatte, reichte er sie dem Ölprinzen, von dem sie an Buttler und dann an Poller überging. Als das geschehen war, glaubte der Ölprinz sicher zu sein. Er dachte nicht daran, daß Wolf das Kalumet nicht erhalten hatte und also nicht an den Vertrag gebunden war.
Jetzt setzten sich alle auf den Boden, und Grinley begann zu erzählen. Er berichtete von dem Petroleumfund, ohne den Ort zu nennen, von dem Verkauf an den Bankier und von seiner Reise in die Berge. Natürlich verschwieg er die Wahrheit. Er sagte, er sei schon auf Forners Rancho mit Buttler und Poller und den Einwanderern zusammengetroffen, auch mit Winnetou, Old Shatterhand und den andern Jägern; dann seien sie alle den Nijoras in die Hände gefallen, und bei diesen hätten sie die gefangenen Navajokundschafter vorgefunden und von ihnen gehört, daß Khasti-tine von Mokaschi erschossen worden sei.
Die Navajos hatten bis jetzt schweigend zugehört, doch läßt sich denken, daß sowohl der Häuptling als auch seine Squaw innerlich nicht so ruhig waren, wie sie sich äußerlich zeigten; sie wußten ja ihren Sohn in großer Gefahr. Auch Wolf hing mit gespannter Aufmerksamkeit an den Lippen des Erzählers. Sie ahnten nicht, daß sich die Gefangenen befreit hatten und daß der Ölprinz um seines Vorteils willen so arg log. Jetzt machte er eine Pause, und der Häuptling nutzte sie, zu fragen: „Wie ist es euch denn gelungen, zu entfliehen?“
„Mit Hilfe eines kleinen Federmessers, das die Nijoras nicht bemerkt hatten. Unsere Hände waren zwar gebunden, trotzdem konnte einer meiner beiden Gefährten mir in die Tasche greifen und das Messerchen herausnehmen und öffnen, und als er mir meine Fesseln zerschnitten hatte, konnte ich das dann mit den ihren tun.“
Der Große Donner blickte eine Weile vor sich nieder; dann hob er rasch den Kopf und fragte: „Und danach?“
„Dann sind wir schnell aufgesprungen und zu den Pferden gerannt; wir bestiegen die drei ersten besten und jagten davon.“

„Wurdet ihr verfolgt?"
„Ja, aber nicht eingeholt."
„Warum machtet ihr nur euch frei und nicht auch die andern?"
Das war eine verfängliche Frage, bei der er sein Auge scharf auf den Ölprinzen richtete. Dieser sah ein, daß er sich jetzt zusammennehmen mußte, und antwortete: „Weil wir keine Zeit dazu fanden. Einer der Wächter sah, daß wir uns bewegten; er kam herbei; da konnten wir natürlich nichts anderes tun als davoneilen."
Er glaubte eine genügende Erklärung gegeben zu haben und betrachtete es deshalb nicht als Hinterlist, als sich der Häuptling weiter erkundigte: „Du hast das kleine Messer noch?"
„Ja."
„Ihr habt neben den anderen Gefangenen gelegen?"
„Ja."
Er hätte jetzt viel lieber nein gesagt, das war aber nun nicht mehr möglich, da er vorhin das Gegenteil behauptet hatte. Er begann, die Absicht zu ahnen, die der Große Donner verfolgte, und wirklich meinte dieser nun in einem sehr strengen Ton: „Hätte ich nicht die Pfeife des Friedens mit euch geraucht, so würde ich euch jetzt in Fesseln legen lassen!"
„Warum?" fragte Grinley erschrocken.
„Weil ihr entweder Lügner oder feige Schurken seid."
„Wir sind keins von beiden."
„Schweig! Entweder belügt ihr jetzt uns, oder ihr habt euch gegen eure Mitgefangenen wie Schufte benommen."
„Wir konnten sie nicht retten."
„O doch! Und wenn nichts andres möglich war, konntest du dem Nächsten, der bei euch lag, das kleine Messer geben."
„Dazu war die Zeit zu kurz."
„Lüg nicht! Und wenn du recht hättest, mußtet ihr die Nijoras überlisten. Während sie euch verfolgten, hättet ihr heimlich zurückkehren und die Gefangenen befreien können."
„Das war uns unmöglich. Wenn uns nun auch zwanzig oder dreißig folgten, die übrigen zweihundertsiebzig waren zurückgeblieben."
Kaum hatte er dieses Wort gesagt, so bereute er es. Es zeigte sich auch gleich, daß er einen großen, einen unverzeihlichen Fehler begangen hatte, denn der Häuptling fragte: „Also waren es dreihundert?"

„Ja."
„Du siehst, daß wir viel mehr sind, und doch sagtest du vorhin, daß sie uns weit überlegen seien. Du hast zwei Zungen, hüte dich!"
„Ich hatte euch nicht genau gezählt", entschuldigte sich Grinley.
„So öffne deine Augen besser! Wenn du bei Nacht siehst, wie groß die Zahl der Nijoras ist, mußt du jetzt am Tag besser wissen, wie viele Krieger hier beisammen sind. An welchem Ufer lagerten die Nijoras?"
„Am rechten."
„Wann wollten sie aufbrechen?"
„Erst nach einigen Tagen", log der Ölprinz, „weil sie noch weitere Krieger erwarteten."
„Beschreib uns die Stelle genau!"
Er tat es, so gut er konnte, und fügte dann hinzu: „Jetzt habe ich alles gesagt, was ich sagen konnte, und ich hoffe, daß du dein Wort halten wirst. Gebt uns Waffen und laßt uns weiterziehen!"
Der Große Donner wiegte den Kopf bedenklich und antwortete nach einer Weile: „Ich bin Nitsas-Ini, der oberste Häuptling der Navajos, und habe noch nie mein Wort gebrochen. Habt ihr denn auch bewiesen, daß eure Worte die Wahrheit enthalten?"
„Du mußt zugeben, daß alles stimmt, was ich gesagt habe!"
„Es stimmt, trotzdem kannst du ein Schurke sein."
„So will ich euch den unumstößlichen Beweis liefern, der euer Mißtrauen völlig zerstreuen wird."
Er bemerkte oder beachtete nicht die warnenden Blicke, die Buttler und Poller auf ihn richteten. Er griff in die Tasche und zog die Anweisung auf San Francisco hervor, die er von dem Bankier erhalten hatte. Indem er sie Wolf hingab, sagte er: „Hier, werft einmal einen Blick auf dieses Wertpapier! Diese Summe wird, zumal unter solchen Umständen, nur einem ehrlichen Menschen angewiesen. Meint Ihr nicht?"
Wolf überflog das Dokument mit prüfendem Blick und las es dann dem Häuptling vor. Dieser blickte, wie vorher schon einige Male, sinnend zu Boden und sagte dann: „So ist also dein Name Grinley?"
„Ja."
„Wie heißen diese deine beiden Gefährten?"
„Dieser hier ist Buttler und dieser andre Poller."

Wolf wollte jetzt dem Ölprinzen die Anweisung zurückgeben, da nahm sie der Häuptling schnell aus der Hand, legte sie in ihre Falten zusammen, schob sie sich in den Gürtel und fuhr in einem Ton, als ob er nichts Besonderes getan hätte, fort: „Ich habe von einem Bleichgesicht gehört, das Grinley heißt und der Ölprinz genannt wird. Kennst du den?"

„Der bin ich", antwortete Grinley.

„Und ich hörte ferner von einem Bleichgesicht, das Buttler heißt und der Anführer der Finders war. Kennst du den Mann?"

„Nein."

„Dieser hier ist es nicht?"

„Nein."

„Wo liegt die Ölquelle, die du verkauft hast?"

„Am Chelly."

„Das ist nicht wahr, dort gibt es keinen Tropfen Öl."

„Das ist richtig; ich wollte sagen in der Nähe des Chelly."

„Wo?"

„Am Gloomy Water."

„Ist auch nicht wahr."

„O doch!"

„Sprich nicht dagegen. Es gibt keine Stelle, so groß wie meine Hand, die ich nicht betreten hätte. Es gibt kein Öl in dieser Gegend. Du bist ein Betrüger!"

„Donner und Wetter!" fuhr da der Ölprinz auf. „Soll ich mir ..."

„Schweig!" fiel ihm der Häuptling in die Rede. „Ich habe es euch gleich angesehen, daß ihr keine ehrlichen Männer seid, und habe nur deshalb das Kalumet geraucht, weil ich dazu gedrängt wurde."

„So suchst du wohl eine Ausrede, um dein Wort brechen zu können?"

Der Große Donner machte eine abweisende stolze Handbewegung und antwortete, indem ein höchst geringschätzendes Lächeln über sein Gesicht glitt: „Solcher Menschen wegen, wie ihr seid, soll mir kein Mann nachsagen, daß ich mein Wort nicht gehalten habe."

„So gebt uns Waffen, Munition und Fleisch und laßt uns ziehen! Und gib mir mein Papier zurück! Warum hast du es eingesteckt?"

„Nicht dir werde ich es zurückgeben, sondern dem, von dem es stammt. Du hast das Bleichgesicht, das die Ölquelle kaufte, in der kein Öl vorhanden ist, um dieses Geld betrogen. Der Wolf wird wissen, was er zu tun hat."

Er zog das Papier aus dem Gürtel und gab es Wolf mit einem bezeichnenden Wink zurück. Dieser schob es schnell in seine Tasche.

„Halt!" rief Grinley, indem seine Augen zornig blitzten. „Das Papier gehört mir!"

„Ja", sagte Wolf, indem er ein sehr behagliches Lächeln zeigte.

„Also her damit!"

„Nein", antwortete Wolf mit demselben behaglichen Lächeln.

„Warum nicht? Wollt Ihr an mir zum Dieb werden?"

„Nein."

„Dann heraus damit!"

„Nein."

„So seid Ihr ja ein Dieb, und ich ..."

Da fiel Wolf ihm in einem ganz andern Ton in die Rede: „Mäßigt Euch, Mr. Grinley! Wenn Ihr mich beleidigt, ist's um Euch geschehen. Ich bin kein Dieb."

„Warum behaltet Ihr dann diese Anweisung, die mir gehört?"

„Weil uns manches in Eurer Erzählung nicht einleuchten will und weil ihr gar so rasch von hier fortwollt. Leute, die mit genauer Not Gefangenschaft und Tod entronnen sind, bedürfen der Ruhe und der Pflege. Das könntet ihr hier haben; ihr wollt aber fort. Sodann würde sich jeder andre an eurer Stelle uns auf unserem Zuge gegen die Nijoras anschließen, um sich zu rächen; auch das wollt ihr nicht. Ihr wollt nur fort, nur fort, und zwar sehr schnell. Das sieht natürlich ganz so aus, als ob ihr vor jemand, der hinter euch herkommt, gewaltige Angst hättet."

„Was wir denken und wollen, das geht Euch nichts an", antwortete der Ölprinz protzig. „Ich habe mit dem Häuptling und durch ihn mit allen den Seinen die Pfeife des Friedens geraucht; er muß seine Versprechungen erfüllen, und es darf mir nichts genommen werden."

„Ganz richtig, Sir! Der Große Donner wird sein Wort gewiß halten."

„So gebt das Papier heraus!"

„Ich? Fällt mir nicht ein! Ich will es keineswegs stehlen, sondern nur aufheben."

„Hölle und Teufel! Für wen?"

„Für die, welche nach euch kommen." Und als der Ölprinz

zornig aufbrausen wollte, schnitt er ihm das Wort mit dem sehr energischen Zuruf ab: „Haltet den Mund! Glaubt ja nicht, daß Ihr der Mann seid, von dem ich mich einschüchtern lasse! Wenn ihr ehrliche Leute seid, könnt ihr ruhig bei uns bleiben. Ob ihr euch das Geld drei oder vier Tage früher oder später auszahlen laßt, das kann euch nicht an den Bettelstab bringen. Ich will euch sagen, was ich denke. Im ersten Augenblick habe ich euch für Gentlemen gehalten; damit ist es vorüber, seit ich eure famose Erzählung gehört habe."

„Sie ist wahr!"

„Unsinn! Ihr sagtet, Old Shatterhand, Winnetou, Sam Hawkens und andre seien mit euch gefangen gewesen? Und ihr seid allein entkommen! Mr. Grinley, das ist außerordentlich auffällig. Ihr habt da Männer genannt, die weit eher entkommen würden als ihr. Vielleicht habt ihr sie in die Hände der Nijoras gespielt. Das mag nun freilich sein, wie es will; Winnetou und Old Shatterhand sind Leute, die für sich selber sorgen werden. Für mich ist die Hauptsache jetzt diese Anweisung. Wir werden die Gefangenen befreien und also mit ihnen zusammentreffen; oder sie befreien sich selbst und kommen hinter euch her; auch in diesem Fall begegnen wir ihnen. Da werden wir natürlich diesen Bankier Mr. Rollins sehen und ihm die Anweisung zeigen. Ist Eure Sache ehrlich, könnt Ihr getrost bei uns bleiben; seid Ihr ein Betrüger, habt Ihr Euch dieses Mal umsonst bemüht."

Da sprang der Ölprinz vom Boden auf und schrie: „Das wollt Ihr tun? Das sagt Ihr mir? So wollt Ihr an mir handeln? Was geht es Euch an, daß ich schnell weiter muß! Habe ich nötig, Euch meine Gründe zu sagen? Ich bleibe dabei: Die Friedenspfeife ist geraucht worden, und niemand darf mich hier festhalten!"

„Das wird auch kein Mensch tun", antwortete Wolf ruhig.

„Und ich muß erhalten, was man mir versprochen hat!"

„Waffen, Pulver, Blei und Fleisch? Ja, das werdet Ihr."

„Und mein Papier zurück! Es ist mein Eigentum!"

„Wenn das erwiesen ist!"

„Nein, jetzt sofort! Es darf uns nichts genommen werden, denn der Häuptling hat mit uns für sich und all die Seinen das Kalumet geraucht."

„Das stimmt. Aber, Mr. Grinley, haltet Ihr mich etwa auch für einen Indianer, für einen Navajo?"

„Fragt nicht solchen Unsinn!"

„Schön! Ich gehöre also nicht zum Großen Donner und zu den Seinen. Oder habe ich mit Euch das Kalumet geraucht?"

Grinley starrte ihm ins Gesicht und fand keine Antwort.

„Ja, so ist es", sagte Wolf mit einem überlegenen Lächeln. „Ihr mögt sonst ein schlauer Fuchs sein; heute seid Ihr das Gegenteil gewesen. Man läuft hier im Wilden Westen nicht mit Hunderttausenden in der Tasche herum, und wenn man es dennoch tut, behält man sie drin und zeigt sie nicht vor. Nun habt Ihr gehört, was ich Euch zu sagen hatte; wir sind fertig."

Er stand auf und wollte sich entfernen. Da packte ihn der Ölprinz am Arm und schrie ihn an: „Das Papier heraus, oder ich erwürge Euch!"

Wolf schleuderte ihn mit einem kräftigen Ruck von sich, zog seinen Revolver, hielt ihn ihm entgegen und antwortete drohend: „Wagt Euch noch einen einzigen Schritt an mich heran, und meine Kugel fährt Euch in den Schädel! Bleibt bei uns, oder macht Euch fort, mir ist es gleich; aber dieses Papier gebe ich nicht eher wieder her, als bis ich meinen Neffen befreit und mit dem Bankier gesprochen habe. Jetzt ist's genug!"

Er ging nun wirklich fort. Der Ölprinz mußte das zähneknirschend sehen, ohne ihn halten zu können. Er wandte sich wutschnaubend an den Häuptling; dieser hörte ihn lächelnd an und antwortete dann in größter Seelenruhe: „Der Wolf ist ein freier Mann, er kann tun, was ihm beliebt. Wenn du bei uns bleibst, bekommst du dein Papier wieder."

„Ich muß fort!"

„So mag es dir der Bankier nachsenden. Du hast uns eine Botschaft gebracht, und ich gebe dir Waffen, Munition und Fleisch dafür, obgleich sie wohl nicht wahr ist. Verlange nicht mehr von mir. Willst du bei uns bleiben?"

„Nein."

„So sollst du jetzt gleich erhalten, was ausbedungen ist; dann könnt ihr weiterreiten."

Er ging, um die nötigen Befehle zu erteilen, und auch seine Navajos zogen sich von den drei Weißen zurück wie Tauben, die auf dem Feld vor den Krähen weichen. Die Betrüger standen allein. Niemand hörte auf sie; deshalb konnten sie gegenseitig ihren Gefühlen ungeniert Luft machen.

„Verdammter Kerl, dieser Wolf!" fluchte Grinley. „Er gibt die Anweisung wirklich nicht heraus!"

„So etwas habe ich mir gleich gedacht, als ich sah, daß du sie vorzeigen wolltest", antwortete Buttler. „Bist ein Dummkopf gewesen, wie es keinen zweiten gibt!"

„Schweig, Esel! Ich konnte nicht anders. Sie wollten mir nicht glauben, und da mußte ich mich legitimieren."

„Legitimieren! Mit einer erschwindelten Anweisung! Hat man jemals so etwas gehört! Nun siehst du, wie schön dir diese Legitimation gelungen ist."

„Das konnte ich nicht vorher wissen."

„Aber ich hab's gewußt. Wo ist nun der Lohn für alle Mühe, die wir uns gegeben, für alle Gefahren, die wir durchgemacht haben? Ein einziger Augenblick hat uns um alles gebracht."

So ging es eine ganze Weile fort. Als Poller ebenfalls anfing, Vorwürfe zu machen, brachte Grinley ihn durch einige Grobheiten zum Schweigen und fuhr dann fort: „Ich mag unvorsichtig gewesen sein, doch ist noch lange nicht alles verloren. Wir werden die Anweisung wiederbekommen."

„Von diesem Wolf?" fragte Buttler mit einem Lachen des Zweifels.

„Ja."

„Willst du etwa hierbleiben und warten, bis die Nijoras kommen oder gar Old Shatterhand und Winnetou?"

„Fällt mir nicht ein! Wir reiten fort."

„Da geben wir das Papier auf!"

„Nein. Ich sage, wir reiten fort, aber nicht eher, als bis wir Wolf gezwungen haben, es herauszugeben."

„Wie willst du ihn zwingen?"

„Denk daran, daß wir Waffen erhalten."

„Also mit ihm kämpfen?"

„Ja, wenn er uns dazu zwingt."

„Und die Roten? Wie werden die sich dazu verhalten?"

„Sie werden sich nicht einmischen. Wir haben die Friedenspfeife mit ihnen geraucht, und solange wir ihr Lager nicht verlassen, dürfen sie nicht Partei gegen uns für ihn nehmen. Er hat ja erklärt, daß er nicht zu ihnen gehört. Etwas anderes wäre es, wenn wir das Lager verließen und dann vielleicht zurückkehrten; dann hätte das Kalumet seine Kraft verloren. Seht, da bringt man uns das Fleisch! Die Gewehre und die Messer werden bald folgen, und dann suche ich diesen Wolf auf. Ihr haltet doch zu mir?"

„Natürlich! Für eine solche Summe kann man schon etwas wagen. Wir können ja probieren, wie es geht. Wenn es gefährlich für uns werden will, ist es noch Zeit, von dem Kampf abzusehen. Dort steigen mehrere Rote zu Pferde. Wohin mögen sie wollen?"

„Kann uns gleichgültig sein. Uns geht es wohl nichts an."

Buttler irrte sich, als er das dachte. Der Häuptling näherte sich mit einem Roten, der lange dünne Stücke getrockneten Fleisches trug.

„Wann wollen uns die Bleichgesichter verlassen?" fragte er.

„Sobald wir bekommen haben, was uns versprochen worden ist."

„Und wohin werdet ihr die Schritte eurer Pferde lenken?"

„Hier zum Bett des Rio Navajos hinab. Wir wollen den Colorado hinunter."

„So könnt ihr sofort aufbrechen. Hier ist Fleisch."

„Und das andre?"

„Werdet ihr auch erhalten. Seht ihr die Reiter dort?"

„Ja."

„Sie haben drei Gewehre, drei Messer und Pulver und Blei für euch. Sie werden eine Stunde lang mit euch reiten und dann, wenn sie euch diese Sachen gegeben haben, wieder zu uns zurückkehren."

Die drei sahen sich enttäuscht an. Der Häuptling bemerkte das sehr wohl, tat aber so, als ob es ihm entgangen wäre.

„Warum bekommen wir das denn nicht jetzt?" fragte Buttler.

Da ging ein eigentümliches Lächeln über das Gesicht des Großen Donners, und er antwortete: „Ich habe vernommen, daß die Bleichgesichter die Gewohnheit haben, lieben Gästen Ehrengeleit zu geben. Das wird hier mit euch geschehen."

„Wir nehmen es dankbar an; aber die Waffen können wir selber tragen."

„Warum sollt ihr euch diese Mühe geben? Ihr braucht sie doch jetzt nicht. Seht, meine Leute brechen auf! Sie pflegen schnell zu reiten. Macht, daß ihr ihnen nachkommt, sonst erreichen sie vor euch die Stelle, an der sie euch die Waffen übergeben, und wenn ihr dann nicht da seid, bekommt ihr sie nicht."

Er machte mit der Hand die Bewegung des Abschieds und wandte sich ab, indem sein Gesicht vor Schadenfreude förmlich glänzte. Er hatte sein Versprechen erfüllt und zugleich das Vorhaben der Weißen verhindert.

„Schlauer Fuchs, diese Rothaut!" stieß Grinley hervor. „Er scheint geahnt zu haben, was wir uns vorgenommen hatten."

„Ja", stimmte Buttler bei. „Dieser rote Spitzbube ist eben

auch ein Freund von Old Shatterhand und Winnetou, und wenn man es mit einem solchen Kerl zu tun hat, kann man gewiß sein und darauf schwören, daß man übertölpelt und betrogen wird. Nun ist für uns nichts mehr zu hoffen."

„*Pshaw!* Ich gebe die Hoffnung noch lange nicht auf."

„Wirklich? Denkst du, daß es möglich ist, noch etwas zu erreichen?"

„Ja."

„Auf welche Weise?"

„Wir warten, bis die sechs Kerls fort sind, und kehren dann um.

„Um mit Wolf anzubinden?"

„Ja."

„Das wäre wieder dumm, denn die Roten würden ihm alle helfen. Du hast ja selbst gesagt, daß, wenn wir das Lager verlassen haben, das Kalumet keine Kraft mehr besitzt."

„Ja, das wäre freilich eine Dummheit, wenn wir ihn offen anpacken wollten."

„Also heimlich?"

„Ja. Ihr könnt euch denken, daß sie baldigst aufbrechen werden, um die vermeintlichen Gefangenen zu befreien, und wir wissen, daß sie am rechten Ufer aufwärts ziehen werden. Wir reiten ihnen nach, bis wir den Platz erreichen, wo sie für die Nacht lagern. Da belauschen wir sie, und es sollte mich wundern, wenn wir keine Gelegenheit fänden, uns an diesen Wolf zu machen."

„Das mag richtig sein. Das ist ein Gedanke, der mir wieder Leben gibt. Hoffentlich hat der Kerl die Anweisung bei sich!"

„Wo sollte er sie sonst haben? Hier im Westen gibt es keine feuerfesten Tresore, in denen man das Geld, das man nicht besitzt, aufbewahren kann."

Sie stiegen auf ihre Pferde und ritten ohne Abschied davon. Wem hätten sie ade sagen können? Es schien sich kein Mensch um sie zu kümmern; aber es schien auch nur so, denn in Wirklichkeit waren alle Augen heimlich auf sie gerichtet.

Als der Ölprinz und seine beiden Gefährten hinter der Böschung des Ufers verschwunden waren, kam Wolf wieder zum Vorschein. Er hatte sich hinter eine Baumgruppe zurückgezogen gehabt und schritt jetzt auf das Häuptlingszelt zu, vor dem der Große Donner die hervorragendsten Krieger zur Beratung zusammenkommen ließ. Die weiße Squaw befand sich in großer Sorge um ihren Sohn und trieb ihren Mann zu schleunigem Aufbruch, um die Nijoras zu überfallen. Er tröstete sie damit, daß sich Schi-So in Gesellschaft so berühmter, tapferer und erfahrener Krieger befände.

„Und", fügte Wolf zur Beruhigung hinzu, „die Gefangenen werden erst nach beendetem Krieg, nach der Heimkehr in die Dörfer getötet; der Krieg hat aber noch gar nicht begonnen, und so braucht es Euch um Euern Sohn nicht angst zu sein, wie auch ich für meinen Neffen noch lange nicht die größte Besorgnis hege. Vor allen Dingen müssen wir an das nächste denken. Es muß ein Lauscher hinunter an den Fluß gelegt werden."

„Wozu?" fragte der Häuptling.

„Wenn mich meine Vermutung nicht trügt, kehren die drei Weißen, nachdem sie die Waffen bekommen haben, wieder um und folgen uns. Eine so hohe Summe gibt man nicht auf, ohne geradezu alles zu versuchen, sie wiederzuerhalten."

„Du meinst, daß sie dich zwingen wollen, das Papier herauszugeben?" fragte der Häuptling.

„Ja."

„Sie mögen kommen! Sie haben unser Lager verlassen, und der Rauch des Kalumets kann sie also nicht mehr schützen. Sie würden unsre Kugeln schmecken."

„Wenn wir sie sähen, ja. Sie werden sich aber hüten, sich sehen zu lassen, sondern uns im Verborgenen nachschleichen, um mich zu überfallen, wenn sich eine passende Gelegenheit dazu ergibt. Ich muß aus diesem Grund zu meiner Sicherheit wissen, ob sie überhaupt umkehren. Deshalb bitte ich dich, einen berittenen Späher unten am Fluß zu postieren."

„Warum beritten?"

„Weil wir bald von hier aufbrechen und er uns ohne Pferd nicht leicht einholt."

Der Häuptling folgte diesem Rat, und dann konnte die Besprechung über den durch die Not so beschleunigten Zug gegen die Nijoras beginnen.

Eigentlich gab es nicht viel zu verhandeln. Es war zwar anzunehmen, daß Grinley, Buttler und Poller nicht die ganze Wahrheit gesagt hatten, aber daß sie gefangen gewesen waren, mußte geglaubt werden, weil sie keine Waffen gehabt hatten. Auch daß die Kundschafter der Navajos, Old Shatterhand und Winnetou nebst ihren Begleitern in die Hände der Nijoras geraten waren, durfte als wahr angenommen werden. Jedenfalls hatten die Nijoras genauso Kundschafter ausgeschickt, und diese hatten das Lager der Navajos sicher erspäht, da sie von den Gegenkundschaftern nicht daran gehindert worden waren. Auf alle Fälle hatten die Nijoras beschlossen, zum Angriff überzugehen, und diese Absicht war bestärkt worden durch die Flucht der drei Bleichgesichter, von denen sich die Nijoras sagen konnten, daß sie die Navajos aufgesucht hatten, um bei diesen Schutz zu suchen und sie zu benachrichtigen. Das konnte nur durch einen schnellen Angriff wettgemacht werden, und so waren die Nijoras sofort gegen die Navajos aufgebrochen. Diese glaubten hinwiederum, den Angriff nicht abwarten zu sollen, sondern ihm zuvor- oder wenigstens entgegenzukommen. Deshalb rüsteten sie sich zum Aufbruch, der gerade in dem Augenblick geschah, als die sechs Reiter zurückkehrten, die Grinley, Buttler und Poller fortgeschafft hatten. Als sie befragt wurden, wie diese sich verhalten hätten, erklärten sie, daß die drei Weißen nach Empfang der Waffen und der Munition ruhig weitergeritten wären, ohne durch irgend etwas zu verraten, daß sie die Absicht hegten umzukehren. Dennoch blieb der Späher unten am Fluß und erhielt die Weisung, falls die Bleichgesichter zurückkehrten, sie erst vorüberzulassen, eine Weile zu beobachten und sie dann in einem weiten Bogen zu umreiten, um seinen Kameraden nachzufolgen.

Der Zug ging natürlich am rechten Flußufer aufwärts, denn man hatte der Aussage des Ölprinzen, daß sich die Nijoras dort befänden, Glauben geschenkt; in Wirklichkeit kamen sie am linken herunter. Als der Tag sich neigte, erschien der Späher und meldete, daß die drei Weißen in der Tat umgekehrt seien und den Navajos auf deren Fährte folgten. Da man das nun wußte, waren sie nicht zu fürchten.

Es wurde den ganzen Abend weitergeritten und erst gegen Mitternacht angehalten, da man nun, wie man fälschlicherweise annahm, jeden Augenblick auf die Nijoras treffen konnte. Man lagerte sich, brannte aber keine Feuer an, da diese zur Entdeckung führen konnten.

Eigentlich beabsichtigte man, nach rückwärts einige Posten auszustellen, um die drei Weißen abzuhalten; doch Wolf, auf den allein es diese abgesehen hatten, riet davon ab, da es nicht nötig sei. Es stand mit Gewißheit zu erwarten, daß Buttler, Poller und Grinley nicht kommen würden, da es ihnen unmöglich gewesen war, in der Dunkelheit der Spur der Navajos zu folgen; der Mond war erst später aufgegangen.

Nach vorwärts wurden Wachen ausgestellt, denn das erforderte die allgemeine Sicherheit. Das Zelt des Häuptlings war aufgeschlagen worden, damit seine weiße Squaw darin schlafen konnte. Sie hatte sich wohl auf die Decke gestreckt, konnte freilich aus Sorge um ihren Sohn keine Ruhe finden. Die Luft wurde ihr so schwül im Innern des Zeltes, daß sie nach einiger Zeit wieder aufstand und hinaus ins Freie ging.

Der Mond stand über den Uferbäumen und spiegelte sich in dem schmalen, jedoch ziemlich tiefen Wasser des Flusses. Tiefe Stille herrschte ringsum; nur zuweilen schnaubte eins der Pferde oder schlug mit dem Schwanz nach den Stechmükken, die es hier am Fluß gab; weiter war nichts zu hören. Wirklich weiter nichts? O ja, denn plötzlich klang es im Sechsachteltakt vom andern Ufer herüber: „Fitifitifiti, fititi, fititi, fititi, fitifitifiti, fititi, fititi, ti!"

Die Indianer fuhren aus dem Schlaf und lauschten erstaunt. War das eine menschliche Stimme oder ein Instrument gewesen? Der Häuptling trat leise zu seiner Frau und fragte: „Hast du das gehört? So etwas habe ich noch nie vernommen. Was mag es gewesen sein?"

„Es hat jemand die Violine nachgeahmt und einen Walzer geträllert", antwortete sie.

„Violine? Walzer? Was ist das? Ich weiß es nicht."

Sie wollte Auskunft geben, kam aber nicht dazu, denn es tönte von drüben herüber: „Clilililililili, lilili, lilili, clilililililili, lililili, lilili, lilili, li!"

„Das ist ja wieder anders!" flüsterte der Häuptling.

„Das war die Klarinette, die nachgeahmt wurde."

„Klarinette? Kenne ich nicht. Ich denke, daß da drüben ..."

„Trärärä tä – tä – tä – trärärä tä – tä – tä ...!" wurde er drüben unterbrochen.

„Das war die Trompete", erklärte die Squaw, die auch nicht wußte, was sie denken sollte. Und ehe noch der Häuptling antworten konnte, erklang es weiter: „Tschingtschingtsching tschingbumbum, tschingbumbum, tschingbumbum, tschingtschingtsching tschingbumbum, tschingbumbum bum!"

„Das war die große Trommel mit den Messingbecken", sagte die Squaw, deren Erstaunen von Minute zu Minute gewachsen war.

„Trompete, Trommel, Becken?" fragte der Große Donner. „Das sind lauter Worte, die ich nicht verstehe. Ist vielleicht ein böser Geist da drüben?"

„Nein, es ist kein Geist, sondern ein Mensch."
„Weißt du es gewiß?"
„Ja. Er ahmt den Klang verschiedener Musikinstrumente mit der Stimme nach."
„Das ist keine Musik der roten Männer?"
„Nein, sondern der Bleichgesichter."
„Sollte es ein Bleichgesicht sein?"
„Möglich."
„Die sind doch gefangen! Ich werde einige Späher hinübersenden, die dieses sonderbare Wesen beschleichen sollen."

Eine Minute später schwammen weiter unten, wo sie von dem sonderbaren Instrumentisten nicht bemerkt werden konnten, vier Navajos über den Strom, stiegen drüben ans Ufer und schlichen dann flußaufwärts. Nach kurzer Zeit ertönte ein unterdrückter Schrei, und hierauf kamen die vier, einen menschlichen Körper halb über Wasser haltend, wieder herübergeschwommen. Als sie den Körper auf die Beine gestellt hatten, meldete einer von ihnen dem Häuptling: „Dieses Bleichgesicht ist es gewesen; es lehnte an einem Baum und trommelte sich mit den Fingern auf den Bauch."

Der Große Donner trat an die fremde Gestalt heran, betrachtete sie und fragte: „Was treibst du hier mitten in der Nacht? Wer bist du, und wer sind die, zu denen du gehörst?"

Er hatte halb englisch und halb indianisch gesprochen; der Gefragte verstand ihn nicht, ahnte aber, was man wissen wollte, und antwortete in deutscher Sprache: „Guten Abend, meine Herren! Ich bin der Herr Kantor emeritus Matthäus Aurelius Hampel aus Klotzsche bei Dresden, was ein berühmter Sommerluftkurort ist. Er liegt an der Dresden-Zittauer und Dresden-Königsbrücker Eisenbahn und hat eine Restauration, in welcher es während der großen Sommersaison jede Woche einen Vortragsabend gibt. Warum haben Sie mich denn in meinem Studium gestört? Ich bin wahrhaftig ganz pudelnaß geworden."

Die Roten verstanden kein Wort; man kann sich allerdings das freudige Erstaunen der weißen Squaw denken, als sie die bekannten Laute ihrer Muttersprache hörte. Sie trat eiligst auf den Emeritus zu und rief aus: „Sie sprechen deutsch? Sie sind ein Deutscher, ein Kantor aus der Dresdner Gegend? Wie in aller Welt kommen Sie hierher an den Chellyfluß?"

Nun war das Erstaunen auf der Seite des Herrn Kantors. Er trat einige Schritte zurück und rief aus, indem er die Hände zusammenschlug: „Die Laute meiner Muttersprache aus diesem Mund! Eine Indianerin, eine echte Indianerin, die deutsch redet!"

„Sie irren sich; ich bin zwar jetzt die Frau eines Indianers, nämlich des Häuptlings der Navajos, aber von Geburt eine Deutsche."

„Und Sie haben einen Indianer zum Mann genommen? Wie heißt denn Ihr Herr Gemahl?"

„Nitsas-Ini, Großer Donner."

„Großer Donner? Zu dem wollen wir ja!"

„Wirklich? Sie sagen ‚wir', also sind Sie nicht allein?"

„Bewahre! Wir sind eine ganze Gesellschaft tüchtiger Westmänner und Helden beisammen, Winnetou, Old Shatterhand, Sam ..."

„Kann ich erfahren, wo sich Ihre Gefährten jetzt befinden?"

„Sie sind den Nijoras nach."

„Die wollen uns doch überfallen."

„Ja, wenn ich mich nicht täusche, glaube ich, das gehört zu haben."

„Sie sagen mir da etwas für uns ganz außerordentlich Wichtiges. Wir sind nämlich den Nijoras entgegengezogen, um ihrem Überfall zuvorzukommen."

„Wie? Ihnen entgegen? Ich glaube, daß Sie sich da auf dem falschen Weg befinden, verehrteste Frau Häuptling."

„Wieso?"

„Wieso? Weil die sich drüben am linken Ufer befinden."

„Nicht hier am rechten?"

„Nein."

„Wirklich nicht? Wissen Sie das genau? Es kommt uns nämlich sehr darauf an, daß Sie sich nicht etwa in einem Irrtum befinden."

„Ein Irrtum ist gar nicht möglich. Wenn wir Jünger der Kunst einmal etwas wissen, so wissen wir es auch ordentlich und richtig. Wir sind ja eben von den Nijoras überfallen worden."

„Das weiß ich. Drei von Ihnen haben sich gerettet."

„Drei? Da denken Sie höchstwahrscheinlich an Buttler, Poller und den Ölprinzen. Die sind uns leider durchgebrannt."

„Durchgebrannt? Also entflohen? Etwa Ihnen?"

„Ja."

„Sie wollen Ihre Gefährten gewesen sein. Wie ist es da möglich, daß sie Ihnen entflohen sind?"

„Es ist so. Glauben Sie mir."

„Das werden sie mir deutlicher erklären müssen. Diese drei Männer erzählten, daß Old Shatterhand mit seiner Gesellschaft noch gefangen gewesen sei, als es ihnen gelang, sich zu retten.“

„Das ist entweder eine Lüge oder ein Irrtum in der Zeitrechnung. Als sie sich davonmachten, waren wir schon längst wieder frei. Haben Sie denn diese drei Personen gesehen?“

„Sogar gesprochen haben wir mit ihnen.“

„Da will ich hoffen, daß Sie sich in acht genommen haben!“

„Warum?“

„Weil das Menschen zu sein scheinen, denen man nicht weiter trauen darf, als man sie sieht. Die haben den Schalk im Nacken, ja, ja, den Schalk im Nacken. Es ist ihnen sogar gelungen, mich zu täuschen, mich, der ich ein Sohn der Musen bin. Das will gewiß viel heißen, sehr viel! Das werde ich Ihnen schon noch erzählen, Frau Häuptling.“

„Ja, später. Für jetzt möchte ich zunächst wissen, wo sich Old Shatterhand und Winnetou befinden.“

„Das weiß ich nicht.“

„Nicht? Aus Ihren früheren Worten schien hervorzugehen, daß Sie es wissen.“

„Das mag sein. Einesteils kümmere ich mich nicht eingehend um solche Sachen, weil meine Heldenoper alle meine Gedanken in Anspruch nimmt, und anderenteils verhalten sich meine Gefährten nicht so mitteilsam gegen mich, wie Sie anzunehmen scheinen. Es ist das eine sehr zarte Rücksichtnahme von ihnen, für die ich ihnen wirklich dankbar sein muß. Sie wollen mich nicht mit diesen profanen Sachen belästigen, da ich weit Höheres zu schaffen habe. Ich weiß also nicht, wo sich Old Shatterhand und Winnetou in diesem Augenblick befinden; ich kann nur sagen, daß sie hinter den Nijoras her sind. Wenn sie mich mitgenommen hätten, könnte ich Ihnen den Ort, wo man sie jetzt zu suchen hat, genau sagen.“

„Wann sind sie von Ihnen fort?“

„Noch vor Mittag heut. Sie haben niemand als nur Schi-So mitgenommen.“

„Schi-So? Was? Meinen Sohn?“

„Ihren Sohn? Wie? Er ist ihr Sohn?“

„Ja. Wußten Sie das nicht?“

„Nein. Ich wußte nur, daß er der Sohn von Nitsas-Ini ist, ob auch der Ihre, das war mir bis zum gegenwärtigen Augenblick unbekannt.“

„Ich habe Ihnen doch gesagt, daß ich die Frau des Häuptlings bin!“

„Das stimmt; wissen Sie, es ist für einen Jünger der Kunst nicht so leicht, sich in die Verhältnisse einer Familie hineinzudenken, bei der die Mutter weiß und der Vater von kupferner Farbe ist. Ich werde es mir sehr genau überlegen, und dann ist es wahrscheinlich, daß Sie in meiner Oper einen Platz bekommen, etwa als rote Heldenmutter, denn eine weiße habe ich schon in der Person von Frau Rosalie Ebersbach.“

Der Kantor kam ihr etwas sonderbar vor. Sie schüttelte leise den Kopf und erkundigte sich dann: „Was taten sie denn eigentlich vorhin da drüben, wo Sie sich befanden?“

„Ich komponierte.“

„Das heißt, Sie arbeiteten an Ihrer Oper?“

„Ja. Ich komponierte den Heldeneinzugsmarsch.“

„So laut?“

„Das muß so sein, das geht nicht anders. Ich muß hören, wie die einzelnen Instrumente klingen.“

„Das kann Sie sehr leicht das Leben kosten!“

„Fällt ihm nicht ein!“

„O doch! Wie nun, wenn Feinde in der Nähe gewesen wären?“

„Es waren keine da.“

„Wußten Sie das?“

„Ja.“

„Woher?“

„Sam Hawkens hat es gesagt. Deshalb paßte er auch nicht sehr auf mich auf, und so gelang es mir, mich zu entfernen, ohne daß man acht darauf hatte. Ich ging so weit fort, daß sie mich nicht hören konnten, und probierte da die einzelnen Stimmen des Orchesters durch. Da wurde ich leider plötzlich unterbrochen. Man packte mich von hinten, schnürte mir die Kehle zu, so daß es mit dem Komponieren rein alle war, und transportierte mich hierher. Ich hoffe, daß man mich wieder hinüberschafft.“

„Das wird geschehen. Ist es weit bis zu Ihrem Lager?“

„Nun, eine tüchtige Viertelstunde wird man zu gehen haben, da ich mich so weit entfernen mußte, um nicht gehört zu werden.“

„Und wer befehligt dort?“

„Sam Hawkens hat den Oberbefehl. Old Shatterhand hat nur die Weisung gegeben, daß wir ihnen möglichst schnell auf ihrer Fährte folgen sollten. Bei Anbruch des Abends mußten wir natürlich lagern, weil in der Dunkelheit die Fährte nicht zu sehen war."

„So ist es gut für einstweilen; ich werde jetzt mit meinem Mann sprechen."

Sie wollte sich nach diesen Worten von ihm abwenden; da hielt er sie am Arm zurück und bat: „Vergessen Sie nicht, ihm zu sagen, daß ich ein Jünger der Kunst und ein Sohn der Musen bin! Man soll mich ja nicht wieder so durch das Wasser schleppen, wie es vorhin geschehen ist!"

Da trat Wolf, der abseits gestanden und zugehört hatte, zu ihm heran und sagte in barschem Ton: „Da hätten sie hübsch daheim bleiben sollen. Musensöhne gehören nicht hierher nach dem Wilden Westen!"

„Warum?" fragte der Kantor.

„Weil sie, wenn sie Ihnen nur einigermaßen ähneln, ganz konfuse und verrückte Menschen sind."

„Oho! Da muß ich denn doch bitten, in einem andern Ton mit mir ..."

„Schweigen Sie! Was Sie getan haben, ist eine unverzeihliche Unvorsichtigkeit. Wenn Sam Hawkens geglaubt hat, daß keine Feinde hier sind, ist das ein Irrtum gewesen. Daß Sie sich aus dem Lager entfernt haben, ohne um Erlaubnis zu fragen, das konnte Sie alle leicht das Leben kosten. Wie nun, wenn sich an unsrer Stelle die Nijoras hier befunden hätten?"

„Die sind drüben am linken Ufer!"

„Sie könnten auch herübergegangen sein. Dann wären Sie verloren gewesen. Übrigens betrachten wir Ihre Aussagen nicht als maßgebend. Wir sind gezwungen, einige Kundschafter fortzuschicken, um zu erfahren, was von Ihren Darstellungen falsch und was richtig ist."

„Es ist alles richtig! Ich gebe Ihnen mein Wort darauf."

„Ihr Wort gilt gar nichts. Sie kommen mir so verworren vor, daß ich die nicht beneide, die sich mit Ihnen zu befassen haben. Wer weiß, was für Unheil schon von Ihnen angerichtet worden ist."

„Nicht das geringste! Von der Kunst kann überhaupt nur Heil und Segen kommen."

„Von ihren Jüngern nicht, wenn sie Ihnen gleichen."

„Das ist eine Beleidigung, Herr! Wer sind Sie denn eigentlich. Sie reden deutsch. Sind Sie etwa ein Landsmann von mir?"

„Ja."

„So sollten Sie höflicher sein. Wenn sich Landsleute so fern von der Heimat treffen, sollten sie sich freuen, nicht einander ärgern!"

„Da haben Sie recht. Aber wer sich über so einen Konfusionsrat, wie Sie sind, nicht ärgert, der muß ein Engel sein. Sie bringen nicht nur die Sicherheit, sondern das Leben Ihrer Gefährten in Gefahr, und das geht mich auch etwas an, denn wenn ich mich nicht irre, befindet sich bei Ihnen eine Person, die mir sehr nahe ist."

„Wer könnte das sein? Etwa Frau Rosalie Ebersbach?"

„Unsinn! Ist nicht ein junger Deutscher bei Ihnen, der Wolf heißt?"

„Jawohl, Adolf Wolf."

„Nun, ich heiße auch Wolf."

„Ah, da sind Sie vielleicht gar der Onkel?"

„Woher vermuten Sie das?"

„Weil ich weiß, daß er zu seinem Onkel will. Sie heißen auch Wolf und sagen, daß er Ihnen nahesteht; da denke ich natürlich, daß er der Neffe ist."

„So ist es. Da haben Sie gezeigt, daß Sie logisch denken können, und das soll mich mit Ihnen aussöhnen. Setzen Sie sich! Sie werden hier warten müssen, bis die Kundschafter zurück sind. Ich gehe selbst mit ihnen."

Nun dolmetschte er den Indianern, was er von dem Kantor erfahren hatte, und es wurde beschlossen, daß er mit zwei Roten über den Fluß schwimmen sollte, um das Lager der Weißen aufzusuchen.

Die drei waren gute Schwimmer; sie kamen leicht und schnell hinüber und wandten sich dann nach links, um, am Wasser hinschleichend, sich dem Lager zu nähern. Sie waren noch gar nicht weit gekommen, so hörten sie Schritte. Schnell versteckten sie sich hinter einigen Büschen. Die Personen, die kamen, sprachen miteinander, doch nicht laut. Wolf sah, als sie herangekommen waren, daß es zwei waren; sie hielten an und lauschten.

„Das is doch wirklich een schrecklicher Mensch", sagte der eine, „der hat wahrhaftig gar keen bißchen Sitzefleesch; sobald wir lagern, schleicht er sich off und davon. Nu müssen wir uns in alle Richtungen komprimieren, um ihn zu finden, und dürfen doch nich laut nach ihm rufen, weil een Ohr daherum stekken könnte, das keene angenehmen Gesinnungen für uns im Busen trägt. Wenn wir ihn gefunden haben, so hängen wir ihn an. Meenste nich och, alter Droll?"

„Ja“, stimmte der andre bei. „Die Oper, die er machen will, is verrückt, und er selber is noch viel verrückter. Der kann uns noch in großen Schaden bringen. Es wird wirklich nicht anders; wir müssen ihn anhängen!“

Wolf hörte, daß er es mit Deutschen zu tun hatte, und grüßte hinter seinem Busch hervor: „Guten Abend, meine Herren, es freut mich sehr, Landsleute hier zu treffen.“

Aber er sah die beiden schon nicht mehr, er hörte nur das Knacken ihrer Gewehrhähne. Sie waren gleich beim ersten Wort, das er gesprochen hatte, wie in den Erdboden hinein verschwunden.

„Wo sind Sie hin?“ fuhr Wolf fort. „Aus Ihrem Verhalten und Ihrer Schnelligkeit ersehe ich, daß Sie gute Westmänner sind; Ihre Vorsicht ist hier unnötig. Sie hören ja, daß ich auch deutsch spreche.“

„Das zieht bei uns nich“, lautete die Antwort hinter einem Gesträuch hervor. „Es gibt mehrschtenteels Schurken, die ooch zuweilen deutsch reden können.“

„Ich bin kein Schurke!“

Als er sich dann in kurzen Worten als Adolf Wolfs Onkel legitimiert und über das Zusammentreffen mit dem Kantor berichtet hatte, rief Hobble-Frank: „Alle Wetter, is das so! Da is es gut, daß wir eenander nich erschossen haben. Also sind Sie der Onkel von Adolf Wolf? Da krauchen Sie mal nich länger dort im Busch herum, sondern kommen Sie raus, Sie alter deutscher Napoleum!“

„Gern, vorher aber noch ein Wort. Es sind zwei Navajokrieger bei mir. Wie werden Sie sich zu ihnen verhalten?“

„So freundlich, als ob sie meine zwee eenzigen Patenkinder wären. Die Navajos sind unsre Freunde!“

„Gut, so kommen wir!“

Er trat mit den beiden Roten aus seinem Versteck hervor, und die beiden andern tauchten auch wieder wie aus der Erde auf. Der eine reichte ihm die Hand entgegen und sagte: „Jetzt können wir off Ihren Gruß antworten. Guten Abend also und willkommen unter Freunden. Und damit Sie wissen, wer wir sind: Ich bin Herr Heliogabalus Morpheus Edeward Franke, genannt der Bärenjäger Hobble-Frank. Und hier mein Freund und Kamerad is die sogenannte Tante Droll alias Herr Sebastian Melchior Pampel.“

„Es freut mich, zwei so tüchtige Westmänner persönlich kennenzulernen. Wollen Sie mich nach Ihrem Lager führen?“

„Sehr gern. Erlauben Sie mir, Ihr Cicero zu sein, aber sagen Sie mir dabei, wo eegentlich nun unser Kantor steckt!"

„Er befindet sich in unserm Lager", antwortete Wolf, „wir mußten ihn so lange festhalten, bis wir erfahren hatten, zu wem er gehörte."

„Das kann ich Ihnen sagen: Unter die Narren gehört er. Der Mann hat uns schon viel Unannehmlichkeeten und Emballagen bereitet."

Als sie den Lagerplatz erreichten, befanden sich nur die Einwanderer mit ihren Frauen und ihren Kindern dort; die anderen waren fortgegangen, um nach dem Kantor zu suchen.

„Wie benachrichtigen wir sie nur?" fragte Frank. „Wir können sie doch nicht holen, weil wir nich wissen, wo sie stecken."

„Schießen Sie ein Gewehr ab", riet Wolf. „Da werden sie gleich kommen."

„Es könnten sich Feinde in der Nähe befinden; die würden wir durch den Schuß anlocken."

„Nein. Da nur ich unser Lager und das Ihre kenne, weiß ich sehr genau, daß wir nichts zu befürchten haben."

Auf dieses Wort hin schoß Frank sein Gewehr ab. Dann horchten sie, ob sich das Geräusch der Nahenden bald hören lassen würde.

Die Einwanderer betrachteten die drei Ankömmlinge mit neugierigen Blicken; sie hatten vor den beiden Indianern erschrecken wollen, wurden aber durch den Umstand, daß Frank sie gebracht hatte, schnell beruhigt. Der Schuß zeigte die beabsichtigte Wirkung. Die Abwesenden kehrten in kurzer Zeit einer nach dem andern zurück. Es läßt sich denken, wie entzückt Adolf Wolf war, als sein Oheim sich ihm zu erkennen gab. Gern hätten sich Onkel und Neffe von den übrigen abgesondert, um über die Heimat, die Verwandten und über alles zu sprechen, was ihnen auf dem Herzen lag, doch gab es keine Zeit dazu; die Gefühle der einzelnen Personen mußten zurücktreten vor der Gefahr, in der sich alle befanden. Und da Wolf in diesem Augenblick der Vertreter der Navajos war, wurde er jetzt als solcher vor allen Dingen in Anspruch genommen.

Es waren ihm die Namen sämtlicher Anwesenden genannt worden, und er wandte sich zunächst an den Bankier: „Wenn ich mich nicht irre, wurdet Ihr mir als Mr. Rollins aus Arkansas bezeichnet. Ist es so?"

„Ja, Sir", antwortete der Gefragte.

„Seid Ihr etwa der Bankier dieses Namens?“
„Ja.“
„Habt eine Ölquelle gekauft?“
„Leider, ja, die aber keine Ölquelle war.“
„Dachte es mir. Seid beschwindelt worden.“
„Und wie! Leider sind uns die drei Kerle entkommen. Ich hoffe sehr, daß wir sie noch einholen werden.“
„Wollt sie also nicht laufenlassen?“
„Nein. Sie haben ja meine Anweisung bei sich und wollen nach Frisco hinunter, um sie dort in Gold umzusetzen.“
„Wenn's nur das ist, so laßt sie immer laufen!“
„So? Das ratet Ihr mir? Wie kommt Ihr auf diesen Gedanken?“
„Aus diesem Grund hier. Wollt Ihr einmal sehen, was das ist?“
Er zog einen Gegenstand aus der Tasche und reichte ihn Rollins hin. Als dieser einen Blick darauf geworfen hatte, rief er in froher Überraschung aus: „Sir, das ist ja meine Unterschrift, die Anweisung, die ich in Grinleys Händen glaubte!“
„Wie Ihr seht, habt Ihr Euch da geirrt; er besitzt sie nicht mehr.“
„Sie ist's, sie ist es wirklich. Nun ist alles gut; nun habe ich diesen Verlust nicht mehr zu befürchten; das, was es mich bisher gekostet hat, will ich gar nicht rechnen.“
Dann mußte Wolf erzählen, wie er in den Besitz dieser Schrift gekommen war.
Er tat das kurz; als er dann sagte, daß Grinley, Buttler und Poller wieder umgekehrt seien, fragte Sam Hawkens: „Wollen die Kerle etwa hinter Euch her, Mr. Wolf?“
„Natürlich, sie wollen die Gelegenheit, wenn ich mich einmal von den andern entferne, abwarten und mich überfallen, um mir das Papier wieder abzunehmen.“
„So ist es; so denke ich es mir auch. Soll ihnen nicht nur nicht gelingen, sondern sie werden sich dadurch in unsre Hände liefern.“
„Das hoffe ich auch.“
„Und dann werden wir kurzen Prozeß mit ihnen machen. Wenigstens entlaufen werden sie uns gewiß nicht wieder. Wo habt ihr heut gelagert?“
„Eine Viertelstunde abwärts von hier, am jenseitigen Ufer.“
„Denkt ihr, daß sie euch nahe sind?“
„Nein. Sie haben unsrer Fährte nur so lange, als es Tag war,

folgen können; dann mußten sie warten. Wir haben also einen ziemlichen Vorsprung vor ihnen."

„Schön, so fangen wir sie morgen."

„Oder auch nicht!"

„Warum nicht?"

„Weil wir da mit den Nijoras zu tun bekommen werden."

„Hm, das ist wahr. Möchte wissen, was diese Halunken vornehmen werden, wenn sie euer voriges Lager erreichen und sehen, daß die Vögel, die sie fangen wollten, ausgeflogen sind."

„Das ist leicht zu denken."

„Meint Ihr? Ich glaube es nicht."

„Sie werden natürlich über den Fluß gehen und uns folgen."

„Für so dumm halte ich Mokaschi nicht."

„Dumm? Wieso würde das eine Dummheit sein?"

„Weil ihr ihm weit überlegen seid. Er hat dreihundert Krieger bei sich und wird Kundschafter voraussenden, euer Lager zu beobachten. Wenn sie sehen, daß es verlassen ist, werden sie hinreiten, um das Gelände genau in Augenschein zu nehmen. Sie müßten blind sein, wenn sie da nicht sähen, daß ihr die doppelte Anzahl von Männern seid. Das melden sie dem Häuptling, und da wird er sich hüten, seine Absicht, euch anzugreifen, auszuführen."

„Und was meint Ihr, was er dann tun wird? Verzichten?"

„Nein. Er wird sich zurückziehen und eilends Boten heimsenden, die Nachschub holen müssen. Ist dieser angekommen, dann greift er wieder an."

„Und uns soll er da die Dummheit zutrauen, so lange zu warten, bis er seine Krieger verdoppelt hat? Nein, nein, Mr. Hawkens, ich bin da ganz andrer Ansicht als Ihr."

„So laßt sie hören! Nur wenn jeder seine Meinung sagt, kann man zur richtigen Klarheit kommen."

„Die Sache liegt ganz anders, als Ihr annehmt. Der Ölprinz hat uns belogen, indem er sagte, daß die Nijoras am rechten Flußufer abwärts kämen; die Absicht, die ihn dabei geleitet hat, ist leicht zu durchschauen."

„*Well.* Er hat den Kampf zwischen den Navajos und den Nijoras hinausschieben wollen, um Zeit zur Ausführung seines Vorhabens zu bekommen."

„So ist es. Die Nijoras reiten am linken Flußufer hinab, um die Navajos zu überrumpeln, und diese reiten am rechten Ufer aufwärts, um jenen zuvorzukommen. Das ergibt ein Such-und-Versteck-Spiel, bei dem gewiß soviel Zeit vergeht, als er braucht, um wieder zu seiner Anweisung zu kommen. Davon wissen aber die Nijoras nichts. Sie ahnen nicht, daß der Ölprinz bei uns gewesen ist und uns diese Lüge gesagt hat. Sie finden unser Lager verlassen; sie sehen unsre Fährte und werden ihr ungesäumt folgen, um plötzlich, wenn wir das gar nicht ahnen, von hinten über uns herzufallen. Ein so ungeahnter Angriff, ein solcher Überfall vom Rücken her, gleicht den Zahlenunterschied völlig aus. Das werdet Ihr mir zugeben."

„Kann nichts dagegen sagen; denke allerdings, daß sie sich hüten werden, das zu tun, was Ihr von ihnen annehmt. Übrigens gibt es hier einen Umstand, den wir mehr als alles andre in Berechnung ziehen müssen."

„Und der ist?"

„Old Shatterhand und Winnetou, die uns mit Schi-So vorangeritten sind."

„Daß das geschehen ist, das habe ich erfahren; aber warum sie es getan haben, das weiß ich noch nicht. Sie wollten wohl die Nijoras beobachten?"

„Eigentlich nicht. Einer solchen Beobachtung bedurfte es nicht, weil es als sicher anzunehmen war, daß sie direkt zu den Navajos reiten würden. Diese mußten von dem bevorstehenden Überfall benachrichtigt werden."

„Ah, so wollten die drei zu uns?"

„Ja."

„Da mußten sie von den Nijoras gesehen werden, die sich zwischen uns und den dreien befanden."

„Nein, denn Old Shatterhand beabsichtigte, einen Bogen zu reiten. Er und Winnetou haben die besten Pferde des ganzen Westens, und Schi-So hat von den anderen Tieren das schnellste ausgewählt. Es stand also zu erwarten, daß sie die Nijoras rechtzeitig überholen würden."

Da machte Wolf ein bedenkliches Gesicht und sagte: „Es ist mir nicht lieb, daß sie auf den Gedanken gekommen sind, das zu tun. Es war gar nicht nötig, uns zu benachrichtigen."

„Aber gewiß! Eure Kundschafter waren ergriffen worden; sie konnten euch also keine Nachricht bringen."

„Unsre Posten waren aufmerksame Leute; sie hätten den anrückenden Feind gewiß bemerkt. Nun müssen wir grad auf die beiden Männer, auf die wir uns sonst am meisten hätten verlassen können, verzichten, auf Winnetou und Old Shatterhand."

„Verzichten? Das sehe ich nicht ein."

„Aber gewiß. Wenn es ihnen auch gelingt, die Nijoras zu umreiten und ihnen zuvorzukommen, so treffen sie uns nicht an; sie finden das Lager verlassen und wissen nicht, was sie tun sollen. Hinter sich haben sie die Feinde, und wir sind fort. Sie werden dastehen und sich ansehen und verwundert die Köpfe schütteln."

Da lachte Sam Hawkens laut auf und rief: „Dastehen, sich angucken, die Köpfe schütteln? Hihihihi! Was fällte Euch denn ein, Mr. Wolf! Ihr behauptet, diese beiden berühmten Männer zu kennen, und kennt sie doch ganz und gar nicht. Ich sage Euch, sie werden nicht dastehen, sich auch nicht ansehen und noch viel weniger verwundert die Köpfe schütteln. Ich möchte wissen, wann oder von wem sich einer von ihnen jemals hätte verblüffen lassen! Wenn Ihr das von ihnen denkt, könnt Ihr mir leid tun, herzlich leid!"

„Ihr nehmt das, was ich gesagt habe, viel zu scharf, Mr. Hawkens. Ja, ich kenne diese beiden Männer, das darf ich wohl behaupten; und ich weiß, was sie geleistet haben und noch leisten können; es kommt eben kein andrer Westmann über sie. Aber sie sind doch auch nur Menschen, und es gibt Lagen, in denen selbst ein Ausbund von Klugheit Fehler machen würde."

„Diese zwei nicht, das sage ich Euch. Man hätte wirklich oft denken mögen, daß sie allwissend seien. Solche Fähigkeiten, wie sie besitzen, habe ich noch nie bei einem andern Menschen bemerkt. Sie besitzen ein Ahnungsvermögen, das fast an Hellsehen streift. Das ist ihnen natürlich angeboren, durch viel Übung allerdings vergrößert und verfeinert worden. Ich bin überzeugt, daß sie trotz der vielen Eindrücke, die eure Pferde beim Verlassen des Lagers gemacht haben, die Spuren von Grinley, Poller und Buttler entdecken. Sie werden sehen, daß diese hinter euch her sind, und wer weiß, was sie dann tun. Vielleicht etwas, woran kein andrer Mensch denken würde. Doch da fällt mir ein: Wir haben noch nicht von Khasti-tine und dem andern fehlenden Kundschafter gesprochen. Wißt ihr nicht, wo sie eigentlich stecken?"

„Ja."

„Nun?"

„Es wurden zehn Kundschafter ausgesandt; acht sind bei den Nijoras gefangen; die beiden übrigen wurden ermordet."

„Von wem?"

„Von den Nijoras natürlich."

„Das vermutet ihr?"

„Wir vermuten es nicht, wir wissen es."
„Von wem?"
„Von euerm Ölprinzen."
„Ah! Der hat es euch gesagt?"
„Ja."
„Und ihr habt es geglaubt?"
„Gewiß. Warum sollten wir es nicht glauben? Sie sind als Späher gegen die Feinde ausgezogen und von ihnen ertappt und erschossen worden. Das ist sehr einfach."
„Nicht so einfach, wir ihr denkt. Ich habe gehört, daß besonders Khasti-tine ein ausgezeichneter Späher gewesen sein soll?"
„Nicht nur das. Er war trotz seiner Jugend ein Meister im Kundschaften."
„So! Und da ist es euch nicht aufgefallen, daß er jetzt, da er sich nicht allein befand, sondern neun Gefährten bei sich hatte, so unvorsichtig gewesen sein soll, sich erwischen zu lassen?"
Wolf sah Sam forschend ins Gesicht und fragte dann: „Was beabsichtigt Ihr mit Euern Worten?"
„Euch auf die Wahrheit zu bringen. Die Nijoras haben eure Späher nicht getötet."
„Wer denn?"
„Der Ölprinz."
„Der – Ölprinz?" wiederholte Wolf im Ton absoluten Unglaubens.
„Ja, der Ölprinz", bestätigte Sam.
„Das ist ein Irrtum. Wer hat Euch das weisgemacht?"
„Hört, Mr. Wolf, Sam Hawkens läßt sich nicht so leicht etwas weismachen!"
„Mag sein, so seid Ihr erbittert gegen den Ölprinzen, und diese Erbitterung hat Euch auf eine ungerechtfertigte Vermutung, auf eine falsche Berechnung gebracht."
„Ich habe weder etwas vermutet noch etwas berechnet, sondern meine Behauptung gründet sich auf Tatsachen."
„Alle Donner! So redet! Was sind das für Tatsachen?"
„Khasti-tine hat seine Sache ausgezeichnet gemacht. Er beschlich den Häuptling der Nijoras so vortrefflich, daß dieser unbedingt in seine Hände fallen mußte; da kam ein andrer, ein Unbeteiligter, dazu und schoß ihn und seinen Gefährten hinterrücks nieder."
„Und dieser Mörder soll – soll – euer Ölprinz sein?"

„Soll es nicht gewesen sein, sondern ist es gewesen."
„Beweist es mir; beweist es!"
„Nichts ist leichter als das. Es waren Zeugen dabei, zwei Männer, die es verhindern wollten, aber nicht verhindern konnten, weil es zu schnell geschah. Und diese Zeugen sitzen hier bei uns."
„Hier?" fragte Wolf, indem sein Blick suchend im Kreis herumging.
„Ja. Mr. Rollins und Mr. Baumgarten sind's. Fragt nur, laßt es Euch von ihnen erzählen."
Er wollte es nicht glauben; als der Bankier ihm den Vorgang genau berichtet hatte, konnte er nicht länger zweifeln und rief um so grimmiger aus: „Also dieser Kerl, dieser Schurke, ist es gewesen! Und den haben wir bei uns gehabt! Er hat sich in meiner unmittelbaren Nähe befunden, so daß ich ihm das Messer in das Herz hätte stoßen können. Und wir haben nichts geahnt, nichts, gar nichts!"
„Ja, sogar bewaffnet habt ihr die Leute, hihihihi!" Sam lachte in seiner sonderbaren Weise. „Habt das sehr gut gemacht, wirklich außerordentlich gut!"
„Schweigt, Mr. Hawkens! Konnte man an so etwas denken? Ist so eine Frechheit für möglich zu halten? Kann ein Mensch, der unsre Kundschafter ermordet, sich dann zu uns wagen und Unterstützung von uns verlangen?"
„Daß es möglich ist, habt Ihr soeben erfahren. Gut nur, daß Ihr die Anweisung zurückbehalten habt. Den Kerl selbst freilich habt Ihr laufenlassen, ihn mitsamt seinen beiden Helfershelfern."
„Ja, das habe ich leider; ich bin überzeugt, daß das nur für einstweilen gilt. Sie werden uns, und zwar vielleicht schon morgen, wieder in die Hände laufen."
„Hm!" brummte Sam.
„Was brummt Ihr dazu?"
„Oh, ich wollte damit nur sagen, daß oft nicht alles so geschieht, wie man es wünscht."
„*Pshaw!* Die Kerle sind ja hinter uns her, und wir brauchen also nichts zu tun, als auf sie zu warten."
„Richtig. Aber wenn ihr nun nicht warten könnt? Es mag leicht etwas geschehen, was euch anderweit völlig in Anspruch nimmt. Oder der Ölprinz kann sich besinnen und umkehren."
„So jagen wir ihm nach und ruhen nicht eher, als bis wir ihn erwischen! Ich werde ihm morgen einige Kundschafter entge-

genschicken, um darüber Gewißheit zu erlangen, ob er uns wirklich folgt oder nicht."
„Und er sieht diese Kundschafter und macht sich aus dem Staub."
„Das gewiß nicht, denn ich suche die besten meiner Leute aus. Also der, der ist der Mörder von Khasti-tine! Das muß der Häuptling erfahren, und zwar sofort! Er wartet auf Nachricht. Ich muß ihn mit Euch zusammenbringen, damit wir uns wegen morgen beraten können. Wollt Ihr mitgehen?"
„Nein", antwortete Hawkens. „Er mag kommen."
„Bedenkt, daß er ein bedeutender Häuptling ist! Er darf wohl erwarten, daß Ihr so höflich seid, ihn aufzusuchen!"
„Wie? Was? Seid Ihr so weit verindianert, daß Ihr einen Roten für höher und besser erachtet als einen Weißen?"
„Das nicht, aber er ist Häuptling."
„Schön! Er ist der Anführer seiner roten Männer, und ich bin heute Anführer dieser weißen Ladys und Gentlemen. Ich darf überhaupt nicht fort, selbst wenn ich wollte."
„Warum nicht?"
„Als Old Shatterhand heute mit Winnetou und Schi-So fortritt, sagte er mir, er würde mir den Ort, wo wir des Nachts lagern sollten, durch das Umknicken von drei jungen Baumstämmchen bezeichnen. Wir sind seiner Spur gefolgt und gegen Abend auf dieses Zeichen getroffen. Da haben wir zu bleiben."
„Warum?"
„Er hat gewünscht, daß wir uns in dieser Nacht hier befinden. Nach seinen Gründen habe ich ihn nicht gefragt; jedenfalls hat er welche, und wenn so ein Mann Gründe hat, sind sie gewiß gut, und man hat sie zu achten. Es ist vielleicht möglich, daß er kommt."
„Heute nacht?"
„Ja."
„Das kann er nicht."
„Oh, der kann, was er will."
„Wenn er nach unserm letzten Lager geritten ist und dabei gezwungen war, einen Bogen um die Nijoras zu schlagen, kann er in dieser Nacht nicht hier sein."
„Geht mich nichts an. Er hat seinen Grund gehabt, mir diesen Ort hier anzuweisen, sonst wäre es ja nicht nötig gewesen, mir eine Stelle zu bezeichnen. Wir dürfen nicht von hier fort. Schickt also nach dem Großen Donner; er mag kommen!"

„Wie Ihr wollt; ich will nicht in Euch dringen."

Er erteilte den beiden Indianern, die er mitgebracht hatte, den Auftrag, ihrem Häuptling die betreffende Meldung zu machen, und sie huschten vom Lagerfeuer fort, um diesen Befehl auszuführen.

Die Unterhaltung war bis jetzt in englischer Sprache geführt worden, und da die deutschen Einwanderer dieser nicht mächtig waren, wußten sie nicht, wovon die Rede gewesen war. Deshalb bat Frau Rosalie Hobble-Frank, ihr das Nötige mitzuteilen. Er tat das in deutscher Sprache. Als Wolf die hörte, ging er auch vom Englischen auf das Deutsche über und machte hier und da einige Bemerkungen zu Franks Erklärungen.

Hobble-Frank schien ihm überhaupt zu gefallen. Es flogen Fragen und Antworten zwischen ihnen hin und her; das ernste Gesicht Wolfs erheiterte sich bei den sonderbaren Ausdrücken Franks immer mehr, und endlich rief er lachend aus: „Sie sind also wirklich das Original, wie es mir beschrieben worden ist. Ich wollte es nicht glauben."

„Beschrieben worden? Von wem denn?" fragte der kleine Mann.

„Von Old Shatterhand."

„Hat er sich dabei eenes mündlichen oder eenes schriftlichen Tones bedient?"

„Mündlich natürlich, mündlich."

„Und wie hat er mich da genannt? Een Original?"

„Ja, oder wenigstens so ähnlich."

„Ähnlich? Danke sehr für Wurschtfett ohne Majoran! Ich bin nich ähnlich; ich bin überhaupt keenem Menschen ähnlich. Was ich bin, das bin ich ooch richtig, das bin ich ganz. Und wenn mein verehrter Old Shatterhand mich een Original genannt hat, will ich es ooch sein, denn das is eene Ehre für mich. Es gibt unter zehn Menschen kaum drei oder viere, die man Originalersch nennen könnte, denn nich jedermann hat den Origines studiert."

Ein allgemeines Gelächter war die Folge der ernsthaft vorgebrachten Worte, das bei der nächtlichen Stille, die rundum herrschte, wohl eine Viertelstunde weit zu hören war. Deshalb durfte es kein Wunder genannt werden, als vom Wasser her eine laute Stimme erschallte, die im indianischen Englisch rief: „Haben die Bleichgesicher den Verstand verloren, oder sind sie Weiber geworden, daß sie sich nicht beherrschen können?

Jeder Baum kann einen Feind verbergen, wenn man nicht daheim in seinem Zelt ist."

Es war Nitsas-Ini, der kam, gefolgt von einigen seiner besten Krieger. Auch seine weiße Squaw brachte er mit, wohl deshalb, weil die Boten gesagt hatten, daß hier auch Frauen seien. Die Lagernden erhoben sich, ihn zu begrüßen. Er blieb vor ihrem geöffneten Kreis stehen und ließ, jedem einen scharfen, musternden Blick zuwerfend, seinen Blick in die Runde gehen. Als er Sam Hawkens sah, nahm sein ernstes Gesicht einen milderen Ausdruck an, und er sagte, ihm die Hand reichend: „Mein weißer Bruder Sam ist dabei? Dann weiß ich, daß diese laute Lustigkeit uns keinen Schaden bringen wird, denn Sam Hawkens läßt seine Stimme nicht hören, wenn ein Feind in der Nähe ist."

Auch Dick Stone und Will Parker wurde die Hand gedrückt, und dann wurden ihm die Namen der übrigen genannt. Von den Frauen nahm er nicht die geringste Notiz. Als ihm Adolf Wolf genannt wurde, legte er ihm die Hand auf den Kopf und sagte: „Du bist der Freund meines Sohnes und der Neffe meines weißen Bruders. Sei willkommen unter den Zelten der Navajos! Du wirst wie ein Kind unsres Stammes sein."

Beim Anblick Hobble-Franks, dessen Name ihm ebenfalls genannt wurde, lächelte er ein wenig und sagte: „Mein Bruder Frank kennt alle Geheimnisse des Himmels und der Erde. Wir werden sehr viel von ihm lernen können."

„Das ist wahr", antwortete Frank sehr ernst. „Es freut mich, daß der große Häuptling der Navajos das weiß und anerkennt; deshalb werde ich ihm meine ganze Wissenschaft zur Verfügung stellen."

Darauf machte Hobble-Frank der weißen Squaw eine Verbeugung und sprach, indem er sich seiner Muttersprache bediente: „Verehrte Dame, ich preise mich sehr glücklich, Ihre ergebenste Bekanntschaft zu machen. Wenn ich wüßte, daß Sie noch nischt von mir gehört hätten, so würde ich so freundlich sein, mich Ihnen mit meinem ganzen Namen zu ..."

„Ist nicht nötig, Herr Franke", unterbrach sie ihn mit einem heiteren Lächeln. „Ich kenne Sie schon sehr genau."

„Wohl aus den Erzählungen meines Freundes Old Shatterhand?"

„Ja. Auch Winnetou hat zuweilen von Ihnen gesprochen."

„Freut mich ungemeen; trotzdem gebe ich Ihnen parlamentarisch zu bedenken, daß die richtige Wirklichkeet oder die wirkliche Richtigkeet niemals von eener bloßen Erzählung oder Beschreibung erreicht werden kann. Was Sie jetzt von mir wissen, das is sozusagen een kleenes Laternenlicht. Lassen Sie mich aber erscht acht Tage bei Ihnen sein, so wird Ihnen in mir eene Sonne leuchten, bei deren Strahlen alle Fixsterne erbleichen müssen. Erlooben Sie mir gehorsamst, Sie mit den hiesigen Herrschaften bekannt zu machen! Hier is vor allen Dingen unsre wackere Frau Rosalie Eberschbach. Nachher ..."

Er wollte zu einer andern Person übergehen; doch Frau Rosalie schob ihn mit den Worten fort: „Was man eenmal macht, das muß man ooch richtig machen. Verstehn Sie mich! Ich werde die Vorstellung selber besorgen. Dazu brauchen wir keenen Herrn, der zwar gelehrt sein will, sich aber nich mal eenen vollständigen Namen merken kann."

„Na", meinte er, „wollen Sie mir etwa gar zumuten, alle Ihre Namen herunterzuleiern, die Sie von der Wiege bis zum Grabe gehabt haben? Ich habe den richtigen genannt, und der wird wohl genügen!"

„Genügen? I, was Sie nich sagen! Gewöhnlich genügt er, ja; aber bei eener Vorstellung, wo off den Eindruck des erschten Oogenblicks soviel und alles ankommt, kann man nich ausführlich genug sein."

Und sich zu der weißen Squaw wendend, fuhr sie fort: „Also ich bin Frau Rosalie Eberschbach, geborene Morgenstern, verwitwete Leiermüllern, aus Heimberg in Sachsen, und hier is Julius, mein zweeter Gatte und Schmiedemeester ..."

In dieser Weise nannte sie die Namen aller Personen der vier Einwandererfamilien und lud dann die Frau des Häuptlings ein, sich bei ihr niederzusetzen. Die Squaw folgte bereitwillig dieser Aufforderung, und bald befanden sich die Damen in einer sehr angeregten Unterhaltung, die auf die Bitte der Squaw leise geführt wurde, denn bei den Indianern haben die Frauen in Gegenwart der Männer zu schweigen, selbst wenn diese nicht sprechen.

Das war hier zunächst auch der Fall. Der Häuptling hatte sich zu Sam Hawkens gesetzt und blickte lange Zeit, ohne ein Wort zu sagen, finster vor sich hin. Die indianische Höflichkeit verbot den anderen, sein Schweigen mit einem Wort zu brechen. Dann, nach ungefähr einer Viertelstunde, sagte er endlich: „Mein Bruder Sam mag mir sagen, wohin Old Shatterhand mit Winnetou ist!"

„Sie sind hinter den Nijoras her, um, wenn es sich als nötig erweisen würde, euch zu warnen."

„So mag mir Sam erzählen, was geschehen ist!"

Hawkens kam dieser Aufforderung nach. Er unterrichtete den Häuptling von allem, ohne viel Worte zu machen. Als er geendet hatte, blickte Nitsas-Ini wieder eine Weile still vor sich hin und sagte dann: „Morgen wird die Strafe kommen. Sind meine weißen Brüder bereit, uns zu helfen?"

„Ja", antwortete Sam. „Eure Feinde sind unsre Feinde, und unsere Freunde mögen auch die euern sein."

„Sie sind es. Wir wollen das Kalumet darauf rauchen."

Er nahm die Friedenspfeife vom Hals, öffnete den Tabaksbeutel und stopfte sie. Als er sie in Brand gesetzt hatte, erhob er sich, blies den Rauch nach dem Himmel und nach der Erde, dann nach den vier Himmelsrichtungen und sagte: „Alle Bleichgesichter, die hier versammelt sind, sollen unsre Brüder und Schwestern sein. Ich spreche im Namen des ganzen Stammes der Navajos. *Howgh!*"

Er hätte eigentlich dem Brauch gemäß eine lange Rede halten sollen, aber die Umstände waren heute so, daß er es für besser hielt, so kurz wie möglich zu sein. Bei dem letzten indianischen Wort „Howgh!", das eine Bekräftigung wie unser Amen ist, gab er die Pfeife an Sam und setzte sich wieder. Dieser stand auf, tat ebenfalls sechs Züge und sagte: „Ich rauche und spreche im Namen meiner weißen Brüder und Schwestern, die sich hier befinden. Wir wollen wie Söhne und Töchter der Navajos sein und im Kampf und im Frieden bei euch bleiben. Ich habe gesprochen. *Howgh!*"

Er setzte sich auch wieder und reichte dem Häuptling die Pfeife, der sie nun nicht weitergab, sondern bis zu Ende rauchte. Als sie ausgegangen war, hängte er sie wieder an die Schnur und sagte: „Morgen, noch ehe die Sonne hochgestiegen ist, wird das Blut des Mörders und seiner beiden Begleiter fließen."

„Denkst du, daß sie bis zu dieser Zeit hier angekommen sein werden?" fragte Sam.

„Sie werden hier sein."

„Sie werden nicht offen geritten, sondern heimlich geschlichen kommen. Man wird gut aufpassen müssen, um sie zu sehen."

„Ich werde ihnen zwei Männer entgegensenden, welche die Augen des Adlers haben; die werden mir melden, an welcher Stelle sie eintreffen."

„Was das betrifft, so ist diese Stellung sehr leicht zu erraten."
„Was meint mein Bruder Sam?"
„Sie werden natürlich eurer Fährte folgen und an den Ort kommen, an dem ihr jetzt lagert. Ihr braucht ihn nur zu verlassen und euch in der Nähe zu verstecken, so fallen sie in eure Hände."
„Mein Bruder hat sehr richtig gesprochen; dennoch werde ich ihnen die beiden Späher entgegensenden, damit sie mir ganz sicher sind und ich sie auf alle Fälle ergreife."
„Und wenn du nicht Zeit dazu hast?"
„Wer könnte mich hindern?"
„Die Nijoras."
„Die werden mich nicht hindern, sondern mir im Gegenteil förderlich sein, die Mörder zu ergreifen. Sie sind nach unserem Lager; sie finden es verlassen und werden uns folgen. Sie haben also die Mörder vor sich, die wir hinter uns haben. Sie treiben sie uns zu."
„Wenn du dich nicht irrst, soll es mich freuen."
„Ich irre mich nicht. Was könnten die Nijoras andres tun als uns folgen?"
„Old Shatterhand schien diese Ansicht nicht zu haben."
„Und doch ist er fort, um uns zu warnen?"
„Das hat er vielleicht nur vorgeschützt, um nicht das Richtige sagen zu müssen."
Der Häuptling schien einige Augenblicke über das Gehörte nachzudenken und fragte dann mit unterdrückter Stimme, da ihn sein Scharfsinn das Richtige beinahe ahnen ließ: „Glaubt er vielleicht, daß die Nijoras nicht direkt nach unserem Lager sind?"
„Es schien fast so", antwortete Sam ebenso leise.
„Dann könnten sie es nur auf andre abgesehen haben?"
„Ja."
„Auf euch?"
„Ich vermute es. Gesagt hat Old Shatterhand nichts."
„Er hat geschwiegen, weil unter meinen weißen Brüdern Leute sind, die Angst bekommen hätten."
„Das vermute ich."
Wolf war auch wieder da. Er hatte, da er neben dem Häuptling saß, die letzten leisen Sätze gehört und äußerte jetzt seine entgegengesetzte Meinung: „Was Ihr gesagt habt, halte ich für grundfalsch. Es wird den Nijoras nicht einfallen, ihre Zeit damit zu verschwenden, daß sie euch fassen, nachdem ihr

ihnen vorher entkommen seid und sie sich sagen müssen, daß ihr euch in acht nehmen werdet. Das einzig Richtige, was sie tun können und auch tun werden, ist, daß sie erst uns angreifen, die wir stärker sind als ihr, und sich erst dann, wenn sie uns besiegt haben, euch vornehmen."

„Diese Ansicht hat ihre volle Berechtigung, wenn ich mich nicht irre", sagte Hawkens, „aber wir befinden uns in ihrem Rücken, und es ist eine alte bewährte Regel, daß man sich stets und vor allen Dingen den Rücken frei halten soll."

„Ich habe bereits gesagt, daß Old Shatterhand und Winnetou gar nicht wissen werden, woran sie sind. Sie befinden sich jenseits der Nijoras, die sie überholt haben, um uns zu warnen. Nun sind wir fort, und da ist guter Rat für sie schwer."

Er hatte, um seiner Ansicht mehr Ausdruck zu geben, lauter als vorher gesprochen, so daß alle seine Worte hörten. Daher kam es, daß Sams darauf folgende Entgegnung unwillkürlich auch vernehmbarer wurde: „Und ich wiederhole, was ich Euch bereits gesagt habe: Für Winnetou und Old Shatterhand ist niemals guter Rat schwer. Sie wissen stets, was sie zu tun haben. Ich habe noch keinen von ihnen jemals im Zweifel darüber gesehen, was im nächsten Augenblick geschehen soll."

„Es gibt dennoch Augenblicke, in denen der Verstand des Klügsten nicht ausreichen will."

„Für diese beiden nicht. Sie werden auch heute genau gewußt haben, warum sie uns voranritten und warum wir hier lagern sollen."

Da ertönte eine tiefe, männliche Stimme unter den nächsten Bäumen hervor: „Recht so, Sam Hawkens! Man soll die Ehre und den guten Namen seiner Kameraden stets verfechten. Wir haben allerdings sehr wohl gewußt, was wir taten und warum wir es taten."

Old Shatterhand war es, der diese Worte gesprochen hatte. Er kam herbei, schüttelte den Navajos, Wolf und der weißen Frau die Hände und sagte dann zu dem Häuptling: „Warum haben meine Brüder keine Posten ausgestellt? Es war zwar nichts zu befürchten, weil ich mit Winnetou voran gewesen bin, aber man soll diese Vorsicht nie versäumen."

Er tat nicht im geringsten verwundert darüber, daß sich die Navajos hier anstatt in ihrem früheren Lager befanden. Und ebenso gleichgültig tat Nitsas-Ini. Er wußte, daß Old Shatterhand seinen Sohn Schi-So mitgenommen hatte. Er brachte ihn jedoch nicht wieder. Warum? Er hätte gern gefragt. Sein Vaterherz sehnte sich nach dem Kind; allerdings durfte er sich das als Krieger und gar Häuptling nicht anmerken lassen.

Die weiße Squaw war, als sie Old Shatterhand sah, aufgesprungen. Sie wagte es nicht, eine Frage an ihn zu richten. Aber – wo war ihr Sohn? Ihr Auge versuchte die Dunkelheit zu durchdringen; dann eilte sie mit dem lauten, jubelnden Ausruf: „Schi-So, mein Stern!" davon.

Die Anwesenden harrten still, ohne ein Wort zu sprechen. Der Häuptling saß mit unbeweglichem Angesicht da, als ob er eine steinerne Statue wäre. Da, vielleicht nach zehn Minuten, hörte man leichte Schritte aus dem Dunkel kommen. Die Squaw brachte ihren Sohn an der Hand geführt. Als sie mit ihm in den Kreis des Lichts getreten war, ließ sie die Hand los und setzte sich ruhig wieder an ihren Platz.

Schi-So ging zu seinem Vater und reichte ihm die Hand. Der Häuptling sah seinen Sohn kommen; er erblickte die jugendkräftige Gestalt, das frische Gesicht, die intelligenten Züge, die gewandten Bewegungen. Einen Augenblick lang leuchteten seine Augen in stolzer Freude auf; dann war sein Gesicht wieder so unbeweglich wie vorher; er ergriff nicht die dargereichte Hand des Sohns, sondern tat, als ob er ihn gar nicht sähe. Schi-So wandte sich um und setzte sich neben Adolf Wolf nieder. Es fiel ihm nicht ein, sich gekränkt zu fühlen. Er wußte, wie sehr sein Vater ihn liebte; er kannte die indianischen Anstandsregeln und bereute es, seinem Vater die Hand angeboten zu haben. Er hatte das getan, weil er aus Europa kam; nach der Sitte seiner Heimat war es nicht erlaubt. Er war ein Knabe und durfte in Gegenwart von Männern nichts tun, was in der gegenwärtigen Lage nicht unbedingt nötig war.

Old Shatterhand hatte diese Szene mit einem Lächeln der Befriedigung betrachtet. Er wußte, daß in dieser Familie mehr Liebe und Glück wohnten als in mancher vornehmen weißen, deren Mitglieder in Gegenwart andrer sich Aufmerksamkeiten und Zärtlichkeiten erweisen, aber dann, wenn sie sich unbeobachtet wissen, einander wie Hund und Katze behandeln. Jetzt wurde er vom Häuptling gefragt: „Mein Bruder Old Shatterhand war in unserm früheren Lager?"

„Nein. Wäre ich dort gewesen, könnte ich noch nicht wieder hier sein. Doch der Ölprinz war mit Buttler und Poller dort?"

„Ja."

„Ihr habt ihnen Waffen und Munition gegeben?"

„Ja."

„Sie haben gesagt, sie seien mit uns geritten, mit uns von den Nijoras ergriffen worden, freilich so glücklich gewesen zu entkommen?"

„So ist es. Woher weiß mein Bruder das alles? Hat er vielleicht mit diesen drei Mördern gesprochen?"

„Nein", sagte Old Shatterhand. „Was ich soeben sagte, vermute ich. Diese Mörder brauchten Waffen; sie mußten also zu euch, denn weiter war niemand da, von dem sie welche erhalten konnten. Dazu mußten sie euch belügen und euch sagen, daß sie Begleiter und Beschützer von Schi-So gewesen seien. Das ist ja alles so selbstverständlich, daß ein jedes Kind es sich denken kann. Und selbst wenn ich Zeit gehabt hätte, wäre es mir nicht eingefallen, nach euerm früheren Lagerplatz zu reiten, denn ich erfuhr gegen Abend, daß ihr ihn verlassen hattet."

„Von wem?"

„Von meinen Augen."

„*Uff!* So hast du uns gesehen?"

„Ja. Ich saß diesseits des Flusses auf einem hohen Baum, um nach den Nijoras auszuschauen, und sah euch am jenseitigen Ufer aufwärts gezogen kommen."

„So haben die Nijoras uns vielleicht auch gesehen?"

„Nein."

„Weißt du das genau?"

„Ja."

„Von wem?"

„Von ihnen selbst. Sie haben es gesagt, und ich hörte es, denn ich habe sie belauscht. Schi-So war mit uns; er hielt die Pferde, während Winnetou und ich uns an die Feinde schlichen. Ich bin mit Schi-So zurückgekehrt, um meinen weißen Brüdern Nachricht zu geben und meine roten Brüder aufzusuchen; Winnetou blieb dort, um die Feinde weiter zu beobachten. Ich bin sehr erfreut darüber, daß ich meinen Bruder Nitsas-Ini hier finde und die Krieger der Navajos nicht aufzusuchen brauche."

„Auch ich freue mich sehr, meinen Bruder Shatterhand nach so langer Trennung wiederzusehen. Die Feinde werden morgen in unsre Hände fallen."

„Das ist ebenfalls meine Ansicht, obgleich ich weiß, daß die meines Bruders auf einer falschen Voraussetzung beruht."

„Old Shatterhand irrt sich. Ich denke dasselbe wie er."

„Unmöglich."

„Nein. Die Nijoras werden unsern Lagerplatz leer finden und unseren Spuren folgen."

„Die Nijoras werden zunächst nicht nach euerm Lagerplatz reiten, sondern uns überfallen. Sie ahnen nicht, daß die Krieger der Navajos ihr Lager verlassen haben."

„*Uff!* Meine weißen Brüder sollen überfallen werden?"

„Ja."

„Wo?"

„Sie denken, daß wir ihnen folgen, um die Navajos aufzusuchen, und haben sich am Winterwasser festgesetzt, um uns dort einzuschließen."

„Am Winterwasser? Dieser Plan ist sehr klug von ihnen ausgesonnen, denn es gibt keinen Platz, der sich so gut zu einem Überfall eignet wie dieser. Meine Brüder werden ihn vermeiden?"

„Im Gegenteil – wir werden hingehen."

„Und kämpfen?"

„Ja. Vielleicht aber ist ein Kampf gar nicht nötig. Es ist möglich, daß sich die Nijoras ohne allen Kampf ergeben."

„*Uff!* Wie sollte das möglich sein?"

„Die Krieger der Navajos werden uns dabei helfen. Das denke ich doch!"

„Wenn du es wünschst, werden wir es tun. Wir wollten die Feinde allerdings jenseits des Flusses an unserm heutigen Lagerplatz erwarten."

„Ich weiß nicht, wo ihr lagert; aber das Winterwasser eignet sich für unsern Zweck viel besser."

„Mein Bruder hat recht. Wir werden mit ihm nach dem Winterwasser gehen. Aber wie sollen wir nun den Ölprinzen und seine beiden Mordgesellen erwischen?"

„Ihr wollt sie fangen?" fragte Old Shatterhand, auf dessen Gesicht jetzt ein leichter Ausdruck des Erstaunens zu sehen war, eine außerordentliche Seltenheit bei diesem Mann.

„Ja", antwortete der Häuptling.

„Ihr habt sie doch mit Gewehren und Munition ausgerüstet!"

„Weil sie uns belogen."

„Und sie ungehindert ziehen lassen!"

„Weil ich ihnen mein Wort darauf gegeben hatte."

„Ah, jetzt errate ich es! Du wußtest ja noch nicht, daß der Ölprinz deine beiden Kundschafter ermordet hat."

„Nein, das wußte ich nicht."

„Und hast es nun von meinen Gefährten erfahren?"

„So ist es."

„Und nun willst du ihnen nach, um den Tod der Kundschafter zu rächen?"

„Rächen will und muß ich ihn, aber ich brauche sie nicht zu verfolgen, denn sie verfolgen uns."

„Wirklich? Sonderbar! Sie sollten doch froh sein, euch und uns entkommen zu sein!"

Da fiel Wolf schnell ein, indem er ein höchst befriedigtes und selbstbewußtes Gesicht zeigte: „Ja, wenn sie die Unterschrift, die Anweisung, noch hätten!"

„Besitzen sie die nicht mehr?"

„Nein. Ich habe sie ihnen abgenommen und behalten."

„Ah! Wie ist das zugegangen?"

Wolf erzählte es und fügte dann hinzu: „Wir haben sie dann beobachten lassen und erfahren, daß sie uns folgen. Wir wollten sie, um sicherzugehen, morgen erwarten und ihnen zwei Späher entgegenschicken."

„Hm! Das ist nicht ungefährlich. Sie werden von selbst kommen. Durch Späher aber könnt ihr sie leicht vertreiben."

„Das ist richtig, und ich hätte auch von den Kundschaftern abgesehen", sagte der Häuptling. „Aber wann denkst du, daß wir morgen nach dem Winterwasser aufbrechen müssen?"

„Wenn der Tag beginnt."

„Da sind sie noch nicht da. Du siehst, daß wir einige Leute zurücklassen müssen."

„Leider ja. Ich würde das am liebsten selbst übernehmen, doch ich bin nicht zu entbehren. Wolf und du ebenso. Es geht also nicht anders; wir müssen sie beobachten. Aber such ja die besten, listigsten und zuverlässigsten Leute dazu aus!"

„Das werde ich tun. Du brauchst keine Sorge zu haben."

„Sag ihnen, daß sie sie lieber niederschießen als entkommen lassen sollen; ich hasse das Blutvergießen, doch diese Mörder sind wie wilde Tiere; sie werden sich an unsre Fersen heften, um, wenn sie das Papier nicht wiedererhalten, sich blutig an uns zu rächen. Und noch eins: Ich vermisse den Kantor. Wo ist er?"

„Bei mir im Lager. Er war von hier entflohen und eine große Strecke flußabwärts gegangen. Dort sang er und machte viel Lärm. Ich sandte einige Krieger über den Fluß, die ihn gefangen und herübergeschafft haben."

„Dieser unvorsichtige und unverbesserliche Mensch! Er muß wirklich angebunden werden!"

„Vergib es ihm! Durch sein Lärmen und Schreien habe ich euch gefunden.“

„Das ist keine Entschuldigung für seine Torheit. Er hat uns schon viel Schaden gemacht.“

„Er hat den Verstand nicht am richtigen Platz.“

„Auch nicht am falschen, denn er scheint leider gar keinen zu haben.“

„Soll ich ihn holen lassen?“

„Ja. Da er nicht mit deinen Kriegern reden kann, stellt er dort vielleicht noch größere Dummheiten an, als er bei uns hier ausführen könnte.“

Es wurde ein Roter fortgeschickt, der ihn bringen sollte. Dann erst begann Old Shatterhand, von seinem heutigen Ritt zu erzählen.

Seinen und auch Winnetous scharfen Augen war es nicht entgangen, daß die Nijoras, deren Fährte sie gefolgt waren, nach und nach ein viel langsameres Tempo eingeschlagen hatten. Welchen Grund hatten sie dazu?

Es war nicht Gepflogenheit der beiden berühmten Männer, für etwas, was sie selbst erforschen konnten, den Rat oder die Meinung andrer einzuholen; deshalb hatten sie keinem ihrer Gefährten, auch Sam Hawkens nicht, etwas von dieser ihrer Beobachtung gesagt, sie paßten nun nur schärfer auf und erkannten, daß sie sich nicht getäuscht hatten.

„Was sagt mein Bruder Shatterhand dazu?“ fragte Winnetou.

„Daß sie keine Eile zu haben scheinen, an die Navajos zu kommen“, antwortete dieser.

„Mein Bruder denkt genauso wie ich. Sie scheinen ihren Angriff auf diese verschieben zu wollen. Da ist es klar, auf wen sie es abgesehen haben.“

„Auf uns natürlich.“

„Ja, doch warum? Sie können doch nichts Klügeres tun, als schleunigst über die Navajos herzufallen, die nicht genau unterrichtet sind, weil ihre Kundschafter teils gefangengenommen und teils ermordet wurden.“

„Mein Bruder Winnetou mag bedenken, daß wir ihnen hart im Rücken sind und einige sehr gute Pferde haben. Wir können, wenigstens einige von uns, durch einen Parforceritt um sie herum- und ihnen vorauskommen und die Navajos benachrichtigen.“

„Uff!“ Der Apache nickte. „Das wird es sein.“

„Ja, das ist es wahrscheinlich. Sie wollen das verhüten und

sich den Rücken frei machen. Ein solcher Gedanke ist Mokaschi, ihrem Häuptling, sehr wohl zuzutrauen. Deshalb reiten sie jetzt langsamer, um uns näher bei sich zu haben und, wenn sich eine geeignete Gegend dazu findet, nicht lange auf uns warten zu müssen. Wenn unsre Vermutung richtig ist, brauchen wir nur darüber nachzudenken, welcher Ort von hier aus ihnen am bequemsten zu einem Überfall gelegen ist. Mein roter Bruder kennt die Gegend ja sehr genau."

„Mein weißer Bruder auch."

„So laß uns nachdenken!"

„Uff!" meinte Winnetou nach einer kleinen Weile, „es gibt einen, den sie noch heute vor Abend erreichen werden."

„Ich denke dasselbe. Du meinst das Winterwasser?"

„Ja. Du ebenfalls?"

„Ja."

Es war wirklich eigentümlich, wie sehr diese beiden Männer in all ihrem Denken und Fühlen harmonierten. Beide hatten gleichzeitig an das Winterwasser gedacht.

„Es ist möglich, daß sie uns dort erwarten", meinte Old Shatterhand.

„Ich behaupte es", stimmte der Apache ein.

„Wollen wir ihnen in die Gewehre und in die Messer laufen?"

„Nein."

„So müssen wir Gewißheit haben."

„Es muß jemand hin, um sie zu beobachten."

„Wer?"

„Mein Bruder Shatterhand, er ist der Umsichtigere und Bedächtigere von uns beiden."

„Nein, sondern mein Bruder Winnetou, dessen Blicke und Sinne viel schärfer sind als die meinen."

„Old Shatterhand ist stärker als ich. Er kann einer Gefahr viel besser widerstehen."

„Und du bist gewandter. Aber warum uns gegenseitig so messen? Das Winterwasser ist ein höchst verfänglicher Ort, der einem einzelnen Kundschafter zuviel Zeit raubt und zuviel Mühe macht. Es sollten wenigstens zwei sein."

„So reiten wir beide."

„Ja. Wir können abkommen, denn es droht während unsrer Abwesenheit keine Gefahr. Hinter den Unsern sind keine Feinde, und vor ihnen, da reiten ja wir. Es wird gehen. Eigentlich müßten wir noch jemand mitnehmen."

„Warum?"
„Falls sie uns überfallen wollen, genügen wir beide völlig; doch wenn sie das nicht beabsichtigen und trotzdem zu den Navajos wollen, müssen wir diese benachrichtigen; dazu kann keiner von uns beiden abkommen."
„Nein."
„Wir müssen also einen dritten mitnehmen."
„Wen wird mein Bruder Shatterhand dazu auswählen?"
„Ich schlage Schi-So vor."
„Ja. Er ist ein guter Reiter und kennt die Gegend so genau wie wir. Von den andern kennt sie keiner. Also nehmen wir ihn mit. Sollen die übrigen erfahren, weshalb wir diesen Ritt unternehmen?"
„Denkt mein Bruder Winnetou, daß es besser ist, es ihnen zu verschweigen?"
„Ja. Wir haben Männer dabei, die keine Helden sind, und Squaws und Kinder, zu denen man nicht vorher von Gefahren reden soll. Wenn sie es kurz vorher erfahren, ist's früh genug."
So schnell dieser Beschluß gefaßt worden war, so schnell wurde er ausgeführt. Schon nach kurzer Zeit ritten die drei im Galopp davon, während die andern im bisherigen langsamen Schritt folgten.

ELFTES KAPITEL

Am Winterwasser

Die Gegend war eben. Links lag die flache, vegetationslose Steppe und rechter Hand der Fluß, dessen Ufer, weil es da Feuchtigkeit gab, erst von einem Wald- und Busch- und dann von einem Grasstreifen gesäumt waren. Bei der außerordentlich reinen Luft, die es dort immer gibt, konnte man, außer wenn der Fluß eine nach links gerichtete Krümmung beschrieb, sehr weit sehen. Es war also nicht zu befürchten, daß man plötzlich und unerwartet auf die Nijoras stoßen würde.

So ging es weiter bis zum späten Nachmittag, wobei die Fährte von Zeit zu Zeit genau abgelesen wurde. Es ergab sich, daß man den Indianern immer näher kam. Sie waren nun nicht mehr eine ganze Stunde voraus.

Da war links, von Süden her, ein dunkler Streifen schnurgerade und genau rechtwinklig auf den Fluß zu gezogen. In der Ferne, ganz im Süden, bestand er aus einzelnen dürren Mezquitepflanzen. Später traten die Büsche näher zusammen; sie wurden saftiger und grüner, während sie im Süden grau und dürr waren. Je näher dem Fluß, desto dichter und üppiger zeigte sich das Gehölz, aus dem dann sogar Bäume hervorragten.

Dieser Streifen von Vegetation bezeichnete den Lauf des Winterwassers, wenn da überhaupt von einem Lauf, einem Rinnen des Wassers, die Rede sein konnte.

In der feuchten Jahreszeit, das heißt zur Zeit der wenigen Regentage, sammelte sich das Wasser in dieser flußbettartigen Vertiefung und gab den Pflanzen für einige Wochen ein frisches Aussehen, während sie sonst dürr, arm und traurig dastanden. Je näher dem Fluß aber, desto länger währte die Vegetation, bis es schließlich sogar Bäumen gelang, sich für das ganze Jahr am Leben zu erhalten. Der Kopf, der sich den Namen Winterwasser ausgesonnen hatte, hatte jedenfalls noch weniger Feuchtigkeit besessen als das Flüßchen selbst.

Die drei Reiter befanden sich jetzt so weit von diesem Winterwasser entfernt, daß man von dort aus nun fast bemerkt werden mußte. Um nicht gesehen zu werden, waren sie gezwungen, sich im Schutz des Wald- und Buschsaums weiterzubewegen. Sie stiegen ab und suchten ein gutes Versteck für ihre Pferde, bei denen Schi-So zurückbleiben sollte. Er bekam auch die Gewehre in Verwahrung, weil diese einen durch das Gebüsch schleichenden oder gar am Boden kriechenden Späher nur belästigen. Dann gingen Winnetou und Old Shatterhand unter den Bäumen am Flußrand langsam weiter, die Augen scharf vorwärts gerichtet, um jeden etwa noch hier befindlichen Nijora rechtzeitig zu erspähen.

Als sie die Hälfte des Weges zurückgelegt hatten, blieben sie stehen, und Old Shatterhand sagte: „Wollen wir uns nicht zunächst überzeugen, ob die Nijoras am Winterwasser geblieben oder weitergeritten sind?"

„Ja. Diese Bäume sind hoch genug."

„Und auch dicht genug belaubt, so daß wir, wenn wir sie ersteigen, von weitem nicht gesehen werden können."

Sie suchten sich zwei Bäume aus, welche die nötige Höhe besaßen und zugleich so nahe beieinander standen, daß sich zwei Menschen, die sich oben befanden, ohne allzu lautes Reden verständigen konnten. Beide kletterten ausgezeichnet und waren wie die Eichkätzchen im Nu oben. Sie bemerkten, daß sie eine gute Wahl getroffen hatten, denn der Rundblick, der sich ihnen hier oben bot, war mehr als genügend. Sie konnten über die am Winterwasser stehenden Bäume hinweg auf die jenseits sich ausbreitende Ebene sehen. Diese war völlig leer.

„Sie stecken am Winterwasser", sagte Old Shatterhand zu Winnetou hinüber.

„Ja, sie sind nicht weitergeritten, sonst müßten wir sie da draußen auf der Steppe sehen", antwortete dieser. „Mein Bruder mag sein Rohr zur Hand nehmen."

Old Shatterhand führte auf allen seinen Streifzügen ein gutes Fernrohr bei sich; es steckte gewöhnlich in der Satteltasche, und er hatte es vorhin, als er sein Pferd bei Schi-So zurückließ, mitgenommen. Jetzt richtete er es auf das Strauchwerk des Winterwassers und blieb eine Zeitlang in unbeweglicher Haltung auf dem Ast sitzen. Dann nahm er das Rohr vom Auge und meldete dem Apachen: „Sie sind dort. Das Rohr zieht mir das Gebüsch bis dicht vor die Augen heran. Sie lagern jenseits des Gebüsches hart am Ufer des Winterwassers. Eben bringen sie ihre Pferde aus der Tränke unten am Chellyfluß."

„Würde man sie belauschen können?"

„Jetzt nicht, aber gewiß später, wenn es dunkel geworden ist.“

„Hat mein weißer Bruder Lust, es zu tun?“

„Natürlich! Es ist immer von Vorteil, wenn man hören kann, was die Feinde sprechen.“

„So warten wir bis zur Dunkelheit und schleichen uns dann hin.“

„Ja, doch nicht hier oben, sondern unten warten wir, da ist's bequemer.“

Schon wollte er vom Baum steigen, als er ein verwundertes „*Uff!*“ des Apachen hörte.

„Hat mein Bruder etwas gesehen?“ erkundigte er sich.

„Ja.“

„Was?“

„Reiter.“

„Wo?“

„Drüben am andern Ufer. Es war wie eine lange Schlange von Reitern, die sich nahe an den Bäumen hinzog. Mein Bruder mag warten, bis sie wieder erscheinen. Sie werden bald auf der schmalen Lichtung sein, die uns gegenüberliegt.“

Die beiden Lauscher beobachteten voller Spannung. Da kamen zunächst zwei einzelne Reiter; es waren Indianer. Sie ritten im Galopp über die Lichtung und begannen die Büsche zu durchsuchen. Dann kehrte einer zurück und winkte; sie hatten nichts Verdächtiges gefunden.

„Mein Bruder mag sein Rohr nehmen; da wird er vielleicht die Gesichter erkennen“, meinte Winnetou.

Old Shatterhand folgte dieser Aufforderung und richtete das Fernrohr nach der Blöße. Auf den Wink des Spähers kamen seine Leute hinter dem Gebüsch hervor, eine lange Reihe von Reitern, die mit den Kriegsfarben bemalt waren; deshalb konnte Old Shatterhand ihre Gesichter nicht erkennen, dennoch kamen ihm viele der Gestalten bekannt vor. Am Schluß des Zuges ritten zwei, von denen er sofort wußte, wer sie waren, nämlich Nitsas-Ini und seine weiße Squaw, deren Gesicht natürlich unbemalt war. Als sie alle hinter dem Gesträuch auf der andern Seite der Lichtung verschwunden waren, sagte der Apache: „Das sind die Krieger der Navajos gewesen; etwas andres ist kaum möglich. Da es zu weit bis dorthinüber ist, konnte ich sie nicht erkennen, aber es war mir, als ob sich am Ende des Zuges eine Squaw befunden hätte. Mein Bruder konnte durch sein Rohr besser sehen. Hast du jemand erkannt?“

„Ja. Nitsas-Ini und seine Squaw ritten hinterdrein."
„So sind es also die Navajos gewesen, wie ich vermutete. Sie haben jedenfalls unten an der Mündung des Flusses gelagert. Warum haben sie diesen Ort verlassen?"
„Und warum halten sie sich da drüben am rechten Ufer?"
„Ja, das ist sonderbar. Sie wissen doch, daß sie die Nijoras auf dieser Seite des Flusses zu suchen haben, da deren Gebiet dort liegt."
„Sollten sie durch irgendeine falsche Nachricht dazu veranlaßt worden sein?"
„Das ist nicht nur möglich, sondern sehr wahrscheinlich."
„Dann müssen wir uns fragen, wer ihnen diese Nachricht gebracht hat."
„Ein Kundschafter nicht, denn ihre Späher können ja nicht zu ihnen, weil sie gefangen sind."
„Es gibt nur einen einzigen möglichen Fall."
„Welchen?"
„Daß sie von dem Ölprinzen irregeleitet worden sind."
„Richtig! Der ist jedenfalls zu ihnen, um sich und seine beiden Begleiter ausrüsten zu lassen, weil sie jetzt unbewaffnet waren."
„Was können diese drei für Gründe haben, die Navajos da drüben heraufzuschicken?"
„Wir wollen uns darüber nicht die Köpfe zerbrechen. Jedenfalls werden wir diese Gründe erfahren. Steigen wir jetzt hinab! Es will dunkel werden, und wir können nun bald den Nijoras begegnen."
Sie stiegen von den Bäumen, da sie unten sicherer waren. Es konnte aus irgendeinem Grund ein Nijora an diese Stelle kommen, und da mußte er sie, wenn sie oben saßen, weit eher entdecken, als wenn sie sich unten befanden und sich vor ihm verbergen konnten. Als sie nun wieder nebeneinander standen, sagte Old Shatterhand: „Unsre Freunde mögen da drüben den Weg eingeschlagen haben, aus welcher Ursache es immer sei, doch den Zweck, den sie dabei verfolgen, können sie sehr leicht verfehlen."
„Warum?" fragte der Apache.
„Weil es möglich ist, daß sie von den Nijoras gesehen worden sind."
„*Uff!* Das ist wahr. Diese liegen hüben am Ufer, und die Navajos ritten drüben am Ufer!"
„Diese Ufer sind zwar mit Büschen und Bäumen besetzt, aber

unsre Freunde haben über die Lichtung gemußt, wo sie von jedem, der hüben am Wasser stand, gesehen werden konnten."

„Die Nijoras tränkten vorhin ihre Pferde. Hoffentlich sind sie jetzt damit fertig gewesen, so daß keiner von ihnen mehr unten am Fluß gestanden hat. Ich will noch einmal auf den Baum klettern und die Stelle dort betrachten."

Er kletterte wieder hinauf, hielt eine kurze Weile scharfen Ausguck, kam dann herab und sagte: „Es ist niemand am Wasser, und so denke ich, daß die Navajos nicht gesehen worden sind."

„Das beruhigt mich. Übrigens werden wir es erfahren, wenn wir die Nijoras nachher belauschen. Wenn sie unsre Freunde gesehen haben, werden sie davon sprechen."

Die Dämmerung trat ein, und so machten sich die beiden Männer auf den Weg, der gar nicht ungefährlich für sie war. Man vermochte noch ungefähr sechs bis acht Schritt weit zu sehen, doch wurde es so schnell dunkel, daß es, als sie in der Nähe des Winterwassers ankamen, so finster war, daß sie sich nicht mehr allein auf ihre Augen verlassen konnten, sondern auch den Tastsinn zu Hilfe nehmen mußten. Hierbei kam es ihnen sehr zustatten, daß sie schon öfter hier gewesen waren und also die Örtlichkeit genau kannten.

Der Chelly floß fast genau von Ost nach West, und es ist bereits gesagt worden, daß das Winterwasser von Süd nach Nord, also rechtwinklig, auf ihn stieß. Die Ufer beider waren mit Wald und Busch bestanden und sehr hoch. Von der Höhe bis hinab zum Wasser des Chelly konnte man recht gut sechzig Fuß rechnen. Im Winterwasser befanden sich in der gegenwärtigen Jahreszeit nur einige Pfützen, die den Übergang nicht im mindesten behinderten. Das Gelände war an der Mündung des Winterwassers sehr felsig, und die Ufer fielen so steil ab, daß man da zu Pferde nicht hinunterkonnte. Wer hinüberwollte, mußte vielmehr eine Strecke am Winterwasser hinauf bis zu einer Stelle, wo sich beide Ufer einander flacher zuneigten. Diese Stelle war die einzige, die sich zum Übergang eignete. Ebenso geeignet war sie natürlich zu einem Überfall. Da man sonst nirgends hinüberkonnte und also unbedingt gezwungen war, diesen Ort aufzusuchen, brauchte der Feind nur hier zu warten. Man mußte ihm, wenn er es nicht ganz und gar ungeschickt anfing, unbedingt in die Hände fallen, vorausgesetzt natürlich, daß er zahlreich genug auftrat.

Die Nijoras lagerten nicht an dieser Furt. Sie waren da hinüber und hatten das jenseitige linke Ufer abwärts bis zur Mündung verfolgt und dort oben ihr Lager aufgeschlagen. Hier gab es kein Wasser. Wer sein Pferd tränken oder sich selbst Wasser holen wollte, der mußte nach der soeben beschriebenen Furt zurück und hinunter auf den Grund des jetzt trockenen Winterwasserbettes steigen und bis zur Mündung gehen, wo der Chelly vorüberfloß.

Das war beschwerlich genug. Die Nijoras hätten es viel bequemer gehabt, wenn sie sich unten an der Mündung gelagert hätten; aber das war unmöglich, ohne daß Spuren entstanden, die nicht völlig auszulöschen waren, und das sollte vermieden werden.

Soviel über das Gelände, das für beide Teile so überaus wichtig war.

Da die Nijoras drüben lagerten, mußten Winnetou und Old Shatterhand natürlich auch hinüber. Als sie das hohe Ufer des Winterwassers erreicht hatten, sahen sie von drüben die Lagerfeuer zwischen den großen Felsstücken, die es dort gab, herüberleuchten.

„Wie unvorsichtig!“ sagte Winnetou.

„Ja“, stimmte Old Shatterhand bei. „Diese Kerls müssen es für sicher halten, daß wir zu weit zurück sind, als daß wir diese Stelle noch heut erreichen.“

„Und wie leicht könnten ihre Feuer von den Navajos bemerkt werden.“

„Das läßt mich eben vermuten, daß die Nijoras die Navajos vorhin gesehen haben. Sie wissen, daß diese jenseits des Flusses sind und also nicht hierherkommen können.“

„Wir werden bald Gewißheit darüber erlangen und wollen jetzt weitergehen.“

Sie stiegen diesseits am Winterwasser hinauf, bis sie die Furt erreichten, und überquerten den Fluß. Dann schlichen sie am linken Ufer des Winterwassers wieder abwärts, wobei sie um so vorsichtiger verfuhren, je näher sie dem Lager kamen. Von Baum zu Baum, von Strauch zu Strauch huschend, vermieden sie jede Stelle, auf die ein Strahl der Lagerfeuer fiel.

Als sie so weit herangekommen waren, daß sie die einzelnen Gestalten unterscheiden konnten, sagte Winnetou, natürlich leise: „Mein Bruder mag hier stehenbleiben. Ich will aus diesem Holz hinaus und das Lager auf der freien Seite umschleichen, um zu sehen, wo die Pferde sind und ob man Posten ausgestellt hat.“

Er huschte fort, und es dauerte wohl eine halbe Stunde, bis er wiederkam und meldete: „Die Pferde befinden sich jenseits des Lagers und werden uns nicht durch ihr Schnauben verraten können. Nach der freien Ebene hinaus sind Posten ausgestellt. Das kann nur gegen die Navajos sein, und deshalb ist es gewiß, daß die Nijoras nicht wissen, wo sich die Navajos befinden."

„Mein roter Bruder hat das Lager von draußen her überblikken können. Hat er vielleicht gesehen, wo der Häuptling Mokaschi sitzt?"

„Ja. Er sitzt mit drei alten Kriegern an einem breiten Felsstück."

„Ob wir das erreichen?"

„Wir können es, wenn wir recht vorsichtig sind. Es liegt dort am Uferrand, also sind keine Nijoras dahinter. Ich will voran, und mein Bruder mag mir folgen!"

Sie legten sich nieder und krochen auf dem Bauch weiter, wobei sie jeden Baum, jeden Strauch und jede andre Pflanze, die ihnen Deckung boten, mit ebenso großer Klugheit wie Geschicklichkeit benutzten.

Ihr Ziel war das Felsstück, von dem Winnetou gesprochen hatte. Es war lang und nicht sehr breit und hatte beinahe doppelte Mannshöhe. Da es oben mit Moos bewachsen war, hatte das lange Jahre hindurch darauf gefallene Laub festen Halt gehabt und sich, ohne vom Wind fortgeweht zu werden, in Humuserde verwandelt. Diese lag nun in einer ziemlich dicken Schicht auf dem Stein und noch höher in dessen Rissen und Ritzen. Deshalb hatten sich auf diesem Felsstück einige Sträucher entwickelt, die ihre Zweige über den Rand herunterneigten.

Zwischen diesem Stein und dem steil abwärts fallenden Ufer gab es einen nur schmalen Raum, doch genügte er völlig dem Zweck, den die beiden Lauscher verfolgten. Es gelang ihnen, den Stein unbemerkt zu erreichen und hinter ihn zu gelangen. Der erwähnte Raum, auf dem sie nun lagen, hatte nur Mannesbreite, so daß sie sich ganz dicht an der Kante des Ufers befanden. Wenn diese Stelle lockere Erde war und sich unter dem Gewicht der beiden Männer löste, mußten sie in die Tiefe stürzen. Sie untersuchten daher vor allen Dingen den Boden und fanden zu ihrer Beruhigung, daß er aus hartem, festem Felsen bestand. Nun richteten sie sich auf, um den Stein zu besteigen. Wenn sie dann oben lagen, hatten sie den Häuptling auf der andern Seite gerade unter sich sitzen.

Es gab eine Stelle, die den Händen Halt bot. Old Shatterhand griff fest zu, stieg auf den Rücken des Apachen und schwang sich dann hinauf. Das war ein höchst gefährliches Wagestück, da er bei dem geringsten falschen Griff oder Fehltritt in die Tiefe gestürzt wäre. Auch durfte der Aufschwung nur sehr vorsichtig und nicht zu hoch geschehen, weil Old Shatterhand sonst von den Nijoras jenseits des Steins gesehen worden wäre. Oben angelangt, legte er sich platt nieder und hielt dem Apachen das zu Schlingen aufgerollte Lasso hinunter, um ihn damit heraufzuziehen. Auch das gelang sehr gut.

Nun lagen sie oben. Aber wehe ihnen, wenn sie bemerkt wurden! In diesem Fall waren sie trotz all ihrer Stärke, List und Geschicklichkeit verloren. Hinter sich den Abgrund und vor sich das von dreihundert Kriegern besetzte Lager, wäre ihnen in diesem Fall nichts andres übriggeblieben, als auf alle Gewehre zu verzichten und sich zu ergeben.

Dicht auf dem Felsblock liegend, schoben sie sich vorsichtig bis zu dem erwähnten Gesträuch vor und konnten nun das ganze Lager übersehen.

Es brannten nicht weniger als acht Feuer, an denen sich die Nijoras soeben ihr Abendessen bereiteten. Unter ihnen, an den Felsen gelehnt, saß Mokaschi mit drei älteren Indianern abgesondert von den gewöhnlichen Kriegern. Sie sprachen miteinander, doch nicht eifrig, sondern in abgebrochenen Sätzen, zwischen denen es längere oder kürzere Pausen gab. Wie die beiden Späher bald hörten, waren diese vier Roten nicht ganz einig untereinander. Einer von ihnen, ein alter, aber doch sehr rüstiger Mann mit grauen Haaren, sagte: „Mokaschi wird es bereuen, nach seiner heutigen Ansicht gehandelt zu haben. Wir hätten uns beeilen und die Hunde von Navajos schnell aufsuchen sollen, um sie zu töten."

„Das werden wir ja auch", antwortete der Häuptling.

„Freilich nicht schnell genug! Die Navajos werden nicht so lange warten."

„Mein alter Bruder läßt außer Betracht, daß der Unterschied nur einen Tag beträgt. Wenn wir morgen die Bleichgesichter ergriffen haben, werden wir sofort gegen die Navajos aufbrechen."

„Der Unterschied beträgt über einen Tag, denn wir sind, um diese Bleichgesichter näher an uns heranzulassen, langsamer geritten."

„Das schadet nichts. Die Schakale der Navajos werden nicht

eher aus ihren Höhlen gehen, als bis wir kommen. Sie können ihr Lager nicht eher verlassen, als bis die Kundschafter, die sie ausgesandt haben, zurückgekehrt sind, sonst würden sie von diesen nicht gefunden werden. Das muß mein alter Bruder gar wohl bedenken!"

„Ich bedenke es; aber das Jahr besitzt einen Sommer und einen Winter, und alle Dinge auf Erden haben zwei Seiten. So ist's auch hier. Mokaschi meint, daß die Navajos warten werden, weil sie Kundschafter ausgesandt haben, und ich denke, daß sie nicht warten werden."

„Warum?"

„Gerade dieser Kundschafter wegen. Da diese schon so lange fort sind und nicht zurückkehren, muß ihnen ein Unfall zugestoßen sein. Das werden sich die Navajos sagen und nicht länger warten."

„Der Gedanke meines Bruders ist nur halb richtigt. Wenn die Feinde wirklich Verdacht schöpfen, werden sie sich hüten, mit allen ihren Kriegern auszuziehen, ohne zu wissen, wo wir zu finden sind. Sie werden vielmehr neue Späher aussenden."

„Das ist nicht besser als das andre, denn diese neuen Kundschafter werden uns entdecken und das dem Häuptling melden. Dann wird man uns überfallen, ohne daß wir darauf vorbereitet sind."

„Wir würden vorbereitet sein, da wir stets Posten ausstellen."

„Das ist nicht so gut, als wenn Mokaschi auf seinen neuen Plan verzichtet hätte. Anstatt daß wir die Navajos überraschen, werden sie uns angreifen!"

Er sprach in einem etwas scharfen Ton, wie es einem Häuptling gegenüber nicht gebräuchlich ist. Deshalb antwortete Mokaschi nun: „Mein Bruder trägt den Schnee des Alters auf seinem Haupt. Er hat mehr Winter gesehen als ich und viel erlebt. Deshalb darf er es ohne Scheu sagen, wenn er einmal anders denkt als ich. Doch nicht er ist der Anführer, ich bin es. Wenn ich auch die Meinungen der erfahrenen Männer anhöre, so habe ich darüber zu entscheiden, und alle müssen sich fügen."

Der Alte senkte den Kopf und sagte: „Du hast recht. Dein Wille mag geschehen!"

„Ja, er geschieht, und du wirst einsehen, daß er der beste war. Oder hast du etwa geglaubt, daß es uns glücken werde, die Navajos zu überraschen?"

„Ja."

„Nein, das wäre nicht geschehen. Sie stellen jedenfalls ebenso Vorposten aus wie wir. Wir müssen den Ort, an dem sie sich befinden, durch unsre Späher erst entdecken. Wie leicht können diese gesehen, ergriffen oder gar getötet werden, gerade so wie wir die Kundschafter der Navajos gefangengenommen haben. Und das ist noch nicht das Wichtigste. Es gibt etwas, woran mein alter Bruder nicht gedacht zu haben scheint. Nämlich die Navajos wissen bereits, daß wir kommen."

„Uff!" rief der Alte. „Wer soll es ihnen gesagt haben?"

„Die drei Bleichgesichter, die uns entflohen sind."

„Uff, uff! Das ist wahr! Wenn sie wirklich zu den Navajos geritten sind!"

„Sie sind ganz gewiß zu ihnen. Vielleicht haben sie sie schon heute gefunden und sie benachrichtigt. Da werden die Navajos sofort aufbrechen, um uns entgegenzuziehen und plötzlich anzugreifen. Das ist es, worauf ich warte."

„Wie? Mokaschi wartet darauf, von den Feinden überfallen zu werden?"

„Ja."

„Mein Bruder Mokaschi kennt doch die alte Kriegsregel, daß der leichter siegt, der eher kommt!"

„Ich kenne sie; sie ist sehr gut, aber sie paßt nicht auf alle Fälle."

„Auf den jetztigen nicht?"

„Nein. Die Navajos haben ihr Lager ganz gewiß an einem Ort, der sich leicht verteidigen läßt. Der Sieg würde also schwer für uns werden und uns viel Blut kosten. Warum machen wir es nicht ebenso wie sie? Sie wollen kommen und uns angreifen, jedoch an einem Ort, der ihnen verderblich werden muß."

„Wo liegt dieser Ort?"

„Hier."

„Am Winterwasser?"

„Ja."

„So wird Mokaschi den Feind hier erwarten?"

„Ja."

„Das lag nicht in dem ursprünglichen Plan."

„Nein. Ich wollte die Navajos überraschen; das ist nun nicht mehr möglich, weil sie von den drei entflohenen Bleichgesichtern benachrichtigt worden sind. Es war also nötig, meinen Plan zu ändern. Wir werden uns hier am Winterwasser verstekken. Wenn die Navajos kommen, lassen wir sie von dem hohen Ufer hinunter in das tiefe Flußbett und fallen über sie her. Sie stecken dann da unten und können sich nicht verteidigen, weil sie, von uns zwischen den Felsen zusammengedrängt, keinen Raum dazu haben."

„Uff, uff!" rief der Alte, indem sich sein Gesicht erheiterte.

„Stimmt mein alter Bruder mir nun bei?" fragte der Häuptling.

„Ja. Mokaschis neuer Plan ist gut, und ich denke, daß er gelingen wird, wenn kein Hindernis dazwischenkommt."

„Es gibt nur ein einziges Hindernis, und das werden wir morgen beseitigen."

„Jetzt verstehe ich. Du meinst die Bleichgesichter hinter uns?"

„Ja. Sie folgen uns; sie wollen die Navajos aufsuchen. Wenn wir sie vorüberziehen ließen, würden sie es den Feinden verraten, daß wir hier auf sie warten. Das darf nicht geschehen. Wir werden also Winnetou und Old Shatterhand mit allen ihren Leuten festnehmen."

„Sollen sie getötet werden?"

„Ja, wenn sie sich wehren."

„Und wenn sie sich nicht wehren?"

„Nehmen wir sie nur gefangen und führen sie, wenn wir siegreich heimkehren, unsern Frauen, Greisen und Kindern zu, die über solche Gefangenen in lauten Jubel ausbrechen werden. Wer Old Shatterhand und Winnetou und die andern berühmten Leute, die bei ihnen sind, zur Siegesbeute macht, dessen Ruhm wird an jedem Lagerfeuer verkündet."

„Und was soll dann mit diesen vornehmen Gefangenen geschehen?"

„Das kann ich heute nicht sagen. Die Beratung wird darüber entscheiden. Jedenfalls würden wir, wenn wir sie nicht am Marterpfahl sterben ließen, ihnen das Leben nicht umsonst schenken, sondern sie müßten darum kämpfen."

„Uff, uff!" Winnetou und Old Shatterhand mit unsern Kriegern auf Tod und Leben kämpfend! Das würde ein Schauspiel sein, wie es die Krieger der Nijoras noch nie erlebt haben."

Die Augen des Alten leuchteten förmlich vor Wonne; die beiden andern brachen auch in begeisterte *„Uff!"* aus, und Mokaschi, darüber froh, eine solche Zustimmung erhalten zu haben, fuhr in seiner Darlegung fort: „Das Winterwasser ist wie kein zweiter Ort dazu geeignet, den Feinden aufzulauern und sie ohne große Mühe oder Gefahr zu ergreifen oder zu vernichten. Meine Brüder werden morgen sehen, wie leicht wir die Bleichgesichter in unsre Hände bekommen, obgleich sie von den berühmtesten Männern des Westens angeführt werden."

Da machte der Alte wieder ein bedenkliches Gesicht und sagte: „Hofft Mokaschi wirklich so zuversichtlich auf das Gelingen?"

„Ja."

„Gerade weil diese berühmten Männer dabei sind, kann es leicht fehlschlagen."

„Nein."

„Old Shatterhand und Winnetou haben Gedanken, die ihnen vorauszugehen pflegen. Sie erraten alles, das muß Mokaschi wissen."

„Ich weiß, daß sie sehr kluge Leute sind und in die Gedanken andrer Menschen zu schauen vermögen. Unsern Plan werden sie nicht erraten. Sie denken, daß wir gegen die Navajos ziehen und uns um sie gar nicht kümmern. Sie werden nicht ahnen, daß wir hier auf sie warten, sondern überzeugt sein, daß wir uns schon weit von hier befinden."

„Ich wünsche sehr, daß das richtig sein möge; doch ich denke daran, was wir in der letzten Zeit erfahren haben. Kein Adler hat so scharfe Augen, kein Mustang so feine Ohren und kein Fuchs ist so listig wie Old Shatterhand und Winnetou. Hatten wir sie nicht bereits in unsrer Gewalt? Waren sie nicht sogar gefesselt? Und trotzdem haben wir sie freigeben müssen! Und wer hat uns dazu gezwungen? Nur diese beiden Männer allein, die gefesselt und unbewaffnet waren, während wir freie Hände und unsre Waffen hatten und dreimal zehn mal zehn Krieger zählten. Wenn wir sie morgen wirklich ergreifen und dann auch festhalten wollen, dürfen wir es nicht so machen wie das letztemal."

„Wir werden klüger sein. Wir haben schon heute alles getan, was uns die Klugheit gebietet. Wir haben unser Lager sogar hier oben aufgeschlagen anstatt unten am Wasser, wo wir Spuren zurückgelassen hätten. Wenn die Bleichgesichter morgen kommen, werden sie keine einzige Spur da unten sehen und ahnungslos von da drüben hinunter in die Tiefe reiten, während wir hier versteckt liegen und auf sie warten. Sie werden an das Wasser des Chelly gehen, um ihre Pferde zu tränken, und da fallen wir über sie her."

„Du meinst, daß sie nicht stracks über die Furt reiten, sondern eine Weile dableiben?"

„Ja. Es gibt auf eine lange Strecke hier die einzige Stelle, wo man von dem hohen Ufer so leicht hinab zum Wasser kommt. Das wissen sie, und deshalb werden sie die Gelegenheit nicht ungenutzt vorübergehen lassen."

„Mein Bruder wird recht haben, denn es sind ja Squaws und Kinder bei ihnen, auf die sie Rücksicht nehmen müssen. Und denkt Mokaschi wirklich, daß sie ohne Kampf in unsre Hände geraten werden?"

„Ja."

„Und wenn sie sich verteidigen?"

„Da schießen wir sie nieder. Aber es wird ihnen nicht einfallen, Gebrauch von ihren Waffen zu machen, wenn wir nur keinen Fehler begehen. Sobald sie unten am Wasser sind, eilen wir hinab ..."

„Zu Fuß?"

„Ja. Es würde die größte Torheit sein, hinunterzureiten."

„So müssen wir einige Krieger hier oben bei den Pferden lassen."

„Nein. Wir binden die Tiere an. Es darf von uns kein Mann fehlen; darauf beruht mein Plan. Wenn die Weißen unsre große Anzahl sehen, werden sie auf alle Gegenwehr verzichten; deshalb müssen wir alle beisammen sein, und es soll kein einziger von uns zurückbleiben. Mein alter Bruder mag sich einmal überlegen, in welcher Lage sie sich dann befinden. Sie haben rechts und links die senkrechten Felsen des Flußbettes, die nicht zu ersteigen sind, vor sich das Wasser des Chelly und hinter sich plötzlich dreihundert feindliche Krieger. Sie würden wahnsinnig sein, wenn sie da auf den Gedanken kämen, sich zu verteidigen."

„Ich traue ihnen diesen Gedanken dennoch zu."

„Möglich, denn sie sind nicht nur listig, sondern auch kühn und sogar verwegen; aber sie haben Rücksicht auf ihre Squaws und Kinder zu nehmen, deren Leben sie schonen müssen. Hierin wird mir mein alter Bruder zustimmen."

„Das tue ich. Und was, wenn sie die Flucht wagen?"

„Die ist unmöglich!"

„O nein."

„Doch! Wohin sollten sie sich wenden?"

„Nach dem Chelly."

„Ins Wasser? Das fällt ihnen nicht ein. Sie wissen geradeso

gut wie wir, wie leicht ein Schwimmer zu erschießen ist. Und wenn das nicht der Fall wäre, würden gerade wieder ihre Squaws und Kinder es sein, die sie davon abhalten, die Flucht zu ergreifen. Solche Helden wie Winnetou und Old Shatterhand verlassen selbst in der größten Gefahr keinen Menschen, der sich in ihren Schutz begeben hat. Und welche Schande wäre es für sie, wenn von ihnen erzählt werden könnte, daß sie Weiber und Kinder verlassen hätten, deren Sicherheit ihnen anvertraut gewesen war!"

„Mokaschi hat recht. Seine Rede hat alle meine Bedenken zerstreut. Wir können die Bleichgesichter mit Zuversicht erwarten, denn sie werden gezwungen sein, sich uns ohne Kampf zu ergeben. Und dann machen wir es mit den Hunden der Navajos ebenso."

„Ja, wir locken sie hinunter in das tiefe Felsenbett des Winterwassers und lassen sie nicht wieder herauf."

„*Uff!* Das wird eine Wonne sein, denn wir werden hinter den Felsen, Bäumen und Sträuchern stecken und die Navajos von hier oben aus erschießen, einen nach dem andern, ohne daß uns eine ihrer Kugeln treffen wird."

„Ja, wir werden sie alle töten, denn wir werden Waffen besitzen, mit denen man selbst den stärksten Feind besiegen kann."

„Waffen?" fragte der Alte, der nicht erriet, was Mokaschi meinte.

„Ja. Denkt mein Bruder denn nicht an die Silberbüchse des Apachen?"

„*Uff!* Und an das Zaubergewehr Old Shatterhands! Du hast recht. Diese Bleichgesichter werden uns ihre Waffen geben müssen."

„Dann schießen wir mit dem Zaubergewehr alle Navajos nieder. Wir werden gar keine andre Flinte dazu brauchen. *Uff, uff, uff!*"

Die vier Indianer waren bei diesen Worten ganz entzückt. Wenn sie geahnt hätten, wer, fast mit den Händen zu ergreifen, da über ihnen lag und alle ihre Worte hörte! Winnetou schob sich ein wenig zurück und zog dann Old Shatterhand am Arm.

„Wollen wir fort?" fragte dieser ihn leise.

„Ja. Wir haben genug gehört, und mehr brauchen wir nicht zu wissen. Mein Bruder mag kommen."

Sie krochen nach der hinteren Seite des Felsens, wo Old Shatterhand den Apachen am Lasso hinunterließ. Das Nachfolgen war für ihn wieder lebensgefährlich, gelang aber mit Winnetous Hilfe gut.

Nun galt es, den Ort ebenso unbemerkt zu verlassen, wie sie ihn erreicht hatten. Tief am Boden kriechend, schlugen sie denselben Weg ein, auf dem sie gekommen waren. Als sie nicht mehr zu kriechen brauchten, erhoben sie sich und setzten ihren Rückzug in bequemerer Haltung fort, gingen dann nach der Furt und befanden sich, als sie diese hinter sich hatten, wieder drüben am jenseitigen Ufer in Sicherheit. Dort blieben sie stehen, und Winnetou meinte: „Sie haben vor, uns eine Falle zu stellen, und glauben wirklich, uns zu fangen."

„Ja, die Falle ist gut, so gut, daß wir hineingehen werden."

„Mein Bruder denkt so wie ich. Wir gehen hinein."

„Dann mögen sie sehen, ob sie uns fangen werden! Wir holen natürlich die Navajos her, die wir heute gesehen haben. Die werden die offene Falle hinter uns so verschließen, daß die Nijoras selbst darin steckenbleiben. Aber nun laß uns zu Schi-So zurückkehren! Es ist nicht nötig, daß wir diesen jungen, wakkeren Krieger zu seinen Navajos senden, denn wir werden sie selbst aufsuchen."

Er wollte fort. Da legte ihm Old Shatterhand die Hand auf den Arm und sagte: „Mein Bruder mag noch einen Augenblick warten! Wenn wir morgen in die uns gestellte Falle gehen wollen, ohne daß es uns schadet, müssen wir vorher wissen, daß es auch wirklich dieselbe Falle ist, von der wir jetzt gehört haben."

„Mein Bruder meint, daß sich die Nijoras vielleicht eines andern besinnen könnten?"

„Ja. Dann würden wir in die Schlinge gehen, ohne sie öffnen zu können."

„So muß einer von uns beiden hierbleiben."

„Gewiß. Einer bleibt da, um die Nijoras zu beobachten. Soll ich das sein?"

„Nein, ich bleibe hier. Mein Bruder Old Shatterhand versteht es besser als ich, mit seinen weißen Männern und Frauen umzugehen. Deshalb mag er fortreiten und sie benachrichtigen."

„Gut! Aber es ist nicht nötig, daß du während der ganzen Nacht hier am Winterwasser bleibst, sondern es genügt, wenn du morgen früh wieder hergehst."

„Ja, ich muß auch zu meinem Pferd, bei dem ich während der Nacht lagern werde."

„So komm!"

Sie wandten sich nun der Richtung zu, aus der sie gekommen waren. Jetzt brauchten sie sich nicht zu verbergen, denn sie konnten ja, weil es dunkel war, nicht gesehen werden. Sie hielten sich vielmehr auf der offenen Steppe und kamen sehr schnell vorwärts. Dabei berieten sie sich über die Art und Weise, in der ihr Plan morgen ausgeführt werden sollte.

„Ich nehme natürlich an, daß ich die Navajos in der Nacht finde", sagte Old Shatterhand. „Sie werden augenblicklich bereit sein, auf meine Vorschläge einzugehen."

„Sie werden nicht nur bereit sein, sondern sich außerordentlich darüber freuen. Wann wird mein Bruder Old Shatterhand hier eintreffen?"

„Das kann ich nicht genau sagen, da ich nicht weiß, wann ich die Navajos treffen werde. Kann ich es ermöglichen, so breche ich mit dem Tagesgrauen von der Stelle auf, an der unsere Gesellschaft jetzt lagert."

Es ist bereits erwähnt worden, daß Old Shatterhand während des Herwegs eine dazu passende Stelle gefunden und den nachfolgenden Gefährten genau bezeichnet hatte.

„So mag mein Bruder", sagte der Apache, „wenn er kommt, da bleiben, wo wir Schi-So vorhin zurückgelassen haben. Ich werde mich in der Nähe befinden und dir dann sagen, wie sich die Nijoras verhalten haben."

„Ja. Und dann werden wir wissen, ob wir unsern jetzigen Gedanken ausführen können. Ich wünsche sehr, daß es geschehen kann, denn dann ist es möglich, den Konflikt, der zwischen den beiden Stämmen entstanden ist, ohne Blutvergießen auszugleichen."

„Wie denkt sich Old Shatterhand die Ausführung unsres Plans? Wir werden mit den weißen Leuten also nach dem Winterwasser reiten?"

„Ja."

„Und so in die Furt hinabsteigen, als ob wir nichts ahnten?"

„Ja."

„Und auch die Squaws und die Kinder mitnehmen?"

„Natürlich!"

„Sie werden sich fürchten und uns hinderlich sein."

„Wir lassen sie trotzdem nicht zurück, weil ihr Fehlen den Nijoras auffallen müßte und sie vielleicht mißtrauisch machen würde."

„Das ist richtig. Sie dürfen also nicht zurückbleiben, doch mag mein Bruder sie sehr ermahnen, ja nichts zu tun, was uns schaden kann. Wenn wir uns dann unten zwischen dem Wasser und den Felsen befinden und die Nijoras kommen, dann mögen die Navajos keinen Augenblick zögern!“

„Nicht eine Sekunde! Sie werden dasein.“

„Ohne von den Nijoras bemerkt zu werden?“

„Ja.“

„Diese roten Männer werden uns beobachten, wenn wir kommen. Wie will Old Shatterhand es anfangen, daß sie die Navajos nicht sehen?“

„Sehr einfach. Die Navajos kommen natürlich nicht hinter uns her, denn da würden sie bemerkt. Sie müssen vielmehr schon an Ort und Stelle, also in der Nähe der Furt des Winterwassers, sein, wenn wir sie erreichen. Zunächst werden wir zusammen reiten, unsre Weißen und die Navajos. Wenn wir aber so weit sind, daß wir von den Nijoras fast gesehen werden können, halten wir an. Das wird da sein, wo ich dich treffen will. Dort erfahre ich von dir, wie die Angelegenheit steht. Steht sie gut, so warten die Weißen, bis ich wiederkomme, und ich führe die Navajos in einem weiten Bogen nach Süden, dahin, wo das Gesträuch des Winterwassers beginnt. Während wir diesen Bogen reiten, halten wir uns so weit von den Nijoras entfernt, daß sie uns nicht sehen. Wenn wir dann im Süden beim Winterwasser sind, führe ich die Roten auf dem trockenen Grund abwärts bis in die Nähe der Furt, wo sie auf uns warten. Dann kehre ich zu euch zurück, und wir brechen mit der weißen Gesellschaft auf.“

„Das ist richtig. So habe ich es auch gedacht. Wir führen die Weißen nach der Furt, reiten hinab, aber nicht drüben wieder hinauf, sondern wenden uns nach rechts, dem Wasser des Chelly zu.“

„Ganz recht! Dort steigen wir von den Pferden und tun so, als ob wir hier ausruhen wollten. Zugleich müssen wir dafür sorgen, daß uns die Nijoras nicht etwa beim ersten Anprall fassen. Es gibt da unten Felsen genug, hinter die wir sofort springen können, wenn die Roten kommen. Deine Silberbüchse und mein Henrystutzen werden die ersten Worte mit ihnen reden, und dann sind ihnen die Navajos schon im Rücken.“

„Werden wir schießen?“

„Wenn es nicht anders geht, ja; wir wollen aber möglichst ihr Leben schonen. Doch, ich glaube, daß wir beinahe an Ort und Stelle sind.“

Sein scharfes Auge hatte sich trotz der Dunkelheit zurechtgefunden. Die beiden näherten sich dem Saum des Ufers und riefen Schi-So; er antwortete und kam mit den Pferden aus den Büschen, zwischen denen er gesteckt hatte, heraus.

„Gute Nacht!" sagte Winnetou, indem er sein Pferd beim Zügel nahm und es in das Buschwerk zurückführte.

„Gute Nacht!" antwortete Old Shatterhand, indem er das seine bestieg, um fortzureiten.

Beide hatten natürlich mit den Pferden auch ihre Gewehre von Schi-So zurückgenommen. Dieser mochte über die kurze Art und Weise dieser Verabschiedung erstaunt sein; er wagte es allerdings aus Respekt nicht, ein Wort darüber zu bemerken oder eine Frage auszusprechen. Er stieg auf sein Pferd und folgte Old Shatterhand.

Dieser hatte zunächst einen kurzen Trab eingeschlagen und verhielt sich einige Zeit lang still. Dann fragte er den Jüngling in seiner leutseligen Art und Weise: „Schi-So wird nicht wissen, woran er mit uns ist?"

„Ich werde es erfahren", antwortete der Angeredete höflich.

„Ja, du wirst es erfahren. Wenn ich es dir jetzt sagen wollte, müßte ich es zweimal erzählen, und das möchte ich vermeiden. Aber eins will ich doch bemerken, worüber du dich freuen wirst: Ich habe deine Eltern gesehen."

„Wirklich? Wo?" fragte Schi-So, freudig überrascht.

„Am jenseitigen Ufer. Sie ritten mit einer großen Kriegerschar aufwärts."

„Jedenfalls um nach den Nijoras zu suchen?"

„Ja."

„Da werden sie des Nachts lagern! Wenn ich zu ihnen dürfte!"

„Du darfst. Ich muß nämlich zu ihnen, und da sollst du mich begleiten. Ich denke, daß du noch in dieser Nacht deinen Vater und deine Mutter begrüßen kannst. Wie haben Eile. Laß uns Galopp reiten!"

Ein kurzes Wort von ihm genügte, sein Pferd zum schnelleren Lauf anzutreiben, und Schi-So folgte ihm, er freute sich, seine Eltern, besonders seine Mutter, wiederzusehen.

Diesmal gehörte kein großer Scharfsinn dazu, den Ort, nach dem sie wollten, zu entdecken. Als sie sich ihm näherten, sahen sie den Schein des Feuers zwischen den Bäumen hervorschimmern. Old Shatterhand hielt sein Pferd an und sagte: „Wie unvorsichtig, so ein Feuer zu brennen! Ich bin zwar überzeugt, daß diese Stelle hier gefahrlos ist, doch man zündet doch kein Feuer an, an dem man einen Büffel braten könnte! Sam Hawkens muß sehr genau wissen, daß er sich hier in vollster Sicherheit befindet. Steigen wir ab, und schleichen wir heimlich hin! Wollen sehen, was sie tun und reden. Man kann ja schon hier ihre lauten Stimmen hören."

Sie stiegen ab und führten ihre Pferde leise nach dem Rand des Buschwerks, wo, wie sie bemerkten, die Gesellschaft die ihren stehen hatte. Dann schlichen sie näher. Da sahen sie zu ihrem Erstaunen den Häuptling der Navajos mit seiner weißen Squaw.

„Deine Eltern sind hier", flüsterte Old Shatterhand seinem jungen Begleiter zu. „Siehst du sie?"

„Ja", antwortete der Gefragte.

Er sagte nur dieses eine Wort, doch das scharfe Ohr des Jägers hörte, daß Schi-Sos Stimme dabei vor freudiger Erregung zitterte.

„Wie mögen sie hierhergefunden haben? Und welche Freude, als sie hörten, daß du bei uns bist! Natürlich haben sie erfahren, daß ich dich mitgenommen habe. Ich denke, daß du sie gern begrüßen möchtest; aber das geht nicht; sie sind nicht allein gekommen, und du mußt auf die anderen Navajos Rücksicht nehmen, bleib hier stehen. Ich will zunächst allein zu ihnen."

Old Shatterhand schlich noch weiter und hörte, was gesprochen wurde. Dann folgte die Szene, die bereits beschrieben worden ist.

Nachher setzte er sich zu Nitsas-Ini, um mit ihm über das, was morgen vorgenommen werden sollte, zu beraten. Er erklärte ihm den Plan, den er mit Winnetou entworfen hatte, und der Häuptling war damit einverstanden.

Später wurde der emeritierte Kantor gebracht, und der Empfang, den er fand, war nicht allzu freundlich, denn Old Shatterhand sagte ihm tüchtig die Meinung, ohne ihn allerdings von seiner Torheit zu überzeugen.

Dann riet Old Shatterhand den Anwesenden, sich zur Ruhe zu legen, weil morgen ein anstrengender Tag zu erwarten sei.

Der Häuptling der Navajos kehrte mit seiner weißen Squaw nicht nach seinem Lager zurück, sondern erklärte, daß er hierbleiben wolle. Dafür schickte er seine Roten zurück, die seine Befehle nach dem Lager bringen sollten.

Es wurde eine Wache ausgestellt; man ließ das Feuer erlöschen, und dann wurde es ruhig. Schi-So lag neben seiner Mutter.

Es war spät geworden, und die kurze Zeit, die bis zum Morgen übriggeblieben war, verging sehr schnell. Eben graute der Tag, als Old Shatterhand die Schläfer weckte. Als diese an den Fluß traten, um sich zu waschen, sahen sie die Krieger der Navajos, die in einer langen Reihe am jenseitigen Ufer aufwärts geritten kamen und, als sie gerade gegenüber anlangten, ihre Pferde in das Wasser trieben, um das andere Ufer zu erreichen.

Die Weißen machten sich nun auch schnell zum Aufbruch fertig; dann setzte sich der Zug flußabwärts in Bewegung, Old Shatterhand und Nitsas-Ini ritten an der Spitze. Dieser hatte den Boten, die von ihm in sein Lager geschickt worden waren, die Namen zweier Indianer genannt, die nicht mitkommen, sondern als Späher dem Ölprinzen entgegenreiten und ihn und seine Begleiter beobachten sollten. Er glaubte, diese Aufgabe in die besten Hände gelegt zu haben, da sie zu den gewandtesten und verschlagensten Leuten seines Stammes gehörten. Falls sie bemerkten, daß die drei entwischen wollten, hatten sie den Befehl, sie eher zu töten, als sie entkommen zu lassen.

Als es hell genug geworden war, ritten sie denen, die sie erwarteten, entgegen, denn das hatte der Häuptling befohlen. Es war anzunehmen, daß die drei Weißen auf der Fährte der Navajos kommen würden. Da, wo die Navajos gelagert hatten, konnte man ihre Annäherung nicht vorher bemerken, und so ritten die zwei Indianer zurück, um sich an einer Stelle zu verstecken, an der sie die drei Weißen schon von weitem sehen konnten.

Nach vielleicht einer halben Stunde bemerkten sie, daß das Buschwerk des Ufers in einer langen, schmalen Spitze hinaus in die offene Steppe trat. Nach dieser Spitze ritten sie nun, führten ihre Pferde in das Gebüsch, banden sie dort an und versteckten sich in der Nähe. Nämlich jenseits dieser Spitze lag die Ebene ebenfalls weit offen da, und so konnten sie von hier aus den Ölprinzen und seine Begleiter schon sehen, wenn diese noch über eine Meile entfernt waren. Deshalb glaubten sie, eine sehr gute Wahl getroffen zu haben und ihrer Sache ganz sicher sein zu dürfen.

Dem war aber leider gar nicht so!

Grinley, Poller und Buttler hatten, wie schon früher bemerkt, den Navajos nicht bis zu deren Lager folgen können, weil die Nacht inzwischen angebrochen war und sie in der Dunkelheit die Fährte nicht sahen. Sie waren da, wo sie sich gerade befanden, von den Pferden gestiegen, um den Morgen zu erwarten. Ehe sie einschliefen, unterhielten sie sich über die Ereignisse der letzten Tage, die ihnen so wenig Gutes gebracht hatten, und natürlich auch über die ihrer Ansicht nach schändliche Art und Weise, in der sie um die Anweisung gebracht worden waren. Sie waren wütend darüber und beschlossen, alles daranzusetzen, das Papier wieder in ihre Hände zu bekommen und dabei keinen Menschen zu schonen, er sei, wer er wolle.

Deshalb galt es, alle Vorsicht zu entwickeln. Sie überlegten genau, was zu tun war, gingen das Geschehene noch einmal mit großer Sorgfalt durch und kamen auf den Umstand, daß sie heute die Spur eines einzelnen Reiters gesehen hatten, die von links her auf die Fährte der Navajos gestoßen war. Sie hatten ihr keine Bedeutung beigemessen; aber jetzt, da sie nach reiflicher Überlegung zu dem Resultat gelangt waren, daß alle List und Sorgfalt anzuwenden seien, wollte ihnen diese Fährte doch wichtig erscheinen.

Sie beschlossen, vorsichtig zu sein, und wenn die Navajos ihnen einen Hinterhalt legten, sie entweder zu täuschen oder gar zu töten.

Kaum dämmerte der nächste Morgen heran, saßen sie schon wieder auf ihren Pferden und ritten weiter. Bei offenem Gelände hielten sie sich auf der Spur der Navajos; gab es Büsche, so umgingen sie sie. Bald kamen sie so weit, daß sie die erwähnte Buschspitze vor sich liegen sahen.

Buttler hielt sein Pferd an und musterte die Spitze mit nachdenklich zusammengekniffenen Augen. Dann sagte er: „Auf dieser Seite liegt eine weite Fläche und, wenn ich recht vermute, auf der andern auch. Keine Örtlichkeit eignet sich also so vortrefflich dazu, uns schon von weitem kommen zu sehen, und wenn es wahr ist, daß man uns einen Hinterhalt gelegt hat, stecken die Kerls dort und nirgends anders. Wir schleichen also hin, und wehe den Hunden, die sich dort von uns finden lassen! Kommt!"

Er stieg ab und führte sein Pferd dem Fluß zu; die andern folgten ihm. Unter den Bäumen des Flusses angekommen, gingen sie aufwärts, dem Wasser entgegen, immer durch die Sträucher gedeckt, so daß man sie von der Spitze aus nicht sehen konnte. Das ging natürlich sehr langsam, und es dauerte einige Zeit, ehe sie die Stelle des Ufers erreichten, von der aus sich die Buschwerksspitze in die freie Ebene hinauszog. Da banden sie die Pferde an und bogen vom Wasser in einem rechten Winkel ab und folgten der Spitze, um sie nach Indianern zu durchsuchen. Das war wenige Minuten, bevor die beiden Navajoindianer von der andern Seite kamen.

Sie verfuhren mit aller nötigen und möglichen Vorsicht, ohne ein menschliches Wesen oder dessen Spuren zu entdekken. Fast hatten sie schon die äußerste Spitze erreicht, und eben wollte der Ölprinz den Vorschlag machen, zu den Pferden zurückzukehren und weiterzureiten, da zeigte Buttler nach draußen und sagte: „Hallo, dort kommen zwei Rote! Wahrscheinlich sind es die, welche wir suchen. Lassen wir sie unbelästigt vorüber?"

„Vorüber?" antwortete Poller. „Sie wollen wohl nicht vorüber. Wie mir scheint, halten sie gerade auf uns zu."

„Allerdings. Kommt zurück! Wir müssen sie beobachten."

Sie gingen eine kleine Strecke zurück und versteckten sich dann so gut, wie die Örtlichkeit es erlaubte. Die beiden Navajos kamen heran, zogen ihre Pferde, nachdem sie abgestiegen waren, in das Gesträuch hinein und versteckten sich dann in ihm. Die beiden Parteien waren nicht mehr als etwa zehn Schritt voneinander entfernt. Die Indianer waren überzeugt, allein zu sein, und hielten es infolgedessen nicht für nötig, leise miteinander zu sprechen; ihre Worte wurden von den Weißen daher deutlich gehört.

„Ob die Bleichgesichter kommen werden?" meinte der eine.

„Sie kommen", sagte der andere. „Sie wollen das Papier holen und werden also nicht zurückbleiben."

„So gehen sie in den Tod. Folgen sie unsern Kriegern, werden sie gefangen und gemartert, und folgen sie ihnen nicht, weil sie Verdacht fassen, so erschießen wir sie."

„Hört ihr es?" flüsterte der Ölprinz nun Buttler und Poller zu. „Wir brauchen gar nichts weiter zu hören."

„Nein, wir wissen genug", stimmte Buttler bei. „Wie steht's?"

„In die Hölle mit ihnen."

„*Well*, bin dabei! Nehmt die Gewehre und zielt auf die Köpfe!" Er legte sein Gewehr an und zählte: „Eins – zwei – drei!"

Die drei Schüsse krachten. Die Büsche, in denen die Roten steckten, raschelten; es gab ein kurzes Röcheln und Stöhnen; dann war es still. Die Weißen verließen ihr Versteck und gingen hinüber; die Roten lagen, beide durch den Kopf geschossen, tot in dem Gesträuch.

„So!“ sagte der Ölprinz. „Die folgen uns nun nicht und schießen uns auch nicht nieder. Sie mögen hier für die Geier und die Wölfe liegenbleiben.“

Poller nickte zustimmend, und auch Buttler hatte nichts dagegen. Sie wandten sich ab, um zu ihren Pferden zurückzukehren, da blieb Buttler plötzlich stehen und meinte: „Wartet noch! Was wir von ihren Sachen brauchen können, wollen wir mitnehmen.“

Die drei Banditen plünderten die Toten aus, deren Gewehre und Munition ihnen besonders willkommen war. Natürlich nahmen sie die Indianerpferde ebenfalls mit, die ihnen große Erleichterung bieten konnten. Wenn man als Flüchtling die Pferde wechseln kann, kommt man schneller vorwärts als mit nur einem Gaul. Zu ihrer Freude fanden sie in den Satteltaschen einen beträchtlichen Vorrat von Dörrfleisch. Die Roten hatten sich damit versehen, weil sie auf eine längere Abwesenheit von den Ihren gefaßt sein mußten.

Nun setzten die drei Mörder, jetzt mit fünf Pferden, ihren Weg fort. Sie brauchten nicht mehr so vorsichtig zu sein, denn es war kein Hinterhalt mehr zu erwarten, und so ließen sie ihre Tiere tüchtig ausgreifen, bis sie den Ort am Ufer erreichten, wo die Navajos während der Nacht gelagert hatten. Sie stiegen ab, um ihn zu untersuchen, fanden aber nichts, was sie besonders interessierte, als die Spuren davon, daß die Roten heute früh am diesseitigen Ufer weiter aufwärts geritten waren.

Sie folgten dieser Fährte und erreichten nach einer Viertelstunde die Stelle, an der die Navajos über den Fluß gesetzt waren. Sie taten dasselbe und fanden drüben die deutlichen Eindrücke des Lagers der Weißen. Da stiegen sie wieder von den Pferden, um diesem Platz ihre Aufmerksamkeit zu widmen. Sie waren alle drei erfahrene Männer und so kam es, daß sie sich in dem, was hier stattgefunden hatte, nicht täuschten, wenn sie auch die näheren Umstände unmöglich wissen konnten.

„Hier hat es ein Lager gegeben“, sagte der Ölprinz. „Wißt ihr, wer dagewesen ist?“

„Natürlich Old Shatterhand mit seinen Leuten“, antwortete Buttler. „Es kann gar niemand anders gewesen sein. Schaut da zu den Büschen! Ihre Fährte geht am hohen Ufer hin nach Westen.“

„Ja, die Navajos sind über den Fluß herübergekommen und zu ihnen gestoßen. Sie haben sich mit ihnen vereinigt und sind nun alle hinter den Nijoras her. Das gibt ...“

Er hielt inne. Man sah es ihm an, daß er erschrocken war.
„Was ist?“ fragte Buttler.
„Alle tausend Teufel!“
„Was denn?“
„Da kommt mir ein Gedanke, ein armseliger, miserabler Gedanke!“
„Welcher?“
„Wenn es so ist, wie ich denke, können wir uns gleich aufmachen und fortreiten wie alte Hunde, die Prügel und nichts zu fressen erhalten haben.“
„Warum denn? So rede doch!“
„Reden? Was ist da zu reden? Das mußt du dir doch selber sagen, wenn du nur eine kleine Spur von Verstand besitzt!“
„So habe ich freilich meinen Verstand verloren, denn ich weiß wirklich nicht, was du meinst.“
„Das ist unbegreiflich! Du bist doch sonst nicht auf den Kopf gefallen. Mit dem Geld ist es nämlich aus. Wir werden nicht einen Dollar, nicht einen Cent kriegen.“
„Alle Donner! Warum nicht?“
„Weil die Anweisung zum Teufel ist.“
„Inwiefern soll sie zum Teufel sein? Ich verstehe noch immer nicht.“
„So ist dir wirklich dein ganzes bißchen Denkkraft abhanden gekommen. Du weißt doch, daß Old Shatterhand und Winnetou dicke Freunde der Navajos sind?“
„Das weiß ich allerdings.“
„Die Roten werden ihm also, sobald sie mit ihm hier zusammentrafen, nichts verschwiegen haben.“
„Ja. Wahrscheinlich haben sie ihm gesagt, daß wir bei ihnen gewesen sind und sie so schön genasführt haben.“
„Darauf bilde dir ja nichts ein, denn jetzt sind wir die Genasführten. Wer hatte die Anweisung?“
„Wolf, der Deutsche.“
„Schön! Er ist mit hier gewesen und hat natürlich den Bankier gesehen und mit ihm gesprochen. Was versteht sich nun da von selbst?“
„Daß er ... Satan! Jetzt weiß ich, was du meinst. Es ist alles erzählt worden, und da – da hat dieser Wolf dem Bankier die Anweisung ausgehändigt. Ist es das, was du meinst?“
„Ja.“
„So ist es bei uns freilich mit jeder Hoffnung aus. Es ist alles vergeblich gewesen, und du mußt nun endlich einsehen und

zugeben, was für ein Knaben- oder Jungenstreich es von dir war, diesem Wolf die Anweisung zu zeigen."

Der Ölprinz wollte diesen Fehler beschönigen, und so entstand ein Wortwechsel, der so hitzig geführt wurde, daß die beiden nahe daran waren, sich aneinander zu vergreifen. Da schob Poller sie auseinander und sagte: „Ihr werdet euch doch nicht die Hälse brechen wollen! Damit macht ihr die Sache nicht anders. Ich sehe nicht ein, warum wir gleich das Allerschlimmste annehmen und jede Hoffnung aufgeben sollen. Es ist ja noch nichts verloren."

„Nicht?" rief der Ölprinz ärgerlich aus.

„Nein, noch gar nichts."

„So bin nun ich es, der nichts versteht und nichts begreift. Die Anweisung ist weg. Oder nicht?"

„Nein, sie ist nicht weg. Erst hatte sie Wolf, und nun hat sie Rollins. Was ist das für ein Unterschied? Es ist gleich, wer sie hat, wenn sie nur noch da ist."

„Das weiß ich auch, das braucht mir niemand zu sagen. Aber sie ist eben nicht mehr da."

„Wer sagt das?"

„Ich sage es, denn es versteht sich von selbst, daß Rollins sie sofort vernichtet hat."

„Vernichtet? Das nehme ich erst dann an, wenn es bewiesen ist. Vernichtet, das heißt zerrissen. Was man zerreißt, steckt man nicht ein, um es sorgfältig aufzuheben, sondern man wirft es weg. Wo aber ist hier auch nur das kleinste Stückchen Papier zu sehen? Es ist seit gestern abend windstill gewesen; es hat keinen Lufthauch gegeben, der die Papierfetzen hätte mit fortnehmen können; sie müßten also noch daliegen. Wollen einmal suchen, ganz sorgfältig suchen, nicht bloß hier, sondern auch in der Umgebung des Lagers."

Sie taten das aufs eifrigste, fanden aber nichts. Da sagte der Ölprinz, indem er tief Atem holte und sein Gesicht sich wieder aufklärte: „Da bekomme ich wirklich neuen Mut. Was Poller vorbringt, ist richtig. Ein zerrissenes Papier steckt man nicht ein, sondern wirft es weg; der Bankier hat die Anweisung also nicht zerrissen, sondern aufgehoben."

„So ist es", sagte Poller. „Vielleicht hat er sie nur deshalb nicht vernichtet, um in ihr ein Andenken an seine Erlebnisse im Wilden Westen zu haben."

„Ja, das ist auch möglich. Ich habe wieder Hoffnung. Es ist mir sogar lieber, daß er sie jetzt hat, als wenn Wolf sie noch hätte.

Aus Wolfs Tasche wäre sie nur mit Lebensgefahr und durch einen Mord zu bekommen gewesen, während der Bankier ein unerfahrener Kerl ist, der nicht einmal den Mut besitzen würde, sich ernstlich zu verteidigen. Ja, wenn das Papier wirklich nicht vernichtet sein sollte, sondern noch vorhanden ist, glaube ich fest, daß wir es leichter als vorher bekommen. Nicht?"

„Allerdings", stimmte Buttler ein. „Mit diesem Rollins wird kein Federlesen gemacht. Mit ihm werden wir viel eher fertig als mit jedem andern. Also, einen Entschluß gefaßt! Was tun wir jetzt?

„Warten wir hier? Oder reiten wir weiter, den vereinigten Weißen und Roten nach?"

„Wir folgen ihnen."

„Aber mit doppelter Vorsicht!"

„Das wird nicht nötig sein. Sie haben uns Späher entgegengeschickt und ahnen nicht, daß wir diese Kerls erschossen haben. Sie glauben uns unter Aufsicht und werden denken, daß sie von den Kundschaftern Nachricht erhalten, ehe wir kommen. Wir können also reiten, ohne uns viel umzusehen."

Sie stiegen wieder auf, nahmen die beiden erbeuteten Pferde am Leitzügel und ritten weiter, den Spuren der Navajos und der Weißen nach.

Es kam so, wie sie es sich gedacht hatten: Sie wurden von niemand behindert. Es ging immer auf dem hohen Ufer des Flusses in der Nähe des Baum- und Strauchsaums hin, und die Fährte, der sie folgten, blieb sich gleich, bis sie an eine Stelle kamen, an der sie bedeutend breiter und viel ausgetretener war. Das mußte einen Grund haben. Sie hielten an und stiegen ab, um die Spuren zu untersuchen. Sie befanden sich an dem Gebüsch, in dem Schi-So gestern abend mit den Pferden auf Old Shatterhand und Winnetou gewartet hatte und wo der Apache heute früh die vereinigten Weißen und Roten hatte empfangen wollen.

„Hier haben die Kerls längere Zeit gehalten", sagte Buttler. „Das sieht man ganz genau. Die Pferde sind nicht über den Boden fortgelaufen, sondern sie haben dagestanden und ihn zerstampft und sogar mit den Hufen aufgescharrt."

„Welche Ursache mag das gehabt haben?" fragte der Ölprinz.

„Wer weiß das! Wahrscheinlich erfahren wir es später."

„Ich möchte es schon jetzt wissen. Seht, da führen Spuren von hier ins Gebüsch! Wollen einmal sehen, was es da drin gegeben hat."

Sie ließen ihre Pferde stehen und gingen auf das Gesträuch zu. Da hörten sie eine Stimme in deutscher Sprache rufen: „Zu Hilfe, zu Hilfe! Kommt her, kommt hierherein!"

Sie blieben stehen und horchten.

„Das war nicht Englisch", sagte der Ölprinz.

„Es schien Deutsch zu sein; ich verstehe es allerdings nicht", sagte Buttler.

„Ich verstehe es", erklärte Poller, der einstige Führer der Einwanderer. „Es ruft jemand um Hilfe und bittet uns, zu ihm zu kommen."

„Das können wir tun, denn wenn jemand unsere Hilfe braucht, haben wir nichts zu befürchten."

„Wenn es eine Finte ist, wenn wir in eine Falle gelockt werden sollen?"

„Das glaube ich nicht. Kommt nur mit!"

Sie folgten den Fuß- und Hufspuren, die in das Gebüsch führten, und sahen bald zwei gesattelte Pferde, die im Gesträuch angebunden waren. Sie schienen dem um Hilfe Bittenden so nahe gekommen zu sein, daß er sie sehen konnte, denn er rief jetzt: „Hierher, hierher, Herr Poller! Haben Sie die Güte, und schneiden Sie mich los!"

„Er ruft mich, er kennt mich!" sagte Poller

„Kommen Sie doch, Herr Poller, kommen Sie schnell!" rief es wieder.

„Alle Teufel! Wenn ich mich nicht irre, ist das die Stimme des verrückten Kantors, der eine Oper von zwölf Akten komponieren will und dabei allerlei Dummheiten macht. Kommt! Da brauchen wir uns freilich nicht zu fürchten."

„Aber", meinte der Ölprinz vorsichtig, „er gehört jetzt zu Old Shatterhand und Winnetou, und wer weiß, ob das nicht eine Schlinge ist, in die wir die Köpfe stecken sollen."

„Schwerlich! Ich bin vielmehr überzeugt, daß er abermals infolge eines dummen Streiches hier stecken- und zurückgeblieben ist. Kommt nur getrost mit mir weiter."

Er drang tiefer in das Gesträuch ein, und sie folgten ihm. Da bewahrheitete sich die Vermutung Pollers, denn sie sahen den Kantor, dem die Hände auf den Rücken und dann an den Stamm eines Baums festgebunden waren. Man hatte das allerdings so getan, daß er keine Schmerzen hatte und bequem im weichen Gras saß und mit dem Rücken an dem Baum lehnte.

„Sie, Herr Kantor?" fragte Poller. „Das ist doch sonderbar!"

„Kantor emeritus, wenn ich Sie bitten darf! Es ist sowohl der

Vollständigkeit als auch der Unterscheidung wegen, denn ein Emeritus ist nicht mehr aktiv, Herr Poller."

„Ihre Lage scheint allerdings mehr passiv als aktiv zu sein. Wie sind Sie denn an diese Passivität geraten?"

„Man hat mich hier angebunden."

„Das sehe ich. Aber wer?"

„Stone und Parker."

„Die können das doch nicht aus eigenem Antrieb getan haben!"

„Nein. Old Shatterhand war es, der es ihnen befohlen hat."

„Warum?"

„Das – das weiß – das weiß ich nicht", sagte er, weil er sich genierte, den Grund mitzuteilen.

„Old Shatterhand tut nie etwas ohne Ursache!"

„Nein, er wird wohl auch hier eine gehabt haben; aber ich kenne sie wirklich nicht. Fragen Sie mich also nicht danach, sondern schneiden Sie mich lieber los!"

„Das kann nicht so leicht und schnell geschehen, wie Sie denken."

„Warum?"

„Ich möchte wohl, doch ich muß auch wissen, daß es angebracht ist und keinen Schaden macht."

„Was sollte es denn für Schaden bringen?"

„Das weiß ich nicht; Old Shatterhand freilich wird es wissen. Er hat Sie jedenfalls hier anbinden lassen, um Sie an einer Dummheit zu hindern. Dennoch finde ich es sehr unrecht von ihm, Sie hier festzuknüpfen und in der Wildnis so allein und ohne Schutz zu lassen."

„Allein? Ich bin nicht allein."

„Nicht?"

„Nein. Es ist noch jemand da."

„Wer?"

„Herr Rollins, der Bankier."

„Der?" fragte Poller, indem es wie Befriedigung über sein Gesicht ging. „Nur dieser oder noch jemand?"

„Er allein."

„Ebenfalls angebunden?"

„Nein, sondern um mich zu bewachen. Er hat sich selbst dazu angeboten. Ich habe ihn ohne Unterlaß himmelhoch gebeten, mich loszumachen; aber er hat mir meinen Wunsch nicht erfüllt. Er ist ein gefühlloser, grausamer Mensch."

Diese Ansicht des Kantors war Poller höchst willkommen; deshalb sagte er, ihn darin bestärkend: „Ja, das war allerdings grausam von ihm und verdient eine sehr nachdrückliche Strafe. Man sollte eigentlich Sie losmachen und ihn dafür anbinden."

„Ja, das wäre richtig! Ich würde mich sehr darüber freuen und ihn auch nicht losbinden, und wenn er mich noch so sehr darum bäte. Ich ließe ihn hängen und ginge fort, um seine Klagen oder Vorwürfe gar nicht zu hören."

„Wohin würden Sie da gehen?"

„Den andern nach, hinunter nach dem Winterwasser."

„Ah, die andern sind am Winterwasser?"

„Ja."

„Was wollen sie dort?"

„Die Nijoras angreifen und gefangennehmen, die dort auf uns gelauert haben."

„Ob ihnen das gelingen wird?"

„Gewiß! Old Shatterhand war überzeugt davon und Winnetou auch. Dieser ist während der ganzen Nacht hier gewesen, um die Nijoras zu belauschen. Ich durfte nicht mit, weil sie glaubten, daß ich – daß ich – hm; deshalb banden sie mich fest, und der Bankier erbot sich, bei mir zu bleiben, da sich sonst niemand dazu meldete. Er wollte lieber hier sein, als sich in die Gefahr begeben, während des Kampfes von den Wilden entweder verwundet oder gar ermordet zu werden."

„Das war sehr klug von ihm. Können Sie vielleicht sagen, ob er mit Wolf gesprochen hat?"

„Mit dem Deutschen, der zu den Navajos gehört?"

„Ja."

„Gewiß hat er mit ihm gesprochen."

„Was?"

„Verschiedenes. Ich habe nicht aufgemerkt, weil ich meine Gedanken stets bei meiner Heldenoper habe."

„Wenn Sie das nicht wissen, haben Sie doch vielleicht erfahren, ob er ihm etwas gegeben hat?"

„Gegeben? Allerdings.

„Was?"

„Die Anweisung, die er Ihnen abgenommen hat."

„So! Wissen Sie das genau?"

„Nein, ich war nicht dabei; aber ich habe es gehört, als sie davon sprachen."

„Das ist mir lieb. Da befindet sich das Papier nun endlich in den richtigen Händen."

„Ja. Er wird es sich nicht wieder nehmen lassen."
„So hat er es wohl vernichtet?"
„O nein. Er will es als Andenken aufbewahren."
„Das glaube ich. Es wird eine gute Erinnerung an die Abenteuer sein, die er erlebt hat. Er hat es natürlich zu den andern Papieren in die Brieftasche gesteckt?"
„Nein, das hat er nicht getan, denn er meinte, so eine Anweisung sei ein gefährliches Ding für ihn. Wenn es in falsche Hände gerät und in San Francisco präsentiert wird, erhält der Betreffende das Geld, und Rollins büßt es dann ein. Deshalb hat er das Papier sehr gut versteckt."
„Versteckt? Hm, was heißt versteckt! Man glaubt zuweilen, etwas sehr gut, ganz vorzüglich aufgehoben zu haben, und verliert es doch."
„Dieser nicht. Er hat es zwischen das Futter seines Rockkragens geschoben. Dort sucht es niemand."
„Das hat er allerdings schlau angefangen. Aber ich sehe ihn nicht. Wo ist er denn?"
„Fort. Er saß drüben am Rande des Gebüsches und hat Sie gesehen. Da bekam er Angst und versteckte sich."
„Erkannte er uns denn?"
„Nein. Sie waren zu weit entfernt. Da Sie von dieser Seite kamen und also nicht zu unsern Freunden gehörten, hielt er Sie für Feinde, denen man nicht trauen darf. Er wollte sich lieber gar nicht sehen lassen."
„So ist er also fort, und Ihnen ist sein Versteck unbekannt?"
„Oh, ich kenne es!"
„So sagen Sie es uns, damit wir ihn holen und ihm beweisen, daß wir es gut mit ihm und Ihnen meinen!"
„Gut meinen?" antwortete der Kantor mit dem Bestreben, seinem Gesicht einen pfiffigen, besserwissenden Ausdruck zu geben. „Da denken Sie wohl gar, daß ich Ihren Worten glaube, verehrter Herr Poller?"
„Natürlich."
„Fällt mir nicht ein. Uns Jüngern der Wissenschaft macht man nicht so leicht etwas weis."
„Das ist nicht meine Absicht. Was ich sage, ist wahr: Ich meine es gut mit ihm und mit Ihnen."
„Vielleicht mir mir, aber nicht mit ihm."
„Warum?"
„Weil Sie schlecht an ihm gehandelt haben."
„Das bildet er sich nur ein."

„Nein. Das mit der Petroleumquelle ist nicht wahr gewesen. Sie haben ihn um das viele Geld bringen wollen."

„Unsinn! Wenn er den See genau untersucht, wird er finden, daß die Quelle wirklich vorhanden ist. Er versteht freilich nichts davon und hat sich von andern Leuten gegen uns einnehmen lassen. Wie ehrlich wir sind, können Sie daraus ersehen, daß wir Wolf die Quittung gegeben haben, als wir bei den Navajos waren."

„Hat er sie Ihnen denn nicht abgenommen?"

„Nein. Ein so wertvolles Papier läßt man sich nicht abnehmen. Er hat ja gar nicht gewußt, daß wir es hatten, also müssen wir es ihm gesagt haben."

„Das stimmt allerdings."

„Deshalb möchten wir jetzt gern einmal mit ihm sprechen und ihm sagen, was er zu tun hat, wenn er sich noch in den Besitz der Quelle setzen und ein reicher Mann werden will. Also, wo steckt er?"

„Hm, ich weiß nicht recht, ob ich es sagen soll."

„So behalten Sie es für sich! Uns kann es gleich sein. Aber ich dachte, es würde Ihnen Spaß machen, wenn wir ihn an Ihrer Stelle anbänden."

„Ja, es würde mir Spaß machen, ungeheuren Spaß! Er hätte es verdient, weil er für meine Bitten nur taube Ohren hatte."

„Und Sie würden dann aus Ihrer Lage befreit."

„Sonst nicht?"

„Nein."

„Ich habe Sie doch auch befreit, als ich Ihnen mein Federmesser gab! Es würde höchst undankbar von Ihnen sein, wenn Sie mich hier hängenließen."

„Das sind zwei sehr verschiedene Fälle. Bei uns handelte es sich um das Leben. Wir waren von den Feinden gefesselt worden. Bei Ihnen handelt es sich nur um eine jedenfalls sehr begründete Vorsichtsmaßregel, und Sie sind von Ihren Freunden hier angebunden worden. Wenn ich Sie dadurch von Feinden befreien und vom Tod erretten könnte, würde ich Sie sofort abbinden, so aber werde ich mich hüten, etwas gegen den Willen Old Shatterhands zu tun. Höchstens täte ich es, um den Bankier an Ihre Stelle zu setzen und ihn für die Grausamkeit zu bestrafen, die er Ihnen gegenüber gezeigt hat."

„Ja, grausam war es, außerordentlich grausam!"

„Und bedenken Sie, welche Szene das für Ihre Oper geben würde! Der, den Sie vergeblich angefleht haben, muß dann Sie bitten, ihn loszumachen! Das ist die alles bestrafende Gerechtigkeit, auf die es bei jedem Theaterstück am meisten ankommt."

„Ja, ja, da haben Sie recht!" rief der Kantor wie elektrisiert. „Eine Szene für meine Oper, eine prächtige, eine herrliche Szene! Erst flehe ich ihn an; das gibt eine Gnadenarie für Bariton. Er verweigert mir die Erfüllung meiner Bitte im zweiten Baß. Dann wird der Bariton frei, und der zweite Baß wird angebunden. Das gibt wieder eine Gnadenarie, auf die dann ein großes Duett für zweiten Baß und Bariton folgt. Das macht Effekt, das macht Effekt, ungeheuren Effekt! Ich bin Ihnen außerordentlich dankbar, daß Sie mich hierauf aufmerksam gemacht haben."

„Soll ich also den Bankier holen und an Ihrer Stelle anbinden?"

„Ja, holen Sie ihn!"

„Wo ist er?"

„Er sagte, es gebe hier hinter uns einen schmalen Riß im Felsen des Ufers, der mit Gesträuch überwachsen sei. Dahinein wollte er sich verstecken."

„Gut, wir werden den Riß finden; nur muß ich vorher hier meinen Gefährten sagen, um was es sich handelt, und sie fragen, ob sie damit einverstanden sind."

Er übersetzte ihnen den Inhalt des Gesprächs. Sie hätten gar zu gern den Kantor auslachen mögen, hatten aber keine Zeit dazu vor Freude darüber, daß es ihnen so unerwartet gelingen sollte, wieder zu der Anweisung zu kommen. Sie hatten auch ganz und gar nichts dagegen, daß der Bankier an des Kantors Stelle angebunden wurde, denn dem mußten sie dankbar sein, während sie dem Bankier gern alles Böse gönnten.

Die drei entfernten sich also für kurze Zeit, um nach dem Riß zu suchen; sie fanden ihn unschwer in nicht zu großer Entfernung von dem Baum, an dem der Kantor hing. Als sie das Gezweig, das die Felsspalte bedeckte, zur Seite schoben, sahen sie Rollins. Sie hatten ihre Messer in den Händen, und der Ölprinz sagte in höhnischem Ton: „Hallo, Mr. Rollins, was tut Ihr in dieser Felsöffnung? Sucht Ihr vielleicht eine Petroleumquelle?"

Der Bankier erschrak, als er die drei erkannte. Daß sie die drei Reiter waren, die er gesehen hatte, das hatte er nicht gedacht. Er mußte sich natürlich sagen, daß von diesen Leuten für ihn nichts Gutes zu erwarten war. Er war kein Held, hätte sich aber gegen einen doch verteidigt; hier standen drei vor ihm, mit Messern in den Händen; er sah ein, daß eine Gegenwehr seine Lage nur verschlimmerte.

„Seid so gut und kommt heraus!" forderte ihn der Ölprinz auf. „Ihr versäumt ja ganz und gar die Pflicht, zu der Ihr berufen worden seid."

„Pflicht?" antwortete er, indem er sich ängstlich und verlegen aus der Spalte hervormachte.

„Ja, Sir, Ihr sollt Euern guten Freund, den Kantor, bewachen. Warum seid Ihr davongelaufen?"

„Ich sah drei Reiter, wußte aber nicht, daß ihr es wart."

„So! Ihr wärt also, wenn Ihr uns erkannt hättet, nicht geflohen?"

„Nein."

„Freut mich, daß Ihr so große Freundschaft für uns und so großes Vertrauen zu uns hegt. Da Ihr nun wißt, daß wir es sind, werdet Ihr wohl mit uns zu dem Kantor zurückkehren. Also kommt!"

Sie brachten ihn zu dem Baum. Dort nahm ihm der Ölprinz die beiden Revolver und die Munition ab und sagte: „Ihr steht unter einem mächtigen Schutz und braucht keine Waffen, während wir verteufelt schlecht bewaffnet sind. Ihr werdet uns also gewiß gern aushelfen. Und nun muß ich Euch etwas recht Lustiges sagen. Ihr habt dem Kantor auf all sein Bitten nicht den Gefallen getan, ihn loszubinden ..."

„Das ist mir verboten worden", fiel er rasch ein.

„Geht uns nichts an! Er ist natürlich sehr aufgebracht darüber und wünscht, Euch einmal fühlen zu lassen, wie es ist, wenn man an einem Baum hängt. Wir sind gutmütiger als Ihr und werden ihm diesen sehr bescheidenen Wunsch erfüllen."

„Was meint ihr?" stotterte Rollins ängstlich. „Was soll das heißen? Wollt ihr etwa ...?!"

„Euch anbinden? Ja."

„Hört, das dulde ich nicht, Mesch'schurs!"

Er richtete sich möglichst stramm auf und gab sich Mühe, martialisch auszusehen. Da klopfte ihm der Ölprinz auf die Schulter und sagte lachend: „Blast Euch nicht unnötig auf, Sir! Wir kennen Euch genau. Wir werden Euch anbinden. Wehrt Ihr Euch dagegen, so brauchen wir Gewalt, und Ihr kennt uns gut genug und wißt, daß Ihr dann nicht mit heiler Haut davonkommt. Laßt Ihr es Euch gefallen, so reiten wir dann weiter, ohne uns ferner um Euch zu kümmern. Wir wollen dem Kantor den Willen tun, weiter nichts. Wenn wir fort sind, kann er Euch wieder losbinden. Also, was sagt Ihr zu der Sache?"

Er nahm eine drohende Haltung an und spielte mit seinem Messer. Buttler und Poller folgten diesem seinem Beispiel. Dem Bankier wurde es himmelangst. Daß er von diesen Leuten keine Schonung zu erwarten hatte, das wußte er. Sein Stolz fühlte sich beleidigt; er, der Bankier, der Gentleman, sollte sich vor diesen Mördern und Betrügern demütigen; das ging ihm gegen den Strich, doch dachte er mit keinem Gedanken daran, sich zu weigern und ihnen Widerstand zu leisten. Am besten war es, klug zu sein und ihnen den Willen zu tun. Sie wollten ihn ja nur anbinden und dann fortgehen. Waren sie fort, konnte der Kantor ihn wieder frei machen. Deshalb zwang er seinen Grimm hinunter und sagte in einem Ton, als ob es ihm gar nicht schwerfiele, auf den Scherz einzugehen: „Was ich dazu sage? Nichts. Ob ich da an diesem Baum sitze oder anderswo, das ist mir gleich. Wenn es euch Spaß macht, diesem verrückten Menschen seinen noch verrückteren Wunsch zu erfüllen, so tut es. Mir fällt es nicht ein, mich deshalb mit euch herumzubalgen."

„Das ist sehr verständig, höchst verständig von Euch", sagte der Ölprinz. „Es ist allerdings eine ganz und gar verrückte Idee von ihm. Er hat sich über Euch geärgert und will Euch zur Strafe dafür am Baum sehen; das ist die Sache. Wir haben versprochen, ihm den Willen zu tun, und wenn wir es tun, geschieht es nur der Form wegen und für kurze Zeit. Mag also jetzt der Spaß beginnen!"

Er band den Kantor los. Rollins trat an den Baum, hielt seine Hände hin und sagte: „Da, macht euch das billige Vergnügen, Mesch'schurs!"

Er hatte natürlich geglaubt, daß man ihn ebenso leicht binden würde, wie der Kantor gebunden gewesen war; aber er sollte sofort einsehen, wie groß sein Irrtum gewesen war. Poller ergriff ihn beim rechten und Buttler beim linken Arm. Sie rissen ihn mit einem so rücksichtslosen Ruck mit dem Rücken an den Baum, daß er laut aufschrie, und legten seine Arme nach hinten an den Stamm. Während sie sie da festhielten, band ihm der Ölprinz die Hände zusammen und antwortete: „Ja, Mr. Rollins, das billige Vergnügen beginnt; doch es kann Euch leicht sehr teuer zu stehen kommen."

„Thunderstorm!" fluchte der Bankier. „Was fällt euch ein? So haben wir nicht gewettet!"

„Ihr nicht, aber wir!"
„Ihr renkt mir ja alle Glieder aus!"
„Kann Euch gar nichts schaden; es wird ja nicht lange dauern. Wartet nur einen Augenblick und haltet den Kopf still, sonst schneide ich Euch die Ohren mit herunter!"
Er trennte ihm, der sich nun nicht zu wehren vermochte, auch wenn er es gewollt hätte, mit zwei, drei raschen Messerschnitten den Kragen vom Rock.
„Sir, was tut Ihr da?" fuhr Rollins auf. „Ich glaube gar, Ihr schneidet an mir herum!"
„Ja, das tue ich allerdings", sagte der Ölprinz, „aber es geht Euch nicht ans Leben, sondern nur einstweilen an den Kragen."
Er trat vor ihn hin und hielt ihm den abgeschnittenen Teil des Rockes vor das Gesicht.
„Mein – mein – mein Kragen!" schrie der Bankier auf, indem ihm alles Blut aus dem Gesicht wich.
„Kragen? O nein! Ihr haltet das für einen Rockkragen? Das ist ein großer Irrtum. Ich sage Euch, daß ich hier eine ganz neumodische Tasche für Wertpapiere in meinen Händen halte."
„Tasche – Wertpapiere ...", stammelte der Getäuschte. „Was – was – was meint Ihr damit?"
„Werde es Euch augenblicklich zeigen."
Er griff zwischen das Futter des Kragens, zog ein Papier hervor, faltete es auseinander, warf einen Blick darauf, hielt es dann dem Bankier vor das Gesicht und fuhr in triumphierendem Ton fort: „Hier ist der Inhalt dieser prächtigen Tasche. Hoffentlich kennt Ihr das Papier. Es sollte für Euch ein Andenken sein, doch ich meine, daß ich es weit besser in Ehren zu halten verstehe als Ihr. So eine Schrift steckt man nicht in den Rockkragen, sondern man schafft sie hinunter nach Frisco, um sie dort mit gutem, klingendem Gold zu vertauschen."
„Ihr seid ein Schurke, ein Räuber, ein – ein – ein ..."
Die Wut erstickte seine Stimme, so daß er kein Wort weiter hervorbrachte. Seine Lippen färbten sich blau, und seine Augen wollten aus ihren Höhlen treten. Er versuchte sich von dem Baum loszureißen; dabei schnitt ihm der Riemen so in das Fleisch, daß er einen gellenden Schmerzensschrei ausstieß.
„Seid still, beruhigt Euch!" sagte der Ölprinz. „Ich nehme mir nur zurück, was man mir unrechtmäßigerweise vorenthalten hat. Ihr seid überlistet, Sir. Gebt Euch keine Mühe, ohne Hilfe

vom Baum loszukommen; Ihr verursacht Euch dadurch nur Schmerzen."

Rollins konnte nur mit einem ohnmächtigen Zähneknirschen antworten. Der Kantor war bis jetzt ein stiller Zeuge des Vorgangs gewesen; jetzt hielt er es für geraten, sich ins Mittel zu legen. Er sagte in seinem höflichsten Ton: „Meine verehrtesten Herren, ich muß Sie unbedingt bitten, mir zu sagen, warum Sie diesem Herrn den Kragen vom Rock geschnitten haben!"

„Weil er nicht an den Rock gehört", antwortete Poller lachend.

„Oho! Dieser Kragen ist Herrn Rollins' Eigentum; er kann ihn also da tragen, wo es ihm beliebt, sogar am Rock."

„Es ist ja gar kein Kragen, sondern ein Täschchen für Wertsachen."

„So? Und wo pflegt man so ein Ding hinzustecken?"

„In die Tasche."

„Gut, so stecken Sie es ihm in die Rocktasche."

„Diesen Gefallen will ich Ihnen sehr gern erweisen."

Er nahm dem Ölprinzen den ausgeplünderten Kragen aus der Hand und schob ihn dem Bankier in die Tasche.

„Auch das Papier!" befahl der Kantor.

„Nein, das werde ich freilich nicht tun. Dieses Papier gehört Mr. Grinley; er wird es also behalten."

„Es gehört ihm nicht. Sie haben mir ja vorhin gesagt, daß Sie es bei den Navajos freiwillig herausgegeben haben."

„Ja. Und nun nehmen wir es ebenso freiwillig wieder."

„Da sind Sie Spitzbuben!"

„Ja, das sind wir allerdings, Herr Kantor."

„Dann sind Sie nicht wert, daß ein Jünger der Kunst, wie ich bin, noch ein Wort mit Ihnen spricht. Machen Sie also, daß Sie fortkommen!"

„Das wollen wir gern tun. Leben Sie wohl!"

„Leben Sie wohl, meine Herren!"

Er machte eine Verbeugung. Die drei Räuber gingen zu ihren Pferden, stiegen auf und ritten davon, sehr einverstanden mit dem Erfolg dieser letzten halben Stunde.

Der Kantor setzte sich nun dem Bankier gegenüber und musterte ihn mit zufriedenen Blicken. Es war ja sein Wunsch erfüllt: Er war frei, und der andre hing an dem Baum.

Rollins konnte dieses Verhalten nicht begreifen; es erfüllte ihn mit Wut, und deshalb schrie er zornig auf ihn ein, indem er ihn in den drohendsten Ausdrücken aufforderte, ihn augenblicklich loszumachen. Das tat er in englischer Sprache, die der Kantor leider nicht verstand. Vorher hatte dieser, als er noch an dem Baum hing, dieselbe Bitte mit demselben Mißerfolg ausgesprochen, aber in deutscher Sprache, die dem Bankier unverständlich war. Dieser hatte geglaubt, der Kantor räsoniere auf Old Shatterhand und die beiden Personen, die ihn angebunden hatten. Es war verboten worden, ihn loszubinden, und deshalb hatte Rollins nicht angenommen, daß er los wolle; der Emeritus dagegen hatte geglaubt, der andre wolle ihn nicht aus seiner Lage befreien; daher vorhin sein Ärger über ihn und daher jetzt die Ruhe, mit der er das Geschrei anhörte und die Anstrengungen ansah, die Rollins machte, um von dem Baum loszukommen.

Während dieser alle möglichen Schimpfwörter herwetterte, saß der Komponist ihm gegenüber, um ihn zu studieren, und pfiff dabei eine Melodie, aus der sich eine Gnadenarie entwikkeln sollte. Der Bankier schäumte fast vor Wut über sein Gegenüber und verwünschte es tausendmal, daß er sich angeboten hatte, bei ihm zu bleiben. Dann, als sein Grimm den höchsten Grad erreicht hatte, trat auf diese Aufregung eine plötzliche große Abspannung ein. Die Folge war, daß er ruhiger zu überlegen vermochte. Er hatte von seinem Buchhalter Baumgarten einige deutsche Brocken aufgeschnappt, und der Kantor hatte sich, wie er wußte, auch einige englische Ausdrücke gemerkt. Sollte es denn nicht möglich sein, auf Grund dieser freilich geringen Kenntnisse zu einer Verständigung zu kommen? Er versuchte es und begann: „Mr. Kantor, to unbind, unbind!"

„Kantor emeritus, bitte!" war die Antwort.

„Unbind, unbind!"

„Umbinden?" fragte der Kantor. „Sie wollen etwas umgebunden haben? Was denn?"

Er wußte nicht, daß unbind soviel wie losbinden bedeutet. So ging es wohl eine Viertelstunde lang zwischen ihnen herüber und hinüber. Erstens verstand der Kantor den Bankier nicht und zweitens sah er nicht ein, warum derjenige, der ihn an dem Baum hatte hängenlassen, nicht auch ein wenig daran hängen sollte. Dann siegte seine Gutmütigkeit. Er ging, als Rollins seine schmerzhaften Bestrebungen, sich loszureißen, erneuerte, zu ihm und löste mit größter Mühe die sehr fest geschlungenen Knoten. Er glaubte, nun ein freundliches Wort des Dankes zu hören, hatte sich da aber geirrt. Rollins streckte seine Glieder und versetzte dem Emeritus einen Faustschlag gegen den Kopf, daß der Getroffene taumelte und in ein Gebüsch stürzte; dann band er sein Pferd los, setzte sich darauf und ritt davon, nach Westen zu, wo er die Gefährten wußte.

Der Kantor raffte sich langsam auf, befühlte die getroffene Stelle seines Kopfes und sagte: „Dankbarkeit ist eine seltene Tugend; das weiß ich freilich wohl; aber daß man für seinen guten Willen und für einen solchen Dienst eine solche Kopfnuß erhält, das geht über die Schnur. Der Mann ist Bankier, will also jedenfalls als gebildeter Mensch gelten; doch ich sehe hier wieder einmal, daß die wahre und echte Bildung nur bei den Jüngern der Kunst zu finden ist. Mein Kopf brummt mir, als wenn zehn Gnadenarien, von lauter zweiten Bässen gesungen, auf einmal drin ertönten. Nun ist er fort. Was soll ich hier allein? Soll ich etwa warten, bis andre Spitzbuben kommen, die nachher mich bestehlen? Nein, da reite ich ihm lieber nach."

Er holte sein Pferd aus dem Gebüsch, kletterte hinauf und ritt davon, gen Westen, wohin die Fährte der Weißen und der Navajos führte.

Wie war es aber eigentlich gekommen, daß der gute Kantor zurückgelassen und sogar angebunden worden war?

Zunächst war es wohl kein Wunder, wenn er von allen seinen Gefährten als sogenanntes Schreckenskind betrachtet wurde. Er machte alles verkehrt, brachte Wirrnis in die größte Ordnung und hatte nicht nur der Gesellschaft schon oft die größten Verlegenheiten bereitet, sondern für sie sogar Gefahren heraufbeschworen, denen man nur mit Mühe und Not entkommen war. Sein gestriger Streich, als er des Nachts am Fluß die Stimmen des Orchesters erklingen ließ, hatte glücklicherweise keine üblen Folgen gehabt; aber Old Shatterhand war willens, so etwas nicht wieder vorkommen zu lassen, und hatte ihm deshalb mit Anbinden gedroht.

Heute früh nun hatte der Kantor sich kurz nach dem Aufbruch an Hobble-Frank gemacht und ihn gefragt: „Herr Franke, Sie wissen wohl genau, wohin wir reiten?"

„Ja", antwortete dieser.

„Ich nicht. Wissen Sie, ich mußte so lange bei den Indianern bleiben, und als ich nachher in unser Lager kam, war die Beratung schon vorüber, und auf das, was gesprochen wurde, habe ich in meinem Zorn nicht geachtet. Wenn Sie bedenken, wie man mir mitgespielt hat, werden Sie einsehen, daß ich sehr viel Veranlassung zum Zorn hatte."

„Nee, das sehe ich nich ein."

„Nicht? Ich habe Sie immer für einen verständigen und ernstlich denkenden Menschen gehalten."

„Das bin ich ooch, und ich wollte es niemand raten, etwa das Gegenteel zu denken."

„Da müssen Sie doch einsehen, daß ich gar nichts Unrechtes getan habe."

„Nischt Unrechtes? Na, der Ausdruck is eegentlich noch viel zu zahm für das, was Sie getan haben."

„Wie, zu zahm? So geben also auch Sie mir unrecht?"

„Natürlich! Man stellt sich nich des Nachts, wo alle Stimmen schweigen, mitten in den Wilden Westen hinein, um mit allen möglichen musikalischen und fraktionellen Inschtrumenten zu trillern und zu piepen, daß man es stundenweit hören kann. Das hätte uns alle möglichen Feinde auf den Hals bringen können."

„Es waren keine da."

„Das wußten Sie nicht. Und die Nijoras, zu denen wir jetzt wollen, konnten ebensogut in unsrer Nähe liegen wie die Navajos, von denen wir glücklicherweise nichts zu fürchten hatten."

„Also gegen die Nijoras geht es jetzt? Das war es, was ich von Ihnen wissen wollte. Wie es den Anschein hat, sollen sie von uns überfallen werden?"

„Ja."

„Das freut mich sehr, das freut mich ungemein!"

„Warum?"

„Danach brauchen Sie doch nicht zu fragen. Sie wissen ja wohl, daß ich eine zwölfaktige Heldenoper komponieren will!"

„Ja, es is mir ganz so, als ob Sie schon eenmal von so etwas gesprochen hätten."

„Jedenfalls habe ich es Ihnen schon gesagt. Ich habe hier nun die Helden gefunden, die ich dazu brauche; aber in ihrer Tätigkeit habe ich sie eigentlich noch nicht gesehen."

„Nich? Na, ich dächte, daß bisher schon genug geleistet worden is, was andre Leute nicht gleich fertigbringen. Wir sind ja geradezu immer aus dem eenen Abenteuer in das andre geflogen."

„Das gebe ich ja gern zu; aber das, wobei sich das Heldentum in seiner vollsten Glorie zeigen kann, hat es noch nicht gegeben."

„Was wäre das?"

„Eine Schlacht, ein allgemeiner Kampf, wo Mann gegen Mann zu stehen hat und der Held einen Feind nach dem andern niederschlägt."

„Warum denn das? So etwas is gefährlich, und man soll es sich also gar nich wünschen."

„Ich brauche es für meine Oper. Es versteht sich von selbst, daß es in einer Heldenoper nicht ohne Kampf abgehen kann."

„Das is nur off der Bühne, und Sie brauchen sich nich derohalben eenen wirklichen Kampf, een wirkliches Blutvergießen zu wünschen."

„O doch! Wenn man so etwas wirklich gesehen und miterlebt hat, kann man es viel besser komponieren. Das Getöse des Kampfes, das Schreien und Heulen, das Knattern der Gewehre, das Krachen der Schüsse, das alles läßt sich nur dann richtig durch Töne wiedergeben, wenn man es selbst gehört hat."

„Es kann Ihnen Ihr Leben kosten, und dann is ooch Ihre ganze schöne Oper futsch!"

„Glauben Sie das ja nicht! Wir Komponisten stehen unter dem ganz besonderen Schutz der Musen; uns passiert nichts. Oder haben Sie einmal gehört, daß ein berühmter Komponist von den Indianern erstochen oder erschossen worden sei?"

„Nee, das nich."

„Also! Ich befinde mich nicht in der geringsten Gefahr, wenn sich mein Wunsch erfüllt; darauf können Sie sich verlassen. Denken Sie, daß es heute zu einem Kampf kommen wird?"

„Hm! Wenn alles so klappt, wie Old Shatterhand und Winnetou besprochen haben, so loofen uns die Feinde in die Hände, ohne daß een Schuß dabei zu fallen braucht. Wenn es aber andersch wird, da freilich mag es sehr schlimm ausfallen."

„Wie denn anders?"

„Ja, da können verschiedene Fälle eintreten. Man weeß ja im voraus nie, was alles geschieht. So zum Beispiel brauchen die Nijoras nur zu merken, daß die Navajos in dem Hinterhalt liegen, schon geht der Krawall los."

„Wie sollten sie das merken?"

„Off irgendeene Weise. Een Dummer fragt immer mehr, als was een Gescheiter beantworten kann. Ich sage ja, daß man vorher nich weeß, was geschieht. So darf zum Beispiel Ihr

Pferd, wenn wir an die Furt kommen, es sich nur in den Kopf setzen, nach links anstatt nach rechts zu loofen, so ist schon alles verraten.“ Hobble-Frank hatte es halb ironisch und halb scherzhaft gemeint; aber über das Gesicht des Kantors ging ein Zug hoher Befriedigung, und er fragte: „Also nach links anstatt nach rechts? Habe ich das richtig verstanden? Ja?“

Er nickte vergnügt vor sich hin, und Hobble-Frank ahnte nicht, auf was für einen gefährlichen Gedanken er den kampfbegierigen Kantor gebracht hatte. Dieser war nämlich entschlossen, dem ihm so unabsichtlich erteilten Wink zu folgen und in der Furt nach links abzubiegen. Er dachte zwar ein wenig an die Verantwortung, die er dadurch auf sich lud, doch mehr noch an die Vorteile, die er in künstlerischer Beziehung aus einem Kampf ziehen zu können glaubte. Dabei sagte er sich bei aller Unvorsichtigkeit, daß ihm die denkbar größten Vorwürfe gemacht werden würden, und da kam er auf den Gedanken, es so einzurichten, daß sie ihn nicht allein treffen könnten. Er mußte einen Mitschuldigen oder eine Mitschuldige haben und ersah sich dazu Frau Rosalie aus, weil er hoffte, daß diese energische Frau sich und ihn schon herausbeißen würde. Dann lenkte er während des Rittes sein Pferd neben das ihre und sagte: „Haben Sie keine Angst vor dem, was nun bald geschehen wird, Frau Ebersbach?“

„Angst?“ antwortete sie. „Vor wem sollte ich denn Angst haben?“

„Vor den Nijoras.“

„I, was Sie nich denken! Ich habe mein Lebtag vor keener Mannsperson Angst gehabt – und vor diesen Roten, da fällt es mir erscht recht nich ein.“

„Es wird höchstwahrscheinlich zum Kampf kommen.“

„Das gloobe ich nich; Old Shatterhand hat gesagt, daß es heute ohne Blutvergießen abloofen wird, und wenn der was sagt, da beißt keene Maus keenen Faden davon ab!“

„Die Nijoras werden sich hüten, so gutwillig in die Falle zu gehen, die ihnen gestellt werden soll. Sie wehren sich ganz gewiß, und dann ist es sicher, daß die Kugeln pfeifen werden.“

„So pfeife ich ooch mit. Es ist manchmal gar nich übel, wenn so een bißchen gepfiffen wird.“

„Ich warne Sie, Frau Ebersbach, die Gefahr, der wir entgegengehen, nicht leicht zu nehmen. Seien Sie klug, und machen Sie es so, wie ich es machen werde!“

„So? Und wie werden Sie es denn machen?“

„Ich werde abseits gehen."

„Ah! Sie wollen sich off die grüne Seite schwenken?"

„Ja."

„Wann denn und wo denn?"

„Wenn wir an das Winterwasser kommen werden. Da reite ich links ab."

„Sie haben doch gehört, daß wir rechts hinunter nach dem Fluß reiten wollen!"

„Das ist richtig; ich lenke nach links, wo die Navajos halten werden. Da bin ich in Sicherheit."

„In Sicherheet! Sie wollen also Ihren unsterblichen Leichnam in Sicherheet bringen?"

„Ja! Wollen Sie nun mitmachen?"

„Nee, das tue ich nich. Und Sie werden es ooch bleibenlassen!"

„Nein, ich tue es."

„Das is gegen den Willen Old Shatterhands!"

„Mag es! Ich bin ein freier Mann und kann machen, was ich will."

„Nee, das können Sie nich! Sie sind keen freier Mann. Solange Sie sich bei uns befinden, haben Sie sich nach uns zu richten."

„Ich werde es dennoch tun!" sagte er in sehr bestimmtem Ton, weil er sich über die resolute Weise der Frau Rosalie ärgerte. „Nun erst recht!"

„Nee, nun grad erscht werden Sie es nich tun."

„Glauben Sie wirklich, daß Sie mir irgend etwas verbieten können, Frau Ebersbach?"

„Ja, das gloobe ich, das gloobe ich sogar sehr!"

„Fällt keinem Menschen ein!"

„Es fällt mir ein, und das is vollständig genug. Ich will nich, daß Sie Ihren Vorsatz ausführen, und nach diesem meinem Willen haben Sie sich zu richten."

„Oho!" rief er zornig.

„Oho? Hier wird gar nischt ohot! Wenn Sie nich wollen, wie ich will, so werde ich meinen Worten Nachdruck geben. Was Sie vorhaben, kann uns sehr leicht in Schaden bringen."

„Möchte wissen, auf welche Weise! Ich habe mir vorgenommen, links zu reiten, und werde meinen Willen durchsetzen."

„I, was Sie nich sagen! Erschtens dürfen Sie überhaupt keenen Willen haben, und zweetens dürfen Sie ihn nachher, wenn Sie ihn nich haben, ooch nich durchsetzen. Wissen Sie, ich bin

Frau Rosalie Eberschbach, geborne Morgenstern und verwitwete Leiermüllern, und weeß, was ich zu tun habe. Ich lasse mir Ihretwegen nich von den feindlichen Indianern off den Kopp herumtrommeln. Sie werden gleich erfahren, daß und wie ich mich zu benehmen weeß."

Der Zug hielt in diesem Augenblick an, denn Winnetou war aus dem Gesträuch getreten. Er kam auf Old Shatterhand und auf den Häuptling der Navajos zu und meldete: „Die Nijoras sind bei ihrem Plan geblieben und haben ihre Stellung nicht verändert. Meine Brüder können also das ausführen, was ich gestern mit Old Shatterhand besprochen habe. Es ist nur eine kleine Änderung, die ich für nötig halte."

„Welche?" fragte Old Shatterhand.

„Wir haben uns entschlossen, hinab in die ausgetrocknete Furt zu reiten; die Krieger der Navajos haben sich dann uns zur linken Hand versteckt, und wir wenden uns in dem trocknen Winterwasser nach rechts, bis wir den Fluß erreichen. Dann kommen die Nijoras herab, um uns zu überfallen, und da sollen sie von den Navajos im Rücken angegriffen werden. Meine weißen Brüder und Schwestern werden sich nicht fürchten, und ich zweifle auch nicht daran, daß alles so gehen wird, wie wir gedacht haben; aber es ist dennoch nötig, an alles zu denken und keine Vorsicht zu versäumen. Es soll kein Blut fließen; doch wenn die Nijoras nur uns vor sich sehen, ist es möglich, daß sie glauben, uns überwältigen zu können. Wir sind nur wenige Männer und werden trotzdem den ersten Stoß aushalten; wenn allerdings die Nijoras schießen, werden sie einige von uns verwunden oder gar töten. Deshalb ist es nötig, zu verhüten, daß sie überhaupt von ihren Gewehren Gebrauch machen. Mein Bruder Old Shatterhand wird wissen, wie wir das am besten und sichersten erreichen."

„Dadurch, daß wir ihnen gleich im ersten Augenblick zeigen, daß sie verloren wären, wenn sie es zum Kampf kommen lassen", antwortete der Genannte.

„Und wie zeigen wir ihnen das? Sie sehen nicht die vielen Navajos hinter sich, sondern nur die weißen Männer und Frauen vor sich."

„Wir müssen vorn bei uns auch Navajos haben."

„Das ist es, was ich meine", sagte der Häuptling der Apachen. „Aber wir dürfen sie nicht mitbringen; sie dürfen nicht mit uns kommen."

„Nein."

„Sondern sie müssen schon vorher dort sein, ohne von den Nijoras gesehen zu werden."

„Mein weißer Bruder hat ganz meine Gedanken."

„Es ist sehr leicht zu erraten, was mein roter Bruder meint. Die Nijoras zählen dreihundert Krieger, während wir sechshundert haben. Es genügt, wenn wir ihnen fünfhundert in den Rücken schicken, die übrigen hundert müssen hier vom hohen Ufer hinab zum Fluß steigen und da unten abwärts schleichen, bis sie in der Nähe der Mündung des Winterwassers sind. Dort verbergen sie sich im Gesträuch und warten, bis wir kommen. Sobald wir anlangen und die Nijoras sich auf uns werfen wollen, treten diese hundert Krieger aus ihrem Versteck hervor und gesellen sich zu uns. Das wird die beabsichtigte Wirkung haben, denn die Feinde werden stutzen, und dadurch hat unser Hinterhalt von fünfhundert Mann Zeit, ihnen in den Rükken zu fallen."

„So ist es. Ich stimme ganz den Worten Old Shatterhands bei. Nitsas-Ini, der tapfere Häuptling der Navajos, mag die hundert seiner Krieger auswählen, damit sie sich jetzt entfernen, um die Mündung des Winterwassers heimlich zu erreichen. Dann reiten die fünfhundert auch fort, und sobald wir annehmen können, daß sie sich in ihrem Hinterhalt befinden, brechen wir von hier auf."

So geschah es. Es wurden hundert Navajos abgezählt, die in das Ufergebüsch eindrangen, um zum Fluß hinabzusteigen. Dabei konnten sie natürlich ihre Pferde nicht mitnehmen; diese mußten vielmehr von den andern mitgeführt werden. Als sie fort waren, machten sich auch die fünfhundert auf den Weg.

Als auf diese Weise die Navajos alle fort waren, erklärte Old Shatterhand den deutschen Einwanderern den Plan noch einmal in ihrer Muttersprache, weil vorhin englisch gesprochen worden war. Er bat sie, keine Sorge zu haben, da alles gut gehen werde, und ermahnte sie dringend, ja recht vorsichtig zu sein und nichts zu tun, was das Gelingen des Plans in Frage stellen könnte. Da sagte Frau Rosalie zu ihm: „Wir andern werden ganz gewiß keenen Fehler machen; aber ich weeß eenen, der sich fest vorgenommen hat, eene große Dummheet zu begehen."

„Wer ist das?"

„Wer das is? Da fragen Sie noch danach? Wenn von Dummheeten die Rede is, so können Sie es sich doch gleich denken, wen ich meene, den Kantor natürlich. Er hat mich zu derselben Dummheet überreden wollen; er will nämlich, wenn wir nach dem Winterwasser kommen, links abschwenken."

„Alle Donner! Das könnte uns einen Strich durch die Rechnung machen. Ist das wirklich sein Plan?"

„Eben hat er es mir gesagt. Ich habe ihn gewarnt; aber er schnauzte mich grob an und meinte, es hätte ihm keen Mensch was zu befehlen. Er is ganz des Teufels droff, seinen Willen durchzusetzen."

„Das müssen wir uns verbitten! Ist das wahr, was Frau Ebersbach jetzt von Ihnen gesagt hat?"

Diese Frage war an den Kantor gerichtet.

„Ja", antwortete er, da er es nicht leugnen konnte.

„Sie wollen also, ohne mich zu fragen, eine andere Richtung einschlagen?"

„Ja."

„Weshalb?"

Der Kantor schwieg.

„Reden Sie!"

Diese Aufforderung war im allerstrengsten Ton gesprochen. Der Kantor ärgerte sich darüber und antwortete wieder nicht. Da fuhr ihn Old Shatterhand zornig an: „Wenn Sie nicht reden wollen, werde ich Ihnen den Mund öffnen. Es handelt sich hier um unser Leben. Also, was ist der Grund Ihrer Absicht?"

„Meine Oper", stieß der Gefragte hervor.

„Ihre Oper! Wir sollen also abermals nur Ihres verrückten Hirngespinstes wegen in Gefahr gebracht werden! Inwiefern ist denn diese berühmte Oper der Grund zu dem, was Sie tun wollen?"

Wieder wollte der Kantor nicht mit der Sprache heraus. Da legte sich Hobble-Frank ins Mittel, indem er sagte: „Ich weeß es, was für eene vorhandene Absicht im Grund- und Hypothekenbuch seines Vorhabens verzeichnet is."

„Nun, welche?"

„Ich habe vorhin mit ihm gesprochen und ziehe aus dem, was er gesagt hat, die Divisionsklausel, daß er für seine Oper eene Kampfszene braucht."

„Ah so! Und da möchte er gerade das herbeiführen, was wir vermeiden wollen?"

„So ist es. Er will nach links, damit die Nijoras unsern Hinterhalt sehen sollen."

„Sollte man so etwas für möglich halten! Das ist nicht eine

Verrücktheit, sondern geradezu ein Verbrechen. Was tut man nur mit einem solchen Mann? Wollen Sie mir sofort versprechen, von Ihrem Vorhaben abzuweichen, Sie unbegreifliches Menschenkind!"

Der Kantor brauchte nur mit Ja zu antworten, so war alles gut. Aber er hatte gegenüber Frau Rosalie behauptet, daß er seinen Willen durchsetzen werde, und wollte sich nun nicht blamieren. Deshalb beantwortete er die Aufforderung Old Shatterhands wieder mit einem Schweigen. Dieser fuhr also in erhobenem Ton fort: „Ich frage Sie, ob Sie mir jetzt versprechen, Ihre Absicht aufzugeben."

Wieder keine Antwort.

„Gut!" meinte Old Shatterhand. „So werde ich dafür sorgen, daß Sie uns nicht schaden. Sie dürfen nicht mit; Sie bleiben hier an dieser Stelle."

Das empörte den Komponisten außerordentlich. Er antwortete: „Das laß ich mir nicht gefallen, Herr Shatterhand. Ich bin kein Soldat oder Rekrut, der sich andonnern lassen und gehorchen muß!"

„Sie werden gehorchen. Sie bleiben hier, und ich lasse jemand bei Ihnen, der Sie beaufsichtigt."

„Dem gehe ich durch!"

„Schön! So werde ich also die Drohung wahr machen, die ich schon einmal ausgesprochen habe. Ich binde Sie an. Steigen Sie vom Pferd!"

Old Shatterhand stieg selbst aus dem Sattel und faßte ihn, als sich der Kantor weigerte, beim Leib und zog ihn herab. Er wurde nach dem Gebüsch geschafft und dort an den Baum gebunden. Sein Widerstand fruchtete nichts. Nun handelte es sich darum, wer bei ihm bleiben sollte. Der Bankier bot sich an, denn der Gedanke, von den Nijoras überfallen zu werden, hatte für ihn nichts Behagliches. Old Shatterhand war damit einverstanden, schärfte ihm aber ein, den Kantor nicht etwa, falls er gute Worte geben sollte, loszubinden; es sollte später ein Bote geschickt werden, um die beiden nachzuholen.

Bis jetzt hatte man die fünfhundert Navajos, die nach Süden geritten waren, noch reiten sehen; nun verschwanden sie am Horizont, und es war anzunehmen, daß sie nach kurzer Zeit ihr Ziel erreichen würden. Deshalb gab Old Shatterhand den Befehl, nun den unterbrochenen Ritt fortzusetzen.

Es war wirklich ein großes Vertrauen, das ihm und Winnetou von den Deutschen geschenkt wurde. Diese gingen einer

Schar wilder, feindlicher Indianer entgegen, ohne um sich, um ihre Frauen und um ihre Kinder besorgt zu sein. Das war natürlich nur die Folge des Einflusses, den diese beiden Männer auf sie ausübten. In der Nähe des Apachen und seines weißen Bruders konnte eben keine Furcht aufkommen.

Old Shatterhand ermahnte alle, sich ein möglichst unbefangenes Aussehen zu geben und ja nicht etwa forschende oder gar ängstliche Blicke nach der Gegend zu werfen, von der man wußte, daß die Feinde dort versteckt waren, und sie gaben sich Mühe, sich streng nach dieser Instruktion zu richten.

Sam Hawkens machte allerlei Späße; er lachte laut und hielt die andern an, in sein Lachen einzustimmen. Er verfolgte dabei die Absicht, die Nijoras sicher zu machen. Sie sollten denken, daß niemand im mindesten an eine Gefahr glaubte.

An der Stelle angekommen, wo sich unten die Furt befand, ritt man langsam vom Ufer in das ausgetrocknete Bett hinab. Winnetou und Old Shatterhand waren voran. Ihren scharfen Augen entging nichts, obgleich sie sich den Anschein gaben, völlig arglos zu sein.

Links von ihnen lagen einige Felsblöcke, die zur Zeit des Hochwassers von diesem überflutet wurden. Hinter einem von ihnen lugte ein Kopf hervor, nämlich der Nitsas-Inis. Er hatte sich so weit nach vorn gewagt, um die weißen Freunde zu benachrichtigen, daß er mit seinen Leuten an Ort und Stelle sei.

„*Altso-ti* – wir sind hier", raunte er ihnen in seiner Sprache zu, und dann war sein Kopf wieder verschwunden.

Die Gesellschaft bog rechts ab und ritt im Bett des Winterwassers nach dessen Mündung. Rechts und links gab es hohe, steile Felsen und vorn an der Mündung floß das Wasser des Chelly vorüber. An seinem Ufer befand sich ein schmaler, dicht mit Bäumen und Büschen besetzter Streifen; dort wurde angehalten.

Old Shatterhand untersuchte das Buschwerk mit scharfem Blick. Da raschelte es darin, und der Arm eines Roten streckte sich für einen kurzen Augenblick hervor. Das war das Zeichen, daß die hundert Navajos da waren. Es war also gelungen, dem Feind zwei Hinterhalte zu legen.

Der Uferfelsen trat auf der linken Seite etwas hervor und bildete eine Ecke. Old Shatterhand wies zu ihr und sagte: „Die Frauen und die Kinder mögen sich hinter diese Ecke zurückziehen; dann sind sie völlig sicher vor jeder Gefahr."

Diese gehorchten der Aufforderung. Nur eine machte eine Ausnahme, nämlich Frau Rosalie.

„Was? Ich soll mich verstecken?“ rief sie aus. „Was sollen da diese Indianersch von mir denken!“ Dabei nahm sie ihrem Mann das Gewehr aus der Hand, faßte es beim Lauf und schwang den Kolben drohend über ihrem Kopf.

„Pst! Nicht so, fort mit dem Gewehr!“ warnte Old Shatterhand. „Die Nijoras beobachten uns und könnten aus dieser Bewegung schließen, was geschehen soll. Sie werden heulend und schreiend gerannt kommen. Dann legt jeder sein Gewehr auf sie an, doch ohne zu schießen. Nur wenn sie sich dadurch nicht zurückhalten lassen, müssen wir uns wehren. Dann werde ich Feuer kommandieren, bitte aber, ihr Leben zu schonen und sie nur in die Beine zu schießen. Jetzt setzt euch und tut ganz so, als ob ihr von ihrer Nähe keine Ahnung hättet!“

Dieser Aufforderung wurde Folge geleistet. Die Leute setzten sich alle so, daß sie dem Wasser des Chelly den Rücken, dem trockenen Bett des Winterwassers das Gesicht zukehrten. So mußten sie die Nijoras kommen sehen.

Old Shatterhand und Winnetou standen beieinander und unterhielten sich höchst unbefangen. Sie schenkten scheinbar der Richtung, aus der die Feinde erwartet wurden, nicht die geringste Aufmerksamkeit, sahen aber trotzdem alles sehr genau. Das Winterwasser hatte, wenn es stark angeschwollen war, viele Felsstücke mit sich fortgeführt und an der Mündung oder in deren Nähe abgesetzt. Hinter diesen Steinen konnte man Deckung finden, und es stand zu erwarten, daß der Vortrab der Nijoras in deren Schutz heimlich herangekrochen kommen würde.

Das war auch wirklich so, denn Winnetou bemerkte hinter einem dieser Steine eine Bewegung, blickte eine Sekunde schärfer hin und sagte dann zu Old Shatterhand: „Hinter dem großen dreieckigen Block steckt ein Feind. Hat mein Bruder ihn gesehen?“

„Ja. Ich sah ihn von dem dahinterliegenden Felsen gekrochen kommen. Ich weiß auch, wer er ist.“

„Mokaschi, der Häuptling, wohl?“

„Ja.“

„So ist der Augenblick da. Hält mein Bruder es nicht für besser, daß wir gar nicht warten, bis sie auf uns eindringen?“

„Ja, sie werden um so bestürzter sein. Willst du mit ihm reden?“

„Nein. Mein Bruder mag es tun. Du hast den Stutzen, den sie für ein Zaubergewehr halten. Deine Stimme wird also besser wirken als die meine."

„Gut, so soll es beginnen!"

Er rief einige halblaute Worte nach dem Gebüsch hin, in dem die hundert Navajos steckten, und sagte zu den Weißen: „Die Nijoras sind da. Steht auf und legt die Gewehre an!"

Frau Rosalie hatte ihrem Mann das Gewehr wiedergeben müssen, aber an dessen Stelle eine Reserveflinte ergriffen. Als die Männer jetzt aufsprangen und ihre Gewehre erhoben, legte sie ihre Flinte auch an. Old Shatterhand trat einige Schritte vor, den Stutzen schußbereit in der Hand, und rief: „Warum versteckt sich Mokaschi, der Häuptling der Nijoras, wenn er uns besuchen will? Er mag hervortreten. Wir wissen, daß er sich mit seinen dreihundert Kriegern hier befindet."

„Uff, uff!" erscholl es da hinter dem Stein hervor, und Mokaschi richtete sich auf. „Die weißen Hunde wissen, daß wir hier sind? Und dennoch sind sie gekommen? Hat der Große Geist ihr Gehirn verbrannt, daß sie, die wenigen, es wagen wollen, hier mit uns zu kämpfen?"

„Wir wagen nichts, denn der Häuptling der Nijoras ist in einem großen Irrtum befangen. Sieht er nicht meine Leute dastehen, um den Feind mit ihren Büchsen zu empfangen? Und sieht er nicht das Zaubergewehr in meiner Hand? Wer kann ihm widerstehen?"

„Wir werden so schnell sein, daß Old Shatterhand nur zwei- oder dreimal schießen kann; dann wird er von der Menge meiner Krieger niedergerissen. Soll ich ihm zeigen, wie viele ihrer sind?"

„Ich weiß es – dreihundert."

„Und sie sind nicht fern von hier, sondern nahebei. Die Bleichgesichter haben nur die Wahl, sich zu ergeben oder in das Wasser getrieben und getötet zu werden. Sie mögen sehen, daß sie eingeschlossen sind."

Er hob die Hand, und auf dieses Zeichen tauchten hinter allen Steinen Nijoras auf. Andere, die da nicht Platz gefunden hatten und deshalb zurückgeblieben waren, kamen herbeigesprungen und erhoben ein markerschütterndes Kriegsgeheul. Sie griffen aber nicht an, sondern blieben hinter ihrem Häuptling stehen, weil dieser auch nicht vorwärts ging. Er hob den Arm wieder; das Geheul verstummte augenblicklich, und er rief Old Shatterhand zu: „Die Bleichgesichter sehen, daß sie verloren sind, wenn sie kämpfen. Wenn sie klug sein wollen, ergeben sie sich uns."

„Ja, man kann von Mokaschi Klugheit lernen, denn er ist ein großer Pfiffikus. Er weiß und sieht recht gut, wie es steht. Es sind über zwanzig Gewehre auf ihn und seine Krieger gerichtet; das gibt aus diesen Doppelläufen vierzig Schüsse. Dazu kommen die vielen Kugeln meines Zaubergewehrs. Ehe die Nijoras bei uns sind, sind sechzig und noch mehr von ihnen gefallen, und dann beginnt der Kampf mit den Messern und den Kolben. Das weiß er recht gut. Er weiß, daß, wenn wir je besiegt werden könnten, er weit über hundert Krieger verlieren würde und daß er der allererste wäre, den meine Kugel niederstreckte. Deshalb fordert er uns auf, uns zu ergeben. So klug wie er sind wir auch."

„Old Shatterhand verrechnet sich. Ehe nur zehn von uns gefallen oder verwundet sind, befinden sich die Bleichgesichter in unserer Gewalt. Ja, Old Shatterhand ist ein berühmter Jäger und ein sehr kluger Krieger; aber wenn er sich uns nicht ergibt, handelt er nicht wie ein kluger Mann."

„Ich danke dem Häuptling der Nijoras für die schönen Worte, die er mir gesagt hat; doch er hat noch lange nicht genug gesagt, denn ich bin noch viel klüger, als er denkt. Wir wenigen Bleichgesichter fürchten uns nicht vor dreihundert Nijoras; und trotzdem sind wir nicht allein hier. Als Mokaschi die Hand hob, ließen sich seine Krieger sehen. Auch ich will einmal meine Hand heben, um zu zeigen, daß ich dasselbe kann."

Er reckte den Arm empor; sofort sprangen die hundert Navajos aus den Büschen, bildeten blitzschnell eine Doppelreihe und richteten ihre Gewehre auf die Nijoras. Diese stießen ein Geheul der Überraschung aus. Keiner von ihnen hatte gewagt, sein Gewehr auf einen der Weißen zu richten, denn diese hatten ihre Gewehre zuerst erhoben und befanden sich im Vorteil. Wer dem Feind darin zuvorkommt, schießt ihn nieder, sobald er eine drohende Bewegung macht. Old Shatterhand gab ein Zeichen, daß er weitersprechen wolle, und das Geheul verstummte.

„Mokaschi wird jetzt einsehen, daß ich vorhin noch zuwenig gesagt habe. Wir würden nicht hundert, sondern zweihundert Nijoras töten, noch ehe sie bei uns wären. Der Häuptling der Nijoras hat vorhin gemeint, daß mein Gehirn krank sei. Wie steht es denn mit dem seinen? Kann er nicht mehr denken, nicht sehen und nicht hören? Warum starrt er nur vorwärts, zu uns herüber? Er mag sich einmal umsehen!"

Mokaschi drehte sich um, und seine Krieger taten dasselbe. Sie hatten ihre ganze Aufmerksamkeit nach vorn gerichtet und nicht auf das geachtet, was hinter ihnen vorgegangen war. Sie hatten es ja für unmöglich gehalten, daß dort etwas geschehen könne. Da sahen sie, kaum zwanzig Schritt von sich entfernt, die fünfhundert Navajos, welche die ganze Breite des trockenen Winterwasserbettes ausfüllten und dabei in acht bis zehn Gliedern hintereinander standen. Vor ihrer Front hielt ihr Häuptling und rief Mokaschi zu: „Hier stehen fünfhundert Krieger der Navajos und vor euch hundert neben den Bleichgesichtern, die unüberwindlich sind. Wünscht der Häuptling der Nijoras, daß wir den Kampf beginnen?"

Die Nijoras heulten vor Schreck wie wilde Tiere. Die ihnen doppelt überlegenen Navajos überschrien sie noch, aber bei ihnen war es ein Freudengeheul. Da gab Old Shatterhand das Zeichen zur Ruhe, und es wurde augenblicklich still. Er sprach mit erhobener Stimme: „Ich frage Mokaschi, wie Nitsas-Ini ihn gefragt hat, nämlich ob wir den Kampf beginnen sollen. Über sechshundert Kugeln werden in den zusammengedrängten Haufen der Nijoras fahren. Wie viele von ihnen werden da übrigbleiben? Kein einziger."

Mokaschi antwortete nicht sofort; er blickte finster vor sich nieder, und dann sagte er: „Wir werden sterben; aber jeder von uns wird wenigstens einen Navajo vorher töten."

„Das sagst du, doch du glaubst es selber nicht, denn sobald nur einer von euch sein Gewehr hebt, schießen wir alle. Ich wiederhole jetzt die Worte, die du vorhin zu mir gesprochen hast: Hat der Große Geist euer Gehirn verbrannt, daß ihr hierhergekommen seid, um mit uns zu kämpfen, die wir euch überlegen sind? Ist euer Hirn ausgetrocknet, daß ihr euch in die Falle locken laßt, in die wir gehen sollten? Seid ihr blind und taub geworden, daß ihr weder gehört noch gesehen habt, wie Winnetou mit mir gestern in euerm Lager war, um euch zu belauschen? Du saßest mit den alten Kriegern an einem Felsen, der nahe am hohen Rand des Ufers liegt, und wir lagen oben auf diesem Felsen. Da haben wir alles gehört, was ihr gesprochen habt. Wißt ihr nicht, wie vorsichtig man sein muß, wenn man das Kriegsbeil ausgegraben hat?"

„*Uff! Uff!*" rief Mokaschi betroffen aus. „Old Shatterhand und Winnetou haben auf dem Stein gelegen, an dem wir saßen?"

„Ja. Wir hörten zu, als ihr berietet, wie ihr uns hier überfallen wolltet. Warum macht ihr euch Männer zu Feinden, von denen ihr wißt, daß sie sich vor allen Kriegern eures ganzen Stammes nicht fürchten?“

Da legte Mokaschi sein Gewehr auf die Erde nieder und sagte: „Der große Manitou ist gegen uns gewesen; er hat nicht gewollt, daß wir siegen sollen. Old Shatterhand oder Winnetou mag her zu mir kommen, um mit mir zu kämpfen. Wer von uns beiden den andern tötet, dessen Stamm soll als Sieger gelten.“

„Was für Worte höre ich da aus deinem Mund? Willst du ein Spottgelächter zur Antwort haben? Soll es heißen, daß Mokaschis Worte wie die Rede eines Kindes oder wie das Geplapper eines alten Weibes klingen? Glaubst du, Winnetou oder mich besiegen zu können? Hast du jemals vernommen, daß einer von uns beiden einmal einem Feind unterlegen war? Dein Vorschlag kann an euerm Schicksal, an euerm Untergang nichts ändern. Du würdest unbedingt besiegt, und mit dir wären alle deine Krieger verloren.“

„So sterben sie mit mir!“

„Das kann ebensogut ohne einen Zweikampf zwischen dir und mir geschehen“, antwortete Old Shatterhand auf Mokaschis Äußerung. „Ihr seid von allen Seiten eingeschlossen. Ihr seid verloren, sobald der Kampf beginnt. Wie willst du es da einem von uns zumuten, mit dir zu kämpfen und das Schicksal zweier Stämme von dem Ausgang dieses Kampfes abhängig zu machen! Was mir gehört, brauche ich mir doch nicht zu erwerben. Der Sieg gehört schon uns. Wozu soll ich mir ihn erst noch erkämpfen?“

„So willst du nicht mit mir ringen?“

„Nein, denn ich müßte dich töten, und das mag ich nicht.“

„Ich werde trotzdem sterben, denn du hast selbst gesagt, daß deine erste Kugel mir gelten werde.“

„Ja, falls es zum Kampf kommt; ich meine aber, daß es weit besser sei, ihn zu vermeiden.“

„Wie soll er vermieden werden? Etwa dadurch, daß wir uns auf Gnade und Ungnade ergeben?“

„Nein, denn so ergeben sich tapfere Männer nicht, und die Nijoras sind tapfere Krieger. Kennst du Old Shatterhand und Winnetou so wenig, daß du uns ein solches Verlangen zutraust, dessen Erfüllung euch und euern Nachkommen immerwährende Schande bereiten müßte?“

Da holte Mokaschi tief und erleichtert Atem und fragte: „Wie soll es denn sonst möglich sein, den Kampf zu vermeiden, ohne daß unsre Weiber und Kinder mit Fingern auf uns zeigen und uns verhöhnen?"

„Das wollen wir beraten. Mokaschi und Nitsas-Ini mögen hierher zu mir und Winnetou treten. Mokaschi mag seine Waffen mitbringen, denn er hat sich noch nicht ergeben und muß als freier Mann gelten. Aber eure und unsre Krieger behalten genau ihre jetzigen Stellungen bei, bis unsre Beratung zu Ende ist."

„Kann diese Beratung nicht hier bei mir abgehalten werden?"

„Das könnte sie wohl; doch du wirst zugeben, daß wir uns im Vorteil befinden und es also für richtiger halten, daß du zu uns kommst."

„Als freier Mann und Krieger?"

„Ja."

Mokaschi nahm sein Gewehr wieder von der Erde auf und schritt auf Old Shatterhand zu; als er angelangt war, setzte er sich mit der würdevollen Haltung eines Häuptlings nieder. Der weiße Jäger nahm neben ihm Platz, Winnetou ebenso. Nitsas-Ini kam auch. Er mußte durch die Nijoras hindurch. Sie machten ihm Platz. Er wurde finster angeblickt, aber keiner wagte es, ihn feindlich zu berühren oder ihm auch nur ein unfreundliches Wort zu sagen. Als er sich zu den andern gesetzt hatte, wurde auch Wolf herbeigewinkt, der bei den Navajos als Häuptling galt.

Nun hätte die Beratung beginnen können, denn die, auf die es ankam, waren beisammen. Aber sie saßen nach Indianerart wohl eine Viertelstunde da, ohne daß ein Wort gesprochen wurde. Jeder war mit seinen Gedanken beschäftigt. Old Shatterhand und Winnetou richteten ihre Augen forschend auf die drei andern, als ob sie deren geheimste Gedanken erraten wollten; dann tauschten sie einen kurzen Blick miteinander aus. Sie verstanden sich ohne Worte. Dann war Winnetou der erste, der sprach, doch nur, indem er die kurze Frage aufwarf: „Hier sitzen fünf Krieger zur Beratung. Wer von ihnen soll reden?"

Wieder eine Zeitlang tiefes Schweigen; dann antwortete Nitsas-Ini: „Unser Bruder Old Shatterhand hat kein Blut gewollt; er mag sprechen!"

„Howgh!" sagten die andern, um ihre Zustimmung auszudrükken.

Old Shatterhand wartete, damit seine Worte größeres Gewicht haben möchten, eine kleine Weile; dann begann er: „Meine Brüder wissen, daß ich ein Freund der roten Männer bin. Dem Indsman gehörte das ganze Land von einem Meer bis zum andern; da kam der Weiße und nahm ihm alles und gab ihm dafür seine Krankheiten. Der Indianer ist ein armer, kranker Mann geworden, der sehr bald sterben wird. Der Weiße ist sein Feind und hat ihn nicht zuletzt dadurch besiegt, daß er Unfrieden unter die roten Völker warf und einen Stamm gegen den andern aufhetzte. Die roten Männer waren so unklug, das geschehen zu lassen, und sind selbst bis auf den heutigen Tag nicht klüger geworden. Sie reiben sich untereinander auf und könnten doch heute noch Großes erreichen, wenn sie den gegenseitigen Haß fallenließen und unter sich das wären, was sie sein sollten und wozu sie geboren sind, nämlich Brüder. Habe ich recht?"

„Howgh!" ertönte es rundum.

„Ja, ich habe recht, denn daß es so ist, wie ich sage, beweisen auch die zwei Stämme, die sich feindlich hier gegenüberstehen. Mein Bruder Nitsas-Ini mag mir sagen, zu welchem großen Volk der Stamm der Navajos gehört!"

„Zum Volk der Apachen", antwortete der Genannte.

„Und auch Mokaschi mag mir sagen, zu welchem Volk die Nijoras gehören!"

„Auch zu den Apachen", antwortete der dazu Aufgeforderte.

„Da sehen meine Brüder, wie wahr ich gesprochen habe. Die Nijoras und die Navajos gehören nicht nur schlechthin zu den roten Männern, sondern sind sogar Kinder ein und desselben Volkes. Sie sollten sich liebhaben, sich unterstützen und Seite an Seite miteinander gegen ihre gemeinsamen weißen Feinde kämpfen. Statt dessen befehden sie sich gegenseitig und arbeiten ihrem Feind in die Hände. Mein Bruder Nitsas-Ini mag mir sagen, weshalb er gegen die Nijoras ausgezogen ist!"

„Weil sie das Kriegsbeil gegen uns ausgegraben haben."

„Gut. So mag mir nun auch Mokaschi sagen, weshalb er seine Krieger gegen die Navajos geführt hat!"

„Weil sie das Kriegsbeil gegen uns ausgegraben haben."

„Merkt ihr da nicht, was ich sagen will? Ich wollte die Gründe eures Schrittes hören, und ihr habt keinen nennen können, sondern nur die Tatsache angegeben, daß die Kriegsbeile gegenseitig ausgegraben worden sind. Ist das nicht genau wie bei kleinen Kindern, die einander bei den Haaren kriegen, ohne daß sie eine triftige Veranlassung dazu haben? Wollt ihr als Kinder gelten? Soll man über euch wie über Kinder lächeln, über euch, die ihr geachtet und gefürchtet wärt, wenn ihr fest und treu zusammenhieltet. Ihr seid gegeneinander gezogen, um euch zu bekämpfen, euch zu vernichten, und es ist gut, daß eure besten Freunde, nämlich Winnetou und ich, dazugekommen sind, um euch zu sagen, was ihr eigentlich von selbst wissen solltet."

Er ließ eine Pause eintreten, um seine Worte wirken zu lassen, und fuhr dann fort: „Mein roter Bruder Nitsas-Ini ist nicht nur ein berühmter, tapferer Krieger, sondern auch ein umsichtiger und kluger Beherrscher seines Stammes. Er hat eingesehen, daß der rote Mann sterben muß, wenn er so bleibt, wie er jetzt ist. Deshalb hat er weise Entschlüsse gefaßt und sie auch ausgeführt. Er hat eine weiße Squaw genommen, die er liebt und der er vieles verdankt, was er sonst nicht kennen und nicht haben würde. Er hat seinen Sohn über das Meer gesandt, damit dieser dort lernen möge, wie man aus einer Wüste ein fruchtbares Land macht. Er weiß, daß der Krieg nur Unheil bringt und das Glück nur im Frieden zu erlangen ist. Sollte er sich plötzlich geändert haben? Sollte er heute das Blut seiner roten Mitbrüder wünschen?"

„*Uff, uff!* Ich will es nicht!" rief der Navajo aus.

„Das habe ich gewußt und gedacht. Wenn es anders wäre, so möchte ich nicht länger dein Freund und Bruder sein. Und wie steht es mit Mokaschi, dem Häuptling der Nijoras? Er ist ausgezogen zum Kampf, ohne einen rechten Grund zu haben, und hat keinen einzigen Vorteil über seine Feinde errungen. Er muß sogar, wenn er seinen Mund die Wahrheit sprechen läßt, zugeben, daß er sich in diesem Augenblick in einer sehr gefährlichen Lage befindet. Wird er mir das eingestehen?"

„*Howgh!*" Mokaschi, der einzusehen begann, welche außerordentlich friedlichen Absichten Old Shatterhand verfolgte, nickte.

„Und wird ein kluger Mann, wenn er mitten in solchen Gefahren steckt, noch immer den Tod seiner Gegner wünschen, die doch sein Leben in ihren Händen haben?"

„Nein."

„Wohlan, so sind wir ja gleicher Meinung. Weder Nitsas-Ini noch Mokaschi wünschen die Fortsetzung der Feindseligkeit. Es handelt sich also nur noch darum, welches Blut bisher ge-

flossen ist und welche Rache dafür genommen werden soll. Hat Mokaschi einen Mann von seinen Kriegern verloren?"
„Nein."
„Hat er also Rache an den Navajos zu nehmen?"
„Nein."
So frage ich nun dasselbe auch meinen Bruder Nitsas-Ini."
„Khasti-tine und sein Begleiter sind getötet worden", meinte dieser ernst.
„Von den Nijoras?"
„Nein, sondern von dem Bleichgesicht, das sich Ölprinz nennt."
„Hast du den Tod dieser beiden Krieger also an den Nijoras zu rächen?"
„Nein."
„Auch hierin steht ihr gleich. Die Ungleichheit besteht nur darin, daß die Nijoras jetzt so eingeschlossen sind, daß ihr Blut fließen würde, falls es zum Kampf käme; Nitsas-Ini aber hat erklärt, daß er kein Blut vergießen will. Eine weitere Ungleichheit besteht darin, daß Mokaschi acht Krieger der Navajos gefangen hat. Soll das nicht gegenseitig ausgeglichen werden? Die Nijoras geben die Gefangenen heraus, und die Navajos lösen die Umschlingung, in der sich die Nijoras befinden. Dann werden die Schlachtbeile eingegraben. Ich hoffe, daß meine Brüder auf diesen Vorschlag eingehen; deshalb tue ich das, was ihr jetzt sehen werdet."
Er nahm den Tabaksbeutel vom Gürtel und die Friedenspfeife von der Schnur, an der sie an seinem Hals hing, stopfte sie und legte sie vor sich hin. Dann fragte er Mokaschi: „Ist der Häuptling der Nijoras mit meinem Vorschlag einverstanden?"
„Ja", antwortete dieser, innerlich sehr froh, auf so billige Weise aus der Gefahr, ja vom beinahe sicheren Untergang errettet zu werden.
„Und was sagt der Häuptling der Navajos dazu?"
Dieser stimmte nicht sofort ein, sondern sagte: „Mein Bruder Old Shatterhand hat mehr für die Nijoras als für die Navajos gesprochen."
„Wieso?"
„Sie befinden sich in unsrer Gewalt, und es ist kein Vorteil für sie, daß sie acht Gefangene gemacht haben, denn diese Gefangenen sind schon jetzt so gut wie wieder in unsern Händen. Ich brauche nur einige meiner Krieger hinauf in das Lager der

Nijoras zu senden, um diese Gefangenen loszubinden. Sag also, ob du gerecht gegen uns gesprochen hast."

„Ja, denn ich frage dich: Wem hast du die gute Lage, in der ihr euch befindet, zu verdanken?"

„Dir und Winnetou", antwortete Nitsas-Ini aufrichtig und der Wahrheit gemäß. Er war ein ehrlicher Mann.

„Ja, uns verdankst du sie. Ich sage das nicht, um mich zu rühmen, sondern um dich zu bewegen, gerecht gegen die Nijoras zu sein. Was sagt mein Bruder Winnetou zu meinem Friedensvorschlag?"

„Es ist so, als ob ich selbst deine Worte gesprochen hätte", antwortete der Apache.

„Und Maitso, der Wolf?"

„Ich bin ganz der Meinung Winnetous", stimmte dieser bei.

„So hat nur Nitsas-Ini noch sein Wort zu sagen."

Der Genannte überflog die Aufstellung seiner Leute und die der Feinde mit einem langen Blick. Es tat ihm wohl leid, auf den großen Vorteil, in dem er sich befand, so ohne weiteres verzichten zu müssen; aber der Einfluß, den seine weiße Squaw nach und nach über ihn gewonnen hatte, machte sich auch jetzt geltend; er war aus einem wilden Indianer ein friedliebender und einsichtsvoller Häuptling seines Stammes geworden. Er zögerte zwar noch einige Augenblicke, erklärte jedoch dann: „Mein Bruder Old Shatterhand mag recht behalten. Die Nijoras sollen nicht länger umzingelt sein."

„Und du bist bereit, das Kalumet mit Mokaschi zu rauchen?"

„Ja."

Da stand Old Shatterhand auf, wandte sich gegen die Indianer und rief mit lauter Stimme: „Die Krieger der Navajos und der Nijoras mögen ihre Augen hierherrichten, um zu sehen, was ihre Häuptlinge beschlossen haben!"

Er brannte den Tabak an und gab Nitsas-Ini die Pfeife. Dieser erhob sich, tat sechs Züge aus der Pfeife, blies den Rauch gegen den Himmel, die Erde und die vier Windrichtungen und rief mit lauter Stimme, so daß alle Anwesenden es hörten: „Die Kriegsbeile werden eingegraben; wir rauchen die Pfeife des Friedens. Die Nijoras geben die Gefangenen heraus und sind dann unsre Brüder. Dieses rauche und sage ich für alle meine Krieger. Es ist so gut, als ob sie selbst es gesagt und das Kalumet dazu geraucht hätten. Ich habe gesprochen – *howgh!*"

Die Navajos waren höchstwahrscheinlich nicht sehr erbaut über diesen Ausgang der Verhandlung. Sie befanden sich so im Vorteil, daß es ihnen schwer wurde, ihn so leichthin aufzugeben; aber die Disziplin hinderte sie, widerspenstig zu sein, zumal ihnen der Brauch des Kalumetrauchens so heilig war, daß sie es nicht gewagt hätten, an dem Beschluß ihres Häuptlings zu rütteln.

Dieser gab die Friedenspfeife an Mokaschi, der sich ebenfalls erhob, die gleichen sechs Züge tat und dann ebenso laut wie Nitsas-Ini verkündete: „Hört, ihr Krieger der Navajos und der Nijoras, der Tomahawk des Krieges ist wieder in die Erde versenkt. Die Männer der Navajos öffnen den Kreis, mit dem sie uns umschlossen haben, und sind dann unsre Brüder. Ich habe das mit dem Kalumet bestätigt, und das ist so, als ob meine Krieger es gesagt und die Pfeife geraucht hätten. Ich habe gesprochen – *howgh!*"

Niemand war froher als die Nijoras, die einen so glücklichen Ausgang der für sie so gefährlichen Angelegenheit kaum für möglich gehalten hatten. Old Shatterhand, Winnetou und Wolf mußten als Zeugen des Vertrags auch die sechs Züge aus der Pfeife tun, brauchten jedoch keine Rede dazu zu halten.

Jetzt war die Sitzung beendet, und die vorher so feindliche Situation verwandelte sich in eine friedliche. Die Navajos ließen die Nijoras aus ihrer Umschlingung frei, und da es hier am Fluß an Raum mangelte, begaben sich Freund und Feind hinauf zum Lager der Nijoras, um dort das Friedensfest zu feiern und vor allen Dingen die Gefangenen zu befreien. Winnetou, Old Shatterhand und Wolf gingen auch nach oben, wo ihre Anwesenheit zunächst nötig war; die andern Weißen blieben noch unten. Sie waren alle froh, daß die Feindseligkeit ein solches Ende genommen hatte.

ZWÖLFTES KAPITEL

Schuld und Sühne

Bald waren alle in lebhafter Unterhaltung über das eben Geschehene, besonders Frank und Frau Rosalie führten ein eifriges Zwiegespräch, an dem auch Adolf Wolf kurze Zeit teilnahm, doch bald trennte er sich wieder von den beiden, um seinen Onkel aufzusuchen, der sich oben auf dem hohen Ufer im Lager befand. Als er an die Furt kam, begegnete er den Navajos, die ihre Pferde aus den Verstecken geholt hatten und sie hinaufschaffen wollten. Ihr Häuptling leitete diese Arbeit, und Winnetou und Old Shatterhand standen bei ihm. Da erschien ein Reiter oben am Rand der Furt; er sah die Genannten stehen und rief herab: „Mr. Shatterhand, gut, daß ich Euch sehe! Darf ich dahinab?"

„Mr. Rollins!" antwortete der Gefragte. „Ihr hier? Ihr solltet doch bei dem Kantor bleiben, bis ich einen Boten sende. Warum habt Ihr Euch davongemacht?"

„Werde es Euch gleich sagen. Also darf ich hinunter zu Euch?"

„Ja."

Er kam langsam herabgeritten, sprang dann vom Pferd und rief in erregtem Ton: „Wäre ich doch nicht dortgeblieben, sondern mit Euch geritten! Wenn Ihr wüßtet, was ich erlebt habe!"

„Was habt Ihr denn erlebt? Was ist geschehen? Ihr seht ja ganz mitgenommen aus."

„Ist auch kein Wunder. Bin an den Baum gebunden gewesen."

„Ihr? Und nicht der Kantor?"

„Ja, erst; dann kam er los, und ich wurde angebunden."

„Von wem?" fragte Old Shatterhand verwundert.

„Von dem Ölprinzen. Dieser Halunke hat mir meine Anweisung wieder abgenommen."

„Der Ölprinz? Alle Wetter! Wie ist das geschehen? Erzählt es, schnell!"

Der Bankier berichtete, was geschehen war.

„Mann", rief dann Old Shatterhand aus, „das habt Ihr schlau, sehr schlau angefangen! Warum habt Ihr denn den Wisch nicht vernichtet?"

„Jawohl, Ihr habt recht; jetzt bereue ich es bitter. Verschafft mir den Zettel wieder, Sir; ich bitte Euch inständig darum!"

„Ja, erst macht Ihr die Fehler, und dann soll ich sie ausbessern! Die Kerls mögen meinetwegen reiten, wohin sie wollen. Hättet Ihr die Dummheit nicht gemacht!"

Da fiel Nitsas-Ini ein: „Sie werden nicht reiten, wohin sie wollen. Der Ölprinz hat meine beiden Kundschafter ermordet; ich muß ihn haben. Werden Old Shatterhand und Winnetou mir nicht dabei helfen?"

Winnetou nickte, und Old Shatterhand sagte: „Ich habe im Unmut gesprochen. Es versteht sich von selbst, daß wir die Kerls haben müssen. Habt Ihr denn gesehen, wohin sie ritten?"

„Ja."

„Nun, nach welcher Richtung?"

„Stromaufwärts, dahin, woher sie gekommen waren und woher auch wir gekommen sind."

„Also ist es doch so! Sie sind den Spuren der Navajos gefolgt, um Wolf zu überfallen und ihm die Schrift abzunehmen. Durch Zufall sind sie aber viel leichter dazu gekommen. Wie lange ist das her?"

„Sehr lange. Dieser Kantor sollte mich losbinden, tat es aber nicht."

„So müssen wir uns schleunigst auf den Weg machen."

„Stromaufwärts?" fragte der Häuptling.

„Ja, denn wir dürfen ihre Fährte keinesfalls vernachlässigen; sie sind jedenfalls stromabwärts geritten."

„Dieser Mann behauptet das Gegenteil!"

„Rollins hat auch recht; die Banditen sind aufwärts, jedoch nur eine Strecke."

„Und dann wieder abwärts?"

„So hätten sie ja hier vorüber gemußt."

„Nein. Sie sind hinüber nach dem andern Ufer."

„*Uff!* Hat mein Bruder Grund das zu denken?"

„Ja. Sie haben das Papier und wollen nach San Francisco. Da müssen sie nach dem Colorado hinunter, denselben Weg, den sie ritten, als sie in euerm Lager waren. Hier konnten sie nicht vorbei, weil sie von dem Kantor erfahren haben, daß wir hier sind. Sie sind also aufwärts zurück bis dahin, wo wir gestern lagerten, und dann über den Fluß hinüber. Mein roter Bruder mag mit einer Schar seiner Leute schnell abwärts reiten, bis er eine Stelle findet, an der er über den Fluß hinüber kann. Ist er drüben, so wird er nach ihrer Fährte suchen und dabei sehen, ob sie aus dieser Gegend schon fort sind."

„Sie werden unbedingt fort sein!"

„Nein. Es ist zu vermuten, daß sie irgendwo da drüben stekken, um zu sehen, wie der Überfall hier abläuft. Mein Bruder muß ihnen so breit wie möglich den Weg verlegen, daß sie ja nicht vorüber können."

„Und was wird Old Shatterhand tun?"

„Ich werde mit Winnetou aufwärts reiten, um ihrer Spur zu folgen. Da diese mit der unsrigen zusammenfällt, ist sie außerordentlich schwer zu lesen; daher müssen wir diesen Weg selber machen; wir können uns auf keinen andern verlassen. Natürlich reiten wir nicht allein, sondern wir nehmen auch Begleiter mit."

„Ich habe diesen Hunden doch Späher entgegengesandt! Sie müssen von ihnen nicht bemerkt worden sein."

„Es ist auch noch anders möglich. Entweder haben sie sie getäuscht oder sie gar getötet."

„Wenn das der Fall ist, müssen sie am Marterpfahl sterben!"

„Erst wollen wir sie fangen, und dann können wir über ihren Tod sprechen. Mein roter Bruder mag sofort aufbrechen und nichts versäumen!"

Da erschien wieder ein Reiter oben an der Furt. Er sah die Personen auch und fragte ebenso wie vorhin der Bankier, ob er hinunterkommen dürfe.

„Ja, kommen Sie!" antwortete Old Shatterhand, indem es in seinen Augen wenig verheißungsvoll flimmerte.

Der Kantor kam herab.

„Da bin ich wieder", sagte er ahnungslos. „Wo sind die andern Deutschen?"

„Da, wohin Sie nicht kommen werden, damit Sie nicht wieder Unheil anrichten können, Sie Verräter!"

„Verräter? Wieso?"

„Sie haben dem Ölprinz gesagt, wo Mr. Rollins das Papier hat."

„Ja, das habe ich. Sie fragten mich, und da konnte ich sie nicht belügen."

„Man kann klug sein, ohne zu lügen, Sie Dummkopf und Faselhans! Ich diktiere Ihnen Ihre Strafe: Sie werden wieder angebunden!"

„Das werde ich nicht; ich dulde das nicht. Sie haben keine Gewalt über mich!“

„Sogar sehr. Ich werde es Ihnen gleich beweisen.“

Er sagte zu einigen Navajos ein paar Worte, die der Kantor nicht verstand; da nahmen sie ihn und sein Pferd zwischen sich und schafften ihn hinauf ins Lager, wo er trotz allen Sträubens wirklich angebunden wurde. Nach kurzer Zeit jagte Nitsas-Ini mit zwanzig seiner Reiter stromabwärts; Mokaschi, nun sein Freund, hatte sich ihm mit zwanzig Nijoras angeschlossen. Winnetou und Old Shatterhand dagegen ritten stromaufwärts. Bei ihnen befanden sich Sam Hawkens, Dick Stone, Will Parker und zehn Navajokrieger. Frank und Droll hatten auch mitgewollt, waren aber von Old Shatterhand bestimmt worden, zurückzubleiben, um mit Wolf darauf zu achten, daß im Lager nichts vorkomme, was später gerügt werden müsse.

Die Einwanderer saßen noch unten am Wasser beisammen; die weiße Squaw war bei ihnen. Sie sprachen von ihrer Zukunft, von ihren früheren Plänen und was durch die Ereignisse der letzten Zeit an diesen geändert worden war. Da kam Wolf von oben herab, um nach ihnen zu sehen. Die Squaw, die, wenn sie deutsch mit ihm sprach, ihn Sie nannte, aber du zu ihm sagte, wenn sie indianisch mit ihm redete, winkte ihn näher heran und sagte: „Wir sprechen von dem Vorhaben dieser unsrer Landsleute. Sie sind herübergekommen, um sich eine Heimat hier zu gründen. Mittel besitzen sie nicht; nur Ebersbachs haben Geld und wollen die andern damit unterstützen. Was sagen Sie dazu? Ich werde mit meinem Mann darüber sprechen, sobald er Zeit dazu hat.“

„Das ist nicht nötig“, sagte er.

„Warum?“

„Weil ich es schon getan habe.“

„Sie haben mit ihm davon gesprochen?“

„Ja.“

„Und was hat er gesagt?“

„Er will Ihnen eine Freude bereiten dadurch, daß er diese Deutschen in seinem Gebiet behält.“

„Das ist schön! Das freut mich herzlich! Ich weiß, daß er mir meinen Wunsch jedenfalls erfüllt hätte; aber daß er meine Bitte nicht erst abgewartet hat, das ist mir doppelt lieb. Wie haben Sie sich denn nun die Sache gedacht?“

„Sehr einfach. Diese Leute bekommen Land geschenkt, soviel sie brauchen; es ist ja mehr als genug davon da, Waldland, Akkerland, Weideland, ganz wie sie es wünschen; sie können es sich aussuchen. Dann reiten wir nach Guayolote oder La Tinajo hinüber, wo wir Ackergeräte und alle nötigen Werkzeuge erhalten werden. Für Pferde, Kühe und andre Weidetiere werden wir auch sorgen, und beim Bau ihrer Wohnungen werden ihnen alle unsre Männer und unsre Squaws gern helfen, so daß sie sehr bald eingerichtet sein können. Nur hat die Sache freilich einen Haken."

„Einen Haken? Wirklich?" fragte sie, ein wenig beunruhigt.

„Ja, einen bösen, schlimmen Haken", sagte er wieder und lächelte.

„Was wäre das wohl?"

„Eine Frage, auf deren Beantwortung alles ankommt."

„Welche Frage ist das? So reden Sie!"

„Es ist die Frage, ob sie auch wollen."

„Ah!" seufzte sie erleichtert auf. „Ich wurde schon ängstlich."

„Was nützt es, wenn sie von uns alles kriegen sollen, aber nichts haben wollen! Wie steht es denn in dieser Beziehung?"

Diese Frage war an die Deutschen gerichtet; diese antworteten natürlich mit einem freudigen Ja. Besser konnten sie es ja gar nicht wünschen. Daß ihnen Land und alles, was sie brauchten, geschenkt werden würden, das hätten sie, wenn es ihnen früher gesagt worden wäre, nicht für möglich gehalten und also nicht geglaubt. Frau Rosalie, die gern für die andern sprach, drückte die weiße Squaw an sich, reichte Wolf die Hand und rief aus: „Jetzt soll mir jemand sagen, daß die Wilden nicht viel besser sind als die gebildeten Leute bei uns derheeme! Keen Mensch bei uns drüben is so human, eenem armen Teufel een solches Geschenk zu machen, und noch dazu een so großes. Drüben würde uns niemand ooch nur das kleenste Feld- oder Gartenbeet anbieten, und hier bekommen wir gleich so viel, daß wir een Rittergut droffsetzen können, und Vieh und Haus und Hof mit den Gerätschaften dazu! Ich halte es von jetzt an mit den Indianern und nich mehr mit den Weißen. Hoffentlich wird der Kantor nich ooch mit dableiben wollen! Da könnte uns das ganze Glück in den Brunnen fallen."

„Nein, der muß weg", versicherte Wolf. „Dieser Pechvogel würde uns nur Unglück bringen. Es wird Ihnen bei uns gefallen. Wir haben große Kulturpläne, und da kommen Sie uns eben recht; nun wird Ihnen unsre Freigebigkeit erklärlich sein. Schi-So und mein Neffe sollen das Werk, das wir begonnen haben, später zu Ende führen. Wir werden beweisen, daß der rote

Mann dem Weißen gleichgestellt werden darf. Doch halt! Was war das da drüben jenseits des Flusses? War das nicht ein Schrei? Das klang genau wie der Todesschrei eines Menschen. Sollte der Ölprinz mit seinen beiden Kerls da drüben stecken und schon an unsere Leute geraten sein? Das ist doch nicht möglich!"

Da kam Hobble-Frank gelaufen. Er hatte den Schrei auch gehört und wollte fragen, ob Wolf ihn vernommen habe. Nach kurzer Zeit kam Adolf Wolf in derselben Absicht.

„Onkel, da drüben schrie jemand. Hast du es gehört?"

„Wir alle haben es gehört", antwortete ihm Hobble-Frank. „Es war een anthropologisch menschlicher Schrei, keen animalisch zoologisch-tierischer. Wallen und wandeln Sie mit mir hinauf ins Lager. Die Roten haben Feuer angebrannt und braten daran ihr Fleesch, daß das ganze Flußtal davon duftet. Wahrscheinlich sind sie so reserviert, daß sie uns och een Stück davon karambolieren."

Er nahm Adolfs Arm in den seinen und zog ihn mit sich fort.

Der Schrei war tatsächlich der Todesschrei eines Menschen gewesen. Der Ölprinz war mit seinen beiden Begleitern, wie es Old Shatterhand vermutet hatte, am Fluß aufwärts bis zum letzten Lagerplatz der Navajos geritten und dort an das andre Ufer gegangen. Ihre Absicht war, da drüben abwärts zu reiten, um nach dem Colorado zu kommen; aber dann fiel es ihnen ein, daß es vielleicht geraten sei, zu wissen, wer von den beiden Stämmen über den andern den Sieg erringen werde. Sie blieben also in der Nähe des Ufers und suchten sich, als sie die Mündung des Winterwassers erreicht hatten, einen Platz, von dem aus sie die Vorgänge da drüben beobachten konnten, ohne selbst gesehen zu werden.

Aber sie hatten einen weiten Umweg machen müssen, bei dem so viel Zeit vergangen war, daß sie schon zu spät kamen. Die Entscheidung, das heißt die Versöhnung der beiden Stämme war schon vorüber; die Roten hatten sich nach dem Lager oben zurückgezogen, wo sie von drüben aus nicht gesehen werden konnten, und so bemerkten die drei Banditen nur die weißen Frauen und Männer, die plaudernd am Wasser saßen. Sie dachten deshalb, die Entscheidung sei noch nicht gefallen, und blieben länger liegen, als mit ihrer Sicherheit zu vereinbaren war. Sie ahnten nicht, daß Old Shatterhand schon hinter ihnen war und Nitsas-Ini ihnen mit seinen vierzig Roten den Weg verlegt hatte.

Wie schon erwähnt, hatten der Ölprinz und Buttler sich Pollers nur zu ihren Zwecken bedient und wollten sich dann später seiner entledigen. Daß das nur durch einen Mord geschehen konnte, wenn sie sich nicht für später gefährden wollten, das stand bei ihnen fest. Jetzt glaubten sie die Zeit gekommen und zogen sich von ihm zurück, um sich darüber zu besprechen. Aber Poller war kein schlechter Beobachter und hatte aus ihren Blicken und Mienen geschlossen, daß sie ihm nicht wohlgesinnt seien; er hatte das Gefühl, daß für ihn eine Gefahr in der Luft lag, und beobachtete sie nun schärfer. Da fiel es ihm auf, daß sie sich jetzt beide zugleich von ihm entfernten. Er kroch unter den Büschen ihnen nach und sah sie nahe beisammenstehen und leise miteinander sprechen. Es gelang ihm, so weit an sie heranzukommen, daß er nur zwei Schritt von ihnen entfernt war, konnte aber ihre Worte nicht verstehen, bis der Ölprinz etwas lauter sagte: „Jetzt ist die beste Gelegenheit. Er bekommt ganz unerwartet das Messer und bleibt hier liegen. Finden ihn dann die Weißen, so denken sie, daß er von den Roten erstochen worden ist.“

Er merkte wohl, daß nur er gemeint sein konnte, und war so entrüstet darüber, daß er vergaß, vorsichtig zu sein, und sich plötzlich vor ihnen aufrichtete.

„Was, ihr wollt mich erstechen, ihr elenden Halunken!“ herrschte er sie an. „Ist das der Dank für das, was ...“

Er konnte nicht weitersprechen. Sie hörten, daß ihre Absicht verraten war. Nun nur nicht weiter zögern! Sie verständigten sich durch einen einzigen kurzen Blick, dann hatte ihn Buttler mit einem schnellen Griff gepackt, und Grinley stieß ihm das Messer in die Brust. Die Klinge traf so gut, daß er nur einen Todesschrei ausstoßen konnte und dann leblos zusammenbrach. Sie raubten ihn aus, ließen ihn liegen und beobachteten noch eine Stunde lang die Mündung des Winterwassers.

Als da drüben immer noch nichts geschah, fiel ihnen ein, daß ihre Zeit zu kostbar sei. Sie stiegen auf, nahmen Pollers Pferd am Zügel, wandten sich hinaus auf die freie Ebene und ritten davon.

Nur fünf Minuten später kam Old Shatterhand mit Winnetou und den andern. Diese scharfsinnigen Leute hatten alle Schwierigkeiten überwunden und die Fährte, obgleich diese mit der alten Spur zusammenfiel, bis hierher verfolgt. Sie sahen die Eindrücke und auch die Leiche.

„Mein Gott, das ist Poller!“ rief Old Shatterhand entsetzt aus, indem er ihn sogleich untersuchte. „Sie haben ihn ermordet, um ihn loszuwerden. Er ist tot und hat nun seinen Lohn! Hier haben sie gelegen, um uns drüben zu beobachten ...“

„Mein Bruder mag sich nicht verweilen“, unterbrach ihn Winnetou. „Sie sind vor kaum fünf Minuten fort. Hier geht ihre Spur hinaus ins Freie. Schnell ihnen nach!“

Sie zogen die Pferde hinter sich her und stiegen dann, als sie das Gebüsch hinter sich hatten, auf, um den beiden Mördern im Galopp zu folgen. Nach zehn Minuten sahen sie sie vor sich auf der freien Ebene. Zufällig blickte sich Buttler um und bemerkte die Verfolger.

„Um Gottes willen, Old Shatterhand und Winnetou mit Weißen und Roten!“ rief er aus. „Fort, fort, im Galopp!“

Sie spornten ihre Pferde an, aber die Verfolger kamen schnell näher.

„So ist es nichts; sie holen uns ein“, schrie der Ölprinz. „Hier im Freien entkommen wir nicht. Wir müssen ins Gebüsch!“

Sie lenkten nach links, einer Buschspitze zu, die sich als grüne Zunge in die Ebene zog. Es war dasselbe Gesträuch, in dem sie die Navajospäher ermordet hatten.

Inzwischen war von Nitsas-Ini die ganze Ebene mit seinen Roten besetzt worden. Da die Verfolgten auch in der Nähe des Flusses unter den Bäumen herabkommen konnten, drang er mit einigen Kriegern dort ein und ging mit ihnen langsam aufwärts; die Pferde hatten sie als hinderlich zurückgelassen. Sie kamen zu der Buschspitze und fanden die noch deutlichen Spuren. Sie gingen ihnen nach und stießen auf die Leichen ihrer beiden Späher. Ein fürchterlicher Grimm bemächtigte sich des Häuptlings. Dann hörten sie Hufschlag. Sie eilten nach dem Rande des Gebüsches und sahen die Flüchtlinge, hinter sich die Verfolger, herangesprengt kommen. Der Häuptling hatte ihnen den Marterpfahl angedroht; aber die Wut, die ihn ergriffen hatte, ließ ihn nicht daran denken – zum Glück für sie, denn ein plötzlicher Tod war für sie besser.

„Sie kommen, die Hunde!“ rief er aus. „Gebt ihnen eure Kugeln!“

Er sprang aus dem Gebüsch hinaus; seine Leute folgten ihm. Sie legten ihre Gewehre an. Der Ölprinz und Buttler sahen die roten Gestalten vor sich auftauchen.

„Alle Teufel!“ fluchte der Ölprinz. „Vor uns Feinde und hinter uns Feinde! Ist das nicht der Busch, in dem wir die zwei Navajos kaltgemacht haben?“

„Ja", antwortete Buttler. „Was tun? Rechts seitwärts ausbrechen?"

Sie hielten ihre Pferde für einen kurzen Augenblick an; das genügte: Die Schüsse der Navajos krachten; die Pferde der beiden Männer bäumten sich auf und galoppierten dann mit ihren zu Tode getroffenen Reitern vorwärts, zu Büschen hin, wo sie mit den losen Zügeln hängenblieben; da fielen die Erschossenen herab, gerade neben ihre Opfer.

Nur einige Augenblicke später kam Old Shatterhands Trupp. Die Männer stiegen vor dem Gebüsch ab und drangen hinein. Da sahen sie den Häuptling mit seinen Leuten bei den vier Leichen stehen. Sie begriffen sofort, was jetzt und vorher hier geschehen war.

„Welch ein Gericht!" sagte Old Shatterhand, den es schauderte. „Gerade hier, an derselben Stelle, wo sie mordeten, hat sie die Strafe ereilt."

„Und ich war zu schnell", fügte der Häuptling hinzu. „Sie sollten zu Tode gemartert werden. Diese schnelltötenden Kugeln sind keine Strafe für sie. Nehmt die Leichen unsrer ermordeten Brüder und bindet sie auf die Pferde. Sie sollen oben, wo wir lagern, als tapfere Söhne der Navajos begraben werden. Diese weißen Hunde mögen hier liegenbleiben, um von den Aasgeiern zerrissen zu werden!"

Da flüsterte Sam Hawkens Old Shatterhand zu: „Wir gehen heimlich her und begraben sie, wenn ich mich nicht irre. Sie waren Verbrecher, aber doch auch Menschen."

Ein stilles, zustimmendes Nicken zeigte, daß der Jäger damit einverstanden war.

Die andern Roten wurden alle herbeigeholt; dann setzte sich der Trupp mit den beiden Leichen in Bewegung, passierte an einer geeigneten Stelle den Fluß und wandte sich dem Lager zu. Dort erschollen dumpfe Klagetöne, bis sich am Abend zwei hohe Steinhügel über den von ihnen eingeschlossenen Ermordeten erhoben.

Die Navajos und die Nijoras blieben noch zwei Tage beisammen; dann trennten sie sich. Die Weißen zogen natürlich mit den Navajos fort, hinauf nach dem Rio de Chaco, wo der Stamm seine Hütten und Zelte hatte. Dort wurden die berühmten Westmänner mit Freuden und die Einwanderer mit großer Gastfreundlichkeit aufgenommen.

Und was dann geschah? Darüber könnte man weitere Bücher schreiben. Nitsas-Ini hielt Wort. Die vier Familien erhielten alles, was Wolf ihnen an der Mündung des Winterwassers versprochen hatte, und es kam so, wie Frau Rosalie Ebersbach gesagt hatte: Sie hätten auf die ihnen geschenkten Ländereien Rittergüter setzen können. Nie wurde ihr gutes Einvernehmen mit den Navajos getrübt.

Die Westmänner blieben längere Zeit da, um den vier Haushaltungen so eingehend wie möglich mit Rat und Tat beizustehen, und nahmen dann, allerdings nicht für immer, Abschied von den weißen und den roten Freunden. Sie gingen hinüber nach Kalifornien und erlebten während dieses Rittes gar mancherlei seltsame Abenteuer. In San Francisco trennten sich die andern von Tante Droll und Hobble-Frank, denn diese beiden glaubten, den unerfahrenen und faseligen Kantor nach Hause begleiten zu müssen. Beim Abschied fragte Sam Hawkens: „Wann wird man euch denn einmal wiedersehen, ihr beiden größten Helden des Wilden Westens, hihihihi?"

„Wenn du dich gebessert hast, alter Schäker, du", antwortete Hobble-Frank. „Schreib mir mal eenen Brief nach meiner ‚Villa Bärenfett'. Es würde mich sehr protegieren, zu hören, daß es dir hier im Westen pyramidal-kannibalisch gut geht!"

Und die zwölfaktige Heldenoper? Wenn die ersten drei Takte davon fertig sind, werde ich es sofort melden.